Kirsten Winkelmann

Schwesterherz

Roman

Über die Autorin

Kirsten Winkelmann hat sich mit ihrem Debütroman, dem Überraschungserfolg „Alles aus Berechnung", als Autorin bereits einen Namen gemacht. Die gelernte Finanzbeamtin ist neben ihrem Beruf und ihrer schriftstellerischen Tätigkeit in einer evangelisch-freikirchlichen Gemeinde aktiv. Mit ihrem Mann und ihren vier Kindern lebt sie in einem kleinen Ort in Niedersachsen.

Kirsten Winkelmann

Schwesterherz

Roman

Gerth Medien

MIX
Papier aus verantwortungsvollen Quellen
FSC® C014496
FSC
www.fsc.org

Verlagsgruppe Random House FSC-DEU-0100
Das für dieses Buch verwendete FSC®-zertifizierte Papier
Holmen Book Cream liefert Holmen Paper, Hallstavik, Schweden.

1. Taschenbuch-Sonderauflage 2012
Bestell-Nr. 816684
ISBN 978-3-86591-684-6

Umschlaggestaltung: Immanuel Grapentin
Umschlagfoto: Shutterstock
Satz: Daniel Eschner
Druck und Verarbeitung: GGP Media GmbH, Pößneck
Printed in Germany

Für meine Lieblingsschwester
und beste Freundin Andrea, die sagte:
„Endlich hast du mal ein gutes Buch geschrieben!"

Gott ist anders, als du denkst,
als das, was du von ihm kennst.
Menschen haben sich geirrt
und sein Bild von ihm verwirrt.
Er ist anders, als du glaubst,
als du dir zu fühlen erlaubst.
Wenn du ihm Vertrauen schenkst,
ist Gott anders, als du denkst.

Albert Frey

Kapitel 1

Esther ließ sich mit einem wohligen Seufzer in die warme, schaumige Badewanne sinken. Auf diesen Moment hatte sie den ganzen Tag gewartet! Allein die Aussicht darauf hatte sie den harten und mal wieder nicht gerade erfreulichen Tag im Büro überstehen lassen. Sie liebte Baden. Es war für sie der Inbegriff von Entspannung.

Und so vergaß sie auch jetzt in null Komma nichts den gesamten Ärger des Tages und gab sich ganz den angenehmen Schauern hin, die die plötzliche Wärme durch ihren Körper jagte. Sie atmete ganz tief aus und schloss die Augen. Der Badeschaum umspielte sanft ihr Kinn und gab ein leises Knistern von sich. Sie lächelte verklärt, legte den Kopf zurück und ließ ihre lange, kräftig gelockte Haarpracht bis zu den Wurzeln im Wasser versinken.

Von oben sah es jetzt fast so aus, als hätte sich das Wasser rot gefärbt, so intensiv war die Farbe, die ihrem Haar von Natur aus mitgegeben worden war. Nur Esthers geschlossene Augen, ihre feine, mit Sommersprossen übersäte Nase und ihre vollen, fast herzförmig geschwungenen Lippen ragten jetzt noch aus dem Wasser. Das Plätschern des Wassers war viel intensiver, ebenso die Geräusche, die ihr Körper verursachte. Sie hörte jetzt sogar das Schlagen ihres eigenen Herzens und spürte, wie ihr das Blut in den Ohren rauschte. Geräusche von außen hingegen nahm sie gar nicht mehr wahr. Sie hätte Stunden auf diese Weise zubringen können!

Leider dauerte es nur Minuten, bis doch ein Geräusch aus der Außenwelt zu ihr vordrang. Eine kleine, ärgerliche Falte entstand auf ihrer Stirn. Die Klingel? Das konnte doch unmöglich die Klingel gewesen sein!

Esther entfaltete die langen Beine, die ihr im stehenden Zustand ein Gardemaß von 1,83 m verliehen, drückte sie gegen den hinteren Badewannenrand und hob den Kopf. Sie lauschte ein paar Sekunden missmutig in die Stille ihrer kleinen Wohnung hinein. Na also, da war gar nichts. Sie wollte schon wieder abtauchen, als sich das Geräusch wiederholte. Esthers Gesicht verfinsterte sich noch mehr. Irgendjemand wagte es tatsächlich, *jetzt* bei ihr zu klingeln. Dabei erwartete sie doch niemanden! Und überhaupt, sie bekam fast nie Besuch. Wer also störte sie?

Es klingelte zum dritten Mal.

Esther schüttelte entschieden den Kopf. Wer auch immer dort vor der Tür stand, würde ein anderes Mal wiederkommen müssen! Sie war sich ohnehin ganz sicher, dass es niemand Wichtiges war, der dort läutete. Ihre Eltern waren im Urlaub ... Ellen in München ... und von den Kollegen würde sich sowieso niemand an ihre Tür verirren.

Es klingelte erneut.

Aber wer zum Donnerwetter war dann so hartnäckig? Einen Moment lang drohte die Neugier die Oberhand zu gewinnen, aber dann schüttelte Esther erneut ganz vehement den Kopf, steckte sich die Finger in die Ohren und tauchte wieder ins warme Wasser ab. Nichts und niemand würde sie jetzt aus dieser Badewanne holen!

Es läutete zum fünften Mal, aber dieses Mal nicht nur einmal, sondern gleich mehrfach und das auch noch in einem bestimmten Rhythmus: lang, kurz, kurz, lang, kurz, lang.

Wegen des Wassers und der Finger, die immer noch in ihren Ohren steckten, hatte Esther das Geräusch nur dumpf und leise mitbekommen, aber das genügte. Sie hatte den Rhythmus erkannt.

Ellen! Esther schoss wie ein ausbrechender Vulkan aus dem Wasser hervor und richtete sich auf. Sie nahm sich gerade noch Zeit, ihre bleischweren Haare durch kurzes Auswringen von den Wassermassen zu befreien, dann sprang sie förmlich aus der Wanne, warf sich ihren Bademantel über und hechtete Richtung Wohnungstür. Dass sie dabei nasse Fußspuren auf dem hellen Veloursteppich hinterließ, bemerkte sie nicht einmal.

An der Wohnungstür begann sie, in rasendem Tempo die verschiedenen Sicherheitsvorkehrungen zu bearbeiten. Sicherheitsriegel gedreht, oben, mittig, unten – offen. Sicherheitskette gelöst – offen. Den Spezialschlüssel dreimal im Türschloss herumgedreht – offen. Die Türklinke gedrückt, die Tür aufgerissen ... Esther hielt mitten in ihrer Bewegung inne. Ihre Augen weiteten sich.

Sie brauchte eine ganze Weile, bis sie begriff, dass es nicht Ellen war, die dort vor ihrer Tür stand. Sondern – ein Mann!?

Sie ging unwillkürlich einen Schritt rückwärts, starrte ihn aber weiter voller Fassungslosigkeit an. Der Mann sah aus, als wäre er einem Modemagazin entsprungen. Er war nicht größer als sie selbst, dabei aber ungeheuer gut gebaut. Seine prallen Muskeln steckten in einem hautengen schwarzen Shirt, sein flacher Waschbrettbauch mündete in eine schwarze Lederhose. Er trug einen hochmodernen Haarschnitt, bei dem einzelne Strähnen neckisch ins Gesicht fielen, während andere frech nach oben geföhnt waren. Seine Haare waren dunkelbraun, aber zum Teil blondiert, die Augenfarbe aufgrund einer Sonnenbrille nicht erkennbar. Trotzdem gab es keinen Zweifel daran, dass der Mann hervorragend aussah. Er hatte markante, männliche Gesichtszüge mit ausgeprägten Unterkieferknochen und einen sinnlichen Mund. Und dieser Mund lächelte sogar! Objektiv betrachtet war dieser Mann der Traum jeder Frau.

Esther hingegen machte den Eindruck, als wäre sie einem ihrer Albträume begegnet. Die nackte Angst stand ihr ins Gesicht geschrieben.

Der Mann brach als Erster das Schweigen. „Willst du mich nicht reinlassen?“, fragte er und lächelte immer noch.

Du? Wieso duzte dieser Mann sie? Sie hatte ihn doch noch nie zuvor gesehen! „Wer sind Sie?“, presste Esther hervor.

„Also, du bist wirklich 'ne Nummer“, grinste der Mann und nahm seine Sonnenbrille ab. „'ne heiße Nummer“, fügte er in einem Tonfall hinzu, der keinen Zweifel an der Bedeutung seiner Worte ließ. Gleichzeitig ließ er seinen Blick so intensiv und fordernd über ihren Körper gleiten, dass Esther erzitterte. Erst jetzt wurde sie sich ihres Aufzugs bewusst. Sie zog den Bademantel enger um sich und trat einen weiteren Schritt zurück.

„Jetzt tu doch nicht so“, grinste der Mann und betrat wie selbstverständlich den Flur. Dann kam er langsam auf Esther zu. „Vorgestern warst du auch nicht so prüde.“

„W-was?“, hauchte Esther. Sie wollte schreien, um Hilfe rufen, aber die Angst hatte sich wie ein Strick um ihren Hals gelegt.

„Ich konnte einfach nicht länger warten“, erklärte der Mann, noch während er weiter auf sie zukam. „Ich musste dich *sofort* wiedersehen!“ Er war jetzt bis auf wenige Zentimeter an sie herangetreten und lächelte ihr freundlich, ja beinahe verliebt ins Gesicht.

Esther allerdings registrierte keine solchen Details. Sie war wie erstarrt vor Angst.

Der Mann legte die rechte Hand um Esthers Nacken und zog sie zärtlich, aber bestimmt zu sich heran. Dann presste er seine Lippen auf ihren Mund und begann, sie leidenschaftlich zu küssen.

Er wird dich vergewaltigen!, hämmerte es in Esthers Kopf. *Er wird dich vergewaltigen!* Wie immer malte sie sich das Schlimmste aus. Die Todesangst setzte auf einmal riesige Kräfte frei. Mit dem Mut der Verzweiflung warf sie ihr rechtes Bein zurück und rammte es dann mit voller Wucht in den empfindlichsten Bereich eines jeden Mannes.

Der Mann schrie auf, taumelte zurück und gab Esther frei. Die sah ihre Chance, wirbelte herum und flüchtete in Richtung Badezimmer. Es dauerte nur Sekunden, dann hatte sie den Raum erreicht. Sie riss in Panik die Tür auf, warf sich hindurch und knallte die Tür zurück ins Schloss. Dann griff sie nach dem Schlüssel, stellte jedoch zu ihrem Entsetzen fest, dass er gar nicht steckte. Sie gab einen kläglichen Angstschrei von sich, hechtete auf den kleinen weißen Badezimmerschrank zu und riss so heftig die Tür auf, dass er beinahe umfiel. Wie von Sinnen wischte sie mit der Hand einmal durch alle drei Regale und ließ den gesamten Inhalt des Schrankes dabei mit Poltern und Klirren zu Boden fallen. Dann warf sie sich selbst auf den Boden und durchsuchte das Durcheinander. Dabei wimmerte sie vor Angst, widerstand aber der Versuchung, zwischendurch die Tür anzusehen.

Da! Sie fand erstaunlich schnell den Schlüssel, stürmte damit zurück zur Tür und versuchte, ihn ins Schloss zu stecken. Dabei zitterte sie jedoch so stark, dass der Schlüssel zu Boden fiel. Esther begann zu weinen, gab aber nicht auf. Sie nahm den Schlüssel zum zweiten Mal an sich und versuchte es erneut. Dieses Mal ging es besser, der Schlüssel flutschte ins Schloss. Aber noch bevor sie ihn herumdrehen konnte, wurde die Türklinke heruntergedrückt und jemand schob die Tür auf. Ein kräftiger Männerarm kam dahinter zum Vorschein.

„Esther!“, rief eine Stimme beschwörend.

„Nein“, schrie Esther in allerhöchster Panik und warf sich mit aller Kraft gegen die Tür.

Der Mann schrie zum zweiten Mal auf und zog seine Hand zurück. Wieder warf sich Esther gegen die Tür. Sie schnappte ein. Flink griff Esther nach dem Schlüssel und drehte ihn herum.

Jetzt wurde die Türklinke erneut von außen heruntergedrückt. Jemand zerrte daran, doch die Tür ließ sich nicht öffnen.

„Verdammt!“, schrie der Mann und hämmerte wutentbrannt erst auf der Türklinke, dann am Türblatt herum. „Mach sofort die Tür auf! Mach auf, sag ich!“

Esther starrte ängstlich auf die Tür und ging rückwärts, bis sie beinahe in die noch gefüllte Badewanne gefallen wäre. Dann sank sie wie in Zeitlupentempo zu Boden, presste die Hände auf ihre Ohren und ließ ihren Tränen freien Lauf.

Nach einer Weile verstummte das Geräusch an der Tür. Nur Esthers Schluchzen war jetzt noch zu hören.

„Esther!“, rief der Mann erneut. Aber dieses Mal klang er nicht wütend, sondern eher betroffen.

Esther antwortete nicht, nahm allerdings die Hände von den Ohren und hörte auf zu weinen. Erst jetzt registrierte sie, dass der Mann ihren Namen kannte.

„Esther, was soll das?“, fragte der Mann beinahe sanft.

„Gehen Sie weg!“, flehte Esther schluchzend. „Ich kenne Sie nicht.“

„Bist du verrückt?“, brauste der Mann auf. „Vorgestern hast du dich mir an den Hals geworfen und heute kennst du mich nicht mehr? Was ist das für ein Spiel, das du da treibst?“

Esther schluckte. „Sie müssen mich verwechseln“, jammerte sie. „Bitte gehen Sie!“

Auf der anderen Seite herrschte einen Moment lang Stille. Der Mann schien auf einmal unsicher zu werden. „Dann ... dann heißt du gar nicht Esther?“

Der Mann klang jetzt so durcheinander und seine Frage so ehrlich, dass sich Esther ihr nicht entziehen konnte. „D-doch“, antwortete sie nicht minder verwirrt.

„Aber ... ich meine“, stammelte der Mann, „... bist du ... vielleicht psychisch krank oder so was?“

Die offensichtliche Verwirrung des Mannes beruhigte Esther. Allmählich gewann sie ihren klaren Menschenverstand zurück. War es möglich, dass der Mann die Wahrheit sagte? War es möglich, dass ... ?

Oh ja, das war möglich! Alles war möglich!

„Was ... was hatte ich an?“, hörte sich Esther stammeln.

„Wie bitte?“

„Antworten Sie mir“, brach es aus Esther hervor. „Was hatte ich vorgestern an?“

„Ein ... ein enges blaues Kleid ... mit ... mit unglaublich ... tiefem Ausschnitt.“ Bei dem Gedanken an das Kleid verhaspelte sich der Mann beinahe.

Esther schluckte. Das konnte sein. „Würden Sie es mir beschreiben?“

„Ich hab nicht auf das Kleid geschaut“, antwortete der Mann trocken.

Zum ersten Mal lächelte Esther ein wenig. „Und der Ausschnitt – ist Ihnen denn wenigstens daran etwas aufgefallen?“

„Da war so eine Brosche ... direkt zwischen ... also zwischen ... na ja“, stammelte der Mann. Er räusperte sich. Dann fuhr er einigermaßen gefasst fort: „Die Brosche war silberfarben und mit einem riesengroßen Stein versehen. Der Stein war rot, genauso rot wie ...“

„... unsere Haare?“, ergänzte Esther.

„Wie die Haare, genau“, freute sich der Mann. Aber dann stutzte er plötzlich. *„Unsere?“*

Esther seufzte und spürte, wie sich ihr Herzschlag deutlich verlangsamte. Der Mann war wahrscheinlich ungefährlich! „Wie heißen Sie?“, fragte sie so freundlich, wie es ihre immer noch zitternde Stimme erlaubte.

„Markus“, antwortete der Mann. Und die Verwirrung schlug sich deutlich in seiner Stimme nieder. „Mein Name ist Markus Rondthaler.“

„Dann verraten Sie mir doch mal, Markus“, begann Esther, „wie ... ähm ...“, an dieser Stelle kam sie ein wenig aus dem Konzept, „also ... wie *intensiv* ... die Begegnung mit meiner Schwester eigentlich war.“

„Mit Ihrer *Schwester?*“, wiederholte Markus.

„Mit meiner Zwillingsschwester", entgegnete Esther.

„Heißt ... heißt die auch Esther?"

„Nein", lächelte Esther, „die heißt Ellen."

„Aber das ... das kann nicht sein ... ich meine ... sie sagte ... *Sie* sagten, Ihr Name sei Esther. Sie haben mir sogar Ihre Adresse gegeben!"

„*Sie* hat Ihnen meine Adresse gegeben", korrigierte Esther. „Sie hat mich nur gespielt. Das macht sie gern. Es war schon früher ihr liebstes Hobby."

Einen Moment lang sagte Markus nichts. Dann fragte er forschend: „Und wen spielen *Sie* jetzt?"

Esther seufzte schon wieder. „Im Gegensatz zu meiner Schwester bin ich vollauf damit beschäftigt, ich selbst zu sein. Ich hatte noch nie was für diese Spielchen übrig. Das macht sie für Ellen ja so interessant."

„Können ... können Sie mir beweisen, was Sie da sagen?"

„Im Wohnzimmer auf der Anrichte finden Sie ein Foto von uns beiden."

Esther hörte Schritte, die sich von der Badezimmertür entfernten und sich ihr kurze Zeit später wieder näherten. „Tut ... mir echt leid", sagte Markus zerknirscht. „Ich muss Ihnen ja fürchterliche Angst eingejagt haben."

Esther nickte nur und tastete mit den Fingern nach ihrem Mund. Er fühlte sich noch immer ganz wund an nach dem Kuss, der ihr aufgezwungen worden war. Sie kämpfte mit der Wut, den dieser Gedanke in ihr auslöste. Dieser Mund war versiegelt. Er hätte nie wieder jemanden küssen sollen. Aber das war nicht seine Schuld.

„Könnten Sie jetzt bitte gehen, Markus?", fragte Esther flehend. „Ich ... möchte allein sein."

„Kein Problem", entgegnete Markus mit deutlicher Niedergeschlagenheit in der Stimme. „Aber könnten Sie vorher die Tür noch mal aufmachen? Ich ... würd' mich gern persönlich bei Ihnen entschuldigen."

„Auf keinen Fall!", rief Esther in einem erneuten Anfall von Panik. „Gehen Sie weg!"

„Schon gut!", beschwichtigte Markus. „Regen Sie sich nicht auf. Ich gehe, ja? Ich verlasse die Wohnung und schließe die Tür von außen. Einverstanden?"

Esther antwortete nicht und lauschte stattdessen jedem Geräusch, das sie von draußen vernehmen konnte. Sie hörte, wie jemand davonging, wie dessen Schritte immer leiser wurden, dann vernahm sie das unverkennbare Klappen der Wohnungstür. Anschließend war Ruhe.

Trotzdem konnte Esther noch nicht aufatmen. Sie war nicht sicher, ob sie dieser Situation trauen konnte. Was war, wenn Markus sie reinlegen wollte? Wenn er die Tür von innen geschlossen und sich anschließend wieder herangeschlichen hatte? Nicht, dass er einen hinterhältigen Eindruck vermittelt hätte. Aber man wusste ja schließlich nie!

Aufgrund dieser Befürchtung blieb Esther weiter auf den kalten Badezimmerfliesen sitzen und lauschte in die Stille ihrer Wohnung hinein. Die Minuten verrannen und aus der Wohnung war kein Geräusch zu hören. Nur das leise Ticken der Badezimmeruhr drang zu Esthers Ohren vor und schien eine fast hypnotisierende Wirkung auf sie auszuüben. Sie wurde müde. Außerdem war ihr kalt. Sie verkroch sich immer tiefer in ihren Bademantel, aber auch das half nur begrenzt. Irgendwann zitterte sie vor Kälte fast so stark wie vorhin vor Angst. Sie sehnte sich nach ihrem Bett. Sie konnte doch nicht die ganze Nacht im Badezimmer verbringen!

Sie rappelte sich mühsam hoch, bezwang ihre schlotternden Knie und ging langsam zur Tür. Fast beschwörend starrte sie auf das Schloss. Sollte sie es wagen? Sie drückte ihr Ohr an das Türblatt und horchte. Es war nichts zu hören. Also gab sie sich einen Ruck, drehte vorsichtig den Schlüssel im Schloss herum und drückte die Türklinke herunter.

Niemand war zu sehen. Trotzdem klopfte ihr das Herz bis zum Hals. Sie rechnete jeden Moment damit, dass Markus hinter einer Tür hervorstürmen würde. Aber nichts dergleichen geschah. Esther konnte unbehelligt die ganze Wohnung durchsuchen. Sie war unglaublich sorgsam dabei. Sie durchforstete Schränke, sah unter ihrem Bett nach, rückte sogar das Sofa ab.

Endlich atmete sie auf. Es war definitiv niemand mehr in der Wohnung. Sie lief schnell auf die Wohnungstür zu, schloss ab, legte die Kette vor und die drei Sicherheitsriegel um.

Sie war in Sicherheit! Erst jetzt erlaubte sie sich, ihren körperlichen Bedürfnissen nachzugehen. Sie hastete ins Schlafzimmer, warf sich in einen dicken, langärmeligen Flanellschlafanzug und ließ sich anschließend ins Bett fallen. Sie zog die Bettdecke fast bis zu ihrer Nase hoch und kuschelte sich so tief in die Federn, wie es nur eben ging.

Erst jetzt, in dieser entspannten Lage, merkte sie, wie fertig sie wirklich war. Ihr Zittern ließ keineswegs nach, eher verstärkte es sich zu einem Schlottern. Sogar ihre Zähne klapperten jetzt aufeinander. Sie spürte die Kälte nicht nur äußerlich, sondern auch noch ganz tief in sich drinnen.

Eine halbe Stunde verging, ohne dass sich etwas veränderte. Esther schloss die Augen. Sie wollte schlafen, die ganze Situation hinter sich lassen und am Morgen warm und beruhigt aufwachen. Aber daran war nicht zu denken. Sie war viel zu aufgewühlt. Wieder und wieder ließ sie die Begegnung mit Markus Revue passieren. Dabei ärgerte sie sich über sich selbst. Wie hatte sie nur alle Vorsicht vergessen und einfach so die Tür aufmachen können? Das war doch sonst nicht ihre Art!

Aber dann erinnerte sie sich an das Klingelzeichen. Sogar das musste Ellen ihm verraten haben. *Ellen!* Ihr hatte sie das alles zu verdanken. Was hatte sie sich nur dabei gedacht?

Sie versuchte, sich darüber klar zu werden, was Ellens Part bei der ganzen Sache gewesen war. Ellen hatte was mit Markus gehabt, so viel war sicher. Bis dahin war das alles noch nicht verwunderlich. Markus sah ja fraglos gut aus. Und Ellen wechselte ihre Männer wie die Unterwäsche, daran hatte sich Esther allmählich gewöhnt. Die Frage war nur, wann und warum Ellen auf die Idee gekommen war, sich als ihre Schwester auszugeben?!

Je mehr Esther darüber nachdachte, desto wahrscheinlicher erschien es ihr, dass das von Anfang an zu Ellens Plan gehört haben musste. Selbst Ellen würde einen Mann doch erst in ihr Bett lassen, wenn sie sich einander wenigstens vorgestellt hatten. Aber warum? Warum hatte Ellen einen Mann verführt, nur um ihn dann auf ihre Schwester anzusetzen?

Auch über diese Frage musste Esther eigentlich nicht lange nachgrübeln. Solange sie denken konnte, hatte Ellen ihr Streiche gespielt. Immer und immer wieder hatte sie sich als Esther ausgegeben. Schon in der Schule war das ihre Lieblingsbeschäftigung gewesen. Wenn Esther krank gewesen war, hatte sie die Entschuldigung geschickt auf sich selbst abgeändert, war als ihre Schwester in der Klasse aufgetaucht und hatte so viel Blödsinn angestellt, dass Esther das Ganze wochenlang ausbaden musste. Und überhaupt, wenn Ellen etwas angestellt hatte und dabei erwischt worden war, hatte ihr Name immer Esther gelautet.

Sogar ihre eigenen Eltern waren darauf hereingefallen. Die Ähnlichkeit zwischen ihnen war aber auch so unglaublich, dass selbst ihre Mutter sie nur anhand der Kleidung und der Art zu sprechen und sich zu bewegen voneinander unterscheiden konnte. Und da kam dann Ellens besonderes schauspielerisches Talent zum Einsatz. Wenn sie wollte, konnte sie Esther nachahmen wie keine andere. Sie beherrschte Esthers unschuldigen Augenaufschlag, konnte ihre leicht geduckte, ein wenig unterwürfig wirkende Haltung kopieren und war im Handumdrehen in der Lage, ihre eigene lässig-coole Ausdrucksweise in Esthers etwas steife Sprache zu verwandeln.

Im Gegensatz dazu hatte Esther nie, nicht ein einziges Mal versucht, sich als Ellen auszugeben. Es war ihr schon schwer genug gefallen, sie selbst zu sein. Schon als Kind war sie durch ihre Ängstlichkeit aufgefallen. Sie hatte lange, viel länger als ihre Zwillingsschwester gebraucht, um ihren eigenen Beinen zu vertrauen und laufen zu lernen. Immer war sie übervorsichtig gewesen, niemals draufgängerisch. Sie hatte es auch nie gewagt, sich gegen ihre Eltern aufzulehnen, hatte nie den Mut gehabt, den Bereich des Erlaubten zu verlassen. So war sie ein ausgesprochen braves Kind gewesen, eine freundliche und höfliche Erscheinung, eine fleißige und gute Schülerin.

All das hatte ihr den Respekt der Erwachsenen, nicht aber den der Gleichaltrigen eingebracht. Sie war oft gehänselt worden und hatte sich dadurch noch mehr in sich selbst zurückgezogen. Über weite Strecken ihrer Kindheit war Ellen ihr einziger engerer Kontakt gewesen.

Aber diese Beziehung hätte man nie als gleichberechtigt bezeichnen können. Ellen hatte Esther in ihrem Dunstkreis geduldet, aber auch nach Strich und Faden ausgenutzt. Sie hatte Esthers Taschengeld konfisziert, ihre Hausaufgaben abgeschrieben und sich nachts von ihr aus dem Fenster abseilen lassen. In allem war Esther die treuste Schwester gewesen, die man sich hätte wünschen können. Nie hatte sie Ellen verraten, nie einen Gefallen verweigert.

Und warum? Sie wusste es selbst nicht. Vielleicht lag es daran, dass sie Ellen auf irgendeine seltsame Weise bewunderte und fürchtete. Vielleicht lag es auch einfach in ihrer Natur.

Fest stand nur, dass sie nun schon seit vielen Jahren versuchte, dieses Muster zu durchbrechen. Sie hasste die Selbstverständlichkeit, mit der Ellen alles forderte und auch bekam. Sie hasste Ellens Mut, ihre Überlegenheit, ihre Sorglosigkeit, ihre Selbstgerechtigkeit. Sie hasste das überhebliche Lächeln, das mit Ellens Gesicht verwachsen zu sein schien. Im Grunde genommen, das hatte sie sich inzwischen eingestanden, hasste sie Ellen.

Und sich selbst. Ihre Schwäche und ihre Abhängigkeit.

Sie wollte das alles nicht mehr!

Sie führte sich noch einmal vor Augen, was Ellen sich heute mit ihr geleistet hatte. Bei Licht betrachtet war es wirklich das Allerletzte. Ellen wusste genau, dass Esther mit Männern abgeschlossen hatte. Seit etwas mehr als sechs Jahren, seit ihrem 20. Geburtstag, hatte sie keinen Mann mehr näher als fünf Meter an sich herangelassen. Und das sollte auch so bleiben! Warum konnte Ellen das nicht respektieren? Und dann die Art und Weise, in der sie ihr diesen Markus auf den Hals gehetzt hatte!

Ellen wusste doch um ihre tief verwurzelten Ängste. Sie wusste genau, wie schwer Esther sich damit tat, allein zu leben, kannte ihre Angst vor Einbrechern und ihre – zugegebenermaßen ein wenig übertriebenen – Sicherheitsvorkehrungen. Und nicht mal das hatte sie respektiert! Im Gegenteil, sie hatte einfach ihr gemeinsames Klingelzeichen weitergegeben, ihr Geheimnis! Was für ein Vertrauensbruch!

Aber das sah Ellen ähnlich. Sie scherte sich nicht um andere, nicht mal um ihr genetisches Doppel! Alles, was sie interessierte, war ... Ellen. Und Ellen war für jeden Spaß zu haben, auch wenn er zu hundert Prozent auf Kosten anderer ging!

Oh, wie Esther sich wieder einmal über Ellen ärgerte! Heute hatte sie es wirklich zu weit getrieben! Es war der Schreck ihres Lebens, den sie gerade davongetragen hatte. Und dabei war das alles noch glimpflich ausgegangen. In der Katastrophe hätte das alles enden können! In einer Vergewaltigung ... einem Mord!

Esther war ein sanftmütiger Mensch. Sie geriet nur selten in Zorn. Aber jetzt war es so weit. Jetzt war sie wirklich wütend. So wütend, dass sie auf einmal überhaupt nicht mehr fror, sondern eher kochte.

Jetzt ist Schluss!, dachte sie. *Das Maß ist voll! Ich bin eine erwachsene Frau! Und ich werde mir deine Unverschämtheiten nicht länger bieten lassen!*

Sie schlug die Bettdecke zurück, sprang aus dem Bett und eilte ins Wohnzimmer zu ihrem Telefon.

Früher hatte sie Ellens Späße klaglos ertragen. Aber heute hatte Ellen das Fass zum Überlaufen gebracht! Ab heute, das schwor sie sich, würde sie sich zur Wehr setzen!

Mit vor Wut zitternden Fingern wählte sie Ellens Nummer. Es tutete.

„Du bist jetzt gefälligst da“, fauchte Esther im Befehlston.

„Kieling“, meldete sich eine Stimme.

„Was hast du dir dabei gedacht?“, schimpfte Esther ohne Vorwarnung ins Telefon. „Er hätte mich vergewaltigen können ... ermorden ... Und dann? Hm? Hättest du dich dann immer noch über deine lustigen Späße gefreut? Oder über deine dumme Schwester gelacht? Aber mit mir kann man's ja machen. Ich bin's ja nur, der Fußabtreter. Aber ich hab die Nase voll ... gestrichen voll ... und zwar von dir. Ich bin deine Späße leid. Und ich bin es leid, dir, ausgerechnet dir, zu vertrauen. Dass du ihm das Klingelzeichen verraten hast, Ellen, also, das ist wirklich das Allerletzte. Glaub nicht, dass ich das jemals vergessen werde. Glaub das bloß ...“ Esthers Ausführungen wurden von einem Hustenanfall unterbrochen, den sie ihrer Erregung, aber auch der leichten Erkältung zu verdanken hatte, mit der sie sich seit ein paar Tagen herumärgerte.

„*Esther?*“, fragte Ellen mit leicht amüsiertem Unterton.

„Allerdings!“, presste diese inmitten ihrer Husterei hervor.

„Schön, dass du mal anrufst“, sagte Ellen betont locker.

„Hör auf!“, zischte Esther, die ihre Fassung inzwischen wiedergewonnen hatte. „Ich bin nicht in der Stimmung für Höflichkeitsfloskeln. Ich will wissen, was du dir dabei gedacht hast!“

„Wobei?“

„Das weißt du ganz genau!“, schrie Esther ins Telefon. „Du hast diesen Markus auf mich angesetzt. Du hast mit ihm geschlafen und dich als mich ausgegeben. Dann hast du ihn zu meiner Adresse geschickt und ihm auch noch unser Klingelzeichen verraten. Gib's zu!"

„Esther-Schwester!", amüsierte sich Ellen. „Ich muss dir größten Respekt zollen. Sonst hast du nicht so schnell herausgefunden, wem du die kleinen Aufmerksamkeiten zu verdanken hast."

„Nenn mich – zum Donnerwetter – nicht *Esther-Schwester*", schrie Esther außer sich. „Du weißt genau, wie sehr ich das hasse. Und wag es nicht noch ein einziges Mal, deine Bösartigkeiten als *Aufmerksamkeiten* zu bezeichnen!"

Ellen stieß einen übertriebenen Seufzer aus. „Estherchen", sagte sie von oben herab, „du bist wirklich ein schwieriger Fall. Ich schicke dir den bestaussehenden, bestgekleideten, gebildetsten, coolsten, einfühlsamsten Mann, den ich im Umkreis von fünfhundert Kilometern auftreiben konnte, frachtfrei direkt vor deine Wohnungstür, und du hast nichts Besseres zu tun, als mich dafür anzumeckern. Was soll ich nur mit dir machen?"

„Du sollst mich respektieren", schimpfte Esther. „Und dir endlich merken, dass ich keinen Bedarf an deinen ... deinen Strichjungen habe!"

„Strichjunge?", wiederholte Ellen mit gespieltem Entsetzen. „Bist du verrückt? Der Mann war absolute Oberklasse. Das müsste selbst dir auf den ersten Blick aufgefallen sein!"

„Auf den ersten Blick", schnaubte Esther, „ist mir nur aufgefallen, dass er nicht die Person war, die ich vor der Tür erwartet hatte!"

„Ja, ja, du und dein bekloppter Kontrollzwang", kicherte Ellen. „Du bist wirklich ganz schön durchgeknallt."

Esther hatte schon Luft geholt, um ihr eine passende Antwort entgegenzuschleudern, als Ellen ihr zuvorkam. „Dann ist er also wirklich heute bei dir aufgekreuzt, ja?", überlegte sie. „Das sind geschlagene zwei Tage früher als vorausberechnet! Ich muss mehr Eindruck bei ihm gemacht haben, als ich vermutet hatte." Sie kicherte, und Esther schauderte, weil dieses Kichern eindeutig mit erotischen Erinnerungen einherging.

Mit einem Seufzer ließ Esther sich auf den Sessel fallen, der direkt neben ihrem Telefon stand. „Also, den Eindruck habe ich schnell revidiert, indem ich ihm mein Knie in die strategisch wichtigen Teile gerammt habe", bremste sie ihre Schwester.

Für einen Moment erntete Esther mit ihrer Wortwahl ein erstauntes Schweigen am anderen Ende der Telefonleitung. Dann kombinierte Ellen entsetzt: „Du hast ihm in die Eier getreten?"

„Und zwar sehr", übertrieb Esther. „Du wirst dir bis auf Weiteres einen neuen Liebhaber suchen müssen."

„Ich hab schon einen neuen Liebhaber", antwortete ihre Schwester. „Das ist nun wirklich nicht das Problem. *Du* bist das Problem. Schubst so ein Sahnestück von der Bettkante, das dir auf einem Silberteller serviert wird. Wie kann man nur so dumm sein?"

Esther seufzte schon wieder. Dann sagte sie ernst: „Hör einfach auf, mich verkuppeln zu wollen, okay? Ich will keinen Mann, gar keinen, überhaupt keinen, nicht mal Mister World. Kannst du das nicht begreifen?"

„Ich kann schon, ich will aber nicht. Ich werde auf keinen Fall zulassen, dass meine Schwester ihr Leben im selbst gewählten Zölibat verbringt. Du stirbst noch als Jungfrau, wenn du so weitermachst."

„Lieber Jungfrau als Hure", antwortete Esther scharf.

Wiederum schwieg Ellen für einen Moment. Dann fragte sie: „Was genau willst du damit sagen?"

Esther schloss die Augen und ließ die beiden Tränen herauskullern, die sich darin angesammelt hatten. Wieder einmal konnte sie nicht begreifen, dass es nach so vielen Jahren immer noch so wehtat. „Lass uns die alte Geschichte nicht wieder aufwärmen", sagte sie leise.

„Also wirfst du mir das immer noch vor“, schlussfolgerte Ellen.

„Falsch!“, regte sich Esther auf. „Du bist es doch, die die Erinnerung daran immer wieder schürt. Warum sonst hetzt du mir ständig irgendwelche Männer auf den Hals?“

„Na, weil ich mir Sorgen um dich mache“, gab Ellen zurück. „Niemand ist so bekloppt, dass er wegen eines einzigen Mannes den Rest seines Lebens in Einsamkeit verbringt.“

„Es ist nicht seinetwegen. Du ... du weißt selbst, dass er es nicht wert war.“ Esther zog die Füße zur Sitzfläche hinauf und umklammerte die angewinkelten Beine mit den Armen. Auf einmal war ihr wieder furchtbar kalt. „Kein Mann ist es wert.“

„Aber das stimmt doch gar nicht“, protestierte Ellen. „Du solltest nicht von einem Mann auf fünfzig Prozent der Weltbevölkerung schließen.“

„Er war nicht irgendein Mann“, flüsterte Esther. Er war *ihr* Mann, auch wenn sie noch nicht geheiratet hatten. Ihr erster und einziger Mann, ihr Traummann, ihr Ein und Alles, ihr Glück. Und das Ende dieses Glücks ging auf Ellens Konto.

„Das stimmt. Er war ein besonders niederträchtiges Exemplar.“

„So wie du“, hörte Esther sich sagen. Sie hatte auf einmal wieder das Bedürfnis, sich gegen ihre Schwester aufzulehnen.

„Ja, so wie ich“, entgegnete Ellen unbekümmert. „Aber das ist ja nichts Neues. Ich bin halt das böse Mädchen und du das gute. Wir ergänzen uns hervorragend.“

Die Wut, die Esther zu dem Anruf getrieben hatte und die eben noch verraucht schien, kehrte angesichts dieser Worte mit neuer Vehemenz zu ihr zurück. Oh, wie sie es hasste, dass Ellen stets die Unantastbare spielte. Konnte sie sich nicht wenigstens einmal vernünftig mit ihr streiten? Esther sprang aus dem Sessel und schrie ins Telefon: „Ich *will* mich aber nicht mit dir ergänzen! Deine Selbstgefälligkeit bringt mich um. *Du* bringst mich um!“

„Und doch kannst du nicht ohne mich“, säuselte Ellen.

„Kann ich wohl!" Esthers Stimme überschlug sich fast. „Und wie ich das kann! Du wirst schon sehen! Ich meld mich jedenfalls *nicht* wieder bei dir!"

Damit knallte sie das Telefon auf die Station zurück und stampfte ein paarmal wutentbrannt mit dem Fuß auf. Anschließend eilte sie zur Anrichte, griff nach dem Bilderrahmen, zerrte mit zitternden Fingern das Foto von Ellen und sich aus dem Rahmen, riss es einmal mitten durch und warf die beiden Teile hin. Aber noch während die beiden Hälften der Einheit langsam zu Boden segelten, veränderte sich Esther. Ihre Schultern sackten in sich zusammen und der Ausdruck von Wut in ihrem Gesicht verwandelte sich in Hilflosigkeit.

Niedergeschlagen schlich sie in ihr Bett zurück und zog sich die Decke über den Kopf.

Kapitel 2

Wenn Esther lief, hatte sie ein erstaunliches Tempo drauf. Sie gab sich nicht mit zehn oder zwölf Stundenkilometern zufrieden. Nein, es mussten mindestens vierzehn sein, am besten sechzehn.

Wenn Esther lief, fühlte sie sich gut. Sie liebte die fließenden Bewegungen, genoss die leichten Erschütterungen ihres gesamten Körpers, mochte es, wenn der Schweiß an ihren Schläfen herunterrann und ihr Herz auf hohem, aber gleichmäßigem Niveau schlug.

Wenn Esther lief, fühlte sie sich stark, beinahe unbesiegbar. Sie war schneller als andere. Manchmal hatte sie fast das Gefühl, als könne sie jeder Gefahr, jeder Bedrohung problemlos davonlaufen. Hinzu kam, dass sie eine große Ausdauer besaß! Für gewöhnlich lief sie 25 Kilometer. Aber je länger sie trainierte, desto sicherer war sie, dass sie auch die berühmten 42,195 Kilometer, also den Marathon, würde laufen können.

Fakt war aber, dass sie an einem solchen Lauf nicht teilnehmen würde. Denn Esther lief niemals draußen. Sie lief in ihrer Wohnung, auf einem riesigen Laufband, das ihr halbes Wohnzimmer vereinnahmte. Hier fühlte sie sich sicher, hier, im dritten Stock, hinter verrammelten Türen und verschlossenen Fenstern.

Als die kleine Kuckucksuhr, die Esther von ihrer Urgroßmutter geerbt hatte, sieben Uhr schlug, hatte sie bereits eine Dreiviertelstunde Training hinter sich. Esther warf einen kurzen Blick auf ihre Pulsuhr und stellte fest, dass sie sich im grünen Bereich, also noch weit unter 140 befand. Daher beschleunigte sie ihr Tempo ein wenig. Sie war jetzt mittendrin, fühlte sich richtig gut und war hoch motiviert. Ein Seitenblick auf die Anzeigetafel vor ihr ließ auf eine neue persönliche Bestleistung hoffen. Sie war kurz davor, ihr Niveau zu steigern!

Das Lächeln, das dieser Gedanke über ihr stark gerötetes Gesicht huschen ließ, verging jedoch, als kurz darauf das Telefon zu läuten begann. Erstaunt blickte sie in Richtung Anrichte. Hatte sie etwa vergessen, den Stecker zu ziehen? Rrring! Eine ärgerliche Falte bildete sich auf ihrer Stirn. Es musste wohl so sein! Und dabei war es doch schon fast ein Ritual, erst das Telefon auszuschalten und erst dann auf ihr Laufband zu steigen!

Vorhin war der Handwerker da gewesen, der endlich – ganze zwei Wochen nach Vergabe des Auftrags – den Spion in ihre Tür installiert hatte. Die über Stunden sperrangelweit geöffnete Tür in Kombination mit der Anwesenheit eines ihr völlig fremden, potenziell gefährlichen Mannes hatte Esther den letzten Nerv gekostet. Während der gesamten Zeit hatte sie das Telefon ununterbrochen bei sich getragen. Es war zu ihrem Verbündeten geworden, zur einzigen Möglichkeit, im Falle eines Falles Hilfe herbeizurufen. Da konnte man anschließend schon mal vergessen, es wieder auszuschalten!

Rrring! Das Klingeln war lästig und störte Esthers Rhythmus. Trotzdem stand es nicht zur Debatte, es zu beantworten. Wenn sie jetzt aufhörte, war diese Trainingseinheit verloren. Wenn sie zwischendurch pausierte, kam sie nie wieder richtig rein!

Rrring! Esther griff zur Fernbedienung ihrer Stereoanlage, die in einer Halterung immer griffbereit an der Anzeigetafel des Laufbandes baumelte, und stellte die Musik lauter. Beim Laufen hörte sie immer das Gleiche: Eric Clapton – immer eine andere CD aus der lückenlosen Sammlung, die sie von ihm besaß. Solange sie denken konnte, war sie ein eingefleischter Fan seiner Musik. Aus lauter Begeisterung hatte sie vor zwei Jahren sogar begonnen, Gitarrenunterricht zu nehmen! Natürlich bei einer Frau, die zu ihr nach Hause kam …

Das Klingeln endete. Esther atmete auf und konzentrierte sich wieder voll auf ihren Laufrhythmus. „Pilgrim", die CD, die gerade lief, war ihre Lieblings-CD. Sie verlieh ihr zusätzlichen Schwung. Wie von selbst erhöhte sich das Tempo ein weiteres Mal.

Jedenfalls kurzzeitig. Denn Sekunden später klingelte es schon wieder.

Esther warf einen weiteren, diesmal völlig irritierten Blick in Richtung Anrichte. Dann griff sie zur Fernbedienung und schaltete die Musik aus. Und tatsächlich! Das Telefon klingelte wieder! Wer besaß eine solche Ausdauer?

Vor Esthers geistigem Auge tauchten einmal kurz alle Menschen auf, mit denen sie häufiger telefonierte. Ihre Mutter, ihr Vater, Barbara, Ellen … Ellen?

Esthers Herzschlag stolperte. Ellen war eigentlich der einzige Mensch, der so penetrant war. Aber konnte das sein? War es möglich, dass Ellen sie anrief?

Die Freude schlug wie der Blitz in Esthers Magen ein und rief ein Gefühl hervor, das sie sonst nur empfand, wenn sie in einem Fahrstuhl nach unten fuhr. Ellen war vielleicht am Telefon! … Oder?

Die Bedenken folgten auf dem Fuße. Ellen war ausdauernd … und das in jeder Hinsicht. Sie war auch ausdauernd, wenn es darum ging, wütend zu sein … oder stolz … oder nachtragend.

Rrring! Andererseits … herrschte seit zwei geschlagenen Wochen Funkstille zwischen ihr und Ellen. Esther kam es fast so vor, als hätte sie die längsten zwei Wochen ihres Lebens hinter sich. Abend für Abend hatte sie mit dem Telefon gekämpft, mehrfach bereits den Hörer in der Hand gehalten. Letztendlich war sie dann aber doch hart geblieben. Sie wollte nicht mehr länger die Schwächere in ihrer ungleichen Beziehung sein. Sie wollte sich endlich Respekt – Ellens Respekt – verschaffen!

Und vielleicht war ihr das ja auch schon gelungen! Vielleicht, ganz vielleicht ... tat Ellen jetzt den ersten Schritt und rief bei ihr an. Eine solche Gelegenheit konnte man doch unmöglich verstreichen lassen! Vielleicht würde sich Ellen kein zweites Mal dazu herablassen ... vielleicht würde Esther dann nie wieder Kontakt zu Ellen haben, zu ihrer Zwillingsschwester, ihrem zweiten Ich!

Esther sprang schneller vom Laufband, als sie eben noch gerannt war. Sie hechtete zum Telefon und riss den Hörer von der Station.

„Ja?", keuchte sie.

„Esther?", fragte eine Männerstimme am anderen Ende der Leitung.

Esther stockte der Atem. „Wer ist da?", fragte sie entsetzt.

„Ich bin's, Markus. Ich ... äh ... fall mal mit der Tür ins Haus. Ich ... also ... würde Sie gerne wiedersehen. Was halten Sie davon?"

„Überhaupt nichts!", rief Esther und musste sich an der Anrichte festhalten. Der Boden unter ihren Füßen schwankte bedenklich hin und her. Ob sie zu plötzlich vom Laufband gestiegen war? „Ich will, dass Sie mich in Ruhe lassen!"

„Aber Sie gehen mir nicht mehr aus dem Kopf!", behauptete Markus. „Ich möchte Sie gern näher kennenlernen. Vielleicht könnten wir ja mal zusammen essen gehen – auf neutralem Boden."

Esther wurde noch schwindeliger. „Auf gar keinen Fall! Ich gehe niemals essen! Und schon gar nicht mit Männern wie Ihnen!"

„Ich bin gar nicht so schlimm!", entrüstete sich Markus. „Nur weil wir einen schlechten Start hatten, müssen Sie mich noch lange nicht beleidigen!"

Esther schluckte und fühlte sich ein wenig beschämt. Vielleicht tat sie diesem Markus wirklich Unrecht. Immerhin hatte er sie in den letzten zwei Wochen kein einziges Mal belästigt.

„Hören Sie, Markus", begann sie in gemäßigtem Tonfall, „ich werde das Gefühl nicht los, dass Sie die Falsche am Apparat haben. Könnte es sein, dass meine Schwester Ihnen ein wenig den Kopf verdreht hat?"

Einen Moment lang herrschte Schweigen am anderen Ende der Leitung. „Sie ist die aufregendste Frau, die ich jemals getroffen habe", seufzte Markus schließlich.

Esther nickte und atmete auf. „Soll ich Ihnen Ellens Telefonnummer geben?", fragte sie sanft.

Wieder antwortete Markus erst nach einer längeren Pause. „Das hat keinen Zweck. Sie ist ein Vamp!", sagte er dann bitter. „Ein männermordendes Etwas! Sie hat mich nur benutzt!"

„Ich staune immer wieder", bemerkte Esther in einem Anfall trockenen Humors, „wie gut man einen Menschen in so kurzer Zeit kennenlernen kann!"

„Aber Sie", sagte Markus plötzlich, „Sie sind anders, nicht wahr?"

Esther erschrak. „*Ich*? Was hat das Ganze mit mir zu tun?"

„Ich möchte Sie näher kennenlernen", wiederholte Markus seine Worte von vorhin. „Einfach nur kennenlernen! Ginge das?"

„Nein!", rief Esther. „Nein, das geht nicht! Ich bin an Männerbekanntschaften nicht interessiert. Überhaupt nicht, gar nicht, nie – verstehen Sie das?"

„Jetzt ist es zwanzig nach sieben", fuhr Markus unbeirrt fort. „Ich hole Sie um kurz vor acht ab, in Ordnung?"

„Nein!", schrie Esther und klang dabei schon wieder ansatzweise hysterisch. „*Ich will nicht*, begreifen Sie das denn nicht?"

„Jetzt kommen Sie schon", beharrte Markus. „Acht Uhr ist eine super Zeit. Sie können Ihr Lauftraining beenden und sogar noch in Ruhe duschen. Was stört Sie denn daran?"

Esthers Gesichtszüge entgleisten. *Was hatte er gerade gesagt?* Einen Moment lang starrte sie ins Leere, dann wirbelte sie herum und sah in Richtung ihres großen Wohnzimmerfensters, durch das die Abendsonne angesichts fehlender Gardinen ungehindert hindurchfallen konnte.

„Oh nein", krächzte sie, stürmte mit dem Hörer in der Hand zum Fenster und heftete ihre Augen auf die Straße.

Sie musste nicht lange suchen. Die gut gebaute Gestalt ihres Verehrers lehnte lässig an einem Laternenpfahl, der sich auf der gegenüberliegenden Straßenseite befand. Obwohl er im Schatten der Mehrfamilienhäuser stand, trug er auch heute eine dunkle Sonnenbrille – was ihn allerdings nicht daran hinderte, jetzt auch noch frech zu ihr nach oben zu winken!

Esther hob wie in Zeitlupentempo den Telefonhörer an ihr Ohr. „Gehen Sie da weg!", zischte sie im Flüsterton. „Bitte!" Während Esther auf die Reaktion wartete, kaute sie verzweifelt auf ihrer Unterlippe herum.

„Nur, wenn ich hochkommen darf", antwortete Markus und untermauerte seine Worte, indem er zuerst auf sich und dann nach oben deutete.

Esther schüttelte heftig den Kopf und warf in Panik das Telefon von sich. Es fiel laut polternd auf ihren Laminatboden und zerbrach dabei in sich selbst, eine kleinere Abdeckplatte aus Plastik und zwei kleine Batterien, die quer durch das ganze Wohnzimmer rollten.

Esther krallte die Hände in das breite Band, mit dem man den Rollladen herunterlassen konnte, riss es förmlich aus der Wand und ließ es dann ruckartig wieder los. In der Folge schlug der Rollladen fast ungebremst auf der Außenfensterbank auf und verursachte einen Lärm, der die vom Telefon verursachten Geräusche noch um Längen schlug.

Für Esther war allerdings nur wichtig, dass sie diesen Markus vollständig aus ihrer Wohnung entfernt hatte – inklusive seiner Stimme und seiner Blicke. Um sicherzustellen, dass das auch so blieb, hechtete sie gleich anschließend zu ihrer Wohnungstür, kontrollierte die Sicherheitsvorrichtungen und schaltete die Klingel ab. Erst dann sank sie in ihr Bett und schlief – so wie sie war – innerhalb weniger Minuten ein.

Kapitel 3

Als am nächsten Morgen um kurz vor sechs der Wecker klingelte, hatte sich Esther wieder beruhigt. Sie war jetzt in der Lage, den gestrigen Vorfall im Licht der Vernunft zu betrachten. Dabei kam sie zu dem Schluss, dass sie wieder einmal total überreagiert hatte. Dieser Markus hatte doch eigentlich gar nichts getan! Er hatte sie lediglich zum Essen eingeladen. Dass er sich vorsichtshalber schon mal vor ihrer Wohnung postiert hatte, ließ doch noch lange nicht darauf schließen, dass er ein Spanner oder so was war!

Esther seufzte, knipste ihre Nachttischlampe an und schälte sich aus dem Bett. Ihre Laufklamotten waren feucht und vollkommen verknittert. Außerdem rochen sie verdächtig.

Trotzdem ging Esther nicht zuerst unter die Dusche, sondern ins Wohnzimmer. Dort war es noch immer stockfinster. Barfuß tappte sie über den kalten Boden in Richtung Wohnzimmerfenster. Dabei trat sie auf etwas, das sie im ersten Moment auch überhaupt nicht einordnen konnte. Erst als ihr Fuß mit diesem Etwas davonrollte, erinnerte sie sich an die Batterien des Telefons. Und als sie Sekundenbruchteile später mit dem Hinterteil auf der scharfkantigen Platte des Beistelltischs landete, war die Erinnerung wieder so frisch wie noch am Abend zuvor! Fluchend rappelte sie sich hoch und rieb sich den schmerzenden Po. Leicht humpelnd, aber dafür umso vorsichtiger setzte sie anschließend ihren Weg fort. Als sie das Fenster erreicht hatte, tastete sie nach dem Band, zog zaghaft den Rollladen hoch und blickte mit angehaltenem Atem hinaus.

„Puuhhh." Ein Stoßseufzer der Erleichterung entfuhr ihr, als sie feststellte, dass die Straße fast menschenleer war und insbesondere kein breitschultriger Mann an irgendwelchen Laternenpfählen lehnte. Jetzt konnte sie beruhigt duschen gehen.

Als sie ihre dicken, schweren Haare nach einer Ewigkeit endlich trocken gefönt hatte, steckte sie sie mit Hilfe einer großen schwarzen Spange zu einem kunstvollen Dutt zusammen. Dann schlüpfte sie in eines ihrer Lieblingskostüme. Es bestand aus einem langen beigefarbenen Rock und einem langärmeligen rostroten Oberteil, das mit raffinierten beigefarbenen Schrägstreifen versehen war und ausgesprochen elegant wirkte. Anschließend versah sie ihre hellen Wimpern mit dunkler Wimperntusche. Das unterstrich ihre aparte Augenpartie und ließ die hellgrünen Augen noch leuchtender erscheinen. Auf weiteres Make-up verzichtete sie entsprechend ihrer Gewohnheit. Im Gegensatz zu ihrer Schwester mochte sie die lustigen Sommersprossen, die ihre Nase bevölkerten und sich von dort auf ihre Wangen ausbreiteten. Dann schaltete sie die Türklingel wieder ein.

Esther hatte ihre Stiefel bereits angezogen, als es zur gewohnten Zeit an der Tür läutete. Obwohl das Geräusch heute besonders wichtig für sie war, rief es auch ein leichtes Magendrücken bei ihr hervor.

Vorsichtig ging sie zur Tür. „Ja?", fragte sie zaghaft.

„Ich bin's", sagte eine Männerstimme auf der anderen Seite.

„Und die Nummer?", fragte Esther.

„Sieben-zwei-acht-vier-vier", antwortete der Mann mit einem Hauch von Langeweile in der Stimme.

Esther atmete auf. „Ich komme!", antwortete sie, zog noch ihren Mantel über, griff nach ihrer Handtasche und machte sich dann daran, die diversen Schlösser zu entriegeln. Als sie die Tür endlich öffnen konnte, sah sie sich einem erstaunlich kleinen Mann von vielleicht Mitte 50 gegenüber.

„Allmählich sollten Sie meine Stimme aber kennen“, sagte der Mann, der von Beruf Taxifahrer war und sie nun schon seit Ewigkeiten zur Arbeit und wieder nach Hause kutschierte.

„Vertrauen ist gut ...“, entgegnete Esther.

„... Kontrolle ist besser“, vollendete der Mann ihren Satz und grinste. „Ihre Probleme möchte ich haben.“

„Ich Ihre nicht“, murmelte Esther und starrte angewidert auf die enormen Zahnbeläge, die das Lächeln des Mannes ans Licht gebracht hatte. Esther konnte sich denken, woher diese stammten. Sie musste den Mann permanent daran erinnern, während der Fahrt doch bitte nicht zu rauchen. Trotzdem mochte sie ihn. Er war pünktlich und zuverlässig. Außerdem strahlte er Ruhe und Souveränität aus. In Esthers Augen war er ein guter und vor allem finanzierbarer Bodyguard.

Einige Stunden später saß Esther an ihrem Schreibtisch und tippte auf ihrer Computertastatur herum. Dabei rutschte sie unruhig auf ihrem Bürostuhl hin und her. Der Sturz am frühen Morgen hatte doch mehr Schaden verursacht, als Esther angenommen hatte!

Noch unruhiger gestaltete sich allerdings die Bewegung ihrer Hände. Als Sekretärin des Leiters der Entwicklungsabteilung beherrschte Esther das Zehnfingersystem einwandfrei. Ihre langen, schlanken Finger glitten wie der Wind über die Tastatur.

Esthers Telefon klingelte kurz und abgehackt. Dadurch wusste sie, dass ihr Chef anrief. Sie hörte sofort auf zu schreiben und nahm den Hörer ab. „Ja?“

„Sind die Entwürfe von Westermann und Martens schon da?“

„Ja, sind sie.“

„Und warum hab ich sie dann noch nicht auf meinem

Schreibtisch?", bollerte ihr Chef freundlich und gut gelaunt wie immer ins Telefon.

Esther ließ erschrocken den Hörer fallen, griff nach den beiden Mäppchen, die neben ihr auf dem Schreibtisch lagen, und stolperte zur Tür. Sie hatte heute Morgen mal wieder alles getan, um ihren Chef *nicht* zu verärgern. Als Bernd Westermann und Thomas Martens die Entwürfe eingereicht hatten, hatte ihr Chef noch telefoniert. Und da er nichts mehr hasste, als während eines Telefonats unterbrochen zu werden, hatte Esther die Entwürfe erst einmal auf ihrem Schreibtisch platziert. Und jetzt war er schon wieder wütend auf sie! Dabei wünschte sich Esther nichts mehr als ein wenig Freundlichkeit und Anerkennung. Aber was sie auch versuchte, um ihren Chef zufriedenzustellen, es war immer zum Scheitern verurteilt. Manchmal hatte sie den Eindruck, als suche er förmlich nach einem Grund, um Esther niederzumachen. Oft, schon sehr oft, hatte sie sich geschworen, sich eine solche Behandlung nicht länger gefallen zu lassen. Aber wenn es dann eine Gelegenheit zum Gespräch gegeben hatte, hatte sie nie die Zähne auseinanderbekommen.

Esther hatte mittlerweile angeklopft und die Tür geöffnet. Als sie den Raum betrat, strömte ihr sofort der herbe Duft des Aftershaves entgegen, das ihr Chef seit Jahr und Tag benutzte. Da er alles andere als sparsam damit umging, war der Geruch für Esther schon zu so etwas wie einem Schlüsselreiz geworden. Esther kam es so vor, als transportiere er Kälte!

Als Esther den Schreibtisch ihres Chefs erreicht hatte, fröstelte sie. „Tut ... tut mir leid", stammelte sie, während sie ihm die beiden Mappen reichte.

Herr Fettköther, so hieß Esthers Chef tatsächlich, sah überhaupt nicht so aus, wie der Name vermuten ließ. Er war gertenschlank und sehr groß. Esther mit ihren 1,83 Metern überragte er um einen halben Kopf. Selbst wenn er wie jetzt auf seinem Bürostuhl saß, wirkte er noch Furcht einflößend riesig.

Dazu trugen sicher auch seine extrem großen Hände bei. Sie waren so kräftig, dass sie kaum zu seinem schlanken Körper passen wollten. Das war wohl auch der Grund dafür, dass sie Esther beinahe hypnotisierten. Sie musste sie immerzu anstarren und sich regelrecht zwingen, ihren Blick im Gespräch auf sein Gesicht zu richten. Das galt insbesondere dann, wenn er sie – wie jetzt – missbilligend betrachtete.

„Was haben Sie zu Ihrer Entschuldigung vorzubringen?", fragte er streng.

Esther schluckte. Dann murmelte sie kaum hörbar: „Sie waren am Telefon, als –"

Herr Fettköther schlug seine rechte, mit einem Ehering versehene Monsterhand flach auf den Tisch. Dabei knallte es so laut, dass Esther zusammenzuckte und sofort verstummte. „Ich telefoniere schon seit *zehn Minuten* nicht mehr", brüllte er. „Und Sie wissen ganz genau, dass diese Entwürfe eilen. Der Alte sitzt mir ganz schön im Nacken. Wenn ich nicht bis Ende der Woche einen vernünftigen Vorschlag unterbreite, wackelt unser aller Stuhl! Ihrer tut es sowieso schon!"

Auf einmal fiel es Esther gar nicht mehr schwer, ihrem Chef ins Gesicht zu sehen. Erschrocken starrte sie ihn an. Was hatte er da gerade gesagt? Ihr Stuhl wackelte? Gerüchteweise war ihr schon zu Ohren gekommen, dass der Firma eine Entlassungswelle bevorstand. Die Konjunktur lahmte ja überall. Natürlich machte sie auch vor Kinderplastikartikeln nicht halt. Aber bisher hatte sie sich einzureden versucht, dass die Sekretärin eines Ressortchefs nun einmal unentbehrlich war. Und sie arbeitete doch auch schon sechs Jahre in dieser Firma! „Wie ... wie meinen Sie das?", presste sie hervor.

„Haben Sie den Eindruck, dass ich mit Ihnen besonders zufrieden bin?", lautete die Gegenfrage ihres Chefs.

Esther schluckte. Dann senkte sie den Kopf und schüttelte ihn kaum merklich. Natürlich war er *nicht* mit ihr zufrieden. Aber das lag daran, dass er mit nichts und niemandem zufrieden war!

„Und warum nicht?", fragte Herr Fettköther weiter.

Esther begann, ein wenig zu zittern. Eine solche Frage bekam man nur selten gestellt. Eigentlich schrie sie nach einer ehrlichen Antwort. Eigentlich, das wusste sie genau, musste sie ihm jetzt sagen, was sie wirklich von ihm hielt. Sie musste sich verteidigen, ihm entgegentreten, ihm Kontra geben. Aber die Worte blieben ihr einfach im Halse stecken. Sie wagte jetzt nicht mal mehr, ihn anzusehen, sondern kaute nur noch heftig auf ihrer Unterlippe herum.

„Sie missachten eindeutige Anweisungen, Frau Kieling", beantwortete Herr Fettköther seine eigene Frage. Seiner Tonlage konnte Esther entnehmen, dass er noch schlechter gelaunt war, als sie vermutet hatte. „Und das nicht zum ersten Mal. Wie soll ich meine Arbeit machen, wenn ich mich nicht mal auf meine eigene Sekretärin verlassen kann, hm?"

„Tut mir wirklich leid", hauchte Esther erneut.

Ihr Chef stieß einen theatralischen Seufzer aus. „Ja, ja, das kennen wir ja schon", murmelte er. Dann schlug er die erste der beiden Mappen auf, es war die von Bernd Westermann, und betrachtete den Inhalt.

Esther folgte seinem Blick. Sie hatte schon heimlich in die beiden Mappen hineingesehen. Sie wusste, dass „der Alte", der Sohn des Firmengründers, Herr Schliephake junior, dringend ein neues Zugpferd brauchte. Früher hatte er mit Beruhigungssaugern, Trinklerntassen, Rasseln und anderen einfachen Spielsachen für Kleinkinder Geld verdient. Aber mittlerweile war der Markt schwer umkämpft. Es gab zu viele Mitbewerber. Und so waren neue Ideen gefragt, möglichst solche, die richtig einschlugen und die Bilanzen aus den roten Zahlen zu ziehen vermochten.

Der erste Entwurf, den Herr Fettköther betrachtete, zeigte einen Babyschnuller. Dem dazugehörigen Text hatte Esther entnommen, dass dieser die Fähigkeit besitzen solle, innerhalb weniger Sekunden die Temperatur des Säuglings zu messen.

Gibt's schon, dachte Esther. „Schnee von gestern", murmelte Herr Fettköther, zerknüllte das Blatt Papier und warf es ärgerlich in den Mülleimer.

Dann ging er zum zweiten Entwurf über. Dieser zeigte ein knallbuntes Plastikschiff, das dem entsprechenden Text zufolge untergehsicher in der Badewanne schwimmen und gleichzeitig die Wassertemperatur messen sollte.

Nicht originell genug, dachte Esther.

„Mit Temperaturen hat er's ja wohl", kommentierte Herr Fettköther. Er betrachtete den Entwurf noch eine Weile, dann schüttelte er erneut den Kopf, zerknüllte auch dieses Blatt und fütterte damit den Papierkorb.

„Westermann", murmelte er, „du hast doch am Wochenende zu heiß gebadet." Er seufzte, legte die Mappe zur Seite und nahm die zweite zur Hand.

Jetzt wird's erst richtig schlimm, dachte Esther und musste ein bisschen grinsen. Obwohl sie Thomas Martens gut leiden konnte, hatte sie ihn schon immer für ein wenig neben der Spur gehalten. In ihren Augen war er ein verkappter Militarist. Und genau das bewiesen seine Entwürfe. Der erste, den jetzt Herr Fettköther betrachtete, zeigte ein Babyspielzeug. Es besaß die Form einer Pistole und sollte mit einem Abzug versehen werden, der bei entsprechender Betätigung maschinengewehrähnliche Geräusche von sich gab.

Interessiert betrachtete Esther den Gesichtsausdruck ihres Chefs. Der verriet zuerst Fassungslosigkeit, dann kalte Wut und Entschlossenheit. „Frau Kieling", fragte er, ohne den Blick von dem Entwurf zu nehmen, „wann haben wir Herrn Martens eingestellt?"

Esther schluckte. Sie wusste genau, worauf diese Frage abzielte. „Vor vier Monaten."

„Sehr gut", nickte ihr Chef, „dann ist er noch in der Probezeit. Telefonieren Sie mit der Personalabteilung und veranlassen Sie, dass man ein Kündigungsschreiben für ihn aufsetzt."

Er hielt inne und überlegte einen Moment. „Heute ist Freitag", murmelte er und sah auf seine Uhr. „Na gut ..." Dann wandte er sich wieder an Esther. „Ich will das Schreiben am Montagmorgen um acht auf meinem Schreibtisch haben. Und bestellen Sie Herrn Martens für fünf nach acht in mein Büro."

Esther grinste jetzt überhaupt nicht mehr. Sie fand den Entwurf ja genauso unmöglich. Aber sie wusste auch, dass dies Thomas' erster Job war und dass er ihn dringend brauchte. Außerdem konnte sie sich lebhaft vorstellen, dass man nach einer Entlassung während der Probezeit beim nächsten Mal noch schlechter einen Job finden würde. „Sie ... könnten sich doch erst noch den zweiten Entwurf ansehen", schlug sie ganz leise vor.

Herr Fettköther seufzte, ließ das erste Blatt mit einer lockeren Bewegung aus dem Handgelenk zu Boden segeln und sah dann voller Skepsis auf das zweite. Dieses zeigte ein schwertähnliches Gebilde. Es sollte an die 30 Zentimeter lang sein und geöffnet werden können. Die Scheide sollte Seifenblasenflüssigkeit enthalten, das Schwert selbst nur aus dem gezackten Rahmen bestehen, der diese Flüssigkeit aufnehmen konnte. Herr Martens stellte sich vor, dass die Kinder mit dem erhobenen Schwert durch die Gegend laufen und dadurch riesige Seifenblasen herstellen könnten.

„Und?", fragte ihr Chef gelangweilt. „Was ist daran besser?"

„Die Grundidee", wagte Esther zu sagen. „Seifenblasen sind faszinierend für Kinder."

Sie dachte an die Kinder ihrer Cousine, die sie mit diesem einfachen Spielzeug immer wieder hatte begeistern können. „Und wer hat schon Lust, immer das gleiche Fläschchen in der Hand zu halten?", überlegte Esther weiter. „Das gleiche Design seit all den Jahren. Man müsste sich etwas Neues ausdenken, etwas, das Kinder und Eltern gleichermaßen überzeugt."

Sie war auf einmal Feuer und Flamme für den Gedanken. Schnell überlegte sie weiter. Die Kinder überzeugen ... dann musste das Behältnis bunt sein, am besten knallig bunt ... und vielleicht eine besondere Form haben. Was käme da infrage? Ein Mensch? Gar keine schlechte Idee ... vielleicht konnte es die Form eines Mannes haben ... eines Mannes mit Zylinder. Dann wäre der Zylinder der Deckel, in dem das Stäbchen mit dem runden Rahmen zur Herstellung der Seifenblasen stecken würde. Das wäre doch nicht schlecht! Aber wie überzeugte man die Eltern? Das war viel schwieriger. Die Eltern ... Was wollen Eltern? ... Was stört sie? Esther dachte an ihre Erfahrungen mit Seifenblasen zurück. Schon als kleines Kind hatte sie es geliebt, massenweise Blasen zu pusten, aber das Zeug hatte immer furchtbar getropft. Außerdem liefen die Fläschchen sofort aus, wenn ungeschickte Kinderhände sie umstießen. Das störte die Eltern am meisten! Sie brauchten ein auslaufsicheres Behältnis! Aber war das machbar? Bestimmt! Man konnte die Öffnung des Behältnisses möglichst schmal gestalten und dann mit dehnbarem, flexiblem Gummi verschließen. So arbeiteten schließlich auch die Hersteller manch auslaufsicherer Becher. Das war es!

„Blödsinn!" Herr Fettköther riss Esther jäh aus ihren Gedanken. „Seifenblasen sind von vorgestern! Wir leben im Kommunikationszeitalter! Die Kinder spielen mit Handys und Computern. Seifenblasen interessieren keinen toten Vogel mehr."

„Aber nein!", widersprach Esther mit sehr viel mehr Nachdruck, als man ihn von ihr gewohnt war. „Seifenblasen sind zeitlos. Noch Ihre Enkelkinder werden sich dafür begeistern!"

Erst jetzt blickte Herr Fettköther von dem Entwurf auf und sah Esther an. Einen Moment lang schien er überrascht, dann verärgert. „Haben Sie eigentlich Kinder, Frau Kieling?", fragte er auf einmal.

Esther presste erschrocken die Lippen aufeinander. Sie wusste genau, worauf ihr Chef hinauswollte. „Nein, aber –"

„Und haben Sie studiert, Frau Kieling?"

Esther sah angestrengt auf ihre Schuhe und schüttelte betreten den Kopf.

„Dann widmen Sie sich doch von jetzt an *Ihrer* Arbeit! Machen Sie die endlich so, wie es sich gehört, und stecken Sie Ihre Nase nicht in meine Angelegenheiten. Haben wir uns verstanden?"

Esthers Gesicht hatte mittlerweile die gleiche Farbe angenommen wie ihre Haare. Sie drehte sich um und flüchtete aus dem Büro ihres Chefs.

Sie war schon bis zur Tür gekommen, als Herr Fettköther hinter ihr herrief: „Ach, Frau Kieling?"

Esther blieb stehen und drehte sich noch einmal um. „Ja?"

„Vergessen Sie die Sache mit dem Kündigungsschreiben nicht."

„Natürlich nicht", flüsterte Esther.

Den Rest des Vormittags verbrachte sie stramm arbeitend im Vorzimmer. Sie tippte das Schriftstück von vorhin zu Ende, nahm Telefonate an, leitete einige weiter, wimmelte andere ab, kümmerte sich um die Formalitäten für die Kündigung des Herrn Martens, verlegte Termine, buchte Flüge, ordnete Papiere und kochte Kaffee.

Dabei stand sie eigentlich permanent unter Strom und wagte es nicht einmal, zur Toilette zu gehen. Erst als Herr Fettköther um halb eins sein Büro zur Mittagspause verließ, atmete sie auf. Für ein paar Minuten sackte sie in ihrem Schreibtischstuhl zusammen, dann sprang sie auf, schnappte sich eine Plastikdose und stürzte damit aus dem Zimmer. Sie eilte durch den Flur, hastete zwei Treppen nach oben, durchquerte einen weiteren Flur und stürmte dann ohne anzuklopfen in ein Büro.

„Mann, bist du spät dran", kommentierte Barbara ihr Erscheinen. Sie war ein kleines, zierliches Persönchen mit kurzen dunklen Haaren, einer modernen, schwarz umrandeten Brille und einer lustigen Stupsnase. Offensichtlich hatte sie ihre Mittagspause bereits begonnen. Jedenfalls saß sie tatenlos hinter zwei dampfenden Tassen Kaffee, die den Raum mit einem äußerst verführerischen Duft erfüllten.

Das Büro war nur knapp acht Quadratmeter groß und mit dem schwarzen Bürostuhl, dem überdimensionalen Schreibtisch aus hellbraunem Kunststoff und einem kleinen Regal völlig ausgefüllt. Zum Glück bot es gerade noch Platz für einen hässlichen alten Stuhl, der in jeder Mittagspause für Esthers Gesellschaft garantierte.

„Er hat ... mal wieder eine ... absolute ... Saulaune", entgegnete Esther atemlos. Sie schloss die Tür hinter sich und griff nach einer der beiden Kaffeetassen. Damit ließ sie sich dann in alter Gewohnheit auf dem Stuhl nieder.

„Wer weiß", verlieh Barbara einer ihrer gemeinsten Hoffnungen Ausdruck, „vielleicht liegt's daran, dass auch er um seinen Stuhl fürchtet. Den Gerüchten zufolge wird die Belegschaft demnächst um dreißig Prozent reduziert. Und die Entlassungen sollen sich durch alle Abteilungen und Rangordnungen ziehen!"

Esther erschrak so, dass sie sich an ihrem Kaffee verschluckte. Sie hustete, dann presste sie mühsam hervor: „Hast du denn was Neues gehört? Ich meine ... ist es sicher, dass so viele entlassen werden?"

Sie dachte an die Andeutung ihres Chefs und nahm gedanklich schon ihre eigenen Entlassungspapiere entgegen. Ein kalter Schauer lief ihr über den Rücken. Wie sollte sie denn in der heutigen Zeit eine neue Arbeitsstelle finden?

Barbara zuckte mit den Schultern. „Nö. Sind alles nur Gerüchte."

„Ja", antwortete Esther zittrig, „aber die hartnäckigsten, die ich in dieser Firma jemals erlebt habe!"

Sie stellte ihre Kaffeetasse zur Seite. An Essen oder Trinken war jetzt nicht mehr zu denken. Die Angst um ihren Arbeitsplatz hatte sich wie ein Amboss auf ihre Schultern gelegt und drückte sie unbarmherzig nieder.

Barbara entging das natürlich nicht. „Hast du etwa Angst um deinen Job?“, fragte sie verwundert. „Du bist Sekretärin! Sekretärinnen werden doch immer gebraucht. Kann höchstens sein, dass du einem neuen Abteilungsleiter zugeordnet wirst.“ Sie lachte. „Was ja nun wirklich nicht das Schlimmste wäre.“

„Aber mein Chef ist nicht mit mir zufrieden!“, jammerte Esther.

„Hat er das gesagt?“, brauste Barbara auf.

„Wortwörtlich“, hauchte Esther niedergeschlagen.

„So ein Arsch“, regte sich Barbara auf. „Dabei bist du die tüchtigste Kraft, die ich kenne. Die abgewrackte Töle kommt doch ohne dich gar nicht aus!“

Für einen ganz kurzen Moment musste Esther lächeln. Sie mochte Barbara und sie mochte ihr loses Mundwerk. Außerdem fand sie es höchst amüsant, wenn Barbara den Namen ihres Chefs in die kreativsten Schimpfwörter verwandelte.

„Und das weiß er auch!“, fuhr Barbara fort. „Er wagt es nur, dich so niederzumachen, weil du ihm nichts entgegensetzt. Wirklich, Esther, es wird Zeit, dass du ihm mal Paroli bietest.“

„Dann bin ich in null Komma nichts meinen Job los“, seufzte Esther.

„Oder du wirst wegbefördert“, lächelte Barbara.

„Ja, zum Arbeitsamt“, nickte Esther bitter.

„Oh, jetzt hör doch mal endlich damit auf“, schimpfte Barbara. „Deine ständige Angst kann einem ja wirklich auf den Zeiger gehen. Du wirst nicht entlassen, okay? Wahrscheinlich wird überhaupt niemand entlassen.“

„Also, damit liegst du definitiv falsch“, entfuhr es Esther. Schon im gleichen Moment aber schlug sie erschrocken die Hand vor den Mund. War sie nicht ganz bei Trost? Sie durfte doch auf gar keinen Fall derartige Geheimnisse ausplaudern!

„Wie meinst du das?“, fragte Barbara erstaunt.

„Ich ... äh ... also", stotterte Esther.

Barbara musterte ihre Freundin einen Moment lang. Dann bildete sich ein fester Zug um ihren Mund. „Also raus damit, *wer* wird entlassen?"

Esther errötete bis an die Haarwurzeln und heftete ihren Blick auf den Boden. Jetzt hatte sie ein Problem! „Äh, ich weiß nicht", stammelte sie. „Ich hab nur ... wollte nur ..."

„*Wer ... wird ... entlassen?*", wiederholte Barbara in einem Tonfall, der schon jetzt verriet, dass sie keinesfalls lockerlassen würde.

„Hör auf", flehte Esther und griff mit der linken Hand nach ihrer goldenen Halskette. Hektisch schob sie den kleinen Anhänger von einer Seite zur anderen. „Ich kann's dir nicht sagen, wirklich nicht. Das fällt unter meine Schweigepflicht!"

„Also ist es jemand aus der Entwicklung", kombinierte Barbara.

Esther stöhnte auf und schlug verzweifelt die Hände vors Gesicht. Die Katastrophe stand ihr unmittelbar bevor!

„Nein!", rief Barbara entsetzt. „Sag, dass das nicht wahr ist!"

Aber Esther sagte gar nichts. Sie kaute nur auf ihrer Unterlippe herum.

„Aber ... das kann nicht sein!", stammelte Barbara. „Er ist doch gut ... ich meine ... ich weiß, dass er gut ist!"

Im Bett vielleicht, dachte Esther sarkastisch. Aber sie sagte es natürlich nicht.

„Drei Monate", murmelte Barbara. „Wir sind seit drei Monaten zusammen. Also arbeitet er seit vier Monaten in der Firma." Sie schluckte. Dann fügte sie verzweifelt hinzu: „Die Probezeit ist noch nicht um!"

Esther schüttelte den Kopf und bearbeitete schon wieder ihre Halskette. Der Anhänger bestand aus einem goldenen Herzen, das allerdings nur zur Hälfte vorhanden war. Das Gegenstück besaß Ellen. Die beiden Schwestern hatten es zu ihrem zwölften Geburtstag von ihren Eltern geschenkt bekommen.

Doch während Ellen ihr Exemplar in einer Schmuckschatulle verstauben ließ, trug Esther ihre Hälfte, als wäre sie mit ihr verwachsen. „Nein."

„Aber warum?", regte sich Barbara auf. „Warum Tommy? Er hat so gute Ideen! Hast du ... hast du seine letzten Entwürfe gesehen? Die waren doch ganz große Klasse!"

Die Bundeswehr wäre begeistert gewesen, dachte Esther. Aber sie sagte vorsichtig: „Der Chef fand sie wohl ... na ja ... ein bisschen zu militaristisch."

Barbara sah ihrer Freundin auf einmal mitten ins Gesicht. „Warst du etwa dabei, als er sie sich angesehen hat?"

Esther nickte betreten.

„Und als er beschlossen hat, ihn rauszuwerfen?"

Esther nickte wieder und fuhr mit den Fingern an den goldenen Zacken entlang, die den Bruch der beiden Herzhälften symbolisieren sollten.

„Und was hast du unternommen, um es zu verhindern?", fragte Barbara streng.

„Alles ... alles Mögliche ...", stammelte Esther und ließ die Kette los.

„Blödsinn!", fiel Barbara ihr ins Wort. „Du hast nichts unternommen, überhaupt nichts. Das kennen wir doch so von dir. Wenn's drauf ankommt, kriegst du einfach den Mund nicht auf!"

„Aber das stimmt doch gar nicht!", protestierte Esther. Dieses Mal tat Barbara ihr wirklich Unrecht. Für ihre Verhältnisse hatte sie wie eine Löwin für Thomas gekämpft. „Ich ... ich allein hab dafür gesorgt, dass er sich den zweiten Entwurf überhaupt noch ansieht!"

„Und dann habt ihr gemeinsam beschlossen, dass er genauso schlecht ist wie der erste, ja?"

„Nein!", beteuerte Esther. „Im Gegenteil! Ich hab alles getan, um ihn davon zu überzeugen ... na ja ... zumindest von der Grundidee."

„Welche Grundidee?"

„Die Idee mit den Seifenblasen. Ich hab ihm gesagt, dass Seifenblasen zeitlos sind und dass man sie nur mal anders verkaufen müsste. Na ja, vielleicht nicht gerade so militaristisch ... ich denke da eher an eine bunt gestaltete Flasche ... vielleicht mit menschlichen Umrissen ... ein verniedlicht dargestellter Mann mit Zylinder oder so. Der Zylinder wäre abnehmbar und würde als Deckel den Stab enthalten." Während Esther sprach, stellte sich die Begeisterung wieder ein, die sie schon vorhin empfunden hatte. Eifrig fuhr sie fort: „Das Entscheidende ist aber, dass man auch die Eltern überzeugt. Wir müssen etwas haben, was es noch nicht gibt und was unglaublich praktisch ist. Wir brauchen eine hundertprozentig auslaufsichere Flasche!" Sie hielt inne und sah Barbara fragend an.

Aber diese schüttelte nur den Kopf.

Esther kam sich auf einmal furchtbar dumm vor. „Na ja", beeilte sie sich zu sagen, „war ja nur so eine Idee ... eine blöde Idee. Vergiss es einfach wieder."

Aber Barbara schüttelte immer noch den Kopf. „Du verblüffst mich immer wieder, weißt du das? Du bist kreativ, kreativer noch als Tommy! Du kannst dir nicht vorstellen, was ich für eine entsetzliche Woche hinter mir habe. Tommy hat Tage und Nächte über den Entwürfen gebrütet. Und ich natürlich auch! Trotzdem ist nur was weniger als Mittelmäßiges dabei herausgekommen! Aber du, du schüttelst das so einfach aus dem Ärmel!"

Esther lächelte scheu und errötete sogar ein wenig. Sie war es nicht gewohnt, dass man sie lobte. Ellen hielt jedenfalls nicht sehr viel von ihren Fähigkeiten.

„Und die Idee ist gut!", fuhr Barbara fort. „Sehr gut sogar! Jetzt, wo du's sagst, erinnere ich mich daran, dass ich mal mit meiner Nichte Seifenblasen hergestellt habe. Sie war damals dreieinhalb. Ich war zum Schluss völlig genervt, weil ich sie nicht zwei Sekunden aus den Augen lassen konnte. Wir haben bestimmt einen halben Liter Seifenblasenflüssigkeit auf der Terrasse verteilt! Wirklich, die Idee ist der Hit!"

Esther zuckte verlegen mit den Schultern. „Ein blindes Huhn findet halt auch mal ein Korn", hauchte sie.

„Aber nein!", widersprach Barbara. „Das hat doch nichts mit einem Zufallstreffer zu tun! Es ist ja nicht das erste Mal, dass du so ins Schwarze triffst. Weißt du noch? Damals, als es um die neue Generation Schnuller ging. Da hast du zielsicher das einzig vernünftige Modell aus hundert Entwürfen herausgepickt. Und das ist dann auch genommen worden. Schon damals hab ich gedacht, dass du eigentlich einen anderen Job machen müsstest." Barbara fing auf einmal an zu grinsen. „Den von unserem übergewichtigen Wauwau vielleicht."

Esther erschrak. „Bist du verrückt? Ich soll am Stuhl meines Chefs sägen? Das kann einfach nicht dein Ernst sein!"

Aber Barbara zuckte nur leichtfertig mit den Schultern. „Es muss ja nicht ganz so offensichtlich sein. Es reicht schon, wenn du dem Alten einen kleinen Besuch abstattest und ihm von deiner Idee berichtest. Dann kommt er vielleicht von ganz allein darauf, auf welchen Stuhl du in Wirklichkeit gehörst."

Esther sprang auf, fasste sich mit beiden Händen an den Bauch und verzerrte das Gesicht. „Der einzige Stuhl, auf den ich gehöre, ist im Moment der mit dem großen Loch in der Mitte", presste sie hervor. Sie musste immer auf die Toilette, wenn ihr etwas über den Kopf wuchs.

„Jetzt stell dich doch nicht so an", regte sich Barbara auf. „Was hab ich denn schon gesagt? Ich hab doch nur vorgeschlagen, dass du unseren Oberboss besuchst und ihm einen deiner kreativen Vorschläge unterbreitest. Das kann doch nicht so schwer sein!"

„Er wird mich rausschmeißen", behauptete Esther. Ein Schauer lief ihr über den Rücken. Sie stellte sich vor, wie der Alte wütend auf sie einschrie. „,... und mich in der Luft zerreißen.'"

Barbara rollte mit den Augen. „Ja, ja, er wird dich rädern, vierteilen, erhängen, ersäufen und abschlachten. Wirklich, Esther, du bist der größte Schisshase, der auf Erden rumläuft."

„Ich bin nur vorsichtig", widersprach Esther. „Und vernünftig."

„Und feige."

„Lieber feige als arbeitslos!", argumentierte Esther.

„Lieber feige sein und Arbeit haben, als mutig sein und auch noch die Arbeitsstelle eines anderen sichern?"

„Ach, daher weht der Wind!", brauste Esther auf. „Du willst, dass ich Thomas rette. Nur zu diesem Zweck hetzt du mich auf den Alten."

„Nicht nur", gab Barbara zu, „aber auch. Überleg doch mal: Tommy ist Berufsanfänger. Es war ein Wunder, dass er diese Stelle überhaupt bekommen hat. Wenn man ihm jetzt während der Probezeit kündigt, kann er für den Rest seines Lebens bei Lidl Kartons auspacken! Willst du das?"

„Nein, natürlich nicht ..."

„Dann tu etwas dagegen! Du bist seine einzige Chance! Wenn der Alte anbeißt und du Tommy als Inspirationsquelle nennst, darf er mit Sicherheit bleiben!"

Der Druck auf Esthers Magen verstärkte sich. „Ich ... ich kann nicht", krächzte sie.

„Bitte! Tu's für mich!"

„Ich ... ich muss aufs Klo", stöhnte Esther. Sie ließ alles stehen und liegen und eilte auf die Tür zu.

„Ich liebe Tommy!", hörte sie Barbara noch hinter sich herrufen, dann rannte sie schon über den Flur auf die nächstgelegene Toilette zu. Dort schloss sie sich dann für zwanzig Minuten ein.

Natürlich wollte sie Thomas helfen! Erst recht, weil auch Barbara davon betroffen war. Schließlich kannte sie Barbara schon seit vielen Jahren und sie war ihre beste Freundin ... eigentlich sogar ihre einzige. Aber was sie da von ihr verlangte, war einfach zu furchtbar. Schon bei dem Gedanken, ins Zimmer des Alten zu marschieren und ihm ungefragt irgendwelche Entwürfe vorzulegen, bekam sie Schweißausbrüche und Herzrasen. Nein, das war wirklich unvorstellbar! Es ging nicht! Sie *konnte* es nicht!

Auf der anderen Seite war ihr schmerzlich bewusst, wie recht Barbara hatte. Sie war wirklich die einzige Chance, die Thomas noch blieb. Und es war doch auch unfair, dass ihm einfach gekündigt werden sollte! *So* schlecht waren seine beiden Entwürfe auch wieder nicht gewesen. Besonders der zweite nicht. Er war ja auch die Grundlage für ihre eigene Idee. Und von der war sie mittlerweile genauso überzeugt wie Barbara. Es war eine richtig gute Idee! In jedem Fall war sie besser als das, was so tagtäglich über ihren Schreibtisch in das Büro ihres Chefs wanderte. War es da nicht ihre Pflicht, diese Idee wenigstens einmal den Entscheidern vorzulegen? Das Unternehmen brauchte doch so dringend ein neues Zugpferd! Und es lag doch auch in ihrem eigenen Interesse, dass es der Firma gut ging. Das sicherte schließlich auch ihren eigenen Arbeitsplatz.

Und vielleicht ... ganz vielleicht hatte Barbara ja auch recht, und es bestand die verschwindend geringe Chance, dass man ihr einen anderen Arbeitsplatz anbot. Nicht, dass sie mit ihrem Job als Sekretärin unzufrieden gewesen wäre. Aber manchmal träumte sie schon davon, einen etwas anspruchsvolleren Job zu haben. Dann fragte sie sich, warum sie überhaupt Abitur gemacht hatte. Ein Abitur mit 1,5. Damit hätte sie locker studieren können. Aber sie hatte sich ja mal wieder nicht getraut. Sie hatte Angst gehabt, in eine fremde Stadt ziehen zu müssen ... Angst vor den zukünftigen Kommilitonen ... vor dem, was man dort von ihr erwartete. So war sie hiergeblieben, in Gießen, wo sie auch aufgewachsen war, wo ihre Eltern lebten, wo –

Das Piepen ihrer Uhr riss Esther jäh aus all diesen Gedanken. Ihre Mittagspause war zu Ende! Und dabei hatte sie den

Knoten in ihrem Kopf doch noch gar nicht entwirren können! Und zu Mittag gegessen hatte sie auch noch nicht!

Sie seufzte tief. Für die Mittagspause war eine halbe Stunde vorgesehen. Und wenn es jemanden gab, der diese 30 Minuten auf die Sekunde einhielt, dann war es Esther. Sie verließ also die Toilette und eilte in Richtung ihres Büros.

Als sie dort ankam, erwartete sie eine Überraschung. Ein riesiger Blumenstrauß lag in durchsichtige Folie verpackt auf ihrem Schreibtisch. Und auch noch Rosen, die sie doch so liebte! Gelbe Rosen mit rötlichem Rand! Sie war überwältigt!

Erst im zweiten Moment nahm sie wahr, dass auch ihr Chef im Raum war. Er lehnte lässig an der Tür, die in sein Büro führte, und hatte die Arme vor der Brust verschränkt. Er machte nicht gerade ein Gesicht, mit dem man Blumen verschenkt! Eher sah er wütend aus.

„Was ... wieso“, stammelte Esther, verstummte dann aber. Sie verstand überhaupt nichts. Warum schenkte der Chef ihr Blumen? Und warum war er vor ihr aus der Mittagspause zurück? Das war doch eigentlich noch nie vorgekommen!

„Vertrauen ist gut, Kontrolle ist besser“, sagte er auf einmal.

Esther sah ihn mit großen Augen an. Sie begriff noch immer rein gar nichts.

„Bekomme ich nicht wenigstens eine Entschuldigung?“, fuhr Herr Fettköther fort.

Esther sagte nichts. Sie hatte keine Ahnung, wofür sie sich entschuldigen sollte. Ihr Blick wanderte zwischen ihrem Chef und dem Blumenstrauß hin und her. Es sah doch eher so aus, als wollte dieser sich entschuldigen, oder etwa nicht?

„Fünfunddreißig“, sagte ihr Chef.

Auf Esthers Gesicht schien sich ein überdimensionales Fragezeichen zu bilden.

„Fünfunddreißig Minuten“, wiederholte Herr Fettköther sichtlich ungehalten. „Sie sind seit fünfunddreißig Minuten in der Mittagspause. Was haben Sie zu Ihrer Entschuldigung vorzubringen?"

Esther starrte ihn ungläubig an. Wollte er, der mittags manchmal anderthalb Stunden die Firma verließ, wirklich wegen fünf Minuten eine Strafpredigt halten?

„Nun?"

„Ich …", begann Esther, brach dann aber ab. Das hier war einfach zu lächerlich! Sie überzog *nie* die Mittagspause! Sie war so pflichtbewusst und pünktlich, dass Barbara sich ständig über sie lustig machte! Und jetzt das? Wegen fünf Minuten? Nein, das ging zu weit. Das durfte sie sich nicht bieten lassen! Barbaras Worte von vorhin fielen ihr wieder ein. Ja, ihre Freundin hatte recht. Sie musste ihrem Chef endlich mal Paroli bieten! „Es waren … doch nur fünf Minuten", presste sie mühsam hervor.

„Kleinvieh macht auch Mist", entgegnete Herr Fettköther scharf. „Außerdem fängt es immer so an. Erst sind es nur fünf Minuten, dann zehn und schließlich eine halbe Stunde. Nicht umsonst heißt es: ‚Wehret den Anfängen'!"

Ja, dachte Esther bitter, *genau das habe ich wohl versäumt.*

Ihr Chef stieß einen übertriebenen Seufzer aus. „Wenn Sie Ihr Fehlverhalten nicht erklären können, Frau Kieling, dann muss ich unser Vertrauensverhältnis wohl als gestört betrachten. Sicher haben Sie Verständnis dafür, dass ich mich über kurz oder lang nach einer neuen Mitarbeiterin umsehen werde. Stellen Sie sich doch schon mal darauf ein." Mit diesen Worten drehte er sich um, ging in sein Büro und warf lautstark die Tür hinter sich zu.

Zurück blieb eine Sekretärin, die noch immer nicht so recht wusste, wie ihr geschehen war. Hatte ihr Chef das etwa ernst gemeint? Oder hatte er schon wieder nur seine schlechte Laune an ihr ausgelassen? Wieder wanderte Esthers Blick zu dem wunderbaren Blumenstrauß auf ihrem Schreibtisch. Und von wem, zum Donnerwetter, waren diese herrlichen Rosen?

Mit vor Verwirrung gerunzelter Stirn ging Esther auf ihren Schreibtisch zu, umrundete ihn und betrachtete die Blumen von der anderen Seite. Da! Esther entdeckte einen kleinen Umschlag, der mit Geschenkband an der Folie befestigt war. Neugierig öffnete sie ihn und zog ein kleines Kärtchen daraus hervor. Sie schlug es auf und las: *„Eine kleine Entschuldigung für mein eigentlich unentschuldbares Verhalten. Können wir nicht noch mal von vorn anfangen? Ich werde Sie anrufen. Ihr Markus Rondthaler.“*

Esther starrte voller Entsetzen auf die Schrift. Er hatte es immer noch nicht begriffen! Und nicht nur das! Er wusste, wo sie arbeitete! Er verfolgte sie bis in ihr Büro! Und er hatte vor, ihr weiter nachzustellen!

Esther unterdrückte den Angstschrei, der auf einmal in ihrer Kehle steckte. War sie denn nirgends vor diesem Mann sicher? Noch einmal spürte sie seinen harten Griff um ihren Nacken und seine Lippen auf ihren. Wieder bahnte sich das Gefühl des Ausgeliefertseins einen Weg in ihr Bewusstsein. Plötzlich wollte sie nur noch eins: weg, weg von ihrer Wohnung, am besten weg aus Gießen. Plötzlich war es unvorstellbar, auch nur *eine* weitere Nacht allein in ihrer Wohnung zu verbringen.

Aber wohin konnte sie gehen, zu wem konnte sie flüchten? Ihre Gedanken überschlugen sich. Ihre Eltern waren im Urlaub. Barbara war im Moment nicht gut auf sie zu sprechen. Blieb nur noch Ellen. Aber sie konnte doch nicht zu Ellen fahren! Nein, das ließ selbst *ihr* schwach ausgeprägter Stolz nicht zu. Sie hatte Ellen gesagt, dass sie sehr gut ohne sie auskommen konnte. Und genau das würde sie ihr auch beweisen! Oh ja, das würde sie! Dieses Mal, dieses eine Mal würde sie *nicht* angekrochen kommen. Dieses Mal würde Ellen den ersten Schritt tun müssen.

Sie nahm die Blumen aus der Vase, zog ihren Mülleimer unter dem Schreibtisch hervor und warf den Strauß mit einer betont gleichgültigen Geste hinein. Sie würde sich von diesem

Markus keine Angst machen lassen! Sie würde einfach nicht an ihn denken und stattdessen wie gewohnt weiterarbeiten. Dieses Mal würde sie stark sein und ihre Angst einfach ignorieren!

Mit dem Fuß schob sie den Mülleimer so weit unter den Schreibtisch zurück, dass sie nicht mehr hineinsehen konnte. Dann zwang sie sich, auf ihrem Bürostuhl Platz zu nehmen, vertrieb den Bildschirmschoner und stürzte sich mit Feuereifer auf die Verkaufsstatistik, die ihr Chef nach neuen Kriterien aufgestellt haben wollte.

Schon nach wenigen Minuten rutschte sie allerdings immer unruhiger auf ihrem Stuhl hin und her. Und das lag nicht nur an dem pochenden Schmerz in ihrem Hinterteil. Sie hatte jetzt auch noch das Gefühl, als würde ihr Rücken kribbeln! Sie fühlte sich beobachtet!

Eine ganze Zeit lang hatte sie sich noch im Griff, dann ging es nicht mehr anders. Sie stand auf, trat zum Fenster und sah angestrengt auf die Straße zu ihren Füßen. Da liefen Dutzende von Menschen geschäftig durch die Gegend. Niemand stand einfach nur so da und blickte zu ihr nach oben. Auch die Laternenmasten waren allenfalls mit Fahrrädern belegt.

Trotzdem wollte es ihr nicht gelingen aufzuatmen. Ängstlich betrachtete sie das moderne Bürogebäude auf der anderen Seite der Straße. Ob Markus sie von dort aus beobachtete? Ob er irgendwo hinter einem der Fenster stand und mit dem Fernglas nach ihr Ausschau hielt? Sie hatte keine Chance, das herauszufinden. Es war helllichter Tag, in den unteren Fenstern spiegelte sich die Straße, in den oberen der leuchtend blaue Himmel. Sie konnte in keinen der Büroräume hineinsehen. Und doch … oder gerade deshalb … blieb dieses ungute Gefühl. Sie war sich jetzt beinahe sicher, dass Markus irgendwo da draußen auf sie wartete.

Bei dem Gedanken lief ihr ein kalter Schauer über den Rücken. *Hör auf!*, ermahnte sie sich selbst. *Du fängst schon wie-*

der an, dich in etwas hineinzusteigern! Das waren die Worte ihrer Mutter. Und die stimmten ja auch! Sie neigte zu Extremen, das wusste sie. Selbst kleinere Ängste konnten sie manchmal in die nackte Panik treiben. Aber was sollte sie denn tun? Sie war einfach nicht Herr ihrer Gefühle! Und allein, das wusste sie genau, kam sie da auch nicht heraus. Sie musste unbedingt mit jemandem reden, sich beruhigen und trösten lassen. Aber von wem?

Sie ging noch einmal ihre Möglichkeiten durch. Ihre Eltern schieden aus. Ellen – nein, auf gar keinen Fall! Also blieb nur noch Barbara. Es half nichts! Sie musste sich mit Barbara versöhnen! Kurz entschlossen griff sie zum Telefon und wählte Barbaras Nummer.

„Ziemann", meldete sich ihre Freundin in der für sie typischen freundlichen Tonlage.

„Ich bin's", antwortete Esther leise.

Barbaras Stimme wurde kalt. „Ach, du."

„Jetzt sei doch nicht sauer", beeilte sich Esther zu sagen. „Ich möchte, dass wir uns wieder vertragen."

„Hast du schon was unternommen?", erkundigte sich Barbara knapp.

Esther seufzte. „Du weißt genau, dass ich so etwas nicht kann."

„Du willst nicht, daran liegt's."

„Ich *will* schon!", widersprach Esther. „Es ist nur ... dass ... dass ich schon aufs Klo muss, wenn ich nur daran denke. Außerdem ... ist es sowieso nur eine ganz, ganz klitzekleine Chance."

„Aber es ist eine Chance. Und Chancen sollte man wahrnehmen."

„Liegt dir wirklich *so* viel an Tommy?", wollte Esther wissen.

„Er hat mir einen Heiratsantrag gemacht."

Esther riss ungläubig die Augen auf. „Einen ... Heiratsantrag ... nach ... nach drei Monaten?", stammelte sie.

„Ich bin schwanger“, antwortete Barbara.

Esther fiel beinahe der Telefonhörer aus der Hand. Hatte sie gerade richtig gehört? „Du bist was?“, flüsterte sie.

Jetzt war es um Barbaras Beherrschung geschehen. „Ich bin schwanger“, wiederholte sie mit belegter Stimme. Esther konnte hören, dass sie gleich weinen würde. „Neunte Woche.“

„Ach, du meine Güte“, entfuhr es Esther. „Und was jetzt?“

Barbara schniefte und putzte sich die Nase. Dann presste sie hervor: „Na, was denkst du denn? Ich werde Tommy heiraten, das Kind bekommen und eine Weile Hausmütterchen spielen.“

„Obwohl ihr euch erst drei Monate kennt?“, wagte Esther zu fragen.

„Ich liebe ihn“, antwortete Barbara. Trotzdem schwang Zukunftsangst in ihrer Stimme mit.

„Ein Kind ist eine große Belastung für eine so junge Beziehung“, gab Esther zu bedenken.

„Nicht so groß wie Arbeitslosigkeit!“, platzte es aus Barbara heraus.

Esther schwieg. Ihr wurde erst jetzt bewusst, was Barbaras Schwangerschaft für ihre Auseinandersetzung bedeutete.

„Wenn Tommy zu allem Überfluss auch noch arbeitslos wird“, fuhr Barbara fort, „ist das unser Todesstoß. Überleg doch mal, wie schwierig unsere Situation jetzt schon ist. Wir müssen uns unseren Eltern und Verwandten offenbaren. Wenn ich daran denke, wird mir jetzt schon schlecht. Meine Eltern wissen noch gar nichts von Tommy, haben ihn noch nie gesehen. Wie soll ich ihnen schonend beibringen, dass ich heiraten will und nebenbei auch noch schwanger bin? Ja, und dann müssen wir uns natürlich um die Hochzeit kümmern, Räumlichkeiten, Musik, Einladungen, Kleid, Smoking, Ringe und was weiß ich noch alles. Anschließend stellt sich die Frage, wo wir nach der Hochzeit wohnen sollen. Meine Wohnung ist zu klein, zwei Zimmer reichen einfach nicht für drei Personen.

Tommys Studentenbude kommt erst recht nicht infrage. Wir müssen uns also eine neue Wohnung suchen, was hier ja gar nicht so leicht ist. Dann renovieren und doppelt umziehen. Wenn wir das alles auf die Reihe kriegen *sollten,* bleiben uns anschließend noch drei, im besten Fall vier hochschwangere Monate Zeit, uns zusammenzuraufen. Gleich danach müssen wir uns um ein Neugeborenes kümmern. Wie sollen wir bei all dem auch noch neue Bewerbungen schreiben? Wie sollen wir mit den Ängsten fertig werden, die eine Arbeitslosigkeit mit sich bringt? Und dann die Geldsorgen! Tommy hat erst drei Monate gearbeitet. Ich glaub, er kriegt noch nicht mal Arbeitslosengeld. Wie – das frag ich dich – soll das alles funktionieren?"

Esther fiel nichts zu sagen ein.

„Du bist meine beste Freundin, Esther", bestürmte Barbara sie, „du kannst mich doch in dieser Situation nicht im Stich lassen!"

Esther schluckte und spielte schon wieder an ihrer Halskette herum. „Das ... das will ich doch auch gar nicht. Ich bezweifle nur, dass ich etwas ... ausrichten kann", krächzte sie.

„Versuch es wenigstens", flehte Barbara. „Bitte!"

„Okay, okay", lenkte Esther ein. Wie sollte sie in dieser Situation auch hart bleiben? „Ich werde sehen, was ich tun kann."

„Oh, juchhu!", jubelte Barbara. „Du bist ein Schatz. Oh, super, ich freu mich so! Und ich danke dir. Ich weiß ja, wie schwer dir das fällt. Aber, hey, das werd ich dir niemals vergessen. Niemals, das schwör ich dir."

„Schon gut, schon gut", wiegelte Esther ab. Sie wollte Barbaras Lobeshymnen nicht hören. Sie wollte überhaupt keine Vorschusslorbeeren haben. Schließlich war sie sich gar nicht sicher, ob es ihr tatsächlich gelingen würde, für Tommy einzutreten. Sie kannte schließlich ihre tief verwurzelte Feigheit, sie spürte die tiefe Beklemmung, die ihre eigene Zusage bei ihr auslöste. Sie fühlte sich grässlich. „Ich muss jetzt weiterarbeiten“, hörte sie sich sagen. „Wir reden später weiter.“

Nachdem sie aufgelegt hatte, saß sie einen Moment einfach nur so da und ließ das Gespräch Revue passieren. Sie konnte kaum glauben, was sich da abgespielt hatte. Sie hatte Hilfe gesucht und sich stattdessen ein neues Problem aufgehalst! Sie hatte etwas versprochen, was sie kaum halten konnte! Sie hatte ihre Freundschaft aufs Spiel gesetzt!

Esther stöhnte auf und ließ ihren Kopf auf die Schreibtischplatte sinken. *Oh, nein, oh, nein, oh nein*, murmelte sie immer wieder. Jetzt wurde es allmählich wirklich zu viel! Die Angst vor diesem Markus und dann auch noch der Erwartungsdruck von Barbara. Wie sollte sie damit nur fertig werden?

Mitten in dieser Situation klopfte es plötzlich an die Tür. Esther schreckte hoch, räusperte sich und versuchte, ihre Fassung zurückzuerlangen. „Ja, bitte“, stieß sie mühsam hervor.

Die Tür wurde geöffnet und eine Frau betrat den Raum. Esther stockte beinahe der Atem. Was ... wer ... war denn das?

„Bin ich hier richtig, wenn ich zu Herrn Fettköther möchte?“, fragte die Frau höflich. Sie war vielleicht Anfang 30 und hatte die tollste Figur, die Esther jemals gesehen hatte. Und die betonte sie auch. Und wie! Sie trug einen furchtbar kurzen grau karierten Rock, der nur mit Mühe ihre straffen Pobacken bedeckte und eine Art hautenges, schwarzes Mieder, dessen Ausschnitt mehr hervorhob als es verhüllte. Aber Esther musste anerkennen, dass es der Frau hervorragend stand. Sie hatte die klassischen Vorzeige-Brüste, üppig, aber nicht zu groß, fest und rund. Auch das Mieder selbst fand Esther hübsch. Es hatte zwei breite Träger, die hinter dem Nacken zusammenliefen und sanft auf den weichen, cremigen Schultern der Frau lagen.

„Ja“, nickte Esther, „das sind Sie. Ihr Besuch ist mir allerdings nicht angekündigt worden. Welches Anliegen haben Sie denn?“

Während Esther redete, betrachtete sie fasziniert die wasserstoffblonden Haare der Frau, die in Form einer wilden, stark toupierten Löwenmähne um ihren Kopf herumwuselten. Mitten in diesem Durcheinander entdeckte Esther zwei sternförmige goldene Ohrringe, die mindestens die Größe von Tischtennisbällen hatten. Ganz unwillkürlich huschten Esthers Hände an ihre eigenen Haare. Eine kurze Berührung, dann hatte sie sichergestellt, dass der strenge Dutt, den sie im Büro eigentlich immer trug, noch bombenfest saß.

„Ich komme zu einem Vorstellungsgespräch."

Ach, du meine Güte, dachte Esther. *Das ging aber schnell.* Und dabei sah die Frau gar nicht so aus, als könnte sie Thomas Martens ersetzen. „Ja, dann ... ", sagte Esther und griff nach dem Telefonhörer. Als sie ihren Chef am Apparat hatte, sagte sie: „Ich habe hier eine Dame namens ..." Sie sah die Frau fragend an.

„Berner", flüsterte diese.

„... Berner", sagte Esther ins Telefon. „Haben Sie sie zu einem Vorstellungsgespräch bestellt?"

„Schicken Sie sie rein", antwortete ihr Chef knapp.

Und das tat Esther dann auch. Und sie tat noch etwas anderes, gänzlich Unangebrachtes. Als sich die Tür wieder hinter der Frau geschlossen hatte, stand Esther auf, schlich zur Tür und begann zu lauschen. Das tat sie sonst nie, aber in diesem Fall musste sie unbedingt wissen, ob diese Frau als Nachfolgerin von Thomas Martens eine Chance hatte. Und es sah ganz danach aus!

Obwohl Esther die Worte nicht verstehen konnte, schien das Gespräch in bester Atmosphäre zu verlaufen. Sowohl Frau Berner als auch Herr Fettköther lachten mehrfach, sprachen im Plauderton und kamen vor allem überhaupt nicht wieder zum Vorschein! Es dauerte anderthalb Stunden, bis Esther hörte, wie Stühle zur Seite geschoben wurden. Inzwischen saß sie längst wieder an ihrem Platz.

Als die Tür wieder geöffnet wurde, strahlte die Frau über das ganze Gesicht.

„Sieht aus, als hätten Sie den Job", sagte Esther.

Die Frau nickte eifrig. „Ich darf schon Montag in einer Woche anfangen. Ist das nicht toll?"

„Super", antwortete Esther lahm.

Die Frau ging jetzt in Richtung Tür.

„Darf ich fragen, mit welcher Note Sie Ihr Studium abgeschlossen haben?", erkundigte sich Esther. Sie war einfach neugierig, aufgrund welcher Qualitäten die Frau den Job bekommen hatte.

Frau Berner fragte verwirrt: „Das Studium?"

„Wieso ... ich meine", stammelte Esther, „was sind Sie denn von Beruf?"

„Na, Sekretärin", hörte Esther sie noch sagen. Dann war sie auch schon durch die Tür verschwunden.

Kapitel 4

Esther stand tränenüberströmt und völlig aufgelöst vor der Wohnungstür im Herzen Münchens und klingelte Sturm. Ihr Gesicht war vom Weinen gerötet, die Wimperntusche hatte sich in ungleichmäßigen Schlieren um ihre Augen verteilt. Und was noch ungewöhnlicher war: Ihr strenger Dutt begann sich allmählich aufzulösen. Vereinzelt kringelten sich schon leuchtend rote Löckchen auf ihren Schultern.

Als Ellen endlich öffnete und sie erblickte, bildete sich ein mitleidiges, aber auch etwas triumphierendes Lächeln auf ihrem Gesicht. Esther allerdings registrierte das kaum. Sie war viel zu sehr mit sich selbst beschäftigt. Sie hatte Kopfschmerzen vom vielen Weinen, war erschöpft von der langen Bahn- und anschließenden Taxifahrt. Sie war fertig, vollkommen am Ende.

„Weißt du eigentlich, wie spät es ist?", fragte Ellen und sah kopfschüttelnd an ihrer Schwester herunter.

Esther schüttelte müde den Kopf und fummelte an der Handtasche herum, die ihr einziges Gepäckstück war. Sie war genau so hier angekommen, wie sie vorhin das Büro verlassen hatte. Sie trug noch die gleiche – mittlerweile allerdings ziemlich verknitterte – Kombination und hatte nur das bei sich, was sie im Büro so benötigte.

„Viertel vor neun", beantwortete Ellen ihre eigene Frage.

Esther nickte nur. Ihr war schlecht. Gerade eben war eine Wolke des süßen, blumigen Duftes zu ihr herübergeweht, der Ellens Markenzeichen war. Eigentlich hatte Esther das Parfum immer gemocht, aber in letzter Zeit widerte es sie regelrecht an. Ellen schien von Jahr zu Jahr mehr davon zu benutzen.

„Na, dann komm erst mal rein", seufzte Ellen gönnerhaft. Sie trug eine helle Jeans und ein kurzes, eng anliegendes T-Shirt, das bunt gestreift war und nur einen Hauch von Ärmeln aufwies. Obwohl es sich bei diesem Aufzug eindeutig um einen Freizeitdress handelte, war sie doch perfekt geschminkt. So perfekt, dass nur noch die Haare etwas von ihrem rötlichen Typ verrieten. Ihre Wimpern waren dunkelbraun getuscht, ihre Augenbrauen in der gleichen Farbe gefärbt. Von den Sommersprossen, die Esthers und ihr Markenzeichen waren, konnte man vor lauter Make-up nichts mehr erkennen. Erstaunlicherweise galt das auch für die Unterarme. Während Esthers Unterarme vor Sommersprossen nur so strotzten, schienen diese bei Ellen auf wundersame Weise verschwunden zu sein.

Esther betrat den großzügigen Flur, von dem mehrere Türen abgingen, und folgte ihrer Schwester dann wortlos bis zum anderen Ende, an dem eine geschwungene Treppe aus hellem Holz in die obere Etage hinaufführte. Sonst war es immer ein Ereignis für sie gewesen, das Dachgeschoss zu betreten. Es bestand nur aus einem einzigen Raum, dem Wohnzimmer, das sich jedoch über eine Fläche von mindestens 80 Quadratmetern erstreckte. Schon allein die Größe war für Esther Grund genug, Ellen um diese geniale Wohnung zu beneiden.

Heute aber war ihr das egal. Nicht mal die Aussicht, die sie sonst so begeisterte, konnte sie locken. Stattdessen vernebelten Tränen Esthers Sicht. Als sie endlich auf einem der sechs antiken, aber tipptopp restaurierten Sessel Platz genommen hatte, die zu Ellens sündhaft teurer Einrichtung gehörten, war sie erleichtert.

„Jetzt rotz mir aber nicht alles voll", bemerkte Ellen und reichte ihrer Schwester ein Papiertaschentuch.

„Keine Sorge", schniefte Esther. Sie kannte die wenig liebevolle Art ihrer Schwester zur Genüge und reagierte längst nicht mehr so empfindlich darauf wie früher.

„Lass mich raten", begann Ellen, ohne das Grinsen zu unterdrücken. „Du hast dich bis über beide Ohren in Markus verliebt und hast jetzt Angst, ich könnte ihn dir wieder wegnehmen. Stimmt's oder hab ich recht?"

„Weder noch", fauchte Esther und kämpfte mit einem neuen Schwall Tränen. „Du kannst deinen blöden Markus behalten. Und wenn du schon mal dabei bist, kannst du gleich dafür sorgen, dass er aufhört mir nachzustellen."

„Er stellt dir nach?", kicherte Ellen erfreut. „Na, das ist doch großartig! Und ich dachte schon, ich könnte nie mehr jemanden dazu bewegen, *dir* nachzustellen." Ellen hatte das Wort ‚dir' so betont, dass es einer Beleidigung gleichkam.

Esther schüttelte traurig den Kopf. „Du bist gemein!"

„Und du ein jämmerlicher Schisshase. Vertrau doch einfach mal deiner großen Schwester. Dieser Markus ist ein Knaller. Freu dich doch, wenn so einer was von dir will."

„Jetzt hör doch auf! Du tust ja gerade so, als würdest du ihn länger kennen als exakt *eine* Nacht!"

„Eine Nacht", hauchte Ellen mit einem anzüglichen Lächeln, „ist manchmal aufschlussreicher als ein halbes Leben."

„Für dich vielleicht!", fauchte Esther. „Für mich ist diese Art von ‚Kennenlernen' eher zweitrangig."

„Also doch", nickte Ellen wissend.

„Was soll das denn jetzt heißen?"

„Gedacht hab ich's mir sowieso schon."

„Was hast du dir gedacht?", schnaubte Esther.

„Na, dass du so unschuldig bist wie ein neugeborenes Baby."

„Du weißt gar nichts", schrie Esther außer sich. „Gar nichts!"

„Was ich nicht weiß", fuhr Ellen unbeirrt fort, „ist, warum du dich damals so aufgeregt hast. Wenn du noch nicht mal mit ihm geschlafen hattest, hab ich dir doch eigentlich gar nichts weggenommen."

Esther sprang auf und hob dabei ihre Hand. Einen Moment lang sah es so aus, als würde sie ihre Zwillingsschwester schlagen. Diese zuckte aber nicht zurück, sondern sah Esther erwartungsvoll und herausfordernd ins Gesicht. Als deutlich wurde, dass Esther zögerte, sagte sie leise, aber seltsam beschwörend: „Nun mach schon, Schwesterherz. Bekämpf mich endlich! Das wird uns beiden guttun."

Esther ließ die Hand sinken und brach erneut in Tränen aus. Sie sank auf dem Sessel zusammen und weinte hemmungslos. Auf einmal war da nicht nur die Verzweiflung, aufgrund derer sie zu Ellen geflüchtet war. Die Angst vor Markus, die Angst vor dem Verlust ihres Arbeitsplatzes und ihrer besten Freundin geriet in den Hintergrund. Stattdessen war der alte Schmerz wieder da. Der Schmerz, den einzigen Mann verloren zu haben, mit dem sie sich jemals eine Zukunft hatte vorstellen können: Gerrit.

Als Esther am Samstagmorgen in Ellens Gästebett erwachte, fühlte sie sich wie gerädert. Sie war unausgeschlafen, der Rücken tat ihr weh und ihr Kopf dröhnte. Wahrscheinlich hatte sie am Abend zuvor einfach zu viel geweint.

Missmutig quälte sie sich aus dem Bett und zog die dunkelblauen Vorhänge vom Fenster. *Na super*, dachte sie, als sie das regnerische Grau in Grau entdeckte, das *passt ja hervorragend zu meiner Stimmung.*

Sie seufzte und fragte sich, warum sie überhaupt in Ellens Wohnung war. Warum war sie nicht einfach wieder abgereist? Warum ließ sie sich Ellens Unverschämtheiten immer wieder bieten? Warum gab sie ihr nicht endlich mal Kontra?

„Es ist nie zu spät, um damit anzufangen", flüsterte sie. „Ich brauche mich bloß anzuziehen, meine Handtasche zu schnappen und wortlos die Wohnung zu verlassen. Was hindert mich daran?"

Sie schob trotzig die Unterlippe vor und schlüpfte schon mal aus dem eleganten, apricotfarbenen Seidennachthemd, das sie im Kleiderschrank gefunden hatte. Anschließend wusch sie sich an dem kleinen Waschbecken, das Teil des Gästezimmers war. Dabei stellte sie sich Ellens Gesicht vor, wenn sie an ihr vorbeiging und hoch erhobenen Hauptes die Wohnung verließ. Das allein war es doch schon wert!

Während sie ihre Haare zu einem Pferdeschwanz zusammenband und wieder das Kostüm anzog, das sie als einziges Kleidungsstück dabeihatte, führte sie diesen Gedanken fort. Sie malte sich aus, wie sie in den Zug stieg, nach Gießen zurückfuhr und wieder das Mehrfamilienhaus betrat, in dem sich ihre Wohnung befand. Und sofort legte sich wieder die Angst wie eine Schraubzwinge um ihren Brustkorb. Was, wenn dieser Markus schon im Treppenhaus auf sie wartete? Wenn er über sie herfiel, noch bevor sie die Sicherheit ihrer Wohnung erreicht hatte?

Sie schluckte und begann auf ihrer Unterlippe herumzukauen. Sie *konnte* nicht nach Hause fahren! Nicht jetzt. Aber wann dann? Wie sollte sie Barbara am Montag unter die Augen treten, wenn sie noch immer nichts unternommen hatte? Und überhaupt ... wie sollte sie noch einen einzigen Tag vernünftig weiterarbeiten, wenn sie doch wusste, dass sie selbst von der Kündigung bedroht war?

Esther seufzte tief. Alles war so furchtbar. Wie sie es auch drehte und wendete, sie *konnte* einfach nicht nach Hause zurückkehren! Es ging nicht! Sie musste hierbleiben. Wenigstens für ein paar Tage ... oder eine Woche. Denn der einzige Verbündete, den sie hatte, war die Zeit. Ja, wirklich! In ihrer Abwesenheit konnte sie nichts für Thomas tun, das musste selbst Barbara verstehen. Und je länger sie fortblieb, desto eher konnte Gras über die ganze Sache wachsen ... und Barbaras Wut verrauchen. Und nicht nur das! Esthers Gedanken überschlugen sich. Wenn sie nicht da war ... je länger sie nicht da war ... desto größer war die Wahrscheinlichkeit, dass Markus aufgeben und sie nicht länger behelligen würde.

Ja, das war es! Esther atmete auf. Am Montagmorgen würde sie in der Zentrale anrufen und sich für mindestens eine Woche krankmelden. Dann war sie all ihre Sorgen fürs Erste los! Dann war sie in Sicherheit! Und wer wusste schon, was in einer Woche war. Bis dahin würde noch viel Wasser die Isar hinunterfließen. Bis dahin konnten sich all ihre Probleme in Luft aufgelöst haben!

Das Einzige, was Esthers Euphorie ein wenig dämpfte, war der Gedanke an Ellen. Um hierbleiben zu können, musste sie gute Miene zum bösen Spiel machen. Sie musste sich mit Ellen arrangieren! Und das fiel ihr nicht gerade leicht. Andererseits war es immer noch besser als die Alternativen, die sie in Gießen erwarteten. Also gut – sie würde sich mit Ellen vertragen.

Esther setzte ihren Entschluss gleich in die Tat um, indem sie ein Lächeln auf ihre Lippen zwang, das Gästezimmer verließ und sich auf die Suche nach ihrer Schwester machte. Schon auf dem Flur hörte sie, dass Ellen in der Küche war. Sie verstärkte ihr Lächeln und schwebte wie ein Sonnenstrahl durch die geöffnete Küchentür.

„Guten Morgen“, flötete sie, als hätte sie sich am Abend zuvor nicht im Streit von ihrer Schwester getrennt.

„Morgen“, antwortete Ellen freundlich und nicht weiter überrascht.

Esther versuchte, das wissende Lächeln zu übersehen, das Ellens Gesicht überzog. Stattdessen konzentrierte sie sich auf die unverschämt extravagante Kücheneinrichtung, die sie schon so manches Mal bestaunt hatte. Die Küche war nicht groß, vielleicht zwölf Quadratmeter, aber Ellen hatte ihr das gewisse Etwas verliehen. Im Zentrum zog ein frei stehender Küchenblock, der den Herd mit Backofen und einige Schränke beherbergte, den Blick des Betrachters auf sich. Fronten und Korpus bestanden aus weiß gestrichenem Massivholz, die Arbeitsplatte war aus echtem Marmor gefertigt.

Esther registrierte erst jetzt den herrlichen Kaffeeduft, der die Küche erfüllte. Unwillkürlich fiel ihr Blick auf den kleinen weißen Tisch, der unter dem riesigen Küchenfenster stand. Er war bereits großzügig für zwei Personen gedeckt. Esthers Magen fing auf einmal an zu knurren.

„Kann ich dir noch was helfen?", fragte sie höflich.

In diesem Moment ertönte ein ohrenbetäubender Pfeifton und Ellen antwortete grinsend: „Du könntest die Eier aus dem Eierkocher nehmen."

Esther nahm einen Topflappen von der Wand, legte die beiden Eier in den Deckel des Kochers und hielt sie kurz unter kaltes Wasser. Dann brachte sie sie zum Tisch.

Ellen hatte inzwischen den Kaffee in eine Thermoskanne gefüllt und kam zu ihr herüber. Esthers Magen knurrte noch ein bisschen lauter. Sie konnte den Blick nicht von den Köstlichkeiten nehmen, die da auf dem Tischchen standen. Frische Brötchen, Marmelade, Honig, Wurst, Käse und sogar verschiedene Sorten Fisch! Das Wasser lief ihr im Mund zusammen.

„Nun setz dich schon", forderte Ellen sie lächelnd auf. „Du hast ja schließlich gestern kein Abendbrot gekriegt."

Esther ließ sich das nicht zweimal sagen. Sie stürzte sich regelrecht auf die Brötchen, belegte eines großzügig mit Forelle und fing schon an zu essen, noch bevor Ellen den Kaffee eingeschenkt hatte. Fisch aß sie nun mal für ihr Leben gern. Ellen hingegen verzog ein wenig verständnislos den Mund. Aus irgendeinem Grund hasste sie Fisch. Und sie hatte ihn heute Morgen auch nur kommen lassen, weil sie die Vorliebe ihrer Schwester kannte und stolz darauf war, in jeder Lebenslage eine perfekte Gastgeberin zu sein.

„Dann erzähl mal", sagte Ellen, während sie nun ihrerseits ein Brötchen aufschnitt, „wo drückt der Schuh sonst noch?"

Esther verschluckte sich fast an ihrem Bissen. Sie hasste die Tatsache, dass Ellen in ihr lesen konnte wie in einem aufgeschlagenen Buch. Aber sie hatte auch das Bedürfnis, ihren

Ballast abzuwerfen, und so sprudelte innerhalb kürzester Zeit das ganze Drama um Barbara, Thomas und ihren eigenen Arbeitsplatz aus ihr heraus.

Als sie geendet hatte, sagte Ellen so sachlich, wie es für sie typisch war: „So, wie du die Dame beschrieben hast, seh ich keine Chance mehr für deinen Job. Er wird sie dir vorziehen, das ist so sicher wie das Amen in der Kirche."

Esther presste betroffen die Lippen aufeinander. „Wieso?"

„Na, sieh dich doch an. 'ne Nonne ist nichts dagegen."

„Ich bin ja auch als Sekretärin angestellt worden und nicht als Pin-up-Girl", gab Esther trotzig zurück.

„Und doch weiß jedes Kind, dass ein Chef im Vorzimmer auch ein bisschen was fürs Auge haben will."

„Wenn er meine fachlichen Fähigkeiten nicht zu schätzen weiß", schmollte Esther, „dann soll er mir halt kündigen. Er wird ja sehen, was er davon hat."

„Das ist doch nicht zu glauben!" Ellen schüttelte verständnislos den Kopf. „Musst du immer alles hinnehmen? Kannst du nicht *ein*mal um etwas kämpfen? Und wenn es nur dein Job ist?"

Esther verstand Ellens Anspielung. Aber sie hatte nicht um Gerrit kämpfen *wollen*. Sie wollte keinen Mann, der sie betrog! Sie wollte einen, der nur ihr allein gehörte! War das denn zu viel verlangt? „Aber wie denn?", fragte sie weinerlich.

„Pass auf", begann Ellen und schlug dabei einen mütterlichen Tonfall an, „gleich nach dem Frühstück plündern wir ein bisschen meinen Kleiderschrank. Ein paar Push-ups hier, ein Blüschen da, und du wirst sehen: Spätestens Montagmittag ist dir dein Job wieder sicher."

Esther schüttelte sich bei dem Gedanken an Ellens freizügigen Kleidungsstil. „Nein!", rief sie. „Das mach ich nicht! Auf keinen Fall! Früher – weißt du noch? –, da hab ich manchmal den grünen Pullover mit dem etwas tieferen V-Ausschnitt getragen. Wenn ich dann am Computer saß, hat der Chef dauernd hinter mir gestanden und mir lüstern über die Schulter geguckt. Widerlich war das. Ich hab *dir* den Pulli geschenkt. Hast du ihn eigentlich noch?"

Ellen schüttelte grinsend den Kopf. Dann sagte sie mit vollem Mund: „Der war mir zu bieder."

Esther sah ihrer Schwester zweifelnd ins Gesicht. „Ehrlich?"

Ellen versuchte noch, ernst zu bleiben, hatte aber keinen Erfolg damit. Sie kicherte so unkontrolliert los, dass sie sich an ihrem Bissen verschluckte und von einer Hustenattacke geschüttelt wurde.

„Mich interessiert nicht, wie du dich anziehst", fauchte Esther, noch während ihre Schwester hustend und kichernd vor ihr saß. „Ich kleide mich so, wie ich will!"

Ellen brauchte lange, um sich zu beruhigen. Schließlich stieß sie einen theatralischen Seufzer aus. „Dir ist wirklich nicht zu helfen. Du bist hoffnungslos verklemmt. Was soll man da noch machen?"

Esther sagte nichts dazu. Sie war natürlich verletzt und hatte bereits eine passende Antwort auf Lager. Aber wenn sie Ellen jetzt in die Nähe des Rotlichtgewerbes rückte, dann würde sie damit einen handfesten Streit vom Zaun brechen. Und sie musste im Moment mit Ellen auskommen. Also schluckte sie ihren Ärger tapfer herunter und fragte stattdessen: „Gehen wir nach dem Frühstück ein bisschen bummeln?"

Ellen schüttelte den Kopf. „Geht leider nicht. Ich muss noch arbeiten."

„Arbeiten?", wunderte sich Esther. „Am Samstagmorgen?"

Ellen zuckte nur mit den Schultern. Sie war nie sehr mitteilsam, wenn es um ihre Arbeit ging. Aber gerade das hatte schon immer Esthers Neugier geweckt: „Erklär mir doch noch mal, was du eigentlich machst."

„Ich arbeite in einer Beratungsstelle", erwiderte Ellen knapp, „das weißt du doch."

„Ja, schon. Die Frage ist nur, wen ihr so beratet … und weswegen."

„Wir beraten hauptsächlich Schwangere“, antwortete Ellen eher widerwillig. „Wir versuchen, ihnen die Möglichkeit zu geben, das Kind zu … zu behalten.“

„Und wie stellt ihr das an?“

Ellen stand auf. „Möchtest du vielleicht noch ein Ei?“

Esther schüttelte den Kopf.

„Ich aber“, murmelte Ellen, ging zur Spüle und machte sich am Eierkocher zu schaffen.

Esther sah verwundert zu Ellen, zu deren unberührtem Ei und dann wieder zurück zu Ellen. Warum war ihr das Thema nur so unangenehm? Wenn sie Schwangeren half, ihr Kind zu behalten, war das doch eine wirklich tolle und ehrenvolle Aufgabe! „Wie bist du eigentlich an den Job gekommen?“

Ellen hatte inzwischen ein einzelnes Ei in den Eierkocher gelegt und war jetzt dabei, die entsprechende Menge Wasser abzumessen. „Hm?“, machte sie geistesabwesend.

Aber Esther ließ nicht locker. „Ich habe gefragt, wie du an diesen Job gekommen bist.“

„Wie soll ich schon darangekommen sein“, entgegnete Ellen deutlich genervt. „Ich hab eine Anzeige gelesen und mich beworben. Sie haben mich genommen und fertig.“

„Ach nee“, schmollte Esther. Aber dann siegte ein weiteres Mal ihre Neugier und sie fügte hinzu: „Ich frage mich nur, warum sie gerade *dich* genommen haben.“

„Was soll das denn jetzt heißen?“, empörte sich Ellen.

„Das soll gar nichts heißen“, beschwichtigte Esther. „Aber du musst doch zugeben, dass du eigentlich nicht unbedingt der soziale Typ bist.“

Eigentlich hatte Ellen nicht mal eine abgeschlossene Ausbildung. Wie schaffte es ihre Schwester bloß, immer die Rosinen zu ernten? Warum hatte sie immer, aber auch immer die Sonne im Rücken, während Esther sich mit den Schattenseiten begnügen musste?

„Möchtest du noch Kaffee?", fragte Ellen und nahm die Thermoskanne zur Hand.

„Nein!", rief Esther. „Ich möchte, dass du mir meine Frage beantwortest. Woher, zum Donnerwetter, kriegst du immer die guten Jobs?"

Ellen lächelte spöttisch. Sie hatte den Neid in den Worten ihrer Schwester deutlich herausgehört. Sie deutete auf ihre Schläfe. „Daher."

„Ich bin auch nicht blöd!", entfuhr es Esther. „Ich hab mein Abitur mit 1,5 gemacht! Und trotzdem wollen sie *mich* lieber rausschmeißen, statt weiterbeschäftigen!"

Ellen zuckte mit den Schultern. „Du hast halt keine Persönlichkeit. Sieh dich doch an. Wann hast du dich zuletzt zu deiner vollen Größe aufgerichtet, hm? Wann hast du deine Nase zuletzt in den Himmel gestreckt?"

Esther richtete sich unwillkürlich ein bisschen mehr auf. Es stimmte schon, auch Barbara hatte ihr bereits ein paarmal gesagt, dass sie dazu tendierte, mit gebeugten Schultern und gesenktem Kopf in der Gegend herumzulaufen. Aber was sollte sie denn machen? Sie war nun einmal groß ... riesengroß. Und es war ihr furchtbar peinlich, andere zu überragen. Sie wollte lieber in der Masse untergehen.

„Das erklärt noch lange nicht, warum du ohne Ausbildung einen Job machen darfst, der *das hier* ...", sie deutete um sich herum auf die extravagante Kücheneinrichtung, „abwirft."

„Es erklärt aber", grinste Ellen, „warum sie dich mit deinem super Abitur noch nicht mal als kleine Tippse behalten wollen."

Das Blut wich so plötzlich aus Esthers Kopf, dass ihr schwindelig wurde. Sie fühlte sich wie geohrfeigt und griff Halt suchend nach ihrem Kettenanhänger. Ihre Schwester hatte es mal wieder geschafft, sie noch tiefer niederzudrücken, als sie ohnehin schon gesunken war. Um nicht loszuheulen, stand sie auf.

„Ich geh ein bisschen bummeln", presste sie hervor. Sekunden später hatte sie die Wohnung auch schon verlassen.

Esther war schon beinahe drei Stunden ziellos durch Münchens Innenstadt gelaufen. Und noch immer wusste sie nicht, was sie tun konnte, um ihr Leben positiv zu verändern. Sie war nun mal nicht Ellen! Sie war nicht so selbstbewusst wie sie! Sie hatte nicht ihr Auftreten! Was also konnte sie tun, um wenigstens ihren Job zu behalten?

Sie blieb stehen und seufzte. Durch bloßes Nachdenken würde sie nie auf eine Lösung kommen! Außerdem taten ihr mittlerweile die Füße weh und sie hatte Durst. Zum ersten Mal sah sie sich bewusst nach allen Seiten um. Sie entdeckte ein Café, in dem noch ein paar Plätze frei waren. Ihr Blick wanderte zum Himmel. Sie stellte fest, dass die Wolkendecke Risse bekommen hatte und an einigen Stellen schon ein fröhliches Blau sichtbar wurde. Warum also nicht?

Sie ergatterte ein Plätzchen im direkten Anschluss an die Fußgängerzone und ließ sich mit einem wohligen Seufzer in den Armstuhl fallen. Schon wenig später nippte sie an einer heißen Schokolade und betrachtete die Umgebung. Ihre Füße entspannten sich und der heiße Kakao belebte ihre Sinne. Außerdem konnte sie jetzt ihrer Lieblingsbeschäftigung nachgehen: Menschen zu beobachten.

Sie hatte sich schon oft in der Fußgängerzone von Gießen niedergelassen und einfach nur den Leuten zugesehen. Sie fand, dass es kaum etwas Interessanteres gab als ihre eigenen Artgenossen. Nie glich einer dem anderen. Es gab große und kleine, dicke und dünne, hübsche und hässliche. Ihre Körperhaltung und ihr Gesichtsausdruck verrieten viel über sie. Und auch ihre Frisur und ihr Kleidungsstil offenbarten so einiges. Oft versuchte Esther zu erraten, wie es wohl um ihr Leben bestellt war. Wenn sie einen Ring an der rechten Hand entdeckte, versuchte sie, sich vorzustellen, wie wohl der Ehepartner der entsprechenden Person aussah. Sie malte sich aus, ob und wie viele Kinder sie hatte. Und sie fragte sich, ob dieser Mensch wohl glücklich war.

Es war brechend voll in der Fußgängerzone. Die Menschen schoben und drängelten sich vorwärts. Hast und Eile schienen die Gesichter der Menschen zu prägen.

Mit einer Ausnahme. Sie hatte ihn schon länger aus dem Augenwinkel heraus beobachtet. Aber jetzt starrte sie ihn mit unverhohlenem Interesse an. Er stand auf der gegenüberliegenden Straßenseite in vielleicht zehn Metern Entfernung und drehte ihr den Rücken zu. Er schien intensiv die Auslagen eines Juweliergeschäftes zu studieren. Ob er wohl ein Geschenk für seine Frau oder Freundin suchte? Wenn ja, dann musste sich diese Suche äußerst schwierig gestalten. Er stand nämlich schon lange dort, vielleicht sogar schon so lange, wie sie selbst hier im Café saß.

Sie musterte den Mann noch einmal von Kopf bis Fuß. Er war groß, beinahe zwei Meter, und dabei gertenschlank. Ellen hätte ihn wahrscheinlich abfällig als „Spargeltarzan" bezeichnet. Esther mochte dünne Männer. Gerrit war dünn gewesen. Gerrit ... Überhaupt hatte der Mann vor dem Juweliergeschäft von hinten etwas Ähnlichkeit mit Gerrit. Gut, Gerrit war gerade mal 1,80 Meter groß gewesen. Damals hatte Esther sich angewöhnt, ein wenig gebeugt zu gehen, damit sie ihn nicht überragte. Dafür stimmten die Haare sehr gut mit Esthers Erinnerung überein. Gerrit hatte auch dunkelbraune Haare gehabt, fast schwarz. Und er hatte sie im Nacken genauso kurz getragen wie dieser Mann hier.

Esther musste schlucken. Die Erinnerung bekam ihr nicht, und sie versuchte, sie zu verscheuchen. Um sich abzulenken, studierte sie die Kleidung des Fremden. Er trug dunkelblaue Jeans und schwarze Schuhe. Esther fiel allerdings auf, dass einer der beiden Schuhe, der rechte, mit einem höheren Absatz versehen war. Das konnte man von hinten deutlich erkennen. Wahrscheinlich hatte der Mann verschieden lange Beine. Auffällig war auch die schwarze Lammfelljacke, die er trug. Sie war hervorragend verarbeitet und sah ausgesprochen edel aus. Esther fand sie toll. Sie hatte sich schon lange eine solche oder ähnliche Jacke gewünscht und ertappte sich dabei, wie sie den Mann darum beneidete.

Ellen hätte sich einen solchen Wunsch natürlich sofort erfüllt. Aber Esther war chronisch knapp bei Kasse. Sie verdiente nicht gerade viel und musste jeden Euro ein paarmal umdrehen. Anderseits war sie doch in die Innenstadt gekommen, um ein wenig bummeln zu gehen, oder etwa nicht?

Sie rang noch einen Moment mit sich, dann winkte sie kurz entschlossen eine Kellnerin zu sich heran, bezahlte und erhob sich. Ohne weitere Gedanken an ihre finanzielle Situation zu verschwenden, machte sie sich auf direktem Weg in ein größeres Bekleidungsgeschäft. Sie musste nicht lange suchen, dann hatte sie einen Ständer mit echten Lammfelljacken gefunden. Sie ignorierte die Preisschilder mit den schwindelerregenden Zahlen und begann stattdessen, nach Herzenslust anzuschauen, anzufassen und anzuprobieren.

Es dauerte nicht lange, dann gesellte sich auch eine Verkäuferin zu ihr. Sie war ausgesprochen nett und gab sich sehr viel Mühe. Esther spürte, dass sie für eine zahlungskräftige Kundin gehalten wurde. Das war auch nicht verwunderlich, denn sie hatte ja noch immer das Kostüm an, das sie ansonsten nur bei der Arbeit trug. Sie fühlte sich auf einmal wie Ellen, wie eine Frau, der die Welt zu Füßen lag. Und das gefiel ihr. Es war wie ein Rausch, der schließlich dazu führte, dass sie die Verkäuferin mit einem besonders schönen, naturfarbenen Exemplar der sündhaft teuren Jacken zur Kasse vorschickte. Aber erst, als sie dann selbst dort anstand, begann sie sich zu fragen, wie sie ein solches Loch in ihrem Konto wieder stopfen wollte. Der

Erste des Monats war noch weit entfernt. Es war gut möglich, dass sie durch diesen Kauf ihren Dispo in Anspruch nehmen musste. Wollte sie das wirklich?

Während sie in der Schlange eine Position nach der anderen vorrückte, wurde ihr immer mulmiger zumute. Im Grunde ihres Herzens hasste sie Schulden. Und sie war immer stolz darauf gewesen, dass sie mit sehr viel weniger Geld auskommen konnte als ihre verschwenderische Schwester. Was also tat sie hier?

Andererseits fing sie gerade jetzt den freundlichen Blick auf, den ihr die Verkäuferin von eben zuwarf. Sie hatte eine Kollegin an der Kasse abgelöst und war jetzt damit beschäftigt, die Waren in Tüten zu verpacken. Was würde sie denken, wenn Esther einfach floh?

Wieder rückte Esther eine Position vor. Jetzt waren nur noch zwei Kunden vor ihr. Esther verlagerte ihr Gewicht unruhig von einem Bein auf das andere. Was sollte sie nur tun? Sie wollte diese Jacke gar nicht kaufen, das wusste sie mittlerweile. Aber sie wollte auch nicht, dass die Verkäuferin enttäuscht war!

Jetzt war die Kundin vor ihr an der Reihe. Esther sah mittlerweile aus wie ein Huhn vor dem Schlachten. Und sie konnte sich noch immer nicht entscheiden, ob sie ihrem Fluchttrieb nachgeben oder eher nach dem Prinzip „Augen zu und durch" handeln sollte.

Sie rückte an die Kasse vor. Wieder fing sie den freundlichen Blick „ihrer" Verkäuferin auf. Sie lächelte zurück. Aber es war ein äußerst verzerrtes Lächeln. Für eine Flucht war es jetzt wohl auch zu spät. Ihre Jacke wurde bereits eingescannt. Mit einem tiefen Seufzer öffnete Esther ihre Handtasche und kramte das Portemonnaie hervor.

Als sie der Verkäuferin ihre EC-Karte hinhielt, streifte ihr Blick den Verkaufsbereich hinter der Kasse. Und da sah sie ihn! Den Mann mit der schwarzen Lammfelljacke.

Esther stutzte. Das war doch nicht möglich! Sie war so überrascht, dass sie gar nicht bemerkte, wie die Verkäuferin versuchte, die EC-Karte aus ihrer Hand entgegenzunehmen. Er war es, daran gab es keinen Zweifel! Er drehte ihr auch jetzt den Rücken zu, aber das änderte nichts an der Tatsache, dass sie ihn eindeutig wiedererkannte. Er hatte die gleiche Statur, die gleichen Haare und vor allem ... die gleiche Jacke.

„Entschuldigen Sie bitte", hörte sie die Verkäuferin an der Kasse wie von fern sagen.

Aber sie reagierte nicht. Der Mann stand vor einem Regal mit Schuhen und schien diese intensiv zu betrachten. Jetzt nahm er sogar einen in die Hand und musterte ihn.

Misstrauisch ließ Esther ihren Blick über die gesamte Schuhabteilung schweifen. Waren sie hier nicht in dem Stockwerk, das den Damen vorbehalten war? *Damenschuhe, tatsächlich!*

Esther schluckte und ihre Gedanken überschlugen sich. Was tat er hier? War es möglich, dass ein Mann Schuhe für seine Frau oder Freundin kaufte?

„Ihre Karte bitte!", sagte die Verkäuferin nun schon ein wenig ungehalten. Aber Esther hielt die EC-Karte immer noch krampfhaft fest. Ihre Gedanken galten allein dem Mann in der Jacke. Sie war sich inzwischen sicher, dass er keinesfalls Schuhe für seine Frau oder Freundin kaufte. Bei Kleidungsstücken hätte sie das noch für möglich gehalten, vielleicht sogar bei Unterwäsche. Aber bei Schuhen? Nein! Schuhe musste man anprobieren, daran führte einfach kein Weg vorbei.

„Ist Ihnen eigentlich klar, dass Sie hier alles aufhalten?", schimpfte die Verkäuferin. Ihr Tonfall war so entnervt, dass sie damit endlich Esthers Aufmerksamkeit erlangte. Verwirrt sah Esther sie an. Aber sie begriff gar nicht, was die Frau von ihr wollte. Zu stark wurde sie von einer ganz anderen Frage vereinnahmt: *Warum verfolgte dieser Mann sie?*

Wieder einmal kroch Panik in ihr hoch, und sie hatte das Gefühl, als würde sie gleich die Kontrolle verlieren. *Hör auf!*, versuchte sie, sich zu ermahnen. *Beruhige dich. Bestimmt ist das nur ein Zufall. Er verfolgt dich gar nicht. Er ist einfach nur ein Schmuck- und Schuhfetischist.*

Aber dann sah sie plötzlich, wie er etwas aus der Jackentasche nahm. Es war so klein, dass es vollkommen in seiner großen Hand verschwand. Er hob die Hand, hob sie immer mehr, bis sie sich fast in Kopfhöhe befand, dann drehte er sie.

Esther starrte wie gebannt auf das Objekt in seiner Hand. Sie konnte noch immer nicht erkennen, was es war. Doch plötzlich sah sie sich einem beinahe schwarzen Augenpaar gegenüber. Für einen kurzen Moment hatten sich ihre Blicke im Spiegel getroffen. Er hatte ihr mitten in die Augen gesehen! Er war ihretwegen hier!

Esther unterdrückte einen Schrei, entriss der Verkäuferin die Karte und floh in Richtung Rolltreppe. Mit ihren langen Beinen hatte sie diese in nur wenigen Schritten erreicht. Sie nahm immer drei Stufen auf einmal, ließ auf diese Weise drei Rolltreppen hinter sich, flüchtete aus dem Kaufhaus und rannte dann durch die Fußgängerzone. Sie lief und lief, bis sie das Haus ihrer Schwester erreicht hatte und dort Sturm klingelte.

„Was ist?!“, fauchte Ellen in die Gegensprechanlage.

„Ich bin's“, keuchte Esther atemlos.

Ellen stieß einen theatralischen Seufzer aus. „Hätte ich mir ja denken können. Selbst Kinder verbreiten nicht annähernd die Panik um sich, die dich immer begleitet. Also was ist jetzt wieder?“ Ein knackendes Kichern kam über die Gegensprechanlage. „Ist vielleicht ein UFO auf dem Stachus gelandet?“

Esther schluckte. Sie kam sich auf einmal selbst ein bisschen dumm vor. Es stimmte ja, sie machte aus jeder Mücke einen Elefanten.

Da sie nicht antwortete, seufzte Ellen ein weiteres Mal. „Na, komm erst mal rauf“, sagte sie in etwas versöhnlicherem Tonfall und betätigte den Türöffner.

Auf dem Weg nach oben ließ Esther den Vorfall im Kaufhaus noch einmal Revue passieren. Ob ihre Fantasie wieder einmal mit ihr durchgegangen war? Sie überlegte. Fest stand, dass sie den Mann wiedererkannt hatte. Da war sie sich ganz sicher. Der Mann im Kaufhaus war der gleiche, den sie auch vor dem Juwelier gesehen hatte. Größe und Statur, Haare und Kleidung, alles stimmte überein. Das konnte unmöglich ein Zufall gewesen sein. Aber musste das gleich heißen, dass er sie verfolgt hatte?

Sie versuchte, die Sache nüchtern zu betrachten. Es war doch möglich, dass der Mann händeringend nach einem Geschenk für seine Frau oder Freundin gesucht hatte. In den Auslagen des Schmuckgeschäftes war er nicht fündig geworden; vielleicht hatte er vorher schon Kleidungs- und Geschenkartikelläden durchforstet. In seiner Verzweiflung war er schließlich in der Damenschuhabteilung des Kaufhauses gelandet. War doch möglich, oder?

Aber dann erinnerte sie sich an das schwarze Augenpaar im Spiegel. Die Erinnerung brachte einmal mehr ihre Nackenhaare zum Aufstellen. Der Mann hatte sie angesehen, er hatte ihr mitten ins Gesicht gesehen! Obwohl Esthers Herz durch das Treppensteigen wie wild klopfte, setzte es jetzt einen Schlag aus. Wieder drohte die Panik sie zu überwältigen.

Gut, er hat dich angesehen. Aber auch das könnte reiner Zufall gewesen sein. Vielleicht ist der Mann furchtbar eitel. Vielleicht schleppt er ständig einen Handspiegel mit sich herum. Es gibt ja solche Leute. Dass sein Blick dabei auf dich gefallen ist, war Zufall.

Esther erklomm jetzt die letzte Treppe, die zum obersten Stockwerk führte. Die Gedanken von eben hatten sie nicht wirklich überzeugt. Aber sie beschloss, es dabei bewenden zu lassen. Wenn sie Ellen von ihren Befürchtungen erzählte, würde die sie ohnehin nur auslachen. Sie machte sich immer über Esther lustig, wenn sie ihren Ängsten Ausdruck verlieh. Sie nahm sich daher ganz fest vor, ihrer Schwester kein Sterbenswörtchen von dem Mann zu erzählen.

Ellen stand schon in der Tür und wartete auf sie. „Nun sag schon“, drängelte sie sofort, „was gab es jetzt wieder für ein Riesenproblem?“

„Keins ... gar keins“, wiegelte Esther ab. „Mir war nur so kalt.“

„Das ist alles?“, empörte sich Ellen. „Du klingelst wie eine Irre, weil dir *kalt* ist?“

Esther zuckte mit den Schultern. „Tut mir leid. Ich bin wirklich halb erfroren. Ich hatte ja keine Jacke dabei.“ Mit diesen Worten drängte sie sich an ihrer Schwester vorbei. Dabei fiel ihr wieder einmal auf, wie sehr die ganze Wohnung nach Ellens Parfum roch.

Ellen schloss die Tür hinter ihrer Schwester. „Wir haben fast noch Sommer!“, sagte sie kopfschüttelnd.

„Fast“, nickte Esther und versuchte, ihren Standpunkt zu untermauern, indem sie lautstark mit den Zähnen klapperte.

Aber Ellen ließ nicht locker. „Ich hab erst vor zehn Minuten aufs Thermometer geguckt. Da waren es 21 Grad!“

Esther erschrak. Ihr war gar nicht aufgefallen, wie ungewöhnlich es war, dass ein Mann im Spätsommer mit einer dicken Lammfelljacke durch die Stadt marschierte. Wenn sie es sich recht überlegte, war er auch der Einzige, der so vermummt herumgelaufen war. Wirklich, die Sache wurde immer mysteriöser. Auf einmal erschien es ihr wieder wahrscheinlicher, dass der Mann sie tatsächlich verfolgt hatte. Aber warum sollte sie jemand verfolgen? Sie war nun wirklich denkbar uninteressant!

Die Sorgenfalten, die diese Gedanken auf Esthers Stirn meißelten, waren auch Ellen nicht entgangen. „Du verheimlichst mir doch etwas!“, sagte sie.

Esther wollte schon leugnen, als sie plötzlich zusammenzuckte. Es läutete! Seit Markus' „Besuch“ war sie ohnehin schreckhaft, wenn sie es klingeln hörte. Aber heute löste das Geräusch eine regelrechte Panikattacke in ihr aus. *„Das ist er!“*, schrie sie beinahe hysterisch. „Mach nicht auf! Mach nicht auf!“

„Er?“, rief Ellen. „Wer, *er?*“

Aber Esther war kaum noch ansprechbar. Sie sah wieder dieses Furcht einflößende schwarze Augenpaar vor sich. „Bitte, mach nicht auf“, wimmerte sie nur und hielt sich die Ohren zu, weil es bereits zum zweiten Mal geklingelt hatte.

Ellen rollte mit den Augen, schüttelte entnervt den Kopf und ließ ihre Schwester einfach stehen. Sie ging zur Tür, sagte etwas in die Gegensprechanlage, betätigte den Öffner und kam dann zu ihrer Schwester zurück.

Diese starrte ängstlich auf die Tür. „Wen hast du reingelassen?“, fragte sie mit zitternder Stimme.

„Markus wohl kaum“, antwortete Ellen. Dann grinste sie plötzlich. „Außerdem ist er hinter *dir* her. Schon vergessen?“

„Es geht nicht um Markus“, zischte Esther. Sie zitterte mittlerweile am ganzen Körper. „Sag schon, wer war das?“

Ein amüsiertes Lächeln umspielte Ellens Mundwinkel. „Der Nachbar aus dem dritten Stock. Er hat den Schlüssel für unten vergessen. Das kommt mindestens dreimal in der Woche vor.“

Esther atmete sichtbar auf. „Hast du vielleicht einen Kaffee?“, hauchte sie.

„Na klar. Komm mit in die Küche.“

Ellen schenkte ihr die Reste des Frühstückskaffees ein und nahm dann auf der anderen Seite des kleinen Tischchens Platz. „Sagst du mir jetzt, vor wem du dich schon wieder fürchtest?“

Esther rang einen Moment mit sich, erzählte dann aber doch von ihrer doppelten Begegnung mit dem hoch gewachsenen Fremden. Als sie geendet hatte, sah sie auf und erwartete tapfer den vernichtenden Kommentar ihrer Schwester.

Zu ihrem Erstaunen fand sie dieses Mal allerdings kein überhebliches Lächeln auf deren Gesicht. Stattdessen stand echte Besorgnis darin geschrieben.

„Und er hat eine schwarze Lammfelljacke angehabt?“, erkundigte sich Ellen und trommelte nervös mit den Fingern auf dem Tisch herum.

„Ja“, nickte Esther eifrig. „Und das im Spätsommer. Ist doch komisch, oder?“

„Komisch ... ja“, entgegnete Ellen fahrig. „Und sonst ... ist dir sonst noch was an ihm aufgefallen?“

„Er hatte verschieden lange Beine“, antwortete Esther wie aus der Pistole geschossen. Sie war auf einmal stolz auf ihre Beobachtungsgabe. „Jedenfalls nehme ich das an. Seine Schuhe hatten unterschiedlich hohe Absätze.“

Ellen erhob sich plötzlich und lief suchend durch die Küche. Auf einem der Regale fand sie eine Schachtel Zigaretten, nahm mit sichtlich zitternden Fingern eine davon heraus und steckte sie in den Mund. Sie brauchte mehrere Versuche, bis ihre Zigarette endlich brannte und sie den Rauch mit tiefen Zügen einatmen konnte.

Esther rümpfte die Nase. Sie war überzeugte Nichtraucherin. „Muss das sein?“, beklagte sie sich.

„Ist das meine Wohnung oder deine?“, fuhr Ellen sie an.

„Deine“, musste Esther zugeben, „aber –“

„Und habe ich dich eingeladen?“, fiel Ellen ihr ins Wort.

Das brachte Esther zum Verstummen. Ellen nahm einen weiteren tiefen Zug.

„Ist das alles, was dir an diesem Typen aufgefallen ist?“, erkundigte sich Ellen nach einer Weile.

„Na, hör mal“, beschwerte sich Esther. „Das mit den Absätzen war doch schon ’ne ganze Menge.“

„Trotzdem“, entgegnete ihre Schwester streng.

„Ja, das war alles.“

„Keine besonderen Merkmale? Keine ... Narbe oder so was?“

Esther antwortete nicht gleich.

„Denk nach!“, fuhr Ellen sie an.

Esther zuckte erschrocken zusammen. So kannte sie ihre Schwester gar nicht. Ellen regte sich selten auf. Gerade das hasste Esther ja so an ihr. „Was denn für ’ne Narbe?“, fragte sie irritiert.

„An der Hand vielleicht?"

Esther dachte krampfhaft nach. „Keine Ahnung. Ich hab seine Hand doch gar nicht gesehen."

Ellen warf die Zigarette in die Spüle, setzte ein etwas gezwungenes Lächeln auf und sagte: „War ja auch nur so 'ne Frage. Noch einen Kaffee?"

Esther schüttelte den Kopf. „Ich hab noch." Sie sah ihrer Schwester prüfend ins Gesicht. Warum benahm Ellen sich nur so seltsam? Und woher wusste sie etwas von einer Narbe an seiner Hand? „Hast du den Mann vielleicht auch schon mal gesehen?", fragte sie schließlich.

Ellen drehte sich um, fischte die Zigarette wieder aus der Spüle heraus und warf sie in den Mülleimer. „Quatsch", wiegelte sie ab. „*Du* bist in unserer Familie die mit dem Verfolgungswahn. Schon vergessen?"

„Aber warum fragst du dann so gezielt nach einer Narbe an seiner Hand?"

Ellen zuckte betont gleichgültig mit den Schultern. „Wenn der Mann dich tatsächlich verfolgt hat, solltest du ihn möglichst gut beschreiben können. Falls du ihn später anzeigen willst oder so."

Esther runzelte die Stirn. Hier war doch etwas faul! Andererseits wollte sie nicht schon wieder mit Ellen streiten. Und eigentlich hatte sie ja auch gar keine Lust, noch länger über den seltsamen Mann nachzudenken. Und so zuckte sie mit den Schultern und wandte sich wieder ihrer Tasse Kaffee zu.

Kapitel 5

Am Montagmorgen ließ sich Esther schon um halb sieben von Ellen wecken. Sie fing sonst immer um sieben an zu arbeiten und so war es am klügsten, sich auch um genau diese Zeit krankzumelden. Außerdem wusste sie, dass ihr Chef normalerweise nicht vor halb acht im Büro war. Das weckte in ihr die Hoffnung, nicht mit ihm persönlich sprechen zu müssen, sondern sich einfach in der Zentrale krankmelden zu können.

Sie duschte also, zog eine Jeans und einen einigermaßen anständigen Pullover von Ellen an und steuerte schon um kurz vor sieben mit klopfendem Herzen das Telefon an. Während sie tapfer die Nummer der Zentrale wählte, trat sie unruhig von einem Fuß auf den anderen. Es klingelte nur zweimal, dann meldete sich eine junge Frau, die Esther nur vom Sehen kannte. Esther atmete noch einmal tief durch, verlieh ihrer Stimme einen möglichst leidenden Tonfall und spulte dann den Text ab, den sie sich schon am Vortag zurechtgelegt hatte.

„Hallo, Kieling aus der Entwicklung hier, ich muss mich für heute leider krankmelden. Können Sie diese Information bitte an Herrn Fettköther weitergeben?"

„Moment, ich verbinde."

„Nein!", rief Esther lauter als eigentlich geplant. Sie erschrak selbst und war auf einmal völlig aus dem Tritt. „Ich meine ... das ... das ist nicht nötig. Also ... der Herr Fettköther ist sicher noch gar nicht im Hause."

Die junge Frau am anderen Ende der Telefonleitung machte eine viel zu lange Pause. Ob sie misstrauisch geworden war? „Woher wollen Sie das wissen?“, fragte sie schließlich. „Ich denke, Sie sind krank.“

Esther stammelte: „Na ja, aber … er fängt eigentlich immer erst um halb acht an.“

„Komisch“, bemerkte ihre Gesprächspartnerin, „ich könnte schwören, dass er schon vor einer Viertelstunde an mir vorbeimarschiert ist.“

Esther schluckte. Es sah ihrem Chef überhaupt nicht ähnlich, an einem Montagmorgen bereits vor sieben im Büro zu sein. Das verhieß nichts Gutes.

„Hallo! Sind Sie noch dran?“

„Ja … sicher“, presste Esther hervor, während die erste Schweißperle an ihrer linken Schläfe herunterrann. Sie dachte daran, dass sie schon unter normalen Umständen alles versuchte, um persönliche Begegnungen mit ihrem Chef zu vermeiden. Aber das hier waren keine normalen Umstände. Im Gegenteil, das war eine Art Betrugsversuch. Außerdem merkte sie selbst, dass sie vollkommen von der Rolle war. Wie um alles in der Welt sollte es ihr da gelingen, ruhig und besonnen mit ihrem Chef zu sprechen?

„Wenn Herr Fettköther schon so früh im Büro ist“, gelang es ihr zu sagen, „dann muss das einen wichtigen Grund haben. Es ist sicher besser, ihn in so einem Fall nicht zu früh zu stören. Am besten, Sie richten ihm meinen Anruf später aus, so um kurz nach halb acht. Einverstanden?“

„Nein!“, entfuhr es der jungen Frau aus der Zentrale. „Ich kenne den Ruf Ihres Chefs. Und ich habe nicht vor, als Ihr Prügelknabe herzuhalten. Ich verbinde Sie jetzt.“ Es klickte in der Leitung, dann ertönte eine Melodie.

Esther ließ vor Schreck beinahe den Telefonhörer fallen. Was sollte sie denn jetzt nur tun? Einige Sekunden war sie wie gelähmt. Nicht einmal ihr Fluchttrieb funktionierte noch.

„Fettköther", meldete sich dann auch schon ihr Chef. Einige Momente herrschte vollkommene Stille. Dann sagte er: „Hallo?"

„Ja ... äh, Kieling hier", antwortete Esther mit letzter Kraft. „Ich ... ich muss mich leider krankmelden."

„So?" Esther konnte das Misstrauen in seiner Stimme deutlich heraushören. „Was fehlt Ihnen denn?"

Esther räusperte sich, griff nach ihrer Kette und hielt sich an dem Anhänger fest. „Eine Grimme ... äh ... Grippe", stammelte sie mit möglichst belegter Stimme. „Sie wissen schon ... Husten, Schnupfen ... Kopf- und Gliederschmerzen."

„Seltsam", antwortete Herr Fettköther, „am Freitag waren Sie doch noch vollkommen gesund."

„Ja, ja", entgegnete Esther ein bisschen zu eifrig, „so was kommt ja manchmal über Nacht."

„Ist das so?" Esther hatte den Eindruck, als würde er überlegen. „Wie auch immer", sagte er schließlich, „in jedem Fall müssen Sie damit zum Arzt. Wie ich gesehen habe, ist unser Betriebsarzt Herr Wahlers den ganzen Vormittag im Hause. Kommen Sie doch einfach her und lassen Sie sich von ihm untersuchen."

Der Schreck fuhr wie der Blitz durch Esthers Körper. Zum Betriebsarzt sollte sie kommen? Das war doch vollkommen unüblich. Was bezweckte er denn damit? „Ich ... nein ... das geht nicht ..."

„Aber warum denn nicht?"

In Esthers Kopf rotierte es. Selbst wenn sie umgehend zur Bahn stürmte, konnte sie nicht mehr rechtzeitig nach Gießen kommen. Außerdem sah ja ein Blinder, dass sie kerngesund war! „Ich ... ich bin zur Zeit in München!"

„Wie bitte? In München? Ich denke, Sie sind krank?"

„Bin ich ja auch", beeilte sich Esther zu beteuern. „Ich bin übers Wochenende zu meiner Schwester nach München gefahren und gestern dann krank geworden."

„Frau Kieling, irgendwie kommt mir diese Sache komisch vor. Ich hätte gern, dass Sie mir ein ärztliches Attest vorlegen. Warten Sie bitte einen Moment.“ Es klickte in der Leitung und wieder ertönte eine Melodie. Nach zwei Minuten, die Esther wie zwei Stunden vorkamen, klickte es erneut. „Frau Kieling?“

„Ja?“

„Dr. Wahlers hat mir einen vertrauenswürdigen Kollegen in München empfohlen. Ich möchte, dass Sie ihn sofort aufsuchen und mir das Attest per Post zuschicken. Haben wir uns verstanden?“

„Ja“, hauchte Esther mit letzter Kraft. Wie sollte sie aus dieser Nummer jetzt wieder herauskommen? Während sie sich Namen und Adresse des Arztes diktieren ließ, rotierten ihre Gedanken. Wo zum Donnerwetter sollte sie innerhalb weniger Stunden eine Grippe herbekommen?

Als sie auflegte, stand ihr Plan bereits fest. Sie rannte durch den Flur in Richtung ihres Zimmers, fummelte im Laufen das Haarband aus ihrer roten Pracht, stürzte auf das Waschbecken zu und hielt erst einmal ihre Haare ausgiebig unter den Wasserhahn. Dann wrang sie sie kurz aus und stürmte mit noch beinahe klatschnassen Haaren erneut auf den Flur hinaus.

„Ich muss noch mal weg“, rief sie ihrer Schwester zu. Nach einer Jacke suchte sie nicht einmal.

„Aber wir haben doch noch gar nicht ...“, protestierte Ellen, hörte dann aber schon die Wohnungstür hinter Esther zuklappen. „... gefrühstückt“, beendete sie kopfschüttelnd ihren Satz. Sie würde ihre Schwester niemals verstehen.

Als Esther auf der Straße ankam, stellte sie zufrieden fest, dass die Wetterlage für ihren Zweck ideal war. Es war kalt, ein feiner Sprühregen spritzte ihr ins Gesicht und ein heftiger Wind fegte mit Macht um die Häuserecken. Sie fröstelte und freute sich – so hatte sie zumindest eine Chance!

Sie musste den Schutz der Häuser hinter sich lassen und dem Wind volle Angriffsfläche bieten. Am besten lief sie in den Englischen Garten! Sie war schon so oft bei ihrer Schwester gewesen, dass sie den Weg mit geschlossenen Augen gefunden hätte. Und so störte es sie auch nicht, dass es noch ziemlich duster draußen war.

Esther verfiel in das Tempo, mit dem sie auch das Training auf ihrem Laufband begann. Langsam, aber gleichmäßig joggend bewegte sich Esther durch die Straßen. Mühelos fand sie den Weg und erreichte schon nach einer knappen Viertelstunde die südlichen Ausläufer des Parks. Der Wind war jetzt so stark, dass sie sich richtig gegen ihn stemmen musste. Er fuhr wie Peitschenhiebe in ihre schweren, immer noch nassen Locken und wirbelte sie durcheinander. Aber er hatte auch etwas Angenehmes. Er roch so gut, sauber und frisch, nach Regen, nach Natur, nach Leben.

Tapfer kämpfte sich Esther weiter vorwärts. Sie steuerte auf die erste größere Freifläche zu, überquerte vorsichtig einen Teil des nassen Rasens, blieb dann stehen und zog Schuhe und Strümpfe aus. Unwillkürlich musste sie lächeln. Der Rasen fühlte sich weich und glitschig unter ihren Füßen an. Es kam ihr auf einmal so vor, als wäre sie ein Teil dieser tobenden Natur. Sie schloss die Augen, breitete die Arme aus und spürte den Berührungen des Windes nach. Schon nach kurzer Zeit begann sie zu frösteln. Sie ließ die Arme sinken, die inzwischen schwer geworden waren, widerstand aber der Versuchung, sie schützend um ihren Körper zu legen. Wacker stand sie im stärker werdenden Regen, bis sie schlotterte.

Wenn du jetzt keine Grippe intus hast, dachte Esther, *dann kriegst du auch keine mehr.*

Und so beschloss sie von einer Sekunde auf die nächste, dass sie genug hatte. Sie drehte sich um und wollte sich auf den Rückweg machen, als sie das Gefühl hatte, aus dem Augenwinkel eine Bewegung wahrgenommen zu haben. Erschrocken wirbelte sie herum und starrte auf die Baumgruppe, die sich zu ihrer Linken befand. Aber da war nichts, nur Baumstämme.

Sie runzelte die Stirn. Ging jetzt schon wieder die Fantasie mit ihr durch? Sie sah sich intensiv nach allen Seiten um. Es war absolut menschenleer im Park. Und dennoch war da eine ganz starke Erinnerung an einen menschlichen Schatten. Ein *sehr* großer Schatten! Auf einmal entsann sie sich ihres Erlebnisses vom Samstag. Sie schluckte. Ob dieser Riese vielleicht schon wieder hinter ihr her war? Sie dachte an seine schwarzen Augen und setzte sich sofort in Bewegung. Sie musste zurück in die Sicherheit der Wohnung!

Während sie im Laufschritt über den nassen Rasen eilte, schalt sie sich innerlich wegen ihres Leichtsinns. Was tat sie eigentlich frühmorgens in einem menschenleeren Park? *Du steigerst dich da schon wieder in etwas rein!*, ermahnte sie sich selbst. *In der Morgendämmerung und bei einer solchen Wetterlage kann man jeden x-beliebigen Baumstamm für eine menschliche Gestalt halten!*

Aber dieser Gedanke überzeugte sie nicht wirklich.

Und dann sah sie ihn! Er war ebenfalls stehen geblieben und schien sie anzustarren. Er war etwa 30 Meter von ihr entfernt, und so konnte sie im Dämmerlicht weder seine Augen noch seine Gesichtszüge erkennen. Aber das war auch nicht nötig. Seine große, schlanke Gestalt sprach Bände. Es war derselbe Mann. Und er verfolgte sie!

Die Panik brach wie ein Gewitter über Esther herein. Mit einem Aufschrei wirbelte sie herum und startete durch wie eine Olympiateilnehmerin beim 100-Meter-Lauf. Sie kam jedoch nicht weit. Schon nach wenigen Metern rutschte sie auf dem glitschigen Rasen aus und stürzte zu Boden. Schuhe und Strümpfe fielen ihr aus der Hand.

Ohne sich um ihr Schuhwerk zu kümmern, rappelte sich Esther wieder hoch und lief weiter. Diesmal war sie vorsichtiger und gelangte bald auf einen befestigten Schotterweg. Die Steine schlugen wie Glasscherben in ihre Füße, aber Esther lief einfach geradeaus, irgendwohin, weiter und weiter, viel schneller, als sie es von ihrem Training her gewohnt war. Ihr Herz raste, sie bekam kaum noch Luft. Aber sie hielt nicht an, überholte keuchend und schluchzend Menschen, die mit Regenschirmen unterwegs waren und ihr entsetzt und irritiert nachsahen.

Es dauerte lange, bis sich ihre Schritte schließlich verlangsamten. In einer Straße, die vollkommen menschenleer war, blieb sie einfach stehen und sank gegen eine Hauswand. Sie zitterte am ganzen Körper, hatte nicht einmal mehr die Kraft, sich nach ihrem Verfolger umzusehen.

Fünf Minuten dauerte es, bis es ihr langsam besser ging. Sie begann, ruhiger zu atmen, konnte wieder klarere Gedanken fassen. Endlich drehte sie sich um und sah die Straße entlang. Da war niemand! Keine Menschenseele! Sie atmete auf. Bei dem Tempo musste sie ihn auch einfach abgehängt haben!

Erleichtert hob sie einen Fuß an und untersuchte ihn. Er war natürlich rabenschwarz vor Dreck, aber auch Blutspuren waren daran zu entdecken. Sie machte einen vorsichtigen Schritt. Mann, tat das weh! Jetzt ärgerte sie sich, dass sie ihre Schuhe einfach zurückgelassen hatte. Wie sollte sie denn jetzt nach Hause kommen?

In ihrer Eile war sie vorhin einfach so aus dem Haus marschiert, ohne Geld, ohne Papiere und vor allem ohne Handy. Sie konnte also weder ein Taxi rufen noch ihre Schwester um Hilfe bitten. Sie musste sich notgedrungen allein nach Hause schleppen.

Und so humpelte sie vorsichtig die Straße entlang und hielt Ausschau nach irgendetwas, das ihr bekannt vorkam. Jetzt war es einigermaßen hell, obwohl immer noch dunkle Regenwolken am Himmel hingen und feinen Sprühregen auf sie herabschickten. Esther studierte die verschiedenen Straßennamen und suchte am Horizont nach den beiden Türmchen der Frauenkirche. Aber die Gebäude waren zu hoch und die Straßennamen sagten ihr gar nichts. In dieser Gegend von München war sie nie zuvor gewesen.

Sie gelangte in belebtere Straßen. Jetzt war es ihr peinlich, wie sie herumlief. Sie spürte die abschätzenden Blicke der Passanten, die an ihrer verdreckten Kleidung entlangfuhren und dann meist an ihren nackten Füßen hängen blieben. Und so war es ihr mehr als unangenehm, schließlich eine ältere Frau ansprechen zu müssen.

„Entschuldigen Sie bitte!"

Die Frau war Esther entgegengekommen und blieb jetzt tatsächlich stehen. Allerdings hob sie bei Esthers Anblick ein wenig angewidert die Augenbrauen.

„Können Sie mir sagen, wie ich in die Innenstadt komme?", fragte Esther so ruhig, wie es ihr möglich war.

Die Frau musterte sie von oben bis unten. Ihr Blick war kalt. Dann sagte sie: „Ich kann Ihnen sagen, wie Sie ins Frauenhaus kommen."

Esther schüttelte den Kopf. „Die Innenstadt", krächzte sie. „Bitte!"

Die Frau sah sie geringschätzig an. Dann erklärte sie Esther aber doch, welchen Weg sie nehmen musste.

Esther bedankte sich artig und setzte sich wieder in Bewegung. Anscheinend war sie gar nicht mehr weit von Ellens Wohnung entfernt.

Auf einmal kam Esther die Gegend auch bekannt vor. War sie hier nicht schon mal mit Ellen einkaufen gewesen? Sie entschloss sich spontan, die Straßenseite zu wechseln. Um nicht überfahren zu werden, sah sie sich gewissenhaft nach beiden Seiten um. Aber dann hielt sie erschrocken inne. Ihr Blick war einmal mehr an einer großen, schlanken Männergestalt hängen geblieben, die in einiger Entfernung neben einer Straßenlaterne stand und zu ihr herüberzusehen schien.

Wieder siegte die Panik über Esthers Verstand und sie lief einfach los.

Neben ihr quietschte es. Esther wirbelte herum. Die Stoßstange des silbernen Mercedes kam nur Zentimeter vor ihren

Beinen zum Stoppen. Fast im gleichen Moment öffnete sich die Fahrertür, ein jüngerer Mann im Anzug sprang heraus und begann, wüst auf sie einzuschimpfen. „Sind Sie lebensmüde? ... doch nicht alle Tassen im Schrank!“, waren noch die milderen seiner Ausdrücke.

Aber Esther begriff im Moment gar nichts. Und als der Mann schließlich auf sie zukam, wich sie nur ängstlich vor ihm zurück. Da quietschte es schon wieder. Erneut wirbelte Esther herum ... und sah sich auf einmal Auge in Auge mit einem großen Geländewagen. Dieser war aus der anderen Fahrtrichtung gekommen ... und hatte ebenfalls noch gerade rechtzeitig bremsen können!

Bevor der Fahrer auch dieses Wagens aussteigen und sich über Esther aufregen konnte, rannte sie schnell weiter. Sie hastete über die Straße und lief direkt auf einen Supermarkt zu. Dort waren viele Leute. Dort konnte der Riese sie unmöglich entführen!

Vor ihr öffnete sich eine riesige Glastür. Dahinter lag das grelle Licht des voll ausgeleuchteten Supermarktes. Esther musste im ersten Moment die Augen ein wenig zusammenkneifen, ging aber schnurstracks weiter, durch ein Drehkarussell mitten in den Verkaufsbereich hinein. Sie eilte durch die Gänge mit Lebensmitteln, vorbei an Nudeln, Brotaufstrich und Backzutaten, und gelangte schließlich in den Bereich der Non-Food-Artikel.

Hier blieb sie stehen und sah sich wieder nach allen Seiten um. Der Riese war nicht da. Dafür gab es mindestens ein Dutzend anderer Leute, die Esther mit einer Mischung aus Neugier und Entsetzen anstarrten. Esther sah an sich herunter. Ihr Blick blieb an ihren nackten, verdreckten Füßen hängen. Die Röte stieg ihr ins Gesicht. Was tat sie eigentlich hier? War sie noch ganz bei Verstand?

Esther konnte nicht weiterdenken, weil jetzt ein Mann vom Personal um die Ecke des Ganges bog. Als er sie erblickte, blieb er stehen und sah sie prüfend an. Er war vielleicht Anfang 50 und trug einen Kittel in den Farben des Marktes. Vielleicht war er sogar der Marktleiter. Er kam jetzt betont langsam auf Esther zu.

„Kann ich Ihnen irgendwie helfen?“, fragte er.

Esther nickte eifrig. „Ich werde verfolgt“, krächzte sie. „Sie müssen die Polizei rufen!“

„Aha“, sagte der Mann und nickte bedeutungsvoll mit dem Kopf.

Esther wich einen Schritt zurück. Der Tonfall ließ deutliche Rückschlüsse auf den Geisteszustand zu, den er bei ihr vermutete. „Ich bin nicht verrückt!“, zischte sie ihm zu.

„Aber natürlich nicht!“, antwortete der Mann. „Und darum halte ich es für das Beste, wenn wir erst einmal in mein Büro gehen und in Ruhe über alles reden. Kommen Sie!“

Er griff nach Esthers linkem Oberarm. Wahrscheinlich wollte er sie mit sanfter Gewalt aus dem Markt entfernen.

Esther aber fühlte sich schon wieder bedroht. Ihr Blick fiel auf das Sortiment an Scheren, das sich im Regal neben ihr befand. Reflexartig griff sie nach einem besonders großen Exemplar und streckte es dem Mann entgegen. „Lassen Sie mich in Ruhe“, schrie sie hysterisch.

Der Mann erschrak und wich ein paar Schritte zurück. Ein paar Kunden, die das Geschehen beobachtet hatten, schrien auf und flohen.

„Lassen Sie mich in Ruhe“, wiederholte Esther und ging langsam rückwärts. Als sie das Ende des Ganges erreicht hatte, warf sie die Schere auf den Fußboden, drehte sich um und rannte den gleichen Weg zurück, den sie gekommen war. Sie wusste nicht, wovor sie mehr Angst hatte, vor dem Marktleiter oder vor dem Riesen. Sie wusste nur, dass sie hier keine Verbündeten finden würde. Sie musste wieder raus hier!

Esther schubste Leute zur Seite und stürzte wie eine Wahnsinnige durch die Gänge. Jetzt sah sie den Ausgang schon. Nur noch wenige Meter, dann ...

Rums! Esther war auf ein Hindernis geprallt. Jemand hielt sie fest. Der Marktleiter?

Sie hob den Kopf ... und sah in zwei pechschwarze Augen. Zwei kräftige Arme schoben sie ein Stück von sich. „Wohin denn so eilig?“, sagte eine harte Stimme.

Esther fühlte sich noch immer wie hypnotisiert von diesen dunklen Augen. Blanker Hass stand in ihnen geschrieben.

„Merken Sie sich eins“, flüsterte die dazugehörige Stimme drohend. „Ich bin Ihnen auf den Fersen! Ich lasse Sie keine Sekunde mehr aus den Augen. Und ich werde Sie büßen lassen!“

Büßen? Wofür? Esther riss sich von seinen Augen los und starrte auf die Hände, die noch immer ihre Oberarme festhielten. Und wieder traute sie ihren Augen nicht ...

„Wir sehen uns noch!“, flüsterte er ihr zu, während sich seine Augen zu boshaften Schlitzen verengten und sein Mund noch schmaler wurde. Dann ließ er sie urplötzlich los. Er drehte sich um ... und ging davon.

Kapitel 6

„Übernimm du", krächzte Gedeon in das kleine Mikrofon, das sich an seinem Revers befand und die Verbindung zu Robert herstellte. „Ich hab meine Mission erfüllt."

Dann lief er eilig die Straße entlang und ließ nachdenklich den wieder stärker gewordenen Regen auf sich herabprasseln. Er suchte keinen Schutz mehr vor den kleinen, alles durchdringenden Tröpfchen. Er war ohnehin schon bis auf die Knochen durchnässt. Was kümmerte es ihn da noch?

Er ließ die letzte Stunde noch einmal Revue passieren. Was wühlte ihn nur so furchtbar auf? Alles war doch nach Plan verlaufen!

Er schüttelte heftig den Kopf, als könne er dadurch das ungute Gefühl vertreiben, das ihn seit Kurzem beherrschte. „Du hast Feierabend", sagte er sich selbst. „Geh nach Hause und leg dich schlafen."

Er beschleunigte seinen Schritt. Die Aussicht auf Schlaf war schon verlockend. In den letzten drei Tagen hatte er höchstens drei Stunden am Stück abbekommen. Andererseits war sein „Zuhause" im Moment ein zwölf Quadratmeter großes Hotelzimmer, das er sich auch noch mit Robert teilte. Aber wen störte das schon, wenn man völlig übermüdet war?

Gedeon begann zu laufen, nicht schnell, sondern langsam und locker. Er lief mit einer Leichtigkeit, die sofort deutlich machte, dass er häufiger Sport trieb. Trotzdem sah man, dass sein Bewegungsablauf nicht ganz gleichmäßig war. Bei genauerem Hinsehen konnte man erkennen, dass er immer dann etwas aus dem Rhythmus geriet, wenn sein rechtes Bein den Boden berührte.

„Sie ist eiskalt", flüsterte er beim Laufen. Aber warum zum Donnerwetter glaubte er seinen Worten auf einmal nicht mehr? Und dann ließ er es zu. Er ließ es zu, noch einmal ihren völlig verschreckten Gesichtsausdruck vor sich zu sehen. Er sah noch einmal die panische Angst in ihren grünen Augen ... die Verwirrung ... die Hilflosigkeit, die auf irgendeine seltsame Weise seinen Beschützerinstinkt geweckt hatte.

Sie ist gerissen, versuchte er sich einzureden. *Sie hat gemerkt, dass wir uns nicht abschütteln lassen. Und jetzt spielt sie das Unschuldslamm.*

Krampfhaft versuchte er, sich an die letzte Begegnung mit ihr zu erinnern. Da hatte sie ihn beschimpft, beleidigt, bedroht. Vulgär hatte sie sich benommen, eben genau so, wie es zu erwarten gewesen war. Aber die Erinnerung daran war seit eben völlig verblasst. Es war so, als hätte er es da mit einem völlig anderen Menschen zu tun gehabt!

„Jetzt hörst du aber auf", murmelte er wütend. „Du weißt vor lauter Müdigkeit nicht mehr, wo oben und unten ist. Diese Frau ist Abschaum, nicht mehr und nicht weniger!" Und trotzdem kehrte gerade in diesem Moment die Erinnerung an die unschuldigsten, rotesten Lippen zu ihm zurück, die er jemals gesehen hatte. Wieder dachte er an die Angst in ihrem Blick ... und daran, dass er sie am liebsten tröstend in den Arm genommen hätte.

„Sie hat ihn auf dem Gewissen", flüsterte er sich beinahe beschwörend zu.

Esther setzte mechanisch einen Schritt vor den nächsten und näherte sich so immer mehr der Wohnung ihrer Schwester. Sie war mittlerweile so nass, als wäre sie in voller Montur der Badewanne entstiegen. Das Wasser strömte regelrecht an ihrem Gesicht herunter. Seit ihrer Begegnung mit dem unheimlichen Fremden machte sie sich nicht mehr die Mühe, vor ihm zu fliehen. Sie wusste ohnehin, dass er sie weiter verfolgen würde. Das hatte er ihr gesagt. Aber ihr war jetzt auch klar, dass er weder die Absicht hatte, sie umzubringen, noch sie zu vergewaltigen. Wenn das sein Plan gewesen wäre, hätte er ihn längst in die Tat umgesetzt. Nein, hier ging es um etwas völlig anderes! Aber um was?

Ich werde Sie büßen lassen, hatte er gesagt. Aber *was* büßen lassen? Nein, die Frage musste zunächst anders lauten. *Wen* büßen lassen? Wem galten seine Worte überhaupt?

Esther hatte jetzt die Wohnung ihrer Schwester erreicht und betätigte die Klingel. Schon Sekunden später summte der Türöffner. Esther betrat in Gedanken versunken das Treppenhaus. Ihre Augen blickten starr geradeaus, während sie mechanisch eine Stufe nach der anderen erklomm. Erst an Ellens Wohnungstür blickte sie auf.

Ellen erschrak, als sie ihre Schwester sah. „Ach du meine Güte", entfuhr es ihr. „Bist du in die Isar gefallen?"

Esther antwortete nicht. Wortlos ging sie an ihrer Schwester vorbei in den Flur hinein. Dort blieb sie stehen und rührte sich nicht mehr. Innerhalb von Sekunden bildete sich unter ihren Füßen eine beträchtliche Wasserpfütze.

Ellen schloss die Wohnungstür. Dann stürmte sie in Richtung Badezimmer. „Ich hole dir ein Handtuch."

„Nein."

Ellen blieb so abrupt stehen, als wäre sie gegen ein Hindernis geprallt. Sie drehte sich zu Esther um. „Nein?"

Esther schüttelte den Kopf. „Nein", wiederholte sie so entschieden, dass Ellen ungläubig den Mund öffnete. „Ich will wissen, was der Riese von dir will."

„Der ...", begann Ellen, schien dann aber einzusehen, dass es nicht glaubhaft war, die völlig Unbedarfte zu spielen. „Du meinst den Mann, der dich angeblich verfolgt hat?"

Esther nickte und sah ihrer Schwester prüfend ins Gesicht.

„Von mir? Wie kommst du darauf, dass er etwas von *mir* will?"

„Wann bist du ihm zum ersten Mal begegnet?", fragte Esther unbeirrt.

„Ich ... wieso ... nie ...", stammelte ihre Schwester. „Er hat *dich* verfolgt, schon vergessen?"

„Ich denke, er hat mich mit dir verwechselt", antwortete Esther erstaunlich ruhig und sachlich.

„Aber ... wie ... wie kommst du denn darauf?", kicherte Ellen ein wenig zu übertrieben.

Esthers Gesichtsausdruck verhärtete sich. „Ich hab die Narbe gesehen."

„Welche ..." Ellen schluckte. „Welche Narbe?"

„Die auffällige Narbe an seinem rechten Handrücken." Esthers Stimme wurde immer lauter. „Die Narbe, nach der du mich gefragt hast! Die, die du sozusagen vorhergesagt hast!"

„Ich ... also, das ... das muss purer Zufall gewesen sein", stammelte Ellen.

„Lüg mich nicht an", schrie Esther. „Ich bin nicht so dumm, wie du glaubst. Und ich erkenne einen Zufall, wenn ich einen sehe!"

Ellen seufzte. Einen Moment lang schien sie zu überlegen. Dann ging sie in Richtung Anrichte, holte sich eine Zigarette und steckte sie an. Als sie den ersten tiefen Zug genommen hatte, sagte sie niedergeschlagen: „Du hast recht. Ich habe dich belogen. Es tut mir leid."

Esther atmete vor Verwunderung einmal tief durch. Es war das erste Mal, dass Ellen sich bei ihr entschuldigte. Und es war auch das erste Mal, dass Esther in einer Diskussion mit ihr die Oberhand behalten hatte. Sie richtete sich zu ihrer vollen Größe auf. „Dann erzähl mal", sagte sie ein wenig gönnerhaft.

„Viel gibt es da nicht zu erzählen", entgegnete Ellen und blies den Rauch von Esther weg. „Der Typ hatte eine Freundin, die zu uns in die Beratung kam. Durch unsere Unterstützung wurde sie in die Lage versetzt, das Kind zu behalten. Er – der Vater – wollte aber unbedingt, dass sie abtreibt. Wahrscheinlich hat er die Alimente gescheut. Jetzt macht er mich dafür verantwortlich, dass er für das Kind zahlen muss. Na ja, und seitdem verfolgt er mich."

Esther war nicht überzeugt. „Und warum hast du mir nichts davon gesagt?"

„Ich wollte dich nicht beunruhigen."

„Jetzt bin ich aber erst recht beunruhigt!", regte sich Esther auf. „Weißt du, was er gemacht hat? Er hat mich gepackt und mir gesagt, dass er mich nicht mehr aus den Augen lassen wird. Und dass ich büßen würde!"

„Das hat er gesagt?", fragte Ellen verwundert.

„Ja."

„Hat er wirklich das Wort *büßen* benutzt?", fragte Ellen und vergaß sogar das Rauchen.

Esther sah verwundert zu ihr herüber. „Passt doch zu deiner Geschichte, oder etwa nicht?"

„Ja, ja ... stimmt", nickte Ellen schnell. Aber sie machte auch jetzt noch einen verwirrten Eindruck.

„Was hat denn die Polizei zu der ganzen Sache gesagt?", erkundigte sich Esther.

„Ich hab sie gar nicht informiert."

„Nicht?" Esther konnte es nicht glauben. „Du wirst verfolgt und gehst damit nicht einmal zur Polizei?"

„Der Typ will mir doch nur Angst einjagen. Der ist harmlos."

„Auf mich hat er alles andere als harmlos gewirkt!", protestierte Esther. Wieder dachte sie schaudernd an diese stahlharten, pechschwarzen Augen.

„Auf dich wirkt doch jeder Mann gefährlich", entgegnete Ellen spöttisch.

„Hör auf damit", fauchte Esther. „Ich bin vielleicht überängstlich, aber dieses Mal lasse ich mir nicht einreden, dass meine Fantasie mit mir durchgegangen ist. Ich bin wirklich bedroht worden!"

„Du kennst doch das Sprichwort: Hunde, die bellen, beißen nicht. So ist das auch bei ihm. Ich kenne solche Typen. Irgendwann wird es ihm langweilig und er wendet sich wieder anderen Dingen zu. Das hab ich schon mehrere Mal so erlebt."

„Ist mir egal, was du erlebt hast. Ich schalte jedenfalls die Polizei ein." Und mit diesen Worten ging Esther auf das Telefon zu.

Aber Ellen war schneller. Sie überholte ihre Schwester und stürzte sich auf das Telefon.

„Spinnst du?", fuhr Esther sie an. Dann streckte sie ihre rechte Hand aus. „Gib mir sofort das Telefon."

„Es ist *mein* Telefon", nuschelte Ellen. Die Zigarette hing in ihrem Mundwinkel und erschwerte ihr das Sprechen.

„Und es ist *mein* Leben!", schimpfte Esther.

Ellen führte die rechte Hand, die das Telefon festhielt, demonstrativ hinter ihren Rücken und nahm mit der linken Hand die Zigarette aus dem Mund. „Wie du schon sagtest: Er hat dich mit mir verwechselt. Es geht also einzig und allein um mich. Und *ich* will nicht, dass die Polizei eingeschaltet wird!"

„Wenn er uns zweimal verwechselt hat, kann er uns auch ein drittes Mal verwechseln", konterte Esther. „Zum Beispiel, wenn er gerade sein Gewehr im Anschlag hat."

„Jetzt übertreibst du aber wirklich", grinste Ellen, nahm einen tiefen Zug aus ihrem Glimmstängel und blies den Rauch mitten in Esthers Gesicht.

Erstaunlicherweise verzog Esther keine Miene. Sie wich auch nicht zurück, sondern streckte nur weiter ihre Hand aus. „Gib mir das Telefon", fauchte sie.

Ellens Lächeln erstarb. „Nein!", antwortete sie leise, aber mit äußerster Entschlossenheit.

Esther zuckte mit den Schultern und ging wieder in Richtung Wohnungstür. „Ich brauche dein blödes Telefon nicht. Ich kann auch direkt zur Polizei gehen."

„Das kannst du natürlich tun", rief Ellen hinter ihr her. „Du solltest nur davon ausgehen, dass du anschließend sofort nach Gießen zurückfährst. Meine Wohnung wird dann nämlich verschlossen für dich sein."

Esther blieb stehen. „Ist das dein Ernst?"

„Mein voller Ernst."

Esther schluckte. Hinter ihrer Stirn rotierte es. Sie wollte nicht zurück nach Gießen! In Gießen war Markus ... und Barbara ... und außerdem hatte sie gerade ihrem Chef gesagt, dass sie aus Krankheitsgründen in München bleiben musste. Andererseits ... war München ja offensichtlich ein genauso gefährliches Pflaster. Aber hier war sie wenigstens nicht allein! Und sie war ja auch nicht gezwungen, die Wohnung zu verlassen. Sie konnte sich doch hier verschanzen! Ärzte machten bestimmt auch Hausbesuche!

„Also gut", flüsterte sie und drehte sich langsam zu ihrer Schwester um. Dabei bemerkte sie gerade noch den Hauch des triumphierenden Lächelns, das über Ellens Gesicht huschte. Esther schloss für einen Moment die Augen. Sie hatte wieder einmal den Kürzeren gezogen!

Kapitel 7

Esther saß in ihrem Bett und nahm lächelnd eine heiße Brühe aus Ellens Händen entgegen. Heute ging es ihr so langsam wieder besser. Fünf Tage lang hatte sie mit der schlimmsten Erkältung ihres Lebens gekämpft.

Kurioserweise war gerade das für Esthers hervorragende Laune ausschlaggebend. Dr. Messerich, der ihr seit Dienstag regelmäßige Hausbesuche abstattete, hatte ihr eindeutige Arbeitsunfähigkeit bescheinigt! Und das sogar rückwirkend!

„Ich weiß es wirklich zu schätzen, dass du dich so toll um mich gekümmert hast", sagte Esther dankbar. Dann lächelte sie verschmitzt. „Und vor allem weiß ich es zu schätzen, dass du Dr. Messerich zu einem Hausbesuch bewegen konntest."

Ellen verzog den Mund. „Es war wirklich krass. Am Mittwochmorgen hast du nur wirres Zeug geredet. Du hast mir diesen Zettel mit dem Namen Messerich in die Hand gedrückt und mich beschworen, diesen und nur diesen Arzt hierherkommen zu lassen. Begründet hast du das nicht. Ich wusste ja nichts über das Telefonat mit deinem Boss. Dementsprechend konnte ich auch nicht auf die besonderen Umstände verweisen, als ich brav bei Dr. Messerich anrief. Und natürlich hat mich die Sprechstundenhilfe ganz schnell abgefertigt. Dr. Messerich mache keine Hausbesuche, hat sie gesagt. Und schon gar nicht bei Patienten, die zum ersten Mal in die Behandlung kämen." Ellen hielt inne und schüttelte den Kopf. „Weißt du noch? Ich hab einen anderen Arzt hierherbestellt. Als er dich untersuchen wollte, hast du ihn nach seinem

Namen gefragt und bist dann völlig ausgerastet. Du hast sogar nach ihm geschlagen. Der arme Mann war völlig fertig und hat fluchtartig das Haus verlassen. Vorher hat er mir noch geraten, dich in eine psychiatrische Anstalt einweisen zu lassen." Bei der Erinnerung musste Ellen kichern. „Zum Glück kenn ich dich schon ein bisschen länger."

Esther errötete. „Daran kann ich mich kaum noch erinnern."

Ellen zuckte mit den Schultern. „Immerhin konnte ich deinem wirren Wortschwall dann entnehmen, warum es unbedingt Dr. Messerich sein musste. Ich hab erneut in der Praxis angerufen und auf Herrn Fettköther verwiesen. Zwei Stunden später war Dr. Messerich hier. Tja, Beziehungen sind alles."

Esther seufzte. „Vielleicht sollte ich wirklich mal einen Psychiater aufsuchen. Diese Angstzustände sind doch nicht normal."

„Aber das mach bitte in Gießen", rutschte es Ellen heraus.

Esther sah erschrocken zu ihr auf. „Willst du mich loswerden?"

„Na ja, um ehrlich zu sein ..."

„Ist schon gut", warf Esther hastig ein. „Ich bin nur noch bis Dienstag krankgeschrieben. Spätestens am Mittwoch mach ich mich auf den Heimweg. Reicht dir das?"

„Sicher. Und damit du es dir auch nicht noch einmal anders überlegst, hab ich eine Überraschung für dich."

„Für mich?"

Ellen nickte bedeutungsvoll. „Komm rein!", rief sie in Richtung Tür. Wenige Sekunden später öffnete sich diese und ... Markus spazierte herein. Er war auch heute ein Bild von einem Mann. Ohne die Sonnenbrille wirkte sein markantes, gut geschnittenes Gesicht noch besser. Er trug eine helle Jeans und einen naturfarbenen Baumwollpullover, der sich wohltuend von seinem braun gebrannten Teint und den dunklen

Haaren abhob. Interessanterweise kam seine durchtrainierte Statur auch in dem Pullover hervorragend zur Geltung.

Esther allerdings bemerkte auch heute nichts von diesen Details. Sie hielt nur erschrocken den Atem an, fing sich aber wieder, als sie feststellte, dass Markus ihr freundlich und unbefangen zulächelte.

„Ich bin nur hier, um mich noch einmal bei dir zu entschuldigen", sagte er.

„... und um dir zu sagen, dass er dich nicht mehr belästigen wird", vollendete Ellen seinen Satz.

Markus grinste anzüglich. „Ja, das mit dem Belästigen erledige ich jetzt bei deiner Schwester." Er ging zu Ellen hinüber und tätschelte sie vertraut.

Esther zog erstaunt die Augenbrauen hoch. Was ging denn hier ab?

Ellen war diese Reaktion nicht entgangen. Sie wandte sich Markus zu und sagte: „Du musst doch zugeben, Schwesterherz, dass man einen solchen Mann nicht einfach ziehen lassen kann."

Esther sagte gar nichts. In dieser Frage gab es einfach keinerlei Basis zwischen ihr und ihrer Schwester. Sie zum Beispiel würde *nie mehr* einen Mann auf ihre Bettkante lassen. Und da war es ihr egal, ob dieser Mann Markus, Adonis oder sonst wie hieß.

Und du bist wirklich sicher, dass du in den letzten Tagen kein einziges Mal mehr verfolgt wurdest?" Esther trug wieder das Kostüm, mit dem sie schon nach München gekommen war. Sie stand abreisebereit im Flur und wartete zusammen mit Ellen auf das Taxi, das diese ihr gerufen hatte.

„Hundertprozentig sicher."

Esther seufzte. „Könntest du mich nicht trotzdem zum Bahnhof begleiten?"

Ellen schüttelte den Kopf. „Geht leider nicht. Ich erwarte einen dringenden Anruf."

„Aber was ist, wenn du dich geirrt hast? Der Typ hat nicht den Eindruck gemacht, als wäre er ein Anfänger. Bestimmt hat er Erfahrung damit, Leute zu verfolgen."

„Quatsch. Er hat genau das getan, was ich vorhergesagt habe", widersprach Ellen. „Er hat aufgegeben."

„Aber was, wenn nicht?", beharrte Esther.

Ellen verdrehte die Augen. „Jetzt hör schon auf. Das Taxi bringt dich direkt zum Bahnhof. Die Fahrkarte steckt schon in deiner Handtasche. Du musst lediglich aus dem Auto hüpfen, in den Bahnhof laufen und in den richtigen Zug steigen. Das Ganze dauert läppische zehn Minuten. In der Zeit wird dich schon niemand erschießen."

Esther seufzte wieder. Die Sache gefiel ihr einfach nicht. Aber was sollte sie machen? Sie hatte Ellen nun einmal versprochen, endlich abzureisen. Eigentlich hatte sie sogar schon am Mittwoch nach Gießen zurückfahren wollen. Und heute war Freitag! Natürlich hatte sie sich so lange krankschreiben lassen, wie es nur irgend möglich gewesen war.

„Kann ich nicht wenigstens noch bis Sonntag bleiben?", rutschte es Esther heraus.

„Nein, zum Donnerwetter!", entfuhr es Ellen. „Das haben wir doch schon hundert Mal diskutiert. Ich hab dich zwei Wochen lang beherbergt und gepflegt. Das muss doch wohl reichen!"

Esther stieß einen weiteren abgrundtiefen Seufzer aus. „Schon gut, ich fahre ja", hauchte sie niedergeschlagen.

„Jetzt hör mit der Mitleidstour auf!", fauchte Ellen. „Du weißt ganz genau, dass mich so was nicht beeindruckt! Ich finde ..." Sie konnte ihren Satz nicht beenden, weil es jetzt an der Tür klingelte, „... dass dein Taxi gekommen ist", sagte sie stattdessen und reichte Esther die Handtasche. Dann nahm sie sie noch einmal in den Arm. „Mach's gut, Schwesterchen. Und melde dich, wenn du angekommen bist."

„*Falls* ich ankomme", korrigierte Esther sie, sah dann aber zu, dass sie schleunigst entkam. Sie hatte absolut keinen Nerv für die Schimpftiraden, die sich sonst zweifellos über sie ergossen hätten. Die Haustür öffnete sie nur einen Spalt und steckte erst einmal vorsichtig ihren Kopf hindurch. Erst als sie absolut sicher war, dass zwar ein Taxi, aber kein hochgewachsener Mann mit schwarzen Augen in der Nähe war, wagte sie sich auf die Straße hinaus.

Sie eilte zum Taxi hinüber, riss die hintere Beifahrertür auf, warf sich regelrecht hinein und keuchte: „Zum Bahnhof bitte. Aber schnell. Es wäre möglich, dass wir verfolgt werden."

Der Taxifahrer war ein junger Mann von Mitte 20. Er zog amüsiert die Augenbrauen hoch und fragte dann: „Von der Polizei?"

„Äh ... nein", stammelte Esther. „Natürlich nicht!"

Der junge Mann kicherte. „Dann bin ich ja beruhigt."

„Sie glauben mir wohl nicht", begann sich Esther aufzuregen. Sie hatte es allmählich satt, dass alle sie belächelten.

Der Mann sah in den Rückspiegel, blinkte und fuhr los. „Da haben Sie allerdings recht."

„Und warum nicht, wenn ich fragen darf?", fauchte Esther.

„Weil Sie heute schon die Dritte sind, die sich so oder so ähnlich äußert", antwortete der Taxifahrer trocken. „Aber geben Sie sich keine Mühe. Zugfahrpläne gelten nun mal für alle Menschen. Sogar für Frauen. Und wenn Sie glauben, dass ich meinen Führerschein aufs Spiel setze, nur um Ihre Unpünktlichkeit aufzufangen, dann haben Sie sich gründlich getäuscht."

„Das ... das ist doch die Höhe", schnaubte Esther. „Mein Zug fährt um kurz vor halb elf und jetzt ist es gerade mal zehn."

Der junge Mann zuckte gelangweilt mit den Schultern. Trotzdem sah er in den folgenden Minuten auffällig oft in den Rückspiegel. Zuerst dachte sich Esther nichts dabei, dann aber wurde sie zusehends nervöser. Sie sah sich selbst mehrfach nach hinten um, versuchte sich die verschiedenen Fahrzeuge zu merken, die hinter ihnen fuhren, verlor sie aber eigentlich allesamt schnell wieder aus den Augen. Doch noch immer wanderte der Blick des Taxifahrers zwischen der Windschutzscheibe und dem Rückspiegel hin und her.

Irgendwann hielt Esther es nicht mehr aus und fragte ängstlich: „Ist irgendetwas nicht in Ordnung?"

„Ich weiß auch nicht", murmelte der Taxifahrer sichtlich verwirrt. Wieder sah er prüfend in den Rückspiegel.

„Nun sagen Sie schon", flehte Esther mit deutlicher Besorgnis in der Stimme.

Der junge Mann antwortete nicht gleich. „Ist es Ihnen recht, wenn ich noch eine Extrarunde drehe, um sicherzugehen?"

Esther sah aus dem Fenster. Sie hatte gar nicht bemerkt, dass der Bahnhof bereits in Sichtweite war. „Aber natürlich! Tun Sie das! Bitte tun Sie das!"

Das Taxi verließ die Abbiegespur und fuhr geradeaus weiter. Während der Mann erneut den Rückspiegel studierte, versuchte Esther, in seinen Augen zu lesen. Glaubte er auch, dass sie verfolgt wurden?

Wenige Minuten später erreichten sie erneut den Bahnhof. Der junge Mann steuerte wortlos die für Taxis vorgesehenen Parkplätze an, stellte dort seinen Wagen ab und schaltete den Motor aus. Erst dann drehte er sich zu Esther um.

Die hing förmlich an seinen Lippen. „Und?"

„Neun Euro zwanzig, bitte."

„Was?", hauchte Esther verwirrt.

„Neun Euro zwanzig", wiederholte der junge Mann geduldig.

„Ich ... aber", stammelte Esther, „ich ... will wissen, was Ihnen im Rückspiegel aufgefallen ist!"

„Zuerst hätte ich gern die neun Euro zwanzig."

Esther schüttelte ungläubig den Kopf, zückte dann aber notgedrungen ihr Portemonnaie und zog einen Zehneuroschein daraus hervor. „Hier, den Rest können Sie behalten. – Also?“

Der junge Mann grinste. „Nichts also. Mir ist nichts aufgefallen.“

Esther öffnete ihren Mund und schloss ihn dann wieder. Sie konnte nicht glauben, was sie da hörte. Er hatte doch immer und immer wieder in den Rückspiegel geschaut! Das konnte doch kein Zufall gewesen sein! „Aber ... der Umweg. Wozu ist der dann gut gewesen?“, presste sie mühsam hervor.

Das Lächeln des Mannes verbreiterte sich. „Erstens wollte ich zu gern wissen, ob Sie den Blödsinn, den Sie mir da erzählt haben, selbst glauben. Und zweitens müssen Sie doch zugeben, dass Sie die Strecke, für die Sie extra ein Taxi gerufen haben, problemlos auch zu Fuß hätten gehen können. Ohne Umweg hätte ich ja so gut wie gar nichts verdient!“

Esther antwortete nicht. Von so viel Unverschämtheit war sie wie benommen. Sie schüttelte nur ungläubig den Kopf, packte die Handtasche, die – wie schon auf der Hinfahrt – ihr einziges Gepäckstück bildete, und stieg aus. Immerhin hatte sie vor lauter Überraschung keine Angst mehr. Sie war nicht verfolgt worden! Wahrscheinlich hatte Ellen recht. Der Mann war bestimmt schon über alle Berge und widmete sich wichtigeren Dingen als seiner Rache. Vielleicht hatte er auch gemerkt, dass Ellen und sie Zwillinge waren und er die ganze Zeit hinter der Falschen her gewesen war.

Sie ging zu einem der Plakate, an dem die An- und Abfahrten aufgelistet waren. Sie musste zu Gleis 5. Während sie sich tapfer durch die Menschenmassen kämpfte, die auch wochentags den Münchener Bahnhof in ein einziges Durcheinander verwandelten, fragte sie sich, wie Barbara reagieren würde, wenn sie ihr am Montag wieder begegnete. Ob sie noch immer sauer auf sie war? Und ob Thomas bereits entlassen war? Vielleicht, so hoffte sie, hatte er ja auch schon einen neuen Job in Aussicht?

Der Bahnsteig war vollkommen überfüllt. Esther musste sich durch ein Gewirr von Menschen, Koffern und Taschen schlängeln. Ständige Durchsagen, die Esther kaum verstand, vermischten sich mit dem Quietschen und Rattern ein- und ausfahrender Züge und dem Dauergeschnatter der Fahrgäste.

Gestresst sah Esther auf ihre Uhr. Es war Viertel nach zehn und ihr Zug war noch nicht da. Sie kämpfte sich weiter vorwärts und ergatterte ein schmales Plätzchen auf einer der Bänke. Stöhnend schloss sie für einen Moment die Augen. Wenn sie ehrlich war, sehnte sie sich in Ellens Wohnung zurück. Aber da vergnügte sich ihre Schwester vermutlich gerade mit diesem Markus. Kein Wunder, dass sie sie so dringend loswerden wollte. Wie konnte man nur mit einem Mann ins Bett gehen, den man kaum kannte?

Esther öffnete die Augen wieder, als sie hörte, wie ihr Zug auf Gleis 5 einfuhr. Und da sah sie ihn! Nicht nur den Zug, sondern auch den Riesen! Er stand in etwa zehn Metern Entfernung in unmittelbarer Nähe des einfahrenden Zuges und starrte sie an.

Wieder einmal war ihr Fluchttrieb stärker als alles andere. Esther wirbelte herum und hechtete auf den Zug zu, der auf Gleis 6 stand. Sie drängte ein paar Leute zur Seite und stürmte in den nächstgelegenen Waggon. Dann rannte sie durch den Zug nach hinten. Sie schubste Leute zur Seite, trat anderen auf die Füße und rempelte sogar Kinder an. Dabei kassierte sie natürlich mehrere Anschnauzer. Aber das kümmerte sie nicht. Sie wollte nur weg, weg von dem Mann, der sich für etwas rächen wollte, mit dem sie gar nichts zu tun hatte.

Sie lief immer weiter. Im hinteren Teil des Zuges waren nur wenige Menschen. Esther kam daher besser voran. Sie sah sich mehrfach nach hinten um, konnte ihren Verfolger aber nicht entdecken. Ob ihr Vorsprung zu groß war? Oder ob er draußen auf sie wartete?

Irgendwann hatte Esther den letzten Waggon erreicht. Jetzt gab es keine Tür mehr, die weiter nach hinten führte. Und jetzt?

Wieder sah sich Esther nach hinten um, aber der Riese war nicht in Sicht. Sie rannte zum Einstieg und sah durch das Fenster. Aber auch draußen konnte sie ihn nicht entdecken. Was sollte sie jetzt nur tun? Wenn er im Zug war, war es das Beste, nach draußen zu fliehen. Aber wenn er draußen auf sie wartete, war es besser, im Zug zu bleiben. Fliehen oder bleiben? Fliehen oder bleiben?

In diesem Moment hörte Esther in Stereo das Pfeifen zweier Zugbegleiter. Beide Züge, sowohl der, in dem sie sich befand, als auch der, der nach Gießen fuhr, waren abfahrbereit. Jetzt oder nie!

Esther traf die Entscheidung aus dem Bauch heraus, riss die Tür auf, hüpfte mit einem Satz auf den Bahnsteig hinunter, überquerte ihn mit wenigen schnellen Schritten und riss an der Tür des anderen Zuges. Sie hatte Glück. Die Tür ließ sich noch öffnen. Sie sprang in den Waggon und warf die Tür hinter sich zu. Es dauerte nur noch Sekunden, dann setzte sich der Zug in Bewegung.

Esther hielt den Atem an. Gleich würde sich herausstellen, ob sie die richtige Entscheidung getroffen hatte. War er im Zug oder nicht?

Sie trat ein paar Schritte in den Großraumwaggon hinein, dann drehte sie sich um, sah aus dem Fenster – und erstarrte.

Er war direkt unter ihr! Der Zug war noch ganz langsam und der Riese bewegte sich im Schritttempo in die gleiche Richtung. Dabei wandte er keine Sekunde den Blick von ihr ab, sondern sah ihr herausfordernd in die Augen.

Er war draußen! Keine Gefahr mehr für sie!

Dann öffnete er den Mund. „Sie sind gut!“, rief er. „Aber nicht gut genug. Ich bleibe Ihnen auf den Fersen. Merken Sie sich das!“

Erst jetzt stellte Esther fest, dass das Fenster einen Spaltbreit geöffnet war. Deshalb hatte sie seine Worte hören können.

„Ich bin nicht die, für die Sie mich halten!“, schrie sie zurück.

Der Riese blieb stehen und lächelte amüsiert. Dann hob er die Hand und winkte ihr zum Abschied zu.

Esther war in dem Großraumwaggon geblieben und hatte sich direkt dort niedergelassen, wo sie dem Riesen begegnet war.

Jetzt starrte sie bereits seit einer guten Stunde mit weit geöffneten Augen aus dem Fenster. Sie registrierte weder das Kommen und Gehen in dem Waggon noch erfasste sie die vorbeiziehende Landschaft. Sie sah nur eines vor sich: Das Bild des Riesen, wie er auf dem Bahnsteig immer kleiner wurde.

Warum war es ihr nicht früher aufgefallen?

Sie versuchte sich an die letzte Begegnung mit ihm zu erinnern. Damals im Supermarkt hatte er doch direkt vor ihr gestanden. Und doch hatte sie es nicht bemerkt.

Ein Lächeln, nichts weiter als ein Lächeln. Und doch gab es keinen Zweifel. Die Ähnlichkeit war verblüffend. Das konnte unmöglich ein Zufall sein.

Aber was bedeutete das? Wer war dieser Mann? Je mehr Esther darüber nachdachte, desto wirrer wurde der Knoten in ihrem Gehirn. Das alles passte mit Ellens Story über ihn überhaupt nicht zusammen. Welche Rolle spielte Ellen bei alledem? Hatte sie gelogen? Und wenn ja, warum?

Als Esther in Gießen ankam, war sie noch nicht viel schlauer als zu Beginn der Fahrt. Aber sie wusste eines: Sie würde dieser Sache auf den Grund gehen. Und zwar sofort.

Sie verließ den Bahnhof, nahm sich ein Taxi und kam schon eine knappe Viertelstunde später vor ihrer Wohnung an. Dort ging sie direkt ins Wohnzimmer. Sie riss die Tür des alten Sideboards auf, das sie von ihrer Oma geerbt hatte, zerrte einen ganzen Schwung Fotoalben daraus hervor und begann in ihnen herumzublättern. Eines nach dem anderen wurde aufgeschlagen, kurz durchgesehen und dann zur Seite geworfen. Beim fünften wurde sie fündig.

Doch dann hielt sie inne. Wollte sie das wirklich? Konnte sie das? War sie schon so weit?

„Es ist über sechs Jahre her“, flüsterte sie sich zu. „Wie lange, bitte schön, willst du noch warten?“

In all den Jahren hatte sie sich die Fotos kein einziges Mal angesehen. Eigentlich hatte sie sie wegwerfen wollen. Aber dann hatte sie es nicht übers Herz gebracht. Heute war sie froh darüber.

Sie holte noch einmal tief Luft und senkte langsam den Blick auf die Bilder des Albums. Schon das erste Foto traf sie mit der Wucht eines Hammerschlages. Gerrit und sie auf einer Parkbank. Sie konnte sich noch genau an den Tag erinnern. Es war der perfekte Frühlingstag gewesen; ein Sonntag. Am Montag darauf sollte Gerrit eine wichtige Klausur schreiben. Maschinenbau hatte er studiert. In den zwei Wochen davor hatte Esther ihn jeden Tag vor seine Bücher geschoben, doch an diesem Sonntag waren sie zur Erholung in den Park gegangen. Sie hatten herumgealbert, in der Sonne gesessen und schließlich einen Wildfremden gebeten, ein Foto von ihnen zu machen.

Esther stöhnte auf und sah weg. Es tat so weh, daran zu denken!

Sie sah Gerrit wieder vor sich, spürte seine Blicke überall auf ihrem Körper, hörte seine liebevollen Worte, fühlte seine Hand auf ihrer Haut. Sie erinnerte sich daran, wie zärtlich er mit ihr gesprochen, wie er ihr jeden Wunsch von den Augen abgelesen hatte. Er hatte doch den Eindruck gemacht, als liebte er sie! Sie hatte es gespürt, gefühlt, gewusst!

Also warum? Warum hatte er sie schon wenige Wochen später betrogen? Warum? Warum? Warum?

Esther schlug die Hände vors Gesicht. Sie verstand es einfach nicht! Und genau das war das Schlimmste – dass sie es einfach nicht verstand!

„Du hast das Fotoalbum nicht rausgeholt, um dich zu quälen", ermahnte sie sich.

Sie atmete noch einmal tief durch und zwang sich zur Ruhe. Dann blätterte sie mit zitternden Händen weiter. Es folgten mehr Bilder von ihr und Gerrit. Gerrit und Esther beim Einkaufsbummel, Gerrit und Esther in Berlin, Gerrit und Esther beim Spieleabend mit Freunden, Gerrit und Esther beim Schlittschuhlaufen. Esther blätterte so schnell vorwärts, dass sie gar nicht die Chance hatte, sich an einzelne Ereignisse zu erinnern.

Und dann fand sie, was sie eigentlich suchte. Ein Porträt von Gerrit. Er hatte es vom Fotografen machen lassen und ihr zum Geburtstag geschenkt. Eigentlich lächelte Gerrit selten, aber auf diesem Bild tat er es. Und so starrte Esther jetzt intensiv und forschend auf dieses Lächeln.

Sie sah es heute zum zweiten Mal! Ja, sie war sich ganz sicher! Das Lächeln des Riesen war genau das gleiche, das sie von Gerrit kannte. Und das war wirklich ungewöhnlich! Gerrit hatte bestimmt kein Allerweltslächeln gehabt. Es war anders gewesen ... besonders ... eine unnachahmliche Mischung aus schelmischer Fröhlichkeit und gereifter Ernsthaftigkeit.

Das gleiche Lächeln!

Oder verlor sie allmählich den Verstand?

Wieder starrte sie auf Gerrits Foto ... auf sein unverkennbares Lächeln. Nein, sie war nicht verrückt. Sie hatte Gerrit geliebt. Sein Lächeln hatte sich tiefer in ihr Gedächtnis eingegraben als irgendetwas sonst. Und das Lächeln des Riesen war Gerrits Lächeln.

Konnten Gerrit und der Riese miteinander verwandt sein?

Gerrit hatte einen Bruder gehabt, das wusste sie. Einen

älteren Bruder. Aber dieser Bruder hatte in ihrem gemeinsamen Leben nie eine Rolle gespielt. Sie hatte ihn nie kennengelernt. Wie war noch sein Name gewesen? Sie grübelte. Es war auch irgendetwas mit G gewesen ... Sie konnte sich nicht erinnern. Aber das war auch kein Wunder. Gerrit hatte nur ungern über ihn gesprochen. Es hatte ihm wehgetan, an ihn erinnert zu werden. Dieser Bruder war auch der Grund dafür gewesen, dass sie nie seine Eltern kennengelernt hatte. War er nicht schon gestorben, bevor Gerrit nach Gießen gekommen war?

Sie schloss die Augen. *Gerrit, warum hast du mir das angetan?*

Nein! Sie zwang sich, die Augen wieder zu öffnen ... sich von der Erinnerung loszureißen. Sie wollte nicht noch länger um Gerrit trauern. Sie hatte Monate damit zugebracht ... Jahre ... sechs Jahre! Jetzt musste es allmählich ein Ende haben!

Denk nach, ermahnte sie sich. *Gab es noch andere Verwandte?*

Sie überlegte, kam aber zu keinem Ergebnis. Gerrit hatte so furchtbar wenig über seine Familie gesprochen!

Aber sie musste es wissen, sie musste dieser Sache auf den Grund gehen. Unbedingt. Nicht nur wegen ihres Verfolgers ... auch wegen Gerrit. Alles, was ihn betraf, betraf auch sie. Immer noch.

Sie öffnete die andere Tür des Sideboards und nahm dann vorsichtig, ja beinahe zärtlich eine Holzkiste aus dem mittleren Regal. Sie bestand aus hellem Holz und war mit hübschen Verzierungen versehen. Auf dem Deckel prangte in verschnörkelten Buchstaben der Name Esther.

Esther stellte sie hin, kniete sich daneben und betrachtete sie. Lange Zeit saß sie einfach nur so da. Dann hob sie langsam ihre rechte Hand und streichelte mit den Kuppen von Zeige- und Mittelfinger liebevoll über die Rosen, die ihre Vorderseite zierten. Wieder einmal war die Erinnerung schier übermächtig. In Gedanken saß sie wieder vor dem klitzekleinen Weihnachtsbaum, den sie für Gerrit und sich hergerichtet hatte, und packte sein Geschenk aus. Es hatte sie überwältigt! Gerrit hatte die Kiste selbst gemacht. Er war ein begnadeter Handwerker gewesen …

Esther seufzte und zwang sich, in die Realität zurückzukehren. Sie öffnete die Kiste und nahm den Stapel Briefe heraus, der sich darin befand. Briefe von Gerrit. Liebesbriefe, die sie seit sechs Jahren nicht mehr gelesen hatte … und auch jetzt nicht lesen wollte.

Sie nahm einen nach dem anderen zur Hand, sah nur kurz auf die Rückseite und legte ihn dann jeweils in die Holzkiste zurück. Nach etwa zwanzig Briefen wurde sie fündig. Da! Diesen Brief hatte Gerrit von seinen Eltern aus geschrieben. Er hatte sie nicht oft besucht, aber dieser Brief stammte von dort. Und er hatte auch ihre Adresse als Absender darauf verewigt. Sie atmete tief durch.

Ihr Herz begann schneller zu klopfen. In den anderthalb Jahren, in denen sie mit Gerrit zusammen gewesen war, hatte sie seine Eltern nicht kennengelernt. Und jetzt spielte sie ernsthaft mit dem Gedanken dorthin zu fahren? Das war verrückt. Seine Eltern wussten wahrscheinlich noch nicht einmal etwas von ihrer Existenz. Wie sollte sie ihnen begegnen? Wie sollte sie mit der Trauer umgehen, auf die sie mit Sicherheit stoßen würde? War sie dazu schon in der Lage?

Esther stand auf und durchquerte nachdenklich das Wohnzimmer. Ihre Straßenschuhe, die sie entgegen ihrer sonstigen Gewohnheit anbehalten hatte, klackerten auf dem Laminat. Sie steuerte auf ihr kleines, aber prall gefülltes Bücherregal zu und zog einen Atlas daraus hervor. Gerrits Eltern wohnten in Oldenburg. War das schon in Ostfriesland?

Sie bemühte das Register und wurde auf diese Weise schnell fündig. Oldenburg lag etwa 300 Kilometer Luftlinie von Gießen entfernt. Mit dem Zug würde sie in vielleicht drei Stunden dort sein. Heute war Freitag. Wenn sie gleich morgen früh losfuhr …

„Du bist verrückt“, flüsterte sie sich zu. „Wie hast du dir das vorgestellt? Willst du unangekündigt vor ihrer Haustür stehen und sagen: Guten Tag, ich war für kurze Zeit die große Liebe Ihres verstorbenen Sohnes. Können Sie mir sagen, ob irgendein Verwandter von Ihnen sauer auf mich ist?“

Esther seufzte wieder. Das war wirklich total verrückt. Sie wusste ja noch nicht einmal, ob Gerrits Eltern überhaupt noch lebten und noch in Oldenburg wohnten.

„Das lässt sich ja rausfinden“, murmelte sie, warf den Atlas einfach auf den Boden und stürzte auf das Telefon zu. Bei der Auskunft erfragte sie die Telefonnummer von Erwin und Renate Wiesner in Oldenburg. Dann behielt sie den Telefonhörer in der Hand und starrte eine ganze Zeit lang unschlüssig auf die Nummer, die sie auf einen alten Briefumschlag gekritzelt hatte. Dann gab sie sich einen Ruck und wählte. Es tutete. Einmal ... zweimal ... dreimal ...

„Wiesner“, meldete sich eine sympathische Frauenstimme am anderen Ende der Leitung.

Esther erschrak so sehr, dass sie beinahe das Telefon fallen ließ. Dann aber riss sie sich zusammen und antwortete stammelnd: „Ja, ich ... also ... hab mich wohl verwählt.“ Sie legte jedoch nicht auf, sondern horchte weiter angestrengt ins Telefon hinein. Irgendetwas in ihr wollte mehr, ja alles über die Frau erfahren, die Gerrits Mutter war.

Seltsamerweise legte auch Frau Wiesner nicht auf. „Wen wollten Sie denn sprechen?“, fragte sie freundlich. Ihre Stimme klang nicht so alt, wie Esther das vermutete hatte. Eigentlich nicht älter als 50 oder so.

Esther kaute auf ihrer Unterlippe herum. Was sollte sie auf diese Frage nur sagen?

„Sind Sie von der Zeitung?“, erkundigte sich Frau Wiesner.

Esther horchte auf. War das nicht die Gelegenheit? „Wie ... wie haben Sie das erraten?“, stammelte sie mit äußerst schlechtem Gewissen ins Telefon.

„Oh, das war nicht schwer“, lächelte Frau Wiesner. „Der Strom der Reporter ist seit damals nie wieder so richtig abgerissen.“

„Seit damals, ja, ja“, nickte Esther, obwohl sie natürlich keine Ahnung hatte, was Gerrits Mutter meinte. Gerrits Selbstmord war sechs Jahre her. Sie glaubte nicht, dass so etwas für die Presse so interessant war, dass die Nachfragen über Jahre hinweg anhielten.

„Möchten Sie vielleicht gern vorbeikommen?“, warf Frau Wiesner ihr den Ball ein weiteres Mal zu.

„Das ... das wäre ... wirklich ... toll“, stotterte Esther völlig verwirrt. Fiel ihr hier auf einmal alles in den Schoß?

„Passt es Ihnen morgen Nachmittag?“, wollte Frau Wiesner wissen. „So um drei?“

„Ja ... äh, gern.“

„Dann also bis morgen, Frau ... ?“

„Ziemann“, antwortete Esther wie aus der Pistole geschossen. Außer Barbaras Nachnamen war ihr so schnell nichts eingefallen. Und sie wollte auf keinen Fall ihren richtigen Namen sagen. Sie durfte sich erst outen, wenn sie wusste, was hier gespielt wurde.

„Also, bis morgen, Frau Ziemann“, beendete Frau Wiesner ihren Satz und legte auf.

Esther stand lange Zeit einfach nur so da und starrte geistesabwesend in die Luft. Es war so unglaublich einfach gewesen! War das nicht verrückt? Damals, als sie noch mit Gerrit zusammen gewesen war, hatte sie oft den Wunsch geäußert, seine Familie kennenzulernen. Aber Gerrit hatte das immer abgeblockt. Und jetzt, sechs Jahre nach seinem Tod, sollte es doch noch Wirklichkeit werden? Sie schüttelte den Kopf. Das Leben war schon verrückt! Alles war im Moment verrückt, einfach alles.

Kapitel 8

Esther ging mit zögernden Schritten auf das beige verputzte Mehrfamilienhaus zu. Es war ein schlicht gehaltener Altbau und lag in einer ruhigen Wohnstraße mitten in Oldenburg. Die ganze Stadt kam Esther richtig beschaulich vor. Viele Straßen waren eng und verwinkelt, manche hatten sogar noch Kopfsteinpflaster.

Neugierig wandte sie sich den Klingelschildern zu. In der dritten Reihe von unten wurde sie fündig. Wiesner! Sie war richtig! Das also war der Ort, an dem Gerrit seine Kindheit verbracht hatte, denn Esther erinnerte sich, dass Gerrits Umzug nach Gießen der erste seines Lebens gewesen war.

Sie sah sich um. Der kleine Weg, auf dem sie gekommen war, führte noch weiter, bis hinter das Haus. Sie konnte der Versuchung nicht widerstehen. Sie musste alles sehen, alles wissen, alles herausfinden. Sie ging um das Haus herum. Hier befand sich ein kleiner Garten. Blumen und kleinere Büsche säumten ein Rasenstück, auf dem sich jede Menge Spielgeräte tummelten. Ein quadratischer Sandkasten aus buntem Holz stand da, ein Schaukelgestell und sogar eine kleine blaue Rutsche aus Kunststoff.

Esther stellte sich vor, wie Klein-Gerrit übermütig in die Wolken hineinschaukelte und dabei hell und glasklar lachte. Esther schluckte und unterdrückte die Tränen, die in ihr aufstiegen. Die Szene war so unglaublich real! Und das, obwohl sie nicht mal wusste, wie er als Kind ausgesehen hatte. Gerrit hatte ihr niemals Fotos von sich gezeigt.

Sie drehte sich ruckartig um und ging zur Eingangstür zurück. Ihre Hände zitterten, als sie den Klingelknopf betätigte ...

„Ziemann", übte sie, noch bevor die Gegensprechanlage irgendein Geräusch von sich gab. „Anja Ziemann." Das war der Name, für den sie sich entschieden hatte. „Esther" war viel zu ungewöhnlich. Da summte es bereits an der Tür, ohne dass jemand nach ihrem Namen gefragt hätte. Esther zuckte mit den Achseln und drückte die Tür auf.

Das Treppenhaus war das eines Altbaus. Die Wände waren hell verputzt und wiesen schon viele Flecken und Risse auf. Bestimmt waren sie seit der Erbauung noch nicht renoviert worden. Die Treppe selbst bestand aus dunklem Holz, ihre abgewetzten Stufen knarrten verdächtig unter Esthers Füßen. Das war allerdings nicht der Grund dafür, dass Esthers Schritte sich mit jedem Meter mehr verlangsamten. Schuld war vielmehr das mulmige Gefühl, das in ihrer Magengegend begonnen hatte und sich jetzt immer mehr auszubreiten schien. Was erwartete sie hier? Konnte sie die Konfrontation mit Gerrits Eltern und seiner Vergangenheit überhaupt durchstehen? Würde es ihr gelingen, die Fassung zu wahren? Und damit ihre Identität geheim zu halten? Sollte sie nicht doch besser umkehren?

Dann wäre die lange Fahrt nach Oldenburg ganz umsonst gewesen, ermahnte sie sich.

Stimmt nicht, widersprach eine andere innere Stimme. *Du warst doch auf dem Friedhof. Den hattest du schon seit sechs Jahren besuchen wollen.*

Sie seufzte. Ja, sie war auf dem Friedhof gewesen und hatte Gerrits Grab besucht. Zum allerersten Mal. Und schon das hatte ihr fürchterlich zu schaffen gemacht. Unter den bunten Blumen und dem edlen Stein lag ihr ganzes Leben begraben ... ihre gesamte Hoffnung auf Glück und Zufriedenheit ... auf Kinder ... und Zweisamkeit. Es war so unfair! Gerrits Leben hatte viel zu früh geendet! Erst 24 war er gewesen, blutjung ... voller Kraft und Tatendrang!

Alles begann sich vor Esthers Augen zu drehen und sie musste sich am Treppengeländer festhalten. Nein, sie schaffte das alles nicht. Nicht jetzt ... noch nicht.

Sie hatte sich gerade umgedreht, um zu flüchten, als sie eine Stimme von oben vernahm.

„Frau Ziemann?“, rief jemand zu ihr herunter.

Esther blieb stehen. „Ja?“, gelang es ihr mit zitternder Stimme zu antworten.

„Wie schön“, sagte eine Frauenstimme ehrlich erfreut. „Der Kaffee ist nämlich fertig.“

Esther presste die Lippen aufeinander. Also keine Flucht!

Als sie wenig später den dritten Stock erreichte, stand Frau Wiesner immer noch in der Tür und wartete auf sie. Sie war ein mütterlicher Typ, eher vollschlank, mit einer etwas aus der Mode geratenen Dauerwellenfrisur und ziemlich altbackener Kleidung. Esther fand die Frau auf Anhieb sympathisch. Sie hatte ein so nettes Lächeln, dass sich Esther sofort willkommen fühlte.

„Kommen Sie doch rein“, forderte Frau Wiesner sie auf und trat zur Seite.

Esther nickte verlegen und betrat einen schmalen Flur. Als sie ihre Jacke an die Garderobe gehängt hatte, war der Flur kaum noch passierbar. Esther musste sich zwischen Wand und Garderobe regelrecht hindurchzwängen, um Frau Wiesner ins Wohnzimmer folgen zu können. Auch dieser Raum passte in das etwas altmodische Gesamtbild. Er war nicht groß, vielleicht 15 Quadratmeter. Esther entdeckte eine Schrankwand aus dunkler Eiche, deren Fronten mit kassettenartigen Verzierungen versehen waren. Anschließend fiel ihr Blick auf eine beigefarbene Couchgarnitur. Auf dem dazugehörigen Tisch prangte eine edle Leinentischdecke mit dem Kaffeegeschirr.

„Bitte, setzen Sie sich doch", forderte Frau Wiesner sie auf und verließ den Raum, um den Kaffee zu holen.

Esther nahm zögernd auf dem Sofa Platz, sank dabei aber so tief ein, dass sie sich auf einmal wie gefangen fühlte. Was tat sie nur hier? Wie sollte das alles enden?

Als Frau Wiesner zurückkehrte, hatte sie einen Teller mit Kuchen und eine Thermoskanne mit Kaffee dabei. Sie setzte den Teller auf dem Couchtisch ab und goss Kaffee in Esthers Tasse. „Milch und Zucker?", fragte sie.

„Schwarz", antwortete Esther und starrte auf die Köstlichkeiten, die Frau Wiesner hereingetragen hatte. Es war ihr unangenehm, so fürstlich bewirtet zu werden. Sie kam sich vor wie eine Verräterin. Eine Lügnerin war sie in jedem Fall.

„Erdbeer, Blaubeer oder lieber Himbeer?", fragte Frau Wiesner.

„Blaubeer", antwortete Esther, obwohl sie keinerlei Hunger verspürte. Wie sollte sie diesen Nachmittag nur überstehen?

Frau Wiesner bugsierte eine Blaubeerschnitte auf Esthers Teller, nahm sich selbst ein Stück Erdbeerkuchen und nahm dann ihr gegenüber Platz. „Guten Appetit!"

Esther zwang ein Lächeln auf ihre Lippen und nahm ein klitzekleines Stück Blaubeerkuchen auf ihre Gabel. Dann führte sie es widerwillig zum Mund. Wie sollte sie nur etwas herunterbekommen?

„Von welcher Zeitung kommen Sie denn?", fragte Frau Wiesner, die ihre Erdbeerschnitte schon fast aufgegessen hatte.

Esther verschluckte sich an ihrem Blaubeerkuchen und begann zu husten. Auf diese Frage hatte sie sich gar nicht vorbereitet! „Entschuldigung", sagte sie dann und unterließ es einfach, die Frage zu beantworten. Stattdessen sagte sie: „Wäre es wohl möglich, dass Sie mir die ganze Geschichte noch einmal aus Ihrer Sicht schildern?"

„Aber natürlich", nickte Frau Wiesner. „Allerdings gibt es gar nicht so viel zu berichten, wie alle glauben. Die vier Jahre waren in jeder Hinsicht die längsten meines Lebens."

Vier Jahre? Was für vier Jahre? Gerrit war doch schon seit sechs Jahren tot. „Ja?", ermunterte Esther sie zum Weiterreden.

„Trotzdem ist es genau so, wie alle sagen. Die Hoffnung stirbt zuletzt. Das war auch bei mir so. Ich habe die Hoffnung nie aufgegeben." Ihr Blick wurde nachdenklich. „Na ja ... fast nie."

Esther zog ein wenig verwirrt die Stirn in Falten. Hoffnung? Obwohl Gerrit tot war?

„Die Ärzte haben das natürlich ganz anders gesehen. Sie haben mich beschworen, ihn gehen zu lassen. Irgendwann hatten sie auch Erwin so weit. Ab da haben sie gemeinsam auf mich eingeredet. Glauben Sie mir, das war die Hölle."

Esthers Gesichtsausdruck verwandelte sich in Mitleid. Mit Ärzten musste Frau Wiesner Psychologen meinen. Wahrscheinlich hatte sie Gerrits Tod einfach nicht verwinden können. Ob sie psychisch krank war?

„Wollen ... wollen Sie sich gar keine Notizen machen?", fragte Frau Wiesner auf einmal verwundert.

„Oh ... doch", stammelte Esther. „Es ist nur ... dass ich meinen Block vergessen habe."

„Na, Sie sind ja eine lustige Reporterin", lächelte Frau Wiesner und erhob sich. „Den Notizblock haben doch sonst immer alle als Erstes gezückt." Sie ging zur Schrankwand hinüber und holte ein Ringbuch hervor. Das reichte sie Esther.

Die nahm es eher widerwillig in Empfang, schlug es dann aber auf und bekritzelte es mit ein paar Pseudonotizen.

Frau Wiesner nahm mit einem Seufzer wieder Platz. „Abstellen, abstellen, abstellen", fuhr sie ein wenig geistesabwesend fort. „All die Jahre gab es kein anderes Gesprächsthema. Aber ich hab mich mit Händen und Füßen dagegen gewehrt. Und das, obwohl sogar Britta auf der Seite der Ärzte stand."

„Britta?", fragte Esther dazwischen.

„Ja, seine Frau."

„Seine Frau?", rutschte es Esther heraus. Frau? Was für eine Frau?

Frau Wiesner sah erstaunt zu ihr herüber. Dann aber lächelte sie amüsiert. „Kindchen", sagte sie in ihrer liebevoll mütterlichen Art, „Sie sind wohl noch nicht lange Reporterin, wie?"

Esther schüttelte nur mechanisch den Kopf.

„Hat man Sie denn gar nicht anständig informiert, bevor man Sie zu mir geschickt hat?"

„In ... der Redaktion ging es gestern drunter und drüber", entschuldigte sie sich vorsichtig.

„Na, macht ja nichts", lächelte Frau Wiesner. „Dann muss ich wohl ein bisschen ausholen. Also: Er war frisch verheiratet, als es passiert ist. Ganz frisch. Die Hochzeit lag erst acht Monate zurück. Ist das nicht furchtbar?"

Esther starrte Frau Wiesner nur an. In ihrem Kopf drehte sich alles. Gerrit verheiratet? Das war doch nicht möglich! Gut, er hatte sie betrogen. Und das auch noch mit Ellen. Aber wann konnte er zwischendurch auch noch eine Britta geheiratet haben?

„Sie hat sich wirklich nicht korrekt verhalten", fuhr Gerrits Mutter fort. „Ganze zwei Monate lang hat sie ihn im Krankenhaus besucht. Dann muss sie ihn wohl einfach aufgegeben haben. Schon kurze Zeit später ist sie mit einem anderen gesichtet worden."

Esther verstand nur Bahnhof. Krankenhaus?

„Es war schlimm für ihn. Sie müssen sich das mal vorstellen. Er erwacht nach vier Jahren aus dem Koma und fragt als Erstes nach seiner Frau. Und sie war nicht mal bereit, ihn zu besuchen. Stattdessen hat sie ihm einen Anwalt vorbeigeschickt, der die Scheidung mit ihm besprechen sollte!"

Koma? Allmählich dämmerte Esther, dass Frau Wiesner überhaupt nicht von Gerrit sprach. „Haben ... haben Sie vielleicht ein Foto von ihm?", presste sie mühsam hervor.

„Aber sicher!“, freute sich Frau Wiesner. Sie ging erneut auf die Schrankwand zu, öffnete eine Tür und griff zielsicher nach einem bestimmten Fotoalbum. Sie setzte sich neben Esther, schlug das Album auf, blätterte zwei-, dreimal um und deutete dann auf ein Bild. „Das war kurz vor dem Unfall. Er war gerade noch 23. Ein hübscher Junge, nicht wahr?“

Esther schluckte und starrte wie hypnotisiert auf das Bild. Es zeigte einen hochgewachsenen jungen Mann, der lässig an einem Baum lehnte und unbefangen in die Kamera lächelte. Der Riese! Es gab keinen Zweifel. Er hatte sich zwar verändert – sein Gesichtsausdruck war härter geworden, seine Haare kürzer. Und dennoch gab es keinen Zweifel. Es war der Riese, der sie verfolgt hatte. Und noch etwas stand jetzt fest: dass der Riese Gerrits Bruder war. Auf diesem Bild war es besonders deutlich zu erkennen. Das Lächeln – es war das Lächeln, das sie an Gerrit so geliebt hatte!

„Können … können Sie mir noch einmal erzählen, wie es zu dem Unfall gekommen ist?“ Auf einmal wollte Esther alles über ihn wissen.

„Da gibt es nicht so viel zu erzählen. Schon als kleiner Junge wollte Gedeon Polizist werden. Sie wissen schon, die meisten Jungs wollen Lokführer werden, aber er hat immer davon gesprochen, zur Polizei zu gehen. Er wollte unbedingt die Welt retten. Und das hat sich gehalten. Obwohl ich nicht dafür war, hat er nach dem Abitur eine Ausbildung im gehobenen Dienst der Polizei gemacht. Tja, und schon kurz nach Abschluss der Ausbildung kam dieser verhängnisvolle Tag. Er musste Streife fahren, weil die meisten seiner Kollegen bei irgend so einem Großeinsatz waren. Es war ein typischer Samstagabend, Alkoholkontrollen und so was. Und dann wurde der Streifenwagen gerufen, weil sich die Leute in einem Mehrfamilienhaus über Lärmbelästigung beschwerten. Gedeon und sein Kollege hielten es für einen langweiligen Routineeinsatz. Das war wohl auch der Grund dafür, dass sie die nötige

Vorsicht vergaßen. Wie sich hinterher herausstellte, gerieten sie ausgerechnet an einen entflohenen Schwerverbrecher. Sofort nachdem sie sich als Polizeibeamte zu erkennen gegeben hatten, fing der an, durch die Tür auf sie loszuballern. Gedeon wurde am Kopf getroffen und fiel ins Koma."

Gedeon. Ein besonderer Name. Ein besonders hübscher Name. Jetzt erinnerte sich Esther auch. Gerrit hatte den Namen ein paarmal erwähnt. Aber warum hatte er ihr verschwiegen, dass sein Bruder im Koma lag? „Wurde sein rechtes Bein auch getroffen?"

„Sie sind ja doch nicht so schlecht informiert, wie ich dachte", lächelte Frau Wiesner. „Ja, einer der Schüsse hat seinen rechten Unterschenkelknochen zertrümmert. Sein Bein ist bis heute ein wenig verkürzt."

„Und seine rechte Hand?"

Frau Wiesner nickte. „Aber das war nur ein harmloser Streifschuss."

Esther dachte an die riesige Narbe an seiner Hand und stellte sich vor, wie das Projektil die Haut zerfetzte. Sie schauderte und versuchte, den Gedanken beiseitezuschieben. Warum berührte sie diese Geschichte nur so sehr? „Und wie ...", begann sie mit heiserer Stimme, „wie kam es dazu, dass er nach vier Jahren plötzlich wieder aufgewacht ist?"

Frau Wiesner atmete einmal tief durch. Scheinbar kam jetzt der Teil, den sie noch nicht so richtig verarbeitet hatte. „Ich ... ich sagte ja schon, dass die Ärzte nicht mehr an eine Genesung glauben wollten. Gedeon musste künstlich beatmet werden. Und die Ärzte wollten wohl sparen." Sie lachte bitter. „Jedenfalls haben sie mir von Anfang an geraten, die Geräte abstellen zu lassen. Aber ich wollte nichts davon hören. Wie ich schon sagte, die Hoffnung stirbt zuletzt." Sie hielt inne und nippte an ihrem Kaffee. Ihre Augen blickten starr geradeaus, so als sähe sie nicht die Kaffeetasse, sondern vielmehr das Krankenbett ihres Sohnes vor sich.

„Und dann?“, drängelte Esther. Sie musste mehr wissen!

Frau Wiesner schluckte. „Dann starb Gerrit“, flüsterte sie.

Esther hielt den Atem an. Auf einmal teilte sie die Betroffenheit ihrer Gesprächspartnerin.

„Mein jüngerer Sohn“, erklärte Frau Wiesner im Flüsterton. „Es war ein Unfall. Eine Gasexplosion.“

Es war Selbstmord, korrigierte Esther sie in Gedanken. Die Zeitungen hatten zwar von einem Unfall gesprochen, aber sie hatte immer gewusst, dass es Selbstmord gewesen war. Noch am Tag zuvor war Gerrit bei ihr gewesen und hatte sie beschworen, ihm zu verzeihen. Aber sie hatte es nicht über sich gebracht. Zu schlimm war sein Vertrauensbruch gewesen. Wenn er sie mit irgendeiner Fremden betrogen hätte, dann hätte sie ihm vielleicht verzeihen können ... aber so?

„Eine Welt brach für mich zusammen“, krächzte Frau Wiesner. „Können Sie sich das vorstellen? Der eine Sohn im Koma, der andere tot. Plötzlich wurde mir bewusst, wie sehr ich Gerrit vernachlässigt hatte. All die Jahre hatte ich an Gedeons Bett verbracht und meinen anderen Sohn darüber völlig vergessen. Er war zum Schluss kaum noch nach Hause gekommen. Ich wusste eigentlich gar nichts mehr über sein Leben. Er studierte in Gießen, das wusste ich natürlich. Aber alles andere – Hobbys ... Freunde ... vielleicht sogar eine Freundin –, nichts wusste ich darüber, rein gar nichts!“ Frau Wiesner kämpfte mit den Tränen. „In dem Moment, in dem ich von seinem Tod erfuhr, wurde mir das alles so klar. Aber da war es zu spät! Ich hatte die Chance verpasst, die Chance, Zeit mit ihm zu verbringen, die Chance, einen Sohn zu haben.“ Jetzt liefen die ersten Tränen an Frau Wiesners Wangen herunter. „Ist das nicht furchtbar?“

Ja, es war furchtbar! Esther legte tröstend ihre Hand auf Frau Wiesners Arm und trauerte mit ihr. Selten hatte sie die Gefühle eines anderen Menschen so gut nachvollziehen können wie in diesem Augenblick. Lange Zeit saßen beide nur so da und schwiegen. Das einzige Geräusch, das man hörte, war das Ticken einer Uhr.

Frau Wiesner brach das Schweigen als Erste. „Dieser zweite Schicksalsschlag", presste sie hervor, „hat mich völlig umgehauen. Vorher hatte ich gekämpft, aber jetzt gab ich auf. Plötzlich war mir alles egal. Britta merkte das. Sie hat einen neuen Anlauf unternommen und mich regelrecht bearbeitet. Irgendwann gab ich nach und erteilte den Ärzten die Erlaubnis, die Geräte abzustellen."

„Und dann?", flüsterte Esther. Sie hing mit einer ungeahnten Gier an Frau Wiesners Lippen. „Was ist dann passiert?"

Frau Wiesners Augen wanderten wieder in die Ferne. „Ich allein war bei ihm, als die Beatmungsmaschine ausgeschaltet wurde", sagte sie. „Erwin, mein Mann, wollte nicht." Sie lachte bitter. „Er war schon immer ein Feigling."

Esther konnte kaum mehr an sich halten. „Und Gedeons Frau?"

„Frau", sagte Frau Wiesner abfällig. „Ich weiß nicht, ob sie wirklich im wahrsten Sinne seine Frau war. Sie hat nicht mal im Traum daran gedacht, ihn in den Tod zu geleiten. Wie ich später erfuhr, hat sie den Nachmittag bei dem Mann verbracht, den sie mittlerweile geheiratet hat. Wahrscheinlich hat sie damals einen Sekt mit ihm geköpft, weil Gedeon der neuen Ehe nun nicht mehr im Wege stehen würde."

„Vier Jahre sind eine lange Zeit", überlegte Esther laut.

„Aber Britta hat schon nach vier Monaten einen Neuen gehabt", zischte Frau Wiesner.

Esther nickte. Die wahre Liebe war das wohl nicht gewesen. „Was passierte, als die Beatmungsmaschine abgestellt wurde?"

Frau Wiesner schüttelte den Kopf. „Es war unglaublich. Ich ... ich hielt seine Hand und wartete auf seinen Tod. Aber es kam anders. Er atmete einfach weiter, so, als hätte er die Maschine nie gebraucht. Können Sie sich das vorstellen?"

Esther schüttelte den Kopf. Das war eigentlich unvorstellbar! „Und dann?"

„Ich fasste neuen Mut. Ich begriff auf einmal, dass Gedeon noch nicht sterben wollte. Von diesem Moment an wusste ich, dass er wieder aufwachen würde. Ich verdoppelte meine Anstrengungen. Ich verbrachte jede freie Minute an seinem Bett. Ich las ihm vor, schleppte CDs ins Krankenhaus, redete unaufhörlich mit ihm. Jeden Tag sagte ich ihm hundertmal, dass er aufwachen müsse. Ich beschwor ihn regelrecht." Frau Wiesner hielt inne.

„Ja?"

„Darüber verlor ich dann auch noch meinen Ehemann."

Esther erschrak. „Wie bitte?", entfuhr es ihr. „Ist Ihr Mann auch gestorben?"

Frau Wiesner schüttelte traurig den Kopf. „Nein, aber er hat die Scheidung eingereicht. Er hat mir vorgeworfen, dass ich ihn überhaupt nicht mehr wahrnehme." Sie seufzte. „Ganz unrecht hatte er nicht. Ich hatte nur noch Augen für Gedeon. Aber er brauchte mich doch auch! Ich war die Einzige, die ihn noch nicht aufgegeben hatte. Verstehen Sie das?"

Esther nickte mitleidig. „Natürlich verstehe ich das."

„Und dann kam dieser Tag im Dezember. Es war kurz vor Weihnachten. Ich hatte meine alte Bibel mitgebracht und las Gedeon die Weihnachtsgeschichte vor, so wie früher, als er noch ein kleiner Junge gewesen war. Weil ich nichts anderes dabeihatte, las ich anschließend einfach weiter. Ich las fast das ganze Lukasevangelium und kam schließlich an die Stelle, an der Jesus Lazarus von den Toten auferweckte. Was dann geschah, kann ich kaum beschreiben. Obwohl ich eigentlich nie an Gott geglaubt hatte, lief mir plötzlich eine Gänsehaut über den Rücken. Ich fühlte mich wie um 2.000 Jahre zurückversetzt. Ich sah die Szene förmlich vor mir, sah diesen Lazarus in seinen Tüchern aus dem Grab herauskommen. Ich begann vor Aufregung zu zittern. Und dann fragte ich: ‚Hast du das gehört, Gedeon? Jesus kann selbst Tote auferwecken. Bestimmt ist es leicht für ihn, jemanden aus dem Koma zu holen.' ,Bestimmt', flüsterte er. Aber ich begriff im ersten Moment gar nichts! ,Du solltest ihn fragen, ob er das für dich tun kann', sagte ich. ,Mama?', lautete seine Antwort. Erst da machte es Klick bei mir. Ich riss den Kopf herum und starrte Gedeon an. Seine Augen waren offen. Ich konnte es nicht glauben. Vier Jahre hatte ich darauf gehofft, darauf gewartet, darauf hingearbeitet – und jetzt konnte ich es nicht glauben!" Frau Wiesner fing an zu lachen. „Ich begann, völlig hysterisch nach der Schwester zu schreien."

„Und dann? Und dann?", drängelte Esther atemlos.

Frau Wiesner lachte immer noch. „Dann kamen sie gleich zu zweit angerannt und versuchten, mich zu beruhigen. Sie piepten sogar einen Psychologen für mich an. Wahrscheinlich dachten sie, ich sei nun endgültig verrückt geworden. Mindestens zehn Minuten versuchte ich ihnen zu erklären, dass Gedeon aufgewacht war, aber sie hörten gar nicht auf mich. Erst der Arzt kam auf die Idee, einen Blick auf meinen Sohn zu werfen. Während die Schwestern mich noch festhielten und auf mich einredeten, unterhielt sich der Arzt plötzlich ganz locker mit Gedeon." Frau Wiesner fing jetzt an, wie ein junges Mädchen zu kichern. „Sie hätten den Blick der beiden Schwestern sehen sollen, als sie das mitbekamen. Sie wurden beinahe ohnmächtig!"

„Hat er denn sofort ganz normal sprechen können?", wollte Esther wissen.

Frau Wiesner nickte. „Völlig normal, zwar sehr leise und schwach, aber ganz klar."

„Und sonst? Ist er danach sofort wieder aufgestanden?"

Sie schüttelte den Kopf. „Nein, das konnte er nicht. Er hatte ja vier Jahre nur gelegen! Sämtliche Muskeln seines Körpers waren völlig verkümmert. Es hat Wochen gedauert, bis er sie mithilfe einer speziellen Reha wieder aufgebaut hatte."

„Und seit dem Tag ist er nie wieder bewusstlos geworden?"

„Nie wieder", antwortete Frau Wiesner. „Er hatte sogar große Angst davor. Anfangs hat er sich sogar gegen den Schlaf gewehrt. Er hatte furchtbare Angst, wieder ins Koma zu fallen. Er muss einen großen Teil der vier Jahre in einem untypischen Koma verbracht haben. Die Ärzte haben den Begriff *Locked-in-Syndrom* verwendet. Das ist ja auch der Grund, warum die Presse bis heute Amok läuft. Weltweit gibt es höchstens eine Handvoll Menschen, die aus einem solchen Koma erwacht sind. Wie er mir später erzählte, hat er alles, aber auch alles mitbekommen, was sich um ihn herum abspielte. Er konnte sich bloß nicht verständlich machen. Stellen Sie sich vor, er hat sogar mitbekommen, wie wir über das Abstellen der Geräte gesprochen haben! Können Sie sich vorstellen, welche Panik das in ihm ausgelöst hat?"

Zum ersten Mal schwieg Esther. Sie war ungeheuer betroffen. Seltsamerweise konnte sie sich lebhaft vorstellen, wie das gewesen sein musste. Er musste sich gefühlt haben, als sei er lebendig begraben. Und dann diese Ohnmacht! Es war ein Wunder, dass er darüber nicht verrückt geworden war! Oder ... war er das vielleicht sogar? Verfolgte er sie deshalb? „Hat ... hat er sich denn niemals seltsam benommen, nachdem er wieder aufgewacht war?"

Frau Wiesner zuckte mit den Achseln. „Im Großen und Ganzen nicht. Na ja, er rennt seitdem jeden Sonntag in die Kirche und erzählt allen, wie wichtig es ist, an Gott zu glauben, aber das ist ja auch kein Wunder nach dieser Geschichte ..."

„Dann glaubt er nicht, dass sein Aufwachen ein Zufall war?"

Frau Wiesner schüttelte den Kopf. „Gedeon ist fest davon überzeugt, dass Jesus ihn wieder ins Leben zurückgeholt hat. Das konnte ihm kein Arzt in diesem Krankenhaus wieder ausreden."

„Und Sie?", erkundigte sich Esther. „Was glauben Sie?"

„Ich denke, dass er in einer besonderen Situation war. Da kann man schon mal Dinge überinterpretieren. Und der Moment war ja auch wirklich ein bisschen sonderbar."

Also ist er doch ein bisschen verrückt, dachte Esther. „Und wann haben Sie ihm das mit Gerrit erzählt?"

Frau Wiesner seufzte. „Natürlich hab ich es ihm solange wie möglich verschwiegen. Anfangs war er ja auch mit anderen Dingen beschäftigt. Er musste erst einmal verdauen, dass Britta mit einem anderen durchgebrannt war und sich sogar weigerte, ihn überhaupt zu besuchen. Aber dann hat er natürlich immer häufiger nach Gerrit gefragt. Er wollte wissen, warum Gerrit ihn nicht besucht. Die beiden hatten ein sehr inniges Verhältnis, wissen Sie. Irgendwann hat er mir auf den Kopf zugesagt, dass irgendetwas passiert sei. Da bin ich natürlich in Tränen ausgebrochen und musste ihm anschließend die Wahrheit sagen."

„Und wie hat er reagiert?"

„Er war am Boden zerstört. Gerrit und er waren zeit ihres Lebens ein Herz und eine Seele gewesen."

Gerrit und ich auch, dachte Esther und fühlte sich dem Riesen auf eine seltsame Art verbunden. Sie teilte die größte Liebe ihres Lebens mit ihm!

„Als Kinder haben sie alles zusammen gemacht, einfach alles", fuhr Frau Wiesner fort. „Und auch als Erwachsene standen sie in ständigem Kontakt. Das erklärt auch, warum Gerrit nach Gedeons Unfall so anders wurde. Er hat sich völlig zurückgezogen, ist kaum noch nach Hause gekommen. Er konnte es einfach nicht ertragen, dass ihn zu Hause alles an seinen großen Bruder erinnerte. Er mochte Gedeon auch nicht im Krankenhaus besuchen. ‚Ich schaff das nicht, Mama', hat er einmal gesagt. ‚Er hat keine Ähnlichkeit mehr mit Gedeon. Er ist so dünn, so eingefallen, so weiß. Er sieht kaum noch lebendig aus ... eher wie eine atmende Leiche.' Ich denke, er hat Gedeon innerlich für tot erklärt."

Esther schloss die Augen. Frau Wiesner hatte den Nagel auf den Kopf getroffen. Gerrit hatte ja auch ihr gegenüber so getan, als wäre sein Bruder tot. Das Schlimme war nur, dass Esther jetzt verstand, warum Gerrit so wenig am Leben gehangen hatte. Wahrscheinlich war der Bruch ihrer Beziehung der berühmte Tropfen gewesen, der das Fass seiner Verzweiflung zum Überlaufen gebracht hatte. Wenn sie das nur früher gewusst hätte! Andererseits verstand sie jetzt noch weniger, warum Gerrit sie überhaupt betrogen hatte. Warum hatte er das getan? Warum?

„Eigentlich ist das typisch", murmelte Frau Wiesner nachdenklich. „Gerrit hatte nie so viel Biss wie Gedeon. Schon als Kind hat er schnell aufgegeben. Wenn Gedeon nicht gewesen wäre, hätte er wahrscheinlich nicht mal sein Abitur geschafft."

Esther musste auf einmal lächeln. *Und wenn ich nicht gewesen wäre*, dachte sie, *hätte er sein Studium geschmissen.* Aber dann wurde sie wieder ernst. „Und diese Entschlossenheit bei Gedeon, hat die auch dazu geführt, dass er als Polizist den ...", sie zögerte, „... den Unfall seines Bruders untersucht hat?"

Frau Wiesner sah erstaunt zu ihr auf. „Woher wissen Sie das?"

Esther geriet kurz ins Schleudern. „Das ... das ist doch logisch", stammelte sie. „Ich meine ... wenn ... wenn Gerrit ihm so viel bedeutet hat, wird er doch alles getan haben, um mehr über die Umstände seines Todes zu erfahren."

Frau Wiesner nickte traurig. „Ja, Sie haben recht. Diese Sache ist ein richtiger Spleen von ihm geworden. Anfangs hat er sogar ein Mordkomplott gewittert und auf eigene Faust Ermittlungen angestellt. Er hat dadurch häufiger Ärger mit seinem Chef bekommen."

„Und wie steht er jetzt dazu?" Esthers Stimme zitterte verdächtig.

„Ich weiß nicht", antwortete Frau Wiesner. „Irgendwann hat er mal zu mir gesagt, dass Gerrit definitiv nicht ermordet wurde." Sie schüttelte ein wenig verwirrt den Kopf. „Seltsamerweise klang das nicht so, als sei der Fall damit für ihn abgeschlossen. Aber er hat seitdem nie wieder darüber gesprochen."

Esther schluckte. Wahrscheinlich untersuchte er seitdem die Gründe für Gerrits Selbstmord. Hatte ihn das zu ihr geführt? „Seit wann ist er überhaupt wieder im Dienst?"

„Seit ungefähr vier Jahren. Er arbeitet heute in irgendeiner Sonderkommission oder so was."

„Und was untersucht diese Sonderkommission?"

„Keine Ahnung. Ich weiß nur, dass er irgendwann den Entschluss gefasst hat, genau dorthin versetzt zu werden. Er war ja schon immer ehrgeizig. Aber Sie können sich nicht vorstellen, was er alles angestellt hat, um das durchzusetzen. Es hat lange gedauert, bis er es geschafft hatte."

Esther atmete einmal tief durch. Sie hatte viel erfahren, viel mehr, als sie so schnell verarbeiten konnte. Mit etwas zittrigen Fingern griff sie nach ihrer Kaffeetasse. Als sie den Kaffee kostete, musste sie allerdings feststellen, dass er nur noch lauwarm war. Angewidert stellte sie die Tasse auf den Tisch zurück.

Sofort erhob sich Frau Wiesner, brachte die Tassen in die Küche und kam mit neuen zurück, in die sie frischen Kaffee goss.

Esther griff dankbar nach der dampfenden Tasse. „Das ist der beste Kaffee, den ich je getrunken habe", bemerkte sie dankbar. Und sie meinte es auch so. Der Kaffee war genau richtig, nicht zu stark und auch nicht zu schwach. Nach ein paar weiteren Schlucken erwachten ihre Lebensgeister langsam wieder. „Was ist denn aus Gedeons Ehe geworden?", erkundigte sie sich. Scheinbar kannte ihre Neugier noch immer keine Grenzen.

Frau Wiesner zuckte traurig mit den Schultern. „Nichts. Er ist mittlerweile geschieden."

„Und andere ... ich meine ... Frauen?", stotterte Esther. Erst mitten im Satz war ihr klar geworden, wie indiskret diese Frage war.

Aber ihr redseliges Gegenüber gab auch dieses Mal bereitwillig Auskunft. „Keine anderen Frauen. Und ich bezweifle auch, dass es jemals wieder eine geben wird. Sie können sich nicht vorstellen, was Brittas Verhalten bei ihm ausgelöst hat. Ich glaube, er hält heute alle Frauen für potenzielle Verräterinnen. Sie sollten mal hören, wie er über Frauen redet." Frau Wiesner schüttelte den Kopf. „Einmal hat er mit einem Kollegen eine längere Dienstreise in den Ostblock unternommen." Frau Wiesner hielt plötzlich inne. „Ach, da fällt mir wieder ein, dass diese Sonderkommission irgendetwas mit dem Ostblock zu tun hat. Aber in Amerika war er auch schon mal. Ich glaube, es geht um einen internationalen Verbrecherring. Hatte es nicht irgendetwas mit Menschenhandel zu tun?" Sie zuckte mit den Schultern. „Weiß nicht mehr so genau." Dann wandte sie sich wieder ihrem ursprünglichen Thema zu. „Also dieser Kollege, der war frisch verheiratet. Ich kenne ihn selbst ganz gut, weil Gedeon mit ihm befreundet ist. Er heißt Robert. Auf jeden Fall hat Gedeon beinahe seine Ehe zum Kriseln gebracht, weil er ihm während der gesamten Reise ohne Unterbrechung eingeredet hat, dass seine Frau ihn wahrscheinlich gerade betrügen würde. Am Ende hat Robert jeden Tag zu Hause angerufen und so seltsame Fragen gestellt, dass die Ehefrau wütend wurde. Er musste einiges anstellen, um die Sache wieder ins Lot zu bringen."

Esther starrte geistesabwesend in die Ferne. Sie konnte sich lebhaft vorstellen, wie Gedeon sich gefühlt haben musste. Genauso hatte sie sich gefühlt, als sie hinter Gerrits Betrug gekommen war. Es war schrecklich gewesen. Nichts in ihrem Leben hatte sie so verletzt wie das. Und nichts in ihrem Leben konnte diesen Riss wiedergutmachen. Auch sie würde nie wieder einem Mann vertrauen können. Auch sie würde –

Esther wurde jäh aus ihren Gedanken gerissen, weil das Telefon klingelte. Frau Wiesner ging zu einem kleinen Tischchen am Fenster und nahm den Hörer eines schnurlosen Telefons ab.

„Wiesner?“ Nach einer kleinen Pause sagte sie hocherfreut: „Ach, du bist's! Stell dir vor, wir reden gerade von dir.“

Esther hielt den Atem an. War etwa der Riese am Telefon?

„Nein, nur eine Reporterin“, beschwichtigte Frau Wiesner. Sie holte Luft, um noch mehr zu sagen, schien aber nicht zu Wort zu kommen. Nach einer Weile warf sie ein: „Jetzt mach doch nicht so ein Drama daraus.“ Sie sah zu Esther hinüber und zuckte entschuldigend mit den Schultern. „Aber sie ist furchtbar nett!“ Frau Wiesner schien einen neuen Wortschwall über sich ergehen lassen zu müssen. Nach einer weiteren Pause sagte sie einlenkend: „Also gut, ich geb sie dir.“

Esthers Herz setzte ein paar Schläge aus. Mit vor Entsetzen geweiteten Augen beobachtete sie, wie Frau Wiesner mit dem Hörer in der Hand auf sie zukam und ihn ihr schließlich entgegenhielt. Aber sie griff nicht danach. Sie war wie gelähmt.

„Es ist mein Sohn“, erklärte Frau Wiesner. „Er möchte Sie gerne sprechen.“

Esther starrte wie hypnotisiert auf den Hörer. Beinahe hätte sie geschrien: ‚Aber *ich* möchte *ihn* nicht sprechen!‘ Zum Glück tat sie es nicht. Stattdessen streckte sie in Zeitlupentempo ihre Hand nach dem Telefon aus und hielt es an ihr Ohr.

„Hallo?“, presste sie hervor.

„Wiesner hier“, sagte eine sehr ungehaltene Männerstimme am anderen Ende der Leitung. „Sie sind Reporterin?“

„Ja“, log Esther wieder.

„Und meine Mutter ist wirklich ein gefundenes Fressen für Sie, nicht wahr? Der Betroffene ist zu keiner Stellungnahme mehr bereit. Also beschaffen wir uns unsere Informationen anderweitig. Wir stürzen uns auf die gute alte Mutter. Die ist sowieso redselig bis zum Abwinken. So was findet man nicht alle Tage, hm?“

„Ich weiß nicht, was Sie meinen“, krächzte Esther.

„Dann will ich es Ihnen erklären!“, fauchte ihr Gesprächspartner. „Ich bin vor vier Jahren aus dem Koma erwacht. Seitdem sind ungefähr 400 Zeitungsartikel über mich erschienen. Meinen Sie nicht, dass man mich allmählich mal in Ruhe lassen könnte?"

Esther antwortete nicht. Sie hatte sowieso nicht richtig zugehört. Stattdessen hatte sie nur der Stimme des Riesen gelauscht. Unwillkürlich hatte sie sie mit Gerrits Stimme verglichen. Aber da war kaum eine Ähnlichkeit. Gerrits Stimme hatte weich geklungen. Der Riese hingegen hatte eine fast metallisch klingende Stimme, schneidend wie ein Messer. Aber sie übte auch eine seltsame Faszination auf Esther aus. Sie hatte heute so viel über ihn erfahren. Auf einmal fragte sie sich, wie seine Stimme wohl vor seinem Unfall geklungen hatte ... wenn er mit seiner jungen Frau gesprochen hatte ...

„Ich kann es auch anders ausdrücken", fuhr Gedeon wutentbrannt fort. „Ich verbiete Ihnen hiermit, auch nur *einen* weiteren Zeitungsartikel über mich zu schreiben. Haben Sie das verstanden?"

„J-ja", stammelte Esther und fummelte wieder einmal an ihrem Kettenanhänger herum. Der Mann machte ihr immer noch Angst.

„Und unterstehen Sie sich, dieses Verbot zu überschreiten. Dann werde ich Sie nämlich persönlich dafür zur Rechenschaft ziehen. Haben Sie das auch verstanden?"

„Ja!", rief Esther. Sie stand mittlerweile kerzengerade am Telefon. All ihre Muskeln waren zum Zerreißen gespannt.

„Wie heißen Sie?"

„Ziemann", gelang es Esther zu antworten. „Anja Ziemann." Jetzt war sie fast ein bisschen stolz auf sich. Wenn sie ihrem Gesprächspartner auch sonst nicht gewachsen war, hatte sie ihm zumindest ihren Namen nicht preisgegeben.

„Und von welcher Zeitung kommen Sie, Frau Ziemann?"

Esther erschrak. Wenn sie diese Frage beantwortete, konnte der Riese leicht feststellen, dass sie gelogen hatte. Und dann würde er vielleicht auch herausfinden, wer seine Mutter in

Wirklichkeit besucht hatte. Er musste sie ja nur fragen, wie die „Reporterin" ausgesehen hatte – dann konnte er sich den Rest wohl denken. Und das musste sie um jeden Preis verhindern!

„Antworten Sie mir!", befahl der Riese.

Du darfst diese Frage nicht beantworten, hämmerte es in Esthers Kopf.

„Antworten Sie mir!", wiederholte der Riese in einem Tonfall, der vor Kälte nur so klirrte.

Es ist nur ein Telefon, beschwor sich Esther. *Er kann dir gar nichts tun! Er kann dir gar nichts tun!* Trotzdem hatte sie ihre Lippen bereits zu einer Antwort geformt – „Bild der Frau" wollte sie sagen, weil das die einzige Zeitschrift war, die ihr auf die Schnelle einfiel –, als ihr Frau Wiesner zu Hilfe kam, indem sie ihr den Telefonhörer einfach aus der Hand nahm.

„Musst du es immer so übertreiben?", maßregelte sie ihren Sohn. „Du machst dem armen Mädchen ja richtig Angst! Sie ist neu in dem Job. Sie kann doch nichts dafür, wenn ihr Arbeitgeber sie zu mir schickt!"

Esther verstand die Worte des Riesen zwar nicht, hörte aber, dass sich nun wahre Schimpftiraden über Frau Wiesner ergossen.

„Ach, hör doch auf", blaffte diese schließlich ins Telefon. „Kümmere du dich lieber um deinen Job. Ich regele das hier schon." Und mit diesen Worten schaltete sie das Telefon einfach aus und wandte sich dann wieder Esther zu.

Die stand noch immer wie angewurzelt da und rührte sich nicht.

„Machen Sie sich nichts draus", sagte Frau Wiesner freundlich. „Er meint es gar nicht so böse. Seit dem Unfall ist er immer so verbissen." Sie seufzte. „Und vor allem hat er vergessen, wie man sich Damen gegenüber benimmt."

Esther nickte mechanisch und ließ sich dann von Frau Wiesner aufs Sofa zurückschieben. Dort angekommen, nahm sie mit zitternden Fingern die Kaffeetasse zur Hand und trank erst einmal einen kräftigen Schluck. Dieses Gespräch musste sie erst einmal verdauen! Es dauerte eine halbe Stunde, bis sie sich so weit gefangen hatte, dass sie wieder normal mit Frau Wiesner plaudern konnte. Dann aber wurde es noch ein angenehmer Nachmittag. Und so tat es Esther beinahe leid, als sie sich schließlich verabschieden musste. Sie versprach allerdings, schon bald wieder von sich hören zu lassen.

Und das tat sie dann auch. Schon am nächsten Tag telefonierte sie stundenlang mit Frau Wiesner und auch am Tag darauf und am übernächsten Tag. Esther verstand selbst nicht, warum sie das tat, aber sie konnte nicht anders. Frau Wiesner war so herrlich gesprächig!

An einem Freitagabend drehte sich das Gespräch vornehmlich um Britta, geschiedene Wiesner, verheiratete Bode, geborene Zielke. Esther erfuhr, dass sie groß und schlank war und dunkelbraune Haare hatte. Sie erfuhr auch, dass Britta gelernte Arzthelferin war, ihren Beruf aber immer gehasst hatte und ihn seit der Hochzeit auch nicht mehr ausübte. Stattdessen hatte sie vor Kurzem einem gesunden Jungen das Leben geschenkt.

„Gedeon weiß das gar nicht“, schloss Frau Wiesner. „Es hätte ihn viel zu sehr mitgenommen. Schließlich hatte er selbst eine Familie mit ihr haben wollen.“

Diese letzte Information wiederum führte dazu, dass Esther sich den Riesen als Vater vorzustellen versuchte. Das klappte erstaunlich gut. In ihrer Fantasie hatte er ebenfalls einen Jungen. Er schubste ihn auf der Schaukel an, die Esther im Garten seines Elternhauses gesehen hatte. Dabei lächelte er glücklich. Es war das gleiche Lächeln, das sie von Gerrit her kannte …

Immerhin fragte sich Esther an dieser Stelle zum wiederholten Male, ob sie eigentlich noch ganz bei Trost war. Warum besaß sie nur die unglaubliche Fähigkeit, alles, aber auch alles, was sie tat, irgendwie zu übertreiben?

Ein Gutes aber hatte die ganze Sache. Esthers gedankliche Besessenheit von der Familie Wiesner führte dazu, dass ihre eigenen Schwierigkeiten mehr und mehr in den Hintergrund traten. Nachdem sich bereits an ihrem ersten Arbeitstag nach der Krankschreibung herausgestellt hatte, dass die aufgetakelte Frau Berner den ihr angebotenen Job abgelehnt hatte, machte sich Esther entgegen ihrer Natur kaum noch Sorgen um ihren Arbeitsplatz. Sie tat einfach ihre Arbeit, ignorierte die Unverschämtheiten ihres Chefs, ging Barbara aus dem Weg und sehnte den Feierabend herbei.

Wirklich wichtig war nur noch, den Tag hinter sich zu bringen, damit sie endlich wieder mit Frau Wiesner telefonieren konnte. Es gab ja so viele Fragen, die sich im Lauf des Tages neu aufgetan hatten ...

Kapitel 9

Gedeon Wiesner erklomm ein wenig schwerfällig die Mauer, die beinahe so hoch war wie er selbst, und ließ sich auf der anderen Seite vorsichtig wieder hinunter. Er konnte kaum erkennen, wo er landete, so finster war es um ihn herum. Es war zwei Uhr nachts, dunkle Wolken verdeckten den Mond, und auch die Straßenlaternen schafften es nicht, irgendwelche Hinterhöfe mit zu beleuchten. Nur die hell erleuchteten Fenster von zwei Nachbargebäuden schickten ein bisschen Licht zu ihm herüber. Gedeon hatte natürlich auch eine Taschenlampe dabei. Er trug sie an seinem Gürtel, aber er wollte sie noch nicht einsetzen. Das wäre hier draußen auch viel zu gefährlich gewesen. Denn eines war klar: Gerade eben hatte er das Grundstück betreten. Ab jetzt war es Hausfriedensbruch!

Der Gedanke an die strafrechtlichen Konsequenzen seines Tuns machte ihm durchaus zu schaffen. Schließlich riskierte er nicht nur einen Prozess, sondern noch dazu seinen Job. Selbst einem Beamten konnte man kündigen, wenn er rechtskräftig verurteilt worden war.

Trotzdem zögerte er keinen Augenblick. Seit drei Jahren wusste er, dass Ellen Kieling irgendetwas mit Gerrits Tod zu tun hatte. Seit diesem Zeitpunkt war er wie besessen davon, die ganze Wahrheit zu erfahren. Er wollte, *musste* herausfinden, was tatsächlich vorgefallen war. Mehrfach hatte er versucht, mit ihr zu reden, aber sie hatte ihn nur ausgelacht und schließlich einfach vor die Tür gesetzt. Mit ihrer arroganten Art hatte sie ihn noch mehr herausgefordert.

Aber dann hatte Robert, der einzige Freund und Vertraute, der ihm auch nach seinem Unfall noch geblieben war, durch einen Zufall davon erfahren, dass der Name Ellen Kieling im Zusammenhang mit polizeilichen Ermittlungen auftauchte. Er hatte ihn aufgeregt davon in Kenntnis gesetzt und sich dann gemeinsam mit ihm in das entsprechende Fachkommissariat versetzen lassen. Wie durch ein Wunder war es ihnen gelungen, in das gleiche Team zu kommen. Seit diesem Tag jagten sie Ellen Kieling gemeinsam und das auch noch mit dem Segen ihres derzeitigen Chefs.

Leider waren die Ermittlungen seit einiger Zeit in eine Sackgasse geraten. Die Beweise reichten einfach nicht aus, um weiter gegen Ellen Kieling vorzugehen. Nicht mal einen Durchsuchungsbefehl für ihre Wohnung oder die Räumlichkeiten der Beratungsstelle *Sirius e. V.* hatte er erwirken können. Dabei wusste er genau, dass er dort etwas finden würde. Man konnte *immer* etwas finden.

Lange Zeit hatte er das hingenommen und ausschließlich legale Mittel genutzt, um gegen diese Frau vorzugehen. Zusammen mit Robert hatte er sie Tag und Nacht beschattet. Aber sie war mit allen Wassern gewaschen. Ständig war sie ihm entwischt. Sie war ein Profi, dessen war er sich mittlerweile sicher. Anscheinend wusste sie immer ganz genau, wann und von wem sie gerade observiert wurde. Auf dem Bahnhof zum Beispiel, da hatte sie ihn in den falschen Zug gelockt, war in letzter Minute umgestiegen und hatte ihn wie einen dummen Jungen auf dem Bahnsteig stehen lassen. So etwas war ihm noch nie passiert. Noch verwirrender war allerdings die Tatsache, dass Robert sie schon zwei Stunden später aus ihrer Wohnung hatte kommen sehen – ohne jedoch zuvor ihre Rückkehr bemerkt zu haben. Ob es so etwas wie einen Geheimweg zu dieser Wohnung gab?

Nach diesem Erlebnis hatten sie ihre Bemühungen verdoppelt. Robert und er hatten sie keine Sekunde mehr aus den Augen gelassen. Und sie hatten sich auch nicht mehr die Mühe gemacht, ihre Anwesenheit zu verheimlichen. Im Gegenteil, sowohl er als auch Robert hatten sie sogar angesprochen und offenkundig provoziert, damit sie nervös wurde und endlich einen Fehler machte. Aber sie machte keinen! Absolut keinen!

Und dann hatte er heute Morgen auch noch diesen vernichtenden Anruf von seinem Vorgesetzten bekommen. Zurückgepfiffen hatte er ihn, mit sofortiger Wirkung. Und das bloß, weil ihre Ermittlungen keine Ergebnisse zeigten. Dabei wusste doch jedes Kind, dass man bei so etwas nun einmal Geduld aufbringen musste. Gut Ding wollte doch Weile haben!

Mit Engelszungen hatte er auf seinen Boss eingeredet. Nur um eine weitere Woche hatte er ihn gebeten. Aber der Alte war hart geblieben. Vielleicht ahnte er sogar, dass der Fall eine tiefere Bedeutung für Gedeon hatte. Zum Schluss hatte man ihm sogar mit Suspendierung gedroht, falls er nicht morgen früh nach Frankfurt zurückkehrte. Aber das konnte er doch nicht! Dieser Fall bedeutete ihm viel – so viel, wie Gerrit ihm bedeutet hatte. Er musste diese Frau überführen. Erst dann hatte er die Möglichkeit, ihr weitere Fragen zu stellen. Fragen über Gerrit, die er unbedingt beantwortet haben musste!

In geduckter Haltung schlich Gedeon über den Hof. Man sah überhaupt nichts von ihm. Er war ganz in Schwarz gekleidet. Zudem hatte er sein Gesicht geschwärzt. Außer der Taschenlampe an seinem Gürtel hatte er einen kleinen dunklen Rucksack dabei, in dem er Werkzeug mit sich führte. Seine Waffe hatte er vorsichtshalber zu Hause gelassen. Ein Einbruch mit Waffe war kein Kavaliersdelikt. Und wenn es sich bei dieser Waffe auch noch um eine polizeiliche Dienstwaffe handelte, konnte er gar nicht mehr auf Milde hoffen.

Gedeon hatte jetzt die Hintertür erreicht. Er hielt inne und sah sich erst einmal um. Nichts. In der Ferne hörte er das leise Rauschen fahrender Autos. Er schauderte. Es wehte ein kalter Wind und Gedeon war nicht gerade warm angezogen. Trotzdem musste er sich eingestehen, dass es auch ein bisschen

Angst war, die diese Reaktion hervorrief. Er war dabei, seine Stellung, ja sein ganzes Leben aufs Spiel zu setzen. Wollte er das wirklich?

Für Gerrit, flüsterte er lautlos. Dann löste er seine Taschenlampe aus dem Gürtel und schaltete sie ein. Zuerst untersuchte er die Tür. Als er ziemlich sicher war, dass sie nicht mit einer Alarmanlage versehen war, steckte er die Taschenlampe in den Mund. Dann öffnete er den Rucksack und begann mit der Arbeit. Das Türschloss war nicht besonders modern, und so dauerte es nur Sekunden, bis es seinen Widerstand mit einem Klicken aufgab.

Gedeon hielt die Luft an. Dann stieß er langsam die Tür auf. Einen Moment lang wartete er auf sirenenartiges Geheul, aber nichts geschah. Er ließ die angestaute Luft durch den Mund entweichen. Ein Glück, keine Alarmanlage!

Jetzt leuchtete er vorsichtig in das Innere des Hauses hinein. Vor ihm lag ein größerer Raum, der fast leer war. Da standen zwar ein paar Regale, doch es war nichts darin. Auch der kleine Tisch mit den zwei Stühlen wirkte, als wäre er lange nicht mehr entstaubt worden. Nach einem benutzten Büro sah das nicht gerade aus.

Gedeon trat ein und schloss gewissenhaft die Tür hinter sich. Dann durchquerte er den Raum, gelangte in ein Treppenhaus und stieg in den ersten Stock hinauf. Dem Türschild vor dem Haupteingang hatte er schon vor längerer Zeit entnommen, dass sich die Räume der Beratungsstelle *Sirius* im ersten Stock befanden. Leider stieß er jetzt wieder auf eine Tür, die verschlossen war. Noch einmal musste er auf sein Werkzeug zurückgreifen. Und wieder hatte er sich bereits nach kurzer Zeit Zutritt verschafft.

Jetzt betrat er einen kleineren Raum. Er war mit hellem Veloursteppich ausgelegt, der extrem neu roch. Auch die Möblierung wirkte sehr modern und noch überhaupt nicht abgenutzt. Gedeon entdeckte eine Sitzecke und einen Tisch, auf dem mehrere Zeitschriften lagen. Da diese mit dem Deckblatt eines Lesezirkels versehen waren, schloss er, dass es sich hier um einen Warteraum handelte.

Gedeon ging jetzt langsam auf die Tür zu, die von dort in einen weiteren Raum führte. Sie hatte einen großen Milchglaseinsatz. Er drückte vorsichtig die Türklinke herunter, stieß aber erneut auf Widerstand.

„Wer so viele Türen verschließt, *muss* etwas zu verbergen haben", murmelte er.

Dann holte er zum dritten Mal sein Werkzeug hervor und hatte auch diese Tür in kürzester Zeit geöffnet. Jetzt gelangte er in einen Raum, der schon auf den ersten Blick nach einem Büro aussah. Da stand ein Schreibtisch, der mit einem Computer bestückt war und so aussah, als wäre er länger nicht aufgeräumt worden. Papiere lagen wild darauf verstreut, Kugelschreiber, Bleistifte, Radiergummis und andere Utensilien vervollständigten das Durcheinander. Sogar eine benutzte Kaffeetasse stand noch herum.

Gedeons Blick verließ den Schreibtisch und wanderte im Raum herum. Hier gab es viele Regale mit noch mehr Ordnern. Kurzum: Es gab viel zu tun.

Trotzdem schaltete Gedeon einen Moment die Taschenlampe aus, trat zum Fenster und sah hinaus. Es dauerte einen Moment, bis seine Augen sich an die Dunkelheit gewöhnt hatten. Dann aber zog er besorgt die Stirn in Falten. Von seinem Standort aus konnte er direkt in das Fenster eines anderen Gebäudes sehen. Zwar befand sich dieses in einiger Entfernung und war auch nicht beleuchtet. Doch hatte er Erfahrung genug, um die unglaublichen Fähigkeiten eines gewissen „Kommissars Zufall" zu kennen. Sollte sich in diesem Gebäude doch noch jemand aufhalten, so war es nicht auszuschließen, dass man den Schein seiner Taschenlampe bemerkte. Es war also Eile geboten.

Mit schnellen Schritten ging er zum Schreibtisch hinüber, nahm den Bildschirm des PC in beide Hände und stellte ihn auf den Fußboden. Genauso verfuhr er mit der Tastatur. Er musste ein paar Kabel entwirren, dann hatte er es geschafft. Jetzt schaltete er den Computer ein, legte sich anschließend flach auf den Boden und zog die Tastatur zu sich heran. Er gab „Ellen" als Benutzer ein und wartete. Daraufhin fragte der Computer nach einem Kennwort.

Gedeon zuckte ein wenig enttäuscht mit den Schultern. Insgeheim hatte er gehofft, dass sie vergessen hatte, einen Kennwortschutz einzurichten. Vielleicht hatte sie wenigstens ein leicht zu erratendes genommen?

Er dachte kurz nach, dann versuchte er es mit *Reinhard.* Das war der Name ihres Vaters.

Der Computer arbeitete, dann leuchtete das Eingabefeld wieder auf. Also verkehrt! *Anita,* probierte er. So hieß die Mutter.

Bitte haben Sie einen Moment Geduld, kommentierte der Computer und ließ einige Zeit verstreichen, bevor er das Feld mit dem Kennwort wieder einblendete.

Gedeon seufzte und kramte erneut in seiner Erinnerung. Dann versuchte er es mit *Esther.* Das war der Name der einzigen Schwester von Ellen Kieling. Soweit ihm bekannt war, lebte sie in Gießen und arbeitete als Sekretärin. Die Schwestern schienen nicht sehr viel Kontakt miteinander zu haben. In den Monaten, in denen er dieser Ellen auf den Fersen war, hatten sie sich kein einziges Mal besucht. So war diese Schwester nie interessant für ihn geworden.

Bitte haben Sie einen Moment Geduld.

„Du wiederholst dich", knurrte Gedeon.

Dieses Mal dauerte es schon einige Minuten, bis das Feld mit dem Kennwort wieder freigegeben war.

Gedeon dachte angestrengt nach. Wie hieß noch der Typ, mit dem sie sich neuerdings traf?

Markus, gab er ein.

Haben Sie Ihr Kennwort vergessen?, fragte der Computer.

„Könnte man sagen", flüsterte Gedeon grinsend.

Bitte nehmen Sie Kontakt zum Systemadministrator auf und lassen Sie sich ein neues Passwort geben, sagte der Computer und fuhr herunter.

„Mist, Mist, Mist", fluchte Gedeon mit unterdrückter Stimme. „Ich wusste doch, dass sie ein Profi ist." Er seufzte. „Im Gegensatz zu mir", fügte er ein wenig niedergeschlagen hinzu. Hätte er doch nur den Computerkurs mitgemacht, der letztes Jahr als Fortbildung angeboten worden war. Aber damals hatte er noch keinen Sinn darin gesehen, weil er davon ausging, dass sie bei Durchsuchungen immer einen Computerfachmann dabeihaben würden. Konnte ja auch keiner ahnen, dass er sich einmal auf eigene Faust auf den Weg machen würde.

Mit einem abgrundtiefen Seufzer stellte er Bildschirm und Tastatur möglichst so auf den Tisch zurück, wie sie vorher gestanden hatten, und wandte sich dann den Regalen mit den Ordnern zu. Er nahm einen heraus, kniete davor nieder und öffnete ihn. Ein paar Minuten blätterte er darin herum, las die Seiten quer und suchte nach irgendetwas, das ihm einen Hinweis auf verbrecherische Aktivitäten liefern konnte.

Dann aber zuckte er plötzlich zusammen und lauschte. Hörte er da nicht die Sirene eines Polizeiwagens? Das Geräusch kam näher. Gedeon sprang auf, lief zum Fenster hinüber und spähte in die Dunkelheit hinaus. Schon malte er sich aus, wie er von seinen Münchener Kollegen verhaftet und eingesperrt wurde. Das würde dann das Ende für ihn bedeuten. Das Ende seiner beruflichen Laufbahn, vielleicht sogar mehr! Bestimmt hatte ein Polizist im Knast nicht viel zu lachen!

Wieder einmal wurde ihm bewusst, wie groß das Risiko war, dass er hier einging. Er atmete heftiger. Von einer seiner dunklen Augenbrauen tropfte eine Schweißperle auf seine Wange hinunter. Die Sirene des Polizeiwagens wurde lauter. Der Wagen musste mittlerweile ganz in der Nähe sein. Ob er noch eine Chance zur Flucht hatte? Oder ob es Sinn machte, sich im Gebäude zu verstecken?

Als sich das Geräusch zu entfernen begann, konnte Gedeon es zuerst kaum glauben. Aber dann entspannte er sich. Sie waren zu einem anderen Einsatz unterwegs gewesen! Er wischte sich mit dem Handrücken über die schweißnasse Stirn, versuchte, seine zitternden Knie unter Kontrolle zu bringen, und ging dann langsam wieder auf den Ordner zu. Er hatte sich gerade erneut davor niedergelassen, als er ein weiteres Geräusch vernahm. Dieses Mal klang es wie das Klappen einer Tür. Und es war eindeutig hier aus dem Gebäude gekommen!

Gedeon schnellte hoch und griff instinktiv an die Stelle, an der sich sonst immer das Halfter mit seiner Dienstwaffe befand. Aber natürlich griff er dieses Mal ins Leere. Er war wehrlos! Einen Moment lang wusste er nicht, was jetzt zu tun war. Aber er wusste, dass ihm dieser zweite Adrenalinschock den Rest gegeben hatte. Er konnte jetzt ohnehin nicht mehr in Ruhe und mit Bedacht irgendwelche Ordner durchsuchen. Und er wollte auch gar nicht mehr. Er wollte nur noch eins: raus hier!

Mit zitternden Händen stellte er den Ordner ins Regal zurück, schaltete seine Taschenlampe aus und machte sich in vollkommener Finsternis auf den Weg aus dem Gebäude. Dabei schlich er im Zeitlupentempo vorwärts, alle Nerven zum Zerreißen gespannt. Auch wenn er im Moment keine Geräusche mehr hörte, wusste er genau, dass irgendjemand im Gebäude sein musste. Aber wer? Die Putzfrau war um zwei Uhr nachts wohl kaum mehr am Werk! Also wer dann? Vielleicht doch die Polizei? Oder ein privater Sicherheitsdienst?

Er hatte jetzt den Beratungsraum durchquert und öffnete unendlich leise und vorsichtig die Tür zum Treppenhaus. Dann horchte er in die Dunkelheit hinein. Erst als er fast sicher war, dass sich niemand dort aufhielt, setzte er sich erneut in Bewegung. Er tastete sich bis zum Treppengeländer vor und schlich dann Stufe um Stufe nach unten. Als er im Erdgeschoss angekommen war, atmete er erstmals ein wenig auf. Jetzt waren es nur noch wenige Meter bis zum Ausgang! Aber dann stutzte er plötzlich. Was war das für ein seltsamer Geruch, der hier herrschte? So süßlich und blumig ...

Er hatte den Gedanken noch nicht zu Ende gedacht, als plötzlich in voller Festbeleuchtung das Licht im Flur anging.

Gedeon war im ersten Moment geblendet. Er riss die Hände vor die Augen, spürte aber schon im nächsten Augenblick, wie diese gepackt und brutal auf seinen Rücken gerissen wurden. Er stöhnte vor Schmerz einmal auf, dann noch mal, als seine Knie mit voller Wucht auf dem Fußboden aufschlugen.

Das war's, war der Gedanke, der durch seinen Kopf schoss, *jetzt bin ich geliefert.*

Er blinzelte verzweifelt, um gegen diese gleißende Helligkeit anzukommen.

„Wen haben wir denn da?", säuselte eine Frauenstimme, die Gedeon bekannt vorkam.

Allmählich gewöhnten sich seine Augen an das Licht. Direkt vor sich sah er ein paar schwarze Damenpumps. Er hob langsam den Kopf, glitt an wohlgeformten, unendlich langen Beinen in schwarzen Strumpfhosen vorbei, kam zu einem schwarzen Minirock, dann zu einem eleganten schwarzen Blazer und schließlich zu leuchtend roten, wallenden Locken. Ellen Kieling!

„Was hab ich falsch gemacht?", erkundigte sich Gedeon.

Ellen Kieling lächelte. „Sie haben mich unterschätzt. Mich und meine Informationsquellen. Ich wusste nämlich, dass Sie abberufen wurden. Das Problem war nur, dass ich auch Ihre persönlichen Motive kannte. Und das ließ mich befürchten, dass Sie nicht so einfach aufgeben würden. Vorsichtshalber ließ ich daher einen stillen Alarm in die Tür des Beratungsraumes installieren."

„Ich habe nichts gefunden", probierte Gedeon. „Sie können mich also laufen lassen."

„Sie sind mir zu hartnäckig", entgegnete Ellen langsam. „Außerdem bin ich mir nicht sicher, wie weit Ihre Ermittlungen gediehen sind. Also raus damit: Was wissen Sie?"

„Von mir erfahren Sie überhaupt nichts", zischte Gedeon, stöhnte aber Sekunden später zum dritten Mal auf, weil sich ein spitzer Damenschuh mit unglaublicher Wucht mitten in seinen Bauch gerammt hatte. Er keuchte und glaubte einen Moment, sich übergeben zu müssen. Es dauerte ein paar Sekunden, bis er sich wieder einigermaßen gefangen hatte. „Das wird ... nichts ändern", gelang es ihm, ein wenig abgehackt hinzuzufügen.

Ellen Kieling hob jetzt einen Finger und deutete in die Höhe. Daraufhin wurde Gedeon von demjenigen, der ihn festhielt, hochgezogen. „Aber vielleicht das hier", flötete sie und rammte ihr Knie in seine Genitalien.

Dieses Mal schrie Gedeon vor Schmerz, seine Beine gaben unter ihm nach und er sackte auf den Fußboden zurück. Er musste all seine Willenskraft aufwenden und die Lippen mit aller Kraft zusammenpressen, um sofort wieder still zu werden.

„Also, was ist nun, Schätzchen?", erkundigte sich Ellen in immer noch übertrieben süßlichem Tonfall.

„Leck mich", krächzte Gedeon.

Ellen Kieling lachte amüsiert auf. „Aber nicht doch, mein Schatz. Du überschätzt dich. Erstens würde ich mir für so etwas jemanden aussuchen, der ein bisschen besser gebaut ist als du, und zweitens weiß ich nicht, ob die entscheidenden Teile überhaupt noch funktionsfähig sind." Ihr Blick wanderte an seiner verkrümmten Gestalt entlang. Dann grinste sie und zuckte mit den Schultern. „Ist nicht schade drum." Anschließend griff sie in die rechte Tasche ihres Blazers und holte etwas daraus hervor.

Gedeon hatte ihre Bewegung verfolgt und starrte jetzt voller Entsetzen auf das, was sie in der Hand hielt. Es war eine

Heckler und Koch, eine Pistole, die seiner eigenen Dienstwaffe stark ähnelte. Allerdings war sie mit einem Schalldämpfer ausgerüstet. Er schluckte. Was hatte sie mit ihrer Bemerkung gemeint? Um *was* war es nicht schade? Um ihn?

Ellen hatte das Entsetzen in Gedeons Blick bemerkt. „Na, Angst?", fragte sie genüsslich.

Gedeons Gesichtsausdruck versteinerte sich. „Vorfreude", antwortete er und schaffte es tatsächlich, ihr zuzulächeln. Aber er *hatte* Angst. Jetzt hatte er wirklich Angst! Würde sie ihn töten? *Herr*, dachte er verzweifelt, *ich weiß ja, dass du die Idee mit dem Einbruch nicht besonders gelungen fandest. Aber das würde jetzt doch zu weit gehen, oder? Bitte hilf mir!*

Ellen Kieling trat noch einen Schritt näher an ihn heran und presste den Schalldämpfer gegen Gedeons Stirn.

Währenddessen suchte Gedeon verzweifelt nach etwas, was er sagen konnte, um diese Frau von ihrem Vorhaben abzuhalten. Aber ihm fiel nichts ein. In seiner Hilflosigkeit sagte er schließlich: „Sie sollten allmählich Ihr Parfüm wechseln."

„Hm?", machte Ellen entgeistert und ließ den Revolver sinken. Mit einer solchen Bemerkung hatte sie wohl am allerwenigsten gerechnet.

„Ihr Parfüm", wiederholte Gedeon. „Wahrscheinlich benutzen Sie es schon so lange, dass Sie es selbst nicht mehr riechen. Sie stinken, als hätten Sie heute Morgen darin gebadet." Das war die Wahrheit. Der süße, blumige Geruch, den er im Ansatz auch schon wahrgenommen hatte, als er in den Flur gekommen war, hatte sich jetzt, wo die Frau direkt vor ihm hockte, so sehr intensiviert, dass er ihn als unangenehm empfand. Ehrlich gesagt war das kein Geruch, den er mit in den Tod nehmen wollte. Trotzdem schüttelte er innerlich den Kopf über sich. Dass es besonders hilfreich war, die Frau zu beleidigen, wagte er zu bezweifeln.

„Nun ... ", begann Ellen Kieling und schien einen Moment zu überlegen, „... danke für den Tipp. Ich werde ihn beherzigen." Dann setzte sie den Revolver erneut an Gedeons Stirn.

Gedeon bäumte sich ruckartig auf und versuchte, den Überraschungseffekt zu nutzen, um den knallharten Griff seines Hintermannes abzuschütteln. Aber der hatte scheinbar damit gerechnet und begegnete dem Versuch, indem er seine Arme ruckartig weiter nach oben bog. Gedeon konnte ein Stöhnen nicht unterdrücken und gab seinen Widerstand sofort wieder auf.

„Netter Versuch", kicherte Ellen und entsicherte mit der linken Hand die Waffe. Das Klicken hallte bedrohlich durch den Flur.

„Sie brauchen mich noch", keuchte Gedeon und schielte angestrengt nach oben auf den Zeigefinger der Frau. „Ich allein kann Ihnen sagen, was wir wissen!"

„Ihr wisst gar nichts", lachte Ellen. „Deine Weigerung, mir Informationen zu geben, ist nichts anderes als Unwissenheit!"

In Gedeons Kopf rotierte es. Diese Hexe hatte recht, im Grunde genommen wusste er gar nichts. Aber vielleicht konnte er pokern! Vielleicht konnte er wenigstens so tun als ob! Aber womit? Womit? *Herr!,* flehte Gedeon verzweifelt. *Hilf mir!* Beinahe im gleichen Moment tauchte eine Landkarte vor seinem inneren Auge auf. Eine Landkarte? Was hatte das zu bedeuten?

„Sie irren sich", sagte er, um ein letztes Mal Zeit zu gewinnen. Und dann sickerte ganz plötzlich eine Information in sein Bewusstsein, die er lange vergessen hatte. Er war nur ein einziges Mal durch Zufall darauf gestoßen und hatte sie damals als zu vage wieder abgetan. Aber einen Versuch war es auf jeden Fall wert!

„Schluss mit den Verzögerungstaktiken", zischte Ellen und krümmte den Finger.

„Kanada!", rief Gedeon und schloss die Augen. „Ich kenne all Ihre Verbindungen nach Kanada!"

Ein paar Sekunden lang geschah überhaupt nichts. Es war jetzt so still im Flur, dass Gedeon das Ticken der Uhr hörte, die Ellen Kieling an ihrem rechten Handgelenk trug. Lange, viel zu lange musste er sich fragen, ob er die letzten Sekunden seines Lebens verrinnen hörte.

Aber dann ging alles sehr schnell. Das harte Metall entfernte sich von Gedeons Stirn. Er spürte einen kurzen Luftzug, dann einen kräftigen Schlag auf seinen Kopf. Und seine Welt versank im Nichts.

Kapitel 10

Esther schlief so tief, dass sie das Klingeln des Telefons zuerst gar nicht wahrnahm. Anfangs baute sie das Geräusch in ihren Traum ein: Sie identifizierte es als ein Klingeln an der Tür, verließ die Badewanne, umwickelte sich mit einem Handtuch und ging in den Flur. Langsam und vorsichtig näherte sie sich der Wohnungstür. Sie kontrollierte noch einmal die Schlösser und Verriegelungen und sah dann durch den kleinen Spion.

Pechschwarze Augen funkelten ihr entgegen.

Esther stieß einen Entsetzensschrei aus und saß senkrecht im Bett. Ihr Herz schlug Purzelbäume. Mit weit aufgerissenen Augen starrte sie in die Dunkelheit ihres Schlafzimmers.

Dann erst hörte sie das Telefon wirklich.

Sie sah auf die Leuchtziffern ihres Radioweckers. Es war Viertel vor vier Uhr morgens! Das Telefon gab auf einmal auf, und Esther beruhigte sich ein wenig. Nur ein Traum! Aber wer klingelte sie mitten in der Nacht aus dem Schlaf?

Nach wenigen Sekunden Stille klingelte es wieder. Wer war denn da so furchtbar hartnäckig?

Esther schaltete ihre Nachttischlampe ein, schälte sich aus dem Bett und tappte in ihrem dünnen Nachthemd ins Wohnzimmer. „Ja, hallo?“, sagte sie neugierig, aber auch ein wenig ärgerlich.

Im ersten Moment herrschte nur Stille am anderen Ende der Leitung. Dann sagte eine bekannte Stimme: „Anja! Da sind Sie ja! Oh, das ist schön! Ich hatte schon gar nicht mehr zu hoffen gewagt, dass Sie ans Telefon gehen würden. Na, ich weiß ja selbst, wie spät es ist. Ich wollte auch gar nicht anrufen. Aber ... gestern Abend, da konnte ich Sie nicht erreichen. Ich hab es ununterbrochen versucht. Und dann ... die Nachricht. Ich mache mir solche Sorgen und ... na ja, da dachte ich ... als Reporterin haben Sie doch viel mehr Möglichkeiten als ich und –"

„Frau Wiesner!", begriff Esther und unterbrach damit jäh den Redeschwall am anderen Ende. Erst jetzt fiel ihr auch auf, dass sie gestern Abend zum ersten Mal nicht mit Frau Wiesner telefoniert hatte. Warum eigentlich nicht? Sie überlegte kurz. Ach ja, sie war den ganzen Abend im Internet gewesen, hatte die Seiten der Polizei durchsurft und nach Informationen über eine gewisse SoKo gesucht ... leider ohne Erfolg. „Was ist denn passiert?"

„Er ist weg ... verschwunden ... wie vom Erdboden verschluckt", schniefte Frau Wiesner. „Robert hat mich gestern angerufen. Er ist selbst ganz ratlos. Und die Polizei ... die kümmert sich doch um gar nichts. Er sei ein erwachsener Mann, haben sie mir gesagt. Er würde schon wieder auftauchen. Dabei weiß er doch, dass ich mir immer solche Sorgen mache. Nie ... er würde nie verreisen, ohne mir etwas davon zu sagen. Das müssen Sie mir glauben!"

„Gedeon ist weg?", rief Esther entsetzt. Sie hätte Frau Wiesner jetzt eigentlich beruhigen müssen, aber das konnte sie nicht. Sie war auf einmal selbst voller Sorge. In den vergangenen beiden Wochen hatte sie sich in beinahe jeder freien Minute mit Gedeon Wiesner beschäftigt. Mittlerweile kam es ihr fast so vor, als wäre sie mit ihm verheiratet. „Seit wann?", fügte sie atemlos hinzu.

„Seit Mittwoch."

Esther rechnete. Heute war Freitag ... oder eigentlich schon Samstag. Also seit mehr als drei Tagen! Das war eine halbe Ewigkeit!

„Robert und er wurden aus München abgezogen", fuhr Frau Wiesner fort. „Am Mittwoch sollten sie den Heimweg antreten. Als Robert ihn in seinem Hotelzimmer abholen wollte, war er nicht da. Und er ist auch nicht wieder aufgetaucht!“

„Das ist ja furchtbar!“, entfuhr es Esther. „Meinen Sie, ihm ist etwas passiert?“

„In seinem Hotelzimmer gab es keine Spuren von Gewalt. Trotzdem glaubt Robert ... na ja ... dass sein Verschwinden irgendetwas mit dem jüngsten Fall zu tun hat. Gedeon war wie besessen davon. Ich weiß auch nicht, warum.“

Ich aber, dachte Esther und sagte: „Dann sind doch sicher schon Dutzende von Polizisten auf der Suche nach ihm, oder?“

„Das ist es ja gerade!“, jammerte Frau Wiesner. „Nichts tun sie, gar nichts. Sein Chef ist der festen Überzeugung, dass Gedeon einfach auf eigene Faust weiterermittelt. Er hat ihn deshalb völlig abgeschrieben. Er macht nicht mal den kleinen Finger krumm.“ Frau Wiesner begann zu weinen. „Ach, schlimmer noch“, fügte sie schluchzend hinzu. „Er hat Robert zurück nach Frankfurt beordert und ihm ausdrücklich verboten, nach Gedeon zu suchen. Dabei ist er der Einzige, der wirklich Interesse an ihm hat.“

Esther griff Hilfe suchend nach ihrer Kette, die sie auch nachts trug. Was konnte mit Gedeon geschehen sein? Ob er gekidnappt worden war oder sogar ... ermordet? Sie mochte den Gedanken kaum zulassen. Gedeon war Gerrits Bruder, und sie wollte ... nein, sie *musste* ihn kennenlernen. Das begriff sie in diesem Moment zum ersten Mal. „Und jetzt?“, sagte sie.

„Jetzt sind *Sie* meine letzte Chance. Sie sind Reporterin, Sie haben Verbindungen. Sie müssen mir helfen, Frau Ziemann!“

In Esthers Kopf drehte sich alles. Frau Wiesner hatte natürlich keine Ahnung. Aber ganz unrecht hatte sie auch wieder nicht. Esther hatte tatsächlich Verbindungen, sie hatte *eine*

Verbindung und die hieß Ellen. Aber war es wirklich möglich, dass Ellen irgendwie in diese Sache verwickelt war? Sie versuchte, klar zu denken. Ellen hatte in Bezug auf Gedeon mehrfach gelogen. Und dann ihr Job. Sie hatte einen Job, für den sie eigentlich gar nicht qualifiziert war. Einen Job, über den sie so gut wie gar nichts erzählte. Und einen Job, der scheinbar sehr viel mehr einbrachte, als Esther sich in dieser Sparte vorstellen konnte. War das nicht alles reichlich verdächtig?

„Ich muss mehr wissen, Frau Wiesner", sagte sie. „Ich muss wissen, worum es bei diesem Fall eigentlich ging. Können Sie das herausfinden?"

„Ich kann Robert anrufen. Er ist sehr wütend auf seinen Chef. Und er macht sich Sorgen. Bestimmt erzählt er mir alles, was ich wissen will."

„Dann tun Sie das. Und rufen Sie mich in Zukunft nur noch auf meinem Handy an."

Esther hatte sich das Mobiltelefon vor ihrer Fahrt nach Oldenburg gekauft. Sie hatte nicht völlig schutzlos eine so weite Reise antreten wollen. Damals hatte sie ja auch noch befürchtet, dass der Riese sie wieder verfolgen würde. Mittlerweile war sie aber sicher, dass er sie in Wirklichkeit nur mit Ellen verwechselt hatte. Wahrscheinlich hatte er ihre Spur am Bahnhof verloren und von da an wieder die richtige Ellen beschattet. Und jetzt wurde er vermisst …

Unwillkürlich musste Esther darüber nachdenken, dass Ellen schon als Kind wirklich rabiat geworden war, wenn ihr jemand auf die Nerven ging. Esther schüttelte den Kopf, so als könnte sie diesen unguten Gedanken dadurch abschütteln. Sie gab Frau Wiesner die Nummer, verabschiedete sich mit ein paar ermutigenden Worten und legte dann auf.

Sie musste gar nicht groß überlegen, was jetzt zu tun war. Der Zufall – oder war es Schicksal? – hatte alles Weitere schon vorgegeben. Am Sonntag war der Geburtstag ihrer Mutter.

Ellen und sie waren eingeladen worden, das Wochenende dort zu verbringen. Esther würde natürlich hingehen. Und was das Wichtigste war: Ellen hatte auch zugesagt.

Als Esther am nächsten Tag im Zug saß, fühlte sie sich ganz anders als sonst. Lange Zeit begriff sie gar nicht, warum das so war. Aber dann entdeckte sie etwas an sich, dass ihr bis dahin völlig fremd gewesen war. Es war so etwas wie Mut und Entschlossenheit. Ja, tatsächlich! Bis gestern noch hatte sie sich ängstlich und schwach gefühlt. Aber heute war das irgendwie anders. Heute kam sie sich stark vor.

Jemand brauchte ihre Hilfe. Ja, so war es, so und nicht umgekehrt. Heute war zur Abwechslung mal nicht *sie* hilfebedürftig, sondern Gedeon, der Riese, Gerrits Bruder. Ihm war vielleicht etwas zugestoßen und nur sie allein konnte ihm jetzt noch helfen.

Und genau dazu war sie fest entschlossen. Sie würde herausfinden, was hier gespielt wurde. Nicht eher würde sie wieder nach Gießen zurückfahren!

Als sie in Asslar den Zug verließ, hingen ihr Kopf und ihre Schultern längst nicht so wie sonst. Auch ihr Gang wirkte federnder und ähnelte mehr dem ihrer Schwester.

Der Bahnhof in Asslar war nicht gerade überfüllt und so entdeckte Esther ihre Mutter schon von Weitem. Sie stand in der Nähe des kleinen Bahnhofsgebäudes und wirkte eher wie eine flotte Mittdreißigerin als wie eine Frau, die die Fünfzig schon überschritten hatte. Sie ähnelte ihren Töchtern, war genauso groß und schlank wie sie und hatte die gleichen feuerroten Haare. Im Gegensatz zu ihren Töchtern waren diese aber nicht lockig, sondern völlig glatt. Volumen erhielten sie erst durch die peppige Kurzhaarfrisur, die ihr besonders gut stand. Esther fragte sich wieder mal, wie sich jemand freiwillig

Tag für Tag mit einer so aufwändigen Frisur herumschlagen konnte. Sie selbst hatte ihre lockigen Massen wieder mal zu einem schlichten Pferdeschwanz zusammengebunden, damit sie ihr nicht ständig ins Gesicht fielen.

Esther hatte ihre Mutter jetzt erreicht und umarmte sie. „Hallo, Mama."

„Hallo, mein Schatz. Schön, dich zu sehen." Anita Kieling lächelte ihre Tochter liebevoll an, schob sie dann ein Stück von sich weg und sah an ihr herunter. „Schick bist du."

Esther trug ihre Lieblingshose, eine bequeme Stretchjeans mit weit ausgestelltem Bein und dezenten weißen Stickereien am unteren Saum, dazu einen kurzen weißen Strickpullover.

Während die Frauen einander begrüßten, wanderten die Blicke fast aller männlichen Bahnhofsbesucher mindestens einmal in ihre Richtung und fuhren bewundernd an den endlos langen Beinen hinab, die beide besaßen.

Auf der Autofahrt nach Hause sprudelte dann alles aus Anita heraus, was sie in der letzten Zeit so erlebt hatte. Vor allem berichtete sie von der Urlaubsreise nach Malta, von der sie erst letzte Woche zurückgekehrt waren.

Esther dagegen war ungewöhnlich schweigsam. Ihre Gedanken drehten sich nur um den „Riesen", und gerade von ihm wollte sie ihrer Mutter nichts erzählen. Sie würde sich hüten, irgendwelche Verdächtigungen gegen ihre Schwester zu äußern. Damit hätte sie viel zu viel Unheil anrichten können. Schließlich war die Beziehung zwischen Ellen und ihren Eltern ohnehin schon gestört. Esther hatte eigentlich noch nie begriffen, warum das so war. Sie wusste nur, dass sich auf irgendeine seltsame Weise eine konsequente Rollenverteilung ergeben hatte. Sie selbst war die brave, Ellen hingegen die ungehorsame Tochter. Und daran hatte sich bis heute nichts geändert.

Als Anita den Wagen vor der kleinen, rot verklinkerten Doppelhaushälfte parkte, in der Esther und Ellen aufgewachsen waren, stieg sie nicht gleich aus, sondern schaltete nur den Motor ab, sah ihre Tochter prüfend von der Seite an und fragte: „Hast du was?"

Esther erschrak ein wenig. „Ich? ... Nein! Wieso?"

„Du bist so schweigsam."

Esther zwang sich ein Lächeln ab. „Das liegt nur daran, dass du ununterbrochen geredet hast", witzelte sie ein wenig mühsam.

Aber ihre Mutter ließ sich davon nicht beeindrucken. „Hast du schon wieder Ärger mit Ellen?", erkundigte sie sich.

„Sie kommt doch?", fragte Esther ausweichend.

Anita Kieling nickte. „Sie ist sogar schon da."

Esther atmete auf. „Dann ist es ja gut."

„Seit wann bist du denn so wild darauf, Ellen zu sehen?"

„Sie ist schließlich meine Schwester", antwortete Esther schon wieder nicht besonders überzeugend.

Ihre Mutter seufzte. „Engelchen", sagte sie, „ich kenne dich besser, als du glaubst. Irgendetwas stimmt doch nicht. Hat es etwas mit dem zu tun, was damals zwischen euch beiden vorgefallen ist?"

Mit ‚damals' meinte ihre Mutter natürlich die Sache mit Gerrit. Damals hatte Esther über Monate nicht mehr mit ihrer Schwester gesprochen. Sie hatte ihrer Mutter allerdings niemals erzählt, dass Ellen ihre große Liebe verführt hatte. Nein, sie hatte ihre Rolle gespielt. Wie immer hatte sie ihre Schwester gedeckt, obwohl ihre Mutter natürlich mitbekommen hatte, dass etwas passiert war. Doch auch jetzt wieder schüttelte Esther nur den Kopf.

Anita streichelte ihrer Tochter sanft über die Wange. „Wenn du's dir anders überlegst und es mir doch anvertrauen willst, musst du nur Bescheid sagen, okay?"

Esther nickte und kämpfte mit aufsteigenden Tränen. Sie hätte so gern darüber gesprochen. Schon damals hätte sie sich die ganze Geschichte nur zu gern von der Seele geredet. Aber sie konnte es nicht – die Sache selbst tat immer noch zu weh, und irgendwie schien Ellens Verrat weniger real zu sein, solange niemand davon wusste. Es ging ja auch nicht um irgendwen, sondern um ihre Schwester, ihre *Zwillings*schwester, ihr Ebenbild, ihr genetisches Doppel! Es ging um einen Teil von ihr!

Sie schluckte die Tränen hinunter, machte sich umständlich am Gurtschloss zu schaffen und stieg dann eilig aus dem Wagen. Sie wollte nicht, dass ihre Mutter wusste, wie zerbrechlich ihr Widerstand war. Und sie wollte endlich ihrem durchdringenden Blick entgehen! Schnell eilte sie auf die Haustür zu und klingelte Sturm. Das machte sie seit ihrer Kindheit so. Es war zu einem regelrechten Ritual geworden. Auf diese Weise wusste jeder im Haus, wer vor der Tür stand.

Zu ihrer Überraschung öffnete aber nicht ihr Vater, sondern Ellen. Wie immer hatte sie ein außergewöhnliches Outfit gewählt. Sie trug dunkelbraune Westernstiefel, einen hellbraunen, am Saum schräg verlaufenden Wildlederrock und eine enge, dunkelbraune Lederbluse mit Fransen über der Brust. In Kombination mit ihren roten Locken sah sie aus wie eine waschechte Saloonbraut.

„Na? Immer noch nicht erwachsen geworden?", fragte Ellen provokant.

Esther sagte erst einmal gar nichts. Wenn sie daran gedacht hätte, dass Ellen schon zu Hause war, hätte sie natürlich nur einmal geklingelt. Sie hatte es schon immer gehasst, dass Ellen sie für kindlich und unreif hielt. Aber heute würde sie auf keinen Fall mit ihrer Schwester streiten. Sie musste an Gedeon denken!

„Schön, dich zu sehen", sagte sie schließlich und umarmte ihre Schwester. Dabei bemerkte sie jedoch, dass irgendetwas anders war als sonst. Als sie Ellen wieder losließ, sagte sie spontan: „Du riechst ja so anders!"

Ellen lächelte. „Ich hätte nicht gedacht, dass dir das auffällt. Ich hab mein Parfüm gewechselt, weißt du? War der Tipp eines guten Freundes von mir."

Esther nickte. „Guter Tipp. Das ist viel dezenter als vorher."

Ellen lächelte immer noch. Aber irgendwie sah das Lächeln seltsam aus. Esther wusste gar nicht, wie sie das einordnen sollte. Sie grinste, als wüsste sie ein Geheimnis. „Hast du einen neuen Freund?", fragte Esther deshalb.

Ellens Lächeln verbreiterte sich. „Das auch."

„Wieso?", entfuhr es Esther. „Ist der bestaussehende, bestgekleidete, gebildetste, coolste, einfühlsamste Mann, den du im Umkreis von 500 Kilometer auftreiben konntest, auf einmal nicht mehr gut genug?" Eigentlich hatte sie heute ja ausgesucht nett zu Ellen sein wollen. Aber die Sache mit Markus saß wohl doch zu tief.

Ellens Grinsen wurde noch breiter. „Er lässt dich herzlich grüßen", sagte sie hauchig. „Du hast ja seine Nummer."

Esther hatte schon Luft geholt, um ihr eine passende Antwort zu servieren, als sie ihre Mutter hinter sich fragen hörte: „Um wen geht's?"

„Ach, nicht wichtig", antwortete Ellen schnell.

„Was war nicht wichtig?", erkundigte sich jetzt auch ihr Vater, der aus der Küche kam. Er war ebenso schlank und hochgewachsen wie der Rest der Familie. Von der Zwei-Meter-Marke trennten ihn nur wenige Zentimeter.

Als Esther ihn sah, musste sie unwillkürlich schmunzeln. Ihr Vater war von oben bis unten mit Mehl bestäubt. Sogar seine randlose Brille hatte etwas davon abbekommen.

„Hallo Papa", grinste sie und verzichtete angesichts seines Zustands auf eine Umarmung. „Gibt's etwa Nudeln?"

Reinhard Kieling war ein passionierter Hobbykoch, der sogar die Nudeln selbst herstellte. Und die hatte Esther schon als Kind geliebt.

„Wie immer, wenn Klein-Estherchen kommt", spöttelte Ellen.

Esther versuchte, sie zu ignorieren und musterte stattdessen weiter ihren Vater. Er war schon eine lustige Erscheinung.

Im Gegensatz zu seinen „drei Frauen“ hatte er keine roten, sondern hellblonde Haare, die sich in wilden Locken um seinen Kopf herumkringelten. Esthers Blick wanderte zu seinen schelmischen blauen Augen, streifte seine lange, etwas windschiefe Nase und blieb dann an seiner Kleidung hängen. Wieder musste sie schmunzeln. „Neue Schürze? Schick!“

Ihr Vater zuckte mit den Schultern und grinste. Dann zupfte er die Rüschen der ganz offensichtlich für weibliche Wesen gedachten Schürze zurecht und fragte unschuldig: „Wieso?“

Im gleichen Moment klingelte es. Esther beobachtete aus dem Augenwinkel, wie sich ihre Schwester an der Wildlederhandtasche zu schaffen machte, die über ihrer rechten Schulter hing. Sie holte ein Handy heraus, trat ein paar Schritte in den Flur hinein und meldete sich dann leise mit: „Ja?“

„Ob du's glaubst oder nicht“, kicherte Anita, „seine eigene Schürze ist in Flammen aufgegangen.“

„Im Ernst?“, grinste Esther, ohne sich anmerken zu lassen, dass ihre Aufmerksamkeit eigentlich ihrer Schwester galt. Leider sprach diese so leise, dass Esther kein Wort verstand. Sie bekam nur mit, dass Ellen das Gespräch schon kurz darauf wieder beendete und anschließend selbst jemanden anrief.

„Deine Mutter übertreibt maßlos“, schmollte ihr Vater. „Ich hab das Ding nur ein bisschen angesengt.“

„Er hat sie in den Grill gehalten.“

„Sie ist in den Grill *geweht*!“, protestierte er mit gespielter Entrüstung.

Unterdessen schien Ellens zweites Telefonat nicht gerade positiv zu verlaufen. Esther merkte, dass ihre Schwester immer wütender wurde. Dadurch sprach sie praktischerweise auch lauter.

„Ich denke nicht daran, die Drecksarbeit zu machen“, hörte Esther sie schließlich mit immer noch unterdrückter Stimme sagen, und dann: „So ein Blödsinn! Da muss es doch jemanden geben, der deutsch spricht.“

„Geweht, na klar“, kicherte Anita. „Wir hatten Sturm der Windstärke 10. War echt ’ne tolle Grillparty.“

„Jetzt hör schon auf“, maulte Reinhard. „Ich weiß selbst, dass wir 35 Grad im Schatten hatten. Aber das schließt doch nicht aus, dass es die eine oder andere Windböe gab.“

„Also gut“, lenkte Ellen jetzt ein wenig widerwillig ein. „Dann fliege ich halt. – Was, schon so bald? Ich hab morgen noch eine Familienfeier!“ Aber jetzt schien sie sich so einiges anhören zu müssen, denn sie wirkte zusehends nervöser. Esther meinte sogar, eine gewisse Unterwürfigkeit an ihr entdecken zu können. „Schon gut, schon gut“, beeilte sich Ellen schließlich zu sagen. „Wie ist die Adresse?“

Aus dem Augenwinkel beobachtete Esther, wie Ellen noch weiter im Flur verschwand und etwas auf den Notizblock kritzelte, der auf dem Telefontischchen lag. Dann riss sie den obersten Zettel ab und ließ ihn in der Tasche ihres Rockes verschwinden. Das Handy legte sie in ihre Handtasche zurück.

„Nur gut, dass die Würstchen nicht vom Grill gepustet wurden“, bemerkte Anita.

„Schürzen bieten dem Wind halt viel mehr Angriffsfläche als Grillgut“, schmollte ihr Angetrauter. „Und leichter sind sie außerdem.“

„Und brennbarer ...“, lächelte Anita.

„Apropos brennbar“, bemerkte Esther und schnüffelte in Richtung Küche. „Riecht’s hier nicht irgendwie verbrannt?“

Reinhard Kieling erschrak. „Meine Nudeln!“, jammerte er und hechtete auch schon in die Küche zurück.

Ellen gesellte sich wieder zu den anderen beiden und stellte ihre Handtasche auf der Anrichte ab. „Tut mir leid, Mama, aber ich fürchte, dass ich schon morgen früh wieder abreisen muss. Die Arbeit ruft.“

„*Sonntags?*“, fragte ihre Mutter verblüfft.

Ellen nickte. „Ich muss für ein paar Tage ins Ausland.“

„In welcher Angelegenheit denn?", entfuhr es Esther. Sie hatte die Worte allerdings kaum ausgesprochen, da bereute sie ihre plumpe Neugier auch schon wieder. Und natürlich erntete sie prompt einen missbilligenden Blick von ihrer Schwester. „Ich meine", fügte Esther stammelnd hinzu, „ich wollte ja nur wissen ... na ja ... wo es hingeht."

„Ins Ausland", wiederholte Ellen kühl, „das sagte ich doch schon."

Esther wagte keine weiteren Fragen mehr. Ihrer Mutter schien es ähnlich zu gehen, jedenfalls herrschte einige Sekunden betretenes Schweigen, bis Anita schließlich vorschlug, zu Reinhard in die Küche zu wechseln.

„Ich muss erst noch aufs Klo", antwortete Esther und steuerte dann im Zeitlupentempo auf das kleine Gäste-WC zu. Als sie die Tür erreicht hatte, waren Ellen und ihre Mutter bereits in der Küche verschwunden. Esther hielt inne. Ein paar Sekunden stand sie unentschlossen da. Sollte sie die Gelegenheit nutzen? Sie atmete schneller. Ihr Puls beschleunigte sich. Die Sorge um Gedeons Schicksal verlieh Esther ungeahnten Mut.

Und dann ging alles sehr schnell. Esther hechtete auf die Anrichte zu, öffnete den Reißverschluss von Ellens Handtasche, fand sofort das Handy und sah aufs Display. Es war tatsächlich noch angeschaltet! Schnell flüchtete sie mit ihrer Beute aufs WC und schloss ab. Und auch jetzt gab sie sich keine Gelegenheit für einen Rückzieher. Sie drückte den Knopf für die Wahlwiederholung. Eine ihr unbekannte Handynummer erschien im Display. Noch ein Druck auf die Sendetaste und das Handy begann zu wählen.

Esther starrte es mit weit geöffneten Augen an. Erst jetzt wurde ihr bewusst, dass sie etwas in Gang gesetzt hatte, was eigentlich ein paar Nummern zu groß für sie war. Was tat sie eigentlich hier? Sie hatte keinen Plan, was sie sagen sollte!

Als es kurz darauf tutete, brannte Esthers Unterlippe schon wie Feuer. Sie hatte wie eine Wahnsinnige darauf herumgekaut. War sie noch ganz bei Trost? Ellen würde alles herausfinden. Und dann?

Trotzdem hielt sie sich das Handy ans Ohr.

„Ja?" Es war eine Männerstimme, die sich am anderen Ende meldete.

„Ich bin's noch mal", presste Esther hervor. Es war das erste Mal in ihrem Leben, dass sie sich – wenn auch nur indirekt – als ihre Schwester ausgab.

„Was soll denn das?", zischte die Männerstimme. „Familienfeier hin, Familienfeier her. Ich werde meine Meinung auf keinen Fall ändern. Du nimmst morgen den ersten Flieger nach Calgary, und damit Schluss."

Calgary ... Kanada! Was um Himmels willen sollte Ellen in Kanada? Esther nahm all ihren Mut zusammen. „Ich verstehe bloß nicht, was gerade *ich* da soll. Kann das nicht jemand anderes übernehmen?"

„Ich hab's dir schon hundertmal erklärt. Dein Freund ist der Einzige, der uns die gewünschten Informationen liefern kann. Aber diese Kanadier sprechen das beschissenste Deutsch, das du jemals gehört hast. Egal, wie hart sie ihn rannehmen – wenn er auspackt, verpassen sie unter Garantie die Pointe!"

Dein Freund. Wer war damit gemeint? Gedeon? Sie *wollte*, dass er damit gemeint war. Wenn er verhört werden sollte, dann war er noch am Leben! Obwohl sie mittlerweile am ganzen Körper zitterte, versuchte sie, ihre Stimme unter Kontrolle zu behalten. „Warum ist er dann nicht gleich hiergeblieben?", fragte sie so pampig, wie sie ihre Schwester schon oft hatte reden hören.

„Spinnst du jetzt total? Das war doch *deine* Idee! *Du* warst doch der Meinung, dass er aus Deutschland verschwinden muss. Mittlerweile dürfte doch jeder verdammte Bulle hier nach ihm suchen!"

Hinter Esthers Stirn rotierte es. Wenn ihr Gesprächspartner davon ausging, dass die gesamte Polizei nach ‚ihm' suchte, dann konnte es durchaus sein, dass ‚er' ebenfalls Polizist war. So wie Gedeon? Sie setzte alles auf eine Karte. „Und was ist mit seinem Partner? Sucht der ebenfalls nach ihm?"

„Mach dir um den keine Sorgen. Dein Freund war in dieser Nacht schließlich allein. Ich bin mir ziemlich sicher, dass sein Partner nicht mal informiert war. Bestimmt war die ganze Aktion ein privater Feldzug. Trotzdem müssen wir sichergehen. Press alles aus ihm heraus, was möglich ist. Okay?"

„Ja ... sicher", hauchte Esther.

„Und dann tust du genau das, was wir bereits besprochen haben. Du lässt ihn verschwinden. Und zwar so, dass seine Leiche nie wieder auftaucht. Verstanden?"

Esther tastete Hilfe suchend nach ihrem Kettenanhänger. Leiche? War sie ... war Ellen gerade dazu aufgefordert worden, Gedeon zu *töten*?

„Verstanden?", wiederholte ihr Gesprächspartner ungeduldig.

„Verstanden", gelang es Esther zu antworten, dann hörte sie, wie die Verbindung unterbrochen wurde. Beinahe im gleichen Moment klopfte es energisch an ihre Tür. Esther hatte sich noch nie so ertappt gefühlt. Sie erschrak so sehr, dass ihr das Telefon aus der Hand glitt und in die geöffnete Toilette fiel.

„Hey, Schwesterherz, bist du ins Klo gefallen?"

Ich nicht, hätte Esther sagen mögen, während sie bereits im Wasser des Tiefspülers nach dem Handy fischte. Vor lauter Schreck fand sie es nicht mal eklig.

„Nein, nein, alles in Ordnung", sagte sie so normal und unbekümmert, wie es ihr in der jetzigen Situation noch möglich war. Auf einmal bekam sie auch das Handy zu fassen, riss es aus dem Wasser, hechtete damit zum Gästehandtuch hinüber und trocknete es ab.

„Ich soll dich zum Essen rufen."

„Komme gleich", zwitscherte Esther, während sie das Handy leicht auf das Handtuch klopfte, um es auch innerlich von dem vielen Wasser zu befreien.

„Ich geh schon mal vor", sagte Ellen.

Ja, bitte, flehte Esther innerlich, sagte aber so cool und unbeteiligt wie möglich: „Ja, tu das." Dann schlich sie auf Zehenspitzen zur Tür und lauschte den Schritten ihrer Schwester, die sich tatsächlich entfernten. Sie trocknete ein letztes Mal das Handy ab, schloss dann die Tür auf, huschte zu Ellens Handtasche hinüber und ließ das Handy darin verschwinden.

Als sie in die Küche kam, stand das Essen bereits auf dem Tisch. Der Auflauf roch umwerfend gut, doch im Gegensatz zu sonst löste das keine besondere Begeisterung bei ihr aus. Ihre Gedanken drehten sich nur um das Telefonat, das sie gerade geführt hatte. Immer und immer wieder fragte sie sich, ob sie alles richtig verstanden, richtig interpretiert hatte. War Ellen wirklich dazu aufgefordert worden, Gedeon zu töten? Und würde sie es tun? War ihrer Schwester ein Mord zuzutrauen?

Als Esther auf ihren Stammplatz zusteuerte, der sich an der Stirnseite einer modernen Eckbank aus Buchenholz befand, fing sie den erwartungsvollen Blick ihres Vaters auf.

„Lachsnudeln!", rief Esther und schaffte es tatsächlich, begeistert auszusehen. „Mein Lieblingsessen!"

„Und meins erst!", ergänzte Ellen mit triefendem Sarkasmus. „Oh, ich liebe Fisch. Danke, Papa, vielen Dank, du bist wirklich ein Schatz!" Mit diesen Worten nahm sie den großen Teller, der eigentlich für das Hauptgericht vorgesehen war, und befüllte ihn mit Salat ... und mit Salat ... und mit Salat, bis er so voll war, dass garantiert nichts anderes mehr draufpassen würde. Dann fing sie wortlos an zu essen.

Anita Kieling räusperte sich verlegen. Reinhard Kieling sah angestrengt auf seinen Teller.

„Ja, dann ... ", hauchte Esther, griff nach dem Servierlöffel und beförderte eine klitzekleine Portion Lachsnudeln auf ihren Teller. Angesichts der eisigen Stimmung war ihr noch das letzte bisschen Appetit vergangen. Sie sah zu Ellen hinüber und fragte sich, wie diese so munter ihren Salat mampfen konnte. Und überhaupt hätte sie gern mal gewusst, was hinter dieser Stirn so vor sich ging. War Ellen so richtig kriminell?

Während sie mechanisch nach ihrer Gabel griff und tapfer eine verschwindend geringe Menge Lachsnudeln in ihren Mund beförderte, klebte ihr Blick am Gesicht ihrer Zwillingsschwester. Ihrer Meinung nach hatte Ellen alles, was man sich nur wünschen konnte. Sie war eine schöne, selbstbewusste Frau, stand mit beiden Beinen auf der Erde und wurde vor allem nicht durch die vielen Ängste gehemmt, mit denen Esther sich schon seit ewigen Zeiten herumschlug. Ellen standen alle Türen offen. Sie bekam immer, was sie wollte. Warum also sollte sie eine kriminelle Richtung einschlagen? Das war doch verrückt!

Ellen sah ganz plötzlich von ihrem Mittagessen auf und begegnete Esthers Blick. Einige Sekunden lang betrachtete sie Esther argwöhnisch, dann fragte sie: „Was guckst du denn so?"

Esther zuckte mit den Schultern und wandte ihre Aufmerksamkeit wieder ihrem Teller zu. Ihr Vater allerdings folgte ihrem Blick. „Du isst ja heute wie ein Spatz, mein Liebes", bemerkte er. „Schmeckt es dir nicht?"

„Oh, doch", beteuerte Esther. „Ist super, genau wie immer."

„Im Auto war sie auch schon so schweigsam", meldete sich nun ihre Mutter zu Wort.

„Es ist nichts, wirklich nicht", versicherte Esther.

„Aber ihr könntet natürlich trotzdem einen Arzt anrufen. Nur zur Sicherheit", sagte Ellen. Obwohl sie bei diesen Worten wieder ganz normal und natürlich geklungen hatte, entdeckte Esther gleich wieder diesen überheblichen, spöttischen Zug um ihren Mund. Ellen machte sich zu gern über die etwas übertriebene Fürsorge lustig, die ihre Eltern Esther immer schon entgegengebracht hatten.

„Ja, meinst du?“, fragte Reinhard erschrocken. Sofort legte ihre Mutter die Hand auf Esthers Stirn. „Fieber hat sie keins.“

Ellen stand ruckartig auf und stieß dabei fast ihren Stuhl um. „Ich gehe eine rauchen“, sagte sie, und nur Esther hörte den angewiderten Unterton heraus, der ihre Worte begleitete. Dann verließ sie fluchtartig die Küche.

Esther hatte erst einmal alle Hände voll zu tun, um ihre Eltern von der Unbedenklichkeit ihres Gesundheitszustandes zu überzeugen. Das fiel ihr heute schwer, weil ihre Gedanken doch eigentlich nur um Gedeon kreisten. Immer noch fragte sie sich, was jetzt zu tun war. Sollte sie selbst nach Kanada fliegen? Der Gedanke war irgendwie absurd, aber gleichzeitig auch die einzige Möglichkeit, die ihr einfiel. Nur indem sie Ellen folgte, hatte sie eine Chance, Gedeon zu finden. Aber wie sollte es ihr gelingen, unerkannt ihre eigene Schwester zu verfolgen? Sollte sie sich etwa verkleiden? Womöglich noch in James-Bond-Manier?

Sie konnte den Gedanken nicht zu Ende denken, weil in diesem Moment die Tür aufging und Ellen wieder hereinkam. In der einen Hand hielt sie eine brennende Zigarette, in der anderen ein silberfarbenes Etwas. Sie sah verwirrt aus. „Da ist eine Frau am Apparat“, flüsterte sie Esther zu und zuckte mit den Schultern. „Sie will eine Frau Ziemann sprechen ...“

Plötzlich erkannte Esther, dass es ihr *eigenes* Handy war, das Ellen bei sich trug. Sie erschrak. Das musste Frau Wiesner sein – oh nein, hatte sie sich mit ihrem Namen gemeldet? Entsetzt sah Esther erst auf das Handy und dann in Ellens Gesicht.

„Hat sie ihren Namen gesagt?“, flüsterte sie angsterfüllt. Als Ellen den Kopf schüttelte, atmete Esther auf. Sie nahm Ellen das Telefon aus der Hand und flüchtete damit aufs Gäste-Klo.

„Frau Wiesner?“, sagte sie leise.

„Sind Sie das, Anja?“, lautete Frau Wiesners Gegenfrage.

„Ja, bin ich.“

„Aber wo waren Sie denn?“, erkundigte sich Frau Wiesner. „Die andere Frau hat gesagt, sie kenne keine Frau Ziemann. Dabei klang sie genauso wie Sie. Ganz genauso wie Sie. Um ehrlich zu sein, war ich im ersten Moment fest davon überzeugt, Sie selbst am Telefon zu haben.“

Wieder erlitt Esther einen halben Herzinfarkt. „Was haben Sie ihr denn gesagt?“, flüsterte sie entsetzt.

„Ich ... weiß nicht mehr so genau“, antwortete Frau Wiesner. „Nur, dass ich jetzt die Informationen habe ... und dass Robert mir bereitwillig Auskunft gegeben hat.“

„Robert!“, entfuhr es Esther. „Haben Sie nur Robert gesagt oder auch seinen Nachnamen?“

„Ich weiß nicht mehr so genau ...“

„Dann denken Sie nach!“, fuhr Esther sie an.

„Sie ... Sie sind ja heute so anders“, sagte Frau Wiesner in etwas weinerlichem Tonfall. „Und ... ich verstehe das nicht. Wie ... wie kann es sein, dass jemand Ihr Handy hat und Sie gar nicht kennt?“

Esther schluckte. Jetzt wurde sogar schon die gute, vertrauensselige Frau Wiesner misstrauisch! Da musste sie sich ganz schnell etwas einfallen lassen! „Tut mir leid, Frau Wiesner“, sagte sie sanft. „Ich war nicht besonders freundlich zu Ihnen.“ Hinter ihrer Stirn rotierte es. Die verschiedensten Ausreden wirbelten durcheinander, bis sich Esther für eine entscheiden konnte. „Ich bin in der Redaktion, müssen Sie wissen. Die Frau, die Sie am Telefon hatten, ist eine Kollegin von mir. Ich hatte mein Handy vorhin versehentlich bei ihr liegen lassen, und sie dachte, es sei ihres. Sie ist neu und kennt noch nicht alle Nachnamen, wissen Sie.“ Esther stöhnte innerlich. Das ging alles viel zu schnell!

„Ach so ...“, murmelte Frau Wiesner.

„Aber?“, fragte Esther. Dem Tonfall hatte sie entnommen, dass Frau Wiesner noch nicht ganz befriedigt war.

„Warum ist es dann wichtig, ob ich Roberts Nachnamen gesagt habe?“

Frau Wiesner war längst nicht so naiv, wie Esther vermutet hatte! „Na, weil ich die Informationen sonst nicht für mich behalten kann! Stellen Sie sich vor, die Kollegin erklärt meinem Chef, dass ich an geheime Informationen eines Polizeibeamten gekommen bin. Dann wird er mich doch zwingen, eine gute Story daraus zu machen!"

„Das leuchtet mir natürlich ein", murmelte Frau Wiesner. „Also ... ich hab *Robert* gesagt ... mehr nicht, da bin ich mir ganz sicher."

Esther atmete auf. Das war scheinbar noch einmal gut gegangen. „Und was hat Robert nun gesagt?"

„Er hat gesagt, dass es um Menschenhandel geht."

„*Menschenhandel?*", wiederholte Esther ungläubig und dachte sofort an blutjunge Mädchen aus dem Ostblock, die auf den Strich gehen mussten. In so etwas konnte ihre Schwester doch unmöglich verwickelt sein!

„Besser gesagt *Kinder*handel", korrigierte sich Frau Wiesner. „Gedeon und Robert haben eine Organisation beschattet, die offiziell Schwangerenkonfliktberatung betreibt, in Wirklichkeit aber neugeborene Babys an adoptionswillige Ehepaare vermittelt."

Esther schluckte. Schwangerenkonfliktberatung – das passte ja zu dem, was Ellen ihr gesagt hatte. „Ist es denn verboten, Kinder zur Adoption zu vermitteln?"

„Wenn man die Kinder an den Meistbietenden verschachert, dann schon", antwortete Frau Wiesner. „Außerdem hat Robert gesagt, dass die leiblichen Mütter durch Knebelverträge unter Druck gesetzt werden. Sie befinden sich ja auch in einer Zwangslage. Ist es nicht furchtbar, so etwas auszunutzen?"

„Schon", musste Esther zugeben. Allerdings konnte sie noch immer nicht glauben, dass ihre Schwester bei so etwas mitmachte. So weit würde Ellen doch niemals gehen ... oder doch? Wieder einmal musste Esther an den Luxus denken, den sich Ellen leistete. Woher kam das viele Geld für die Wohnung, die schicken Klamotten und alles? Und warum wich Ellen immer aus, wenn sie sie nach ihrem Job fragte?

In diesem Moment klopfte es erneut an die Tür des Gäste-WCs. Wieder erschrak Esther so sehr, dass ihr das Telefon aus der Hand glitt. Diesmal gelang es ihr jedoch, es im letzten Moment aufzufangen.

„Sitzt du etwa schon wieder auf dem Thron?“, fragte Ellen durch die Tür.

Esther presste ihre zitternden Finger auf die Sprechmuschel ihres gerade noch geretteten Handys und rief: „Ja! Was dagegen?“

„Nö“, lachte ihre Schwester und fügte dann spöttisch hinzu, „soll ich dir was aus der Apotheke holen?“

Baldrian wäre gut, dachte Esther, sagte aber: „Danke, ich komm schon klar.“ Anschließend nahm sie die Hand von der Muschel und sagte leise ins Telefon: „Ich muss jetzt Schluss machen, Frau Wiesner. Die Pflicht ruft.“

„Ist gut. Aber bitte melden Sie sich, sobald Sie etwas herausgefunden haben.“

„Ist doch selbstverständlich“, versicherte Esther und schaltete ab. Dann steckte sie das Handy in die Hosentasche und zog sorgfältig ihren Pullover darüber. Anschließend betätigte sie ausgiebig die Klospülung und öffnete die Tür. Sehr zu ihrer Verwunderung war Ellen noch im Flur. Sie stand vor der Anrichte und war intensiv mit irgendetwas beschäftigt.

„Scheiße“, murmelte sie jetzt. „Das ist völlig tot.“ Sie drückte an ihrem Handy herum. *Scheiße nicht*, dachte Esther ein wenig amüsiert. *Nur Wasser …*

„Moderne Technik ist doch wirklich zum Kotzen!“, regte sich Ellen auf. Dann warf sie das Handy wutentbrannt in ihre Handtasche zurück, stapfte auf das Festnetztelefon ihrer Eltern zu und begann zu wählen.

Esther machte auf dem Absatz kehrt und verschwand zum dritten Mal auf dem Gäste-WC. Wenn Ellen telefonierte, konnte sie niemanden belauschen.

Zuerst rief Esther die Auskunft an und ließ sich die Nummer eines Reisebüros geben. Dann erkundigte sie sich dort nach dem nächsten Flug nach Calgary. Leider erfuhr sie, dass in den nächsten Tagen alles ausgebucht war und der nächste Flug erst Ende kommender Woche zu haben war. Das konnte sie nicht so recht glauben. Sie probierte es noch in einem anderen Reisebüro, aber auch dort sagte man ihr das Gleiche. Also war es nichts mit der James-Bond-Nummer! Sie hatte keine Chance, ihre Schwester nach Kanada zu verfolgen!

Und jetzt?

Verzweiflung breitete sich in ihr aus. Wenn sie Ellen entwischen ließ, war alles verloren! Dann würde sie nie erfahren, ob Ellen in kriminelle Machenschaften verwickelt war oder nicht. Und dann musste sie Gedeon seinem Schicksal überlassen. Aber was konnte sie noch tun, um etwas über seinen Aufenthaltsort herauszufinden? Ellens Handy war kaputt, ein weiteres Telefonat mit ihrem Auftraggeber schied also aus. Und ansonsten fiel ihr einfach keine Möglichkeit ein! Ihr Kopf war von den vielen Informationen heute total überfordert.

Sie atmete tief durch und trat in den Flur. Ellen war noch am Telefon. Allerdings hörte sie hauptsächlich zu und sagte ansonsten nur „Ja“ oder „Nein“.

Trotzdem erhellte sich Esthers Gesicht. Bestimmt hatte das Telefon ihrer Eltern eine Wahlwiederholungstaste …

„Gut. Vielen Dank. Auf Wiederhören“, verabschiedete sich Ellen. Dann legte sie auf und wandte sich ihrer Schwester zu. „Dir muss es ja wirklich ganz schön dreckig gehen“, sagte sie und klang zum ersten Mal eher mitfühlend als spöttisch.

Esther verzichtete auf eine Antwort und zuckte stattdessen nur mit den Schultern.

„Gehen wir wieder rein?“, wollte Ellen wissen.

Esther blickte sehnsüchtig aufs Telefon. „Ja, gleich", entgegnete sie. „Ich muss auch noch mal kurz telefonieren."

Ellen nickte und verschwand tatsächlich in der Küche. Esther hingegen hob mit klopfendem Herzen den Hörer ab und betätigte die Taste mit den zwei ineinandergreifenden Kreisen. Gleichzeitig beschleunigte sich ihr Pulsschlag. Bei wem würde sie sich diesmal als Ellen ausgeben müssen? Und wie würde sie diesen Jemand dazu bewegen, ihr die gewünschten Informationen weiterzugeben?

„Reisebüro Werner, Sie sprechen mit Melanie Domscheidt. Was kann ich für Sie tun?"

Einen Augenblick lang war Esther perplex, dann begriff sie, dass hier wahrscheinlich keine Informationen zu bekommen waren. „Entschuldigen Sie bitte, ich habe mich verwählt", sagte sie und legte auf. Ihre Schultern hingen jetzt ziemlich traurig herunter. Das war ihre letzte Trumpfkarte gewesen. Jetzt fiel ihr nichts, aber auch gar nichts mehr ein!

Mit einem Seufzer der Verzweiflung wandte sie sich wieder der Küchentür zu. Dabei glitt ihr Blick über das Schränkchen mit dem Telefon hinweg und streifte auch den kleinen Block, auf dem Ellen vorhin etwas notiert hatte. Es dauerte noch ein paar Sekunden, bis sie schaltete. Block und Bleistift – das erinnerte sie an einen Krimi, den sie einmal im Fernsehen gesehen hatte.

Sie runzelte die Stirn. *So was klappt doch nur im Film*, dachte sie pessimistisch.

Aber es ging hier um jemanden, der ihr auf irgendeine seltsame Art und Weise so wichtig geworden war, dass sie bereit war, die verrücktesten Sachen für ihn auszuprobieren. Und so schob sie ihre Zweifel beiseite und schaute sich den Notizblock genauer an. Auf den ersten Blick war das oberste Blatt vollkommen leer. Und auf den zweiten?

Sie sah sich noch einmal ängstlich in Richtung Küchentür um. Aber sie hörte ihre Eltern und Ellen ganz angeregt dahinter plaudern. Sie waren also beschäftigt. Die Gelegenheit war günstig!

Sie atmete noch einmal tief durch. Gleichzeitig beschleunigte sich ihr Puls ein weiteres Mal in eine medizinisch bedenkliche Größenordnung. Hinter ihrer Schwester herzuschnüffeln war irgendwie ... verwerflich. Esther kam sich vor wie eine Verbrecherin. Aber Gedeon war es wert. Gerrit war es wert.

Schnell legte Esther den Bleistift schräg und ließ ihn über das oberste Blatt des Notizblockes gleiten. Anschließend verteilte sie das Grau mithilfe ihres Zeigefingers. Sie war gerade mittendrin, als die Küchentür aufgerissen wurde. Esther wirbelte herum.

„Der Nachtisch steht schon auf dem Tisch", sagte Ellen, die nur ihren Kopf durch die Küchentür gesteckt hatte. „Es gibt selbst gemachtes Bananeneis." Dann grinste sie und ahmte die dunkle, fürsorgliche Stimme ihres Vaters nach: „Das magst du doch so gerne, mein Liebes."

Aber Esther hatte im Moment keine emotionalen Kapazitäten mehr frei, um sich über die Sticheleien ihrer Schwester aufzuregen. Sie stammelte nur: „Komme gleich ... muss nur noch was aufschreiben."

„Sehr wohl", antwortete Ellen. „Ich werde Eure Durchlauchtigkeit noch für einen kleinen Moment entschuldigen." Damit verschwand ihre rote Mähne wieder in der Küche.

Esther riss mit zitternden Fingern das oberste Blatt vom Notizblock ab und betrachtete es dann voller Spannung. Und tatsächlich! Wenn man das Blatt ins Licht hielt, konnte man deutlich Ellens Schrift darauf erkennen! Esther las einen Namen, *Frank Blaine*, und eine dazugehörige Adresse, darunter das Wort *Edmonton*! Edmonton lag ihres Wissens nach ebenfalls in Kanada. Die Kontaktadresse! Sie war im Besitz der Kontaktadresse!

Überwältigt schlug Esther sich die zitternde Hand vor den Mund. Das war unglaublich ... unbeschreiblich! Sie, die kleine, schwache Esther, hatte ihre starke Schwester Ellen überlistet!

Schnell faltete sie das Blatt zusammen und steckte es zu ihrem Handy in die Hosentasche. Es kam ihr vor wie ihr größter Schatz. Wegen Gedeon natürlich. Aber auch ein bisschen wegen Ellen. Sie hatte es mit ihrer Schwester aufgenommen! Ein bisschen nur, aber immerhin!

Als sie sich anschließend auf den Weg in die Küche machte, trug sie ihren Kopf höher als sonst ... fast so hoch wie Ellen.

Gut gelaunt betrat sie die Küche, flötete: „Da bin ich wieder“, und ließ sich auf der Eckbank nieder. Auf ihrem Platz stand ein hoher, schlanker Eisbecher, der geradezu verführerisch aussah. Viele Kugeln Eis waren mit viel Sahne, einer Waffel und jeder Menge Schokoladensoße kombiniert worden. Während sie erfreut nach dem Eislöffel griff, glaubte sie das cremige Bananeneis schon fast zu schmecken.

Sie wollte gerade den ersten Löffel in den Mund schieben, als Ellen verwundert sagte: „Was hast du denn mit deinem Zeigefinger gemacht?“

Esther hielt inne und starrte erst verwundert, dann entsetzt auf ihren rechten Zeigefinger. Die Kuppe war praktisch schwarz!

Von einer Sekunde auf die nächste schlug Esthers Stimmung vollständig um. Die Hochstimmung verflog und wich den alten Ängsten. Konnte Ellen erahnen, woher die schwarze Farbe kam? Und was würde sie tun, wenn sie ihr auf die Schliche kam?

„K-keine Ahnung“, stotterte sie. „Da muss wohl irgendwas d-dreckig gewesen sein.“

Esthers Unsicherheit schien Argwohn bei Ellen auszulösen. Jedenfalls sah sie ihre Schwester einige Sekunden so eindringlich an, dass diese regelrecht zu schwitzen begann. Dann aber zuckte Ellen mit den Schultern. „Muss wohl“, nickte sie und widmete sich den Resten ihres Eisbechers.

Trotzdem dauerte es noch geraume Zeit, bis sich Esther von diesem Schrecken erholt hatte. Das war gerade noch mal gut gegangen. Aber was war, wenn ihre Verfolgungsjagd weniger glimpflich endete? Was war, wenn Ellen sie erwischte?

Ihre Gedanken wanderten in die Vergangenheit zurück. Schon zu Schulzeiten war Ellen ein Alphatier gewesen. In ihrer Klasse hatte jeder das gemacht, was Ellen befahl. Jeder? Unwillkürlich tauchte das Bild eines Mädchens vor ihrem geistigen Auge auf. Ulrike! Ulrike war damals neu in die 10 c gekommen. Auch sie hatte eine starke Persönlichkeit besessen, und so waren Ellen und Ulrike von Anfang an aneinandergeraten. Daraus hatte sich ein regelrechter Hass entwickelt. Irgendwann hatte die 10 c eine Mathearbeit geschrieben. Mathe war schon immer Ellens Horrorfach gewesen. Esther konnte sich noch allzu gut an Ellens Laune hinterher erinnern.

Esther schauderte. Sie wollte sich nicht weiter zurückerinnern. Der Verdacht, den das bei ihr auslöste, war einfach zu furchtbar. Und doch ... konnte sie nicht anders. Sie *musste* die ganze Geschichte noch einmal Revue passieren lassen.

In der Nacht nach der Klausur war ins Klassenzimmer eingebrochen worden. Anschließend hatten alle Arbeiten der 10 c gefehlt. Zwei Tage später hatte der Schulleiter einen anonymen Hinweis erhalten. Daraufhin war das Zimmer von Ulrike durchsucht worden. Und natürlich hatte man ihre Arbeit dort gefunden. Trotz vehementer Unschuldsbeteuerungen war Ulrike anschließend der Schule verwiesen worden.

Esthers Augen starrten an Ellen vorbei zum Fenster hinaus. In Wirklichkeit aber sah sie Ulrike vor sich. Sie war ein absolutes Mathe-Ass gewesen. Niemand in der Klasse hatte glauben können, dass sie es nötig hatte, Mathe-Klausuren zu stehlen. Trotzdem hatten alle geschwiegen.

Esther sah jetzt wieder auf ihren Eisbecher. Allerdings war ihr der Appetit gerade restlos vergangen. Lustlos stocherte sie in der Sahne herum. Sie hatte Angst vor Ellen, das war ihr gerade mal wieder klar geworden. *Richtige* Angst! Und sie fragte sich, wie sie in diesem Zustand nach Kanada fliegen sollte. Calgary! War das nicht der helle Wahnsinn? Eigentlich hatte sie ja auch Angst vor Flugreisen. Erst recht, wenn sie allein fliegen sollte. Sie hatte Angst vor Abstürzen ... vor Entführungen ... vor Überfällen ... Sie hatte *Angst*!

Kapitel 11

Als Gedeon erwachte, konnte er sich wieder einmal kaum rühren. Alles an ihm schien steif geworden zu sein. Sein Nacken schmerzte schon bei der geringsten Bewegung. Sein Rücken schien im Lendenwirbelbereich von Messern durchbohrt zu werden, und seine Arme, die mit Handschellen – seinen eigenen übrigens – auf dem Rücken gefesselt waren, spürte er nicht einmal mehr.

Heute war der zehnte Tag. Seit zehn Tagen hielt man ihn in diesem Loch gefangen. Es war wirklich ein Loch, selbst als Hütte konnte man es kaum bezeichnen. Es hatte eine Grundfläche von höchstens zwölf Quadratmetern und nicht einmal einen Fußboden. Stattdessen bestand der Untergrund aus festgetretener Erde. Auch ansonsten erfüllte diese Baracke nicht gerade die Kriterien, die man in Deutschland an eine solide Bauweise stellen würde. Die dünnen und noch dazu krummen Holzbretter, aus denen sie gezimmert war, wirkten morsch und ließen überall die Zugluft durch. Angesichts der Tatsache, dass der Bauherr bei der Konstruktion wohl die Fenster vergessen hatte, hatte das den Vorteil, dass wenigstens ein bisschen Licht in den Schuppen fiel. Der ständige Durchzug war trotzdem übel. Gedeon hatte ohnehin schon festgestellt, dass er in einer ungemütlichen Gegend gelandet war. Der kalte, schneidende Wind machte ihm besonders nachts zu schaffen, wenn die Temperaturen auf Kühlschrankniveau absackten. Gedeon lag dann – wie auch jetzt – auf einem Bett aus harten Strohballen und schlotterte unter der dünnen, löchrigen Decke.

Nachts träumte er schon von warmen Badewannen und kuscheligen Daunendecken. Heute Nacht hatte ihn ein gnädiger Traum sogar in eine Sauna entführt.

Aber kaum, dass er aufgewacht war, fror er schon wieder erbärmlich. Oh, wie er diesen Wind hasste! Er war zu seinem Feind geworden, seinem erbittertsten Feind! Manchmal fürchtete er ihn mehr als seine Bewacher. Sicher, sie zerrten ihn tagtäglich nach draußen, drangsalierten und misshandelten ihn. Aber das konnte er aushalten. Fast war es eine willkommene Abwechslung für ihn, die ihm bewusst machte, dass er wenigstens noch am Leben war.

Auch jetzt rappelte es plötzlich an der Brettertür. Gedeon hörte, wie erst das Vorhängeschloss geöffnet und dann die Tür aufgestoßen wurde. Verwundert fragte er sich, warum seine Bewacher heute früher dran waren als sonst. Einen Moment lang stellte er sich schlafend, aber dann rammte sich ein harter Gegenstand in seinen ohnehin schon schmerzenden Rücken und er stöhnte auf.

„Get up!", befahl eine Stimme, die Gedeon schon kannte. Sie gehörte einem jüngeren, für seine Begriffe recht gut aussehenden Mann, der sich oft vordrängte, um ihn zu quälen. Er schien richtig Spaß daran zu haben und wurde ziemlich schnell ärgerlich, wenn Gedeon seine Befehle missachtete.

Darum ignorierte Gedeon die Schmerzen und kämpfte sich von seinem Lager hoch. Als er sich umdrehte, erwartete ihn eine Überraschung. Zwischen dem jungen Mann, der ein Gewehr in der Hand hielt, und einem weiteren, älteren Mann, den Gedeon ebenfalls kannte, stand nämlich eine Frau.

„Sie schon wieder", presste er hervor.

„Allerdings", lächelte Ellen Kieling. „Die Jungs hier haben ein wenig Verstärkung angefordert."

Auch Gedeon zwang sich jetzt ein Lächeln ab. „Haben sie das nötig?", fragte er heiser.

Ellen lächelte immer noch. „Scheint so", säuselte sie. „Bis jetzt wurde uns nämlich noch nicht eine einzige brauchbare Information geliefert. Kann es sein, dass es hier ein paar Verständigungsschwierigkeiten gibt?"

Gedeon schluckte. Die rothaarige Hexe war nicht blöd. Wahrscheinlich konnte sie sich denken, dass er viel besser Englisch sprach, als er zugab. In den letzten zehn Tagen hatte er immer nur auf Deutsch geantwortet und so getan, als verstünde er fast nichts. Und das war sein wirksamster Schutz gewesen.

„Zum Glück", fuhr Ellen fort, „gehört dieses Problem jetzt der Vergangenheit an. Also raus damit: Was genau weißt du über unsere Organisation? Was ist mit deinem Partner? Und wie viel davon habt ihr schon an die Behörden weitergegeben?"

„Das sind ja gleich drei Fragen auf einmal!", grinste Gedeon, doch verging ihm das Lächeln, als der junge Mann ausholte und den Gewehrkolben in Gedeons Magen stieß. Gedeon stöhnte auf und sackte auf die Knie. Einen Moment lang kämpfte er gegen einen fürchterlichen Brechreiz an, dann erholte er sich ein wenig.

„Pass mal auf, Süßer", fauchte Ellen. „Du bist seit zehn Tagen hier. Nimm einfach an, ich hätte schon zehn Tage Geduld mit dir gehabt. Und die ist jetzt am Ende!" Ellens Stimme wurde immer lauter und wütender. „Du wirst jetzt sofort sagen, was du weißt, oder sterben!" Den letzten Teil des Satzes hatte Ellen regelrecht hinausgeschrien.

Gedeons Blick wurde starr. Er wusste nur eins: dass er nichts, aber auch gar nichts wusste. Und dass das niemand merken durfte! Wenn diese Frau begriff, dass er bluffte, war er ein toter Mann. Er konnte ihr Freiheitsberaubung, Körperverletzung und sonst noch so einiges vorwerfen. Und darum würde sie ihn niemals lebend hier weglassen. Es gab nur eine Möglichkeit für ihn: Er musste durchhalten, zumindest bis zu dem Tag, an dem man ihm die Handschellen abnahm. Dann würde er fliehen. Dann erst konnte er das Ass aus dem Ärmel ziehen!

Ellen trat einen Schritt näher an ihn heran, krallte ihre langen Fingernägel in sein Kinn und riss seinen Kopf herum. Gedeon blieb nichts anderes übrig, als in ihre grünen, katzenähnlichen Augen zu sehen. „Also?"

Gedeon hielt ihrem Blick stand und sagte: „Im Vergleich zu mir ist jeder Fisch ein Plappermaul!"

Ellen schnaubte, schubste Gedeon weg und zischte in Richtung des älteren Mannes: „Get the rope, Tom!"

Das Seil? Gedeons Magen fühlte sich auf einmal so an, als würde er Fahrstuhl fahren. Wozu um alles in der Welt brauchten sie ein Seil?

Seine schlimmsten Befürchtungen wurden bestätigt, als der Mann schon Sekunden später mit einem groben Seil zurückkam. Gedeon konnte die Schlinge deutlich erkennen. Sie würden doch nicht ...

Aber da pflückte der Mann auch schon Gedeons Bettstatt auseinander, holte sich einen Strohballen nach dem anderen, stapelte sie übereinander und stieg schließlich vorsichtig auf den wankenden Turm. Dann warf er das Seil gekonnt über einen frei liegenden Balken.

Gedeon verfolgte das alles mit wachsendem Unbehagen. Natürlich sagte er sich, dass sie ihn bestimmt nicht töten würden, solange sie die gewünschten Informationen nicht bekommen hatten. Trotzdem konnte er nicht verhindern, dass sich eiskalter Schweiß auf seiner Stirn bildete.

Während der Mann vorsichtig wieder von dem Strohballenstapel herunterkletterte, griff Ellen sich schon ungeduldig das Seil und näherte sich damit ihrem Gefangenen. In Erwartung dessen, was gleich passieren würde, hielt Gedeon den Atem an. Gleichzeitig aber konzentrierte er alle seine Kraft darauf, möglichst cool und unbeeindruckt auszusehen. Und das war wirklich ein hartes Stück Arbeit!

„Letzte Chance“, sagte Ellen. „Entweder du redest jetzt – oder du schweigst für immer.“

„Reden ist Silber“, gelang es Gedeon zu antworten, „Schweigen ist Gold.“

„Wie du willst“, lächelte Ellen. Dann legte sie Gedeon die Schlinge um den Hals und zog sie fest.

Gedeon schluckte. Das Gefühl des rauen Seiles um seinen Kehlkopf löste eine Beklemmung bei ihm aus, wie er sie noch nie zuvor gespürt hatte. Gleichzeitig begann sein Herz so heftig zu schlagen, als wollte es schon ein paar Tage im Voraus abarbeiten.

Ellen wandte sich jetzt ihren Helfershelfern zu und sagte: „Pull.“

Sofort griffen beide Männer nach dem Seil und begannen kräftig zu ziehen.

Gedeon war noch nie so schnell aufgesprungen wie in diesem Moment. Aber das nützte ihm wenig, denn die beiden Männer zogen immer weiter, bis er nur noch auf Zehenspitzen stand und dabei schon zu röcheln begann. Dann erst hielten sie inne.

Ellen ging ein paar Schritte auf ihn zu und blickte zu ihm hoch. „Schweigen ist *nicht* Gold“, sagte sie. „Schweigen ist der Tod. Ich gebe dir eine letzte Möglichkeit, das zu verhindern.“

Sie blufft nur!, hämmerte es in Gedeons Kopf. *Sie hat dich damals am Leben gelassen. Sie wird es wieder tun!* Er rang nach Luft und trippelte verzweifelt auf den Zehenspitzen hin und her, um nicht das Gleichgewicht zu verlieren.

„Also?“, sagte Ellen ungeduldig.

„Nein!“, krächzte Gedeon mit letzter Kraft und dachte: *Jesus, hilf mir!*

Ein weiteres Handzeichen von Ellen und die beiden Männer begannen wieder zu ziehen. Immer unbarmherziger zog sich die Schlinge jetzt zu. Erst bekam Gedeon keine Luft mehr, dann verlor er auch noch den Boden unter den Füßen. Er baumelte! Krampfhaft versuchte er zu atmen, doch durch seinen zugeschnürten Hals drang keine Luft mehr. Er hatte das Gefühl, als würde sein Nacken jeden Moment brechen.

Sie braucht dich noch!, schrien seine Gedanken, aber es war mehr ein Flehen als eine Feststellung. Und so reichte es auch nicht, um die unglaubliche Panik zu unterdrücken, die jetzt Besitz von ihm ergriff. Wie ein Wahnsinniger begann er zu zappeln, suchte mit den Füßen nach Halt ... und zog dadurch die Schlinge nur noch fester zu. Ganz zu schweigen von der Tatsache, dass er durch die Anstrengung noch mehr von dem bisschen Sauerstoff verbrauchte, der in seinen Blutbahnen verblieben war.

Das Positive daran war, dass er auf diese Weise den Kampf verkürzte. Es dauerte nur wenige Sekunden, dann stürzte er in ein Meer aus Dunkelheit.

Esther stand vor einem kleinen, unscheinbaren Holzhaus im Vorstadtbereich von Edmonton und trat unentschlossen von einem Fuß auf den anderen. Die Adresse stimmte, das hatte sie schon ungefähr hundertmal kontrolliert. Aber sollte sie es wirklich tun?

Sie zögerte und kämpfte mit dem verlockenden Gedanken, einfach umzukehren und den gleichen Weg zurückzujoggen, den sie gekommen war. Nicht weit von hier hatte sie ein Hotel gesehen. Was hinderte sie daran, dort einzuchecken, sich in ein warmes, weiches Bett zu kuscheln und einfach die Augen zuzumachen?

Als Esther im nächsten Moment von einer kräftigen Windböe erfasst wurde, erschien ihr diese Möglichkeit noch verführerischer. Sie war erst seit einigen Stunden hier, und dennoch hasste sie ihn schon, diesen eiskalten, schneidenden Wind, der alles durchdrang. Sie schauderte. Um ihren Entschluss, nach Kanada zu reisen, nicht wieder zu gefährden, hatte sie auf Gepäck völlig verzichtet. Sie trug nur eine Handtasche bei sich und eben das, was sie anhatte. Das waren eine Jeans, ein roter Baumwollpullover mit Zopfmuster und eine dünne Sommerjacke. Dass es in Kanada weitaus ungemütlicher sein könnte als in Deutschland, hatte sie leider nicht bedacht.

Inzwischen war sie völlig durchgefroren. Die lange, anstrengende Reise – die Zugfahrt von Gießen nach Frankfurt, fast zehn Stunden mit dem Flieger von Frankfurt nach Calgary, eine halbe Stunde Inlandsflug von Calgary nach Edmonton –, der mangelnde Schlaf und die Zeitumstellung hatten sie völlig geschafft. Dazu kam noch, dass Esther seit mindestens 24 Stunden nichts mehr gegessen hatte. Im Gegenteil. Im Flugzeug hatte die Nahrung den entgegengesetzten Weg genommen. Dreimal hatte sie sich übergeben müssen. Das erste Mal gleich beim Start in Frankfurt, dann beim Anblick des Frühstücks und schließlich während einiger Turbulenzen über dem Atlantik. Nur gut, dass beim zweiten Flug nichts mehr in ihrem Magen vorhanden war ... Wirklich, die Anreise war der reinste Albtraum gewesen.

So war es kein Wunder, dass Esther jetzt eher Ruhe wollte als ein neues Abenteuer.

Vielleicht, so sagte sie sich, war ja auch nur die Fantasie mit ihr durchgegangen. Hier auf dieser beschaulichen Wohnstraße mitten in Edmonton kamen ihr die Verdächtigungen der letzten Wochen ein wenig verrückt vor. War es möglich, dass sie das Telefonat mit Ellens Handy völlig falsch interpretiert hatte? Immerhin lag dieser Vorfall schon mehr als zehn Tage zurück. Hatte ihr Gesprächspartner vielleicht jemand ganz anderen gemeint? Oder einen Witz gemacht? Oder beides?

Vielleicht hatte es nie ein Verbrechen gegeben. Vielleicht war Gedeon einfach nur verreist ... vielleicht schon längst wieder aufgetaucht. War es möglich, dass er in diesem Moment bei seiner Mutter saß und einen heißen Kaffee mit ihr trank, während sie selbst der verrückten Idee nachjagte, ihn retten zu müssen?

Andererseits, so musste Esther zugeben, war es nicht sehr vernünftig, so weit zu gehen und dann einfach aufzugeben. Sie hatte fast ihre gesamten Ersparnisse für diesen Flug ausgegeben. Jetzt musste sie auch Nägel mit Köpfen machen. Außerdem machte das schmucke Haus mit dem gepflegten Vorgarten keinen sehr gefährlichen Eindruck. Sollte hier tatsächlich der Verbindungsmann einer internationalen Verbrecherorganisation wohnen?

Esther seufzte. Sie musste die Angelegenheit zu Ende bringen. Wenn sie sich geirrt hatte, war es wichtig, das mit Sicherheit herauszufinden. Nur dann konnte sie den Tatsachen ins Auge sehen, das Ganze abhaken und auch ihre Beziehung zu Ellen wieder auf die Reihe bekommen.

Immer noch ein wenig zögerlich näherte sie sich dem Haus. Bei jedem ihrer Schritte knirschten die Steine des Kieswegs unter ihren Füßen. Eine brutale Windböe warf Esther beinahe um und schien sie von diesem Ort vertreiben zu wollen. Ob sie doch lieber wieder umkehrte?

Aber da öffnete sich schon wie durch Zauberhand die Haustür und eine junge Frau erschien im Türrahmen. Sie war hübsch, hatte lange kastanienbraune Haare und eine gute Figur. Als sie Esther sah, rollte sie allerdings entnervt mit den Augen.

„Entschuldigen Sie ...“, stammelte Esther. Es kam ihr gar nicht in den Sinn, Englisch zu sprechen.

„Frank!“, rief die Frau ins Innere des Hauses hinein.

Esther fuhr zusammen und ärgerte sich über sich selbst. Erst die englische Aussprache des Namens hatte sie daran erinnert, dass sie ja in Kanada war. Sie blieb unentschlossen stehen und starrte dann überrascht auf die Kinder, die jetzt neugierig zur Tür gestürmt waren. Ob die alle Frank hießen?

„Frank!“, wiederholte die Frau, dieses Mal noch lauter und eindringlicher.

Esther betrachtete immer noch die vielen Kinder. Mittlerweile hatte sie in dem Gewusel zwei Jungen und drei Mädchen ausmachen können. Sie drängten sich in die Tür und musterten Esther mit unverhohlener Neugier. Ob die Kinder alle zu dieser jungen, hübschen Frau gehörten? Das schien Esther fast unmöglich. Eine Mutter von fünf Kindern müsste doch deutlich mitgenommener aussehen!

Endlich tat sich etwas im Flur und eine etwas unförmige Männergestalt schlurfte herbei. Esther hob irritiert die Augenbrauen. Der Mann passte überhaupt nicht zu der jungen, hübschen Frau! Er war zwar noch nicht alt, vielleicht 30, aber total ungepflegt. Seine kurzen dunklen Haare glänzten fettig und standen ihm so wirr zu Berge, als wäre er gerade dem Bett entstiegen. Dagegen sprach allerdings, dass er angezogen war, zumindest halbwegs. Er trug eine abgewetzte, schlabbrige Jeans und ein weißes Unterhemd. Hinter der Feinrippstruktur schwabbelte ein unverkennbarer Bierbauch. Auch das Gesicht des Mannes war vom Übergewicht gezeichnet. Er hatte ein Doppelkinn, das unter seinem Dreitagebart allerdings kaum auffiel. Insgesamt wirkte der Mann so unattraktiv, wie ein Mann nur wirken konnte. Esther wich unwillkürlich etwas zurück.

„You again", sagte der Mann, als er Esther erblickte. Genau wie die junge Frau schien er nicht sehr erfreut zu sein, sie zu sehen.

Esther kaute nur auf ihrer Unterlippe herum.

Der Mann seufzte. „Okay, okay. Just wait a minute." Dann schlurfte er wieder von dannen.

Esther begriff überhaupt nichts. Und jetzt?

Mittlerweile hatte sich eines der Kinder, ein vielleicht 6-jähriger Junge, etwas vorgewagt und war im Begriff, auf Socken zu Esther nach draußen zu trippeln. Das wurde allerdings vereitelt, indem die junge Frau ihn am Ohr packte und in den Flur zurückzog.

„Get your ass back to your homework", fauchte sie. Sofort rannte der Junge davon. „Everybody!", schrie sie jetzt. Esther konnte nicht so schnell gucken, wie alle Kinder verschwunden waren. Jetzt stand nur noch die junge Frau vor ihr. Esther sah sie fragend an, erntete aber nur ein Kopfnicken. Dann schloss sich die Tür und sie stand wieder allein da.

Eine ganze Weile starrte sie einfach nur auf die verschlossene Tür. Was hatte das denn jetzt zu bedeuten? *Wait a minute,* warten Sie eine Minute, hatte der Mann gesagt. Jetzt stand sie seit mindestens fünf Minuten hier herum wie bestellt und nicht abgeholt.

Weitere Minuten vergingen und nichts geschah. Allmählich fragte sich Esther, ob sie die ganze Szene vielleicht geträumt hatte. Worauf wartete sie hier eigentlich? Sie hatte nichts gesagt, weder ihren Namen – na ja, Ellens Namen – noch sonst irgendetwas. Sie kam sich auf einmal blöd vor, richtig blöd. Misstrauisch wandte sie den Kopf und lugte in Richtung des nächstgelegenen Fensters. Wackelte die Gardine nicht ein bisschen? Wahrscheinlich stand die ganze Familie dahinter, glotzte zu ihr nach draußen und wartete darauf, dass sie endlich abzog!

Esther schluckte. Die ganze Sache war ihr auf einmal furchtbar peinlich. Schnell drehte sie sich um und eilte zur Straße.

Gedeon hockte hinter dem Turm aus Strohballen, den er sich mühsam zusammengebaut hatte. Ihm war kälter als jemals zuvor, sodass er lautstark mit den Zähnen klapperte. Seit die rothaarige Hexe hier erschienen war, hatten sich die Bedingungen deutlich verschlechtert. Es war klar, dass die Frau ihn kleinkriegen wollte. Sie hatte ihm die dünne Decke weggenommen, ihn auf Wasser – Wasser wohlgemerkt, ohne Brot – gesetzt und zerrte ihn jeden Tag nach draußen, um ihn dort zu quälen. Sie schien alles auszuprobieren, was es so an

Foltermethoden gab. Vorgestern hatte sie ihn ausgepeitscht. Gedeon hatte die Peitsche nicht gesehen, aber er hatte deutlich gespürt, dass die Schnur am Ende mit irgendeinem harten Gegenstand versehen worden war. Sein Rücken brannte auch jetzt, 24 Stunden später, noch immer wie Feuer. Das war auch der Grund dafür, dass er sich nicht anlehnen konnte. Sogar auf sein Hemd hätte er jetzt liebend gern verzichtet. Selbst wenn er vollkommen still saß und sich nicht bewegte, schien es auf seinem Rücken zu scheuern und alles wieder aufzureiben, was im Begriff war zu heilen.

Seltsamerweise hatte ihn das alles nicht mutlos gemacht. Er war noch am Leben! Das allein zählte im Moment für ihn. Er wusste zwar nicht mehr, wann, aber man musste ihn von dem Seil wieder heruntergeschnitten haben. Sein Tod hatte also nicht zum Plan gehört! Und das bestätigte, was er ohnehin vermutet hatte: dass sie ihn am Leben lassen würden, solange sie nicht wussten, was er wusste!

Die Kälte, die Schmerzen, der Hunger – natürlich, das alles machte ihm zu schaffen, aber es warf ihn nicht um. Er war nicht allein! Das spürte er gerade jetzt ganz deutlich. Gott war bei ihm und half ihm dabei, nicht zu verzweifeln. Und das bedeutete ihm unerhört viel. Er hatte einen Weg eingeschlagen, von dem er mit Sicherheit wusste, dass es nicht Gottes Weg gewesen war. Er hatte sich über all die sanften Mahnungen hinweggesetzt, die ihn davon hatten abbringen wollen, sein ganzes Leben auf die Verfolgung dieser Frau auszurichten. Und jetzt saß er in der Falle.

Selbst schuld, dachte er und war froh, dass Gott das nicht so zu sehen schien! Im Gegenteil, er hielt ihn fest. Je schlechter es ihm ging, desto stärker wurde das Gefühl seiner Nähe und sein Trost.

Not lehrt beten, dieses Sprichwort stimmte. Gedeon sprach jetzt noch häufiger und intensiver als sonst mit Gott. Er konzentrierte sich auf Gottes Zusagen und Wesenszüge, bekannte ihm, dass er an ihm vorbeigehandelt hatte, und konnte auch seine Vergebung annehmen. Weil er keine Bibel hatte, versuchte er, Geschichten und Verse aus der Erinnerung hervorzuholen. Seltsamerweise gelang ihm das besser, als er vermutet hatte.

Eine Geschichte bedeutete ihm im Moment besonders viel, obwohl er die Ohren dabei früher immer auf Durchzug geschaltet hatte. Eine Kindergeschichte, wie er gemeint hatte: Der Prophet Jona.

Bei Jona fand er so viele Parallelen zu seiner eigenen Situation, dass er manchmal den Eindruck hatte, als wäre sie nur für ihn geschrieben worden.

Auch Jona hatte die Anweisungen Gottes missachtet. Anstatt nach Ninive zu gehen und Gottes Auftrag dort zu erfüllen, stieg er in ein Schiff und fuhr vor Gott davon. Aber dieser Plan ging gründlich schief. Das Schiff geriet in einen Sturm und Jona wurde von der Besatzung über Bord geworfen. Gott aber verließ ihn nicht. Um ihn vor dem sicheren Tod durch Ertrinken zu bewahren, schickte Gott einen Fisch, der Jona verschluckte. Und jetzt wurde es richtig interessant! Drei Tage und drei Nächte schmorte Jona im Bauch des Fisches!

Gedeon hatte sich früher nie Gedanken darüber gemacht, wie es wohl im Bauch eines Fisches zuging. Jetzt aber konnte er es sich lebhaft vorstellen. Es musste die Hölle gewesen sein! Stockfinstere Dunkelheit, fürchterlicher Gestank ohne jede Frischluftzufuhr, Geschaukel wie in einer Achterbahn, Nässe, Hunger, Unbequemlichkeit und Angst …

Zumindest ein Teil dieser Dinge traf auch auf ihn zu. Wie Jona war auch er gefangen und hatte einfach … Angst. Aber im Gegensatz zu Jona kannte er den Ausgang der Geschichte: Er wusste, dass Jona am dritten Tag wieder an Land gespuckt worden war. Und er wusste ganz tief in sich drin, dass Gott auch für ihn ein Happyend bereithielt. Ja, wirklich, er *wusste* es, ganz sicher und ganz ohne Zweifel. Gut, er war sich nicht sicher, wann der „dritte Tag“ für ihn endlich kommen würde. Aber er wusste, *dass* er kommen würde. Und das machte ihm Mut. Es gab ihm auch die Kraft, sich so zu verhalten, wie Jona es im Bauch des Fisches getan hatte: Er sang Gott ein Loblied. Und es fiel ihm nicht mal schwer. Es gab eine ganze Menge, wofür er dankbar sein konnte. In erster Linie dankte er Gott natürlich, dass er noch am Leben war. Schon zweimal hatte er geglaubt, dem sicheren Tod ins Auge zu sehen. Aber das war nicht eingetreten. Und dann dankte er Gott dafür, dass er ihn nicht verlassen hatte, obwohl er eigenmächtig gehandelt hatte. Er verstand auf einmal, dass Gott ihn wirklich so liebte, wie ein vollkommener Vater es tun würde. Egal, was auch immer er tat, egal, welche Fehler er begehen, wie weit er vor Gott davonlaufen würde, niemals würde Gott ihn aufgeben. Theoretisch hatte er von Gottes unerschöpflicher Liebe zu den Menschen gewusst. Aber praktisch begriff er erst jetzt, was vollkommene Liebe war: nämlich unbeirrbar weiterzulieben, wenn der andere sich nicht so verhielt, wie man das gerne hätte.

Als die Tür in den Angeln quietschte, war Gedeon gerade wieder im Gebet versunken. Er seufzte. Jetzt würden sie ihn wieder holen und versuchen, ihn weich zu klopfen. *Herr, kannst du den dritten Tag nicht ein bisschen vorziehen?*

Wie immer waren es die beiden Männer, der jüngere und der bullige, die ihn auf die Füße zogen. Gedeon stöhnte auf, weil der Ruck an seinen Armen auch die verletzte Haut an seinem Rücken in Mitleidenschaft zog. Gleichzeitig löste der plötzliche Positionswechsel einen Hustenanfall bei ihm aus. Das war allerdings nicht weiter ungewöhnlich, schließlich kämpfte Gedeon schon seit ein paar Tagen mit einer tief sitzenden Erkältung. Nachts hustete er viel, tagsüber kämpfte er mit brennenden Augen und Ohrenschmerzen.

„Oh“, säuselte Ellen, die hinter den Männern hereingekommen war, in falschem Mitleid. „Sind wir heute etwas unpässlich?“

Gedeon antwortete nicht, warf der Frau aber einen Blick zu, der selbst einen Elefanten hätte töten können.

„Na", fuhr Ellen in lockerem Tonfall fort, „gegen Erkältung hilft ja am besten frische Luft. Gehen wir also."

Gedeon wurde von den beiden Männern in Richtung Tür geschoben und schloss instinktiv die Augen. Aus bisheriger Erfahrung wusste er schon, dass er einige Sekunden brauchen würde, bis sich seine Augen an die plötzliche Helligkeit gewöhnt hatten. Dieses Mal war die Sonne so hell, dass ihm die Augen auch bei geschlossenen Lidern wehtaten. Zum ersten Mal seit Tagen spürte er so etwas wie Wärme. Was war heute anders?

Er wandte den Kopf zur Seite und sah auf die Baumgruppe, die sich in vielleicht zwanzig Metern Entfernung befand. Das war es – die Zweige und Blätter bewegten sich kein bisschen. Es war windstill!

Er wandte sein Gesicht zum zweiten Mal der Sonne zu und genoss ihre wärmenden Strahlen. Außerdem roch es ganz wundervoll hier draußen, nach Wald, Wiese und purer Natur.

Schon der dritte Atemzug blieb ihm allerdings im Halse stecken, weil ihn einer seiner Bewacher unsanft in Richtung der Bäume schubste. Schnell öffnete er die Augen wieder. Was hatte man denn heute mit ihm vor?

Während er auf die Baumgruppe zustolperte, schlug sein Herz immer schneller. Er wusste nicht, was auf ihn zukam. Und das machte ihm am meisten zu schaffen. In den letzten Tagen hatte er den Eindruck gehabt, als würde die Hexe ihre Brutalität mit jedem Tag ein wenig steigern.

Gedeon hatte einen hohen, kräftigen Ahorn erreicht, der sich in zwei Metern Höhe in zwei Stämme gabelte.

„Umdrehen", fauchte Ellen.

Gedeon gehorchte, und so befand er sich wieder einmal Auge in Auge mit seiner ärgsten Feindin. Sie nickte dem älteren ihrer beiden Helfershelfer zu, und schon trat der zu Gedeon und öffnete seine Handschellen.

Gedeons Herz setzte einen Schlag aus. Die Handschellen! Sie waren ab! Er war allerdings viel zu überrascht, um seinen lange durchdachten Plan in die Tat umzusetzen. Und als er sich besonnen hatte, waren bereits Stricke an seinen Handgelenken befestigt worden. Trotzdem fasste er unglaublichen Mut. Die Handschellen waren ab! Und damit hatte sich seine größte Hoffnung endlich erfüllt. Mit Stricken konnte er tausendmal besser fertig werden!

„Sind wir heute in Plauderstimmung?“, fragte die Hexe.

Gedeon schüttelte nur stumm den Kopf.

„Na gut. Dann sag mir doch einfach Bescheid, wenn du deine Meinung änderst.“ Und mit diesen Worten nickte sie den Männern ein weiteres Mal zu.

Die warfen jeder ein Seil über einen der Äste. Gedeon begriff gar nichts, sah nur verständnislos dabei zu, wie die beiden Männer hinter den Baum traten, nach den Seilen fassten und dann daran zogen. Plötzlich wurden Gedeons Arme ruckartig nach hinten und in die Höhe gerissen. Ein stechender Schmerz fuhr durch seine Schulterblätter, dann prallte er auch schon rücklings gegen den Baum. Er schrie auf und hatte das Gefühl, als würde sein gesamter Rücken noch einmal aufgerissen. Er hatte allerdings keine Gelegenheit, sich dieses Schmerzes so richtig bewusst zu werden, denn jetzt verlor er wieder einmal den Boden unter den Füßen und wurde an den Armen, die immer noch auf seinem Rücken verschränkt waren, in die Höhe gezogen. Als seine Füße ein paar Zentimeter über dem Boden baumelten, hörten die beiden Männer auf zu ziehen. Sie hielten aber die Spannung, schlangen die Seilenden vorne um den Baum, führten sie dann rechts und links am Stamm vorbei nach hinten und verknoteten sie dort.

Währenddessen stellte sich Gedeon die Frage, ob seine Arme gleich brechen oder vorher auskugeln würden. Er kämpfte mit aller Kraft gegen das enorme Gewicht an, das seine Schultern zu zerreißen drohte. Immer und immer wieder versuchte er, mit den Füßen den Boden zu erreichen oder zumindest etwas Halt an der Baumrinde zu finden. Aber vergeblich. Der Boden war zu weit entfernt und die Baumrinde zu glatt. Schon nach ein, zwei Minuten ließen auch seine Muskelkräfte nach und er musste sich wie ein nasser Sack an seinen Armen hängen lassen. Die Schmerzen waren jetzt schier unerträglich.

Lass mich ohnmächtig werden, betete Gedeon. Aber seine Bitte wurde nicht erhört. Eher schien seine Wahrnehmung noch stärker und intensiver zu werden. Jede Sekunde wurde zu einer Ewigkeit, jede Empfindung blähte sich auf wie ein Luftballon. Die Sonne schien auf einmal heller zu sein, die Farben bunter. Nie hatte er Hass so greifbar gespürt wie in diesem Augenblick. Es war keine undeutliche Empfindung mehr, sondern eine vollkommen klare, selbstverständliche Tatsache. Eine Tatsache so intensiv und real wie das leuchtende Rot von Ellens Haaren. Und dieses Rot schien zu wachsen, bis es schließlich verschwamm und zu einer durchgehenden Fläche wurde, die seinen gesamten Gesichtskreis einnahm.

„Wie ist es jetzt mit der Plauderstimmung?", fragte die rote Fläche.

Gedeon schloss die Augen, um sich diesem tödlichen Rot zu entziehen. Antworten konnte er ohnehin nicht. Er war vollauf damit beschäftigt, seine Atmung zu koordinieren. Er atmete schnell, dabei aber so flach wie möglich. Jeder tiefere Atemzug hätte nämlich seinen Brustkorb angehoben und dadurch auch den Druck auf seine Schultern erhöht.

„Ts, ts, ts", machte die Stimme. „Du bist also immer noch nicht vernünftig geworden. Dabei hat man mir versprochen, dass du bei dieser Methode sofort redest. Sie ist nämlich äußerst bewährt. Hat schon den Nazis gute Dienste geleistet. Beeindruckend, nicht wahr?"

Gedeon reagierte nicht. Er hatte kaum mitbekommen, was sie gesagt hatte. *Ein – aus – ein – aus*, befahl er seinen Lungen.

Ellen stampfte mit dem Fuß auf. „Jetzt reicht's mir aber", fauchte sie. „Du *wirst* reden, ob du es nun willst oder nicht. Glaub mir, in einer Stunde sieht die Welt schon anders aus!" Und mit diesen Worten drehte sie sich um und stapfte davon.

Esther atmete mindestens so flach und abgehackt wie Gedeon. Sie hockte hinter einem Felsen und zitterte wie Espenlaub. Sie sah aus, als hätte sie ein Monster gesehen.

Und das stimmte ja auch fast. Sie hatte Ellen gesehen. Und das, was sie mit Gedeon getan hatte. Und jetzt war sie vollends verstört.

Erst vor einer halben Stunde hatte dieser schlampige Typ namens Frank Blaine sie ein paar Hundert Meter von hier entfernt abgesetzt.

Nachdem sie bereits auf der Straße angelangt war, hatte er sie zurückgeholt, sie wortlos in seinem Wagen verstaut und auf einen kleinen Flugplatz gefahren. Sie waren mit einem Sportflugzeug eine ganze Weile geflogen und dann in einer Einöde gelandet.

Schon während des Fluges war Esther tausend Tode gestorben. Sie hatte nicht gewusst, wo es hinging, ob sich das Risiko lohnte, ob sie jemals wieder zurückkehren würde. Und dann erst die Maschine! Eine alte Klapperkiste war das gewesen, ein Schrotthaufen, der erst nach mehreren Versuchen angesprungen war. Im Flug war die Kiste mehrmals ohne Vorwarnung abgesackt, hatte heftig gestottert und gerüttelt.

Frank hatte die ganze Zeit geschwiegen. Nach der Landung hatte er einen Jeep unter einem Tarnnetz hervorgezogen und ihn mit einem Kanister Benzin gefüttert. Anschließend war er mit Esther durch die abgeschiedenste Wildnis gerumpelt. Zum Schluss hätte sich Esther nicht mal mehr gewundert, wenn er sie einfach erschossen und irgendwo verscharrt hätte. Aber der

Typ hatte einfach irgendwo angehalten, auf einen kleinen Pfad gedeutet und Esther aussteigen lassen. Danach hatte er gewendet und war ohne ein Wort der Erklärung wieder davongebraust.

Esther hatte ihm fassungslos nachgesehen und sich gefragt, ob das alles nur ein Traum gewesen war. Was war nur geschehen? Warum hatte der Mann sie nicht nach dem Grund ihres Kommens gefragt? Und warum hatte er sie hierhergebracht?

Ängstlich hatte sie sich umgesehen. Bis auf den Pfad hatte Esther den Eindruck, als wäre sie mitten in der Wildnis gelandet. In der Ferne hatte sie höhere Berge ausmachen können, hier war es dagegen eher hügelig. Aufragende Felsen und karger Bewuchs bestimmten das Bild.

Ratlos war Esther dem Pfad gefolgt. Er hatte steil bergauf geführt, sich in Windungen eine Anhöhe hinaufgeschlungen und schließlich auf der anderen Seite wieder hinuntergeführt. Hier war es zunehmend grüner geworden, jetzt gab es auch vereinzelte Baumgrüppchen, höhere und sattere Sträucher, weniger Felsen und manchmal sogar ein paar Blumen. Der Pfad allerdings wurde immer schmaler und unscheinbarer und verlor sich schließlich im Nichts.

Wenn sie in diesem Moment nicht einen durchdringenden Schrei gehört hätte, wäre Esther wohl vollkommen verzagt. So aber hatte sie sich furchtbar erschreckt, war dann aber instinktiv der Richtung gefolgt, aus der das Geräusch gekommen war, und zu einem vereinzelt stehenden, höheren Granitfelsen gelangt. Vorsichtig hatte sie dahinter hervorgelugt und in vielleicht 30 Metern Entfernung eine Ansammlung kleinerer Hütten gesehen, in deren Umgebung ein geschäftiges Treiben herrschte. Besonders das, was sich an einer Baumgruppe abspielte, hatte dabei ihr Interesse auf sich gezogen. Ihre Schwester war auch von hinten deutlich zu identifizieren. Aber auch Gedeons hochgewachsene Gestalt hatte sie trotz der schmutzigen, zerrissenen Kleidung und der seltsam verdrehten Körperhaltung sofort erkannt.

Auch jetzt noch stand Esther das Entsetzen deutlich ins Gesicht geschrieben. Obwohl sie nur Bäume vor sich sah, wurde sie das Bild einfach nicht wieder los. Im Gegenteil, es wurde immer intensiver und quälender, bis Esther es nicht mehr aushielt und sich an den Rand des Felsens zurückschob. Gedeon hing immer noch an den hinter dem Rücken verschränkten Armen an diesem Baum. Er sah schlimm aus: dürr, zerquält, unrasiert und überhaupt mehr tot als lebendig. Und Ellen? Die drehte sich jetzt um und ging einfach davon.

Esther konnte es nicht glauben. Hatte ihre Schwester wirklich vor, ihn dort so hängen zu lassen? Er musste ja furchtbare Schmerzen haben! Entsetzliche, unbeschreibliche Schmerzen! Esther hatte das Gefühl, als könnte sie sie selbst spüren. Es drehte ihr den Magen um und wühlte sie auf, es vermischte sich mit ihrem Mitleid, ihrer Angst, ihrer Hilflosigkeit, ihrem Unverständnis. Aber dann – ganz plötzlich – lichtete sich das Durcheinander ihrer Empfindungen. Alles mündete auf einmal in ein einziges Gefühl, eines, das sie bis dahin nur sehr selten und wohl noch nie in dieser Intensität empfunden hatte: Wut!

Sie war wütend auf Ellen. Richtig wütend. Unglaublich wütend. Hiermit würde Esther sie nicht durchkommen lassen. Nein, hiermit nicht!

Das Zittern hörte so plötzlich auf, wie es gekommen war. Eine seltsame Ruhe senkte sich über Esther. Sie würde sich Ellen vorknöpfen!

Entschlossen richtete sie sich auf und lugte ein drittes Mal hinter dem Felsen hervor. Aber sie sah gar nicht in Gedeons Richtung; das ersparte sie sich. Nein, sie sah hinter Ellen her. Und die spazierte rechts von ihr gerade zwischen zwei Hütten hindurch, erklomm eine Anhöhe und verschwand hinter Sträuchern. Die beiden Männer, die eben noch bei Gedeon gestanden hatten, steuerten direkt auf eine der etwas hochwertiger aussehenden Hütten zu und gingen hinein. Jetzt sah

Esther nur noch drei weitere Männer, die im Randbereich des kleinen Lagers an einer Art Jeep arbeiteten. Wie es schien, wechselten sie gerade einen Reifen. Die waren auf jeden Fall noch eine Weile beschäftigt!

Esther beschloss daher, die Gelegenheit zu nutzen. Sie krabbelte rückwärts, bis sie außer Sichtweite war. Dann schlich sie in geduckter Haltung in die Richtung, in der auch ihre Schwester unterwegs gewesen war. Sie musste Ellen finden, bevor sie ins Lager zurückkehrte!

Unglücklicherweise war es nicht gerade leicht, in dieser Umgebung zu *schleichen.* Esther trat immer wieder auf kleinere Äste, die so trocken waren, dass sie unter ihrem Gewicht mit einem Knacken zerbrachen. Außerdem schreckte sie Vögel und anderes Getier auf. Hinzu kam, dass sie schon nach wenigen Minuten die Orientierung zu verlieren begann. Hätte sie nicht längst auf Ellen stoßen müssen? Sie blieb stehen und sah sich nach allen Seiten um. Schon jetzt war sie sich nicht mehr hundertprozentig sicher, in welcher Richtung sich das Lager befand. Ein regelrechtes Dickicht von Sträuchern versperrte ihr die Sicht. Sie würde sich doch nicht in der Wildnis verlaufen?

Aber dann vernahm *sie* plötzlich erst ein Rascheln und dann das Knacken eines Astes. Sie wirbelte herum und blickte angestrengt in die entsprechende Richtung. Sekunden später schob sich auch schon eine unverkennbare rote Haarpracht in nur wenigen Metern Entfernung an ihr vorbei. Gleichzeitig wehte Zigarettenrauch zu Esther herüber.

Esther überlegte nicht lange. Der Anblick ihrer Schwester hatte die Wut, die gerade um ein Haar von einer Panikattacke überdeckt worden wäre, wieder aufleben lassen. Wie konnte Ellen hier so seelenruhig eine rauchen, während Gedeon vor Schmerzen halb besinnungslos sein musste?

Entschlossen schoss sie vorwärts und stürmte auf Ellen zu. „Wie kannst du so etwas Schreckliches tun?“, schrie sie, noch während sie sich durch das Unterholz kämpfte.

Ellen wirbelte herum und starrte fassungslos auf ihre Schwester, die zwischen den Sträuchern hervorstürmte. Die Zigarette fiel ihr einfach aus der Hand. „Esther?“, keuchte sie ungläubig.

Als Esther Ellen erreicht hatte, packte sie sie fest an den Schultern und schüttelte sie. „Mach ihn da los! Hörst du? Mach ihn sofort los!“

„Was ... was tust du hier? Ich meine ... wie ... ?“, stammelte Ellen.

„Ich verstehe dich nicht!“, schrie Esther und ließ zu, dass ihre Wut in Verzweiflung umschlug. Sie begann zu weinen. „Ich ... verstehe dich ... einfach nicht!“, schluchzte sie.

„Jetzt beruhige dich erst mal!“, entgegnete Ellen und versuchte, Esthers Hände abzuschütteln. Aber Esther hatte sich regelrecht an ihr festgekrallt und schüttelte sie immer noch. „Lass mich *los*!“, befahl Ellen schließlich. Als Esther immer noch nicht reagierte, schubste Ellen sie so plötzlich rückwärts, dass sie rücklings in die nächstgelegenen Büsche fiel. Zweige knackten, Blätter raschelten, dann war Ruhe. Esther blieb bewegungslos in ihrem Polster aus Buschwerk hängen und starrte ihre Schwester an. Ellen starrte zurück.

Geraume Zeit verging.

Schließlich brach Ellen als Erste das Schweigen. „Bist du allein hier?“ Ihre Worte klangen so kalt und geschäftsmäßig, dass Esther nur mechanisch nickte. „Hast du mir nachspioniert?“

Esther griff nach ihrem Kettenanhänger und hielt sich Hilfe suchend daran fest. Ellens Blick war so hart, dass sie auf einmal Angst hatte. „Nein ... ich ...“, stotterte sie, „... ich wollte nur wissen, wo Gedeon ist.“

„Gedeon?“, wiederholte Ellen verwundert. „In München hatte ich den Eindruck, als würdest du ihn gar nicht kennen!“

„Ich habe herausgefunden, wer er ist“, antwortete Esther mit einem Hauch von Triumph in der Stimme.

„... und dich damit in Gefahr gebracht“, vollendete Ellen ihren Satz. Dann begann sie, nervös auf und ab zu gehen. Eine

Zeit lang schien es, als habe sie Esther vergessen. Gedankenverloren trat sie die Zigarette aus, die ihr eben aus der Hand gefallen war. „Scheiße“, murmelte sie schließlich. „Wenn sie herausfinden, dass es eine Mitwisserin gibt, töten sie uns beide.“ Dann blieb sie stehen und wandte sich wieder ihrer Schwester zu. „Du bringst mich hier in Teufels Küche, weißt du das eigentlich?“

„Was hast du mit Gedeon vor?“, fragte Esther mit zitternder Stimme.

„Der Bulle ist nicht das Problem!“, fuhr Ellen sie an. „*Du* bist jetzt das Problem! Ich muss dich irgendwie hier rausschaffen!“

„Aber nur mit Gedeon“, wagte Esther zu protestieren. „Ohne ihn gehe ich nicht!“

Ellen warf ihrer Schwester einen Blick zu, der deutlich machte, dass sie an ihrem Geisteszustand zweifelte. Dann fragte sie: „Ist der Jeep hier?“

Esther schüttelte den Kopf. „Dieser Frank Blaine hat ihn wieder mitgenommen.“

„Mist, Mist, Mist“, fluchte Ellen, bückte sich und zog Esther am Arm in die Höhe. „Du kommst jetzt erst mal mit. Ich kenne ein gutes Versteck. Dann sehen wir weiter.“ Mit diesen Worten zerrte sie ihre Schwester hinter sich her.

Die sträubte sich allerdings aus Leibeskräften. „Ich komme nur mit, wenn du Gedeon von diesem Baum runterholst“, rief sie.

Ellen blieb stehen und drehte sich zu ihrer Schwester um. Dann warf sie ihr einen der Blicke zu, die in der Lage waren, Esthers Körpertemperatur abzusenken. „Ich kann dich auch ins Lager bringen und den Männern dort zum Fraß vorwerfen. Willst du das?“

Esther schluckte. „Das würdest du nicht tun“, flüsterte sie.

Ellens Augen verengten sich zu drohenden Schlitzen. Sie sah jetzt aus wie eine Katze, die gleich losfauchen wollte. „Du hast gesehen, was ich mit deinem Freund gemacht habe", zischte sie. „Hilft dir das bei deiner Einschätzung weiter?"

Es war exakt dieser Moment, in dem Esthers Aufmerksamkeit zum ersten Mal von ihrer Schwester abgelenkt wurde. Direkt über Ellen hing der Ast eines Laubbaumes tief nach unten, so tief, dass er beinahe Ellens Haare berührte. Das Erstaunliche war allerdings, dass sich einer seiner Zweige auf einmal bewegte! Esther tat einen plötzlichen Schritt rückwärts und löste sich dadurch aus Ellens Griff.

Ellen schaute sie durchdringend an. „Wenn du mir versprichst, keiner Menschenseele von dem zu erzählen, was du hier gesehen hast, passiert dir nichts."

Esthers Blick hing noch immer wie gebannt an dem vermeintlichen Zweig. „Ellen", presste sie hervor. „Ich glaube, über dir ist eine Schlange."

„Ha, ha", machte Ellen. „Netter Versuch. Aber in Kanada gibt's überhaupt keine Schlangen."

„Bist du sicher?", fragte Esther und beobachtete, wie der Zweig Ellens Haare berührte.

Jetzt schien auch Ellen etwas zu spüren. Sie griff nach oben und packte den Zweig. Als sie sich jedoch im nächsten Moment Auge in Auge mit einer waschechten, vielleicht zwei Finger dicken Schlange sah, war es auch um ihre Beherrschung geschehen. Sie schrie auf, schleuderte das Tier von sich und machte einen Satz rückwärts. Dabei stolperte sie jedoch über ihre eigenen Beine, verlor das Gleichgewicht und fiel nach hinten. Sie schlug mit dem Kopf hörbar irgendwo auf, stöhnte und ... rührte sich nicht mehr.

Esther war im ersten Moment wie gelähmt und starrte fassungslos auf die leblose Gestalt ihrer Schwester. „Ellen?", wisperte sie schließlich.

Es kam keine Reaktion. Ellen war doch nicht ... tot?

Der Gedanke ließ Esther zusammenzucken und überflutete sie im Bruchteil von Sekunden mit den unterschiedlichsten, widersprüchlichsten Empfindungen. Da waren tiefe Besorgnis, plötzliche Angst, echte Trauer, Entsetzen, aber auch ein Hauch von Erleichterung … und ein Gefühl von … Freiheit?

Als Esther begriff, was sie da – zumindest teilweise – empfand, stöhnte sie auf, stürzte zu Ellen hinüber und ließ sich neben ihr auf den Boden fallen. „Es tut mir leid", jammerte sie. „Ich will nicht, dass du stirbst. Wirklich nicht!" Vorsichtig drehte sie den Körper ihrer Schwester vom Rücken auf die Seite und rüttelte dann an ihrer Schulter. Das hatte allerdings zur Folge, dass Ellens Kopf wie ein Ball hin- und herrollte. „Wach auf", wimmerte sie und drehte ihr Gesicht zu sich herum. „Wach bitte auf!"

Aber Ellen reagierte nicht. Stattdessen spürte Esther auf einmal eine verräterische warme Nässe zwischen ihren Fingern. Sie schluckte. Ganz langsam, so als wollte sie es in Wirklichkeit gar nicht wissen, legte sie den Kopf ihrer Schwester wieder auf dem Fußboden ab und zog ihre Hand darunter hervor. Es war, was sie befürchtet hatte: Blut. Nicht wenig davon klebte dunkelrot und beängstigend an ihrer Hand.

„Oh bitte, nein!", hauchte Esther und streckte ihre zitternde Hand aus, um an Ellens Hals nach einem Herzschlag zu tasten. In ihrer Aufregung fand sie jedoch nicht gleich die richtige Stelle. Bange Sekunden lang spürte sie gar nichts, verteilte nur das Blut an Ellens Hals. Dann aber fühlte Esther etwas. Zart, aber gleichmäßig klopfte es gegen ihren Mittelfinger.

Erleichtert sackte Esther in sich zusammen. Ellen lebte! Sie war nur bewusstlos!

Bewusstlos.

Das erinnerte Esther an einen zweiten leblosen Körper. Gedeon! Ob er noch immer an diesem Baum hing?

Esther sprang auf, lief ein paar Schritte in die Richtung, in der sie das Lager vermutete, und blieb dann wieder stehen. War sie noch ganz bei Trost? Wollte sie es allen Ernstes im

Alleingang mit mehreren Männern aufnehmen? Das war vollkommen verrückt!

„Ellen!?“, stöhnte sie und sah zu ihrer Schwester hinüber. „Was soll ich denn jetzt machen?“

Aber Ellen rührte sich noch immer nicht. Trotzdem ... oder gerade deswegen ... kam Esther eine irrwitzige Idee ...

„Nie im Leben!“, flüsterte Esther, noch während die Idee in ihr Gestalt annahm. „Das kann ich nicht! So was hab ich noch nie gekonnt!“

Esthers Gedanken überschlugen sich. Es war verrückt ... unmöglich ... und doch die einzige Möglichkeit! Ängstlich sah sie zu Ellen hinüber. Wenn Ellen das erfuhr, würde sie zur Furie werden, so viel war schon mal sicher. Aber im Moment war sie kein Problem und das lenkte Esthers Gedanken zurück zu Gedeon. Jede Sekunde, die sie zögerte, bedeuteten unvorstellbare Schmerzen für ihn. Sie *musste* es einfach tun! Sie *musste*!

Kurz entschlossen hastete sie zu Ellen zurück und überzeugte sich davon, dass ihre Bewusstlosigkeit anhielt. Dann beugte sie sich zu ihr herunter und begann, ihren Blazer aufzuknöpfen. Es war nicht einfach, ein Kleidungsstück von einem leblosen Körper zu entfernen. Ellens Arme schlackerten herum, als wollte sie das Ding einfach nicht hergeben. Minuten vergingen, bis Esther es endlich geschafft hatte. Ihre Wangen waren gerötet und klitzekleine Schweißperlen zierten ihre Nase.

Sie legte den Blazer, der glücklicherweise kein Blut abbekommen hatte, sorgfältig zur Seite und wandte sich der Hose zu. Hier hatte sie noch größere Probleme. Die Hose war eng geschnitten und sie bekam sie kaum über Ellens Hüften. Als sie auch das geschafft hatte, zitterte sie vor Anstrengung am ganzen Körper. Trotzdem legte sie keine Pause ein. Sie entfernte auch noch Ellens beigefarbenes Top sowie ihre flachen, dunkelbraunen Sneaker, zog dann ihre eigenen Kleidungsstücke aus, deckte Ellen notdürftig damit zu und schlüpfte in ihre Sachen.

Als sie fertig war, sah sie ein wenig skeptisch an sich herunter. Obwohl sie Ellens Kleidung trug, *fühlte* sie sich immer noch wie Esther. Sie überlegte kurz. Im nächsten Moment entfernte sie das Haarband, das ihre schweren Locken zusammenhielt, und schüttelte ein wenig den Kopf. Dann war das noch das Problem der Fingernägel. Während ihre eigenen ziemlich kurz gehalten waren, besaß Ellen lange, rot lackierte Krallen. Esther zuckte mit den Achseln. Sie musste einfach darauf hoffen, dass Männer auf so etwas nicht achteten. Ähnlich verhielt es sich mit ihren Augenbrauen. Ellen färbte sich die Augenbrauen von jeher dunkel, während ihre eigenen ihre natürliche rotblonde Farbe aufwiesen. Auch daran ließ sich jetzt nichts mehr ändern. Trotzdem machten ihr diese Unsicherheitsfaktoren Angst. Sie spürte deutlich, wie sich ein flaues Gefühl in der Magengegend einstellte.

Du musst dich jetzt zusammenreißen, ermahnte sie sich. Aber sie hatte Angst. Sie sah ein letztes Mal zu Ellen hinüber. In ihrer Bewusstlosigkeit sah sie ausgesprochen harmlos aus. Wenigstens in diesem Moment war sie ihr unterlegen. „Du lässt mir keine andere Wahl“, flüsterte sie trotzig. Dann atmete sie tief durch, richtete sich bewusst zu ihrer vollen Größe auf und hob ihren Kopf. So und nur so würde Ellen durch die Gegend laufen. Esther ging in die Richtung, in der auch Ellen unterwegs gewesen war. Dort gab es einen kleinen Trampelpfad, der wahrscheinlich in Richtung Lager führte.

„Ich bin Ellen Kieling“, flüsterte sie probeweise.

Und dann lächelte sie plötzlich. Das hier machte Spaß! Sie war gerade dabei, ihre Schwester zu besiegen. Sie tat das, was sie schon ihr Leben lang hatte tun wollen! Sie beschleunigte ihren Schritt. Dabei gelang es ihr tatsächlich, die stolze Haltung ihrer Schwester zu kopieren. Sie lächelte noch breiter. Sie konnte Ellen genauso gut spielen, wie Ellen *sie* spielen konnte! Sie besaß die gleichen Gene! Sie war die geborene Schauspielerin!

Plötzlich stand sie auf der Lichtung mit den Hütten. Erschrocken blieb sie stehen. Rechts von ihr, in vielleicht zehn Metern Entfernung, arbeiteten noch immer die beiden Männer an dem Jeep. Und Gedeon hing nach wie vor an dem Baum. Esther konnte den Blick gar nicht von ihm losreißen. Er hatte die Augen geschlossen und rührte sich nicht. Ob er ebenfalls bewusstlos war?

Ein Geräusch ließ Esthers Kopf nach rechts herumschnellen. Der kräftige Mann, der vorhin mit Ellen bei Gedeon gestanden hatte, verließ wieder die Hütte, in die Esther ihn hatte gehen sehen. Als er Esther sah, kam er auf sie zu. Esther blieb im ersten Moment beinahe das Herz stehen. Sich vorzustellen, die eigene Schwester zu spielen, war eine Sache, aber es wirklich tun ...

Als er Esther erreicht hatte, fragte er: „Hey, you want some coffee?“

Esther hatte ganz bestimmt nicht vor, seelenruhig einen Kaffee zu trinken, während Gedeon Höllenqualen litt. Außerdem musste sie sich beeilen; schließlich wusste sie nicht, wann Ellen wieder aufwachte.

„N-no thanks“, stotterte sie und folgte dem starken Impuls, mit den Zähnen ihre Unterlippe zu bearbeiten.

Der eben noch offene Gesichtsausdruck des bulligen Fremden wich einem gewissen Misstrauen. „Not?“, wiederholte er und schien Esther auf einmal mit seinen Blicken zu durchbohren.

In Esthers Kopf rotierte es. Eins war klar. Wenn sie sich wie Esther benahm, würde sie schnell auffliegen! Sie musste jetzt ihre Rolle spielen, und das überzeugend. Aber wie benahm sich Ellen gegenüber diesen Leuten? Auf jeden Fall nicht unsicher. Wahrscheinlich war sie eben Ellen: ein Alphatier, gewohnt, Befehle zu erteilen, selbstbewusst und alles andere als zimperlich. Diese Rolle musste Esther spielen. Sie *musste*.

„No“, wiederholte sie, diesmal aber knapp und mit leicht genervtem Unterton. Und dann ging sie einfach auf Gedeon zu und sagte, ohne sich noch einmal umzudrehen: „Come on.“

Einen Moment lang fragte sie sich, ob er gehorchen würde. Aber dann hörte sie die Schritte des Mannes hinter sich. Er schien ihr tatsächlich zu folgen! Konzentriert setzte sie einen Schritt vor den anderen. Dabei ermahnte sie sich immer wieder, Kopf und Schultern nicht hängen zu lassen und einen festen, forschen Gang beizubehalten.

Nur wenige Meter vor Gedeon blieb sie stehen. Verzweifelt versuchte sie, ihn nicht anzusehen, nicht zu bemerken, wie schlimm er aussah, wie bleich und eingefallen, wie mitgenommen. Ihre Gesichtszüge durften jetzt auf keinen Fall weich werden!

„Take him down“, befahl sie so streng, wie es ihr in diesem Moment möglich war.

„But why –“

Esther war auf Widerspruch vorbereitet und hatte sich vorgenommen, ihn im Keim zu ersticken. Und so ließ sie den Mann nicht einmal zu Ende reden. „I said, let him down!“, fauchte sie wutentbrannt. Und dann versuchte sie, ihm genau den Blick zuzuwerfen, den sie bei Ellen immer so fürchtete.

Der Mann grummelte, dann trat er hinter den Baum, an dem Gedeon hing, und machte sich an den Stricken zu schaffen.

Esther konnte es kaum glauben. Sie hatte nicht wirklich damit gerechnet, ihn überzeugen zu können!

Es dauerte einen Moment, dann gaben beide Seile gleichzeitig nach und Gedeon fiel ungebremst auf den harten Boden. Obwohl er auf dem Gesicht landete, gab er kein Geräusch, nicht mal ein Stöhnen von sich. Esther tat unwillkürlich einen Schritt in seine Richtung. Sie hatte sich zu ihm herunterbeugen wollen, um festzustellen, ob er sich bei dem Sturz ernsthaft verletzt hatte oder vielleicht gar nicht mehr am Leben war. Aber dann konnte sie sich noch im letzten Moment bremsen. Sie warf ihrem Begleiter einen kurzen Blick zu und entdeckte wieder einmal Wachsamkeit und Misstrauen darin. Sie schluckte. Sie durfte jetzt auf gar keinen Fall aus der Rolle fallen!

Ellen ist skrupellos und brutal!, ermahnte sie sich.

Und so versteinerte sie ihren Gesichtsausdruck, holte mit dem rechten Fuß aus und trat gegen Gedeons linke Hüfte. Jetzt endlich gab er ein leises Stöhnen von sich. Unmerklich atmete Esther auf. Immerhin war er am Leben! Jetzt wurde es Zeit für ihren Plan. Sie würde vorgeben, ihn irgendwo allein befragen zu wollen, ihm dann die Wahrheit sagen und mit ihm fliehen. Das musste doch einfach klappen!

In der Zwischenzeit hatte Esthers Begleiter etwas aus der Tasche gezogen. Er klimperte damit herum und zog so Esthers Aufmerksamkeit auf sich. Handschellen! „Do you want me to cuff him?“, fragte er.

Esther überlegte noch, ob es besser war, die Frage zu bejahen, damit der Mann keinen Verdacht schöpfte, als plötzlich alles furchtbar schnell ging. Im ersten Moment begriff sie überhaupt nicht, was geschah. Aber sie spürte einen harten Gegenstand an ihrem Hals und das überzeugte sie sofort vom Ernst der Lage.

„Get back! Get back!“, schrie Gedeon, der blitzartig aufgesprungen war, Esther von hinten gepackt hatte und ihr jetzt ein ausgeklapptes Taschenmesser an die Kehle hielt. Das Taschenmesser wackelte verdächtig hin und her und so wagte Esther kaum zu atmen. Trotzdem stieg ihr ein penetranter Geruch in die Nase. Er musste von Gedeon kommen und schien aus einer Mischung von Dreck und Schweiß zu bestehen. Mit weit aufgerissenen Augen und wild klopfendem Herzen starrte Esther auf Ellens Helfershelfer.

Der war tatsächlich einen Schritt zurückgetreten, hatte beschwichtigend die Hände gehoben und sagte: „Hey, calm down, pal.“

Aber Gedeon dachte nicht daran, sich zu beruhigen. Esther spürte deutlich, dass er am ganzen Körper zitterte. Sie fand das nicht verwunderlich; eher staunte sie, dass er nach allem, was ihm widerfahren war, überhaupt so schnell aufstehen und seine Arme hatte gebrauchen können.

„Don't you move!", drohte er. „Or she's dead." Dann schob er Esther in Richtung des Jeeps, ging dabei aber seitwärts, um sowohl den kräftigen Mann als auch die beiden anderen, die zuvor am Jeep gearbeitet hatten, nicht aus den Augen zu verlieren. Beide hatten inzwischen mitbekommen, was vor sich ging, und blickten neugierig in ihre Richtung. „Stay back", rief Gedeon auch ihnen zu. Und auch sie traten folgsam ein paar Schritte zurück.

Esther hatte inzwischen beide Hände um den Unterarm gelegt, der ihr das Messer an die Kehle hielt. Sie wollte sich nicht wehren, sondern sicherstellen, dass der zitternde Arm nicht außer Kontrolle geriet.

Gedeon aber schien das als Widerstand aufzufassen, denn er flüsterte mühsam und etwas abgehackt: „Wenn du irgendetwas versuchst, schlitze ich dich so vollständig auf, dass dich niemand mehr zusammenflicken kann. Das ... wollte ich sowieso schon seit Längerem tun."

Esther schluckte. Eben noch war ihr der Gedanke durch den Kopf geschossen, dass eigentlich alles nach Plan lief. Es war doch egal, auf welche Art sie das Lager verließen. Hauptsache, sie waren frei. Aber jetzt ahnte sie plötzlich, was ihr blühte. Gedeon hasste, sie und das zu Recht. Und es war äußerst fraglich, ob er ihr glauben würde, dass sie nicht Ellen war.

Mittlerweile hatten sie den Jeep erreicht. Er hatte eine auffallend kantige Form und war äußerst spartanisch ausgestattet. Er hatte kein Dach, und sogar auf Türen hatte man verzichtet.

„Auf den Fahrersitz, los", zischte Gedeon und schob Esther in den Wagen. Dabei stellte er allerdings sicher, dass sich das

Messer keine Sekunde von ihrem Hals entfernte. Im Gegenteil, eher erhöhte er den Druck noch. Esther wagte jetzt kaum mehr zu atmen. Sie konnte ihren eigenen Herzschlag an dem harten Metall spüren und fühlte, wie die scharfe Klinge in ihre Haut schnitt.

Als Gedeon dann auch noch selbst Anstalten machte, den Wagen zu erklimmen, schrie Esther auf. „Sie bringen mich um!"

Daraufhin entfernte sich das Messer einige Millimeter von ihrem Hals. Trotzdem war Esther vor Angst wie gelähmt. Sie merkte, welche Mühe Gedeon hatte, in den Wagen zu kommen. Hinten fehlte es an einem vernünftigen Einstieg, und da die Rückbank sein Ziel war, musste er über den Beifahrersitz klettern, um dorthin zu gelangen. Dabei verwandelte sich das Zittern seines Armes in ein Schlottern. Esther hielt seinen Unterarm fest umklammert und starb tausend Tode, bis er endlich eingestiegen war.

„Losfahren!", kommandierte er atemlos.

Esther sah sich ein wenig panisch in dem Wagen um. Sie war seit ihrer Jugendzeit kaum mehr Auto gefahren und schon gar nicht solche martialischen Gefährte! „Ich ... kann nicht", presste sie hervor.

Im gleichen Moment aber nahm der Druck auf ihren Hals fürchterlich zu. Erst spürte sie einen stechenden Schmerz und anschließend, wie eine warme Flüssigkeit an ihrem Hals heruntersickerte.

„Okay, okay", flüsterte sie atemlos.

Der Druck ließ wieder nach. Das Panikgefühl allerdings blieb. Erst jetzt hatte Esther begriffen, in was für einer Situation sie steckte. Das hier war nicht mehr *ihre* Befreiungsaktion, es war Gedeons. Und der kämpfte um sein Leben. Man hatte ihn gequält und in die Enge getrieben. Unter diesen Umständen war ihm alles, aber auch wirklich alles zuzutrauen! Besonders jetzt, wo sie sozusagen seinen Feind verkörperte. Wenn sie diese Situation überleben wollte, musste sie tun, was er sagte.

Ihr Blick fiel zunächst auf ein gewöhnliches Lenkrad. Daneben entdeckte sie das Zündschloss mit einem Schlüssel darin. So weit – so gut. Aber als sie rechts neben ihrem Sitz nach dem Schaltknüppel suchte, wurde sie enttäuscht. Es war keiner da! Stattdessen erblickte sie rechts hinter dem Lenkrad einen kräftigen Hebel. Ein Automatikwagen! Sie lenkte ihren Blick auf die Pedale und fand ihre Sorge bestätigt. Zwei, nur zwei!

„Ich bin noch nie einen Automatikwagen gefahren", flüsterte sie.

Wieder verstärkte sich der Druck gegen ihren Hals. Und dann flüsterte eine mühsam beherrschte Stimme direkt an ihrem Ohr: „Ich hab dich mindestens dreimal in diesem Wagen durch die Gegend fahren sehen. Also fahr los, oder wir sterben beide hier."

Esther schluckte und spürte, wie die harte Klinge des Messers ihren Kehlkopf zusammendrückte. Sie hatte keine Wahl. Sie musste es versuchen! Eilig griff sie nach dem Zündschlüssel und drehte ihn herum. Sofort sprang der Wagen an. Aber als sie das Gaspedal drückte, reagierte er nicht. Das konnte nur am Schalthebel liegen! Sie griff danach und versuchte, ihn umzulegen, musste aber feststellen, dass das nicht möglich war. Er saß bombenfest und rührte sich nicht von der Stelle. Esther geriet immer mehr in Panik und zerrte wie eine Verrückte daran herum.

„Die Bremse", knurrte Gedeon.

Mittlerweile zitterte Esther mindestens so stark wie der Mann, in dessen Gewalt sie sich befand. Trotzdem gelang es ihr, auf die Bremse zu treten und erneut den Schalthebel zu betätigen. Und tatsächlich, jetzt reagierte er! Da sie ohnehin nichts mit den Buchstaben anzufangen vermochte, schaltete sie einfach eine Stufe herunter und trat aufs Gaspedal. Der Motor heulte auf und der Wagen setzte sich in Bewegung, allerdings rückwärts. Erschrocken rammte sie ihren Fuß ein zweites Mal auf das Bremspedal. Der Wagen blieb daraufhin so ruckartig stehen, dass Esthers Kopf gegen das Lenkrad geschleudert wurde. Einen Moment war sie wie benommen. Jetzt musste das Messer ihr doch die Kehle durchschnitten haben?!

„Get back!“, hörte sie Gedeon hinter sich rufen. „Don't you dare!“

Esther spürte wieder die Klinge. „She's as good as dead!“, schrie Gedeon. „Versuch das nicht noch mal“, zischte er Esther auf Deutsch ins Ohr.

Esther begriff noch immer nicht ganz. Aber sie zwang sich einzuatmen. Und es funktionierte. Alles schien noch zu funktionieren!

„Fahr!“, befahl Gedeon. Gleichzeitig entfernte er das Messer ein kleines Stück von ihrem Hals. Sie lebte noch! Entschlossen trat sie erneut auf das Bremspedal. Dann riss sie den Schalthebel ganz bis nach unten und gab vorsichtig Gas. Und der Wagen fuhr! Vorwärts sogar, wenn auch langsam!

„Schneller!“, befahl Gedeon.

Esther drückte das Gaspedal stärker durch. Dann richtete sie ihren Blick nach vorn. „Wohin?“, rief sie ein wenig hilflos. Vor ihr lagen zwei der kleinen Hütten, rechts ging es auf direktem Weg in undurchsichtiges Unterholz hinein.

„Den Weg entlang“, entgegnete Gedeon und deutete nach links.

Der „Weg“ führte links an den beiden Hütten vorbei und war so schmal und unscheinbar, dass er diesen Namen eigentlich gar nicht verdiente. Eher handelte es sich um einen Trampelpfad, der nicht so aussah, als wäre er jemals zuvor von einem Wagen befahren worden. Trotzdem gehorchte Esther und fuhr mit Vollgas den Pfad entlang. Anfangs ging das auch recht gut. Hinter den Hütten war der Boden fest. Zwar gab es allerhand Schlaglöcher, sodass der Wagen mehr hüpfte als fuhr, doch bestand immerhin nicht die Gefahr, dass er irgendwo stecken blieb. Der Pfad führte jetzt in Schlangenlinien zwischen Felsen und Büschen hindurch, doch dank des Adrenalins in ihrem Blut fuhr Esther, als hätte sie nie eine Fahrpause eingelegt. Problematischer wurde es erst, als sich die Landschaft veränderte. Der Bewuchs wurde mit jedem Meter dichter und ging schließlich in ein Wäldchen über. Zunächst konnte man den Pfad noch einigermaßen erkennen, aber dann verlor er sich einfach im Unterholz. Irritiert trat Esther auf die Bremse und hielt an.

„Weiter!“, zischte Gedeon.

„Aber wohin denn?“, fragte Esther.

„Irgendwohin“, lautete die Antwort.

Esther reagierte nicht gleich. „Los doch!“, befahl Gedeon.

Esther gehorchte und fuhr weiter, einfach geradeaus ins Gebüsch. Mehr als einmal musste sie sich ducken, um den Ästen zu entgehen, die ungehindert in den Jeep schlugen. Und immer noch wurde der Bewuchs dichter und der weiche Waldboden bot den Reifen keinen Widerstand. Esther gab teilweise Vollgas und erreichte doch nur Schritttempo. Und dann war es schließlich so weit. In einer Kuhle kam der Wagen zum Stehen und rührte sich keinen Millimeter mehr. Die Reifen drehten einfach durch.

Fluchend stieg Gedeon aus. Ein paarmal versuchte er, den Wagen aus der Senke zu schieben, aber er hatte keine Kraft. Schließlich gab er auf und kramte in dem offenen Kofferraum hinter der Rückbank herum. Er holte einen Rucksack hervor und füllte ihn mit verschiedenen Sachen. Lebensmittel schienen darunter zu sein, aber auch Streichhölzer, ein Kompass, eine Wolldecke, eine Karte …

Währenddessen blieb Esther einfach auf ihrem Platz sitzen und fragte sich, ob Gedeon jetzt keine Verwendung mehr für sie hatte und … Aber dann versuchte sie, sich daran zu erinnern, dass er Polizist und kein Mörder war. Er würde ihr schon nichts tun. Oder? Wieder einmal erinnerte sie sich daran, was Ellen, also aus seiner Sicht sie selbst, ihm angetan hatte. Das konnte einen doch ganz schön wütend machen, oder?

Gedeon holte jetzt ein aufgewickeltes Seil aus dem Kofferraum hervor und starrte es einen Moment lang an. Dann hob er langsam den Blick und richtete ihn auf Esther. Es war nicht gerade Wohlwollen, was Esther in seinen pechschwarzen Augen entdecken konnte. Eher schienen giftige Pfeile daraus hervorzuschießen.

Esther fasste sich unwillkürlich an die Kehle. Er würde sie doch nicht aufknüpfen oder so was?

Dann ging Gedeon mit dem Seil langsam auf Esther zu.

Esther stieß einen spitzen Schrei aus und sprang – weitaus flinker, als man es einer großen Frau wie ihr zugetraut hätte – auf der Beifahrerseite aus dem Wagen. Dann rannte sie einfach blindlings los. Sie lief und lief, in einem Tempo, das nur Todesangst möglich machte. Und obwohl sie mehrfach stolperte, obwohl Äste und Zweige wie Peitschenhiebe in ihr Gesicht und gegen ihren Körper schlugen, hielt sie nicht an. Sie rannte immer weiter und erlaubte sich nicht ein einziges Mal, sich nach ihrem Verfolger umzudrehen. Sie erinnerte sich daran, dass Gedeon seit seiner Schussverletzung humpelte. Und daran, dass er in den vergangenen Wochen Schlimmes durchgemacht hatte. Fit konnte er unter diesen Umständen doch nicht sein. Im Gegenteil, eigentlich müsste er längst zurückgefallen sein!

Aber da wurden ihre Hoffnungen auch schon zunichtegemacht. „Bleib stehen“, hörte sie Gedeon hinter sich keuchen. Und es klang furchtbar nah.

Nur für einen Sekundenbruchteil sah sie sich um und stellte fest, dass er tatsächlich nur wenige Meter hinter ihr war. Als sie wieder nach vorn blickte, war es schon zu spät. Sie hatte die kleine Senke zu spät bemerkt, war nicht darauf vorbereitet, stolperte und fiel der Länge nach hin. Natürlich versuchte sie sofort, sich wieder hochzurappeln. Sie hätte es auch geschafft, wenn nicht ein heftiger Schlag gegen ihren Rücken sie erneut umgeworfen hätte. Sie ging mit solcher Wucht zu Boden, dass ihr regelrecht die Luft wegblieb. Trotzdem versuchte Esther, ein zweites Mal hochzukommen. Doch jetzt drückte sich ein kantiges, scheinbar zentnerschweres Gewicht unbarmherzig zwischen ihre Schulterblätter und presste sie auf den Boden. Esthers Gesicht grub sich in den feuchten, weichen Waldboden. Ein modriger Geruch umgab sie. Als Nächstes wurden ihre beiden Arme gepackt, schwungvoll und schmerzhaft hinter ihren Rücken gerissen und ebenfalls durch ein Gewicht dort festgehalten.

„Bitte", stöhnte Esther nur.

Aber das kümmerte Gedeon nicht. Keuchend hockte er über Esther und drückte ihre Hände mit seinen Knien bleischwer auf ihren Rücken. Mit zitternden Händen fingerte er an dem aufgewickelten Seil herum, das er immer noch bei sich trug. Allerdings dauerte es ziemlich lange, bis es ihm gelang, es zu entwirren. Dann aber legte er es um ihre Handgelenke, verknotete es und zog es mit aller Kraft fest.

Esther entfuhr ein erneutes Stöhnen. Das Seil schnitt tief in ihre Haut ein. „Das ist zu fest", jammerte sie. Ihre Worte klangen erstickt, weil ihr Gesicht noch immer halb in den Waldboden gepresst war.

Aber Gedeon ignorierte sie ohnehin. Seine ruckartigen Bewegungen zeugten noch immer von seiner Wut, die er empfand. Er war jetzt fertig mit seinem Knoten, sprang auf, packte Esther an den Haaren und zog sie brutal hoch.

Esther versuchte, der Bewegung zu folgen, hatte damit aber große Mühe, weil ihr ja im wahrsten Sinne des Wortes die Hände gebunden waren. Trotzdem stand sie bald auf ihren schmerzenden Beinen und stolperte los. Gedeon eilte zurück in Richtung Jeep. Er ging schnell und konzentriert, ohne auf Esther und ihre offensichtlichen Schwierigkeiten Rücksicht zu nehmen.

„Hören Sie", setzte Esther an, während sie keuchend hinter ihm herlief. „Es ist alles gar nicht so, wie Sie denken."

Gedeon antwortete nicht. Sein grimmiger Gesichtsausdruck ließ allerdings darauf schließen, dass er nicht gerade erpicht auf ein Gespräch war.

„Ich ... ich weiß ja, dass das ziemlich unglaubwürdig klingt, aber ... ich ... ich bin gar nicht Ellen Kieling."

Esther hielt inne und wartete auf eine Reaktion. Es kam allerdings keine. Auch das Tempo veränderte sich nicht.

„Mein ... mein Name ist Esther ... Esther Kieling. Ich bin Ellens Schwester ... ihre Zwillingsschwester, um genau zu sein. Und ... und ich bin nur hierhergekommen, um ... um Ihnen zu helfen!" Während Esther diese Worte sprach, wurde ihr selbst klar, dass Gedeon ihnen niemals Glauben schenken würde. Es klang einfach zu verrückt, zu weit hergeholt, zu sehr nach Ausrede.

Und er reagierte auch nicht, überhaupt nicht.

Trotzdem – es war ihre einzige Chance. „Ich wohne normalerweise in Gießen", fuhr sie schwer atmend fort. „Vor ein paar Wochen ... war ich in München und habe meine Schwester besucht. Da bin ich Ihnen zum ersten Mal begegnet. ... Wissen Sie noch? Sie ... haben mich bis auf den Bahnhof verfolgt. Ich hatte keine Ahnung ... was Sie von mir wollen ... Deshalb bin ich ... vor Ihnen ... davongelaufen ... Ich konnte ... Ihnen entwischen. Aber ... die Geschichte ging mir nicht mehr aus dem ... Kopf ... Später ... erfuhr ich, dass Sie ... Polizist sind. Und dass Sie ... in Wirklichkeit ... hinter meiner Schwester ... her waren." Esther brach ab. Sie war jetzt vollkommen außer Atem. Außerdem musste sie überlegen. Sollte sie die ganze Wahrheit sagen? Auch im Hinblick auf Gerrit? Und auf den Besuch bei seiner Mutter? Sie entschied sich dagegen. „Und dann hörte ich ... dass Sie verschwunden waren. Aufgrund ... verschiedener Umstände hatte ich inzwischen ... meine Schwester im Verdacht, etwas damit zu tun zu haben. Ich –"

Esther hielt ganz plötzlich inne, weil Gedeon abrupt stehen geblieben war. Erwartungsvoll sah sie ihn an. Ob er ihr vielleicht doch glaubte? Ein bisschen zumindest?

Gedeon drehte sich im Zeitlupentempo zu Esther um. Dann durchbohrte er sie mit einem Blick, der puren Hass und eisige Kälte enthielt. „Halt – die – Klappe!“, fauchte er.

„Sie glauben mir nicht“, stellte Esther fest.

„Du bist intelligenter, als du *mir* zugestehen willst“, knurrte Gedeon.

„Aber es ist die Wahrheit“, jammerte Esther. „Wirklich. Können Sie nicht wenigstens versuchen, es irgendwie nachzuprüfen?“

„Gerne doch“, antwortete Gedeon voller Sarkasmus. „Sobald ich dich in einer deutschen Gefängniszelle abgeliefert habe, überprüfe ich alles, was du willst.“

Esther seufzte. Allmählich sah sie ein, dass es keinen Zweck hatte. Immerhin hieß das ja wohl, dass er nicht vorhatte, sie an Ort und Stelle umzubringen. Und das tröstete sie doch ungemein. Sie musste ihm nur helfen, nach Deutschland zurückzukehren. Dann würde sich schon alles aufklären.

Gedeon ließ Esthers Haare los und hob das Seil auf, das von ihren Händen herunterbaumelte und das sie die ganze Zeit hinter sich hergezogen hatte. Ohne ein weiteres Wort oder auch nur einen Blick setzte er anschließend seinen Weg fort. Auch das alte Tempo nahm er wieder auf. Erneut musste sich Esther beeilen, um mit ihm Schritt zu halten. Sie konnte nicht zulassen, dass sich das etwa zwei Meter lange Seil straffte, denn sonst wäre sie herumgerissen worden und wieder unsanft auf dem Boden gelandet. So hastete sie halb gehend, halb laufend hinter ihm her. Bald hatten sie den Jeep wieder erreicht. Gedeon kramte im Rucksack herum, holte einen Kompass hervor und steckte ihn in die Tasche. Anschließend verschloss er den Rucksack und machte Anstalten, ihn sich auf den Rücken zu schnallen. Aber dann hielt er plötzlich inne und sah zu Esther herüber. Einen Moment schien er zu überlegen. Dann ging er zu ihr und machte sich an ihren Handfesseln zu schaffen. Sofort verringerten sich die Schmerzen, und das Blut schoss wieder bereitwillig in ihre schon fast tauben Finger. Esther stieß einen Seufzer der Erleichterung aus, nahm ihre Hände nach vorne und bewegte glücklich die Finger.

„Du nimmst den Rucksack“, sagte Gedeon. „Los, schnall ihn dir auf.“

Esther nickte, ging zum Jeep herüber und wollte sich den Rucksack schwungvoll auf den Rücken werfen. Doch dann bekam sie große Augen. „Sind da Backsteine drin?“, fragte sie entgeistert. Der Rucksack musste mindestens fünfzehn Kilo wiegen!

„Aufschnallen“, knurrte Gedeon nur.

Esther wuchtete den Rucksack mit beiden Händen in die Höhe. Es gelang ihr, ihn auf die Motorhaube des Jeeps zu heben, dann zwängte sie ihre Arme durch die Schlaufen und ruckelte ihn auf ihren Rücken. „Zufrieden?“, fragte sie.

„Fast“, antwortete Gedeon knapp. Dann hob er das Seil wieder auf, ging auf Esther zu und machte Anstalten, ihr die Hände vor dem Bauch zusammenzubinden.

Mit einem Ruck entzog Esther sie ihm. „Kommt nicht in Frage“, fauchte sie. „Ich sehe überhaupt nicht ein –“

Schon im nächsten Moment aber biss sie sich auf die Zunge. Ebenso ruckartig, wie sie Gedeon ihre Hände entzogen hatte, hatte er ihren Hals umfasst und zugedrückt. Esther röchelte, rührte sich aber nicht. Doch schnell spürte sie, wie ein Schwindelgefühl Besitz von ihr ergriff. Gleich würde sie ohnmächtig werden! Mit vor Angst und Panik geweiteten Augen sah sie zu Gedeon auf und flehte stillschweigend um Gnade.

Und dann ließ er sie los.

Esther torkelte und fing sich wieder. Gierig zog sie die Luft ein und kämpfte gleichzeitig mit den Tränen. Sie war kurz davor, völlig die Fassung zu verlieren.

Als sie sich einigermaßen wieder gefangen hatte, streckte sie ihm die Hände entgegen und legte sie schon einmal über Kreuz. Sie würde ihn nicht noch einmal wütend machen. Nie wieder!

Sie bemerkte nicht, dass Gedeon einen Moment zögerte. Ein Ausdruck von Erstaunen, wenn nicht gar Verwirrung huschte über sein unrasiertes Gesicht. Aber dann fing auch er sich, legte das Seil um ihre Handgelenke und formte einen Knoten.

Esther betrachtete verstohlen seine Hände. Es waren wirklich große Hände. Ihr war, als spürte sie noch immer ihren Druck um ihren Hals. Wie konnte es nur angehen, dass eine dieser Pranken beinahe ihren gesamten Hals umfassen konnte?

Gedeon fasste jetzt nach den beiden Seilenden und zog den Knoten ruckartig zu.

Esther zuckte vor Schmerz zusammen, unterdrückte aber jeden Laut. Sie würde ihm keinen Grund geben, sie noch mehr zu quälen. Nein, bestimmt nicht. Das hier reichte völlig. Ihre Hände pochten um die Wette, die Haut an ihren Handgelenken war schon jetzt total wund gescheuert. Es schien, als hätte Gedeon dieses Mal sogar noch mehr Kraft aufgewendet als beim letzten Mal. Nein, wirklich, sie hatte für den Anfang genug.

Nachdem Gedeon den Knoten noch mehrfach gesichert hatte, war Esther sicher, dass die Blutzufuhr in ihre Hände völlig zum Erliegen gekommen war. Trotzdem biss sie sich auf die Zunge und verkniff sich jeden Kommentar.

Gedeon hob jetzt das Seilende auf, sah noch einmal kurz auf seinen Kompass und machte sich dann strammen Schrittes in die Richtung auf, in der auch der Jeep unterwegs gewesen war. An Esther verschwendete er dabei weder ein weiteres Wort noch einen Blick. Wieder blieb ihr nichts anderes übrig, als ihm zu folgen. Anfangs ging das auch ganz gut. Es war sogar interessant für sie, hinter Gedeon herzugehen. Auf diese Weise hatte sie die Gelegenheit, ihn ausgiebig zu betrachten. Er war wirklich ein Riese, wenn auch eher schmal gebaut. Und dann erst seine Beine! Sie waren so lang, dass er einen Schritt machte, wenn Esther fast zwei brauchte. Und dabei war sie doch selbst nicht gerade kurzbeinig! Da war auch wieder das leichte Humpeln. Aus ihrer jetzigen Perspektive konnte sie es zum ersten Mal so richtig studieren. Es war deutlich wahrzunehmen, schien ihn aber überhaupt nicht zu behindern. Eher war es in seine fließenden Bewegungen eingebaut und gehörte zu seinem Gang.

Sie waren etwa eine halbe Stunde marschiert, als sich die Landschaft zu verändern begann. Der Wald lichtete sich und das Gelände stieg immer mehr an. Gedeon allerdings behielt sein Tempo bei. Wie ein Uhrwerk setzte er einen Schritt vor den anderen, so, als würde er nicht einmal wahrnehmen, dass es immer steiler bergauf ging. Esther hingegen merkte es deutlich. Sie atmete immer heftiger, ihr Herz schlug schneller, die Beine wurden ihr schwer. Rücken und vor allem Schultern schmerzten unter dem Gewicht des Rucksacks. Irgendwann wurde es so schlimm, dass sie sich jeden Schritt erkämpfen musste. Sie konzentrierte sich jetzt so sehr auf das Vorwärtskommen, dass sie das Pochen in Händen und Handgelenken beinahe vergaß. Längst hatte sie auch aufgehört, Gedeon zu beobachten.

Weiter, weiter, weiter, war der einzige Gedanke, der im Rhythmus ihrer Schritte durch ihren Kopf jagte.

Eine Stunde verging. Und noch immer blieb das Tempo gleich.

Esthers Keuchen war bald kaum mehr zu überhören. Von ihrer Stirn tropfte der Schweiß. Immer größer wurde jetzt der Widerstand ihrer Beine, immer kleiner die Motivation weiterzugehen.

Ich kann nicht mehr, behauptete schließlich ihr Verstand. Aber dann erinnerte sie sich wieder an die unerbittliche Hand um ihren Hals und zwang sich weiter. Eine weitere Stunde verging.

Allmählich verspürte sie auch Durst. Zu Anfang war es nur ein vages Gefühl, das sich aber immer mehr steigerte. Schließlich übertönte es sogar die Schmerzen und wurde unerträglich.

Und dann blieb Gedeon so plötzlich stehen, dass Esther fast mit ihm zusammengestoßen wäre. Dann sank sie mit einem Seufzer auf die Knie; sich hinzusetzen war wegen des Rucksacks allerdings unmöglich.

Gedeon trat hinter Esther und öffnete den Rucksack. Dann holte er eine Plastikflasche daraus hervor und setzte sie an den Hals. In wenigen Schlucken trank er sie halb leer. Esther beobachtete das und leckte sich hoffnungsvoll die Lippen. Gedeon allerdings würdigte sie auch jetzt keines Blickes, verschloss die Flasche wieder und legte sie in den Rucksack zurück.

„Kann ich bitte auch etwas zu trinken haben?“, krächzte Esther.

„Es ist nicht viel da“, entgegnete Gedeon streng. „Du bekommst deinen Anteil, wenn wir Rast für die Nacht machen.“

Esther wagte noch immer nicht, ihn anzusehen. Ein Zittern durchfuhr sie. „Bitte“, flüsterte sie. Es fiel ihr nicht einmal schwer, sich vor ihm zu demütigen.

Gedeon zögerte einen Moment. Aber dann presste er entschlossen die Lippen aufeinander, verschloss den Rucksack und setzte sich wieder in Bewegung. Wieder blieb Esther nichts anderes übrig, als sich aufzurappeln und ihm hinterherzustolpern. Dieses Mal fiel es ihr noch schwerer als vorhin. Durst, Schmerzen und Erschöpfung hatten ihr so ziemlich alle Energien geraubt. Und die kurze Verschnaufpause hatte nur dazu beigetragen, dass sie sich dieses Zustandes noch stärker bewusst geworden war. Trotzdem mobilisierte sie ihre letzten Kräfte, schleppte sich immer weiter hinter dem Mann her, der sie bis heute Morgen noch fasziniert und interessiert hatte, ihr jetzt aber nur noch Angst machte.

Mittlerweile waren die Schatten der Bäume, Büsche und Felsen immer länger geworden. Es wurde Abend und der Tag neigte sich seinem Ende zu. Trotzdem dauerte es noch zwei weitere Stunden, bis es tatsächlich dämmerte. Aber dann ging alles sehr schnell. Es war, als hätte jemand einen Schalter umgelegt. Innerhalb weniger Minuten war es stockfinster. Gleichzeitig frischte ein unangenehmer, kalter Wind auf. Normalerweise hätte diese Situation Esther in Angst und Schrecken versetzt. Sie war nicht der Typ, der locker-flockig durch eine ihr unbekannte, unwirtliche, finstere Umgebung marschierte. Aber heute bemerkte sie das alles gar nicht. Sie war wie eine Marionette, die mechanisch einen Fuß vor den anderen setzte.

Und dann änderte Gedeon ganz plötzlich die Richtung. Er bog nach rechts ab, ging auf eine Felsgruppe zu, sah sich um. Dann sagte er schlicht: „Wir bleiben hier."

Die Worte ließen Esther aufhorchen. Hierbleiben wie Rasten? Rasten wie Ausruhen, Trinken, Essen? Ein Gefühl der Hoffnung setzte sich wie ein kleines Vögelchen auf ihre Schulter und weckte ihre letzten Lebensgeister.

Gedeon kam zu ihr herüber, löste die Schnallen des Rucksacks und ließ ihn zu Boden gleiten. Als das Gewicht ihre Schultern verließ, stöhnte Esther vor Erleichterung auf. Zwar spürte sie noch ganz deutlich, wo die beiden Riemen gesessen hatten, doch fühlte sie sich gleichzeitig unheimlich befreit. Niemals zuvor hatte sie eine Linderung als so elementar erlebt. Allerdings führte das auch dazu, dass ihr die Schmerzen in ihren Händen und an ihren Handgelenken wieder bewusst wurden. Instinktiv streckte sie Gedeon ihre Hände entgegen, damit er auch ihre Fesseln löste.

Gedeon aber reagierte nicht darauf. Er murmelte etwas, das wie „Auf jetzt" klang, und ging mit Esther im Schlepptau auf einen Baum zu. Esther begriff erst gar nicht, was er vorhatte, musste dann aber mit ansehen, wie er das Seil über einen Ast in vielleicht zwei Metern Höhe warf, so lange daran zog, bis

Esther mit nach oben ausgestreckten Armen dastand, und es dann verknotete.

Esther war so perplex, dass sie erst mal gar nichts sagte. Erst als Gedeon zum Felsen zurückmarschierte, sich in einer geschützten Ecke niederließ, Wasser und Kekse aus seinem Rucksack holte und sich beides zu Gemüte führte, regte sich ihr Widerspruchsgeist.

„Bitte machen Sie mich los!", sagte sie, wobei ihr die zitternde Stimme beinahe zu versagen drohte.

„Warum?", fragte Gedeon schlicht.

„Weil ich Schmerzen habe", entgegnete Esther leise.

„Die hatte ich auch", antwortete Gedeon kalt.

Esther senkte den Kopf. Er hatte ja recht. Und im Vergleich zu dem, was Ellen ihm angetan hatte, war das hier ein Spaziergang. Und trotzdem! Ihr tat alles weh. Sie war erschöpft. Obendrein war sie einem eisigen Wind ausgesetzt, der um die Felsen herumfegte und unbarmherzig in ihre Haare und in ihre dürftige Kleidung fuhr. Und dabei war sie nicht mal Ellen!

„Dafür kann ich nichts", protestierte sie vorsichtig.

„Ach ja, genau, dafür kannst du nichts." Der Sarkasmus in Gedeons Stimme war nicht zu überhören. „Du bist ja nur die Zwillingsschwester. Elvira, nicht wahr?"

„Esther", korrigierte sie ihn niedergeschlagen.

„Dann schlaf mal schön, Ellen-Esther. Und träum was Süßes."

„Nein, bitte", rief Esther in Panik. „Das ... das können Sie nicht machen. Sie ... Sie ... " Esther suchte verzweifelt nach irgendeinem Argument. Und dann fiel ihr tatsächlich etwas ein. „Sie haben versprochen, mir etwas zu trinken zu geben!"

Gedeon sah zu ihr auf. „Das stimmt", gab er widerstrebend zu. „Und eigentlich halte ich mein Wort." Er überlegte noch einen Moment, nahm dann zögernd die Wasserflasche zur Hand, die noch etwa zu einem Drittel gefüllt war, ging damit auf Esther zu und hielt sie ihr wortlos an den Mund.

Esther trank in gierigen Zügen, bis sie sich verschluckte und von einem Hustenkrampf geschüttelt wurde. Als sie sich einigermaßen erholt hatte, unternahm sie einen weiteren Vorstoß. „Ich bin auch hungrig“, flüsterte sie.

„Dann kannst du froh sein, dass es in deutschen Gefängnissen so reichlich zu essen gibt“, erwiderte Gedeon und spazierte auch schon wieder zu seinem Platz zurück. Dort räumte er den Rucksack aus, klopfte ihn sich als Kopfkissen zurecht und machte es sich darauf bequem. Er breitete noch die Wolldecke aus und deckte sich damit zu. Dann drehte er Esther den Rücken zu und verfiel schon nach wenigen Sekunden in ruhige, gleichmäßige Atemzüge.

Kapitel 12

Im Gegensatz zu dem Anschein, den er zu erwecken versuchte, schlief Gedeon nicht. Er hielt zwar krampfhaft die Augen geschlossen, kam aber einfach nicht zur Ruhe. Einerseits war da der üble Schmerz in seinen Schultern und Armen. Schon seit sie ihn auf diesen Baum gezogen hatten, kam es ihm so vor, als wäre in seinem Oberkörper mindestens die Hälfte aller funktionsfähigen Teile einfach kaputt gerissen. Es hatte sich angefühlt, als gehörten seine Arme gar nicht mehr zu ihm, als zöge er sie nur hinter sich her. Dass es ihm dennoch gelungen war, sie zu benutzen, grenzte für ihn an ein Wunder.

Davon abgesehen kam aber auch sein Geist nicht zur Ruhe. Hunderte von Gedanken wirbelten durch seinen Kopf und hielten ihn trotz der Erschöpfung, die seinen Körper wie Blei auf den Boden presste, wach. Einige dieser Gedanken drehten sich um die Zeit der Gefangenschaft, viele um die Umstände seiner Flucht. Die meisten aber hatten mit dieser Frau zu tun. Ellen Kieling.

Er hasste sie, das sagte er sich immer und immer wieder. Er erinnerte sich so oft daran, als hätte er Angst, es zu vergessen. Sie war eine Gesetzesbrecherin, seine Gegnerin, ja sein ärgster Feind. Sie hatte ihn entführt, gequält und gedemütigt. Sie war genau das, was ihr Äußeres vermuten ließ: eine Hexe. Eine schöne Hexe zwar, mit den leuchtendsten grünen Augen, die er jemals gesehen hatte. Aber immer noch eine Hexe. Ein Wolf im Schafspelz sozusagen.

Und bis heute Morgen hatte sie an diesem Eindruck auch nicht den geringsten Zweifel aufkommen lassen. Sie hatte genau in das Bild gepasst, in das er sie eingeordnet hatte: das einer skrupellosen Straftäterin.

Und dieses Raster hatte ihm auch gepasst. Es stimmte wunderbar mit dem Bild überein, das er von Frauen im Allgemeinen hatte. Okay, nicht alle Frauen waren so krass wie Ellen Kieling. Aber eins waren sie doch: eiskalte Opportunistinnen. Sie suchten ihren Vorteil und setzten ihn durch, ohne Rücksicht auf Verluste, ohne Mitgefühl und Reue.

Was aber Ellen anbelangte, hatte sich seit heute Morgen vieles verändert. Das Blatt hatte sich gewendet. Jetzt war *sie seine* Gefangene und nicht mehr umgekehrt. Und plötzlich war sie auch nicht mehr die, die sie vorher gewesen war. Auf einmal schien sie Angst zu haben. Auf einmal wirkte sie verletzlich, schwach, eingeschüchtert. Sie gab sich sogar demütig und unterwürfig! Dabei waren beides Eigenschaften, die überhaupt nicht zu ihr passten!

Eine tiefe Furche schlich sich auf Gedeons Stirn. Und das lag nicht an dem kalten Wind, vor dem er hinter dem Felsen recht gut geschützt war. Die Baumkronen über ihm schwankten bedrohlich hin und her. Aber all das war heute keine Bedrohung für ihn. Zum ersten Mal seit Wochen war er frei, nicht eingesperrt, nicht gefesselt! Er musste nicht mehr befürchten, demnächst wieder nach draußen gezerrt und gefoltert zu werden. Und er hatte sogar eine Decke bei sich, die ihn wärmte. Er musste keinen Durst leiden, sein Magen war gefüllt. Und das mit den besten Keksen, die er seit hundert Jahren gegessen hatte!

Danke, Jesus, betete er aus tiefstem Herzen. *Danke, dass du mir die Flucht ermöglicht hast. Und danke, dass du mich versorgst, sogar hier, in dieser Wildnis.*

Sofort hatte er das Gefühl, als hörte er eine Antwort: *Ich bin dein Fels.*

Wie immer erfüllte es ihn mit tiefer Freude, wenn er merkte, dass Gott selbst mit ihm sprach. Und wie immer waren es Worte, die auf seine Situation passten, die ihm zu Herzen gingen. Ja, es war ein treffender Vergleich. Hinter dem Felsen, hinter dem er lag, fühlte er sich sicher und geborgen.

Ein leises Stöhnen drang an sein Ohr und riss ihn aus seinen Gedanken. Und sofort war sie wieder da, die tiefe Furche auf seiner Stirn. Er selbst fühlte sich sicher und geborgen, das stimmte. Aber was war mit ihr? Eiskalt musste ihr mittlerweile sein. Mindestens so kalt, wie ihm des Nachts in dem Schuppen gewesen war. Sie hing ja auch mitten im Wind und musste regelrecht von ihm hin und her geschüttelt werden. Und dann die Position, in der er sie festgebunden hatte. An Schlaf war da wohl kaum zu denken ...

Schluss jetzt!, ermahnte er sich selbst. *Du wirst auf keinen Fall sentimental werden! Sie ist eine Kriminelle. Außerdem hat sie dir viel Schlimmeres zugefügt!*

Und doch konnte er den Gedanken an sie nicht vertreiben. Vor seinem geistigen Auge sah er sie wieder hinter ihm herwanken, mit schmerzverzerrtem Gesicht ...

Er blinzelte ein paarmal, so als könnte ihm das helfen, das Bild wieder loszuwerden. Aber es nützte nichts. Wieder sah er sie vor sich mit ihren feuerroten Locken, die sich wirr um ihren Kopf herumkringelten. Und er sah ihr Gesicht, das rot angelaufen war und an dem noch die verkrustete Erde klebte. Eigentlich erstaunlich, dass sie auch in diesem Zustand noch bildschön aussah ...

Verdammt, jetzt reicht's aber! Er wollte solche Gedanken nicht denken! Er wollte diese Frau nicht attraktiv finden. Sie war ein Miststück! Er wollte sie hassen!

Aber mit dem Hass war das so eine Sache. Meistens gehorchte er keinen Befehlen. Auch seine Exfrau Britta hatte er hassen wollen, und auch bei ihr war ihm das nicht gelungen. Noch heute sehnte er sich manchmal nach ihr. Noch heute versetzte es ihm einen Stich, wenn er morgens nach ihr tastete und feststellte, dass er allein in seinem Bett lag.

Jetzt vergleichst du aber Äpfel mit Birnen!, schalt er sich gedanklich. *Erstens hat diese Frau keinerlei Ähnlichkeit mit Britta und zweitens: Jemanden, den man geliebt hat, kann man nicht von heute auf morgen einfach so hassen! Diese Ellen hast du von Anfang an verabscheut! Sie hat dir nichts als Schmerzen und Leid zugefügt!*

Aber was um alles in der Welt war in den letzten Stunden mit ihr passiert? Auf irgendeine seltsame Weise hatte sie es geschafft, ihn anzusprechen. Schon den ganzen Tag lang hatte er voller Unbehagen festgestellt, dass er stark auf sie reagierte. Mit ihrer Hilflosigkeit, Ängstlichkeit und Schwäche hatte sie seinen Beschützerinstinkt geweckt. Mehr als einmal hatte er heute dem Impuls widerstehen müssen, sie zu stützen, ihr aufzuhelfen, sie gar zu wärmen ...

Aber nein, nein und nochmals nein! Das war alles nur ein Trick. Diese Frau war eiskalt und gerissen. Sie wusste genau, an welchem Punkt sie ihn erwischen konnte. Aber er würde nicht darauf hereinfallen! Die Gegenmaßnahmen, die er ergriffen hatte, waren genau richtig. Es war richtig, ihr die kalte Schulter zu zeigen. Es war richtig, sie hart anzupacken, es war sogar richtig, ihr wehzutun. Er musste ihr klarmachen, dass sie ihm mit dieser Tour nicht zu kommen brauchte. Nein, auf diesem Ohr war er taub, stocktaub!

Es waren solche und ähnliche Gedanken, über denen er schließlich einnickte. Aber die Ruhe dauerte nicht lange an. Schon eine knappe halbe Stunde später weckte ihn ein erneutes Stöhnen.

Erstaunlicherweise war Gedeon sofort hellwach. Mit weit aufgerissenen Augen, aber ohne sich zu rühren, lauschte er in die Dunkelheit hinein. Da, wieder ein Stöhnen.

Sie hat es nicht anders verdient!, behauptete eine Stimme in ihm, die aber schon weitaus weniger überzeugend klang als vorhin.

Jetzt schien sie leise zu schluchzen. Gedeon lauschte mit wachsendem Unbehagen. Er hatte es noch nie gut ertragen können, wenn eine Frau weinte. *Das ist alles nur Show. Sie will, dass du sie hörst!*, behauptete die Stimme seiner Vernunft.

Aber diese Stimme war nicht besonders glaubwürdig. Das Weinen klang sehr unterdrückt. Es war eher ein Wimmern, ein wirklich erbärmliches Geräusch. Und es klang absolut nicht so, als wäre es nur gespielt ...

Hör endlich auf!, rief er sich wütend zur Räson. *Du bist ein sentimentaler Trottel, weißt du das? In Wirklichkeit hast du doch überhaupt keine Ahnung, was im Kopf einer Frau so abgeht. Denk doch mal nach. Von Britta hast du bis zuletzt angenommen, dass sie dich aufrichtig liebt. Und dann hat sie sich bei erstbester Gelegenheit dem Nächsten an den Hals geworfen! Frauen sind nun mal geborene Schauspielerinnen. Damit wirst du dich leider abfinden müssen.*

Ja, so war es. Er musste den Tatsachen ins Auge sehen. Und deshalb würde er auch standhaft bleiben. Er würde auf keinen Fall weich werden, auf *gar* keinen Fall!

Esther war ehrlich verzweifelt. An die zehn Mal war sie in den vergangenen Stunden vor Müdigkeit eingenickt, doch immer gleich vor Schmerzen, Kälte und Angst aufgeschreckt. Ihre Hände und Handgelenke waren inzwischen die Quelle unsagbarer Schmerzen. Den ganzen Tag über hatte sie sich wundgescheuert. Die unbarmherzigen Stricke waren mittlerweile feucht von ihrem Blut.

Hatte sich Esther anfangs noch eingeredet, dass Gedeon sie nur kurzzeitig bestrafen, aber irgendwann auch wieder losbinden würde, so hatte diese Hoffnung mittlerweile einer tiefen Verzweiflung Platz gemacht. Allmählich gelangte sie zu der Erkenntnis, dass sie diesen Mann völlig falsch eingeschätzt, wenn nicht gar idealisiert hatte. Wahrscheinlich war er doch nur einer dieser Typen, die Machtspielchen genossen und Spaß daran hatten, andere zu quälen. Es erschien ihr jetzt fast sicher, dass sie am Beginn eines furchtbaren Leidensweges stand. Sie war verloren!

Diese Erkenntnis rief einen Zustand tiefster Hoffnungslosigkeit bei ihr hervor. Hatte sie bis eben noch versucht, kein Geräusch von sich zu geben, um ihren Bewacher nicht zu wecken und noch wütender zu machen, so konnte sie sich jetzt nicht mehr beherrschen. Angst, Schmerzen und Müdigkeit überwältigen sie und sie begann haltlos zu schluchzen. Sie tat zwar alles, um die Geräusche zu dämpfen, konnte aber nichts gegen die Heftigkeit tun, mit der sie reagierte.

Und dann stand er plötzlich vor ihr. Das Mondlicht, das durch einen Riss in der Wolkendecke schien, tauchte seine Silhouette in ein gespenstisches Zwielicht und ließ ihn wie das personifizierte Grauen erscheinen.

Esther erschrak so sehr, dass sie abrupt zu weinen aufhörte, rückwärts taumelte, von den Stricken aufgehalten wurde und das Gleichgewicht verlor. Als ihre Handfesseln einmal mehr das volle Gewicht ihres Körpers auffingen, schrie sie vor Schmerzen auf und konnte gar nicht anders, als sich umgehend wieder auf die Füße zu kämpfen.

Erst da sah sie das Messer in seiner Hand aufblitzen.

„Nein, bitte nicht“, flehte sie und das Entsetzen stand ihr deutlich in das schmerzverzerrte Gesicht geschrieben.

Als er das Messer hob, schloss sie nur noch die Augen. *Das war's dann also,* dachte sie.

Aber dann hörte sie ein schabendes Geräusch und plötzlich fielen ihre Arme herunter und sie stürzte auf die Knie. Esther öffnete völlig verwirrt die Augen. Was war geschehen?

„Komm mit“, hörte sie Gedeon in grimmigem Befehlston sagen.

Esther begriff gar nichts. Sie starrte erst auf ihre Hände, die noch immer gefesselt waren, dann auf das Seil. Nicht mehr am Baum?

„Jetzt steh endlich auf!“, schrie Gedeon sie an.

Esther rappelte sich mühsam hoch. Es wollte ihr jedoch nicht so recht gelingen, und da spürte sie auch schon, wie der Riese sie am Oberarm packte und hochzog. Anschließend zerrte er sie hinter sich her, bis sie an dem Felsen angekommen waren.

„Hinlegen“, befahl Gedeon.

Esther schluckte und wurde sofort von den furchtbarsten Gedanken überflutet. Er würde sie doch nicht vergewaltigen? In ihrer Angst gehorchte sie trotzdem. Allerdings legte sie sich nicht auf den Rücken, sondern auf die Seite und krümmte sich zusammen. Dann verfolgte sie mit vor Angst geweiteten Augen jede seiner Bewegungen.

Gedeon ließ sich in vielleicht zwei Metern Entfernung ebenfalls nieder. Er wickelte das Seilende so oft um seine Hand, bis es beinahe straff gezogen war.

Dann sagte er drohend: „Wenn du irgendetwas versuchst, bist du tot.“ Er blickte noch einmal durchdringend zu ihr hinüber und schloss dann die Augen.

Esther konnte das Gefühl unglaublicher Erleichterung nicht lange genießen. Bevor es sich so richtig in ihr ausbreiten konnte, war sie bereits eingeschlafen.

Kapitel 13

Gedeon steckte ganz tief in einem Traum, in dem auch eine rothaarige Schönheit vorkam, als ihn irgendetwas beunruhigte und in die Wirklichkeit zurückziehen wollte. Dann erwachte er mit einem Ruck. Er hörte eine reale Stimme, und sie kam ihm verflixt bekannt vor!

„Just don't know what we're doing here all night long, that's all!", rief die Stimme. Das klang so, als käme es von direkt hinter dem Felsen.

Gedeons Herz begann zu rasen. Die Stimme gehörte einem seiner beiden Bewacher, dem jüngeren. Sie waren hier! Er umklammerte das Messer, das er schon die ganze Nacht in den Händen gehalten hatte, und sah sich nach allen Seiten um. Unglücklicherweise war der Felsen, hinter dem er sich befand, so ziemlich das einzig mögliche Versteck, das er entdecken konnte. In seiner unmittelbaren Umgebung war das Gelände eben und der Bewuchs mit Bäumen und Büschen eher spärlich.

„Shut up and do what you're told, Brian", antwortete eine Stimme, die von wesentlich weiter herkam.

Sie waren also mindestens zu zweit! Gedeon hatte das Gefühl, als würde eine eiskalte Hand nach seinem Herzen greifen. Er würde sich auf gar keinen Fall noch einmal gefangen nehmen lassen!

Er warf einen schnellen Blick auf die Frau. Sie lag noch genauso da wie am Abend zuvor, auf der linken Seite, mit dem Gesicht zu ihm und mit angewinkelten Beinen, die an ein

Embryo im Mutterleib erinnerten. Es sah fast so aus, als hätte sie sich die ganze Nacht kein bisschen bewegt. Und sie schlief auch noch, jedenfalls waren ihre Augen geschlossen. Wie sie so dalag, sah sie eher schutzbedürftig aus als gefährlich, fast wie ein Engel.

Für den Bruchteil einer Sekunde überflutete Gedeon ein Gefühl, das etwas mit Zärtlichkeit gemeinsam hatte. Aber dann hörte er wieder ein Geräusch hinter dem Felsen und sofort standen wieder Anspannung und Nervosität im Vordergrund. Er sprang lautlos auf und schlich auf den Felsen zu. Sein Herz klopfte jetzt so laut, dass er den Eindruck hatte, als müsste ihn das Geräusch verraten. Aber dem war wohl nicht so. Jedenfalls fing der Mann jetzt an, eine bekannte Melodie zu pfeifen. Gleichzeitig hörte man schlurfende Geräusche, die sich nach links zu bewegen schienen. Gedeon wandte seinen Kopf ebenfalls nach links. Während der Felsen dort, wo er sich jetzt befand, noch etwa drei Meter hoch war, lief er nach links hin ein wenig aus, war zum Schluss nur noch knapp mannshoch, beschrieb dann einen Bogen in Gedeons Richtung und endete so abrupt, dass es aussah, als hätte ein Meteor einen Teil davon abgetrennt. Insgesamt schützte Gedeon noch eine Strecke von vielleicht fünf Metern vor den Blicken seines Verfolgers. Und noch immer bewegten sich die Geräusche, die dieser verursachte, stetig nach links!

Gedeon spürte, wie Panik in ihm aufstieg. Er sah auf das Messer in seiner Hand, konnte sich aber absolut nicht vorstellen, es zu gebrauchen. Er hatte nie eine Waffe gegen einen Menschen verwendet, geschweige denn jemanden getötet. Gab es denn keine andere Möglichkeit, sich zu verteidigen?

Er sah sich hektisch um und entdeckte in wenigen Metern Entfernung einen armdicken, vielleicht einen Meter langen Ast. Die Entscheidung fiel ihm nicht schwer. Er klappte das Messer lautlos zusammen, ließ es eilig im Schaft seines Stiefels verschwinden und nahm leise den Ast auf. Er klammerte sich regelrecht daran fest und schlich dann seinerseits auf das Ende des Felsens zu. Sein ehemaliger Bewacher schien noch immer keinen Verdacht geschöpft zu haben. Jedenfalls pfiff er immer noch diese lustige Melodie und bewegte sich langsam vorwärts.

Gedeon hatte jetzt den Ausläufer des Felsens erreicht und drängte sich tief in die Nische, die ihm dieser bot. Wenn der junge Mann den Felsen umrundete, würde er ihm zunächst den Rücken zudrehen. Und das war seine Chance!

Esther wurde von einer Melodie geweckt, die sie sehr gut kannte. „Notturno" hieß das Stück. Sie hatte es wochenlang auf ihrer Gitarre geübt, konnte es aber immer noch nicht flüssig spielen. Es zu pfeifen war hundertmal einfacher. Aber wer pfiff da? Seit wann schickten die Radiostationen gepfiffene Melodien über den Äther? Oder hatte sie vielleicht verschlafen?

Der Gedanke gefiel ihr nicht und so öffnete sie schnell die Augen. Zu ihrer Verwunderung erblickte sie aber nicht die dezent gemusterte Tapete aus ihrem Schlafzimmer, sondern einen Felsen. Schlagartig fiel ihr alles wieder ein: Sie war in Kanada, mit Gedeon. Sie sah auf ihre Hände, die immer noch gefesselt waren. Aber wo war Gedeon?

Sie legte den Kopf in den Nacken und sah ihn. Er stand in der Ecke des Felsens, hielt einen dicken Ast in seiner Hand und starrte entsetzt zu ihr herüber. In seinem Blick lag etwas, das sie noch nie zuvor gesehen hatte. Es war eine Mischung aus Angst und ... einer Bitte?

Jetzt plötzlich verstummte das Pfeifen.

„A really astonishing resemblance", murmelte eine Stimme.

Esther begriff gar nichts. Sie legte ihren Kopf noch weiter in den Nacken und sah einen zweiten Mann. Auch er starrte zu ihr herüber. Er stand fast neben Gedeon, jedenfalls aus ihrer Sicht. In Wirklichkeit aber trennte die beiden Männer ein hoher, schmaler Felsgrat.

Esther starrte in das Gesicht des Mannes und überlegte. Sie hatte ihn schon mal irgendwo gesehen ... .

Der Mann erwachte jetzt aus einer gewissen Lethargie. Jedenfalls sah er sich wild nach allen Seiten um und griff dann nach etwas, das sich hinter seinem Rücken befand. Im nächsten Augenblick sah Esther eine Pistole aufblitzen. Genau, das war einer der Männer aus dem Lager ... der Gefahr bedeutete ... für sie und vor allem für Gedeon. Die Panik überrollte sie wie ein ICE und schaltete ihren Verstand aus. „Vorsicht!“, schrie sie, um Gedeon vor dieser gefährlichen Waffe zu warnen.

Ihr Schrei blieb nicht ohne Folgen. Beide Männer zuckten erst zusammen und sprangen dann zeitgleich nach vorn. Während der junge Mann auf Esther zurannte, nutzte Gedeon die Gunst des Augenblickes und schlug zu. Der Ast landete krachend auf dem Kopf des Mannes und fällte ihn wie einen morschen Baum. Er taumelte nicht mal mehr, sondern fiel wie vom Blitz getroffen zu Boden und blieb regungslos liegen.

Esther schrie vor Schreck noch einmal auf, und dieser Schrei stieß sofort auf Resonanz.

„Brian!?“, rief eine äußerst besorgt klingende Männerstimme aus einiger Entfernung. Und dann hörte man auch schon, wie sich jemand durchs Unterholz kämpfte. „Are you okay?“, fügte die Stimme atemlos hinzu. Sie klang jetzt schon näher.

Gedeon reagierte sofort. Er hechtete mit wenigen schnellen Schritten auf Esther zu, griff mit der einen Hand nach dem Rucksack, der neben ihr auf dem Boden lag, mit der anderen nach dem Seil, das an Esthers Händen befestigt war, und riss beides mit sich.

Esther sprang stöhnend auf.

„Wenn du leben willst, läufst du“, presste Gedeon hervor und sprintete los.

Esther erkannte sofort den Ernst der Lage. Wenn sie Gedeon jetzt aufhielt, konnte das sein Todesurteil sein. Sie hatte die Situation noch nicht ganz begriffen, konnte sich aber denken, dass die Stimme von einem zweiten Verfolger herrührte. Und so rannte sie hinter Gedeon her, so schnell ihre langen Beine sie trugen, ignorierte die Schmerzen an ihren Handgelenken und gab einfach alles. Zusammen flogen sie förmlich dahin, gelangten bald wieder in ein dichter bewachsenes Gebiet, wechselten mehrfach die Richtung und liefen und liefen und liefen.

Esther war einer Ohnmacht nahe, als Gedeon endlich stehen blieb. Er ließ Seil und Rucksack fallen, beugte sich vornüber, stützte die Hände auf die Oberschenkel und japste mit verzerrtem Gesicht nach Luft. Esther erging es nicht besser. Sie klammerte sich an einen Baumstamm und rang in einer Lautstärke nach Sauerstoff, die in jeder anderen Situation ernsthafte Zweifel an ihrem Gesundheitszustand hätte aufkommen lassen.

Gedeon brauchte zwei Minuten, um sich wieder einigermaßen zu fangen. Dann aber bildete sich ein Ausdruck kalter Wut auf seinem Gesicht. Er stürmte auf Esther zu, packte sie am Oberarm und schubste sie brutal zu Boden.

Esther landete mit einem Aufschrei auf ihren vier Buchstaben. Als sie sein wutverzerrtes Gesicht sah, packte sie wieder die nackte Angst. Sie krabbelte auf allen vieren von ihm weg.

„Hast wohl gedacht, du könntest ihn warnen, ja?“, sagte Gedeon mit mühsam unterdrückter Wut. Gleichzeitig folgte er ihr.

„N-nein“, keuchte Esther und wich noch immer vor ihm zurück.

„Zu dumm, dass gerade das zu meinem Vorteil geworden ist, nicht wahr?“, fauchte er.

„Nein ... ich ...“, begann Esther sich zu verteidigen, verstummte aber, weil Gedeon jetzt über ihr stand und mit den Füßen ihre Hüften in eine Art Schere nahm. Und im nächsten Moment hielt er ein aufgeklapptes Messer in der Hand und fuchtelte damit vor ihrem Gesicht herum.

Esther schloss in Erwartung ihres Endes die Augen. Das aber schien Gedeon erst recht wütend zu machen. „Sieh mich gefälligst an, wenn ich mit dir rede!“, schnaubte er und packte sie am Kinn. Esther begann heftig zu zittern und ein regelrechter Sturzbach von heißen Tränen quoll aus ihren Augen und tropfte direkt auf Gedeons Hand herunter.

Es war diese zarte, kaum wahrnehmbare Empfindung, die Gedeon wieder zur Besinnung brachte. Diese und das heftige Schlottern, das durch den Körper der Frau ging und sich auf seine Hand übertrug.

Er war so furchtbar wütend auf sie gewesen! Und er wusste nicht einmal, warum. Dabei war ihm doch von Anfang an klar gewesen, dass sie nicht auf seiner Seite stand. Sie war seine Gefangene! Was hatte er denn erwartet? Dass sie sich plötzlich auf seine Seite schlug? Was für ein alberner Gedanke! Und dennoch ... musste er sich eingestehen, dass es genau diese Hoffnung war, die sie enttäuscht hatte. Wieso hegte er solche Erwartungen? Wieso wünschte er sich das? Und wieso zum Donnerwetter übte sie nur eine solche Anziehungskraft auf ihn aus?

Er sah sie an. Wie ein Häufchen Elend saß sie vor ihm. Völlig fertig, verstört, mitleiderregend. Wieder einmal überkam ihn das Bedürfnis, sie zu berühren, zu trösten, zu halten. Wie eine Welle fegte es über ihn hinweg und wurde beinahe übermächtig.

Er stieß einen ärgerlichen Grunzlaut aus, nahm ruckartig die Hand von ihrem Kinn und wandte sich von ihr ab.

Esther öffnete verstört die Augen. Mit Erstaunen und Verwirrung nahm sie wahr, dass Gedeon sich dem Rucksack zuwandte und mit äußerster Konzentration darin herumkramte. War sie jetzt etwa außer Gefahr?

Ein eklig-trockenes Gefühl kroch ihre Kehle hinauf. Es breitete sich aus und wurde immer stärker und unangenehmer. Ein paar Sekunden konnte sie es noch unter Kontrolle halten, dann ging es nicht mehr. Sie beugte sich zur Seite und erbrach sich. Da sie aber gar nichts gegessen hatte, was den Weg nach draußen hätte finden können, war es nur Magenflüssigkeit, die herauskam. Trotzdem krampfte sich ihr Magen viermal zusammen, bis der entsetzliche Druck endlich nachließ und sie wieder zur Ruhe kam.

Als sie sich schwer atmend wieder aufrichten konnte, fing sie Gedeons Blick auf. Einen Moment lang hatte sie den Eindruck, als läge so etwas wie Besorgnis darin, dann wurde sein Gesichtsausdruck wieder hart. Esther schauderte unwillkürlich. Wer war dieser Mann, der sie einerseits so an Gerrit erinnerte und so sehr faszinierte, dass sie ihm nach Kanada gefolgt war, und ihr dann auch wieder Todesängste einjagte? Was steckte hinter diesen pechschwarzen Augen, die manchmal warm und weich und dann auch wieder so eiskalt schauen konnten?

Gedeon hatte jetzt den Kompass aus dem Rucksack herausgefischt, öffnete ihn und starrte einen Moment auf die herumrudernde Nadel. Als sie sich beruhigt hatte, richtete er seinen Blick in die Ferne und sagte, ohne Esther anzusehen: „Steh auf. Wir gehen weiter."

Esther wollte nicht riskieren, noch einmal seinen Zorn auf sich zu ziehen. Und so rappelte sie sich sofort hoch und hielt ihm sogar das Seilende hin.

Einen erstaunlich langen Moment zögerte er. Erst dann griff er zu, steckte noch den Kompass in seine Hosentasche und hob den Rucksack auf. Zu Esthers Verwunderung warf er ihn sich aber nicht auf den Rücken, sondern behielt ihn in der Hand. Dann stürmte er los.

Esther lief tapfer hinter ihm her. Sie hatte äußerstes Verständnis für seine Eile, schließlich wusste sie selbst, dass die Verfolger ihnen höchstwahrscheinlich hart auf den Fersen waren.

Zusammen durchquerten sie einen Wald, der immer dichter wurde. Obwohl es schwierig und manchmal auch schmerzhaft war, sich durch dichtes Gestrüpp zu kämpfen, war Esther froh, im Wald zu sein. Er bot nicht nur Schutz vor ihren Verfolgern, sondern hielt auch den Wind ab. Dafür mehrten sich andere Schwierigkeiten. Wie schon am Vortag ließen Esthers Kräfte mit jeder Stunde, die verging, spürbar nach. Der wenige Schlaf und der Hunger forderten einfach ihren Tribut. Esther geriet immer mehr außer Atem, stolperte ständig und hatte puddingweiche Knie.

Zu allem Überfluss ging es jetzt auch noch bergauf. Die Anzahl der Laubbäume verringerte sich. Immer mehr Fichten und Bergkiefern kündigten einen reinen Nadelwald an. Esther allerdings registrierte das kaum noch. Sie kämpfte hart um jeden Schritt, blieb aber dennoch immer weiter hinter Gedeon zurück. Es geschah jetzt immer häufiger, dass sich das Seil straff zog und Esther vor Schmerzen aufschrie, weil ihre blutverkrusteten Handgelenke wieder neu aufgerissen wurden.

Irgendwann war es dann so weit. Esther rutschte auf glitschigem Moos aus, fiel hin, rollte einige Meter und wurde dann mit einem solchen Ruck von dem Seil aufgehalten, dass sie mit einem Aufschrei bewusstlos wurde.

Sie kam wieder zu sich, weil sie sich an irgendetwas verschluckte und fürchterlich husten musste. Als sie röchelnd und prustend die Augen aufschlug, sah sie zuerst die Wasserflasche vor sich, nach der sie gestern so gelechzt hatte. Gleichzeitig stellte sie mit Verwunderung fest, dass jemand ihren Kopf hielt. Ein wenig mühsam und immer noch hustend wandte sie ihren Blick zur Seite und sah Gedeon. Im allerersten Moment meinte sie Sorgenfalten auf seiner Stirn beobachtet zu haben.

Aber dieser Eindruck verschwand genauso schnell, wie er gekommen war.

„Trinken Sie", befahl er streng und setzte ihr erneut die Flasche an die Lippen.

Gedeon flößte ihr so viel Wasser ein, wie sie nur trinken konnte. Anschließend legte er ihren Kopf richtiggehend sanft auf dem Waldboden ab und sagte: „Wir rasten hier."

„Nein", widersprach Esther und begann auch schon sich aufzurappeln. „Wir müssen weiter." Doch sie wurde von einem Schwindelanfall heimgesucht, der sie umgehend wieder in eine sitzende Position zurückwarf.

„Ich sagte, wir rasten", wiederholte Gedeon. „Sie müssen etwas essen."

Esther antwortete nicht. Sie kämpfte mit dem Eindruck, in einem Karussell unterwegs zu sein. Drehte sie sich oder waren das die Bäume um sie herum?

Als sie Minuten später die Augen testweise wieder öffnete, hockte Gedeon neben ihr und hielt ihr ein paar Butterkekse entgegen. Aber Esther schüttelte nur den Kopf und schloss die Augen wieder. Allein der Gedanke an Essbares trieb ihr den kalten Schweiß auf die Stirn.

„Sie *müssen* etwas essen", sagte Gedeon erstaunlich sanft.

Aber Esther beugte sich zum zweiten Mal an diesem Tag zur Seite und übergab sich. Nicht einmal das Wasser hatte sie bei sich behalten. Dann ließ sie sich einfach nach hinten fallen, schloss die Augen und war Sekunden später auch schon eingeschlafen.

Gedeon saß noch geraume Zeit bewegungslos da und starrte abwechselnd auf die Frau und auf die Butterkekse. Er war auf einmal ziemlich beunruhigt. Fieberhaft überlegte er, wie lange sie schon nichts mehr gegessen hatte. Von ihm hatte sie jedenfalls nichts bekommen. Und wie war es mit Flüssigkeit? Gestern Abend hatte er sie ein paar Schlucke trinken lassen. Aber das war dann auch schon alles. In anderthalb Tagen! Hatte er seine Gefangene wirklich so behandelt?

So, wie er selbst von ihr behandelt worden war! War er am Ende nicht besser als seine Peiniger?

Mir ging es noch viel schlechter, verteidigte er sich gedanklich. *Ich konnte nicht mal richtig schlafen.*

Aber da tauchte auch schon das Bild einer stehend angebunden Frau vor seinem geistigen Auge auf und er senkte den Blick.

„Immerhin hab ich sie nicht gefoltert", flüsterte er.

Nicht?, schien ihn jemand zu fragen.

„Nein, hab ich nicht", antwortete Gedeon, war aber im gleichen Moment auf seltsame Weise gezwungen, seinen Blick auf die Hände der Frau zu richten. Er runzelte die Stirn. Die Hände waren ziemlich unnatürlich gefärbt. Sie waren dunkelrot, fast bläulich. Hatte er das Seil etwa zu fest angezogen? Sein Blick wanderte höher. Da, wo das Seil um ihre Handgelenke gewunden war, hatte es eine auffällig dunkle Farbe angenommen. Eine böse Vorahnung beschlich ihn. Er zog das kleine Klappmesser aus seinem Stiefel, öffnete es und durchtrennte das Seil. Dann löste er es behutsam von ihren Handgelenken, wobei sie stöhnte, aber nicht aufwachte. Unendlich vorsichtig vollendete Gedeon sein Werk. Was unter der Fessel zum Vorschein kam, verschlug ihm beinahe den Atem. Die Handgelenke der Frau waren vollkommen zerfleischt, getrocknetes Blut, verkrustete offene Wunden, Hautfetzen und aufgeriebene Blasen.

Gedeon starrte entsetzt auf das, was er angerichtet hatte. „Oh nein", flüsterte er gepresst. „Das wollte ich nicht!"

Die Frau stöhnte ein weiteres Mal auf und warf ihren Kopf unruhig von einer Seite auf die andere. Sie schien zu träumen. Oder hatte sie Fieber?

Gedeon legte besorgt eine Hand auf ihre Stirn, zog sie aber sofort zurück, weil sie erneut den Kopf herumwarf. Was war, wenn sie jetzt ernsthaft krank wurde? Wenn sie hohes Fieber bekam? Oder noch länger nichts bei sich behalten konnte? Und dann womöglich sogar starb?

Der Gedanke verursachte einen dicken Kloß in Gedeons Hals. Die Frau tot. Er selbst ein Mörder. Er schluckte schwer und starrte einmal mehr in das Gesicht der Frau, das ihm jetzt zugewandt war. Seltsam, es fiel ihm immer schwerer, die Hexe darin zu entdecken, die ihn gequält und gefoltert hatte. Eher erschien ihm ihr Gesicht wie das eines Engels, mit feinen Gesichtszügen und unschuldigem Ausdruck.

Er schüttelte den Kopf. Sie durfte nicht sterben. Und schon gar nicht seinetwegen! Aber er konnte keinen Arzt herzaubern. Nein, ihm stand nur ein Mittel zur Verfügung, mit dem man etwas ausrichten konnte. Und so ging er auf die Knie und betete wie ein Weltmeister um das Leben einer Frau, die er noch vor 24 Stunden am liebsten eigenhändig getötet hätte.

Esther erwachte so sanft, dass sie einfach nur die Augen öffnete. Erstaunt stellte sie fest, dass es bereits zu dämmern begonnen hatte. Der Himmel, der zwischen den Bäumen hindurchschimmerte, leuchtete in den herrlichsten Farben – rot, lila, gelb und orange. Die Strahlen der untergehenden Sonne tauchten vereinzelte Zweige in glänzendes Gold, während andere im Schatten lagen und einen dunklen Kontrast dazu bildeten. Gleichzeitig war die Sicht so ungetrübt, dass Esther jedes Blatt und jede Nadel im Wind tanzen sehen konnte.

Esther starrte eine ganze Zeit lang fasziniert auf diese Pracht. *Wenn es einen Gott gibt,* dachte sie, *dann hat er Sinn für Schönheit.*

Als sie sich satt gesehen hatte, horchte Esther in sich hinein und stellte fest, dass sie sich schon wesentlich besser fühlte als noch vor ein paar Stunden. Ihr war weder schwindelig noch schlecht. Dafür verspürte sie einen enormen Hunger. Hatte Gedeon ihr nicht vorhin Kekse angeboten?

Sie schaute sich nach ihm um. Was sie sah, verwirrte sie ein wenig. Gedeon kniete direkt neben ihr. Er hatte den Kopf geneigt und die Augen geschlossen und bewegte lautlos die Lippen. Er sah nicht gut aus, fand sie. Bleich und entkräftet.

Esther versuchte, ihm von den Lippen zu lesen. Aber sie kapierte gar nichts. Dafür wuchs ihre Besorgnis mit jeder Minute, in der er so seltsam dasaß. Er war doch nicht krank? Oder verletzt? Oder beides?

Sie rechnete schon halb damit, dass er einfach zur Seite umfiel und bewusstlos wurde. Und dann? Wie sollte sie ihm helfen?

Die Angst *um* ihn verdrängte die Angst *vor* ihm. Esther legte spontan eine Hand auf Gedeons Bein und flüsterte: „Fehlt Ihnen was?"

Gedeon öffnete so ruckartig die Augen, dass Esther erschrocken ihre Hand zurückzog. Ob er jetzt gleich wieder wütend werden würde?

Aber er starrte sie sekundenlang einfach nur an, als wäre sie ein Geist. Dann löste er den Blick von ihr, richtete ihn kurz zum Himmel, schien irgendjemandem zuzunicken und rieb sich dann kurz über das Gesicht. Als er anschließend wieder zu Esther sah, umspielte ein amüsiertes Lächeln seine Lippen. „Nein", sagte er ein wenig heiser, „mir fehlt nichts."

Esther atmete auf, konnte aber gleichzeitig den Blick nicht von seinem Mund lösen. Da war es wieder, das wundervollste Lächeln dieser Welt – Gerrits Lächeln.

„Und wie geht es Ihnen?", fragte Gedeon ungewohnt sanft.

Esther schluckte und versuchte vergeblich, ihren Blick von seinem Mund loszureißen. „Besser", hauchte sie.

„Dann sollten Sie etwas trinken", schlug er vor. „Nur ein paar Schlucke natürlich." Er zauberte eine Wasserflasche hinter seinem Rücken hervor und hielt sie Esther hin.

Esther griff danach, hielt dann aber mitten in der Bewegung inne und starrte verblüfft auf ihre Hände. Sie war ja gar nicht mehr gefesselt! Und ihre Handgelenke waren außerdem dick mit etwas verbunden, das nach weißem T-Shirt-Stoff aussah. Ihr Blick fiel unwillkürlich auf sein Hemd, unter dessen Ausschnitt jetzt nackte Haut zu entdecken war. Er hatte doch wohl nicht sein wärmendes T-Shirt für sie geopfert! Fragend sah sie ihn an.

Als er es bemerkte, räusperte er sich verlegen und ging zu dem Rucksack, der in ein paar Metern Entfernung an einem Baumstamm lehnte.

Esther konnte noch immer den Blick nicht von ihm losreißen. Was hatte das alles zu bedeuten? Hasste er sie auf einmal nicht mehr?

Als Gedeon mit den Butterkeksen zu ihr zurückschlenderte, wirkte sie immer noch unentschlossen und abwartend. „Nun trinken Sie schon", forderte er sie auf. „Ich werde Ihnen nicht mehr wehtun."

Esther sah ein letztes Mal in seine dunklen Augen, die jetzt warm und freundlich wirkten. Dann setzte sie gehorsam die Flasche an den Mund und trank ein paar Schlucke. Anschließend horchte sie gespannt in sich hinein. Würde die Übelkeit zurückkehren?

„Wir werden hier übernachten", informierte Gedeon sie.

Esther sah überrascht zu ihm auf. „Hier?"

Gedeon nickte. „Hier."

Esther schüttelte den Kopf. „Aber das geht doch nicht. Wir sind völlig ungeschützt hier. Sie werden uns finden und –"

Ein veränderter Ausdruck in seinen Augen hatte sie zum Schweigen gebracht. Die Wärme und Freundlichkeit war abrupt daraus verschwunden und hatte einem durchdringenden, ja fast drohenden Starren Platz gemacht. Esther knabberte nervös an ihrer Unterlippe herum und sah ängstlich zu ihm herüber. Hatte sie was Falsches gesagt?

„*Sie* werden schlafen, ich nicht“, sagte er schroff. „Und der Hoffnung, dass Ihre Leute uns finden, sollten Sie sich gar nicht erst hingeben.“

Esther hatte ganz vergessen, dass er sie immer noch mit Ellen verwechselte. Ihr Satz musste in seinen Ohren wie blanker Hohn geklungen haben.

„Und jetzt essen Sie was, bevor wir überhaupt nichts mehr sehen können.“ Mit diesen Worten warf er ärgerlich die Packung Kekse zu ihr hinüber und machte sich wieder am Rucksack zu schaffen.

Esther sah ihm nach. Im Zwielicht war er jetzt fast nur noch als Schatten auszumachen. Aber leider nicht der einzige. Überall um sie herum waren auf einmal Schatten. Schatten von Baumstämmen und Sträuchern. Schatten, die sich bewegten. Drohende Schatten.

Eine Gänsehaut kletterte ihren Rücken hinauf. Der Gedanke an eine weitere Nacht im Freien war nicht gerade anheimelnd. Schon jetzt hörte sie lauter Geräusche um sich herum, die sie nicht so recht einordnen konnte. Da war das Rascheln der Bäume, oder stammte das Geräusch von einem Tier? Was für Tiere gab es überhaupt in Kanada? Wölfe? Bären? Sie schauderte. Ihre Augen suchten *seinen* Schatten, der auf einmal nicht mehr bedrohlich, sondern beruhigend auf sie wirkte. Immerhin war sie nicht allein in dieser Wildnis.

Und immerhin fühlte sie sich wieder einigermaßen stabil. Das Wasser hatte keine erneute Übelkeit hervorgerufen. Sie nahm ein paar weitere Schlucke und wandte sich dann den Butterkeksen zu. Sie aß ein paar davon, dann legte sie die Packung zur Seite.

„Hier, nehmen Sie das“, hörte sie Gedeon sagen.

Erschrocken sah sie zu dem dunklen Schatten auf, der wie ein Gespenst neben ihr aufgetaucht war. Dann streckte sie ihre Hand nach dem dunklen Gegenstand aus, den er ihr hinhielt. Sie bekam etwas Weiches, Wolliges zu fassen, das auseinanderfiel, als sie es entgegennahm. „Ich dachte, wir hätten die Decke an unserem Lagerplatz zurückgelassen", sagte sie verwundert.

„Das haben wir auch", antwortete er. „Aber ich hatte zwei Decken aus dem Jeep mitgenommen."

„Aha", sagte sie. Die Frage, warum er ihr die Decke in der letzten Nacht vorenthalten hatte, ging unter, weil ein anderer Gedanke sie beschäftigte. „Aber was ist dann mit Ihnen?"

„Ich friere nicht", lautete seine knappe Antwort. Gleichzeitig entfernten sich seine Schritte in die Richtung, in der auch der Rucksack gelegen hatte.

Esther zuckte mit den Achseln. Sie selbst jedenfalls hatte sich in der vergangenen Nacht beinahe totgefroren. Außerdem ... „Aber Sie haben noch nicht mal mehr ein T-Shirt unter Ihrem dünnen Hemd", protestierte sie.

„Jetzt hören Sie endlich auf, die Besorgte zu spielen!", fuhr er sie an. „Legen Sie sich hin und schlafen Sie. Und wagen Sie es nicht, irgendwas zu versuchen."

Esther war unter seinen scharfen Worten zusammengezuckt. Schnell legte sie sich auf den weichen Waldboden, suchte noch kurz nach einer angenehmen Position, breitete die Decke über sich aus und schloss die Augen.

Aber sie hatte gerade erst stundenlang geschlafen und so war sie eigentlich gar nicht müde. Außerdem schienen die Geräusche um sie herum immer lauter und bedrohlicher zu werden. In der Ferne schrie ein Käuzchen, in ihrer unmittelbaren Nähe piepste irgendetwas, von weiter weg hörte sie flatternde Geräusche. Auf einmal raschelte es auch überall um sie herum, vor ihr, hinter ihr, neben ihr und sogar über ihr!

Klapp – schon waren ihre Augen wieder offen. Sie starrte in die Finsternis hinein. Wo war eigentlich der Mond, der gestern Nacht noch alles erleuchtet hatte? Sie sah absolut nichts. Nicht mal Baumstämme ließen sich jetzt noch ausmachen. Und ein Raubtier würde sie wahrscheinlich erst in dem Moment bemerken, wenn es sich hungrig auf sie stürzte!

Der Gedanke ließ neue Angst in ihr aufsteigen. Sie setzte sich ruckartig auf und schaute sich hektisch nach allen Seiten um. Als die Geräusche immer näher zu kommen schienen, konnte sie mit ihrer Angst alleine nicht mehr fertig werden. Und so nahm sie all ihren Mut zusammen. „Sind Sie noch wach?“, fragte sie mit deutlich zitternder Stimme in die Dunkelheit hinein.

„Ich sagte doch, ich würde nicht schlafen“, antwortete Gedeon überraschend freundlich. Seine Stimme klang dabei so gelassen, dass sie augenblicklich eine beruhigende Wirkung auf Esther hatte.

„Darf ich ...“, stotterte sie, „ich meine ... würden Sie ... sich einen Moment mit mir unterhalten?“

Er antwortete nicht gleich. „Und worüber?“, fragte er nach einer längeren Pause.

„Worüber?“, wiederholte Esther erstaunt. „Egal ... ich weiß nicht ... vielleicht ... über das Land. Waren Sie schon mal in Kanada?“

Wieder herrschte einen Moment lang Schweigen. „Also ist es wirklich Kanada“, murmelte er dann.

„Aber ja! Was dachten Sie denn?“

„Es hätten auch die USA sein können“, antwortete Gedeon langsam. „Wegen der Sprache.“

Esther war schockiert. „Aber wenn ... wenn Sie nicht mal wussten, in welchem Land wir uns befinden, woher wussten Sie dann, in welche Richtung wir gehen müssen?“

„Was macht es schon für einen Unterschied, in welche Richtung wir gehen?“, entgegnete Gedeon unwirsch. „Wichtig ist doch nur, dass wir nicht im Kreis laufen. Im Übrigen wissen Sie genauso gut wie ich, dass meine Chancen, lebend hier rauszukommen, ziemlich schlecht stehen.“

Esther schrak zusammen. Sie hatte die Chance, ihrer Schwester zu entkommen, wesentlich höher eingestuft. Was passieren würde, wenn man sie aufspürte, mochte sie sich nicht ausmalen. Irgendwie hatte sie das dumpfe Gefühl, dass es dann keine Möglichkeit mehr geben würde, Gedeon vor Ellen zu beschützen.

„Waren Sie denn schon mal in Nordamerika?", erkundigte sich Esther leutselig, um die Stimmung wieder etwas zu verbessern.

„Ich war schon mal in den USA", entgegnete er nachdenklich. „In Las Vegas, um genau zu sein."

„Zum Spielen?", fragte Esther.

„Nein, zum Heiraten", lautete die Antwort.

Esther erschrak ein wenig. Hatte er diese Britta etwa in Las Vegas geheiratet? „Sie sind verheiratet?", fragte sie vorsichtig.

„Ich bin geschieden", antwortete er knapp und erstaunlich ausdruckslos.

Esther wusste, dass sie das Thema an dieser Stelle umschiffen sollte, aber die Neugier war stärker. „Warum?", hörte sie sich fragen.

„Weil es noch mehr Frauen gibt, die so sind wie Sie", zischte er aus der Finsternis zu ihr herüber.

Die Antwort traf Esther wie ein Schlag in die Magengrube. „Ich bin nicht so, wie Sie denken!", gab sie zurück. „Ich bin ja nicht mal die, für die Sie mich halten!"

„Ach, Entschuldigung, ich vergaß", säuselte er sarkastisch. „Sie sehen ja nur zufällig genauso aus wie die Frau, die mich entführt und gefoltert hat. In Wirklichkeit heißen Sie ... Eva, nicht wahr? Und Sie sind so unschuldig wie die erste Frau auf Erden." Er lachte bitter. „Aber wissen Sie was? Sie spielen Ihre Rolle wirklich gut. Äußerst überzeugend. Ich werde Sie auf dem Rückweg bei den Universal Studios absetzen, wenn ich daran denke. Vielleicht können Sie dort ein bisschen ehrliches Geld verdienen."

Esther bearbeitete ihre Unterlippe. Es war wirklich hoffnungslos, ihn von ihrer Identität überzeugen zu wollen. Vollkommen hoffnungslos! Betrübt legte sie sich wieder hin, wickelte sich tief in ihre Decke ein und fragte sich, ob sie wirklich nichts tun oder sagen konnte, was ihn von der Wahrheit überzeugen würde. Unter anderem spielte sie auch mit dem Gedanken, ihm von ihrer Beziehung zu Gerrit zu erzählen. Aber das konnte auch fürchterlich danebengehen und ihn noch wütender machen. Und so verwarf sie den Gedanken wieder, hatte neue Ideen, verwarf auch diese ... und schlummerte schließlich ein.

Als sie wieder aufwachte, dämmerte bereits der Morgen. Dichter Nebel hüllte den Wald in eine undurchdringliche Suppe. Esther konnte nur ein paar Meter weit sehen, danach verloren sich Baumstämme und Sträucher im Nichts. Das Schlimmste aber war, dass es eisig kalt war. Immerhin hatte die Decke ihren Zweck erfüllt. Esther war tatsächlich warm, auch wenn sich ihre Nasenspitze wie ein Eisklumpen anfühlte.

Erst jetzt bemerkte Esther das seltsame rasselnde Geräusch im Hintergrund. Es gab doch wohl keine Klapperschlangen in Kanada? Sie erinnerte sich an die Schlange, die Ellen so erschreckt hatte, und sah sich erschrocken nach allen Seiten um. In einigen Metern Entfernung sah sie Gedeon an dem Baum sitzen, an dem er auch gestern den Rucksack abgestellt hatte. Ihr Blick blieb an ihm kleben. Täuschte sie sich, oder hielt er die Augen geschlossen? Wegen des Nebels konnte sie das nicht eindeutig erkennen. Was sie aber deutlich sah, war, dass er am ganzen Körper zitterte. Er schlotterte regelrecht und weckte damit sofort ihr Mitleid. Das war ja auch kein Wunder, wenn er die ganze Nacht nur dürftig bekleidet und ohne Decke verbracht hatte!

„Gedeon?“, flüsterte sie.

Sie erhielt keine Antwort.

„Gedeon?“, fragte sie noch einmal etwas lauter.

Wieder keine Antwort. Er schien tatsächlich eingeschlafen zu sein. Sie musste lächeln. So hart, wie er sich gab, war er wohl doch nicht! Allerdings erstarb das Lächeln ganz schnell wieder auf ihren Lippen, als sie sich vorstellte, wie er stundenlang gegen den Schlaf angekämpft hatte und ihm womöglich erst in den Morgenstunden erlegen war. Sie sprang spontan auf ihre Füße und wollte zu ihm hinübergehen.

Dann aber hielt sie inne und zögerte. Sie erinnerte sich auf einmal an seine Worte gestern: „Und wagen Sie ja nicht, irgendetwas zu versuchen.“ Seinem Verhalten nach zu urteilen war das eine leere Drohung. Seine Fürsorglichkeit hatte eine ganz andere Sprache gesprochen und einen viel sanfteren Gedeon offenbart. Aber ein wenig Angst hatte sie dennoch.

Andererseits ... war auch das Mitleid ein starkes Gefühl. Sie konnte einfach nicht mit ansehen, wie er so dasaß und sich halb totfror, während sie selbst die ganze Nacht unter der einzigen Decke verbracht hatte. Das ging wirklich nicht! Sie presste entschlossen die Lippen aufeinander, bückte sich nach der Decke, hielt sie sich wie ein Schild vor den Bauch und schlich damit langsam auf ihn zu.

Als sie sich ihm bis auf zwei Meter genähert hatte, begriff sie auf einmal, woher das Geräusch kam. Es waren Gedeons Zähne, die vor Kälte laut klapperten! Ihr Gesicht, das bis eben noch angespannt gewesen war, wurde butterweich, ja liebevoll. Sie legte geräuschlos die letzten zwei Meter zurück und breitete dann unendlich vorsichtig die Decke über ihm aus. Während sie die oberen Ecken über seine Schultern legte, sah sie ihm unverwandt ins Gesicht und widerstand nur mit Mühe dem Impuls, zärtlich über die unrasierten Wangen zu streicheln, hinter denen die Zähne noch immer vor Kälte rhythmisch aufeinanderschlugen.

Aber dann bewegte er sich plötzlich ein wenig, und Esther sprang so abrupt auf, dass sie beinahe rücklings umfiel.

Ihr Herz klopfte noch immer heftig, als sie sich an einem etwa drei Meter entfernt stehenden Baum wieder niederließ. Aber auch jetzt konnte sie ihren Blick nicht von ihm losreißen. Wie war es nur möglich, jemanden gleichzeitig so sehr zu mögen und so sehr zu fürchten? Welche dieser Gefühle bildete sie sich ein und welche waren echt? Und wie war er in Wirklichkeit? Sanft und fürsorglich, wie sie ihn gestern Abend erlebt hatte, oder brutal und hart wie vor ihrem Zusammenbruch?

Sie wusste es nicht. Sie wusste nur, dass sie tiefe Befriedigung empfand, als das Zähneklappern von Minute zu Minute weniger wurde und schließlich ganz aufhörte.

Gedeon erwachte von dem schrillen Schrei eines Raubvogels und wusste sofort, dass irgendwas nicht stimmte. Der brennende Schmerz in seinen Armen und seiner Schulter war noch da. Aber etwas hatte sich verändert. Es war hell, taghell! War er etwa eingeschlafen?

Sein erster Blick galt der Stelle, an der sich die Frau gestern hingelegt hatte. Aber da war niemand mehr! Hatte er sich in der Richtung getäuscht? Nein! Obwohl es ein bisschen diesig war, konnte er deutlich erkennen, dass das Moos an dieser Stelle auf einer größeren Fläche niedergedrückt war.

Der Schreck fuhr wie der Blitz in Gedeons Glieder. War er in Gefahr? Pirschte sie sich gerade von hinten an, um ihm den Schädel einzuschlagen? Oder hatte sie sich nur heimlich davongeschlichen?

Er sprang auf und wollte loslaufen, um sie zu suchen, doch dann hielt ihn etwas zurück. Irgendetwas passte nicht ins Bild. Etwas war zu Boden geglitten. Etwas, das da nicht hingehörte.

Irritiert sah er auf den Boden. Die Decke! Die Decke? Er bückte sich, hob sie auf und starrte sie verständnislos an. *Sie* hatte die Decke gehabt, da war er sich ganz sicher!

Völlig verwirrt sah er sich um. Und dann entdeckte er sie. Sie saß in etwa drei Metern Entfernung an einem Baum und ... schlief. Ohne Decke! Stattdessen hatte sie die Beine angewinkelt und den Kopf auf den Knien abgelegt.

Er starrte sie an. In dieser Stellung sah sie so ... niedlich aus, dass ein seltsamer Schauer über seinen Rücken rieselte. Und immer noch musste er sie unverwandt ansehen. Sie war das Widersprüchlichste, was ihm jemals begegnet war. Die schweren roten Locken, die über ihre Beine und in ihr Gesicht fielen, hatten etwas Wildes und Verruchtes an sich. Die Sommersprossen auf ihrer Nase und ihren Wangen ließen sie frech und lustig wirken. Aber ihr Mund sprach eine ganz andere Sprache. Er war so unglaublich sanft und verletzlich. Und obwohl sich dieser Mund nicht einmal bewegte, schien er ununterbrochen mit Gedeon zu kommunizieren, ihn anzusprechen, ihn herauszufordern. Wie eine unsichtbare Macht verlangte er Gedeons Aufmerksamkeit und seinen Schutz. Und er weckte einen Wunsch in ihm, den er selbst am allerwenigsten verstand: den Wunsch, diesen Mund zu berühren.

Nein, nein und nochmals nein! Gedeon drehte sich weg, um wieder Herr seines Blickes zu werden und diesen unsäglichen Bann zu durchbrechen. Er würde sich auf keinen Fall von dieser Frau betören lassen! Von jeder anderen, aber nicht von ihr. Niemals!

Aber jetzt erinnerte er sich wieder an das, was er in Händen hielt. Die Decke! Er schluckte. War es möglich, dass sie ihn damit zugedeckt hatte? Dass sie selbst auf die Decke verzichtet hatte?

Blödsinn!, meldete sich nun wieder eine andere Stimme zu Wort. *Es ist doch nur ein Trick. Sie spielt die Gutherzige, um dich weichzuklopfen! Sie ist nicht dumm. Sie ahnt eben, worauf du abfährst. Und das nutzt sie rigoros aus.*

Andererseits musste er zugeben, dass diese Theorie auch nicht uneingeschränkt vernünftig klang. Wenn sie es geschafft hatte, ihm unbemerkt die Decke zu überlassen, wäre es ihr auch ein Leichtes gewesen zu fliehen.

Aber das hatte sie nicht getan. Sie war geblieben. Ohne Decke. Obwohl sie fror, denn das sah man deutlich an der verkrampften Stellung, in der sie dasaß.

Wieder erlag Gedeon der Versuchung, sie anzusehen. Und wieder bildete sich ein verträumter, beinahe hypnotisierter Ausdruck auf seinem unrasierten Gesicht. Sekunden- und schließlich minutenlang stand er einfach nur so da und durchbohrte sie mit Blicken, die jedes Detail in sich aufzusaugen schienen.

Wahrscheinlich hätte er Stunden so verbracht, wenn Esther unter seinem Blick nicht aufgewacht wäre. Zuerst bewegte sie sich nur ein bisschen, dann aber schlug sie die Augen auf.

Zu diesem Zeitpunkt hatte ihr Gedeon schon wieder den Rücken zugekehrt. Er hockte jetzt neben seinem Rucksack und wühlte darin herum. Irgendwann beförderte er eine Wasserflasche und eine Konservendose daraus hervor. Mit dem primitiven Dosenöffner, der sich an seinem Taschenmesser befand, werkelte er anschließend so lange an der Dose herum, bis er tatsächlich den Deckel in der Hand hielt. Unglücklicherweise hatte er sich dabei über und über mit einer klebrigen Flüssigkeit bekleckert.

Ärgerlich grummelnd wandte er sich Esther zu. Als er jedoch feststellte, dass sie nur mühsam ein Grinsen unterdrückte, verzog sich auch sein Mund zu einem Lächeln. „Wie wär's mit Ananas zum Frühstück?", fragte er so ernst und trocken wie möglich.

„Ist mein Lieblingsfrühstück", grinste Esther und hing gleichzeitig fasziniert an seinen Lippen. Wie konnte es nur angehen, dass sich Brüder auf den ersten Blick kein bisschen ähnlich sahen, auf den zweiten aber wie ein Ei dem anderen glichen?

Gedeon schlenderte zu ihr herüber und setzte sich dann mit einem Sicherheitsabstand von einem halben Meter neben sie. „Ich hab allerdings keinen Löffel oder so was."

„Zum Glück ist ja sowieso keine Flüssigkeit mehr in der Dose", antwortete Esther und schaute auf den riesigen Fleck auf seinem Hemd und seiner Jeans.

„Nass ist Anna trotzdem noch", lächelte Gedeon und hielt ihr die Dose hin.

Esther griff danach und pulte umständlich ein glitschiges Stück Frucht daraus hervor. „Mhmm", machte sie genüsslich und griff gleich wieder zu. Beim sechsten Stück in Folge sagte sie mit vollem Mund: „Ich hab mal gelesen, dass Hunger das Geschmacksempfinden verstärkt. Aber ich wusste nicht, dass der Effekt so groß ist."

Gedeon sah ihr fasziniert beim Essen zu und versuchte, ihre unbekümmerte, fast kindliche Freude nicht allzu anziehend zu finden. Aber dann hielt sie ganz plötzlich inne und zog erschrocken die Hand zurück, die bereits in der Dose nach einem weiteren Stück Ananas gefischt hatte.

Gedeon erschrak mindestens genauso sehr und fragte besorgt: „Was ist? Stimmt was nicht?"

„Doch, alles bestens", beeilte sie sich zu versichern. „Es ist nur ... dass ... dass *Sie* doch noch gar nichts gegessen haben. Ich esse Ihnen ja alles weg!"

Gedeon reagierte nicht gleich auf ihre Worte. In seinem Kopf stritten zwei verschiedene Empfindungen miteinander. Einerseits war er geneigt, ihre Besorgnis rührend zu finden. Aber auf der anderen Seite stocherte da etwas in seiner tiefsten Wunde herum. Es war die Befürchtung, dass sie das alles nur spielte, um ihn milde zu stimmen und gar unvorsichtig werden zu lassen. *Jetzt trag mal nicht zu dick auf, Mädel,* hätte er am liebsten gesagt.

Aber als er zu ihr schaute und ihren forschenden, etwas ängstlichen Gesichtsausdruck sah, brachte er das genauso wenig über sich. Und so erhob er sich und sagte nur: „Sie sollten sich nicht über Dinge den Kopf zerbrechen, die Sie nichts angehen." Allerdings klangen seine Worte ein bisschen schroffer, als er das geplant hatte

„Hab ich was Falsches gesagt?", fragte Esther und klang dabei wirklich bekümmert.

„Wir müssen weiter", entgegnete Gedeon knapp. „Bestimmt sind die uns dicht auf den Fersen."

Esther nickte und erhob sich. Dann streckte sie ihm ein wenig zögernd die halb leere Konservendose entgegen.

Aber Gedeon machte keine Anstalten, sie zu nehmen. Stattdessen sagte er: „Behalten Sie sie. Das ist die Marschverpflegung." Er verstaute die Decke im Rucksack, packte ihn am Tragegriff und marschierte los.

Sehr zu Esthers Erleichterung legte er nicht so ein mörderisches Tempo vor wie gestern. Und so hatte Esther dieses Mal keine Schwierigkeiten, ihm zu folgen. Ihr Atem reichte sogar noch für eine kleine Unterhaltung. Und so fragte sie im Plauderton: „Warum schnallen Sie sich den Rucksack eigentlich nie auf den Rücken?"

Gedeon blieb so abrupt stehen, dass Esther beinahe auf ihn prallte. Und als er sich dann langsam zu ihr umdrehte und sie seinen brennenden Blick sah, wusste sie endgültig, dass sie schon wieder etwas Falsches gesagt hatte. Sie schluckte. Was konnte an der Frage denn nur falsch gewesen sein?

„Das sollten Sie doch wohl am besten wissen!", stieß er zischend hervor.

Esther starrte ihn nur mit weit aufgerissenen Augen an.

„Jetzt spielen Sie nicht schon wieder das Unschuldslamm!", bellte Gedeon. „Wir wissen doch beide, was Sie sind!"

Für Esther waren seine Worte wie Peitschenhiebe. Sie hatte geglaubt, dass er ihr seit gestern ein bisschen wohlwollender gegenüberstand! Das war wohl nur eine Seifenblase gewesen! Sie senkte ihren Blick und kämpfte mit den aufsteigenden Tränen. Jetzt bloß nicht auch noch weinen!

Gedeon stand vor ihr und starrte sie an. Einerseits war die Wut wie ein brüllender Löwe in seiner Brust. Andererseits war da auch wieder der Hauch eines Zweifels. Im Moment wirkte sie ganz und gar nicht wie eine skrupellose Verbrecherin, sondern eher wie ein eingeschüchtertes Schulkind, das die Strafpredigt des Lehrers widerspruchslos über sich ergehen ließ. Wieso zum Donnerwetter kam sie nicht endlich aus sich heraus und zeigte ihr wahres Gesicht? Damit er endlich wusste, woran er war! Damit er sie endlich uneingeschränkt hassen durfte!

In seiner Verwirrung tat Gedeon etwas, was er gar nicht geplant hatte. Er knöpfte sein Hemd auf. Knopf für Knopf. Er wollte ihre Reaktion sehen. Er wollte den Hauch eines triumphierenden Grinsens in ihren Augen erleben!

Als Esther sah, was er tat, erschrak sie. Was hatte er denn jetzt vor?

Mittlerweile war Gedeon bis zu seinem Hosenbund vorgedrungen. Er zog mit einem kräftigen Ruck das Hemd aus seiner Jeans, öffnete die letzten zwei Knöpfe und riss es sich dann mit wütenden Bewegungen von den Armen. Esther sah sich gezwungen, auf eine schlanke, unbehaarte Männerbrust zu starren.

Aber da drehte er sich auch schon um ...

Für einen Moment weiteten sich Esthers Augen, dann spürte sie auch schon, wie sich ihr Magen wie eine Faust zusammenkrampfte. Sie hatte gerade noch Zeit, zwei Schritte zur Seite zu treten und sich vornüberzubeugen, dann erbrach sie auch schon ihr Frühstück. Es landete direkt neben dem Inhalt der Konservendose, den sie im Verlauf ihrer heftigen Reaktion ebenfalls auf dem Waldboden verteilt hatte.

Während sich ihr Magen immer und immer wieder zusammenzog, hatte Esther ein Bild vor Augen, das sich wie mit

Laserstrahlen in ihr Gedächtnis einbrennen würde: Es war das Bild eines Rückens voller Blut, Schorf, Striemen und Hautfetzen. Die Folgen einer Brutalität, wie Esther sie sich nicht einmal in Filmen zugemutet hätte. Nein, darauf war sie nun wirklich nicht vorbereitet gewesen!

Im Gegensatz zu Esther stand Gedeon wie angewurzelt da und starrte nur ungläubig zu ihr herüber. Gleichzeitig kämpfte er zum wiederholten Mal mit widerstreitenden Gefühlen. *Sie*, sie selbst war doch für den Zustand seines Rückens verantwortlich. *Sie* hatte das in Auftrag gegeben! Andererseits fragte er sich, wie ein Mensch *so* überzeugend schauspielern konnte. Hatte man denn jemals davon gehört, dass jemand auf Kommando kotzen konnte? Während er sich behutsam das Hemd wieder überstreifte und die Knöpfe verschloss, bekämpfte er außerdem das Gefühl tiefer Besorgnis, das sich schon wieder in ihm ausbreitete. Jetzt hatte sie ja schon wieder nichts mehr bei sich behalten! Aber nein, zum Donnerwetter, sie hatte es nicht verdient, dass er sich um sie sorgte!

„Ihre Schergen haben ganze Arbeit geleistet, nicht wahr?", zischte er ihr zu.

Esther hatte sich in der Zwischenzeit wieder gefangen und war gerade damit beschäftigt, sich ihren Mund mit dem Ärmel ihres Blazers abzuwischen. Als sie sich jetzt zu ihm umdrehte, war ihr Gesicht immer noch kreidebleich. Sie sah richtig krank aus. „Nicht meine", hauchte sie leise, „die meiner Schwester!"

„Blödsinn!", stieß Gedeon wütend hervor. „Willst du immer noch behaupten, du wärst in Wirklichkeit ein Unschuldslamm?"

Er packte sie mit seinen großen Händen an den Oberarmen, zog sie hoch und schüttelte sie heftig. „Sag endlich die Wahrheit!", schrie er ihr ins Gesicht. „Sag sie mir! Los, ich will sie hören!"

„Ich bin Ellen Kieling", rief Esther zutiefst erschrocken. „Ich bin Ellen! Ellen, das ist mein Name!"

Bei diesen Worten ließ Gedeon sie so plötzlich los, dass Esther rückwärts taumelte, das Gleichgewicht verlor und unsanft auf ihrem Hinterteil landete. Aber auch jetzt stand noch die nackte Angst in ihrem Gesicht geschrieben.

Und die war auch berechtigt, denn Gedeon baute sich jetzt breitbeinig vor ihr auf und brüllte: „Na also! Und hast du deinen Leuten befohlen, mich auspeitschen zu lassen?“ Man sah ihm deutlich an, dass er noch immer vor Wut kochte.

Esther biss so verzweifelt auf ihrer Unterlippe herum, dass es wehtat. Alles in ihr sträubte sich gegen eine solche Aussage.

„Hast du?“, schrie er.

„Ja! Ja, das hab ich!“, rief Esther.

Gedeon atmete tief durch und beruhigte sich etwas. „Warum?“, fragte er dann in gemäßigterem Tonfall.

Warum? Warum? Sie hatte keine Ahnung, warum!

„Warum?“, wiederholte Gedeon streng.

„Es tut mir leid“, wimmerte Esther. „Es war ein Fehler. Ich ... ich kannte Sie doch nicht.“

„Willst du mir ernsthaft weismachen, dass du dein Verhalten bereust?“, fauchte Gedeon.

Esther nickte. Und das entsprach auch der Wahrheit. Was immer Ellen getan hatte, bedauerte Esther zutiefst!

Gedeon atmete einmal tief durch. Dann sah er ihr direkt in die Augen und sagte: „Das wirst du mir erst noch beweisen müssen.“

Esther hielt seinem Blick stand. „Ich werde es Ihnen beweisen“, sagte sie. „Verlassen Sie sich drauf.“

Kapitel 14

Drei Tage vergingen. Abgesehen von den beiden vorherigen Tagen waren es die längsten in Esthers Leben.

Nicht, dass es ihr körperlich schlecht gegangen wäre. Im Gegenteil, da Gedeon peinlich genau auf regelmäßige Pausen achtete, erholte sie sich gut. Allmählich konnte sie die Strapazen täglicher Fußmärsche von bis zu fünfzehn Stunden sogar besser verkraften als Gedeon selbst.

Es war ihre Psyche, die viel mehr litt.

Während Gedeon ihr mit jedem gemeinsamen Tag, ja jeder gemeinsamen Stunde mehr ans Herz wuchs, spürte sie bei ihm nur allzu deutlich tiefes Misstrauen. Die meiste Zeit beachtete er sie kaum. Und wenn er es doch tat, dann war sein Blick immer forschend, seine Stimme kalt und seine Haltung reserviert. Und dabei wünschte sie sich mittlerweile nichts mehr als ein nettes Wort, einen aufmunternden Blick oder ein freundliches Lächeln von ihm. War es denn so viel verlangt, sich in der Wildnis eines fremden Kontinents ein bisschen menschliche Nähe zu wünschen?

Esthers Wunsch erfüllte sich im Verlauf des vierten Tages. Aber leider sah es ein bisschen anders aus, als sie sich das vorgestellt hatte …

Obwohl die Gegend in den vergangenen Tagen immer unwirtlicher, bergiger und zerklüfteter geworden war, stießen sie früh am Morgen auf einmal auf einen schmalen Weg, der wie aus dem Nichts vor ihnen auftauchte. Sicher, es war nur ein Trampelpfad, aber er war eindeutig als solcher zu erkennen. Menschen! Sie waren an einen Ort gelangt, wo jemand wohnte!

Esthers Herz tat einen Luftsprung, und auch Gedeon beschloss sofort, dem Pfad zu folgen. Diesem Entschluss blieb er treu, auch als sich nach einiger Zeit herausstellte, dass der Pfad direkt in die Berge führte.

Entsprechend mühsam wurde der Marsch. Während es am Anfang einfach nur steil bergauf ging, kam sich Esther um die Mittagszeit schon vor wie ein Bergsteiger.

Der Pfad führte jetzt außen um einen Berg von bombastischen Ausmaßen herum. Oder war es ein ganzes Gebirge? In jedem Fall konnte man weder seine Ausdehnung beurteilen noch seinen Gipfel ausmachen. Stattdessen war man einfach gezwungen, dem schmalen Pfad zu folgen. Aber das gestaltete sich immer schwieriger. Der Pfad war in den Berg hineingehauen und schmal, und zur Seite hin taten sich schwindelerregende Tiefen auf.

Esther musste sich sehr zusammenreißen, um das Gefühl von Panik zu unterdrücken, das jeder Blick in den Abgrund hervorrief. Eigentlich war sie ja schwindelfrei, aber angesichts fehlender Geländer und Begrenzungen waren ihr diese Dimensionen nun doch zu heftig.

Und auch Gedeon schien sich in seiner Haut irgendwie nicht wohl zu fühlen.

Obwohl Esther hinter ihm ging und dadurch sein Gesicht nicht sehen konnte, spürte sie genau, dass er sich Sorgen machte. Sie hatte mittlerweile so viel Zeit mit ihm verbracht, dass sie sogar in seiner Körperhaltung lesen konnte. Und die wirkte reichlich verkrampft.

„Ist irgendwas nicht in Ordnung?“, wagte sie schließlich zu fragen.

Gedeon blieb stehen und drehte sich zu ihr um. Einen Moment lang wirkte er überrascht, dann verschloss er sich wieder vor ihr. Anstatt aber weiterzugehen, trat er noch einen Schritt näher an den Abgrund heran, blickte versonnen in die Ferne und murmelte: „Es ist nichts."

„Doch, da ist etwas", beharrte Esther. „Und ich will wissen, was Sie bedrückt. Schließlich betrifft es mich genauso wie Sie."

Esther näherte sich nun ihrerseits dem Abgrund und sah vorsichtig hinab. Viele hundert Meter unter ihr erstreckte sich eine fast märchenhaft schöne Landschaft. Ein sattgrünes Waldgebiet überzog eine Fläche von vielen Quadratkilometern mit verschiedenen Grüntönen und schien in der Ferne direkt an den stahlblauen Himmel zu stoßen. Unterbrochen wurde es nur von vereinzelt herausragenden Felsen und von einem riesigen, fast kreisrunden See, der unbewegt dalag, während Esther eine frische Brise um die Nase wehte. Esther atmete die klare Luft tief in sich hinein und genoss die Abkühlung.

Gedeon atmete ebenfalls tief durch und sagte leise: „Wenn sie uns einholen, sitze ich hier in der Falle. Dann gibt es keine Möglichkeit zur Flucht mehr."

„Sie werden uns aber nicht einholen", behauptete Esther. „Dieser Pfad ist nur zu Fuß begehbar. Deshalb werden wir unseren Vorsprung problemlos halten können."

„Und was ist, wenn der Pfad in eine Sackgasse führt?", fragte Gedeon. „Wenn er irgendwo endet, müssen wir den gleichen Weg kilometerweit zurücklaufen. Und dann war's das."

Esther wollte ihm auch in dieser Hinsicht Mut zusprechen, als plötzlich ein Knall die Stille zerriss. Gedeon schrie einmal kurz auf, schwankte, verlor das Gleichgewicht und taumelte nach vorn, in Richtung Abgrund!

Obwohl Esther im ersten Moment überhaupt nichts begriff, hechtete sie noch auf ihn zu, um ihn festzuhalten, erreichte ihn jedoch nicht mehr. Hilflos musste sie mit ansehen, wie er noch kurz mit den Armen ruderte, dann abrutschte und aus ihrem Blickfeld verschwand.

Ein paar Sekunden lang war Esther wie gelähmt und wartete entsetzt auf den dumpfen Aufprall, mit dem sein Körper

Hunderte von Metern unter ihr aufschlug. Aber nichts geschah. Gar nichts. Es war wieder genauso still wie noch vor ein paar Sekunden.

Und dann knallte es erneut. Fast im gleichen Augenblick spürte Esther den scharfen Luftzug, der entstand, als das Projektil nur wenige Zentimeter an ihrem Körper vorbeizischte und in die Felswand hinter ihr einschlug. Instinktiv warf sie sich auf den Boden. Sie wurden beschossen! Von Ellens Leuten? Gedeon! Sie mussten ihn getroffen haben! Und tatsächlich, direkt neben ihr auf den Steinen entdeckte sie einige Blutstropfen.

Tränen traten in Esthers Augen. Gleichzeitig spürte sie eine ungeheure Wut in sich aufsteigen. Das hier würde sie Ellen niemals verzeihen! Niemals!

Mit dem Mut äußerster Verzweiflung robbte sie vorwärts und sah in die Tiefe. Vielleicht hatte Gedeon sich ja irgendwo festhalten können! Vielleicht war er gar nicht tot!

Aber alles, was sie sah, war der Rucksack. Er hatte sich nur etwa einen Meter unter ihr mit einem seiner Tragegriffe an einem Felsvorsprung verheddert und baumelte über dem Abgrund.

„Gedeon!", rief sie verzweifelt nach unten.

Aber sie erhielt keine Antwort. Dafür knallte es erneut. Einmal – zweimal. Seltsamerweise spürte sie dieses Mal keinen Luftzug und die Kugeln schlugen auch nicht in ihrer Nähe ein. Hatten die jetzt das Zielen verlernt oder ... zielten sie am Ende gar nicht auf sie?

Neue Hoffnung keimte in ihr auf. „Gedeon!"

Aber auch dieses Mal erhielt Esther keine Antwort. Stattdessen knallte es erneut und dann wieder und noch mal. Es entstand eine kleine Pause, dann zerriss ein weiterer Schuss die Stille. Er war noch nicht verhallt, als ein Schmerzensschrei an Esthers Ohr drang. Gedeon!

„Gedeon, verdammt, wo bist du?", schrie Esther nach unten. „Bist du getroffen?"

Statt einer Antwort knallte es schon wieder.

„Jetzt antworte mir doch endlich", brüllte sie nach unten.

Seine Antwort kam mit schmerzverzerrter Stimme. „Was willst du noch?", grölte er zu ihr hinauf. „Geh ihnen entgegen und hilf ihnen, mich abzuknallen!"

Wieder knallte es. Sie musste etwas tun! Irgendetwas!

„Ich schulde dir noch was!", rief Esther, während sie noch näher an den Abgrund heranrobbte und einen Arm nach unten ausstreckte. „Du weißt schon ... den Beweis ... dass ich mich geändert habe!"

Der Rucksack! Im Rucksack war das Seil, mit dem er sie bis vor ein paar Tagen gefesselt hatte. Vielleicht war es lang genug. „Wie tief bist du unter mir?"

Statt einer Antwort bellte eine Serie von drei Schüssen durch die Stille.

Aber dann antwortete er tatsächlich. „Nur ein ... paar ... Meter!"

Obwohl diese Aussage ermutigend war, beunruhigte sie Esther noch zusätzlich. Sie hatte deutlich gehört, dass er sie unter größten Anstrengungen hervorgestoßen hatte.

Esther streckte ihren Arm so weit aus, wie es nur ging, und angelte nach dem Tragegriff. Aber sie kam nicht dran! Es fehlten mindestens zwanzig Zentimeter!

„Kannst du dich noch halten?", rief sie voller Sorge, während sie trotz ihrer Angst noch ein Stück näher an den Abgrund heranrobbte. Ihr Oberkörper ragte jetzt gefährlich weit über den Felsvorsprung hinweg. Aber es ging nicht anders. Sie brauchte den Rucksack! Wiederum streckte sie sich danach aus, näherte sich mit den Fingerspitzen dem Tragegriff, berührte ihn fast ... und zog ihre Hand entsetzt zurück, weil ihr splitternde Felsstücke um die Ohren geflogen waren. Das Projektil war nur Zentimeter neben ihrer Hand eingeschlagen. Jetzt wurde auch sie wieder beschossen.

„Hilf mir!", brüllte Gedeon zu ihr hinauf.

Esther hörte die nackte Verzweiflung aus seinen Worten heraus und wusste sofort, dass er kurz davor war abzustürzen.

„Halt durch!", schrie sie, schob sich einige weitere Zentimeter über den Abgrund und angelte wild entschlossen nach dem Tragegriff. Auch durch einen weiteren Schuss ließ sie sich jetzt nicht mehr von ihrem Ziel abhalten. Sie berührte den Tragegriff, packte zu und zog. Sie hatte so viel Kraft in diese Aktion hineingelegt, dass der Rucksack fast über sie hinwegflog und polternd hinter ihr auf dem Weg landete. Sofort krabbelte Esther rückwärts, stürzte sich förmlich auf den Rucksack und riss ihn auf. Das Seil lag ganz oben, so als hätte es nur darauf gewartet, endlich zum Einsatz zu kommen.

Esther entrollte es, hielt ein Ende fest und warf das andere in die Tiefe. Währenddessen schlug eine weitere Kugel neben ihr in die Felswand ein. Aber Esther kümmerte sich nicht darum. Sie hatte nur eine Sorge: dass Gedeon abstürzte, bevor sie ihm helfen konnte.

„Weiter ... links!", hörte sie ihn brüllen.

Esthers Herz tat einen Luftsprung. Er sah das Seil! Es war lang genug! Sie holte das Seil wieder ein, robbte auf Knien weiter nach links und warf es dann erneut in die Tiefe.

„Mach es ... irgendwo ... fest!", rief Gedeon.

Esther sah sich hektisch um, entdeckte in ihrer unmittelbaren Nähe einen schmalen, steil in die Höhe ragenden Felsen, umwickelte ihn mit dem Ende des Seiles und verknotete das Ganze. Dann rief sie: „Fertig!", und robbte wieder näher an den Abgrund heran, um nach Gedeon Ausschau zu halten.

Es dauerte nur Sekunden, dann zog sich das Seil plötzlich straff und begann hin und her zu rutschen. Esther wagte sich noch ein bisschen weiter vor und starrte angestrengt in die Tiefe. Außer dem Seil sah sie allerdings überhaupt nichts. Ein kleiner Felsvorsprung versperrte ihr die Sicht. Dafür hörte sie umso mehr. Ein Schuss nach dem anderen knallte durch die Luft und schlug irgendwo unter ihr in den Felsen ein. Oder in einen Körper? Der Gedanke ließ Esther schaudern. Insgeheim wartete sie schon auf Gedeons Todesschrei, stellte sich vor, wie er in die Tiefe stürzte. „Nein, bitte nicht“, flehte sie im Flüsterton. „Bitte, bitte nicht.“

Und dann schob sich plötzlich eine Hand über den Felsvorsprung. Sie war groß, kräftig und ... vollkommen blutverschmiert.

Esther unterdrückte einen Schrei, der Jubel und Entsetzen gleichzeitig beinhaltet hätte, und rief stattdessen: „Weiter! Gleich hast du's geschafft!“

Jetzt kam auch die zweite Hand zum Vorschein. Sie war fast genauso blutig wie die erste, schlang sich aber trotzdem mit kräftigem Griff ein paar Zentimeter oberhalb der anderen um das Seil. Einen Moment lang geschah jetzt gar nichts. Aber dann stieß Gedeon einen markerschütternden Schrei aus, sammelte seine letzten Kräfte und schwang sich nach oben. Er schaffte es mit dem Oberkörper auf den schmalen Felsvorsprung und blieb keuchend und hustend dort liegen.

Sekunden später schlug direkt neben ihm ein Projektil in die Felswand ein.

Esther zuckte zusammen, bekam Gedeons Kragen zu fassen und zerrte an ihm. „Komm jetzt!“, schrie sie. „Bitte, Gedeon!“

„Du ... erwürgst mich ja“, röchelte Gedeon.

Esther ließ ihn so abrupt wieder los, dass er beinahe nach hinten übergekippt wäre. Allerdings verlieh ihm der daraus resultierende Schreck neue Kräfte. Er zog sich ächzend noch ein Stück weiter in die Höhe, schob ein Knie auf den Felsvorsprung und stand im nächsten Moment auf beiden Füßen. Noch eine letzte Anstrengung und er konnte sich bäuchlings neben Esther auf den Weg werfen, wo er stöhnend liegen blieb.

Esther packte ihn sofort an der Schulter und rollte ihn vorsichtig auf den Rücken. „Haben sie dich getroffen?“, fragte sie voller Angst, obwohl sie die Antwort eigentlich längst kannte. Alles an ihm war voller Blut, die Arme, die Brust, der Rücken!

Außerdem tropfte ihm Blut aus den Haaren. Vorsichtig schob Esther ein paar blutverschmierte Haarbüschel zur Seite und begann darunter nach der Wunde zu suchen.

„Nur ein ... Streifschuss", presste Gedeon hervor, „aber mein Arm ..."

Esther ließ von seinem Kopf ab und wandte sich seinem rechten Arm zu. Erstens war das sowieso der Arm, an den sie besser herankam, und zweitens war er auch blutiger als der andere. Sie war gerade damit beschäftigt, seinen Hemdsärmel aufzuknöpfen, als ihnen wieder eine Kugel um die Ohren flog.

„Sie riskieren ... auch *dein* Leben", stellte Gedeon verwundert fest.

Esther sagte nichts dazu und begann stattdessen, den Ärmel vorsichtig nach oben zu schieben. Als sie bis zum Ellenbogen gelangt war, weiteten sich ihre Augen. Nur wenige Zentimeter unterhalb des Gelenkes prangte eine große, stark blutende Wunde. Steckte dort das Projektil? Esther klappte den Arm vorsichtig ein und sah sich die andere Seite an. Dann schloss sie erleichtert und schockiert zugleich die Augen. Auf der anderen Seite des Armes befand sich die Austrittswunde. So etwas nannte man wohl einen glatten Durchschuss!

Piff ... Wieder kam ihnen eine Kugel gefährlich nahe.

Gedeon hob seine linke Hand, packte damit seinen rechten Arm und entzog ihn Esther. „Das ... kann warten", keuchte er. „Wir müssen ... zuerst ... aus der Schusslinie."

„Aber du verblutest", protestierte Esther.

Statt einer Antwort presste Gedeon seinen Arm fest an seinen Bauch und drückte die linke Hand auf die Wunde. „So schnell geht das nicht", behauptete er und begann auch schon sich aufzurappeln. Dann nickte er mit dem Kopf in die Richtung, in der sie ohnehin unterwegs gewesen waren. „Wenn wir es bis hinter die Biegung schaffen, sind wir aus dem Schneider."

Esther machte ein besorgtes Gesicht. „Das sind mindestens fünfzig Meter. Sie werden uns abschießen wie die Karnickel!“

„Dann schlagen wir halt Haken ... wie die Karnickel“, schlug Gedeon vor, schloss dann aber ganz plötzlich die Augen und begann bedenklich hin und her zu schwanken.

Esther packte ihn an den Oberarmen und hielt ihn fest. „Willst du mir jetzt wegsterben?“, fragte sie mit zitternder Stimme.

Gedeon riss sich zusammen. „Nicht, bevor wir diese Biegung erreicht haben“, stieß er hervor.

„Gut“, nickte Esther entschlossen, ließ Gedeon los, robbte ein paar Zentimeter von ihm weg und griff nach dem Rucksack. „Versuchen wir's, bevor du bewusstlos wirst.“

Buff ... Esther wurde der Rucksack aus der Hand gerissen. Sie hatten den Rucksack getroffen! Das nächste Mal war *sie* vielleicht dran.

„Auf die Plätze“, hörte sie Gedeon sagen.

Das riss Esther aus ihrer Starre. Sie robbte hinter dem Rucksack her und packte ihn ein zweites Mal.

„Fertig?“

„Du zuerst!“, antwortete Esther und wartete, bis er auf dem Bauch an ihr vorbeigerobbt war.

„Los!“, rief Gedeon und sprang auf. Esther tat es ihm gleich und schon rannten beide in geduckter Haltung um die Wette. Keiner von beiden benahm sich dabei allerdings wie ein Kaninchen. Weder schlugen sie Haken noch wechselten sie das Tempo. Sie rannten einfach nur geradeaus, so schnell sie konnten, getrieben von der Furcht, jeden Moment von einer Kugel erwischt zu werden. Aber obwohl mehrere Schüsse fielen, geschah nichts dergleichen. Sowohl Gedeon als auch Esther erreichten die sichere Biegung und waren aus der Schusslinie.

Während sich Esther erst einmal voller Erleichterung gegen die Felswand lehnte und kurz verschnaufte, sackte Gedeon keuchend auf seine Knie. Dabei waren die Geräusche, die er von sich gab, so beunruhigend, dass Esther sofort zu ihm eilte.

„Wirst du *jetzt* ohnmächtig?", fragte sie halb scherzend, halb besorgt.

„Ich glaub ... schon", keuchte Gedeon, verdrehte die Augen und fiel einfach vornüber. Bestimmt wäre er hart auf der Stirn gelandet, wenn Esther ihn nicht abgefangen und stattdessen einigermaßen sanft auf dem Boden abgelegt hätte.

„Scheiße, Scheiße, Scheiße", murmelte sie entgegen ihrer sonstigen Gewohnheit. „Was soll ich denn jetzt bloß machen?" Hilflos blickte sie auf seinen Unterarm, der noch immer nicht aufgehört hatte zu bluten. Wenn sie nichts unternahm, würde er bestimmt verbluten!

„Warum hab ich nicht Medizin studiert?", jammerte Esther, während sie den Rucksack auskippte und nach Verbandmaterial durchsuchte. „Wer braucht schon eine Sekretärin, wenn es um Leben und Tod geht?"

Mit zwei Packungen Taschentüchern konnte man nun wirklich keine Schusswunde verbinden, oder? Und auch die Wolldecke war nicht viel besser. Erstens wurde sie noch gebraucht und zweitens war sie viel zu dick. Aber jetzt fiel ihr Blick auf ihre Handgelenke und auf ihren eigenen Verband. Den brauchte sie doch gar nicht mehr! Andererseits ... war er bestimmt nicht gerade keimfrei. Also was tun?

Sie durchwühlte ein drittes Mal den Inhalt des Rucksacks und stieß dabei auf eine flache, metallene Flasche. Jetzt kam ihr eine Idee. Sie schraubte den Drehverschluss ab und roch am Flaschenhals. Alkohol ... wie sie gehofft hatte! Schnell entknotete sie die beiden Verbände an ihren Handgelenken, wickelte sie ab, übergoss sie mehrfach mit reichlich Alkohol und wrang sie dann aus. Anschließend legte sie ein Ende vorsichtig auf Gedeons Arm. Der stöhnte auf und bewegte sich, erwachte aber nicht. Sie wickelte das zerrissene Unterhemd mehrfach fest um seinen Arm, legte dann die Taschentücher auf die beiden Wunden und umwickelte dann auch diese mit dem Rest des „Verbandes". Von Druckverbänden hatte sie nämlich im Erste-Hilfe-Kurs schon mal gehört. Als sie fertig war, verknotete sie das Ganze fein säuberlich und blickte dann zweifelnd auf das Ergebnis. Ob sie es geschafft hatte, die Blutung zu stillen?

Geraume Zeit saß sie einfach nur da und starrte auf Gedeons Arm. Jeden Moment rechnete sie damit, dass Blut durch die äußeren Schichten ihres Behelfsverbandes drang. Aber die Minuten verrannen und der Stoff behielt seine ursprüngliche Farbe.

Ein scheues Lächeln bildete sich auf ihren Lippen. Vielleicht war sie doch nicht so unbrauchbar, wie sie angenommen hatte!

Sie beschloss, Gedeon erst einmal in Ruhe zu lassen und es ihm dabei so bequem wie möglich zu machen. Und so breitete sie die Decke über ihm aus und schob ihm den leeren Rucksack unter den Kopf. Dann lehnte sie sich an einen Felsen, schloss die Augen und hing ihren Gedanken nach.

Als Gedeon die Augen aufschlug, sah er den herrlichsten blauen Himmel über sich. Nicht mal der Hauch einer Wolke war zu sehen. Stattdessen flog gerade in diesem Augenblick ein stattlicher Adler in nur geringer Entfernung über ihn hinweg und stieß einen Schrei aus.

Gedeon sah ihm beeindruckt nach und genoss das Gefühl tiefen Friedens, das dieser Anblick ihm vermittelte. Dann räkelte er sich genüsslich, hielt aber abrupt damit inne, als plötzlich ein stechender Schmerz durch seinen rechten Arm schoss. Er unterdrückte ein Stöhnen und erinnerte sich von einer Sekunde auf die nächste an alles, was vorgefallen war. Blitzartig wandte er den Kopf und ... sah direkt in ein Paar leuchtend grüne Augen.

„Wie fühlst du dich?", fragte eine sanfte Stimme.

Gedeon zögerte. „Lebendig", sagte er dann heiser.

„Darf ich mal sehen?", fragte Esther und schlug die Wolldecke zurück. Dann betrachtete sie ihren Notverband, der vom getrockneten Alkohol zwar immer noch gelblich, aber kein bisschen rot aussah. „Es hat aufgehört zu bluten!", rief sie. „Ist das nicht toll?"

Gedeon schüttelte nur den Kopf. „Warum hast du das gemacht?", flüsterte er.

Esther zog die Stirn in Falten. „Ich ... ich hatte nichts anderes. Und Alkohol wirkt doch desinfizierend, oder?", rechtfertigte sie sich.

Aber Gedeon wollte auf etwas ganz anderes hinaus. „Warum hast du das Seil zu mir runtergeworfen?", fragte er.

„Na, weil ... ", begann Esther, stockte dann aber, weil sie nicht genau wusste, was sie sagen sollte. Sie hatte ihm das Leben gerettet. War das nicht die beste Gelegenheit, um ihm noch einmal zu erklären, wer sie in Wirklichkeit war? Andererseits hatte sie ja vor ein paar Tagen unter seinem Ansturm selbst zugegeben, Ellen zu sein. Würde sie sich nicht endgültig unglaubwürdig machen, wenn sie jetzt schon wieder etwas anderes behauptete? Dann wurde er sicher wieder so wütend wie in dem Gespräch vor ein paar Tagen.

„... weil ich mich verändert habe", vollendete sie schließlich ihren Satz. Und dann sah sie ihm fest in die Augen und fügte hinzu: „Ich kenne dich jetzt, Gedeon, und ich mag dich. Ich werde meinen Fehler wiedergutmachen und dir helfen, nach Deutschland zurückzukehren."

„Auch wenn das bedeutet, dass du im Gefängnis landest?", fragte er.

Esther schlug die Augen nieder. „Würdest –", begann sie, unterbrach sich aber, weil sie erst einmal an dem Kloß schlucken musste, der sich in ihrem Hals gebildet hatte. Hatte er denn noch immer rein gar nichts für sie übrig? „Würdest du mich denn ausliefern?“, fragte sie heiser.

„Ich bin Polizist, Ellen“, antwortete er. „Und das mit Leib und Seele. Und du bist Teil einer internationalen Verbrecherorganisation. Ich *muss* dich ausliefern. Und ich *werde* dich ausliefern.“

Esther schluckte an aufsteigenden Tränen. Er hatte sie zum ersten Mal mit dem Vornamen angeredet! Mit dem falschen zwar, aber trotzdem ... Sie kamen sich also näher. Bedeutete ihm das denn gar nichts? „Obwohl ich dir das Leben gerettet habe?“, fragte sie mit zitternder Stimme.

Aber auch Gedeon schien das Sprechen schwerzufallen. „Obwohl du mir das Leben gerettet hast, ja!“, presste er mühsam hervor. „Und deshalb solltest du dir genau überlegen, was du tust. Ich ... ich gebe dir hier und jetzt die Möglichkeit, einfach umzukehren. Geh zurück zu deinen Leuten. Ich werde dich nicht aufhalten.“

„Und ... und dann?“, stammelte Esther verständnislos.

„Es wird einige Stunden dauern, bis du sie erreicht hast. Das gibt mir genügend Vorsprung. Dann haben wir beide eine faire Chance.“

„Du bist ja total verrückt“, sagte Esther fassungslos. „Sieh dich doch mal an. Hast du eine Ahnung, wie viel Blut du verloren hast? Sie haben dir deinen Arm durchlöchert! Allein kommst du keine hundert Meter weit!“

„Ich bin ein zäher Knochen!“, behauptete er. „Außerdem hänge ich an meinem Leben. Glaub mir, ich werde es dir schwer machen, mich einzufangen.“

Esther musste lachen. „Wenn du wirklich so ein zäher Knochen bist, dann komm. Steh auf und lass uns weitermarschieren.“

Aber Gedeon reagierte nicht. „Du willst mich wirklich begleiten?“, fragte er verwundert.

Esther nickte nur.

„Aber das ... das verstehe ich nicht", murmelte er. „Das ist unlogisch. Wenn du wirklich bei mir bleiben willst und dadurch sogar riskierst, dass ich dich ins Gefängnis bringe, dann könntest du genauso gut umkehren und deinen Leuten befehlen, die Suche nach mir einzustellen. Damit wäre mir sogar noch mehr geholfen."

„Das glaubst du!", entgegnete Esther. „Ich bin der Meinung, dass du in deinem Zustand allein nicht mal von diesem Berg herunterkommen würdest. Außerdem ..." Sie zögerte. Wie konnte sie ihm nur begreiflich machen, dass sie ihren Verfolgern unbedingt entkommen mussten und dass sie ihm nicht würde helfen können, wenn man ihn gefangen nahm? Sie überlegte. Und dann erinnerte sie sich auf einmal an die Besorgnis, die sie vor ein paar Tagen an Ellen wahrgenommen hatte. Ja, das war es! „Außerdem bin ich nur ein kleines Rad im Getriebe, Gedeon. Und du bist eine große Gefahr für die gesamte Organisation. Glaub mir, der Befehl, dich nach Kanada zu verschleppen und zum Reden zu bringen, kam von ganz weit oben. Ich könnte dich auch dann nicht vor ihnen beschützen, wenn ich es wollte."

„Willst du denn?", fragte Gedeon spontan.

Esther seufzte. „Du vertraust mir immer noch nicht."

„Doch", widersprach Gedeon. „Doch, ich glaube, ich vertraue dir. Ohne dich läge ich jetzt zerschmettert am Fuß dieses Berges." Er sah ihr in die Augen. „Ich vertraue dir."

Esther hielt seinem Blick stand und sagte: „Dann lass uns endlich gehen. Unser Vorsprung schmilzt von Minute zu Minute." Sie streckte ihm ihre Hand entgegen. Und dieses Mal griff Gedeon zu und ließ sich von ihr aufhelfen.

Als er sich aufgerappelt hatte, baumelte sein verletzter Arm wie ein Fremdkörper an seiner Seite.

„Ach, das hätte ich ja beinahe vergessen", murmelte Esther und zog ein weißes Stoffknäuel aus dem Rucksack hervor. „Knie dich doch bitte noch mal hin."

„Hast du vor, mich mal wieder auszupeitschen?", scherzte Gedeon.

„Das ist nicht witzig", sagte Esther leise.

„Tut mir leid", entschuldigte sich Gedeon und leistete ihrer Bitte Folge.

„Hübsche Spitze", bemerkte Gedeon, als Esther das Stoffknäuel entwirrt hatte.

„Ja, nicht wahr?", lächelte sie und legte ihm die provisorische Schlinge um den Hals, die sie vorhin sehr sorgfältig aus ihrem Unterhemd gebastelt hatte. Dann platzierte sie seinen Arm in dem verbreiterten Mittelteil, verknotete die beiden Enden so vor seiner Brust, dass die Schlinge eine bequeme Länge erreichte, und blickte dann zufrieden auf ihr Werk. „Wie man sieht, sind auch Sekretärinnen zu praktischer Arbeit zu gebrauchen", verkündete sie stolz.

„Wieso Sekretärinnen?", fragte Gedeon verständnislos. „Meines Wissens hast du doch gar keine abgeschlossene Ausbildung."

Esther schluckte und sah ihn an. Einen Moment lang war sie kurz davor, es doch noch einmal mit der Wahrheit zu versuchen. Aber dann stammelte sie: „Stimmt ... aber ... ich wollte eigentlich mal Sekretärin werden. So ... wie meine Schwester."

„So wie deine Schwester", wiederholte Gedeon nachdenklich. „Sag mal ... ist sie wirklich deine Zwillingsschwester?"

Esther nickte nur.

„Eineiig?"

Esther nickte wieder.

„Na, so was", wunderte sich Gedeon. „Dann hab ich meine Hausaufgaben wohl ziemlich schlampig gemacht. Zwillinge – so was sollte man beim BKA wirklich wissen." Er schüttelte den Kopf. „Natürlich wusste ich von Anfang an, dass du Märchen erzählst. Aber ich hätte nicht gedacht, dass du so nah an der Wahrheit geblieben bist." Wieder machte er eine kleine

Pause und fuhr dann ganz plötzlich fort, „Ellen und Esther, das klingt gut zusammen. Ich hätte von allein draufkommen müssen!"

„Ich dachte, du hättest dir den Namen nicht merken können!", empörte sich Esther. „Elvira ... Eva ... dass ich nicht lache!"

Gedeon lächelte verschmitzt. „Natürlich hab ich mir jedes deiner Worte bis aufs i-Tüpfelchen gemerkt. Ich wollte dich bei passender Gelegenheit doch der Lüge überführen können!"

Esther hing für einen Moment an seinen Lippen und antwortete nicht. Dann aber riss sie sich ganz abrupt von diesem bemerkenswerten Lächeln los. War sie noch ganz bei Trost? Begriff sie denn nicht, wie unpassend ihre offensichtliche Faszination in der gegenwärtigen Situation war? „Na ja ... jetzt ... jetzt ist es dir ja gelungen", stotterte sie.

„Was vor ein paar Tagen war, ist unerheblich", entgegnete Gedeon unerwartet ernst. „Wir machen einen Schnitt und fangen ganz von vorne an. Dass so etwas möglich ist, hat mich mein Glaube an Gott gelehrt." Dann deutete er auf seine Schlinge und grinste schon wieder. „Außerdem wissen wir ja seit eben, dass wir unser letztes Hemd füreinander geben würden. In dem Fall steht dem Beginn einer einzigartigen Freundschaft doch nichts mehr im Wege, oder?"

„Nein, das tut es nicht", lächelte Esther und hoffte in ihrem tiefsten Innern, dass er recht behalten würde.

Kapitel 15

Gedeon stand bis zu den Oberschenkeln im Wasser und rührte sich nicht. Obwohl er klar und hoch konzentriert wirkte, hätte man ihn in Deutschland wohl für einen Obdachlosen gehalten. Sein Bart war inzwischen auf einen halben Zentimeter Länge angewachsen, auch seine Haare sahen nicht gerade frisch frisiert aus. Eine dicke Schorfkruste an seinem Kopf erinnerte noch an den Streifschuss, der ihn den Berg hinunterkatapultiert hatte. Sein rechter Arm steckte weiterhin in der Schlinge. In der erhobenen linken Hand hielt er einen angespitzten Stock. Er hatte ihn von einem Baum abgebrochen und mit seinem Taschenmesser so lange bearbeitet, bis er mit einer beachtlichen Spitze versehen war. Und jetzt hatte er vor, seinen ersten Fisch damit zu fangen!

Auf eine gewisse Weise, das musste er sich eingestehen, begann er dieses Leben in der Wildnis zu genießen. Es war rau, aber irgendwie urtümlich und herausfordernd. Hier konnte ein Mann noch ein Mann sein! Er lächelte in sich hinein. Hier konnte ein Mann noch auf die Jagd gehen und die Frau an seiner Seite mit Nahrung versorgen. Der Gedanke gefiel ihm. Auf einmal konnte er nicht anders, als den Kopf zu wenden und nach Ellen Ausschau zu halten. Sie saß in etwa 20 Metern Entfernung direkt am Flussufer und hielt ihre müden Füße ins Wasser. Ihre Hose hatte sie hochgekrempelt, und so starrte er jetzt auf ihre langen, schlanken Waden.

Er musste schlucken. Wieder einmal ertappte er sich bei dem Gedanken, dass er gern wissen würde, wie sich diese helle, sommersprossige Haut anfühlte. Ob sie genauso weich und samtig war, wie er vermutete?

Hör auf!, ermahnte er sich ärgerlich. *Du solltest keine Frau begehren, die du ins Gefängnis bringen musst!*

Und doch konnte er nicht aufhören, sie mit seinen Blicken zu verschlingen. Sie war so unglaublich schön! Ihre langen roten Locken wogten in der sanften Brise hin und her und umspielten ihre feinen Gesichtszüge. Ihren Mund sah er nur im Profil, aber er hätte ihn ohne Vorlage nachzeichnen können. Es war der einladendste Mund, den er jemals gesehen hatte – so weich, so ausdrucksvoll geschwungen. Wirklich, Ellen Kieling war die schönste Frau, der er jemals begegnet war.

Aber nicht nur das. Sie wirkte auch so sanft, so freundlich, so unschuldig auf ihn, dass er sich einfach nicht mehr vorstellen konnte, sie den Behörden auszuliefern. Schon der Gedanke drehte ihm förmlich den Magen um.

Und doch wusste er, dass es seine Pflicht war. Er war Polizeibeamter und er hatte einen Eid geschworen. Er war dem Gesetz und seinem Land verpflichtet. Und er *musste*, er *würde* tun, was nötig war.

Als hätte sie seine Gedanken gelesen, wandte Esther den Kopf und lächelte ihm zu.

Gedeon lächelte zurück, aber es war ein gezwungenes Lächeln. Warum hatte er ihr nicht unter anderen Umständen begegnen können? Warum lag eine solche Last auf ihm? *Warum kann sie nicht jemand anders sein?*

Um auf andere Gedanken zu kommen, wandte sich Gedeon wieder den Fischen zu, die eigentlich hier irgendwo herumschwimmen sollten. Das Problem war nur, dass die sich konsequent von ihm fernhielten. Die Minuten verrannen und nicht ein einziger Fisch ließ sich blicken. Dafür begegnete Gedeon immer stärker dem Gesetz der Schwerkraft. Nach 20 Minuten war sein Arm einem Abwärtstrend ausgesetzt, dem er kaum noch etwas entgegenzusetzen hatte. Ein paar Minuten kämpfte er noch, dann stöhnte er theatralisch auf, ließ den Arm sinken, stapfte schlecht gelaunt zum Ufer zurück und warf den Speer in hohem Bogen von sich. Anschließend verschwand er murrend und mit dem für ihn typischen leichten Humpeln im Unterholz.

Esther sah ihm nach und schmunzelte. Sie fühlte sich mal wieder stark an Gerrit erinnert. Auch er hatte nie sehr viel Geduld besessen. Auch er hatte meistens verärgert reagiert, wenn irgendetwas nicht sofort klappte.

Gerrit ...

Erst jetzt fiel Esther auf, dass sie in den letzten Tagen ziemlich wenig an ihn gedacht hatte. Das war umso erstaunlicher, wenn man berücksichtigte, dass sie seit seinem Tod jeden Morgen mit dem Gedanken an ihn aufgewacht und jeden Abend mit einem Blick auf sein Foto eingeschlafen war. Aber hier hatte sie natürlich kein Foto bei sich. Hier sah sie Gedeons Gesicht, bevor sie einschlief, und wachte morgens mit dem sicheren Gefühl auf, nicht allein zu sein. Und wenn sie dann die Augen aufschlug, freute sie sich schon auf das unnachahmliche Lächeln, das Gedeon ihr immer bereitwilliger schenkte. *Sein* Lächeln, ja. Seit einiger Zeit brachte sie es kaum noch mit Gerrit in Verbindung. Es war in ihrer Wahrnehmung immer mehr zu Gedeons Lächeln geworden. Nur zu seinem. Wie hatte Gerrit denn noch mal ausgesehen, wenn er gelächelt hatte? Es war ein Schock für sie festzustellen, dass sie sich diese Frage nicht mehr beantworten konnte. Sie hatte es vergessen! Wann immer sie versuchte, sich Gerrit lächelnd vorzustellen, tauchte plötzlich Gedeons Gesicht vor ihr auf. Gedeon, immer nur Gedeon!

Groar! Das heftige Knurren ihres Magens erinnerte Esther daran, dass sie eigentlich schon damit beschäftigt sein sollte, frischen Fisch zu grillen. Obwohl es bereits Nachmittag war, hatte sie heute noch überhaupt nichts gegessen. Seit gestern waren all ihre Vorräte aufgebraucht. Nicht mal Kekse befanden sich noch in ihrem Rucksack.

Sehnsüchtig wartete Esther auf Gedeons Rückkehr, doch wurde ihre Geduld auf eine harte Probe gestellt. Eine geschlagene halbe Stunde geschah überhaupt nichts, dann hatte sie die Nase voll. Sie ließ ihre Hosenbeine hochgekrempelt, zog aber ihre Schuhe wieder an und erhob sich. Auf dem steinigen Untergrund, der das Flussufer bildete, konnte man sich ohne Schuhe nicht fortbewegen. Aber auch mit Schuhwerk gestaltete sich jeder Schritt schwierig. Die Steine waren zum Teil mit Moos und Algen bewachsen und verflixt glitschig. Esther balancierte ungeschickt herum, bis sie den Speer erreicht hatte. Selbst war doch wohl die hungrige Frau!

An der Stelle, an der sie sich befand, war der Fluss gut 40 Meter breit und ziemlich reißend. Nicht weit von ihr entfernt ragte allerdings eine Ansammlung größerer Felsen ein ganzes Stück in den Fluss hinein. Esther entschied, dass sich Fische wahrscheinlich eher in nicht so starker Strömung aufhielten. Und so eierte sie auf die Felsen zu, erklomm den ersten und kletterte dann vorsichtig von einem zum nächsten. Als sie eine günstige Stelle erreicht hatte, legte sie sich bäuchlings auf den Stein, kroch so weit vorwärts, dass sie ins Wasser sehen konnte, und hielt Gedeons Speer stoßbereit in ihrer rechten Hand.

Es dauerte nur Augenblicke, dann sah sie den ersten Fisch. Es war ein stattliches Exemplar mit einem Schuppenkleid, das in allen Regenbogenfarben schimmerte. Voller Aufregung stieß Esther zu, doch der Fisch wechselte mit einem plötzlichen Flossenschlag die Richtung und die Speerspitze ging ins Leere. Aber da schwamm schon der nächste Fisch an ihr vorbei, der übernächste und wieder einer! Immer wieder stieß Esther zu und immer wieder verfehlte sie ihr Abendessen. So langsam packte sie der pure Ehrgeiz. Bei so vielen Fischen wäre es doch gelacht, wenn sich keiner treffen ließe! Zehnmal, zwanzigmal, dreißigmal stieß sie ihren Speer ins Wasser. Sie war bald klitschnass, hielt aber durch und bekam immer mehr Spaß an der Sache. Zum ersten Mal seit Langem war sie vollständig von etwas eingenommen und dachte weder an ihre Situation noch an ihre düsteren Zukunftsaussichten.

Wusch, wieder schoss der Speer in das klare Nass. Aber dieses Mal geschah etwas Unvorhergesehenes. Der Speer traf auf einen Widerstand ... und Esther erschrak so sehr, dass sie ihn fallen ließ. Reflexartig packte sie wieder zu und bekam ihn tatsächlich noch zu fassen.

„Hui", rief sie erstaunt, als ihr der Speer beinahe zum zweiten Mal entglitt, ja, entrissen wurde. Er bewegte sich ja! Schnell nahm Esther die andere Hand zu Hilfe und hielt den Stock mit aller Kraft fest. Gleichzeitig starrte sie mit einer Mischung aus Begeisterung und Ekel in das Wasser hinein. Sie sah jetzt deutlich den dunklen Schatten, der unter ihr hin und her zappelte. Sie war dabei, einen Fisch zu töten! Ungeahntes Entsetzen machte sich in ihr breit und trieb ihr eine Gänsehaut über den Rücken. Sie hatte noch nie ein Tier getötet! Und eigentlich hatte sie das auch nicht vorgehabt! Andererseits hatte sie wirklich Hunger, und auch von Gedeon wusste sie, dass er mal wieder eine anständige Mahlzeit vertragen konnte.

Und so sah sie einfach in eine andere Richtung, rappelte sich erst mal auf die Knie und zog dann unter Einsatz all ihrer Kräfte den hin und her schlagenden Stab aus dem Wasser. Als sie es geschafft hatte, war ihr beinahe schlecht. Und das nicht nur vor Anstrengung! Immerhin nahm das Gerüttel am Speer allmählich ab. Erst wurden die ruckartigen Bewegungen von Pausen durchbrochen, dann wurden die Pausen länger und die Bewegungen kraftloser, bis sie schließlich ganz aufhörten. Trotzdem wagte Esther noch immer nicht, ihren Fang anzusehen.

Stattdessen streckte sie ihre linke Hand aus und tastete sich damit vorsichtig an dem Speer entlang. In dem Moment jedoch, in dem ihre Fingerkuppen auf etwas Weiches, Glitschiges trafen, keuchte sie erschrocken auf und zog die Hand zurück. Anschließend starrte sie angeekelt auf ihre Finger. Sie konnte den Schleimfilm sehen, der daran klebte. Unwillkürlich führte sie die Fingerkuppen in Richtung Nase. Iiihhhh ... Niemals hätte sie gedacht, dass ein Fisch, der eben erst aus dem Wasser gezogen wurde, so deutlich nach ... Fisch eben ... roch.

Obwohl sie ihre Hand sofort wieder entfernte, fing ihr Magen lautstark an zu grummeln. Dieses Mal hatte es allerdings nichts mit Hunger zu tun. Im Gegenteil. Wenn sie sich nicht schon wieder übergeben wollte, musste sie diesem Geruch sofort entgehen! Sie beschloss daher, zum rettenden Ufer zurückzukehren.

Den Speer sorgsam von sich fernhaltend, trat sie den Rückweg über die Felsen an. Allerdings brauchte sie wegen ihres Handicaps sehr viel länger als auf dem Hinweg. Einige Male rutschte sie auch ab und wäre beinahe kopfüber im Wasser gelandet. Als sie es dann doch endlich geschafft hatte, warf sie den Speer samt Beute einfach ans Ufer, so weit von sich weg, wie sie konnte. Dann wandte sie sich wieder dem Fluss zu und wusch sich erst einmal die Finger. Endlich war der Geruch weg! Erleichtert setzte sich Esther erst mal hin. Sie war allerdings so intensiv mit ihren Erlebnissen beschäftigt, dass sie vor Schreck zusammenzuckte, als sie plötzlich von der Seite her angesprochen wurde.

„Geht's dir nicht gut?“, fragte jemand besorgt.

„Wa-warum?“, stammelte Esther und sah Gedeon neben sich stehen.

„Du bist kalkweiß im Gesicht!“

„Ich verstehe nicht, wie Menschen es über sich bringen, angeln zu gehen. Das ist doch widernatürlich“, antwortete Esther.

Gedeon zog fragend die Augenbrauen hoch. „Dann hättest du also was dagegen, wenn ich es noch einmal versuche?“

Esther sah ihn an und erinnerte sich an sein Bemühen von vorhin. Plötzlich verspürte sie zum ersten Mal so etwas wie Stolz über ihre Leistung. Sie grinste. „Nein“, sagte sie beiläufig. „Aber vergiss nicht, vorher den hässlichen Fisch von deinem Speer zu nehmen."

„Es geht dir wirklich nicht gut!", stellte Gedeon fest. „Soll ich dir was zu trinken holen?"

Esthers Grinsen wurde breiter. „Etwas zu essen wäre mir lieber." Ohne sich umzudrehen, deutete sie über ihre Schulter nach hinten. „Der Knabe dahinten möchte noch ausgenommen und gebraten werden. Würde es dir was ausmachen, das zu übernehmen?"

Gedeons Gesicht verwandelte sich in ein einziges Fragezeichen. Seiner Überzeugung nach redete Ellen wirres Zeug. Trotzdem sah er in die Richtung, in die sie gedeutet hatte, und sah plötzlich seinen Speer zwischen den Steinen hervorragen. Und eine ... Schwanzflosse? Er zog seine Stirn in tiefe Falten und ging auf die Schwanzflosse zu. Nach ein paar Schritten sah er einen ausgewachsenen, fetten Lachs zwischen den Steinen liegen.

„Das gibt's doch gar nicht", murmelte er fassungslos, bückte sich und zog den Fisch vom Speer herunter. „Hast *du* den etwa gefangen?", fragte er und ging wieder auf Esther zu.

„Bleib mir damit vom Leib", kreischte sie hysterisch.

„Aber du ... du hast ihn doch auch rausgezogen, oder etwa nicht?"

„Aus Versehen ... ja", jammerte Esther.

„Aus Versehen", wiederholte Gedeon und schüttelte den Kopf. Dann wanderte sein Blick zwischen Ellen und dem Fisch hin und her. Zum hundertsten Mal fragte er sich, wie ein Mensch nur so widersprüchlich sein konnte. Seit er mit Ellen durch die Wildnis zog, erlebte er sie als freundlich, sanft, warmherzig und schutzbedürftig. Gerade eben hatte sie einmal mehr den Eindruck bestätigt, dass sie eine Frau war, die kaum einer Fliege etwas zuleide tun konnte. Und doch konnte er die Zeit vorher im Lager nicht vergessen. Da war sie brutal, kalt und abgebrüht gewesen. Konnte sich ein Mensch wirklich so verändern?

Er seufzte tief, dann ging er paar Schritte von ihr weg, nahm sein Taschenmesser aus dem Stiefel und machte sich daran, den Fisch auszunehmen. Glücklicherweise hatte er früher öfters mit seinem Vater geangelt und wusste, wie das ging. Obwohl er seine rechte Hand nur sehr eingeschränkt benutzen konnte, war schon nach wenigen geschickten Handgriffen alles vorbereitet.

„Ich bin mir nicht sicher, ob es ratsam ist, ein Feuer zu machen", überlegte er laut.

„Aber wir können den Fisch doch nicht roh essen!", erschrak Esther. Auch jetzt vermied sie noch jeden Blick auf ihren Fang. Dafür untermauerte ihr Magen ihre Worte mit einem unmissverständlichen Knurren.

Gedeon seufzte ein zweites Mal und sah sich noch einmal um. „Zum Glück ist es stark bewaldet hier", murmelte er. „Es ist unwahrscheinlich, dass sie den Rauch aus der Ferne sehen." Ein wenig zögerlich legte er den Fisch auf den Steinen ab, ging los und kehrte kurze Zeit später mit einem Arm voll trockenem Holz zu Esther zurück. Dann machte er sich daran, es aufeinanderzuschichten.

Esther sah ihm interessiert dabei zu und fragte mit einem schelmischen Grinsen: „Fängst du jetzt wieder an, ein Holzstück zu drehen?"

Gedeons Blick verfinsterte sich. Erst zog sie mal eben so einen Fisch aus dem Wasser, den *er* eigentlich hätte fangen sollen, und dann machte sie sich auch noch über ihn lustig! Empört sagte er: „Ihr Frauen wisst es einfach nicht zu schätzen, wenn wir Männer uns für euch einsetzen. Das Feuermachen gehört zu den elementarsten Errungenschaften der Zivilisation!"

Esther hatte Mühe, nicht laut loszukichern. Es war schon ein paar Tage her, dass Gedeon verzweifelt versucht hatte, durch Aneinanderreiben zweier Hölzer ein Feuer zu entfachen. Irgendwann hatte er frustriert und schweißgebadet aufgegeben. Esther hatte seinen finsteren Gesichtsausdruck einfach nur niedlich gefunden. „Das Feuerzeug auch", grinste sie.

„Das Feuerzeug auch", äffte Gedeon ihre helle Stimme nach, stapfte wütend auf den Rucksack zu und begann darin herumzuwühlen.

Esther verging das Grinsen. Hatte sie ihn jetzt wieder verärgert? In den letzten Tagen hatte sie das letzte bisschen Angst vor ihm verloren. Aber der Gedanke, dass er wütend auf sie sein könnte, erschien ihr immer noch unerträglich.

Sie sprang auf und ging hinter ihm her. „Es ... es tut mir leid, wenn ich deine Gefühle verletzt habe", sagte sie betreten.

Von einer Sekunde auf die nächste verwandelte sich der ärgerliche Zug in Gedeons Gesicht in einen Ausdruck von Überraschung. Diese Frau war einfach ein Wunder!

Wenn er sich mit Britta gestritten hatte, hatten sie oft tagelang kein Wort mehr miteinander gewechselt. Britta war niemals von sich aus auf ihn zugegangen. Sie hatte ihn immer schmoren lassen, bis er den ersten Schritt tat. Aber Ellen war kein bisschen so. Sie war nicht zu stolz, um sich zu entschuldigen, sie war harmoniebedürftig. Ihr konnte man unmöglich länger als 30 Sekunden böse sein! Ein Gefühl von Zärtlichkeit kroch Gedeons Kehle hinauf und drohte ihn fast zu überwältigen. Am liebsten hätte er sich jetzt umgedreht und sie einfach an sich gedrückt ... festgehalten und endlich ...

Aber das ging nicht! Wirklich nicht.

„Schon gut", grummelte er stattdessen in seinen Bart. „Ganz unrecht hattest du ja nicht."

Esther seufzte. Sicher, ihre Differenzen waren ausgeräumt. Aber wenn sie ehrlich war, wünschte sie sich ein bisschen mehr als das. Warum konnte er sie nicht gernhaben? Oder sich sogar in sie verlieben? Sie schüttelte innerlich den Kopf. Das war ein alberner Gedanke. Dass Gerrit sich in sie verliebt hatte, war ein einmaliger Glücksfall gewesen. So etwas gab es nur einmal im Leben. Außerdem war Gerrit damals fast noch ein Junge gewesen. Gedeon hingegen war ein Mann. Und Männer verliebten sich in *Frauen,* nicht in unerfahrene kleine Dinger, wie sie eines war! Aus einem Reflex heraus griff Esther nach ihrem Kettenanhänger und hielt ihn fest umklammert.

Eine gute Stunde später saßen Gedeon und Esther satt und zufrieden neben ihrem Lagerfeuer und betrachteten den Sonnenuntergang. Es war ein Augenblick vollkommener Harmonie. Das Feuer knisterte beruhigend vor sich hin und schickte vereinzelt ein paar verglimmende Funken wie Sternschnuppen nach oben. Ansonsten verbreitete es eine anheimelnde Wärme. Esther war beinahe behaglich zumute. Ihre Kleidung war getrocknet und zum ersten Mal seit Tagen war ihr um diese Tageszeit kuschelig warm, so warm, dass sie sich nicht einmal in die Wolldecke wickeln musste. Außerdem hatte sie zum ersten Mal seit Langem keine Angst. Vor ein paar Tagen hatten sie von fern einen Bären gesehen. Seitdem lebte Esther jede Nacht in der Angst, dass er sich ihnen unbemerkt nähern könnte. Aber selbst sie wusste, dass Bären und andere wilde Tiere das Feuer scheuten. Heute Nacht war sie also sicher.

„Sind die Sonnenuntergänge in Deutschland genauso schön und ich habe es nur nie bemerkt?“, murmelte Gedeon, ohne zu Esther herüberzusehen.

„Nie im Leben“, antwortete Esther im Brustton der Überzeugung und betrachtete wie Gedeon einen Himmel, der in den tiefsten Rot- und Lilatönen schimmerte. Gleichzeitig wanderten ihre Augen voller Faszination zwischen zwei dicken, wattebauschähnlichen Wolken hin und her, von denen die eine dunkel und Furcht einflößend aussah, während die andere direkt angestrahlt wurde und heller leuchtete als die Sonne.

„Das letzte Mal ...", begann Gedeon, brach dann aber ganz plötzlich ab.

„Ja?", ermutigte Esther ihn.

Gedeon räusperte sich und rutschte auf einmal unruhig hin und her. Dann setzte er ein zweites Mal zum Sprechen an. „Das letzte Mal, dass ich in Deutschland einen richtigen Sonnenuntergang gesehen habe, ist schon ziemlich lange her." Er hielt inne, sah einmal kurz und seltsam prüfend zu Esther herüber und richtete seinen Blick dann wieder in die Ferne. „Ich war angeln ... mit meinem kleinen Bruder."

Esther schluckte und begann auf ihrer Unterlippe herumzukauen. Sie ahnte, dass jetzt das Thema auf den Tisch kam, das ihr unangenehm werden würde.

„Du kanntest ihn", sagte Gedeon und starrte noch immer angestrengt auf den rötlichen Himmel.

Esther atmete einmal tief durch. „Ja, ich kannte Gerrit", gab sie zu und kämpfte mit den Tränen, die allein die Nennung seines Namens in ihre Augen trieb.

„Hattest du ... ein Verhältnis mit ihm?", fragte Gedeon. Und es klang, als hätte ihn jedes dieser Worte furchtbar angestrengt.

Esther presste ihre zitternden Lippen fest aufeinander. Sie wusste nicht, was sie sagen sollte. Für Gedeon war sie Ellen. Aber sie hasste es so sehr, ihn anzulügen. Und in Bezug auf Gerrit fiel es ihr noch schwerer. Andererseits ... konnte sie diese Frage guten Gewissens mit Ja beantworten. Esther hatte ein Verhältnis mit Gerrit gehabt. Und Ellen auch. „Ja", flüsterte sie schließlich.

Gedeon musste ein paarmal schlucken, bevor er wieder sprechen konnte. „Und dann", fragte er mühsam, „was ist dann passiert?"

Esther antwortete nicht. Sie kämpfte mit einer Flut von Bildern und Empfindungen, die durch ihren Kopf schossen und wie eine Klinge in ihr Herz schnitten. Bilder von Gerrit aus glücklichen Tagen, dann der unbeschreibliche Schock, als Ellen ihr gebeichtet hatte, dass sie mit Gerrit geschlafen hatte. Gerrits vehemente Leugnung. Ellens Beteuerungen. Ellens Beweis.

Esther schloss die Augen und ein paar unterdrückte Tränen kullerten heraus. Sie hatte es nicht glauben wollen! Bis zuletzt hatte sie sich an den Strohhalm geklammert, dass Ellens Behauptung nur eine von den gemeinen Lügengeschichten war, die sie schon so oft von ihrer Schwester gehört hatte. Aber dann hatte Ellen es ihr bewiesen. Zweifelsfrei! Sie hatte jede Narbe, jedes Muttermal an Gerrits Körper gekannt!

Die Tränen schossen jetzt geradezu aus Esthers Augen, ein unterirdischer Strom, der seit damals nie wirklich versiegt war. Warum? Warum hatte gerade ihr das passieren müssen? Für andere war Fremdgehen vielleicht eine Kleinigkeit. Aber nicht für sie. Nicht für sie!

Noch heute spürte sie die Verzweiflung und die ohnmächtige Wut, die dieser Beweis bei ihr hervorgerufen hatte. Sie hatte es nicht fassen können. Gerrit hatte mit Ellen geschlafen. Er hatte sich dort geholt, was sie selbst ihm noch verweigert hatte! Und dabei war sie doch so kurz davor gewesen, ihre Ängste zu überwinden und sich ihm ganz hinzugeben. Sie war so kurz davor gewesen, ihre Vergangenheit zu verarbeiten!

„Was ... ist ... dann passiert?“, wiederholte Gedeon und klang dabei so nachdrücklich, so eindringlich, als hinge sein Leben von der Antwort ab.

Esther wischte sich verstohlen die Tränen von den Wangen und sagte kaum hörbar: „Wir haben uns getrennt. Das ist alles.“

Aber Gedeon schüttelte vehement den Kopf, sprang auf und baute sich breitbeinig vor ihr auf. „Nein, ist es nicht!“, schrie er sie an und fuchtelte dabei drohend mit dem Zeigefinger herum. „Das ist nicht alles. Und wag nicht, das auf diese Weise abzutun. Du hast ihn in den Selbstmord getrieben. Du!“

Esther schluckte und sah mit großen, entsetzten Augen zu ihm auf. „Was … woher … willst du das wissen?“, fragte sie fassungslos.

„Ich habe seinen Abschiedsbrief gelesen!“, schleuderte Gedeon ihr entgegen.

„*Abschiedsbrief?*“, echote Esther. Sie hatte nicht gewusst, dass so etwas existierte! „Aber ich dachte … es sei alles in Flammen aufgegangen!“ Gerrit hatte sich mithilfe von Gas das Leben genommen. Den Zeitungsberichten zufolge war bei der anschließenden Explosion fast das gesamte Gebäude zerstört worden.

„Sie … sie fanden ihn zusammengeknüllt in seiner Hand“, presste Gedeon hervor. Und dann huschte ein Ausdruck tiefen Schmerzes über sein Gesicht. „In seiner verkohlten Hand“, fügte er hinzu und sackte in sich zusammen. Seine Wut hatte sich in Trauer verwandelt, in sichtbare Trauer, die Esther zutiefst berührte – weil sie genau dasselbe empfand … weil sie das Gefühl hatte, dass auf diese Weise ein untrennbares Band zwischen ihnen entstand.

„Was … was stand drin?“, flüsterte Esther tonlos.

„Sie konnten nur noch einen Teil davon wiederherstellen“, antwortete Gedeon mit belegter Stimme. „Einen kleinen Teil – den Schluss.“ Und dann hob er den Blick, sah Esther ins Gesicht und fügte anklagend hinzu, „aber der Name Ellen Kieling war noch deutlich lesbar.“

Er stand jetzt da wie ein Boxer kurz vor Beginn des Kampfes, atmete schwer und schien Mühe zu haben, noch länger die Fassung zu wahren. „Du … du kannst stolz auf dich sein, Ellen“, schleuderte er ihr entgegen. „Seine letzten Worte galten dir. Aber es waren Worte voller Hass und Anschuldigungen.“

„Deshalb hast du mich verfolgt!“, flüsterte Esther. Jetzt endlich begriff sie, warum er hinter Ellen her gewesen war. Warum er diese Besessenheit an den Tag gelegt hatte. Und warum er nur einen Teil der Wahrheit kannte. Scheinbar wusste er nichts, rein gar nichts von Esther.

„Ja“, schrie er sie an, „weil du sein Leben zerstört hast!“

Das war zu viel! Jetzt hielt es auch Esther nicht mehr in ihrer sitzenden Position. Sie sprang auf, wich aber gleichzeitig ein paar Schritte vor ihm zurück und rief halb ängstlich und halb wütend: „Du denkst wohl, du weißt alles, ja?“

„Nicht alles“, schrie er zurück und folgte ihr, bis er wieder nur Zentimeter von ihr entfernt war. „Nur, dass du meinen kleinen Bruder auf dem Gewissen hast. Nur das! Und das ist ja wohl genug!“

„Aber das stimmt nicht!“, verteidigte sich Esther und stolperte wiederum ein paar Schritte rückwärts. „Es war *seine* Entscheidung, seinem Leben ein Ende zu setzen. Seine allein!“

Wieder folgte Gedeon ihr, baute sich wie ein Wandschrank vor ihr auf und brüllte: „Willst du etwa leugnen, dass du der Auslöser für seine Verzweiflungstat warst? Willst du das?“

Ja, wollte sie das? *Konnte* sie das? Die alte Wut über Gerrits Tat, die immer wiederkehrenden Schuldgefühle, die Trauer, das Entsetzen vermischten sich, kochten über und entluden sich in einem Aufschrei, wie Esther ihn nie zuvor von sich gegeben hatte. Es war gar nicht mal die Lautstärke, sondern vielmehr die Intensität, die Gedeon durch Mark und Bein ging und ihn so überraschte, dass er zur Besinnung kam. Verwirrt starrte er Esther an. Doch da war sie auch schon herumgewirbelt und rannte wie von Sinnen davon, in die Dunkelheit des angrenzenden Waldes hinein.

„Bleib hier!“, rief Gedeon noch.

Aber Esther hörte ihn gar nicht. Sie rannte schluchzend in die Richtung, die vom Fluss und von Gedeon wegführte, und stolperte durch den fast schon finsteren Wald. Äste und Zweige peitschten ihr ins Gesicht, dornige Büsche zerkratzten die Haut an Armen und Beinen, aber Esther wurde nur von der einen Frage beherrscht: War sie vielleicht wirklich schuld daran, dass Gerrit sich das Leben genommen hatte? Hatte sie ihn auf dem Gewissen?

Je weiter Esther lief, umso dunkler wurde es. Bald sah sie kaum mehr als dunkle Schatten. Und auch der Boden zu ihren Füßen verschwamm zu einer einheitlich schwarzen Fläche. So war es nicht verwunderlich, dass sie irgendwann eine Vertiefung übersah, plötzlich stolperte und der Länge nach hinfiel. Der damit verbundene Schlag auf ihren Brustkorb nahm ihr das letzte bisschen Atem. Esther schaffte es gerade noch auf die Knie, krabbelte mühsam ein paar Meter vorwärts, ließ sich gegen einen Baum sinken und schluchzte haltlos.

„Ellen!" Gedeon brüllte den Namen geradezu heraus und lief dabei ziellos durch den Wald. Er war jetzt schon seit einer knappen halben Stunde auf der Suche, hatte völlig die Orientierung verloren und sah kaum mehr die Hand vor Augen. Aber er musste sie finden, er musste!

Das hier war die Wildnis Kanadas. Hier gab es Berge, Abhänge, reißende Flüsse und wilde Tiere. Außerdem war es finstere Nacht, und er wusste doch, wie sehr sich Ellen im Dunkeln fürchtete. Nein, er konnte den Gedanken, sie schutzlos zu wissen, beim besten Willen nicht ertragen. Erst recht nicht, wenn es seine Schuld war, dass sie sich in einer solchen Lage befand.

„Es tut mir leid, Herr", flüsterte er verzweifelt. „Ich hätte sie nicht so anschreien dürfen. Ich weiß doch gar nicht, was damals vorgefallen ist. Du musst das wieder ausbügeln, ja? Bitte hilf mir, sie zu finden!"

„Ellen!" Wieder rief er ihren Namen, wechselte die Richtung, tastete sich vorwärts.

Und dann hatte er plötzlich das Gefühl, als würde ihn jemand von hinten an der Schulter anfassen. Er fuhr zusammen und wirbelte herum, doch da war nichts. Und auch als er angestrengt in alle Richtungen starrte, fand er keinen Hinweis darauf, dass ihn tatsächlich jemand angefasst hatte. Dafür hörte er jetzt ein ganz leises Geräusch, das von weit her kam und wie ein Schluchzen klang.

„Ellen!", sagte er und setzte sich auch schon in Bewegung. Er legte ein paar Meter zurück, blieb dann stehen, horchte und bewegte sich anschließend weiter in die angenommene Richtung auf das Geräusch zu. Gedeon sah in den Himmel und entdeckte dort die helle, aber nur sehr schmale Sichel des Mondes. Als er anschließend den Blick wieder in den Wald richtete, sah er in einigen Metern Entfernung die Silhouette einer Gestalt, die am Fuß eines Baumes kauerte. Für einen Moment streifte das Mondlicht die Gestalt.

Gedeons Herz tat einen Schlag, den er bis in seine Zehen spürte, dann lief er auch schon auf sie zu, sank neben ihr auf den Boden und rief atemlos ihren Namen.

Esther hatte ihn gar nicht kommen hören und so zuckte sie erschrocken zusammen und hörte abrupt auf zu schluchzen. „Geh weg!", stieß sie hervor.

Aber Gedeon zog sie mit seinem linken Arm an sich, bettete ihren Kopf an seiner Brust und murmelte nur: „Es tut mir Leid. Wirklich, es tut mir leid."

„Das sollte es aber nicht!", widersprach Esther heftig. „Weil du nämlich recht hattest! Hörst du? Es *war* meine Schuld! Es war alles meine Schuld! Ich hätte nicht so hartherzig sein dürfen. Ich hätte ihn nicht immer wieder wegschicken dürfen!"

„Unsinn!", rief Gedeon leidenschaftlich. Er war sich auf einmal ganz sicher, was damals geschehen sein musste. „Du kannst nichts dafür, dass er dir verfallen ist. Kein Mann kann sich dir entziehen." Er stockte. Und dann brach es aus ihm heraus. „Ich auch nicht!"

Mit diesen Worten packte er sie fast grob im Genick, sodass sie ihn ansah, und presste seine Lippen auf die ihren.

Esthers Augen weiteten sich und ihr gesamter Körper krampfte sich vor Überraschung zusammen. Aber es war das, was sie wollte. Es war genau das, was sie wollte! Und so erwiderte sie den Kuss mit der gleichen verzweifelten Intensität. Minutenlang küssten sie sich wie zwei Verhungernde.

„Hey, was ist denn das?", flüsterte Gedeon schließlich und tastete mit der Hand nach dem Tropfen, der gerade auf seiner Nase gelandet war. Dann fragte er erschrocken: „Weinst du etwa?"

„Nein ... na ja", stammelte Esther und wischte sich verstohlen die Tränen aus dem Gesicht.

„Was? Warum?", flüsterte Gedeon und streichelte mit der Hand über ihr verweintes Gesicht.

Aber das produzierte eher noch mehr Tränen. „Du bist Gerrits Bruder!", schluchzte Esther.

„Ja", antwortete Gedeon bedächtig, „und scheinbar trete ich sein Erbe an."

Esther starrte ungläubig zu ihm herüber. Sie konnte nicht fassen, was er da sagte. Eben noch hatte er sie als Mörderin bezeichnet und jetzt das? „Gedeon! Ich hab ihn vielleicht auf dem Gewissen!"

„Ich vergebe dir", murmelte Gedeon und begann wieder, sie zu küssen.

Aber Esther drängte ihn zurück. „Ich fühle mich schuldig", stieß sie hervor.

Jetzt endlich ließ Gedeon von ihr ab und sagte ernst: „Dann solltest du dir von dem vergeben lassen, der wirklich vergeben kann."

Esther sah ihn überrascht an. „Und wer soll das sein?"

„Gott", erwiderte Gedeon schlicht.

Esther zog die Stirn in Falten. Auf einmal erinnerte sie sich an das, was Frau Wiesner über ihren Sohn gesagt hatte. Nämlich, dass er seit seinem Koma irgendwie religiös geworden war. Das hatte sie in den letzten Wochen allerdings verdrängt. Wahrscheinlich, weil Gedeon gar nicht den Eindruck gemacht hatte, als sei er verrückt. Aber jetzt ...

„Gott? Bist du ... irgendwie ... Mitglied in einer Sekte oder so was?“, fragte sie vorsichtig.

Gedeon lachte auf. „Nicht, dass ich wüsste. Ich bin einfach nur gläubiger Christ. Auch wenn einem das heutzutage schon exotisch vorkommt. Ist ziemlich schade, finde ich.“

„Und zu was für einer Kirche gehörst du?“, fragte Esther immer noch misstrauisch.

„Ich bin Mitglied der evangelischen Kirche“, antwortete Gedeon. „Auch wenn ich das Ganze wohl etwas ernster nehme als der Durchschnitt.“

„Und woran machst du das fest?“, erkundigte sich Esther interessiert.

„Na ja, ich gehe nicht nur zu Weihnachten hin, sondern jeden Sonntag. Außerdem bete ich täglich und lese in der Bibel – und ich glaube auch an ihren Inhalt.“

„Welchen Inhalt?“

„Den ganzen“, antwortete Gedeon.

„Den ganzen?“, wiederholte Esther entsetzt. „Soll das heißen ... auch das mit Adam und Eva und der Sintflut und die Jungfrauengeburt und so?“

Gedeon seufzte. „Ja. Aber eigentlich geht es hauptsächlich um Jesus.“

„Jetzt weichst du mir aus“, stellte Esther fest.

Gedeon seufzte wieder, warf einen sehnsüchtigen Blick in die Richtung, in der er Esthers Lippen vermutete, und sagte: „Du hast recht. Also, wenn du es unbedingt wissen willst: Ja, ich glaube an die Schöpfungsgeschichte. Ich glaube auch, dass es eine Sintflut gegeben hat, die die gesamte Erde überzogen hat. Ich glaube an die Sprachenverwirrung während des Turmbaus zu Babel, an die Teilung des Roten Meeres, an die Jungfräulichkeit von Maria und an die Wunder, die Jesus getan hat. Und natürlich an seine Auferstehung. Ich glaube *alles*, was in der Bibel steht."

Esther schnappte nach Luft. So etwas hatte sie ja noch nie gehört! „Aber ... die ... die Evolutionstheorie wurde doch schon vor hundert Jahren bewiesen!"

„Bewiesen wurde gar nichts", widersprach Gedeon. „Sie ist eine *Theorie*, mehr nicht. Genauso wie die Schöpfungstheorie."

„Aber niemand zweifelt doch ernsthaft an der Evolutionstheorie!"

„Das stimmt nicht. Selbst renommierte Wissenschaftler melden ernsthafte Zweifel an. Erst vor Kurzem hab ich in einer Fachzeitschrift gelesen, dass riesige Fossilienfunde in China die gesamte Evolutionstheorie ins Wanken bringen. Um sie doch noch zu halten, spricht man jetzt schon von einer ‚sprunghaften' Evolution. Aber komisch, so was dringt kaum an die breite Öffentlichkeit."

„Aber die *Entwicklung* der Tierwelt ... aus dem Meer ans Land und all das. Das muss doch bewiesen worden sein!"

Gedeon leckte sich die Lippen, die immer noch nach *ihr* schmeckten. Dann fragte er trocken: „Findest du wirklich, dass auf den ersten Kuss ein solches Gespräch folgen sollte?"

Esther lächelte. Dann sagte sie schüchtern: „In diesem Fall schon. Schließlich weiß ich gar nicht so genau, wen ich da gerade geküsst habe."

Gedeon seufzte ein weiteres Mal und fragte dann: „Hast du schon mal was von den *missing links* gehört?"

„Nein."

„Damit bezeichnet die Evolutionstheorie das Problem, dass all die Übergangsformen zwischen einer angenommenen Entwicklungsstufe zur nächsten niemals gefunden wurden. Kennst du den Quastenflosser?"

„Ein Fisch?"

„Ja, ein ziemlich uriger. Anfang des Jahrhunderts hat man Fossilien von ihm gefunden und ihn dann freudestrahlend zu einer solchen Übergangsform erklärt, die sozusagen die Lücke zwischen Meer und Land schließt. Unglücklicherweise wurde aber ein paar Jahre später ein Quastenflosser quicklebendig aus dem Ozean gezogen. Als Fisch und nichts anderes. Ist doch bezeichnend, oder etwa nicht?"

„Hm", machte Esther zweifelnd. „Vielleicht."

„Aber?"

„Auch wenn du recht hast, beweist das noch lange nicht, dass die Bibel recht hat."

„Das stimmt", nickte Gedeon. „Das kann man auch nicht beweisen, nur erfahren."

„Und wie erfährt man das?"

„Indem man es einfach ausprobiert", antwortete Gedeon schlicht. „Das ist wie mit allen Dingen. Man hört von etwas, probiert es aus und überzeugt sich dadurch selbst von dessen Wahrheitsgehalt. So was machen die Menschen jeden Tag." Er grinste. „Besonders Frauen. Sie probieren ständig neue Anti-Falten-Cremes aus, neues Haarspray, neue Rezepte ... sogar neue Männer. Ist doch eigentlich das Natürlichste von der Welt!"

Esther runzelte die Stirn. So hatte sie die Sache noch nie betrachtet. „Aber die Bibel, wie probiert man die aus?"

„Na also", freute sich Gedeon und grinste zufrieden, „jetzt sind wir endlich wieder da, wo ich hinwollte. Beim Zentrum nämlich, bei Jesus. Die Bibel probiert man am besten aus, indem man sich an Jesus wendet. Er ist sozusagen der Kontaktmann für Gott."

„Aha", machte Esther zweifelnd.

„Die Bibel sagt, dass Jesus für uns gestorben und dann auferstanden ist", fuhr Gedeon fort. „Er lebt also. Du kannst mit ihm reden. Versuch's doch einfach mal. Vertrau ihm ein bisschen. Dann wirst du schon sehen."

„Ich soll jemandem vertrauen, den ich gar nicht kenne?", fragte Esther überrascht. „Ist das nicht ... leichtsinnig?"

„Leichtsinnig!?“, echote Gedeon und wurde auf einmal nachdenklich. „Ja, das ist es wohl.“ Er verstummte, dachte eine ganze Zeit lang nach und sagte dann leise: „Fast so leichtsinnig, wie ich mich verhalte … du weißt schon … in Bezug auf dich.“

Esther erschrak, dann musste sie ihm recht geben. Er vertraute ihr, obwohl er sie nicht kannte. Er vertraute ihr, obwohl er sie für eine Verbrecherin hielt! Ein wenig beschämt tastete sie mit den Fingern nach seiner Hand. Als sie sie gefunden hatte, drückte sie sie und flüsterte: „Und bereust du das?“

Gedeon nutzte die Gelegenheit und zog sie näher zu sich heran. „Nein!“, murmelte er ein wenig atemlos und beugte sich zu ihr. „Bisher nicht.“

Und dann küsste er sie wieder, so ausgiebig und leidenschaftlich, als könnte er dadurch alles vergessen, was ihr Zusammensein so schwierig machte. Er ließ erst wieder von ihr ab, als ihm auffiel, dass sie am ganzen Körper zitterte.

„Kalt oder aufgeregt?“, fragte er.

„Kalt“, antwortete Esther und war froh, dass diese Ausrede angesichts der Temperaturen recht glaubwürdig wirkte. Wie hätte sie ihm in dieser Situation auch erklären sollen, dass sie eher vor Angst zitterte? Und dass gerade *seine* Erregung schuld daran war?

Gedeon stieß einen Laut des Bedauerns aus. „Wir müssen zum Feuer zurück“, stellte er fest, ließ widerstrebend von ihr ab und rappelte sich hoch. Dann streckte er eine Hand nach Esther aus und half auch ihr auf. Glücklicherweise strahlte die Mondsichel ein schwaches Licht aus, sodass sie jetzt wenigstens die Umrisse der Bäume und Büsche erkennen konnten. Esther hatte allerdings nicht die geringste Ahnung, aus welcher Richtung sie gekommen war oder wo sich ihr Lager befinden könnte.

Gedeon legte seinen gesunden Arm fest um Esthers Schultern und setzte sich zielstrebig in Bewegung.

„Weißt du denn, wohin wir gehen müssen?“, fragte Esther erstaunt.

„Nein“, gab er zu, „aber wir müssen es ja versuchen und die Bewegung hält uns wenigstens warm.“

Damit hatte er wohl recht. Esther zitterte immer noch am ganzen Körper. Aber jetzt, wo Gedeon sie nicht mehr küsste und keine Gefahr bestand, dass er weitergehen würde, lag es nun wohl doch an der Kälte. Ein kühler Wind fuhr ihr in die Kleider. Immerhin bildete die Wärme, die Gedeon zu ihrer Rechten ausstrahlte, ein gewisses Gegengewicht. Und auch sein Arm auf ihrer Schulter war eine angenehme Wärmequelle. Vom Gefühl der Geborgenheit, das plötzlich ihren ganzen Körper durchströmte, mal ganz abgesehen. Esther kuschelte sich noch ein bisschen fester an Gedeon, umfasste mit ihrem Arm seine Taille und legte ihren Kopf an seine Schulter.

Gedeon registrierte es, blieb kurz stehen und küsste Esther sanft auf die Stirn. Erst dann setzte er sich erneut in Bewegung. Eng umschlungen stapften sie durch den Wald und hielten Ausschau nach ihrem wärmenden Feuer. Ihre Geduld wurde jedoch auf eine harte Probe gestellt. Auch nachdem sie eine ganze Stunde umhergewandert waren, konnten sie noch keinen Lichtschein entdecken.

„Ich kann nicht mehr“, jammerte Esther jetzt immer häufiger und gähnte an Gedeons Schulter. „Ich bin so fertig, dass ich gleich im Stehen einschlafe.“

„Wir können aber nicht aufgeben“, sagte Gedeon. „Du brauchst zumindest eine Decke.“

„Warum brauchst *du* eigentlich keine?“, gähnte Esther zum dritten Mal in Folge. „Ist dir denn niemals kalt?“

Esther spürte, wie Gedeon mit den Schultern zuckte. „Anfangs ... “, er zögerte kurz, so als hätte sie ein Thema angeschnitten, das ihm nicht behagte. Dann fuhr er widerstrebend fort: „... in der Scheune ... bin ich manchmal fast gestorben vor Kälte. Aber der Mensch gewöhnt sich wohl wirklich an alles. Mittlerweile macht es mir fast nichts mehr aus."

Esther war auf einmal wieder hellwach. Jede Anspielung auf die Zeit im Lager war ihr unangenehm. Die Tatsache, dass Gedeon sie immer noch für Ellen und damit für die Verursacherin dieser Leidenszeit hielt, stand unausgesprochen zwischen ihnen. Aber sie hatte einfach keine Ahnung, wie sie ihm endlich klarmachen sollte, dass sie nicht Ellen war. Inzwischen hatte sie sich in zu viele Widersprüche verstrickt.

Minutenlang herrschte betretenes Schweigen, dann blieb Gedeon plötzlich stehen. „Hörst du das?", fragte er aufgeregt.

„Der Fluss!", flüsterte Esther und lauschte dem leisen Plätschern und Rauschen, das jetzt aus der Ferne an ihr Ohr drang.

Sie fassten sich bei den Händen, eilten gemeinsam auf das Geräusch zu und standen kurze Zeit später auch schon am Wasser. Das Flussufer war hier allerdings ganz anders beschaffen als an ihrem Lagerplatz. Hier gab es keinen sanft abfallenden Steinstrand, sondern die Bäume reichten bis dicht ans Ufer. Auch war der Fluss an dieser Stelle viel breiter und hatte eine wesentlich höhere Fließgeschwindigkeit. Esther schauderte beim Anblick der dunklen, kalten Strömung.

„Da ist es!", sagte Gedeon und deutete nach rechts.

Esther folgte seinem Blick und entdeckte vielleicht hundert Meter weiter den schwachen Schein eines flackernden Lichtes. „Na, endlich!", jubelte sie und wickelte sich gedanklich schon in ihre Decke ein. Morgen früh würde sie definitiv länger schlafen als sonst. Und so ließ sie Gedeon los und setzte sich in Bewegung.

„Warte!", rief Gedeon. „Nicht so schnell, sonst –"

Der Rest seines Satzes wurde von dem spitzen Schrei verschluckt, den Esther ausstieß, weil der Boden unter ihren Füßen nachgab. Obwohl sie sich instinktiv nach vorn warf und mit den Armen herumruderte, war nichts mehr zu retten. Sie rutschte ab, schürfte mit dem Arm noch unsanft an einem vorstehenden Ast vorbei und fiel mit einem lauten Klatschen in den Fluss. Eiskaltes Wasser schlug über ihr zusammen.

Der Schock war so immens, dass Esther keinen klaren Gedanken mehr zu fassen vermochte. Sie zappelte nur panisch herum, schrie und schluckte Wasser.

Aber dann spürte sie, wie etwas ihren rechten Oberarm umklammerte. Gleich darauf wurde sie kraftvoll in die Höhe gezogen. Als ihr Gesicht endlich aus dem Wasser war, versuchte sie zu atmen, doch es gelang ihr nicht. In ihrer Panik schlug sie heftig um sich, wurde aber trotzdem an Land gezogen.

„Komm schon!", hörte sie jemanden wie durch dichten Nebel rufen. „Atme!"

Aber Esther konnte nicht. Sie kauerte jetzt auf allen vieren auf dem Waldboden, rang mit einem schier übermächtigen Bedürfnis nach Luft und brachte doch nur ein jämmerliches Röcheln und Würgen zustande. Gleichzeitig sah sie glitzernde Sterne vor ihren Augen tanzen und spürte, dass sich die Wirklichkeit immer mehr von ihr entfernte.

Aber dann umklammerte etwas ihren Brustkorb und sie wurde kopfüber erneut ein Stück in die Höhe gerissen. Für einen kurzen Moment verdichteten sich die Sterne vor ihren Augen zu einer gleißend hellen Fläche, dann schien irgendetwas zu explodieren.

Esther wusste jetzt kaum mehr, wie ihr geschah. Es dauerte Minuten, bis überhaupt wieder etwas zu ihr vordrang.

Zuerst schien es ihr, als käme das heisere Husten von woanders, von einer völlig fremden Person. Dann registrierte sie allmählich die krampfartigen Erschütterungen, die durch ihren Körper gingen. Und schließlich bemerkte sie auch das Gefühl vollkommener Kraftlosigkeit, das ihren Körper beherrschte, außerdem das heftige Zittern, das Schmerzen ihrer Lunge, das Brennen ihres Armes. Sie versuchte sich zu bewegen, doch gelang es ihr weder, sich aus ihrer hockenden Position aufzurichten, noch ihr Gewicht von dem seltsamen Querbalken zu heben, auf dem ihr Brustkorb ruhte.

„An deiner Seite wird's einem wirklich nicht langweilig", hörte sie Gedeon sagen.

Sie antwortete mit weiterem Husten.

„Ist schon gut", flüsterte er jetzt. „Du hast es überstanden." Dann klopfte er ihr unterstützend den Rücken.

Überrascht registrierte Esther, dass dabei der Querbalken vibrierte. Es gelang ihr, eine Hand zu heben und danach zu tasten. Für einen Balken fühlte das Ding sich erstaunlich weich und warm an.

Gedeon schien ihre Gedanken zu lesen. „Das ist mein Bein, auf dem du liegst", klärte er sie auf. Seine Stimme klang unglaublich sanft.

Esther hustete weiter, doch wurden die Abstände zwischen den Attacken allmählich größer. Bald gelang es ihr, tiefer und gleichmäßiger zu atmen, sodass auch ihre Lebensgeister wieder erwachten. Das Zittern allerdings hatte ihren Körper so fest im Griff, dass es sich absolut nicht abstellen ließ. Eher nahm es von Minute zu Minute noch zu.

„Wir brauchen die Decke jetzt unbedingt", murmelte Gedeon irgendwann. „Du musst sofort aus den nassen Sachen raus."

Er führte seinen rechten Arm über den Kopf, entwand sich der Schlinge und warf sie achtlos auf den Boden. Dann packte er Esther sanft bei den Schultern und zog sein Bein unter ihr hervor. Dann half er ihr hoch, wobei er sie beinahe tragen musste. Die Schmerzen, die das in seinem rechten Arm hervorrief, waren auszuhalten.

Esther wollte protestieren, brachte aber wieder nur ein Husten zustande. Und so ließ sie ihren Kopf an seine Brust sinken, schloss die Augen und ließ sich von ihm halb tragen, halb ziehen.

Obwohl sie noch immer wie verrückt schlotterte, nahm sie ihre Umgebung überdeutlich wahr. Laut und vernehmlich hörte sie das Schlagen von Gedeons Herzen, spürte die Wärme, die von ihm ausging, und genoss das sanfte Schaukeln, das mit jedem seiner Schritte entstand. Überhaupt hatte sie sich noch nie zuvor so geborgen gefühlt wie in diesem Augenblick. In Gedeons Armen schien die Wildnis all ihren Schrecken verloren zu haben.

„Du fühlst dich an wie ein vibrierender Eisklotz", flüsterte Gedeon nach ein paar Minuten Wegstrecke.

„K-k-komisch", hauchte Esther. „Ich f-friere eigentlich g-gar nicht."

Gedeon runzelte besorgt die Stirn. „Aber du zitterst doch wie Espenlaub!"

„T-trotzdem kommt es mi-ir so vor, als g-g-gehörte das Zittern zu j-jemand anderem", krächzte Esther matt. „Mir g-geht's eigentlich g-gut."

Die Falten auf Gedeons Stirn vertieften sich. Gleichzeitig beschleunigte er seinen Schritt. Er war zwar nicht medizinisch vorgebildet, aber das kam ihm doch seltsam vor. Er wollte Ellen endlich am wärmenden Feuer wissen. Vorsichtshalber beschloss er, sie bis dahin in jedem Fall wach zu halten.

„Kannst du gar nicht schwimmen?", fragte er, um ein Gespräch zu beginnen.

„D-doch", flüsterte Esther verwundert. „Na-natürlich kann ich ... schwimmen."

„Warum hast du es dann nicht getan?", erkundigte sich Gedeon.

„Ha-hab ich nicht?", wunderte sich Esther.

„Nein", lächelte Gedeon und trug Esther um eine kleine Biegung. „Du hast nur wie wild um dich geschlagen."

„Ellen s-sagt immer ...", begann Esther, biss sich dann aber auf die Zunge und verstummte.

Gedeon blieb wie angewurzelt stehen.

... ich wäre unzurechnungsfähig, wenn ich in Panik gerate, hatte Esther sagen wollen. Sie versuchte, ihr benebeltes Gehirn dazu

zu bringen, irgendetwas zu sagen, um ihren Satz zu korrigieren, kam aber nicht dazu, weil Gedeon auf einmal zur Seite sprang und sich mit ihr in den Armen hinter einem Baum auf den Boden warf.

Esther wollte protestieren, spürte aber, wie eine stahlharte Hand auf ihren Mund gepresst wurde.

„Still!“, raunte Gedeon ihr zu. Dann lockerte sich der Griff um ihren Mund.

„I heard something“, hörte sie jetzt jemanden nur wenige Meter hinter sich sagen.

„The fire crackled!“, rief eine etwas jüngere Stimme mit amüsiertem Unterton.

„Could also be them!”, antwortete der Ältere ärgerlich.

„Come on, Tom. They would be nuts to come back here“, meinte der Jüngere.

„You never know“, sagte der andere. Dann herrschte einen Moment lang Stille. Nur das leise Knistern des Feuers war jetzt noch zu hören.

Esther hatte sich an Gedeons Hand festgeklammert, die ihr eben noch den Mund zugehalten hatte. Ihre Nerven waren zum Zerreißen gespannt. Angestrengt und mit weit aufgerissenen Augen horchte sie in die Umgebung hinein, die jetzt nicht mehr vollständig dunkel war, sondern von flackernden Lichtschwaden durchbrochen wurde. Dadurch wirkten die Schatten der Bäume und Büsche so, als würden sie sich bewegen. Das Feuer musste nur wenige Meter hinter ihnen brennen. Das Feuer ... ihr Feuer?

Und dann durchrissen wieder Worte die Stille. „I'm sure I heard something!“, behauptete der Ältere.

Esther war, als hätte er nur noch Zentimeter von ihr entfernt gesprochen. Darum hielt sie jetzt ganz freiwillig den Atem an, konnte aber noch immer nichts gegen das Schlottern unternehmen, das ihren Körper im Griff hatte. Durch die Anspannung schien es sich sogar noch zu verstärken. Unglücklicherweise rief es auch ein leises, aber durchaus vernehmbares Rascheln hervor!

Auch Gedeon schien das zu bemerken. Jedenfalls entzog er Esther seine Hand und legte beide Arme um sie, um sie ganz fest an sich zu drücken. Und tatsächlich, das Rascheln verstummte.

„Guess it was only some animal“, murmelte die Stimme hinter ihnen. Dann vernahmen sie nur noch schlurfende Schritte, die sich langsam entfernten.

Esther atmete auf, brauchte aber einige Zeit, um sich von diesem neuerlichen Schock zu erholen. Erst nach einigen Minuten folgte sie Gedeons Beispiel und riskierte einen vorsichtigen Blick um den Baum herum.

In vielleicht 30 Metern Entfernung befand sich ihr Lagerplatz. Esther erkannte deutlich die charakteristische Biegung, das steinige Ufer und die großen Felsen, die tief ins Wasser hineinragten und ihr vorhin den Fang ermöglicht hatten. Nur, dass es jetzt zwei andere Gestalten waren, die dort gemütlich am Feuer saßen. Sehnsüchtig blickte Esther auf die tanzenden Flammen. Scheinbar hatten die beiden Holz nachgelegt, und jetzt genossen sie die anheimelnde Wärme, die eigentlich ihr zustand! Unwillkürlich kuschelte sich Esther noch ein bisschen dichter an Gedeon.

Gedeon entging das nicht.

„Ich kann es nicht riskieren, sie anzugreifen“, sagte er bedauernd. „Aber ich könnte versuchen, an die Decke heranzukommen.“

Esther starrte wieder in Richtung des Lagerplatzes. Der Rucksack, in dem sich die Decke befand, lag ein paar Meter von den beiden Männern entfernt auf dem Boden. Sicher, sie drehten ihm beide den Rücken zu, aber die Idee war trotzdem der helle Wahnsinn!

„B-b-bist du verrückt?“, fuhr sie Gedeon an und klapperte dabei mit den Zähnen. „D-die erwischen dich, und d-d-dann?“

„Ich könnte dir meine Sachen geben", überlegte Gedeon im Flüsterton. „Das Problem ist nur, dass sie fast so nass sind wie deine."

Esther erschrak und rückte unwillkürlich von ihm ab. Aber Gedeon zog sie wieder näher zu sich heran. „Das macht mir nichts aus", beruhigte er sie. „*Dein* Zustand ist hier das Problem."

„Ich ha-halt schon d-durch", behauptete Esther und versuchte zum soundsovielten Male, dieses fürchterliche Zittern zu kontrollieren. Aber es ging einfach nicht! Es war stärker als sie!

„Ja, klar", nickte Gedeon spöttisch, wurde aber sofort wieder ernst und vertiefte sich in seine Gedanken. Nach ein paar Minuten murmelte er: „Es gibt noch eine andere Möglichkeit."

„Und die w-w-wäre?", fragte Esther interessiert.

„Ich fliehe allein und lasse dich hier zurück. Deine beiden Freunde werden sich schon um dich kümmern."

Esther erschrak und versteifte sich in Gedeons Armen. „N-nein, b-bitte", brach es aus ihr heraus. „Ich will m-m-mit dir gehen."

„Aber es ist besser so", versuchte Gedeon, sie zu überzeugen. „Du musst dich unbedingt aufwärmen. Vielleicht gelingt es dir sogar, die beiden zum Umkehren zu bewegen. Dann wäre uns beiden gedient."

„N-nein, Gedeon, b-bitte nicht", flehte Esther verzweifelt und umklammerte seinen Nacken. „Ich will bei dir bleiben. B-bitte, lass mich bei dir bleiben!"

Gedeon schluckte. „Aber ich werde dich ins Gefängnis bringen, Ellen", sagte er mühsam. „Das ... das muss ich tun. Und dies ist deine letzte Chance, dem zu entgehen."

„Ich ... ich will das ja", stammelte Esther. „Wenn du mich zurücklässt, dann ... ", sie überlegte, „dann w-werde ich bestimmt wieder rückfällig. B-bestimmt. Und das will ich nicht. Ich will von v-vorne anf-fangen ... mit dir."

Gedeon schloss für einen Moment überwältigt die Augen und murmelte dann: „Das ist unvernünftig. Völlig unvernünftig.“

Esther witterte ihre Chance. „Bitte, Gedeon“, flehte sie erneut, zog seinen Kopf zu sich herunter und bestürmte seinen Mund mit Küssen.

Gedeon erwiderte die Küsse mit der gleichen Verzweiflung und keuchte schließlich: „Wenn ich dich nur nicht so gern mitnehmen würde!“ Gleichzeitig umklammerte er sie mit einem Griff, der ihr fast die Luft zum Atmen nahm.

„Dann d-darf ich mit, ja?“, stieß Esther hervor, als Gedeon ihr eine kleine Pause zum Atmen gönnte.

Gedeon schnaufte. „Also gut“, sagte er dann und ließ Esther los. „Aber nur, wenn ich an die Decke komme.“ Dann wanderte sein Blick zu den beiden Gestalten zurück.

Esther biss sich auf die Unterlippe. Sie fand es viel zu gefährlich, was er da vorhatte. Aber sie wollte auch auf gar keinen Fall allein in dieser Wildnis zurückbleiben. Was blieb ihr da schon übrig? „Und w-wie willst d-du d-das anstellen?“, fragte sie und zitterte dabei noch stärker als zuvor.

Gedeon zuckte mit den Achseln. „Ich schleich mich einfach von hinten an sie heran, stiebitz mir die Decke und hau wieder ab. Gerrit und ich, wir –“ Abrupt hielt er inne.

Esther hakte tapfer nach: „Ja?“

„Wir waren die besten Anschleich-Indianer in ganz Oldenburg“, vollendete Gedeon seinen Satz. Dann seufzte er tief.

Esther musste lächeln und dachte daran, dass Gerrit auch mit 24 noch ein großer Junge gewesen war. Ihn konnte sie sich sehr viel besser im Indianerkostüm vorstellen als Gedeon. „B-bist du sicher, dass ihr nicht eher R-Räuber und Gendarm gespielt habt?“, fragte sie sanft.

Gedeons Mundwinkel zuckten. „Weil ich Polizist geworden bin?“, fragte er. „Na ja, ich“, er grinste verlegen, und Esther konnte trotz der Dunkelheit erkennen, dass er ein wenig errötete. „ich hab mir manchmal vorgestellt, dass Old Shatterhand nach Winnetous Tod in seine Heimat zurückgekehrt ist und dort für Recht und Ordnung gesorgt hat. Vielleicht ... war so was wirklich einer der Beweggründe für meinen Berufswunsch." Ein wenig befangen sah er zu Esther herüber. „Albern, was?"

„N-nein", beteuerte Esther. „Das f-finde ich überhaupt nicht. Jedes Kind hat doch seine Träume. Ich finde es m-mutig und konsequent, sie in die Tat umzusetzen. Ich hab d-das nie geschafft."

„Was wolltest du denn werden?", erkundigte sich Gedeon.

„Hebamme", antwortete Esther. „Das w-wollte ich w-wirklich. Ich l-liebe Kinder, weißt du?"

Gedeon dachte an Britta, die sich nie hatte vorstellen können, ein Kind zu bekommen. „Und woran ist es gescheitert?"

Esther seufzte. „Ist 'ne l-langwierige Ausbildung."

Gedeon sah ihr prüfend in die Augen. „Das ist doch nicht der wirkliche Grund", kombinierte er messerscharf.

Esther schluckte. „Nein, der w-wirkliche Grund ist, dass ich es mir n-nicht zugetraut habe. Ich bin einfach total feige."

Gedeon sah sie an und schüttelte den Kopf. Da war sie wieder, diese tiefe Widersprüchlichkeit, die genauso zu Ellen zu gehören schien wie ihre wilden roten Locken, die sich jetzt in feuchten Strähnen um ihren Kopf kringelten.

Gedeons Blick nahm einen zärtlichen Ausdruck an. Doch dann bemerkte er die Wassertropfen, die immer noch aus Esthers Haaren auf ihre Schultern herunterliefen. Schlagartig wurde ihm wieder bewusst, dass sie mittlerweile völlig unterkühlt sein musste. Abrupt richtete er sich auf.

„Ich gehe jetzt", murmelte er und achtete sorgsam darauf, noch hinter dem Baum verborgen zu bleiben.

„S-sei vorsichtig", flüsterte Esther. Ihre Stimme klang aufs Äußerste besorgt.

Gedeon sah sie durchdringend an. „Du bleibst hier", befahl er in einer Stimmlage, die keinen Widerspruch duldete. „Was auch passiert, du rührst dich nicht vom Fleck. Verstanden?"

Esthers Blick wanderte noch einmal zwischen Gedeon und dem Lagerplatz hin und her. „Und was, w-wenn etwas schiefgeht?", fragte sie wacklig. „R-richtig schief, meine ich ..."

„Dann versuchst du, sie davon zu überzeugen, dass ich lebend für sie viel nützlicher bin als tot", antwortete Gedeon und lächelte ihr aufmunternd zu.

Esther beruhigte das allerdings kein bisschen. Im Gegensatz zu Gedeon wusste sie genau, dass es nichts bringen würde, wenn sie sich für ihn einsetzte. Und gerade das machte ihr solche Angst. Am Ende wiegte er sich allzu sehr in Sicherheit? Und war nicht vorsichtig genug?

Als sie Gedeon mit angstvollen Blicken durchbohrte, zerstreute sich diese Sorge jedoch. Gedeon machte keinen leichtfertigen, sondern einen äußerst konzentrierten Eindruck. Er beobachtete noch einige Zeit das Lager, ging dann geschmeidig in die Hocke und huschte lautlos wie ein Schatten von dem Baum, hinter dem sie sich befanden, hinter den nächsten Stamm. Dann hielt er wieder inne und überbrückte bei nächster Gelegenheit ein weiteres Stück Wegstrecke. Insgesamt bewegte er sich in weitem Bogen und mit erheblichem Sicherheitsabstand um das Feuer herum. Völlig problemlos und ohne Aufmerksamkeit zu erregen gelangte er an die Stelle, die sich genau im Rücken der beiden Männer befand.

Esthers Herz klopfte heftiger. Jetzt kam der gefährlichste Teil der Aktion. Gedeon musste sich von hinten an die Männer heranpirschen, den Rucksack an sich nehmen und lautlos wieder verschwinden. Dabei hatte er eine Entfernung von mindestens 15 Metern zu überwinden. 15 Meter hin und zurück, das machte 30 Meter Lebensgefahr – genug Strecke für Esther, um vor Angst fast zu sterben!

Noch aber zögerte Gedeon.

Esthers Blick wanderte zu den beiden Männern. Sie saßen dicht nebeneinander vor dem Feuer und hielten ihre Hände zu den Flammen ausgestreckt. Scheinbar genossen sie die Wärme ebenso sehr, wie sie selbst das noch vor ein paar Stunden getan hatte. Esther schluckte und gab sich einem Gefühl von Ärger und Neid hin. Wie konnten es die beiden wagen, *ihr* Feuer zu benutzen? Und warum brüllten sie außerdem so in der Gegend herum?

Esther versuchte zu verstehen, was die beiden da so lautstark miteinander redeten, hatte aber keinen Erfolg damit. Umgangssprachliches Englisch war nicht gerade ihre Stärke. Was sie sagten, musste aber witzig sein, denn sie grölten zwischendurch immer wieder vor Lachen.

Gedeon schien das nicht weiter zu stören. Im Gegenteil, er betrachtete das wohl als gute Gelegenheit. Denn nun legte er sich flach auf den Boden, rollte sich hinter seinem Baum hervor und machte sich auf den Weg in Richtung Rucksack. Dieses Mal bewegte er sich tatsächlich so, wie man es von einem Indianer erwartete hätte, nämlich so vorsichtig und leise wie möglich über den Boden zu schlängeln. Seinen verwundeten rechten Arm hielt er angewinkelt an seinen Oberkörper gepresst.

Esthers Position war gegenüber der seinen leicht erhöht und so konnte sie jede seiner Bewegungen verfolgen. Und auch jeden der beiden Männer. Trotzdem schloss sie die Augen und bearbeitete mit den Zähnen ihre Unterlippe. Sie konnte die Anspannung einfach nicht ertragen.

Während Gedeon mühsam Meter um Meter zurücklegte, atmete er immer heftiger. Verwundert fragte er sich, ob es in seiner Jugend auch schon so anstrengend gewesen war, Indianer zu spielen. Oder lag das nur an seinem Handicap? Sein rechter Arm brannte wie Feuer, nachdem er ihn vorhin zu Hilfe genommen hatte, um Ellen erst aus dem Wasser zu ziehen und sie dann in Richtung Lagerplatz zu schleppen. Mittlerweile waren die Schmerzen so stark, dass er den Arm überhaupt nicht mehr benutzen konnte.

Die beiden Männer ständig im Blick, kämpfte er sich weiter vorwärts. Allerdings wurde es immer schwieriger, keine Geräusche von sich zu geben. Von seinem Keuchen einmal abgesehen, sorgte auch der Boden für Probleme. Er war so matschig, dass Gedeon mit dem Ellenbogen darin versank und bei jeder Bewegung quatschende Geräusche zu entstehen drohten. Außerdem kitzelten Grashalme Gedeons Gesicht, und er musste sich mehrmals die Nase zuhalten, um nicht loszuniesen.

Gedeon atmete auf, als der Boden nach etwa der Hälfte der Strecke steiniger wurde. Doch bald merkte er, dass das kein Vorteil war. Obwohl die Kiesel vom Flusswasser rund gewaschen worden waren, tat seine rutschende Vorwärtsbewegung darauf gemein weh. Außerdem konnte er kaum mehr verhindern, dass die Steine klackernd aneinanderstießen. Er konnte nur hoffen, dass das Knistern des Feuers und die laute Unterhaltung der beiden Männer es übertönte. Und so bewegte er sich immer dann vorwärts, wenn sich die beiden Männer besonders lautstark unterhielten.

Die Taktik ging auf. Gedeon kam langsam, aber stetig vorwärts und musste schließlich nur noch den linken Arm ausstrecken, um den Rucksack in die Finger zu bekommen. Ganz langsam und vorsichtig zog er ihn zu sich heran und schob ihn dann zu seiner rechten Hand. Zumindest dazu war sie noch zu gebrauchen.

Gedeon war jetzt so nah am Feuer, dass er seine Wärme spürte. Der Nachteil war, dass die beiden Männer jetzt nur noch ungefähr anderthalb Meter von ihm entfernt waren. Der Schein des Feuers fiel auch auf ihn. Wenn sich die beiden jetzt umdrehten, würden sie ihn sofort entdecken! Er durfte sich keine Pause gönnen, sondern musste sofort den Rückweg antreten.

Einen Moment überlegte er, ob es nicht sinnvoller war, sich umzudrehen. Aber dann erkannte er, dass er so keinen ständigen Blickkontakt zu den beiden Männern haben würde. Langsam und vorsichtig robbte er rückwärts, Zentimeter um Zentimeter.

Unglücklicherweise musste er sehr bald feststellen, dass Rückwärtsrobben noch viel unangenehmer war, als vorwärtszukriechen. Er musste sich ungeheuer anstrengen, Hüfte und Beine nicht einfach nur hinterherzuziehen, sondern mit Hilfe des linken Arms rückwärtszuschieben.

Heckantrieb, dachte er mit einem gequälten Schmunzeln, *ist eben doch nicht das Gleiche wie Vorderradantrieb.*

Aber nicht nur die Art der Fortbewegung machte ihm zu schaffen. Auch die zusätzliche Last des Rucksacks behinderte ihn.

Und so verzerrte sich sein Gesicht vor Anstrengung, während er tapfer weiterkämpfte, aber nur zentimeterweise vorwärts- beziehungsweise rückwärtskam.

Es vergingen Minuten, die ihm wie eine Ewigkeit vorkamen, bis Gedeon die ersten fünf Meter zurückgelegt hatte. Sein linker Arm bebte bereits vor Anstrengung, und er war sich auf einmal nicht mehr sicher, ob er die letzten zehn Meter noch schaffen konnte.

Und dann erhob sich einer der beiden Männer.

Gedeon erstarrte mitten in der Bewegung.

Der Mann, es war der Ältere von beiden, sagte noch irgendetwas zu dem anderen, drehte sich um und spazierte wie selbstverständlich auf Gedeon zu.

Der ließ geistesgegenwärtig den Kopf auf den Boden fallen und presste sich so tief an die Erde, wie es ging.

Wie zur Belohnung änderte der Mann ein wenig die Richtung und visierte einen Baum an, der sich ein paar Meter rechts von Gedeon befand.

Gedeon begann zu beten. In seinem Zustand hatte er keine

Chance gegen die beiden Männer. Jetzt konnte nur Gott dafür sorgen, dass der Mann ihn übersah!

Dieser hatte jetzt den Baum erreicht, fingerte am Reißverschluss seiner Hose herum und begann, eine fröhliche Melodie zu pfeifen, während er seelenruhig gegen den Baum pinkelte. Dabei versuchte er sogar noch, mit dem Strahl ein Muster zu beschreiben.

Wenn die Situation nicht so ernst gewesen wäre, hätte Gedeon wahrscheinlich geschmunzelt, so aber konzentrierte er sich auf sein Stoßgebet.

Das schien auch zu helfen – jedenfalls drehte sich der Mann nach erledigtem Geschäft wieder um und schlenderte gemächlich zum Feuer zurück. Als er Gedeon auch aus dem Augenwinkel nicht mehr erfassen konnte, atmete dieser erleichtert auf.

Der Mann rief seinem Kumpel jetzt etwas zu, was dieser mit schallendem Gelächter quittierte. Dann hatte er ihn erreicht und machte Anstalten, sich wieder hinzusetzen.

Gedeon hob langsam den Kopf, um den Rückzug fortzusetzen. Aber genau in diesem Moment stutzte der Mann.

Gedeon, der seinen Blick keine Sekunde von ihm genommen hatte, konnte deutlich erkennen, wie er plötzlich innehielt, sich dann umentschied und wieder aufrichtete. Noch bevor sich Gedeon erneut flach auf den Boden drücken konnte, drehte der Mann sich um und suchte mit den Augen den Boden vor seinen Füßen ab.

„Where's that damn backpack?", fragte er.

„Right under your nose", lachte der andere, drehte sich ebenfalls um und sah auf die Stelle, an der der Rucksack vor ein paar Minuten noch gelegen hatte.

Gedeon sah das Unglück kommen, wurde von einer Überdosis Adrenalin überflutet und entschied sich für die Flucht. Der Überraschungseffekt war jetzt seine einzige Chance! So schnell, wie das in seinem Zustand möglich war, sprang er auf, wirbelte herum und lief los.

Er hatte jedoch nicht bedacht, welchen Vorteil seine Verfolger hatten, weil einer von ihnen bereits stand. Schon nach wenigen Metern hörte er den keuchenden Atem seines Verfolgers hinter sich, dann spürte er einen kräftigen Schlag im Rücken und ging zu Boden. Noch im Fallen versuchte er, sich herumzurollen, um wieder auf die Füße zu kommen, doch gelang es ihm nicht, weil jemand seine Beine packte.

Verzweifelt trat er um sich, dann zog ihm jemand brutal beide Arme hinter den Rücken. Der Schmerz schoss wie ein Messerstich in seinen rechten Arm und es wurde ihm beinahe schwarz vor Augen.

„Mein Arm", keuchte er und spürte auch schon, wie das Blut daran herunterlief.

Die beiden Männer allerdings kümmerte das wenig. Während der eine mit stahlhartem Griff weiter Gedeons Arme festhielt, stellte sich der Jüngere vor ihn und rammte ihm ohne Vorwarnung die geballte Faust in den Magen.

„Umpf", machte Gedeon und sackte in sich zusammen.

„The lost son has returned, hm?", sagte der Mann, der vor ihm stand.

Gedeons Antwort bestand nur aus einem jämmerlichen Röcheln. Gleichzeitig wand er sich, um wieder auf die Beine zu kommen, weil seine Arme den Druck so kaum halten konnten.

Der Mann, der ihn festhielt, bemerkte offenbar sein Problem, denn er drückte ihn mit seinem Knie noch tiefer nach unten.

Gedeon stöhnte vor Schmerz laut auf. Abgesehen von der Wunde an seinem Arm schien es ihm jetzt auch noch die Schultern zu zerreißen. Es war wie vorher im Lager. Und es rief ein ähnliches Gefühl von Hilflosigkeit und Ausgeliefertsein bei ihm hervor.

„Where's the girl?", fragte der andere Mann.

Gedeon horchte auf. *The girl* – das Mädchen. Er witterte

eine Chance, ignorierte seine Schmerzen und presste hervor: „She's as good ... as dead, if you don't let me ... go."

Hoffnungsvoll wartete er dann auf die Reaktion der beiden Typen. Sie fiel allerdings ganz anders aus, als er das erwartet hatte. Anstatt sich Sorgen um ihre Auftraggeberin zu machen, brachen beide wie auf Kommando in schallendes Gelächter aus. Der Mann, der vor Gedeon stand, schlug sich sogar mit der Hand auf den Oberschenkel und krümmte sich vor Erheiterung.

Aber dann geschah etwas Seltsames. Als sich der Mann wieder aufrichtete, gefror ihm das Grinsen regelrecht auf den Lippen und er starrte entsetzt an Gedeon vorbei.

„Look out!", schrie er in höchster Panik seinem Kumpel zu, der immer noch lachte.

Was dann geschah, begriff Gedeon nicht gleich. Er hörte nur einen dumpfen Schlag und spürte, wie ein immenses Gewicht auf ihn sackte. Doch dann waren seine Arme auf einmal frei. Er benutzte sie, um sich vom Boden hochzudrücken und das mehlsackartige Gewicht abzuschütteln, das er im nächsten Moment als den älteren der beiden Männer identifizierte – zum Glück bewusstlos.

Dann hörte er einen spitzen Schrei, der ihm irgendwie bekannt vorkam.

Er wirbelte herum und bekam gerade noch mit, wie der Mann, der eben noch vor ihm gestanden hatte und ihm jetzt den Rücken zukehrte, weit ausholte und Ellen mit einem Fausthieb traf. Sie fiel rücklings zu Boden und ließ dabei den dicken Ast fallen, den sie eben noch in Händen gehalten hatte.

Gedeon schrie vor Wut laut auf, stürzte sich auf den Übeltäter und umklammerte ihn von hinten. Mit seinem verletzten Arm konnte er allerdings keine rechte Kraft aufwenden. Und so war es dem Mann ein Leichtes, sich wieder aus seinem Griff zu befreien. Gedeon fand sich schnell in einen handfesten Ringkampf verstrickt, bei dem er sich mit seinem Gegner auf dem steinigen Boden wälzte. Hatte Gedeon in seiner Wut am Anfang noch die Oberhand und gelang es ihm auch, seinem Widersacher einige Boxhiebe und Tritte zu versetzen, so spürte er doch bald, dass ihm mehr und mehr die Kräfte schwanden. Lange, das merkte er deutlich, würde sein Arm nicht mehr mitmachen.

Gedeon überlegte noch, was er tun konnte, um das Ruder irgendwie herumzureißen, als er plötzlich Ellens Stimme hörte. „Aufhören!", schrie sie. „Stop it!"

Seltsamerweise hörten alle beide auf sie, ließen voneinander ab und sahen erstaunt zu ihr herüber.

Was Gedeon sah, ließ ihn erleichtert aufatmen. Ellen hielt eine Waffe in ihrer Hand und zielte damit auf seinen Widersacher!

„Tu was", rief sie voller Panik in Gedeons Richtung. „Ich kann mit dem Ding doch gar nicht umgehen!"

Gedeon dankte Gott, dass dieser Typ kein Deutsch verstand. Er fühlte sich aber so lädiert, dass er beim besten Willen nicht mehr aufstehen konnte. Stattdessen krabbelte er auf allen vieren zu Ellen herüber und ließ sich die Waffe von ihr aushändigen. Er entsicherte sie eilig und zielte dann auf den Mann. Allerdings zitterte seine Hand ziemlich dabei.

„Nimm den Rucksack", keuchte er. Esther nickte, sprang auf den Rucksack zu und hob ihn auf.

Dann sagte Gedeon an den Mann gerichtet: „Lie down! Hands behind your neck!" Als der Mann nicht sofort reagierte, brüllte er: „*Now!*"

Der Mann fuhr zusammen und gehorchte. Er legte sich eilig auf den Bauch und verschränkte die Hände hinter dem Kopf. Fast zeitgleich kam auch wieder Leben in den anderen Mann. Er regte sich und gab ein unterdrücktes Stöhnen von sich.

„I'll shoot you the very second I see you move", drohte Gedeon und nahm all seine Kräfte zusammen, um auf die Beine zu kommen. Mit einem abgrundtiefen Stöhnen schaffte er es schließlich.

„Geht's?", fragte Esther besorgt.

Gedeon nickte nur, nahm Esthers Hand und zog sie mit sich in Richtung Wald. Dabei achtete er sorgsam darauf, die beiden Männer keine Sekunde aus den Augen zu lassen. Erst sah er nur dauernd zurück, später drehte er sich sogar um und ging rückwärts weiter.

Als sie den Schutz der Bäume erreicht hatten, wollte Esther sofort weiterlaufen, doch Gedeon hielt sie zurück. Ohne ein Wort der Erklärung schob er Esther hinter einen Baum, drängte sich neben sie, beobachtete das Lager und wartete.

Schon nach ein paar Sekunden begann Esther unruhig zu werden. Sie wollte nur eins: weg von hier, weg von diesen Männern. Und sie verstand nicht, warum Gedeon so seelenruhig darauf wartete, dass die beiden ihnen endlich folgten!

„Bitte –", flüsterte sie schließlich, wurde aber durch eine unmissverständliche Handbewegung von Gedeon zum Schweigen gebracht.

Zähneknirschend verhielt sie sich weiter still.

Es dauerte ein paar Minuten, bis der Mann wagte, sich zu rühren. Ganz vorsichtig hob er den Kopf und sah sich um. Aber genau darauf hatte Gedeon gewartet. Er legte die Pistole an, zielte und drückte ab. Das Geschoss schlug dicht neben dem Kopf des Mannes ein, sodass dieser aufschrie und seinen Kopf sofort wieder flach auf den Boden presste.

Jetzt endlich drehte sich Gedeon wieder zu Esther um. Erst nahm er ihr den Rucksack aus den Händen, dann legte er einen Finger auf den Mund und schob sie leise rückwärts. Ein paar Meter schlichen sie lautlos durch die Dunkelheit, dann waren sie ganz außer Sichtweite, drehten sich um und rannten los.

„So", keuchte Gedeon, noch während sie liefen, „der wird es sich hoffentlich dreimal überlegen, bevor er noch mal den Kopf hebt."

„Ich", schnaufte Esther, „werde es mir ... dreimal überlegen ... bevor ich ... noch mal ... in einen Flieger ... nach Kanada steige."

Gedeon lachte trocken und setzte sich an die Spitze. Ungefähr eine Viertelstunde lang kämpften sie sich durch den stockfinsteren Wald, dann lichteten sich die Bäume und die strahlend helle Sichel des Mondes erleuchtete ihren Weg.

Gedeon wollte gerade das Tempo erhöhen, als Esther plötzlich stehen blieb. „Gedeon!", keuchte sie. Blankes Entsetzen lag in ihrer Stimme.

Gedeon machte eine Vollbremsung und sah sich besorgt zu ihr um. „Was ist? Geht's dir nicht gut?"

„Mir?", stieß Esther hervor. „Du bist es! Sieh nur ... du blutest wieder!"

Erst jetzt sah Gedeon an seinem Arm herunter. Tatsächlich blutete er stark. Die Situation hatte ihn seine Verletzung wohl irgendwie vergessen lassen. Im Moment spürte er nicht mal Schmerzen! „Ist nicht so schlimm", behauptete er. „Du kannst ihn ja neu verbinden, wenn wir außer Gefahr sind."

„Ich kann was?" Esther starrte keuchend auf seine Hand, von der das Blut nur so heruntertropfte. „Bist du verrückt geworden?" Damit ging sie auf ihn zu und schob energisch seinen Hemdsärmel in die Höhe.

Aber Gedeon entzog ihr den Arm. „Erst müssen wir in Sicherheit sein."

„In Sicherheit?", rief Esther fassungslos. „Wie soll das denn gehen, wenn du mit deinem Blut unseren Fluchtweg markierst?"

Gedeon hielt die Luft an. Daran hatte er überhaupt nicht gedacht. „Du hast recht", stammelte er verlegen. Aber dann lächelte er schon wieder. „Ich schätze, du bist bald ein besserer Indianer als ich!"

Leider konnte Esther jetzt gerade über diese Bemerkung nicht einmal schmunzeln. Sie hatte nur Augen für seine Verletzung und versuchte, den Verband notdürftig zu erneuern. Dabei fiel ihr nicht einmal auf, mit was für einem zärtlichen Blick Gedeon jede ihrer Bewegungen betrachtete. Erst als sie fertig war und zu ihm aufsah, bemerkte sie die seltsame Intensität seines Blickes.

„Was ist? Tut es weh?“, fragte sie ein wenig erschrocken.

„Nein ... ich meine ... es geht schon“, stammelte Gedeon. „Es ist nur ...“ Er zwang sich, den Blick von ihr zu wenden. „... dass ... du eiskalte Hände hast. Du bist immer noch total nass!“ Er öffnete den Rucksack, holte die Wolldecke hervor und hielt sie ihr hin. „Du musst die nassen Sachen ausziehen.“

Esther schluckte. Sie hatte sich noch nie in Gegenwart eines Mannes nackt ausgezogen. Nicht mal vor Gerrit.

Gedeon bemerkte ihre Verlegenheit und drehte ihr demonstrativ den Rücken zu.

Esther seufzte. Das hier war ihr äußerst unangenehm. Aber sie wusste auch, dass Gedeon recht hatte. Sie musste endlich aus den nassen Sachen raus! Als sie vorhin von ihrem Versteck aus beobachtet hatte, wie es Gedeon an den Kragen ging, hatten ihr der Schreck und die Angst um ihn Flügel verliehen. Aber jetzt, wo sie sich allmählich beruhigte, spürte sie wieder diese alles durchdringende Kälte, die sie von innen heraus aufzufressen drohte.

Ohne den Blick von Gedeons Rücken zu nehmen, begann sie, ein Kleidungsstück nach dem andern auszuziehen, bis sie schließlich splitterfasernackt dastand und eilig nach der Wolldecke griff. Sie umwickelte sich damit von der Brust abwärts wie mit einem Badetuch und stopfte die verbleibende obere Ecke unter die unteren Schichten. Jetzt waren Schultern und Arme zwar nackt, aber dafür musste sie wenigstens nicht befürchten, in einem unachtsamen Moment ohne alles dazustehen.

„Fertig“, sagte sie schließlich aufatmend.

Gedeon, der in der Zwischenzeit den Kompass aus dem Rucksack gesucht hatte, drehte sich zu ihr um und sah sie an.

Sein Blick ruhte einen Moment zu lange auf ihr, dann atmete er einmal tief durch, beugte sich wieder zum Rucksack herunter und fingerte umständlich am Verschluss herum.

Schon allein der Anblick dieser hauchzarten, sommersprossigen Schultern war ihm durch und durch gegangen. Er musste jetzt wirklich zusehen, dass er sich irgendwie Ablenkung verschaffte. Und so wandte er sich wohlmeinend ihren abgelegten Kleidungsstücken zu und hob ein Teil nach dem anderen auf. Als er allerdings einen weißen Spitzen-BH in der Hand hielt, ließ er alles fallen, als hätte er sich verbrannt.

„Ich nehm die Sachen", sagte Esther schnell.

„G-gut", stammelte Gedeon und bückte sich nun seinerseits nach dem Rucksack. „Kannst du denn noch laufen?"

„Ich werd's versuchen", antwortete Esther und schlüpfte wieder in ihre nassen Schuhe.

Gedeon nickte, vermied es aber, sie anzusehen. Stattdessen öffnete er den Kompass, betrachtete ihn eine Weile und deutete dann in eine Richtung. „Wir müssen vermeiden, im Kreis zu laufen. Ich denke, da geht's lang."

Eine knappe halbe Stunde liefen sie in gemäßigtem Dauerlauftempo durch die Nacht, dann blieb Esther plötzlich stehen, sank gegen einen Koloss von Baum und machte eine abwehrende Handbewegung. „Ich kann ... keinen ... einzigen ... Schritt mehr ... weiter", keuchte sie mit letzter Kraft.

Gedeon nickte. Er hatte sich sowieso gewundert, dass sie so lange durchgehalten hatte. „Dann rasten wir wohl am besten hier."

Esther glitt am Baum entlang in eine sitzende Position, schloss die Augen, atmete noch ein paarmal schwer und war Sekunden später auch schon eingeschlafen.

Gedeon registrierte das mit einem sanften Lächeln. Gleichzeitig rang er einen Moment mit sich. Dieses Mal konnte er der Versuchung aber nicht widerstehen. Er trat leise zu ihr und betrachtete sie ausgiebig. In der Wolldecke, die wie ein

Abendkleid gebunden war, sah sie wunderschön aus. Das dunkle Grau hob sich von ihren hellen Schultern ab. Außerdem konnte man die Konturen ihrer Brüste darunter erkennen …

Gedeon musste schlucken und wandte sich hastig anderen Körperteilen zu. Mit seinem Blick fuhr er an ihrem Hals entlang, streifte das zarte Kinn und blieb an den verführerischsten Lippen hängen, die er jemals gesehen hatte. So ausdrucksvoll, wie sie geschwungen waren, und so tiefrot, wie sie ihm entgegenleuchteten, schienen sie nur darauf zu warten, dass er sie küsste. Seine Gedanken wanderten zurück und er leckte sich unwillkürlich über die Lippen. Es kam ihm jetzt fast so vor, als könnte er ihren Mund wieder spüren … schmecken. Er erinnerte sich daran, wie weich sie sich angefühlt hatte und wie warm, roch wieder den blumigen Duft ihrer Haare …

Schluss jetzt! Das ging zu weit!

Als hätte Esther seine Gedanken gelesen oder etwas von dem Kampf in seinem Inneren mitbekommen, bewegte sie sich unruhig hin und her.

Gedeon beobachtete das mit wachsender Sorge. Als ihre Bewegungen immer heftiger wurden, beschloss er, sie aufzuwecken. Er ging vor ihr in die Hocke, fasste sie an den Schultern und schüttelte sie sanft. „Ellen!“, rief er. „Ellen!“

Esther erschrak und war von einer Sekunde auf die nächste hellwach. Ellen? Wo war Ellen? Ihre Blicke wanderten hektisch umher und suchten die Umgebung ab. Aber da war nur Gedeon!

Der wiederum registrierte in genau diesem Moment die Kälte ihrer Haut. „Du bist ja immer noch eiskalt“, flüsterte er erschrocken.

Und dann begriff Esther. Gedeon hatte sie gerufen! Es drohte keine Gefahr! Erleichtert sackte sie wieder in sich zusammen. „Du … du hast mich … fast zu Tode erschreckt!“, sagte sie vorwurfsvoll und bemerkte dabei, dass ihre Stimme zitterte. Ihr war wirklich kalt! Entsetzlich kalt.

„Wir haben nur diese eine Decke", überlegte Gedeon laut. Dann befühlte er sein Hemd. „Und meine Sachen sind immer noch feucht." Er seufzte. „Wie krieg ich dich nur wieder warm?"

„Nimm mich einfach ein bisschen in den Arm", schlug Esther schüchtern vor. Sie fühlte sich so verwundbar und nähebedürftig.

Gedeon schluckte. Er glaubte nicht, dass das in seinem gegenwärtigen Zustand eine gute Idee war ...

„B-bitte", flüsterte Esther mit deutlich bebender Stimme.

Gedeon seufzte – und tat, wie ihm geheißen. Er setzte sich neben Esther an den Baum und legte seinen gesunden Arm um sie. Noch während er das tat, spürte er allerdings, wie sein Herz wieder etwas schneller schlug. Jetzt nur ganz ruhig bleiben!

Das war jedoch nicht leicht, denn Ellen schien im Moment sehr anlehnungsbedürftig zu sein und presste ihren zitternden Körper fest an seinen.

Gedeon hielt den Atem an und versuchte, an etwas Unverfängliches zu denken. Nach einiger Mühe gelang es ihm, ein Steak mit Bratkartoffeln vor seinem geistigen Auge heraufzubeschwören. Das half ein bisschen.

Aber da hob Esther den Kopf und sah zu ihm auf. Ihre Augen glänzten im Mondschein und ihr Mund schien sich irgendwie auf seinen zuzubewegen. Steak und Bratkartoffeln lösten sich in Luft auf und Gedeon geriet in einen Sog, den er in dieser Intensität niemals zuvor erlebt hatte. Er vergaß die Welt um sich herum samt all seinen Prinzipien und vereinigte sich mit einem Mund, der als Einziger auf dieser Welt zu seinem zu passen schien und irgendwie magnetischer war als die Pole selbst. Zärtlich, leidenschaftlich, forschend küsste er sie, vergrub die Hand in ihrer Haarpracht und zog ihren Kopf zu sich heran.

Esther schien das alles zu gefallen. Sie erwiderte seine Küsse, hielt sich an ihm fest und atmete mindestens so schnell wie er selbst.

Immer heftiger wurde dadurch Gedeons Leidenschaft, immer deutlicher die Reaktion seines Körpers. Im Rausch der Erregung verloren sich die letzten Hemmungen. Gedeons Hand befreite sich aus den Wirren ihrer Locken, wanderte tiefer, streichelte ihre Schultern, suchte nach ihren Brüsten ...

Aber als sie sie fand, löste das eine ganz andere Reaktion aus, als er instinktiv erwartet hatte. Esther hielt nämlich den Atem an und versteifte sich.

Gedeon spürte es und erschrak. Eilig löste er sich von ihr und sah sie an. Esthers Augen waren vor Angst geweitet.

„Tut ... tut mir leid", murmelte er betroffen und wurde von seinem schlechten Gewissen beinahe erschlagen. Wie hatte er sich nur so vergessen können? Wirklich, er konnte es nicht fassen! Niemals zuvor war er so von seinen Gefühlen übermannt worden.

Er senkte beschämt die Augen. *Ich bin ein Versager, Herr,* dachte er niedergeschlagen, spürte aber im gleichen Moment, wie ihn irgendetwas tröstete und aufrichtete.

„Es tut mir so leid", wiederholte er niedergeschlagen und griff verlegen nach Esthers Hand. „So etwas mache ich nie wieder, wenn du es mir nicht ausdrücklich erlaubt hast. Nie wieder, das verspreche ich dir."

Esther schluckte und sah zu ihm auf. Sein Schuldbewusstsein berührte sie, weckte aber auch ihren Widerspruchsgeist. Es war doch gar nicht seine Schuld! Es war ihre! Sie selbst war schuld ... gestört ... verkorkst! Und dabei hatte sie seine Zärtlichkeiten doch genossen! Das hatte sie wirklich! Aber es war wie ein Fluch, der auf ihr lastete. In dem Moment, in dem ein Mann sie berührte, intim berührte, wurde sie von der einen Welt, der einen Wahrnehmung in eine völlig andere hineinkatapultiert. Dann bestand sie nur noch aus Angst, Abwehr und Fluchtgedanken!

Sie seufzte. Sie wusste, dass diese Gefühle normal waren. Das hatte ihr ein Psychologe erklärt. Sie war als Kind missbraucht worden und nur knapp einer Vergewaltigung entgangen. So etwas prägte nun mal. Die Frage war nur, wie sie darüber hinwegkommen konnte.

Schon damals, als sie mit Gerrit zusammen gewesen war, hatte sie alles getan, um ihre Vergangenheit aufzuarbeiten. Sie hatte eine Gesprächstherapie begonnen und gleichzeitig fest darauf vertraut, dass ihre Liebe zu Gerrit stärker war als ihre Angst. Aber vielleicht war diese Liebe doch nicht stark genug gewesen.

Sie schloss die Augen und erinnerte sich an die vielen Versuche, die Gerrit gestartet hatte. Anfangs hatte er noch sehr viel Geduld und Einfühlungsvermögen bewiesen. Aber in Wirklichkeit, im Grunde seines Herzens, hatte Gerrit nie viel Ausdauer besessen. Und so war er auch in dieser Hinsicht schnell an seine Grenzen gestoßen.

Je stärker er sie bedrängt hatte, desto intensiver war ihre Abwehr geworden. Und so hatte sich die ganze Sache mit der Zärtlichkeit irgendwann zu einem absoluten Reizthema entwickelt. Ja, und dann war der Tag gekommen, an dem er sich bei Ellen geholt hatte, was ihm von Esther verweigert worden war ...

Esther schluckte und konnte nicht verhindern, dass sich zwei Tränen unter ihren geschlossenen Lidern hervorschummelten und über ihre Wangen rollten.

Gedeon bemerkte es und erschrak aufs Neue. Einem Impuls folgend legte er seinen Arm um Esther und zog sie an sich. Dabei konnte er der Versuchung nicht widerstehen, seine Nase tief in ihrem Haar zu versenken.

Doch schon versteifte sich Esther ein weiteres Mal.

„Ist schon gut", flüsterte Gedeon. „Du brauchst keine Angst zu haben. Ich werd dich nur wärmen. Sonst nichts."

Esther entspannte sich ein wenig.

„Sonst nichts, versprochen", wiederholte Gedeon und streichelte sanft über ihr Haar. Erleichtert nahm er bald darauf zur Kenntnis, dass sich Esther mehr und mehr beruhigte und in seinen Armen schließlich in einen tiefen Schlaf versank.

Kapitel 16

Die folgenden Tage verliefen für Esther und Gedeon erstaunlich gleichförmig. Morgens legten sie zunächst größere Strecken flussaufwärts zurück, den Nachmittag verbrachten sie mit der Suche nach Essbarem. Da es ihnen viel zu gefährlich schien, wieder Feuer zu machen, beschränkten sie sich dabei auf Früchte und Beeren, die zum Glück auch recht reichhaltig zu finden waren.

Allerdings hing ihnen dieser einseitige Speiseplan schon nach wenigen Tagen zum Halse heraus. Besonders Esther wurde immer gereizter.

„Wenn wir wieder zu Hause sind, werde ich nie wieder Obst essen“, maulte sie eines Abends.

„Du solltest froh sein, dass wir überhaupt was zu essen haben“, widersprach Gedeon und warf sich noch ein paar wilde Himbeeren in den Mund.

„Das nennst du Essen?“, brauste Esther auf. „Sieh dich doch mal an. Dir rutscht bei nächster Gelegenheit die Hose vom Hintern.“

„Immer noch besser, als vollends zu verhungern“, gab Gedeon zu bedenken.

Esther rollte mit den Augen. „Bist du immer so?“, fragte sie ein wenig ärgerlich.

„So? Was meinst du?“

„Na, so fürchterlich schicksalsergeben!“

Gedeon zuckte mit den Achseln. „Ich gehe halt davon aus, dass Gott für mich sorgt. Und dafür bin ich dankbar.“

„Na, er sorgt aber ziemlich stiefmütterlich für dich, findest du nicht?“, fragte Esther und starrte angewidert auf den Rest der Beeren, die Gedeon in ein großes Blatt gesammelt hatte. Und dabei war sie doch vor Hunger ganz zappelig!

„Nein, das finde ich nicht. Überleg doch mal, wie oft er mir allein in den letzten Wochen das Leben gerettet hat. Ist das nicht erstaunlich?“

Ich hab dir das Leben gerettet, dachte Esther und seufzte. Wieso musste er nur so furchtbar gläubig sein? Außer Gedeon kannte sie niemanden, der so überzeugt davon war, dass Gott existierte und sich um ihn kümmerte. Nicht mal der Pfarrer früher in der Kirche bei ihren Eltern. Und der musste doch schließlich wissen, was los war, oder?

Sie wandte den Kopf und sah prüfend in Gedeons Gesicht. Ganz im Gegensatz zu sich selbst erlebte sie ihn als einen stabilen, bodenständigen Menschen. Was bewegte ihn nur dazu, an solche Märchen zu glauben? Und wieso wirkte er so furchtbar überzeugend dabei?

Sie war verwirrt. „Erstaunlich ist aber doch, dass er dir erst das Leben rettet und dich anschließend an einer Waldbeerenvergiftung sterben lässt“, scherzte sie, um ihren Zustand zu überspielen.

Gedeons Mund verzog sich zu einem Lächeln. Aber dann schloss er plötzlich die Augen und begann, seine Lippen zu bewegen.

„Was machst du denn jetzt?“, wollte Esther wissen.

„Ich bete“, antwortete er, ohne die Augen wieder zu öffnen. „Um genau zu sein, bitte ich um Abwechslung in unserem Speiseplan. Das ist doch in deinem Sinne, oder?“

„Ich dachte, du wärst mit den Beeren total zufrieden“, stichelte Esther.

„Bin ich ja auch“, grinste Gedeon. „Aber meine Begleiterin könnte etwas bessere Laune haben. Findest du nicht auch?“

Esthers Blick verfinsterte sich. „Wetten, es bleibt bei Beeren in allen Varianten?“, provozierte sie ihn.

„Wetten, nicht?", hielt Gedeon dagegen.

Esther streckte ihm die Hand hin. „Wenn ich gewinne, ersparst du mir das Gefängnis."

Aber kaum hatten diese Worte ihren Mund verlassen, erschrak sie auch schon über sich selbst. Sie war eigentlich nicht der Typ, der andere herausforderte. Und schon gar nicht auf so eine Art und Weise! Einen Moment rang sie mit sich, dann gewann ihre schlechte Laune und sie hob trotzig ihr Kinn. In gewisser Weise waren ihre Worte ein kleiner Geniestreich gewesen. Schließlich wusste sie genau, wie wichtig es Gedeon war, seine Pflicht zu erfüllen.

Und tatsächlich. Gedeon zögerte einen Moment, aber dann streckte auch er ihr seine Hand entgegen. „Und wenn *ich* gewinne, versprichst du mir, dich ernsthaft mit Gott auseinanderzusetzen."

Esther erschrak, widerstand aber der Versuchung, einen Rückzieher zu machen. „Abgemacht", hörte sie sich sagen.

Den Rest des Nachmittags verbrachte Esther in der ständigen Sorge, irgendwo durch Zufall auf etwas Essbares zu stoßen. Aber mit jeder Stunde, die verging, mit jedem Strauch Beeren, den sie aberntete, ließen diese Befürchtungen nach.

Als es schließlich dämmerte, dachte sie schon gar nicht mehr an ihre Wette. Sie hatte auch andere Sorgen, denn der Himmel hatte sich in den letzten Stunden immer mehr zugezogen. Jetzt hingen schwarze Wolken drohend über ihnen und kündigten heftige Regenfälle an. In der Ferne blitzte und donnerte es schon verhalten. Außerdem fegte ihnen ein so starker Wind entgegen, dass Esther sich an Gedeon festhalten musste, um nicht umgepustet zu werden. Und noch immer hatten sie nichts gefunden, was ihnen während der Nacht Schutz bieten konnte!

„Wir werden dem Regen hilflos ausgeliefert sein", schrie Esther gegen das Heulen des Windes an. Gerade hatte sie die ersten paar Tropfen abgekommen.

„Nein, werden wir nicht“, widersprach Gedeon. „Sieh mal da!“ Mit diesen Worten deutete er auf eine Felsformation direkt vor ihnen, an deren Fuß ein großes, dunkles Loch prangte.

Esthers Augen weiteten sich. Eine Höhle! Sie lief mit Gedeon darauf zu, blieb dann aber ängstlich davor stehen. „Und was ist, wenn hier ein Bär oder so was wohnt?“

Gedeon holte die Taschenlampe aus dem Rucksack und leuchtete in das Innere der Höhle hinein. Sie war kaum mehr als anderthalb Meter tief, ebenso hoch und vielleicht 80 Zentimeter breit. „Da ist kein Platz für einen Bären“, lachte er und krabbelte hinein. Esther folgte ihm.

Da sie es sich aufgrund der Kälte längst zur Gewohnheit gemacht hatten, die Nächte eng aneinander gekuschelt unter der einzigen Decke zu verbringen, machte es ihnen auch jetzt nichts aus, so dicht aufeinanderzuhocken. Sie genossen es sowieso, den anderen ganz nah bei sich zu spüren.

Und so legte Gedeon seinen Arm ganz fest um Esther und zog sie an sich.

Sekunden später brach die Hölle los.

Der Himmel öffnete seine Schleusen und der Regen pladderte in Sturzbächen auf die Erde. Von einzelnen Tropfen war nichts mehr zu erkennen; eine regelrechte Wasserwand stürzte vor ihnen herab und verursachte einen ohrenbetäubenden Lärm. Hinzu kamen Donnerschläge, die nach Esthers Empfinden keine Ähnlichkeit mit Gewittern in Deutschland mehr hatten. Sie waren bombastisch laut und schienen den Boden unter ihr zum Vibrieren zu bringen. Außerdem hatte Esther den Eindruck, als würden sie sich von Mal zu Mal noch verstärken!

Dieser Gedanke entsetzte Esther. Sie versteifte sich in Gedeons Arm und bereitete sich aufs Zählen vor. Gleich darauf verwandelte ein Blitz die Umgebung für Sekundenbruchteile in gleißende Helligkeit. *Einundzwanzig, zweiundzwanzig, dreiundzwanzig*, zählte Esther.

Rums! Esther zuckte unter dem lauten Knall regelrecht zusammen. Sie hatte bereits in ihrer Kindheit panische Angst vor Gewittern gehabt und wusste genau, wie man die Entfernung eines Gewitterzentrums berechnete. Während das Licht jede Entfernung praktisch im Handumdrehen zurücklegt, schafft der Schall nur 330 Meter in der Sekunde. Drei Sekunden, das Gewitterzentrum war also noch etwa einen Kilometer von ihnen entfernt. Ein Kilometer, das war ja nicht gerade viel!

Ohne es zu bemerken, klammerte sich Esther stärker an Gedeon. Gleichzeitig waren ihre Nerven in Erwartung des nächsten Aufeinanderprallens von Luftschichten zum Zerreißen gespannt. Ihr Herz klopfte heftig, ihre Augen warteten weit aufgerissen auf den nächsten Blitz. Und da war er auch schon! Dieses Mal konnte Esther sogar die gestochen scharfe, gezackte Linie erkennen, die der Blitz in den Himmel schrieb. *Einundzwanzig, zweiundzwanzig, dreiundzwanzig, vierundzwanzig ... Rums.*

Esther schloss vor Erleichterung die Augen und entspannte sich ein wenig. Das Gewitter entfernte sich!

Weil sie die Augen fest zusammengepresst hatte, verpasste Esther den nächsten Blitz. Sie stellte nur verwundert fest, dass der dazugehörige Donner so ohrenbetäubend knallte wie noch keiner zuvor. Verwirrt öffnete sie die Augen wieder. Das Donnergeräusch hätte sich eigentlich abschwächen müssen!

Aber es schwächte sich überhaupt nichts ab. Nicht mal der Regen. Er pladderte jetzt schon minutenlang in einer Intensität auf die Erde, die Esther noch nie zuvor erlebt hatte. Und dann erst der Wind. Sein Heulen konnte man beim Lärm des Regens kaum hören, aber dafür sah man umso deutlicher, dass die Wassermassen in der einen Sekunde in diese und der nächsten in eine andere Richtung gepeitscht wurden. Außerdem flogen Blätter, Äste und Buschwerk wie entfesselt durch die Gegend.

Aber das alles war nichts gegen das, was nun folgte.

Dieses Mal genügte ein Sekundenbruchteil, um Esther wissen zu lassen, wo sich das Zentrum des Gewitters befand. Blitz und Donner hatten sich zu dem einen, ultimativen Schlag vereinigt, der einen Menschen bis ins Mark erschüttern konnte. Gleichzeitig mit dem Knall, der heftiger nicht hätte sein können, wurde der Himmel taghell, und Esther sah den Blitz unmittelbar vor ihnen niederfahren, direkt in den Stamm einer der Bäume, die sich nur wenige Meter von der Höhle entfernt befanden. Fast sofort nahm sie den bedrohlichen Geruch verbrannten Holzes wahr.

Esthers Schrei wurde von dem Lärm um sie her verschluckt. Nicht mal Gedeon konnte ihn hören. Aber er spürte, wie Esther zusammenfuhr und ihm dann mit ihrem Klammergriff beinahe die Luft abdrückte. Nie hätte er für möglich gehalten, dass sie solche Kräfte entwickeln konnte. Er verstärkte seinen Griff um ihre Schultern und begann instinktiv, sie sanft hin- und herzuwiegen.

Esther reagierte sofort und vergrub ihr Gesicht Schutz suchend an Gedeons Brust. Dabei schien sie sich ein wenig zu entspannen.

Währenddessen hatte Gedeon seinen Blick besorgt auf den Baum geheftet. Doch da sah er auch schon den Rauch, der dadurch entstand, dass der heftige Regen den Brand sofort wieder löschte. Es bestand also keine Waldbrandgefahr!

Gedeon wandte seine ganze Aufmerksamkeit wieder Esther zu. Er hielt sie ganz fest, wiegte sie wie ein Kind hin und her und streichelte ihr beruhigend über das Haar.

All das verfehlte seine Wirkung nicht. Esther entspannte sich zusehends und stellte überrascht fest, dass ihre Angst allmählich abebbte. In Gedeons Armen fühlte sie sich erstaunlich sicher. Er strahlte so viel Ruhe aus! Und das übertrug sich irgendwie auch auf sie.

Nach ein paar Minuten löste sich Esther aus seiner Umarmung und sah ihn an.

„Hattest du denn gar keine Angst?“, fragte sie ihn. Als sie die Frage ausgesprochen hatte, kam es ihr auf einmal seltsam vor, dass sie ihre Stimme hatte hören können. Sie wandte den Kopf und sah aus der Höhle nach draußen. Und tatsächlich! Der Regen war weniger geworden. Es klarte sogar schon etwas auf! Ob sich derart heftige Gewitter schneller zurückzogen als andere?

„Doch, ich hatte etwas Angst um meine Rippen“, lächelte Gedeon.

Esther schlug die Augen nieder und errötete. „Tut mir leid“, hauchte sie und rückte ein wenig von ihm ab.

„Ach was“, grinste Gedeon und hob ihr Kinn wieder an. „War nur ’n Scherz.“

Aber schon in dem Moment, als er in dieses immer noch etwas ängstliche, leicht verlegene ... alles in allem unglaublich süße Gesicht sah, durchzuckte es ihn bis in die Zehenspitzen. Er musste schlucken und hatte plötzlich Mühe zu atmen. Und dann ging es nicht mehr anders. Er beugte sich vor, nahm Esthers Gesicht in seine großen Hände und küsste diesen roten, zart geschwungenen Mund mit einer Leidenschaft, die nur sie hervorrufen konnte. Was hatte diese Frau nur an sich, dass es ihn so aus den Schuhen haute? Und das, obwohl sein Verstand es doch gar nicht wollte?

Dieser letzte Gedanke ließ all seine Vorbehalte wieder an die Oberfläche schießen. Sie war eine Straftäterin auf dem Weg ins Gefängnis! Atemlos ließ er von Esther ab und sah einmal mehr in ihr Gesicht. Was war es? Was brachte ihn so um den Verstand? „Du bist so wunderschön“, flüsterte er.

Aber Esther schüttelte den Kopf. „Nein, nein“, wehrte sie ab und errötete noch mehr. „Ich bin ... nichts Besonderes.“

Aber das war sie! Das war sie wirklich! Fasziniert hing Gedeons Blick an der tiefen Röte ihrer Wangen, die bis zu den lustigen Sommersprossen hinaufreichte, ihr ganzes Gesicht aufleuchten ließ und sie noch unwiderstehlicher machte. Und er wusste jetzt auch, warum. Es war diese schüchterne Unschuld, die ihn so tief berührte. Diese zarte Verletzlichkeit.

Wieder segelten all seine Vorbehalte auf einer Welle von Zärtlichkeit davon und Gedeons Mund bewegte sich wie von selbst auf ihren zu, traf ihn, schmeckte ihn und vereinnahmte ihn schließlich, als wollte er ihn nie wieder loslassen.

Esther genoss diese Küsse. Gedeon war in den vergangenen Wochen alles für sie geworden. Ihre ganze Welt, ihr Halt, ihr Anker in der Wildnis. Bei ihm fühlte sie sich sicher, geborgen, zu Hause. Mit ihm an ihrer Seite hatte sie das Gefühl, alles bewältigen, alles durchstehen zu können. Und dieses Gefühl hatte sie niemals zuvor erlebt, nicht einmal bei Gerrit ... nein, erst recht nicht bei Gerrit! Bei Gerrit war ihre Angst zum Schluss sogar noch gewachsen. Mit jedem Tag, an dem sie ihm ihren Körper verweigert hatte, war sein Drängen stärker und unnachgiebiger geworden.

Bei Gedeon war das anders. Das hatte sie vielfach erlebt. Nicht, dass er sie nicht ebenso begehrte wie Gerrit, vielleicht sogar noch stärker. Das spürte sie an der Innigkeit, mit der er sie manchmal küsste, an seinen Blicken, die sie fast verschlangen.

Aber immer, wenn sie spürte, dass seine Erregung wuchs, wenn sie das Gefühl hatte, dass er kurz davor war, die Kontrolle zu verlieren, zog er sich von sich aus zurück. Immer.

Und so war es auch jetzt. Obwohl er schwer atmete und Esther spürte, wie heftig sein Herz schlug, löste er jetzt seine Lippen von ihren und schob sie ein wenig von sich weg. Auch Esther musste tief durchatmen. Anfangs hatte sie seinen Rückzug immer mit purer Erleichterung zur Kenntnis genommen. Allmählich jedoch mischte sich ein Hauch von Enttäuschung in ihre Gefühlswelt. Wie war das nur möglich?

„Warum –“ Esther musste sich räuspern, weil ihre Stimme versagt hatte. „Warum tust du das?“, fragte sie leise.

Gedeon sah erstaunt zu ihr hinüber. „Was?“

„Warum nimmst du dich immer so zurück?" Die Worte waren regelrecht aus Esther hervorgebrochen. Jetzt aber erschrak sie darüber. Warum fragte sie so etwas? Gedeon war ein Mann, der sich beherrschen konnte. Das allein war der Grund, warum sie sich in seiner Nähe wohlfühlte und keine, aber auch gar keine Angst vor ihm hatte. Warum stellte sie jetzt so eine Frage, die man als Ermutigung auffassen konnte?

„Ich ... es ist ... ich meine", stammelte er und errötete nun seinerseits. Dann seufzte er tief. „Wenn ich dich küsse", begann er neu, „dann dauert es nicht lange, dass ich ... an einen Punkt komme ..." Wieder geriet er ins Stocken. „Du bringst mich ganz durcheinander."

Esther war bezaubert von seiner Verlegenheit. Sie legte ihre Hand auf seine, drückte sie ganz fest und lächelte ihm aufmunternd zu.

Gedeon mied Esthers Blick und sagte: „Ich möchte einfach nicht, dass es zum Äußersten kommt, verstehst du?"

„Warum nicht?", flüsterte Esther. Sie wollte das nicht fragen, aber sie musste es unbedingt wissen. Warum war Gedeon so anders als andere Männer? So anders als Gerrit, sein eigener Bruder?

Gedeon räusperte sich. Das Thema war ihm sichtlich unangenehm. „Wenn ... ein Mann und eine Frau miteinander schlafen", begann er zögernd, „dann ... dann binden sie sich aneinander. In erster Linie natürlich körperlich." Er musste sich schon wieder räuspern. „Diese körperliche Bindung ist natürlich vorübergehend, aber ... ich ... ich bin der festen Überzeugung, dass die seelische Bindung, die man nicht sieht, die aber trotzdem daraus folgt, viel schwerer wiegt. Ich ... glaube, dass man einen Teil von sich an den anderen verschenkt. Und diesen Teil verliert man, wenn der andere geht. Es ist ein Teil der Seele, den man nicht zurückbekommen kann, der einen zum Beispiel zwingt, immer wieder an den anderen denken zu müssen." Er schluckte und konnte nicht verhindern, dass seine Gedanken auch jetzt zu Britta zurückwanderten. Er würde nie vollständig frei von ihr sein. Es würde ihm immer einen Schlag in die Magengrube versetzen, wenn er daran dachte, dass sie ihn verlassen hatte. Und bestimmt würde er andere Frauen für immer mit ihr vergleichen.

„Na ja", fuhr er ein wenig heiser fort, „jedenfalls glaube ich, dass es besser wäre, sich erst dann körperlich und auch seelisch zu binden, wenn auch der Verstand bereit dafür ist, wenn man sich ganz für denjenigen Menschen entscheiden kann. Wenn man ihn ganz und gar liebt, am besten ... wenn man ihn geheiratet hat."

Esther hatte seine kleine Rede mit Staunen verfolgt. „Aha. Ist dieser Gedankengang nicht etwas ... antiquiert?", fragte sie vorsichtig.

Gedeon zuckte mit den Achseln. „Früher hab ich das auch so gesehen. Aber dann begann ich an Gott zu glauben. Irgendwann stieß ich in der Bibel auf diese ‚antiquierten' Meinungen. Da blieb mir nichts anderes übrig, als mich damit auseinanderzusetzen. Es war ein langer Prozess. Aber heute verstehe ich es so, dass Gott uns Menschen mit diesen Vorgaben nicht knechten, sondern schützen will."

„Du hast gesagt, man würde einen Teil von sich an den anderen verschenken", hakte Esther nach. „Das kann ich nicht so recht glauben. Viele Menschen schlafen doch heutzutage mit hundert verschiedenen Partnern. Stell dir mal vor, sie verlören dabei immer einen Teil von ihrer Seele. Dann bliebe am Ende doch kaum noch was von ihnen übrig."

Gedeon lächelte. „Man sollte das Ganze vielleicht nicht so mathematisch betrachten." Aber dann wurde er wieder ernst. „Nein, pass auf, ich geb dir ein Beispiel, an dem die Sache vielleicht deutlich wird. Das Beispiel heißt Unschuld. Die Unschuld ist ein Teil des Körpers und auch ein Teil der Seele. Wenn man zum ersten Mal mit jemandem schläft, ist der Einschnitt am größten. Man verliert seine körperliche Unschuld, bei Frauen ist das sogar sichtbar und absolut unwiderruflich. Und man verliert einen großen Teil seiner seelischen Unschuld. Überleg doch mal. Erinnerst du dich an dein erstes Mal?" Er sah Esther erwartungsvoll an.

Die wich seinem Blick aus. Was für ein erstes Mal?

„Ich jedenfalls kann mich noch gut daran erinnern", fuhr Gedeon fort. „Vielleicht am allerbesten von allen Erfahrungen, die ich jemals gemacht habe. Es war auf meiner Geburtstagsparty." Sein Blick wanderte in die Ferne. „Im Schlafzimmer meiner Eltern. Ich war gerade 18 geworden. Damals wusste ich ehrlich gesagt gar nicht, was ich da tat. Heute verstehe ich es. Das Mädchen, mit dem ich damals schlief, liebte mich nicht. Sie war bloß betrunken. Und sie war schon durch viele Betten gegangen. Damals verschenkte ich die Gelegenheit, eine einzigartige Erfahrung mit jemandem zu teilen, dem das ebenso wichtig war wie mir." Er schluckte. „Du kannst dir nicht vorstellen, wie billig ich mir hinterher vorkam. Wie leer. Das habe ich niemals vergessen." Wieder dachte er an Britta. Ob diese erste sexuelle Erfahrung mit ein Grund dafür war, dass Brittas Verhalten ihn so getroffen hatte?

Er schüttelte den Kopf, so, als wollte er die Erinnerung abschütteln. „Beim ersten Mal passiert innerlich am meisten", fuhr er fort. „Trotzdem hat man bis dahin nur Erfahrungen mit einem einzigen Partner gemacht. Man hat immer noch gewisse Hemmungen, mit jemand anderem zu schlafen. Je öfter man dann aber mit wechselnden Partnern verkehrt, desto niedriger wird die Hemmschwelle. Also verliert man mit jedem Sexualkontakt ein Stück der verbliebenen Unschuld. Irgendwann ist die Hemmschwelle dann fast nicht mehr vorhanden. Wenn so jemand liiert ist, ist die innere Barriere für einen Seitensprung entsprechend auch nur noch ein Witz."

Esther war erstaunt. Das klang alles ziemlich logisch und überzeugend. „So hab ich das noch nie betrachtet", murmelte sie. „Und du ziehst das wirklich durch?"

Gedeon nickte, musste aber daran denken, wie schwer ihm das gerade in den letzten Tagen gefallen war.

Esther beobachtete ihn genau, war aber noch lange nicht zufrieden. Sie wollte noch so viel mehr über ihn wissen! „Und was heißt das in Zeiträumen?“

Gedeon sah sie fragend an. „Was weißt du eigentlich über meine Vergangenheit?“

Esther widerstand dem Impuls, seinem Blick auszuweichen. Sie hatten noch nie über dieses Thema gesprochen. Und es war ihr irgendwie unangenehm, dass sie in seiner Vergangenheit herumgeschnüffelt hatte. „So ziemlich alles, schätze ich.“

„Britta?“

Esther nickte.

„Die Schießerei?“

Esther nickte wieder. „Du hast lange im Koma gelegen.“

„Ja“, brach es aus Gedeon heraus, „so lange, dass mich meine Frau in der Zwischenzeit vergessen hatte.“

Esther sagte nichts, nahm aber wieder seine Hand.

„Ich bin vor knapp fünf Jahren aufgewacht“, beantwortete Gedeon die eigentliche Frage. „Seitdem war ich mit keiner Frau mehr zusammen.“

„Das ist eine lange Zeit“, sagte Esther.

„Anfangs war mir sonnenklar, dass ich mich nie wieder verlieben, nie wieder einer Frau vertrauen würde. Aber jetzt ... jetzt bin ich mir auf einmal nicht mehr so sicher.“ Er sah Esther an. „Ich fange an, dir zu vertrauen.“ Er schüttelte ganz leicht den Kopf. „Obwohl es total verrückt ist.“

Esther hielt auch jetzt seinem Blick stand. „Ich finde das nicht verrückt“, sagte sie leise. Und dann war es zum ersten Mal sie, die ihn küsste und freudig in Empfang nahm, was er zu geben bereit war.

Als Esther und Gedeon am nächsten Morgen aufwachten, schien es fast, als hätte es das fürchterliche Gewitter nie gegeben. Der Himmel erstrahlte im tiefsten, sattesten Blau, die Sonne schien aus vollen Rohren, es wehte nur ein ganz leichtes Lüftchen und die Vögel zwitscherten fröhlich um die Wette. Bei genauerem Hinsehen fiel aber auf, dass sich dort, wo die Sonnenstrahlen den Boden berührten, dicke Dunstschwaden gen Himmel räkelten. Und dann war da ja auch noch der verkohlte Baumstamm, der überdeutlich an die entfesselten Naturgewalten erinnerte.

Esther gab Gedeon einen scheuen Gutenmorgenkuss auf die haarige Wange und krabbelte dann zuerst aus der Höhle. Dabei tat sie sich allerdings ausgesprochen schwer. Sie stöhnte und ächzte bei jeder Bewegung und hatte den Eindruck, als wäre sie über Nacht vollkommen eingerostet. Am schlimmsten war es, als sie schließlich draußen war und versuchte, sich aufzurichten. Dabei knackte es verdächtig und sie kämpfte mit jedem einzelnen Rückenwirbel. Ihren Nacken konnte sie überhaupt nicht mehr bewegen.

Zu allem Überfluss fing Gedeon dann auch noch an, herzhaft zu lachen.

Esther schnaubte. Mit einem Ausdruck wilder Entschlossenheit stapfte sie zur Höhle zurück, bückte sich, packte Gedeon am Arm und zog ihn unbarmherzig nach draußen. Dabei stellte sich schnell heraus, dass es auch um Gedeons Zustand nicht besser bestellt war als um Esthers. Im Gegenteil, er schaffte es überhaupt nicht, sich aufzurichten und verharrte einen Moment im Vierfüßlerstand. Esther nutzte diese Schwäche und ließ sich kurzerhand auf seinem Rücken nieder.

Im Handumdrehen war eine ausgewachsene Kabbelei im Gange, die damit endete, dass Gedeon keuchend über Esther hockte und ihre Arme mit eisernem Griff auf den Boden drückte. Einige Sekunden lang kämpfte Esther kichernd gegen ihn an, dann wandelte sich die Stimmung und beide wurden auf einmal ernst. Während Esther Gedeon mit großen Augen ansah, verwandelte sich der spitzbübische Ausdruck in Gedeons Gesicht in pure Zärtlichkeit.

„Ich liebe dich", sagte er plötzlich. Es klang verwundert.

Esther schluckte. „Und ich liebe dich", antwortete sie heiser.

Wenig später schlenderten sie Arm in Arm am Flussufer entlang, genossen das herrliche Wetter, die einzigartige Natur und ihre Zweisamkeit. Sie wirkten jetzt mehr wie zwei Verliebte, die sich in die lauschige Natur zurückgezogen hatten, überhaupt nicht mehr wie Flüchtige, die in der Wildnis um ihr Leben kämpften. An diesem Tag gab es nur sie beide und ihre neu definierten Gefühle füreinander. Es war, als herrschte plötzlich eine Einigkeit, ein Gleichklang zwischen ihnen, der so stark war, dass er durch keine Gefahr, keine Umstände mehr aus dem Lot gebracht werden konnte.

Sie waren so mit sich beschäftigt, dass sie kaum bemerkten, wie sich wieder einmal die Landschaft zu ändern begann. Anscheinend kamen sie wieder in eine bergigere Region, denn immer größere Felsen zerklüfteten das Gelände. Als diese auch das Flussufer in einen Hindernislauf verwandelten, blieb ihnen nichts anderes übrig, als sich von dort zu entfernen. Dabei gelangten sie auf eine Lichtung, auf der fast hüfthohes Gras wuchs.

Esther stapfte an Gedeons Seite durch dieses grüne Meer, öffnete ihre Hände und ließ die Innenflächen gedankenverloren von den Halmen kitzeln. Dabei bildete sich ein verzaubertes Lächeln auf ihrem Gesicht.

Irgendwann blieb sie ganz plötzlich stehen, deutete auf ein Gewächs, das zwischen den anderen Pflanzen ziemlich häufig vorkam, und fragte: „Was ist das eigentlich für 'n Zeug?"

Erst jetzt betrachtete auch Gedeon die Gräser genauer.

„Keine Ahnung“, murmelte er zuerst, zog dann aber überrascht die Stirn in Falten. „Das sieht ja aus wie …“

„Getreide!“, vollendete Esther aufgeregt seinen Satz. „Das sieht so ähnlich aus wie Weizen oder Roggen oder so was!“ Sie löste sich von Gedeon, hockte sich hin und untersuchte aufgeregt die Ähren. Sie waren noch recht grün und außerdem von langen Borsten umgeben. Aber die Ähnlichkeit mit dem, was sie in Deutschland schon auf Feldern gesehen hatte, war absolut nicht zu leugnen.

Hastig pulte Esther an den Ähren herum und hielt wenig später tatsächlich ein paar kleine grüne Körner in der Hand. Sie waren noch recht weich, jedenfalls ließen sie sich mit dem Fingernagel problemlos in der Mitte zerteilen. Dadurch konnte man das Innenleben eines typischen Korns erkennen.

Esthers Magen reagierte auf diese Entdeckung noch schneller als ihr Bewusstsein. Jedenfalls gab er ein gieriges Knurren von sich, das Esther daran erinnerte, wie lange sie nichts Vernünftiges mehr gegessen hatte. Sie warf Gedeon noch einen fragenden Blick zu, aber als dieser nur ratlos mit den Schultern zuckte, traf sie die Entscheidung selbst. Sie war einfach viel zu hungrig, um dieses Risiko nicht einzugehen. Und so führte sie die Innenfläche ihrer Hand zum Mund und aß hastig die Körner.

„Hmmm“, machte sie begeistert. Die Körner schmeckten wundervoll, so frisch, so aromatisch, so nussig.

Von da an gab es kein Halten mehr. Esther und Gedeon wühlten sich durch das Gräsermeer, pflückten die Ähren, pulten die Körner heraus und aßen, aßen, aßen …

Natürlich dauerte es lange, bis sie einigermaßen gesättigt waren. Esther ließ sich nach anderthalb Stunden mit vollem Bauch rücklings ins Gras plumpsen. Gedeon gesellte sich eine halbe Stunde später dazu. Dann dösten sie eine ganze Zeit lang genüsslich im Halbschatten vor sich hin.

„Von hier geh ich nie mehr weg", murmelte Esther irgendwann.

Gedeon schlug die Augen auf, drehte sich mühsam auf den Bauch, stützte sich auf die Ellenbogen und küsste Esther. Dann sagte er ernst: „Auf jeden Fall werden wir uns nicht von hier wegbewegen, bevor wir uns einen ordentlichen Vorrat angelegt haben."

„Einen richtig ordentlichen", stimmte Esther zu und lächelte ihn an.

„Siehst du", grinste Gedeon zufrieden, „jetzt ist deine Laune besser."

Esther erschrak auf einmal. Gedeons Bemerkung hatte sie an etwas erinnert! An gestern, an ihre schlechte Laune, an ihre Wette! Die Wette! Esther schluckte und sah Gedeon an. Am Zucken seiner Mundwinkel und am Funkeln seiner Augen konnte sie genau erkennen, dass auch er sich an all das erinnerte.

„Und?", fragte er auch schon. „Was ist mit deiner Ehrenschuld?"

Esther sah ihn entsetzt an. „Das ... äh ... das war doch ... nicht wirklich ernst gemeint!"

„Ach nein?", wunderte sich Gedeon. „Das klang gestern aber anders."

„Ich war schlecht gelaunt."

„So schlecht gelaunt, dass du den höchsten Wetteinsatz von mir gefordert hast, der dir eingefallen ist."

„Damit wollte ich dich in die Knie zwingen."

„Was du nicht geschafft hast", kommentierte Gedeon.

„Jetzt hör schon auf", fauchte Esther. „Du willst doch nicht behaupten, dass du dich daran gehalten hättest."

„Doch", nickte Gedeon ernst. „Das hätte ich. Ich halte immer mein Wort."

„Du hättest mich verschont?"

Er nickte wieder.

„Obwohl es gegen deine Pflicht verstoßen hätte?"

„Obwohl es gegen meine Pflicht verstoßen hätte. Ja."
„Ich glaub dir nicht."
Ärgerlich sprang Gedeon auf. „Das bleibt ja dir überlassen." Und damit begann er, einen Ährenvorrat zu pflücken.

Esther wachte früh am nächsten Morgen auf, weil ein paar Vögel in der Nähe von irgendetwas aufgeschreckt worden waren. Trotzdem blieb sie noch geraume Zeit bewegungslos neben Gedeon liegen und dachte nach. Sie hatte seit gestern Nachmittag kein einziges Wort mehr mit ihm gewechselt. Und wenn es in der Nacht nicht so furchtbar kalt gewesen wäre, dann hätten sie wohl auch getrennt übernachtet.

Sie seufzte lautlos. Die Sache mit der Wette lag ihr so schwer im Magen wie die vielen Körner, die ihr ganz schönes Bauchgrimmen verursachten, auch wenn sie sich so gestärkt fühlte wie schon lange nicht mehr. Gedeon hatte ja recht. Sie hatte eine Wette verloren und war jetzt moralisch verpflichtet, den Wetteinsatz zu zahlen. Aber wie sollte sie das? Sie hatte überhaupt keine Lust, sich mit Gott zu beschäftigen, an dessen Existenz sie kein bisschen glaubte. Und wie sollte sie das überhaupt anfangen? Was musste man da tun?

In Esthers Umgebung raschelte es seltsam. War es heute Morgen unruhiger als sonst? Und warum zwitscherten die Vögel überhaupt nicht?

Sie hob den Kopf und sah sich um. Es war nichts Ungewöhnliches zu entdecken. Unter ihrem Kopf fühlte Esther den Rucksack. Er hatte in der vergangenen Nacht ein wundervolles Kissen abgegeben, denn seine Vordertaschen waren prall mit weichen Körnern gefüllt – genug Nahrung für ein paar Tage. Eigentlich konnte sie es kaum fassen. Gedeon hatte gebetet und schon am nächsten Tag waren sie auf die Ähren gestoßen. Konnte das ein Zufall sein? Oder gab es diesen Gott am Ende doch?

Esther konnte den Gedanken nicht richtig zu Ende denken, weil auf einmal ein paar Vögel in nur geringer Höhe über ihren Kopf hinwegflatterten und dabei seltsame Geräusche von sich gaben. Sie klangen irgendwie aufgescheucht. Was war hier nur los?

Sie setzte sich auf und sah zu Gedeon hinüber. Er schlief noch. Beunruhigt legte sie eine Hand auf seine Schulter und rüttelte ihn sanft.

„Irgendetwas stimmt nicht", flüsterte sie, kaum dass er die Augen aufgeschlagen hatte.

Wie von der Tarantel gestochen fuhr Gedeon auf und sah sich um. „Wieso?"

Aber dann raschelte es schon wieder und in nur ein paar Metern Entfernung flitzte ein aufgeschreckter Hase an ihnen vorbei.

Gedeon sprang auf und blickte in alle Richtungen. Doch es war nichts Verdächtiges zu sehen. „Ein Bär vielleicht?", mutmaßte Gedeon.

Esther zuckte zusammen. Sie war nicht scharf darauf, Bekanntschaft mit einem Bären zu machen. Einen Moment später aber wehte ihr eine stärkere Windböe ins Gesicht. Und die trug irgendetwas mit sich …

„Andererseits hab ich noch nie gehört, dass Vögel sich vor Bären fürchten", murmelte Gedeon und folgte mit seinem Blick einem kleineren Vogelschwarm, der in nur geringer Entfernung an ihnen vorbeiflog.

Währenddessen versuchte Esther immer noch, den Geruch einzuordnen, der ihr für Sekundenbruchteile in die Nase gestiegen war.

„Die Frage ist, warum sich all diese Tiere in die gleiche Richtung bewegen", überlegte Gedeon laut.

„Weil es brennt!", flüsterte Esther entsetzt. Sie hatte Rauch gerochen! Das war es gewesen! Rauch – Feuer!

„Hä?", machte Gedeon verständnislos.

Inzwischen war Esther aufgesprungen und hatte Rucksack und Decke an sich gerissen. Jetzt war sie mit einem weiteren Satz bei Gedeon, griff nach seiner Hand und zog ihn mit sich fort, in die Richtung, in der sie ohnehin unterwegs waren und in die auch die Tiere flohen, über die große Lichtung hinweg.

„Bist du verrückt?“, rief Gedeon nach ein paar Metern.

„Ein Waldbrand!“, keuchte Esther und zog ihn weiter. Es ging jetzt ein wenig bergauf. „Wir müssen weg.“

„Ein was? Aber wie … woher willst du das wissen?“

„Ich hab Rauch gerochen!“, schrie Esther voller Panik. „Und dann die Tiere. Die fliehen doch!“

„Jetzt beruhigst du dich erst mal!“, befahl Gedeon und verlangsamte seinen Schritt. Dadurch zwang er auch Esther, das Tempo zu drosseln. „Bestimmt gibt es eine andere Erklärung für das Verhalten der Tiere. Außerdem hab ich rein gar nichts gerochen!“

Inzwischen hatten sie das Ende der Lichtung erreicht. Vor ihnen lag jetzt wieder ein Waldstück. Esther sah sich kurz zu Gedeon um. Aber dann blieb sie so plötzlich stehen, dass Gedeon sie fast umgerannt hätte.

„Sieh nur“, schnaufte sie und deutete hinter ihn. Sie befanden sich auf einer Anhöhe, die für eine hervorragende Aussicht garantierte.

Jetzt drehte auch Gedeon sich um und – erstarrte.

„Scheiße!“, entfuhr es ihm.

Esther schnappte noch nach Luft, starrte aber gleichzeitig wie hypnotisiert auf das Feuermeer, das in nur wenigen Kilometern Entfernung wütete und gerade dabei war, einen ganzen Landstrich in Schutt und Asche zu legen. Niemals zuvor hatte sie etwas Derartiges gesehen. Da, wo es brannte, waren nur noch Rauch und Flammen zu sehen, keine Bäume mehr, nichts. Und dann diese Farben! Während sich der strahlend blaue Himmel bleigrau gefärbt hatte, leuchteten die Flammen in den loderndsten Rot-, Gelb- und Orangetönen. Meterhoch schlugen diese wunderschönen, tödlichen Zungen und verschlangen alles, was auf ihrem Weg war! Was war es nur für eine unvorstellbar große Fläche, die sie bereits beherrschten!

„Das Gewitter?", fragte sie im Flüsterton.

„Oder unsere beiden Freunde", antwortete Gedeon.

Esther dachte an das Lagerfeuer, an dem sie den beiden Männern zuletzt begegnet waren. Ob sie es nicht richtig gelöscht und dadurch den Waldbrand verursacht hatten? Sie schauderte. Wenn es so war, dann lagen jetzt da unten zwischen den verkohlten Baumstämmen auch zwei verbrannte Leichen.

„Auf jeden Fall waren sie hinter uns", murmelte Gedeon, als hätte er Esthers Gedanken gelesen. „Ich glaube nicht, dass sie noch am Leben sind."

„Dann können sie uns auch nichts mehr anhaben!"

Gedeon fand den Gedanken im Moment nicht sehr beruhigend. Hier auf der Anhöhe wehte ihm ein kräftiger Wind ins Gesicht, der den bedrohlichen Geruch des Todes mit sich trug. „Dafür haben wir ein neues Problem. Ein ziemlich großes sogar."

„Es ist noch kilometerweit weg", versuchte Esther sich einzureden.

„Aber nicht mehr lange", entgegnete Gedeon besorgt. „Der Wind weht direkt auf uns zu."

„Und jetzt?", fragte Esther ängstlich.

Gedeon deutete nach links, wo das Flammenmeer abrupt endete. „Siehst du das?"

Esther hielt überrascht den Atem an. „Der Fluss!"

„Ja! Wie es aussieht, hat das Feuer den Fluss nicht übersprungen. Das ist unsere Chance. Wenn wir es schaffen, ihn zu überqueren, sind wir vielleicht in Sicherheit!"

Gedeon nahm Esther die Decke und den Rucksack aus den Händen, verstaute die Decke und schnallte sich den Rucksack auf den Rücken. Mittlerweile waren seine Wunden so weit verheilt, dass er die geringe Last gut tragen konnte. Dann nahm er Esthers Hand und zog sie in die Richtung, in der der Fluss liegen musste. „Komm!“

Sie legten ein flottes Tempo vor und marschierten, so schnell ihre Füße sie trugen. Nur leider hatten sie die Landschaft nicht einkalkuliert. Sie war so unberechenbar, als hätten sich Erde und Felsen gegen die beiden verschworen. Ebenen, Anhöhen, Waldstücke, Wiesen, Felsen und Abgründe wechselten sich ab, als hätten sie Spaß am absoluten Durcheinander.

Esther und Gedeon mussten immer wieder die Richtung wechseln, liefen im Zickzack und wussten bald überhaupt nicht mehr, wo sich nun der Fluss befand. Irgendwann gelangten sie gar an eine Stelle, die ihnen beängstigend bekannt vorkam.

„Wir sind im Kreis gelaufen“, jammerte Esther und ließ sich erschöpft auf den Boden fallen. Sie waren fünf Stunden gelaufen, ohne sich auch nur ein einziges Mal auszuruhen.

Gedeon hatte nicht übel Lust, es ihr gleichzutun, aber die dichten Rauchschwaden, die aus dem benachbarten Waldstück zu ihnen herüberwaberten, hinderten ihn daran. Das Feuer kam immer näher, so viel war sicher. Wenn sie nicht bald auf den Fluss stießen, waren sie verloren.

Ein Gefühl der Beklemmung legte sich auf Gedeons Brust. Er legte keinen besonderen Wert darauf, sich grillen zu lassen. Schon gar nicht jetzt, wo sein Leben neue Konturen gewann, wo er sich auf einmal vorstellen konnte, wieder zu lieben, glücklich zu sein, einen Menschen an seiner Seite zu haben!

Er sah auf Esther herunter und wurde von einer Welle der Zuneigung erfasst. Selbst jetzt, wo sie wie ein nasser Lappen auf dem Boden lag, erschöpft, verschwitzt und verdreckt, sah sie noch bezaubernd aus. Obwohl ihr Gesicht mit dunklen Schlieren verziert war, hätte er es am liebsten geküsst. Und obwohl ihre Locken mit Moos und Gras durchsetzt waren, stellte er sich so das Haar eines Engels vor. Genau so.

Sie darf nicht sterben, betete er unwillkürlich. *Du musst dir etwas einfallen lassen, Herr. Kannst du nicht dafür sorgen, dass der Wind dreht?*

Die Antwort ließ keine Sekunde auf sich warten. Und sie blies Gedeon in Form eines heftigen Windstoßes mitten ins Gesicht. Entgeistert und ein wenig empört sah Gedeon in den Himmel hinauf, der an manchen Stellen bereits von grauen Rauchschwaden verdunkelt wurde. „*Drehen*, hatte ich gesagt", sagte er. „Nicht auffrischen."

„Was?", fragte Esther, öffnete ihre Augen und sah zu Gedeon hinauf. Aber als sie die Besorgnis und Verwirrung in seinem Blick bemerkte, setzte sie sich ruckartig auf. „Was ist?", rief sie.

Gedeon deutete auf das Waldstück, aus dem ihnen bereits die ersten Flammen entgegenloderten. „Der Wind kommt direkt auf uns zu. Und er wird stärker."

Esther sprang auf. Sie hatte noch nicht oft gehört, dass Gedeons Stimme zitterte. Aber eben hatte sie es getan. Warum? Waren sie in den letzten Wochen nicht andauernd irgendwelchen Lebensgefahren begegnet? Und doch hatte sich Gedeon niemals aus der Ruhe bringen lassen. Nie hatte sie wirkliche Angst an ihm wahrgenommen. Bis jetzt. Jetzt *hatte* er Angst, das spürte sie deutlich. Ein Schauder durchfuhr sie. Es war seltsam. Seine Angst brachte ihre Welt stärker ins Wanken, als irgendeine Gefahr der letzten Wochen es jemals vermocht hatte!

Gedeon starrte noch immer auf die Flammen. Er war verwirrt. Auf irgendeine seltsame Weise war er hundertprozentig sicher, dass Gott gerade mit ihm gesprochen hatte. Aber warum? Warum hatte er ihm so deutlich gesagt, dass er dieses Feuer *nicht* aufhalten würde?

Mechanisch streckte er seine Hand zu Esther aus. „Komm", hauchte er kaum hörbar. „Wir müssen sofort hier weg."

Aber erst als Esther ihre eiskalte Hand in die seine legte, gelang es ihm, den Blick von dem Feuer loszureißen und ihn Esther zuzuwenden. „Wir schaffen das schon", sagte er und zwang sich, ihr aufmunternd zuzulächeln.

Esther allerdings hatte Gedeon in den letzten Wochen viel zu gut kennengelernt. Und so hing ihr Blick eher an der Sorgenfalte zwischen seinen Augen als an dem aufgesetzten Lächeln. Unwillkürlich umklammerte ihre Hand die seine so stark, als hinge ihr Leben davon ab.

Und auch Gedeon packte jetzt stärker zu. Es war fast so, als wollte er sichergehen, dass Esther unterwegs nicht verloren ginge. Zusammen schlugen sie die Richtung ein, die vom Feuer wegführte, und verfielen in einen lockeren Trab.

Einige Hundert Meter legten sie auf diese Weise zurück, dann gelangten sie in einen Wald, dessen Unterholz so dicht war, dass sie nur noch hintereinander herlaufen konnten. Gedeon joggte voran, bog unermüdlich Äste und Zweige zur Seite und trampelte Buschwerk herunter, um Esther den Weg zu bahnen. Trotzdem kamen sie immer langsamer voran. Während die Zahl der höheren Bäume abnahm, schien der Bodenbewuchs immer noch dichter und höher zu werden.

„Ich glaube", keuchte Esther hinter Gedeon, „der Wald hat sich gegen uns verschworen."

„Unsinn", antwortete Gedeon und drehte sich zu Esther um. Er hatte gerade damit begonnen, zwei mannshohe, besonders dichte Büsche auseinanderzubiegen und war schon halb hindurchgeschlüpft. „Du weißt doch, wie unterschiedlich die Vegetation hier ist. Wirst schon sehen, ein paar Minuten noch, dann laufen wir wieder über eine Lichtung. Und jetzt komm." Gedeon musste alle Kraft aufwenden, um die starren Äste mit beiden Armen so weit auseinanderzubiegen, dass Esther sich durchquetschen konnte. Jetzt stellte er fest, dass es viel besser funktionierte, wenn er sich rückwärts fortbewegte. Auf diese Weise konnte er sein Gesicht schützen und außerdem seinen Rücken einsetzen, um den Büschen zu trotzen. Er schob sich rückwärts und hielt dabei beide Arme seitlich ausgestreckt, um auch Esther den Durchgang zu ermöglichen.

„Du hast recht!", rief sie auf einmal und sah ihm über die Schulter. „Da vorne lichtet es sich."

Gedeon wandte den Kopf, um Esthers Bemerkung zu überprüfen, und setzte zeitgleich seinen rechten Fuß einen weiteren Schritt nach hinten. Seltsamerweise fand er nicht gleich Halt. Dafür gab der Busch jetzt ruckartig hinter ihm nach. Gedeon spürte, wie er nach hinten fiel, suchte mit dem rechten Fuß weiter nach Widerstand, fand aber keinen. Wild ruderte er mit den Armen, aber auch das half nichts mehr. Er fiel einfach rückwärts und fand sich damit ab, dass er gleich polternd auf dem Waldboden oder vielleicht in einem Busch landen würde. Doch stattdessen wurde es auf einmal viel heller und er fiel, fiel, fiel ...

„Uarghhh!!!"

Als Gedeon nach vielleicht zwei Sekunden mit einem heftigen Aufprall auf etwas Hartem landete, stieß er einen Schrei aus, der bodenlose Überraschung und stechenden Schmerz widerspiegelte. Allerdings hatte er keine Zeit, sich einer dieser beiden Empfindungen hinzugeben. Er registrierte gerade noch, dass sein Aufschrei einen überraschenden Widerhall fand, dann spürte er, wie sein Körper herumgerissen wurde und schon wieder zu fallen drohte. Er gehorchte dem Reflex, das zu verhindern, und suchte mit beiden Händen verzweifelt nach Halt. Links bekam er etwas Kaltes, Hartes zu fassen und umklammerte es. Aber als im nächsten Augenblick das volle Gewicht seines Körpers daranhing, entglitt ihm dieses Etwas wieder. Seltsamerweise fiel er jetzt nicht, sondern rutschte bäuchlings an etwas Glattem entlang. Gleich darauf fuhr ein heftiger Schmerz erst in seinen rechten Oberschenkel, dann in seinen Bauch und in seine Brust. Aber kurz bevor er weiter in die Tiefe stürzen konnte, gelang es ihm, mit beiden Händen zuzupacken. Er fand Halt an dem Felsvorsprung, der ihm gerade auf gut einem Meter Länge die Haut aufgeschürft hatte. Von der Brust abwärts baumelte sein Körper über dem Nichts.

Drei, vier Sekunden dauerte es, bis der Schmerz so weit nachgelassen hatte, dass Gedeon in der Lage war, die Augen zu öffnen. Jetzt registrierte er allmählich, was geschehen war. Zehn Meter über ihm entdeckte er einen Busch, der sich erstaunlich weit über einen Abgrund wölbte. Darunter tat sich eine Felswand auf. Gleichzeitig nahm Gedeon ein Rauschen wahr, von dem er auf einmal wusste, dass er es schon vorhin vernommen hatte, nicht so laut wie jetzt, sondern ganz, ganz leise, als undeutliches Hintergrundgeräusch. Vorhin hatte er es auf seine Erschöpfung geschoben und angenommen, dass es nur das Blut war, das ihm in den Ohren rauschte. Aber jetzt ...

Vorsichtig wandte er den Kopf und sah über seine Schulter nach unten. Und tatsächlich, da war er, der Fluss! Gut dreißig Meter unter ihm wälzte er sich unruhig durch die riesige Spalte, die er in die Felsen gefressen hatte und die wie eine Warnung war, wie ein Beweis für die ungeheure Macht, die er besaß und mit der er Gedeon zu verschlingen drohte.

„Herr“, flüsterte Gedeon mit dem bisschen schwarzen Humor, der ihm in dieser Situation noch verblieben war. „Findest du nicht, dass es allmählich langweilig wird, mich irgendwelche Abhänge herunterbaumeln zu lassen? Das wird ja quasi zur Gewohnheit!“

Aber dann verließ ihn der Humor genauso schnell, wie er gekommen war. Er spürte allmählich, wie die Kräfte in seinen Händen nachließen, und das erinnerte ihn an den lebensgefährlichen Ernst seiner Lage. Er sah noch einmal nach unten, dann nach oben und wieder nach unten. Anschließend machte er eine nüchterne Bestandsaufnahme.

Er wusste, dass er keine Chance hatte, wieder nach oben zu kommen. Die Felsfläche, an der er gerade herabgerutscht war,

war vollkommen glatt. Ein erfahrener Freikletterer hätte es vielleicht schaffen können, aber für einen Laien wie ihn, noch dazu in seinem Zustand, war es unmöglich, sie zu erklimmen. Er wusste ja nicht mal, ob er sich allein wieder über den Felsvorsprung ziehen konnte! Und auf Hilfe konnte er genauso wenig hoffen. Ellen hatte kein Seil. Das war in dem Rucksack, der mit ihm zusammen über dem Abgrund baumelte. Außerdem war die Strecke nach oben dieses Mal viel weiter als beim letzten Mal. Ellen konnte nichts tun, um ihn wieder nach oben zu befördern.

Aber was war die Alternative? Der Fluss befand sich direkt unter ihm, das war die gute Nachricht. Wenn er sprang, war es durchaus möglich, dass er im Wasser landete. Dann hatte er sich auch gleichzeitig vor dem Feuer in Sicherheit gebracht. Die schlechte Nachricht war allerdings, dass das Flussbett genauso zerklüftet war wie die Landschaft hier. Überall, auch unter ihm, ragten Felsblöcke aus dem Wasser. Und selbst wenn er denen irgendwie entging, war da immer noch der reißende Fluss. Geschwächt wie er war, konnte er von der Strömung schnell heruntergezogen werden. Die großflächigen Abschürfungen an Brust, Bauch und Oberschenkel bluteten. Von der noch nicht verheilten Schussverletzung an seinem Unterarm mal ganz abgesehen! Im Übrigen konnte er den Gedanken nicht ertragen, von Ellen getrennt zu werden. Wenn er sprang, war sie ja immer noch da oben, in Lebensgefahr, allein!

Als hätte sie seine Gedanken gehört, rief Esther jetzt von oben Gedeons Namen. Sie hatte sich gerade an einer ungefährlicheren Stelle durch das Unterholz gewühlt, stand jetzt direkt am Abgrund und starrte voller Entsetzen zu Gedeon in die Tiefe.

Gedeon hatte die Angst in ihrer Stimme gehört und konnte sich jetzt noch weniger vorstellen, sie dort oben alleinzulassen. Sie brauchte ihn doch, sie war so hilflos ohne ihn! Trotzdem wurden seine Hände allmählich steif, schienen sie ihn immer stärker anzubetteln, doch endlich loszulassen.

„Was soll ich tun?!“, rief Esther, sah sich panisch um und zerrte an irgendwelchen Ästen und Zweigen herum.

Aber Gedeon wusste, dass das zwecklos war. Keiner dieser Äste würde lang genug sein! Und seine Hände zitterten bereits! Er war kurz davor, die Kontrolle über sie zu verlieren!

„Ellen!“, rief er nach oben. Aber sie reagierte gar nicht auf ihn. Weinend kämpfte sie mit einem Ast, der so im Saft stand, dass es unmöglich war, ihn ohne Säge vom Baum zu trennen.

„*Ellen!*“, brüllte Gedeon und bündelte dabei all seine Kräfte in seiner Stimme.

Jetzt endlich ließ Esther von dem Ast ab und wandte ihre Aufmerksamkeit Gedeon zu.

„Ich krieg ihn nicht ab“, schrie sie.

„Hör mir zu!“, donnerte Gedeon nach oben, während ein einziger Gedanke durch seinen Kopf hämmerte: *Nicht loslassen. Noch nicht loslassen.* „Hör mir jetzt gut zu!“

Esther vergaß auf einmal ihre Panik. Gedeons Stimme hatte gerade überhaupt nicht ängstlich geklungen. Nur entschlossen. Wild entschlossen.

„Ich werde jetzt gleich loslassen, Ellen!“, rief Gedeon nach oben. „Es geht nicht anders, hörst du? Das Wasser wird mich auffangen. Ich schwimme durch den Fluss und bin in Sicherheit. Aber du, du musst einen anderen Weg über den Fluss finden. Verstehst du mich?“ Er sah nach oben, bis sie genickt hatte. „Geh da lang.“ Er deutete mit dem Kopf nach rechts. „Geh immer am Fluss entlang. Ein paar Kilometer noch, dann flacht sich das Gelände ab. Dort versuchst du über den Fluss zu gelangen. Ich warte dort auf dich!“

„Gedeon!“, rief Esther nur. Aber dieses eine Wort war wie eine ganze Rede. Angst, Verzweiflung, Besorgnis, Zuneigung und Liebe kamen darin zum Ausdruck.

Gedeon verstand jede einzelne Nuance. Es war ja ohnehin so, dass er genau das Gleiche empfand. Und obwohl sein Gesicht vor Schmerzen und Anstrengung verzerrt war und er seine zitternden Hände kaum noch kontrollieren konnte, gab es noch etwas, was er unbedingt sagen musste. „Ellen!“, setzte er noch einmal an. „Du musst das schaffen, hörst du? Ich … ich liebe dich! Und es ist mir egal, was du getan hast. Ich werde dich nicht ausliefern. Das schwöre ich. Und ich werde … alles tun, um dir das Gefängnis zu ersparen. Auch wenn es mich … den Job kostet. Verstehst du –“

Esther keuchte auf, aber nicht nur, weil diese Worte sie so sehr berührten, sondern auch, weil Gedeon in diesem Moment mit der rechten Hand abgerutscht war. Im Bruchteil einer Sekunde schoss Esther ein Gefühl in den Magen, das mit einem Sturz aus 30 Metern Höhe vergleichbar war. Gleich darauf aber konnte sie aufatmen. Mit einem Aufschrei, der deutlich machte, welch immense Kraftanstrengung das gekostet hatte, war es Gedeon gelungen, die Hand noch einmal hochzureißen und erneut den Felsvorsprung zu umklammern.

„Sag mir“, presste Gedeon hervor, „dass du das hinkriegst!“

„Bitte lass mich nicht allein“, rief Esther verzweifelt.

„Sag mir, dass du das hinkriegst!“, brüllte Gedeon noch einmal, dieses Mal noch verzweifelter, eindringlicher, befehlender.

„Ja, ich krieg das hin!“, rief Esther weinend. „Ich verspreche es.“

Gedeon nickte, warf Esther einen letzten, intensiven Blick zu – und ließ dann einfach los. Von einem Moment auf den nächsten verschwand er aus Esthers Blickfeld. Sie sah nichts mehr von ihm, sah weder seinen Fall noch wie und wo er aufkam. Und sie hörte auch nichts, weder einen Aufschrei noch irgendein anderes Geräusch. Da war nichts, nur das gleichmäßige Rauschen des Flusses. Und diese quälende Ungewissheit.

Kapitel 17

Als die Nacht hereinbrach, wusste Esther nicht, wie sie es geschafft hatte, den ganzen Tag einen Fuß vor den anderen zu setzen. Sie konnte sich nicht daran erinnern, wie es ihr gelungen war, das Dickicht des Waldes hinter sich zu lassen und auf diese nur grasbewachsene Ebene zu gelangen. Sie war dicht am Abgrund geblieben und immer weiter und weiter gewandert. Nicht schnell, aber stetig. Mechanisch, gehorsam, stumpfsinnig.

Während dieser ganzen Zeit hatte sie nur ein Bild vor Augen gehabt: Gedeons letzten Blick. Und noch immer hallten seine letzten Worte in ihren Ohren wider. *Ich liebe dich! Und was auch geschieht, ich werde dich nicht ausliefern.*

Den ersten Satz hatte er schon früher gesagt. Es war der zweite, der ihr fast noch mehr bedeutete. Er war auf einmal bereit, alles für sie zu opfern: seinen Job, seine Überzeugungen, seine Prinzipien! Er liebte sie wirklich!

Und damit war eingetreten, was sie damals, nach Gerrits Tod, niemals für möglich gehalten hatte: Sie bekam eine zweite Chance, ihr wurde die Gnade zuteil, ein zweites Mal zu lieben und geliebt zu werden!

Dieser Gedanke überwältigte sie fast. Tiefe Dankbarkeit vermischte sich mit der Verzweiflung darüber, dass sie nicht wusste, ob ihre neue Liebe noch am Leben war.

Die Erschöpfung tat ein Übriges. Esther brach schluchzend zusammen, kauerte sich ins Gras und fiel schon kurze Zeit später in einen abgrundtiefen Schlaf.

Dabei bemerkte sie nicht, dass der Wind noch immer in ihre Richtung wehte und sie von immer dichteren Rauchschwaden eingehüllt wurde. Sie atmete nur weiter und nahm immer mehr Gift in sich auf.

Als der Schlaf in den frühen Morgenstunden einer Bewusstlosigkeit wich, wusste Esther nichts von alledem.

Gedeon fiel mit einer Geschwindigkeit und einer Heftigkeit ins Wasser, die einem Felsbrocken alle Ehre gemacht hätte. Aber es war Wasser, immerhin Wasser, in das er eintauchte. Er hatte allerdings nicht viel Zeit, sich darüber zu freuen, denn er wusste instinktiv, dass es ihn mehrere Meter unter die rettende Wasseroberfläche gerissen hatte. Außerdem spürte er bereits, wie er von einem Sog erfasst wurde, der ihn noch weiter in die Tiefe, gleichzeitig aber auch in alle möglichen Richtungen zog. Und dieser Sog war wie der Klammergriff des Todes, unbarmherzig hart und vor allem kalt, eiskalt.

Schon merkte er, wie seine Bewegungen langsamer, mühsamer, klammer wurden. Aber das hing nicht nur mit der Temperatur des Wassers zusammen. Und es war auch nicht allein darauf zurückzuführen, dass er verletzt und erschöpft war. Eine weitere große Rolle spielte, dass sich seine Kleidung in null Komma nichts mit Wasser vollgesogen hatte. Ja, und dann war da auch noch der Rucksack. Schwer wie Blei hing er jetzt an seinem Rücken und behinderte jede seiner Bewegungen. Er musste weg!

Aber das war einfacher gedacht als getan! Erst vorhin hatte sich Gedeon die Mühe gemacht, die Riemen kürzer zu schnallen, damit der Rucksack nicht mehr so hin und her baumelte. Jetzt entwickelte sich genau das zum Bumerang, die Riemen klebten wie angetackert auf seinen Schultern, während er wie in einem Tornado hin und her gewirbelt wurde. Weitere, wertvolle Sekunden verstrichen. Schon spürte Gedeon, wie der Drang zu atmen stärker und stärker wurde. Ein Gefühl von Panik ergriff ihn.

Herr, hilf mir! Obwohl es nur ein Gedanke war, glich er einem verzweifelten Aufschrei.

Beinahe im gleichen Moment spürte Gedeon, wie seine Füße den Boden berührten und mit ziemlich großer Geschwindigkeit daran entlangschleiften. Er war auf dem Grund des Flusses angelangt! Seinem Grab?

Nein, das gehörte nicht zu seinem Plan! Er hatte Ellen versprochen, am Fluss auf sie zu warten!

Eine neue Welle von Energie durchfloss ihn. Er stieß sich kraftvoll mit beiden Füßen vom Boden ab und zerrte ein weiteres Mal wie ein Wahnsinniger an den Riemen seines Rucksackes herum. Doch es half noch immer nichts. Das bleierne Gewicht blieb und zog ihn wieder tiefer und tiefer, bis er zum zweiten Mal mit den Füßen auf dem Boden aufkam.

Aber jetzt spürte er plötzlich etwas! Einen Widerstand an seinem Fuß! Warum hatte er nicht früher daran gedacht?

Er griff in seinen rechten Stiefel und zog das Klappmesser aus der Halterung hervor. Ein kräftiger Ruck und der erste Riemen löste sich. Jetzt war es kein Problem mehr, auch den anderen abzustreifen. Aus einem Reflex heraus verstaute Gedeon das Messer wieder, erst dann stieß er sich vom Boden ab, schwamm in die Richtung, aus der das Licht kam, wurde durch irgendeinen Sog mitgerissen, wirbelte umher, schwamm, kämpfte und ... tauchte schließlich auf.

Es war ein Atemzug, der an Intensität nicht zu überbieten war, ein keuchendes Japsen, das die Lautstärke eines Schreis erreichte und deutlich machte, wie kurz er davor gewesen war, dem Druck seiner Lungen nachzugeben und sie mit tödlichem Wasser vollzusaugen.

Und dieser tiefe Atemzug war auch nötig, denn schon im nächsten Moment schwappte eine Welle über Gedeon hinweg, die ihn erneut unter Wasser drückte. Aber jetzt war die Wasseroberfläche nah, und so genügte ein kräftiger Schwimmstoß, um seinen Kopf wieder auftauchen zu lassen. Wieder sog er den rettenden Sauerstoff tief in sich hinein. War ihm jemals bewusst gewesen, wie abhängig er von diesem Gas war? Und gab es etwas Befreienderes, Erleichternderes, als einfach zu atmen?

Unglücklicherweise stellte Gedeon schnell fest, dass das Weiteratmen noch längst nicht gesichert war. Ein tosendes Rauschen füllte seine Ohren und bestätigte, was er ohnehin bereits befürchtet hatte, nämlich, dass die Strömung hier gefährlich stark war. Während das Ufer mit rasender Geschwindigkeit an ihm vorbeisauste, fühlte sich Gedeon wie ein Blatt im Sturm. Er wurde hin und her gewirbelt, trieb in der einen Minute mit den Füßen voran stromabwärts und wurde in der nächsten kopfüber unter Wasser gezogen. Immer wieder wurde er brutal gegen Felsen geschmettert. Er schluckte mehr und mehr Wasser und konnte seine Gliedmaßen bald kaum mehr spüren, geschweige denn einsetzen.

Als er schließlich aufgab und sich ohne weiteren Widerstand zum vermutlich letzten Mal unter Wasser ziehen ließ, galt sein letzter Gedanke Ellen.

Bitte … rette wenigstens Ellen.

Ellen saß derweil in einem Hubschrauber und blickte besorgt auf das riesige Flammenmeer, das unter ihr loderte. Genau wie der Pilot, der neben ihr saß, trug sie einen Helm, der mit einem Kopfhörer ausgestattet war. Und das war auch nötig. Der Lärm, den die Rotorblätter verursachten, war auch im Innenbereich des Hubschraubers noch ohrenbetäubend.

„How long has it been since you lost contact?“, fragte der Pilot. Er war ein gut aussehender Mann um die 40 mit dunklen Haaren und leicht ergrauten Schläfen.

„About two days", antwortete Ellen zu laut für die Kopfhörer.

Der Pilot verzog das Gesicht und warf Ellen einen missbilligenden Blick zu.

„Sorry", entschuldigte sich Ellen und deutete auf ihre Ohren. „I'm not used to this headset yet."

Der Pilot nickte, heftete seinen Blick dann aber sofort wieder auf die Umgebung. „The fire is spreading at an immense rate", sagte er nach einer Weile. „I fear there's not much hope for your men."

Ellen zuckte gleichgültig mit den Schultern. „I actually don't care much about them", entgegnete sie. „But I have to find the two they were after."

„Two?", erkundigte sich der Pilot überrascht. „I thought the boss was talking about only one, a policeman."

Ellen schluckte. Gerade hatte sie sich wohl ein wenig verplappert. Als Esther mit dem Bullen geflohen war, hatte sie alle Hände voll zu tun gehabt, um ihrem Boss die Situation zu erklären, ohne die Anwesenheit ihrer Schwester preiszugeben. Denn eines wusste sie: Wenn der Boss herausfand, dass es eine Mitwisserin in ihrer Familie gab, würde er das Risiko als viel zu hoch einschätzen und wahrscheinlich einfach kurzen Prozess mit allen Kielings machen. Umso erfreulicher war es, dass Brian und Tom, die beiden einzigen Zeugen dieses Vorkommnisses, mit großer Wahrscheinlichkeit im Feuer umgekommen waren.

„I meant *whom*", sagte sie geistesgegenwärtig. „Whom they were after. I'm afraid my English is not as good as it is supposed to be." Und dann setzte sie den scheuen und doch verführerischen Augenaufschlag ein, mit dem sie die Männer schon immer in die Tasche gesteckt hatte. Man wusste ja nie, was dieser hier im Verlauf dieses Fluges noch so herausfinden würde.

„I see", lächelte der Pilot und ließ seinen Blick ein wenig zu lange und zu interessiert an Ellen hinabgleiten, bevor er sich wieder seiner Flugroute widmete. Dann fragte er: „Would it be a problem if he was dead as well?“

Ellen schluckte erneut. Natürlich war das kein Problem. Im Gegenteil, es wäre ihr sogar lieber, wenn der Bulle tot war. Dann blieb es nicht an ihr hängen, ihn zu beseitigen. Aber wenn der Bulle im Feuer umgekommen war, wuchs auch die Wahrscheinlichkeit, dass Esther mit ihm verbrannt war. Und das machte ihr doch zu schaffen. Sicher, sie hatte sich maßlos über Esther geärgert. Sie hätte ihr die Augen ausgekratzt, wenn sie ihr begegnet wäre. Aber tot? Nein, das wünschte sie ihr nicht. Sie war doch ihre Schwester! Ihre Zwillingsschwester! Und gerade jetzt fühlte sie sich auch ein wenig verantwortlich für sie! Sie wollte sie finden und wohlbehalten zu Hause abliefern.

Auch wenn sie die Macht hat, dich ins Gefängnis zu bringen?, fragte eine innere Stimme.

Nein. Das würde Esther niemals tun. Sie war schwach. Ellen hatte sie schon immer problemlos manipulieren können. Das würde auch dieses Mal klappen. Im Notfall würde sie einfach die Reumütige spielen und an Esthers Loyalität appellieren. Dann würde Esther sie niemals verraten.

Ellen wurde aus ihren Gedanken gerissen, als der Pilot sie ansprach: „Look, isn't this beautiful?“ Aus seiner Stimme sprach die pure Begeisterung.

Ellen sah aus dem Fenster. Unter ihr wand sich der Fluss durch eine Landschaft, die eine Miniaturausgabe des Grand Canyons hätte sein können.

„Could he possibly have crossed the river?“, erkundigte sie sich nüchtern.

Der Pilot schüttelte den Kopf. „I don't think so. This is a highly torrential part of the river. He would have drowned.“

Ellen nickte und bedeutete dem Piloten, die Flughöhe zu senken. Dann suchte sie mit den Augen das Flussufer ab. Der Bulle war ja nicht blöd. Sicher wusste er, dass der Fluss seine einzige Chance war, dem Feuer zu entgehen.

Unglücklicherweise war das Flussufer auf beiden Seiten von oben schwer einsehbar. Auf der einen Seite entdeckte Ellen nur Berge und Felsen, auf der anderen flachte das Gelände ab und ging schließlich in ein Waldgebiet über. Der Sturm, der wahrscheinlich die Feuersbrunst entfacht hatte, schien auch auf dieser Seite des Flusses recht heftig gewütet zu haben. Ellen konnte die umgeknickten Bäume kaum mehr zählen. Gerade jetzt betrachtete sie fasziniert das mächtige Wurzelwerk eines riesigen Baumes, das zum Teil weit aus der Erde ragte, während sich der dazugehörige Stamm mit den Ästen quer über den Fluss gelegt hatte.

„Umph." Gedeon war mit voller Wucht auf irgendetwas Hartes geprallt. Hätte er sich nicht ohnehin schon unter Wasser befunden, dann wäre ihm spätestens jetzt die Luft weggeblieben. So aber machte es keinen Unterschied.

Oder doch?

Als die Welle des Schmerzes nach ein paar Sekunden abebbte, registrierte er auf einmal, dass sich irgendetwas verändert hatte. Er spürte den Sog des Wassers noch genauso stark wie eben, vielleicht sogar stärker, hatte aber das Gefühl, als würde er selbst davon nicht mehr herumgewirbelt werden. Bewegte er sich überhaupt noch vorwärts?

Der Eindruck verstärkte sich. Aber gerade, als er begriff, dass dieser Zustand mit dem riesigen Etwas zusammenhing, gegen das ihn die Strömung des Flusses geworfen hatte, fuhr eine besonders heftige Welle in seinen Rücken und fegte ihn über das Etwas hinweg.

Gedeons Gesicht hob sich aus dem Wasser, in Sekundenbruchteilen füllten sich seine Lungen wie von selbst mit lebensnotwendigem Sauerstoff. Damit schien er auch neue Hoffnung einzuatmen. Er reagierte plötzlich schneller, als er selbst es sich in seinem Zustand noch zugetraut hätte. Er streckte beide Arme aus, bekam mit einer Hand etwas zu fassen, packte zu, schaffte es, auch die andere Hand dorthin zu lenken, und klammerte sich mit aller Macht daran fest.

Zwar schien ein ungeheures Gewicht an seinen Füßen zu ziehen und ihn mit sich reißen zu wollen. Doch ließen seine verzweifelten Hände nicht zu, dass er weiter flussabwärts trieb. Das Fünkchen verbliebenen Lebenswillens hatte seine einzige Chance gewittert und setzte ungeahnte Kräfte frei. Und so hing Gedeon wie eine Zecke an dem Baum, der mit seinen Zweigen und Ästen tief in den Fluss hineinragte, während ihn ein Teil seiner Wurzeln wie am seidenen Faden noch am Ufer festhielt.

Kapitel 18

Als Esther zum ersten Mal für kurze Zeit ins Bewusstsein zurückdämmerte, begriff sie überhaupt nichts. Ihr war furchtbar schlecht. Sie hatte das Gefühl, als würde die Unterlage, auf der sie lag, sanft hin und her schaukeln. Aber sie konnte ihre Augen nicht öffnen. Sie konnte nicht einmal die Sprache verstehen, die um sie herum gesprochen wurde.

„Do you think she's gonna make it?", fragte der Pilot, dessen Name Cole war. Er stand neben dem Bett und konnte die Augen nicht von der Frau losreißen, die seiner neuesten Eroberung wie aus dem Gesicht geschnitten war.

„I don't know", antwortete Ellen.

Der Klang ihrer Stimme bewirkte etwas in Esther und entlockte ihr ein klägliches Stöhnen. Ihre Augenlider flackerten, doch öffneten sie sich nicht.

„Wouldn't it be better to bring her to a hospital?", wollte Cole wissen.

Ellen näherte sich ihm von hinten, schlang ihre Arme besitzergreifend um seine Hüften und schmiegte sich an ihn. Nachdenklich betrachtete sie das Gesicht ihrer Schwester. Es war aschfahl und wollte so überhaupt nicht zu dem intensiven Rot passen, das ihre Haare auf die weiße Bettwäsche zauberten. „Too risky", sagte sie knapp.

„But she's your sister", wunderte sich Cole. „Your twin! And smoke poisoning often is lethal!"

„Don't tell me what I already know", fuhr Ellen ihn an. Sie wusste doch selbst, dass Esther in Lebensgefahr schwebte!

Aber was sollte sie denn machen? Sie konnte das Risiko nicht eingehen, dass Esther im Krankenhaus aufwachen und alles ausplaudern würde. Wenn der Boss von ihrem Fehler erfuhr, war alles aus! Abgesehen davon wusste man doch, dass die medizinischen Möglichkeiten bei Rauchvergiftungen äußerst begrenzt waren. Esther würde entweder sterben oder durchkommen. So war das nun mal!

Im Gegensatz zu Esther erwachte Gedeon unter sehr viel unkomfortableren Umständen. Er lag bäuchlings auf einem Untergrund, der sich steinhart anfühlte und noch dazu mit Nägeln gespickt zu sein schien. Das jedenfalls ließen die äußerst schmerzhaften Druckstellen vermuten, die über seine gesamte vordere Körperhälfte verteilt waren. Sogar seine rechte Gesichtshälfte war davon betroffen!

Als er vorsichtig und mühsam die Augen öffnete, sah er … gar nichts. Es war stockfinster. Nicht mal Konturen konnte er ausmachen. Das laute Rauschen, das er vernahm, erinnerte ihn jedoch daran, dass er sich in der Nähe des Flusses befinden musste. Der Fluss, genau! Der Baum! Wie hatte er es ans Ufer geschafft?

Er horchte in sich hinein und versuchte, seine Wahrnehmungen zu sortieren. Er lebte, so viel war schon mal sicher. Ansonsten aber hatte er das Gefühl, als läge er noch im Wasser. Ihm war kalt, entsetzlich kalt, und alles an ihm war nass – seine Haut, seine Kleidung, seine Stiefel. Nur sein Mund, der war trocken. Die Zunge klebte an seinem Gaumen, und als er sie mühsam löste, um damit seine Lippen zu befeuchten, merkte er, dass sie nicht nur rissig und spröde, sondern an einigen Stellen aufgeplatzt waren.

Er versuchte, den Kopf zu heben, kam jedoch nicht weit. Bei der ersten Bewegung durchschoss ihn ein heftiger Schmerz. Er war wie ein Peitschenhieb und verschonte keinen Zentimeter seines Körpers.

Und so sank er stöhnend in die Bewusstlosigkeit zurück.

Esther öffnete die Augen und sah eine weiße Fläche. Verwirrt starrte sie sie an. Wo war sie? Was war geschehen?

„Geht's dir besser?", fragte eine Stimme, die sanfter und freundlicher nicht hätte klingen können.

Erstaunt hob Esther den Kopf. Neben ihrem Bett stand ein Stuhl und dort saß – Ellen! Sie sah unwahrscheinlich gut aus, war perfekt geschminkt und trug einen eleganten apricotfarbenen Blazer mit dazu passender Bluse.

„Ging es mir denn schlecht?", fragte Esther unsicher. Sie fühlte sich nicht krank. Abgesehen davon, dass sie furchtbaren Durst und außerdem das Gefühl hatte, als würde alles um sie herum ein wenig schaukeln. Forschend sah sie sich um. Sie befand sich in einem kleinen, fensterlosen Raum, der sehr spartanisch eingerichtet war. Außer dem Bett, auf dem sie lag, konnte sie nur eine kleine weiße Kommode und eben den Stuhl entdecken, auf dem ihre Schwester saß. Ob das hier ein Krankenhaus war?

Ellen nickte nur. „Ziemlich schlecht. Du hattest eine Rauchvergiftung."

„Rauchvergiftung?!", wiederholte Esther und erinnerte sich plötzlich. Sie waren vor dem Feuer geflohen und dann war da plötzlich dieser Canyon gewesen! Der Schock fuhr wie ein stechender Schmerz direkt in ihre Magengegend. „Gedeon!", flüsterte sie. Ob er noch am Leben war?

„Was ist mit ihm?", fragte Ellen und richtete sich gespannt auf ihrem Stuhl auf.

Esther öffnete den Mund, aber als sie ihrer Schwester ins Gesicht sah, hatte sie plötzlich wieder vor Augen, was sie im

Lager beobachtet hatte – was Ellen mit Gedeon gemacht hatte, wie sie ihn hatte quälen lassen. Erschrocken klappte sie ihren Mund wieder zu. Ellen war Gedeons Feind! Sie durfte ihr nichts sagen!

„Vertraust du mir etwa nicht?“, brauste Ellen auf.

Esther fing den Blick ihrer Schwester auf, konnte ihm aber nicht sehr lange standhalten. „Du hast ihn foltern lassen“, sagte sie heiser.

„Und du hast mich bewusstlos im Wald liegen lassen!“, antwortete Ellen scharf.

Esther sank ein wenig in sich zusammen. „Das war ... eine Notlage“, hauchte sie, „ich meine ... ich wollte das eigentlich nicht. Ich ... wollte nur Gedeon helfen.“

„Ich hätte sterben können!“, fauchte ihre Schwester. „Ich hätte eine Gehirnblutung oder so was haben können!“

„Und Gedeon hätte sonst was erleiden können!“, gab Esther wütend zurück, wagte aber noch immer nicht, ihrer Schwester in die Augen zu sehen. Und so verpasste sie, dass Ellen ihren Ausbruch mit Erstaunen zur Kenntnis genommen hatte und sie jetzt prüfend ansah.

„Hast du was mit dem Kerl?“, fragte Ellen schließlich in ruhigem Tonfall.

„Ich ... er ist ... “, stammelte Esther, „... etwas ganz Besonderes. Ich meine ... “ Dann streifte sie ihre Schwester mit einem scheuen Blick: „Ich glaub, ich hab mich in ihn verliebt.“

Ellen zog amüsiert die Augenbrauen hoch. „Ach, tatsächlich?“, sagte sie sarkastisch. „Ich bombardiere dich mit den tollsten Männern, und du hast nichts Besseres zu tun, als dich in das langweiligste, stinknormalste Exemplar zu verlieben, was rumläuft!“

„Also, langweilig ist er ganz bestimmt nicht!“, protestierte Esther und blickte verträumt in die Ferne. „Du hättest sehen sollen, wie er sein Leben für mich riskiert hat!“

„Sein Leben für dich riskiert?", wiederholte Ellen ungläubig. „Du willst mir doch nicht erzählen, dass er genauso empfindet wie du? Er kann doch unmöglich auch in dich verliebt sein!"

„Doch", flüsterte Esther und erinnerte sich mit einer Mischung aus tiefer Freude und dumpfem Schmerz an alles, was vor seinem Sturz gewesen war, an seine Worte, sein Versprechen. „Da bin ich mir hundertprozentig sicher!"

„Aber ... " Jetzt war es erstmals Ellen, die ins Stammeln geriet. „Weiß er denn, wer du bist? Ich meine ... das ist doch eine haarsträubende Geschichte. Er ... er hat dich als Geisel genommen! Dann ... . kann er dir doch anschließend nicht abgenommen haben, dass du meine Zwillingsschwester bist!"

„Nein, das hat er auch nicht", gab Esther zu. „Irgendwann hab ich aufgegeben, es ihm zu erklären."

„Ja ... und dann?", brach es aus Ellen hervor.

„Dann hat er sich trotzdem in mich verliebt", lächelte Esther verklärt.

„Du meinst also – in mich?", fragte Ellen fassungslos.

Esther zuckte mit den Achseln. „Wenn du so willst."

Ellen öffnete ihren Mund und schloss ihn dann wieder. Dann schüttelte sie langsam den Kopf. Dieser Bulle hatte sie gehasst, wirklich gehasst. Sie hatte es in seinen Augen gesehen. Es war einfach nicht möglich, dass aus diesen Wurzeln Liebe gewachsen war! Das konnte nicht sein! Das konnte selbst Esther nicht vollbringen! Nein, das würde sie niemals glauben! Wahrscheinlich verwechselte Esther da mal wieder was!

„Er war also scharf auf mich", schlussfolgerte sie. Vielleicht war der Typ ganz einfach masochistisch veranlagt?

Esther hob erstaunt den Kopf. „Was? Nein! Er hat nicht mal versucht –" Sie verstummte und spürte, wie eine tiefe Röte ihr Gesicht überflutete. Das Thema war ihr furchtbar peinlich.

„Soll das heißen, dass du schon wieder gemauert hast?", wunderte sich Ellen.

Esthers Gesicht verfinsterte sich. Verzweifelt biss sie auf ihrer Unterlippe herum. Warum war Ellen nur immer so gehässig zu ihr?

„Sag mir die Wahrheit“, drängte Ellen. „Hast du’s mit ihm gemacht oder nicht?“

Esther zitterte mittlerweile vor Wut. „Halt die Klappe“, zischte sie. „Bei dir klingt das immer so billig.“

„Und bei dir ist es immer dasselbe“, provozierte Ellen. „Du hütest deine Unschuld, als wäre sie ein Vermögen wert. Willst du denn den gleichen Fehler machen wie bei Gerrit?“

„Und wenn?“, schrie Esther außer sich. „Versuchst du mir Gedeon dann genauso wegzunehmen, wie du es bei Gerrit getan hast?“

Ellen lehnte sich nachdenklich zurück. Sie hatte gerade etwas Wichtiges herausgefunden. „Er lebt also“, folgerte sie in einer Ruhe, die in keinem Verhältnis zu dem Wortgefecht von eben stand. „Wo ist er?“

Esther schluckte schwer. Sie hatte Ellen doch nichts verraten wollen! Und doch zog sie immer den Kürzeren! Das konnte doch nicht wahr sein! „Warum ist er eine Gefahr für dich?“, fragte sie also schnell, um Ellen abzulenken. „Was sind das für Machenschaften, in die du verwickelt bist?“

„Ts, ts, ts“, schnalzte Ellen. „Kleine Mädchen sollten keine so bedeutungsvollen Fragen stellen. Du willst dich doch nicht selbst mit reinreiten, oder?“

„Drohst du mir?“, brach es aus Esther hervor.

„Nein! Aber ich warne dich! Das ist kein Kinderspiel, in das du dich eingemischt hast! Du hast alles gefährdet – mich, meinen Job, dich selbst! Und die einzige Möglichkeit, das wieder gutzumachen, besteht darin, mir zu sagen, wo der Bulle steckt. Also?“

Esthers Augen verengten sich zu Schlitzen. „Ich werde ihn niemals an dich verraten, klar? Niemals!“

Ellen stand so plötzlich auf, dass der Stuhl, auf dem sie gesessen hatte, in hohem Bogen nach hinten fiel und scheppernd auf dem Boden landete. „Das werden wir ja sehen!“, sagte sie wütend und stürmte aus dem Raum.

Nachdem Ellen die Tür hinter sich zugeknallt hatte, hörte Esther, wie der Schlüssel herumgedreht wurde. Dann ging das Licht aus.

Gedeon erwachte erst wieder, nachdem er stundenlang von der Sonne beschienen, getrocknet und aufgewärmt worden war.

Er lag auf einer Art steinigem Strand, den der Fluss in einer extremen Biegung ausgewaschen hatte. Jetzt begriff er auch, dass es nicht Nägel, sondern schlichtweg Steine waren, die sich so schmerzhaft in seinen Körper bohrten. Dem musste er ein Ende bereiten!

Er konzentrierte sich, lenkte dann all seine Kräfte auf die dafür zuständigen Muskelpartien und schaffte es Sekunden später tatsächlich, sich stöhnend auf den Rücken zu wälzen. Das war allerdings kaum eine Erleichterung, denn die Anspannung seiner Muskeln hatte ihm gezeigt, wie sehr diese in Mitleidenschaft gezogen waren. Außerdem spürte er einen stechenden Schmerz an seiner linken Schulter sowie an seinem rechten Oberschenkel und seinem Bauch – beides Folgen seines Sturzes, wie er sich erinnerte.

Aber jetzt konnte er wenigstens auch seine Vorderseite in der Sonne trocknen lassen, und das war immerhin etwas.

Er blieb noch eine gute Stunde bewegungslos liegen, dann war die klamme Kälte vollends gewichen und Durst begann das vorherrschende Gefühl zu werden. Das verheißungsvolle Plätschern des Flusswassers motivierte ihn schließlich dazu, sich über die Schmerzen hinwegzusetzen. Mühsam, aber zielgerichtet schleppte er sich zum Wasser. Dort sank er auf die Knie, schöpfte das Leben spendende Nass mit den Händen und trank es gierig in sich hinein. Anschließend ging es ihm wesentlich besser.

Er wusch sich noch das Gesicht und den Nacken, dann wandte er sich seinen Verletzungen zu. Zuerst schob er sein Hemd zur Seite und betrachtete seine Schulter. Erleichtert stellte er fest, dass sie nicht blutete. Und obwohl sie mittlerweile in kräftigen Grün-, Lila- und Blautönen schimmerte, konnte er sie noch ganz gut bewegen. Ähnlich stand es mit den Verletzungen an Bauch und Oberschenkel. Sie brannten zwar wie Feuer, bluteten aber nicht mehr. Auch Anzeichen einer Entzündung konnte er nicht entdecken.

Er atmete auf. Es sah fast so aus, als würde er sein Versprechen einhalten können!

Forschend sah er sich um. Ein Stück flussaufwärts entdeckte er den Baum, der ihm das Leben gerettet hatte. Er war halb umgekippt und ragte weit in den Fluss hinein. Wahrscheinlich würde es nicht mehr lange dauern, bis der ununterbrochene Druck des Wassers seine restlichen Wurzeln endgültig gelockert hatte und ihn mit sich riss.

Jetzt erinnerte sich Gedeon auch wieder daran, wie er sich Zentimeter um Zentimeter an dem Baum entlanggehangelt hatte. Das rettende Ufer war nur noch wenige Meter entfernt gewesen, als er in seiner Schwäche den Halt verloren hatte und weitergespült worden war. Danach hatte er aufgegeben und sich nur noch treiben lassen. Wahrscheinlich war es dieser plötzlichen Flussbiegung zu verdanken, dass er noch lebte.

„Danke“, flüsterte Gedeon, als er plötzlich begriff, wie sehr sich Gott bemüht haben musste, um ihn aus dem Wasser zu bekommen. „Ist wirklich toll, dass du extra Bäume für mich fällst!“

Aber dann wurde er sofort wieder ernst. Er hatte eine Aufgabe zu erfüllen!

Wieder sah er sich um. Den Canyon hatte er offenbar weit hinter sich gelassen, es war flussaufwärts nichts mehr davon zu sehen. Er versuchte zu schätzen, wie lange er vom Fluss mitgerissen worden war, bevor ihn der Baum gestoppt hatte. Aber es gelang ihm nicht so recht. Waren es nur wenige Minuten gewesen? Und welche Geschwindigkeit erreichte eine solche Strömung?

Nein! Es war zu entmutigend, das auszurechnen. Feststand, dass er eine lange Reise vor sich hatte, um an den Punkt zu gelangen, an dem er mit Ellen verabredet war.

Er atmete noch einmal tief durch und stapfte los. Er hatte keine andere Wahl!

Esther lag auf ihrem Bett und schluchzte. Es war das erste Mal, dass echte Verzweiflung sie übermannte.

Die ersten Stunden nach Ellens Abgang hatte sie damit verbracht, nach einem Lichtschalter zu suchen. Als das gescheitert war, hatte sie das Türschloss bearbeitet, erst mit dem Kugelschreiber, den sie in dem kleinen Nachttisch gefunden hatte, dann mit roher Gewalt. Dabei hatte sie sich das Handgelenk verstaucht und den Knöchel geprellt. Die Tür hingegen war unversehrt.

Verzweifelt und mit heftigen Schmerzen hatte sich Esther schließlich auf ihr Bett zurückgezogen, war eingeschlafen und wiederum in vollkommener Dunkelheit aufgewacht. Von da an war ihr jegliches Zeitgefühl abhanden gekommen. Sie war in dem kleinen Zimmer auf und ab gewandert, hatte gedöst oder geschlafen und sich auf die Hoffnung zurückgezogen, dass Ellen ihr nur Angst machen wollte und bestimmt irgendwann wiederkommen würde.

Aber nichts war geschehen. Eine weitere Ewigkeit war verstrichen.

Zu den Schmerzen in Handgelenk und Knöchel hatte sich ein Gefühl gesellt, von dem Esther gar nicht gewusst hatte, dass es derart beherrschend werden konnte: Durst! War er anfangs nur ein unangenehmes Hintergrundgefühl gewesen, so hatte er mittlerweile ihre gesamte Gedankenwelt in Beschlag genommen. Esther konnte kaum mehr einen Gedanken fassen, der nicht in irgendeiner Weise mit Wasser oder Flüssigkeit in Zusammenhang stand. Und genau dieses Problem war es, das sie schließlich zur Verzweiflung getrieben hatte.

Aber dann hörte Esther ganz plötzlich auf zu weinen. Sie hatte ein Geräusch gehört!

Und tatsächlich, es klapperte an der Tür, dann ging plötzlich das Licht an.

Esther war so geblendet, dass sie die Hände vor die Augen riss. „Ellen?", fragte sie zitternd.

„Wo ist der Bulle?", lautete Ellens Gegenfrage.

„Ich habe solchen Durst", hauchte Esther.

„Dann sag mir endlich, wo der Bulle ist!", schrie Ellen. Sie war so wütend, dass sie sich kaum mehr kontrollieren konnte. Anderthalb Tage! Es hatte anderthalb Tage gedauert, um Esther zu brechen! Das war eine lange Zeit, eine unglaublich lange Zeit, wenn man berücksichtigte, dass es doch nur Klein-Esther war, mit der sie es hier zu tun hatte.

Esther schluckte. „Gib mir erst was zu trinken, ja?"

Aber Ellen lachte nur gehässig. „Das könnte dir so passen. Erst sagst du mir, was ich wissen will, dann sehen wir weiter."

Hinter Esthers Stirn rotierte es. Sie hatte entsetzlichen Durst. Aber sie durfte Gedeon nicht ausliefern! Das war vielleicht sein Todesurteil! „Er ist ... er ist tot", log sie und behielt die Hände vor den Augen. Wenn Ellen ihr Gesicht nicht sah, würde sie ihr vielleicht glauben. „Wir hatten eine Begegnung mit einem Bären." Sie hielt inne, zwang sich, schwerer zu atmen, und versuchte, ihrer Stimme einen verzweifelten Klang zu verleihen. „Gedeon hat versucht, mich zu beschützen. Er ... wurde schwer verletzt. Ich hab alles getan, was ich konnte, aber ... am dritten Morgen ist er ... einfach nicht wieder aufgewacht." Esther nutzte die Verzweiflung, die sie tatsächlich empfand, und begann herzzerreißend zu weinen.

Ellen sagte erst einmal gar nichts. Fassungslos starrte sie auf das Bett und ihre weinende Schwester. Esther hatte noch nie versucht, sie zu belügen. Niemals! Was war nur los? Erst widersetzte sich Esther ihren Befehlen und dann belog sie sie auch noch. Das war ... unvorstellbar ... unglaublich!

Eine ungeheure Wut ergriff Besitz von Ellen und ließ sie auf das Bett zustürmen. Sie packte Esther an den Haaren, riss sie vom Bett herunter und stieß sie auf den Fußboden. „Du Schlampe, du wagst es, mich zu belügen?!", schrie sie außer sich.

„Nein!", rief Esther und versuchte, den Fußtritten zu entgehen, die jetzt auf sie niederprasselten. „Hör auf ... bitte!"

Daraufhin trat tatsächlich eine Pause ein. Ellen hatte aufgehört, nach ihr zu treten. Aber als Esther zu ihr aufsah, wurde ihr fast schlecht vor Schreck. Ellen atmete schwer und ihr Gesicht war hochrot und wutverzerrt. Sie sah aus wie das personifizierte Grauen!

„Dann sag mir jetzt ... wo er ist", presste Ellen nur mühsam beherrscht hervor.

Esther schauderte. Aber dann bildete sich ein Ausdruck höchster Entschlossenheit auf ihrem Gesicht. Sie sah ihrer Schwester fest in die Augen und schüttelte langsam den Kopf. „Niemals!"

Einen ähnlich entschlossenen Gesichtsausdruck konnte man in diesem Moment wohl nur bei Gedeon finden.

Schon seit den frühen Morgenstunden wanderte er am Flussufer entlang, immer im gleichen Tempo und ohne sich auch nur die kleinste Pause zu gönnen. Wie ein Uhrwerk, das einfach nicht stillstehen wollte, setzte er einen Fuß vor den anderen. Nichts schien ihn davon abhalten zu können, keine Schmerzen, keine Hindernisse, nicht einmal der Regen, der jetzt schon seit Stunden auf ihn herunterprasselte.

Mittlerweile war Gedeon so nass, dass das Wasser genauso schnell von ihm heruntertropfte, wie er von oben beregnet wurde. Aber das störte ihn nicht einmal. Der Regen war seine Hoffnung. Es regnete jetzt schon seit anderthalb Tagen. Wenn das so weiterging, gab es eine reelle Chance, dass das Feuer dadurch gelöscht oder zumindest eingedämmt würde. Und wenn sich das Feuer nicht weiter ausbreitete, konnte es auch Ellen nicht mehr bedrohen. Und dann, dann gab es die Möglichkeit, dass dieser entsetzliche Zeitverlust wieder gutzumachen war …

Esther erwachte aus tiefem Schlaf, weil einmal mehr das Licht in ihrer Zelle anging.

„Geh weg", lallte sie benommen. „Ich sage dir gar nichts."

„Möchtest du was trinken?", fragte Ellen sanft.

Esther schüttelte heftig den Kopf. „Ich sage nichts!"

Aber dann hörte sie, wie sich Schritte näherten. Als dann auch noch eine Hand nach ihr griff, sprang sie vor Schreck aus dem Bett, woraufhin sie aber ein so starkes Schwindelgefühl erfasste, dass sie einfach an Ort und Stelle zusammenbrach. Sie landete stöhnend auf dem Fußboden, verlor aber nicht das Bewusstsein.

„Cole!", hörte sie ihre Schwester rufen.

Kurz darauf spürte sie, wie zwei starke Arme sie hochhoben und wieder aufs Bett hievten, während ihr jemand ein Kissen in den Rücken stopfte.

„Du trinkst jetzt erst mal was", befahl Ellen. Erstaunlicherweise klang ihre Stimme besorgt.

Esther öffnete einen Spaltbreit die Augen. Zuerst war noch alles schwarz, dann kehrte die Umgebung schwankend in ihr

Blickfeld zurück und beruhigte sich schließlich. Jetzt erkannte Esther auch das Glas, das sich ihrem Mund näherte. Es war randvoll mit einer farblosen Flüssigkeit. „Was ist das?“, fragte sie misstrauisch.

„Wasser“, entgegnete Ellen schlicht und setzte ihrer Schwester das Glas an den Mund.

Esther nahm einen vorsichtigen Schluck und fand diese Aussage bestätigt. Das war tatsächlich Wasser! Kühles, kostbares Wasser! Von diesem Moment an gab es kein Halten mehr. Esther griff mit beiden Händen nach dem Glas und stürzte seinen Inhalt gierig hinunter. Und obwohl sie sich dabei verschluckte und husten musste, ließ sie erst wieder von dem Glas ab, als der letzte Tropfen Wasser sicher in ihrem Bauch gelandet war. Dann erst gab sie das Glas heftig atmend an ihre Schwester zurück.

„Mehr?“, fragte diese.

Esther nickte.

„Could you get us another one?“, fragte Ellen in Coles Richtung.

Der nickte nur und verließ mit dem Glas den Raum.

„Ich möchte mich bei dir entschuldigen“, sagte Ellen. „Ich fürchte, ich hab dir übel mitgespielt. Das war ein bisschen ... unfair von mir.“

Esther antwortete nicht. Sie hatte keine Ahnung, was sie von Ellens Aussage halten sollte. Hatte sich ihre Schwester eigentlich schon jemals zuvor bei ihr entschuldigt?

„Ich war sauer auf dich“, fuhr Ellen fort, „weil du mich einfach da im Wald hast liegen lassen. Dafür wollte ich dich bestrafen.“

„Außerdem wolltest du wissen, wo Gedeon ist.“

„Stimmt“, nickte Ellen. „Aber das ist jetzt nicht mehr wichtig. In der Zwischenzeit hat sich viel getan.“

„Ach ja?“, hakte Esther nach.

„Ja. Die deutsche Polizei hat auch ohne deinen Gedeon weitergearbeitet. Unglücklicherweise haben sie unsere Büroräume durchsucht und einiges an Beweismaterial sichergestellt." Sie seufzte tief. „Wie es aussieht, werde ich nie wieder nach Deutschland zurückkehren können."

Esther erschrak. „Was? Und ... und jetzt?"

Ellen zuckte gleichgültig die Schultern. „Man wird mich irgendwo anders einsetzen."

„Aber dann sehen wir uns ja nie wieder!", rief Esther aus.

Ellen lächelte schief. „Ja, so ist das halt, wenn man eine kriminelle Schwester hat."

Esther war fassungslos. „Aber warum das alles? Ich meine ..."

„Warum ich nicht so brav und bieder bin wie du?", grinste Ellen. „Na, weil mir das nicht reicht! Sieh dich doch mal an! Du bist *Sekretärin*." Sie sprach das Wort so abfällig aus, wie es nur möglich war. „Du machst immer nur das, was andere dir sagen. Stinkt dir das nicht manchmal?"

„Und du?", hielt Esther dagegen. „Machst du etwa nicht, was dein Boss dir sagt?"

„Doch", musste Ellen zugeben. „Aber ich werde immerhin hervorragend dafür bezahlt. Ich hab so viel Geld zur Seite geschafft, dass ich den Rest meines Lebens davon bestreiten könnte!"

„Und was hast du davon? Du kannst nicht mal mehr in deine Heimat zurück!"

„Ja, und?", lachte Ellen. „Was hält mich schon in Deutschland? Die ganze Welt steht mir offen, verstehst du das denn nicht?"

Esther schwieg. Sie konnte das wirklich nicht verstehen. Sie freute sich auf die Rückkehr nach Deutschland, ihrer Heimat – ein Land, in dem man nicht wochenlang marschieren musste, um auf Menschen zu stoßen! Sie war ganz einverstanden damit, dass es in Deutschland keine unberührte Wildnis mehr gab. Aber sie liebte auch vieles andere an ihrer Heimat: die Menschen, ihre Bodenständigkeit, ihre zurückhaltende, aber dafür alles andere als oberflächliche oder geistlose Art. Und wenn sie ehrlich war, liebte sie sogar das, was andere an Deutschland kritisierten und belächelten. Sie mochte die Sauberkeit, die Ordnung und Verlässlichkeit. Die vielen Vorschriften erdrückten sie nicht. Vielmehr gaben sie ihr ein beruhigendes Gefühl von Sicherheit!

„Ich werde dir jetzt ein Angebot machen“, fuhr Ellen fort. „Ein besonderes Angebot, eines, das dir vielleicht nie wieder jemand unterbreiten wird.“ Sie sah ihrer Schwester in die Augen und wartete, bis sie ihre volle Aufmerksamkeit hatte. Dann sagte sie eindringlich: „Komm mit mir! Ich gebe dir hier und jetzt die Chance, etwas aus deinem Leben zu machen. Du könntest meine rechte Hand sein. Du könntest richtig viel Geld verdienen. Du könntest jemand sein! Was sagst du dazu?“

Aber Esther überlegte nicht lange. „Du meinst, ich könnte deine Sekretärin sein?“, lachte sie. „Nein danke! Vom Regen in die Traufe will ich nun auch nicht!“

„Überleg's dir gut“, warnte Ellen. „Ich werde dieses Angebot nicht wiederholen. Wenn du es ablehnst, könntest du das eines Tages bereuen.“

Der ernste Tonfall irritierte Esther. „Was willst du damit sagen?“, fragte sie unsicher. „Drohst du mir etwa schon wieder?“

„Nicht doch“, antwortete Ellen. „Ich versuche dir nur klarzumachen, dass man ein solches Angebot nicht einfach so wegwirft. Denk in Ruhe darüber nach. Ich frag dich morgen noch mal.“

Aber Esther schüttelte entschieden den Kopf. „Ich könnte mich niemals gegen Gedeon stellen.“

„Auch nicht, wenn er tot ist?“, wollte Ellen wissen.

Esthers Kopf fuhr herum. „Was willst du damit sagen?“, fragte sie besorgt. „Habt ihr ihn –“ … *gefunden,* hatte sie sagen wollen. Aber sie vertraute Ellen nicht, nicht mehr zumindest. Vielleicht war ihre plötzliche Freundlichkeit nichts anderes als ein Versuch, ihr auf diese Weise Informationen zu entlocken.

Aber darauf würde sie nicht hereinfallen. Sie würde nichts, rein gar nichts über Gedeon ausplaudern!

Umso erleichterter war sie, als das Gespräch dadurch unterbrochen wurde, dass Cole mit dem zweiten Glas Wasser zurückkehrte. Esther riss es ihm förmlich aus der Hand und leerte es in einem Zug. Um das Thema zu wechseln, fragte sie anschließend: „Wo sind wir hier eigentlich? Hab ich Halluzinationen oder schwankt wirklich alles?"

Ellen lächelte stolz. „Komm mit! Ich zeig dir alles."

Wenig später durchquerte Esther in Ellens Schlepptau einen langen, schmalen Flur, von dem zahllose Türen abgingen. Genau wie in ihrem Gefängnis sah hier alles sehr gepflegt aus. Der grüne Teppichboden wirkte neu und sauber, die schneeweißen Wände waren weder angestoßen noch dreckig. Trotzdem fühlte sich Esther mehr als unwohl. Was sie störte, war diese furchtbare Enge, in der sie bereits Tage verbracht hatte und die sich an diesem seltsamen Ort scheinbar ohne Unterbrechung fortsetzte. Sogar die Decken waren hier niedriger als in einem normalen Haus.

Ellen öffnete jetzt eine der Türen und führte Esther in eine Art Treppenhaus. Auch hier war alles auffällig schmal und eng. Dazu kam, dass die Luft nicht besonders gut war. Es war warm und stickig, außerdem fand Esther, dass es nach Abgasen roch. Und so war es nicht verwunderlich, dass Esther immer schummeriger zumute wurde, während sie Stufe für Stufe hinter Ellen nach oben stieg. Irgendwann musste sie gar stehen bleiben und sich erst mal am Geländer festhalten.

„Tut mir teid", murmelte Ellen schuldbewusst. „Jetzt hab ich dir wohl zu viel zugemutet. Soll ich Cole rufen, damit er dich hochträgt?"

Esther schüttelte eilig den Kopf. Sie war nicht scharf darauf, sich von wildfremden Männern durch die Gegend tragen zu lassen. „Es geht gleich wieder." Und tatsächlich konnte sie sich schon kurze Zeit später wieder in Bewegung setzen.

Ellen gab jetzt ein etwas langsameres Tempo vor, verließ schon bald mit Esther das Treppenhaus, durchquerte einen weiteren, scheinbar endlos langen Flur und blieb schließlich vor einer kleinen, unscheinbaren Tür stehen. Das Einzige, was diese Tür von den anderen unterschied, war die Tatsache, dass es keine Türklinke, sondern nur einen Türknauf gab. Im Übrigen war direkt neben der Tür in Augenhöhe ein kleiner quadratischer Kasten angebracht, der ein Display und ein kleines rotes Lämpchen aufwies.

Ellen kramte jetzt in ihrer Jackentasche herum, holte eine Art Scheckkarte daraus hervor und zog sie durch einen Spalt im Gerät. Daraufhin erlosch das rote Licht, ein grünes leuchtete auf und ein summendes Geräusch ertönte. Jetzt war nur noch ein beherzter Zug am Knauf erforderlich und schon gab die Tür den Blick auf das frei, was hinter ihr verborgen lag.

Und das war atemberaubend!

Angesichts der vorhergehenden Enge fühlte sich Esther schon von der Größe des dahinter liegenden Raumes wie erschlagen. Dieser Raum war bestimmt 50 Quadratmeter groß! Außerdem wimmelte es nur so von Monitoren, Computertastaturen, Hebeln und Schalttafeln. Ganze Wände waren damit bestückt. Esther zählte acht Bürostühle, die vor schreibtischartigen Ausbuchtungen angeordnet waren. Drei Männer und zwei Frauen besetzten fünf dieser Arbeitsplätze. Sie hatten Kopfhörer auf und waren offenbar mit Telefonieren beschäftigt. Jedenfalls sprachen sie ununterbrochen in ihre Mikrofone und hämmerten nebenbei auf ihrer Computertastatur herum.

„Voilà", lächelte Ellen, während sie die Tür hinter ihnen schloss. „Unsere Zentrale."

Esther staunte nur und folgte ihrer Schwester, die jetzt hinter jedem der fünf Mitarbeiter kurz stehen blieb, einen Moment zuhörte und dann weiterging. Dabei schnappte auch Esther einige Gesprächsfetzen auf. Englisch, Französisch, Spanisch und

Italienisch konnte sie identifizieren, und dann noch eine Sprache, die sich irgendwie skandinavisch anhörte.

„Was tun die da?", wagte sie zu fragen.

„Sie tauschen Informationen mit unseren europäischen Zweigstellen aus", antwortete Ellen ausweichend.

„Illegale Informationen?"

Ellen lächelte nur. „Wichtige Informationen." Dann deutete sie auf den Bürostuhl. „Willst du dich setzen?"

Esther nahm zögerlich Platz und ließ es geschehen, dass Ellen ihr einen Kopfhörer aufsetzte und den Computer anschaltete.

„Gibst du mir eine kleine Kostprobe deines Könnens?", erkundigte sich Ellen.

„Was ... wie meinst du das?", stotterte Esther schon wieder.

„Schreib irgendeinen Text."

Esther schüttelte verständnislos den Kopf, fing aber dennoch an zu schreiben. Es dauerte einen Augenblick, dann war sie in ihrem Element. Sie schrieb einen fiktiven Geschäftsbrief, und zwar in einem Tempo, mit dem sie jeden Wettbewerb gewonnen hätte.

„Du bist wirklich gut", nickte Ellen anerkennend. „Außerdem sprichst du doch ganz gut Englisch. Jemanden wie dich könnten wir gebrauchen."

Esther sagte nichts dazu.

„Willst du es dir nicht doch noch mal überlegen?", fuhr Ellen fort. „Wir würden dein Gehalt verdreifachen. Außerdem könntest du an dem interessantesten Platz der Welt arbeiten!" Sie griff zur Maus und rief ein Programm auf, das mit „*Supervising unit*" überschrieben war. Sofort erschien ein Bild auf dem Monitor, das über Esthers Kopfhörer sogar mit Geräuschen untermalt war. Beides konnte Esther allerdings nicht gleich zuordnen. Abgesehen von einigen beleuchteten Flächen sah Esther in erster Linie Schwarz. Das Bild, das sie empfingen, schien bei Nacht aufgenommen worden zu sein.

Es sah aus wie ein Schiff, die Oberfläche eines alten, rostigen Containerschiffes vielleicht. Jedenfalls entdeckte Esther im Hintergrund etwas, das nur schwach beleuchtet war, aber wie eine kleine Reling aussah.

Sie schüttelte den Kopf. Warum sollte jemand ein Containerschiff überwachen?

Andererseits stimmten die Geräusche, die sie empfing, durchaus mit dieser Vermutung überein. Was da zu ihren Ohren vordrang, klang eindeutig nach Wind und Wellen!

Ellen setzte jetzt wieder die Maus ein und im Nu wurde das Bild durch ein anderes ersetzt. Esther vermutete sofort, dass es ganz in der Nähe des anderen aufgenommen worden war. Die Geräusche stimmten jedenfalls überein. Außerdem herrschte auch hier tiefschwarze Nacht. Ansonsten konnte Esther eine riesige, einheitlich glatte Oberfläche ausmachen, die grell beleuchtet war.

„Das ist unser Hubschrauberlandeplatz", verkündete Ellen stolz.

Esther sah fragend zu ihr auf. „Ein Hubschrauberlandeplatz?", fragte sie. „Auf einem *Schiff*?"

Ellen nickte.

„Und wo befindet sich dieses Schiff?", fragte Esther weiter.

Ellen sah sie einen Moment voller Erstaunen an, dann brach sie in schallendes Gelächter aus. „Na ... hier!", antwortete sie, als sie sich nach geraumer Zeit endlich ein wenig beruhigt hatte.

Esther verstand noch immer nicht. „Was soll das heißen: hier?"

Ellen grinste noch immer und deutete mit dem Daumen nach oben. „Die Aufnahmen, die du siehst, werden hier und jetzt ein paar Meter über dir gemacht! Wir sind auf der *Santa Anna*! *Du* bist auf der *Santa Anna*!"

Esther folgte der Richtung des Daumens und sah mit offenem Mund zur Decke hinauf. Hier? Hieß das ...? Das

Schwanken! Sie hatte es die ganze Zeit gespürt, war aber nie auf die Idee gekommen, dass sie sich auf einem Schiff befand! Auf einem Containerschiff?

„Aber was ... transportiert ihr denn?", fragte sie verwirrt.

„Na, gar nichts!", lachte Ellen. „Das ist alles nur Tarnung. Oder hattest du erwartet, dass wir so etwas wie *Geheime Kommandozentrale einer internationalen Verbrecherorganisation* auf das Schiff schreiben?"

Esther hörte gar nicht recht, was Ellen sagte, sondern starrte nur fasziniert auf das Bild vor ihren Augen. Was verwirrte sie noch immer so sehr? „Aber ... es ist ... stockduster da draußen!"

„Na, sicher ist es das", grinste Ellen und sah auf ihre Uhr. „Es ist ja auch mitten in der Nacht, Viertel nach zwei, um genau zu sein."

Gedeon verbrachte diese Nacht sitzend an einem Baum. Er hatte die Beine angezogen und mit den Armen umschlungen. Auf diese Weise versuchte er, weniger Wärme zu verlieren. Ab und zu fragte er sich allerdings, welche Wärme er hier bewahren wollte. Es gab ja keine! Er war ein einziger Eisklumpen. Es regnete nun schon seit Tagen ununterbrochen, nicht mehr so stark wie am Anfang vielleicht, aber dafür umso beständiger. Auf jeden Fall konnte das Blätterdach über ihm die Feuchtigkeit schon lange nicht mehr von ihm fern halten. Er war klitschnass, und das nun schon seit einer halben Ewigkeit! Wie lange konnte ein Mensch so etwas aushalten?

Sein Blick wanderte zu dem Steinhaufen, den er neben sich aufgeschichtet hatte. Ob er den überhaupt noch brauchte?

Aber schon im nächsten Moment hörte er wieder dieses charakteristische Rascheln und Knacken in den dichten Büschen zu seiner Rechten. Sein Lebenswille erwachte von

Neuem und er griff nach einem der faustgroßen Steine, holte damit aus und warf ihn mit voller Wucht ins Gebüsch. Wieder hörte er ein hektisches Geräusch, doch dieses Mal entfernte es sich, dann war Ruhe.

Trotzdem seufzte er tief. Dieses Tier hatte Ausdauer, das musste man ihm lassen. Es verfolgte ihn nun schon seit anderthalb Tagen. Nicht, dass er wirkliche Angst vor ihm gehabt hätte. Nein, es war etwas anderes, das ihn beunruhigte. Von gewissen Aasfressern hieß es ja, dass sie ein Gespür dafür hatten, wann das Objekt ihrer Begierde am Ende war. Ob Kojoten so etwas ebenfalls spürten? Ob dieses Vieh mehr wusste als er?

Esther saß an einem Tisch, der üppiger nicht hätte gedeckt sein können, und biss genussvoll, ja gierig von ihrem Käsebrötchen ab. Das war das beste Frühstück, das sie jemals zu sich genommen hatte! Die Brötchen waren so unglaublich knusprig und aromatisch und der Käse schmeckte kräftiger und würziger als alles, was Käse in ihrer Erinnerung bedeutete.

„Wo hast du nur diese Superbrötchen her?“, fragte sie mit vollem Mund. „Gibt's die in Deutschland auch irgendwo?“

„Überall“, lächelte Ellen. „Du musst nur ein paar Wochen hungern, bevor du sie isst.“

„Das kann unmöglich der einzige Grund dafür sein, dass das alles so fantastisch schmeckt“, widersprach Esther. Aber dann goss Ellen ihr eine Tasse Kaffee ein. Und die verströmte einen Duft, der ihr das Gefühl vermittelte, als befände sie sich auf einer Kaffeeplantage mitten in Brasilien.

„Vielleicht hast du recht“, seufzte sie verzückt, nahm einen kräftigen Schluck und spürte dem Geschmack nach, den das heiße Gebräu hinterließ. „Erinnere mich daran, dir ewig dankbar zu sein“, murmelte sie und schloss beim nächsten Schluck genießerisch die Augen. Dadurch verpasste sie allerdings das seltsame Flackern, das angesichts dieser Aussage über Ellens Gesicht huschte.

Als Gedeon zum soundsovielten Mal nach einem kurzen Schlummer aufschreckte, war es beinahe hell. Das beunruhigte ihn allerdings noch zusätzlich. Wie lange hatte er geschlafen? Wie lange hatte er sich angreifbar gemacht?

Schnell sah er sich um – und blickte direkt in ein funkelndes Augenpaar! Der Kojote stand nur wenige Meter vor ihm. Er ähnelte einem Wolf, war aber deutlich kleiner. Sein Fell hatte eine gelbbraune Farbe, Kehle und Brust waren weiß. Gedeon fiel auf, dass seine Ohren unnatürlich groß wirkten. Das konnte aber auch an dem zotteligen, patschnassen Fell und dem etwas heruntergekommenen Zustand des Tieres liegen. Seltsamerweise hatte sich der Kojote nicht einmal mehr die Mühe gemacht, sich zu verstecken. Scheinbar war er über Nacht noch mutiger geworden – oder noch verzweifelter?

Für einen erstaunlich langen Moment hielt das Tier Gedeons Blick stand, dann griff er blitzschnell nach seinem Steinhaufen und schleuderte den erstbesten Stein. Natürlich verfehlte er das Tier. Er hatte es auch nicht anders erwartet. Was ihn allerdings schockierte, war die Tatsache, dass der Kojote nicht floh. Er hatte sich nicht einmal bewegt! Wie festgewachsen stand er vor ihm und starrte ihn an. Gedeon bekam eine Gänsehaut.

„Mach dir keine Hoffnungen“, sagte er zu dem Tier. „Ich bin noch lange nicht tot.“

Um diese Tatsache unter Beweis zu stellen, rappelte er sich hoch, musste aber schnell feststellen, dass die Nacht ihm nicht gerade gutgetan hatte. Er fühlte sich noch durchgefrorener und schwächer als am Abend zuvor. Außerdem war ihm vor lauter Hunger ganz schwindelig. Wenn er nicht schlappmachen und von diesem Vieh gefressen werden wollte, musste er dringend etwas in den Magen bekommen.

„Herr", flüsterte er, „was soll ich essen?"

Als keine Antwort kam, stolperte er erst einmal zum Fluss hinüber und trank ein paar Schlucke Wasser. Dann blickte er zum Himmel hinauf. Aber auch heute sah er nichts anderes als gestern und vorgestern: eine einheitliche graue Masse, die darauf hindeutete, dass der Regen noch lange nicht aufhören würde. Immerhin nieselte es heute nur.

Er wollte sich gerade wieder aufrichten, als sein Blick auf einen Schwarm kleinerer Fische fiel, die sich im flachen Wasser tummelten. Einem Impuls folgend zog er seinen Stiefel aus und zog ihn durchs Wasser. Erstaunlicherweise hatte er anschließend tatsächlich zwei fingerdicke Fische damit herausgeschöpft.

Er grinste hilflos. „Und jetzt?", flüsterte er.

Als ihm die Antwort einfiel, schüttelte er vehement den Kopf. „Nein! Auf keinen Fall! Ich bin doch nicht Rüdiger Nehberg!"

Aber dann sah er sich nach hinten um. Der Kojote hatte den Abstand von ein paar Metern konsequent aufrechterhalten. Er schien entschlossen zu sein, ihm auf Schritt und Tritt zu folgen. Gedeon seufzte und sah noch einmal auf die beiden Fische, die quicklebendig in seinem Stiefel hin und her schwammen. Irgendjemand würde demnächst gefressen werden. Besser die Fische als er, oder?

Mit diesem Gedanken stand er auf, entfernte sich einige Schritte vom Fluss und schüttete den Inhalt des Stiefels auf den Boden. Er sah unentschlossen zu, wie die beiden Fische noch eine ganze Zeit lang verzweifelt auf dem nassen Gras umherzappelten. Dann griff er einen davon beim Schwanz und hob ihn hoch.

„Rüdiger – Sir Vival – Nehberg", murmelte er noch, dann schloss er die Augen, kämpfte tapfer gegen den Würgereiz an, der ihn schon jetzt überkam, und öffnete den Mund.

Esther saß noch immer mit ihrer Schwester am reich gedeckten Frühstückstisch. Sie hatte zwei Brötchen und ein Ei gegessen und fühlte sich so satt und zufrieden wie schon seit Ewigkeiten nicht mehr.

„Möchtest du noch Kaffee?", erkundigte sich Ellen. Sie selbst hatte ihr Frühstück längst beendet und rauchte mittlerweile eine Zigarette.

Esther schüttelte den Kopf. „Nein, danke. Lieber noch ein Glas Orangensaft."

Ellen nickte und goss ihrer Schwester nach. Plötzlich klingelte das Handy, das sich in der Brusttasche ihrer Bluse befand. Ellen legte die Zigarette auf dem Aschenbecher ab und ging dran.

„Ja?", meldete sie sich. „Ach, du bist's." Anschließend entstand eine Pause. „Nein, gar nicht. ... Ach, wirklich?" Ellen klang erstaunt. „Ist ja 'n Ding."

Wieder entstand eine Pause, in der Esther aufmerksam die Ohren spitzte, jedoch nichts mitbekam. Dann schüttelte Ellen den Kopf und sagte: „Nein, so was hab ich auch noch nie erlebt." Es folgten noch ein paar Worte, dann ließ Ellen das Telefon wieder in ihrer Bluse verschwinden. Anschließend sagte sie zu Esther: „Mannomann, du kannst wirklich froh sein, dass wir dich gefunden haben, weißt du das eigentlich?"

Esther setzte das Glas ab. „Wieso?"

„Dieses Feuer scheint sich zu einem internationalen Problem zu entwickeln. Es breitet sich immer mehr aus und hat sogar den Fluss übersprungen. Kannst du dir das vorstellen?"

Von einer Sekunde auf die nächste war Esthers Zufriedenheit wie weggeblasen. Alle Farbe wich aus ihrem Gesicht.

„Was?“, stammelte sie entsetzt. „Aber das ... das ist doch nicht möglich!“

Ellen zuckte beiläufig mit den Schultern. Sie schien Esthers Entsetzen gar nicht zu bemerken. „Doch, möglich ist alles. Ist alles eine Frage der Temperatur und Windrichtung.“

Esther schlug das Herz bis zum Hals. In den vergangenen Stunden hatte sie kaum an Gedeon gedacht, aber jetzt war alles wieder da. Sie sprang auf und riss dabei fast den Stuhl um. Dann wanderte sie unruhig durch den Raum. „Aber ... die Löschmannschaften ...“, stieß sie atemlos hervor, „... wenn sich das Feuer so sehr ausbreitet, muss die kanadische Regierung doch Löschmannschaften schicken!“

„Das tut sie auch“, antwortete Ellen ruhig. „Das Problem ist nur, dass die kaum wissen, wo sie anfangen sollen. Das sind ja unvorstellbare Flächen, die da brennen. Ganz andere Größenordnungen als zum Beispiel in Deutschland.“

Esthers Besorgnis wurde unerträglich. Auf einmal sah sie vor sich, wie Gedeon von den Flammen eingeschlossen war und zum letzten Mal ihren Namen flüsterte. „Nein!“, rief sie und brach in Tränen aus. „Nein, nein, nein!“

Ellen wirkte überrascht. „Was ist denn?“

„Gedeon“, schluchzte Esther. „Er ist dort. Auf der anderen Seite des Flusses, verstehst du? Er wird verbrennen ... ersticken ... sterben!“

Ellen nahm einen Zug von ihrer Zigarette. Dann erhob sie sich, kam langsam zu Esther herüber und legte tröstend ihren Arm um ihre Schulter. „Das tut mir leid.“

„Wir müssen ihm helfen!“, brach es aus Esther hervor.

„Das geht nicht“, sagte Ellen sanft. „Wir wissen ja gar nicht, wo er sich befindet.“

Esther wirbelte zu ihrer Schwester herum. „Doch, das wissen wir!“, rief sie aufgeregt. „Er hat gesagt, er würde auf mich warten! Von der Stelle aus betrachtet, an der ihr mich gefunden habt, nur ein paar Kilometer weiter den Fluss entlang, dort, wo sich der Canyon abflacht! Dort können wir ihn finden!“

Ellen seufzte tief. „Aber Estherchen, hast du eine Ahnung, wie lange du schon bei uns bist? Dein Gedeon wird ja wohl kaum seit Tagen an diesem Ort herumsitzen und auf dich warten!“

„Aber warum denn nicht?“, rief Esther leidenschaftlich. „Er hat es doch versprochen. Und er liebt mich! Er wird da sein, ganz bestimmt!“

Ellen sah sie zweifelnd an.

„Wir müssen es versuchen“, fuhr Esther mit ihren Beschwörungen fort. „Bitte, Ellen!“

„Ich weiß nicht“, murmelte Ellen und nahm einen weiteren tiefen Zug aus ihrer Zigarette.

„Einmal!“, flehte Esther. „Nur ein einziges Mal! Schick den Heli hin. Bitte, bitte, bitte! Ich werde dir ewig dankbar dafür sein!“

Ellen blies den Rauch durch die Nase aus. „Also gut.“

Es war kurz nach zwei Uhr mittags. Ein ganz, ganz feiner Nieselregen fiel vom Himmel und hüllte Gedeon in die beständige Feuchtigkeit, die er ohnehin schon seit Tagen gewohnt war. Trotzdem ging es ihm besser. Unter Einsatz all seiner Kräfte war es ihm gelungen, ein paar Dutzend der kleinen Fische zu fangen, herunterzuwürgen und anschließend sogar bei sich zu behalten. Jetzt, nach ein paar Stunden, zeigten sie Wirkung. Er fühlte sich etwas kräftiger. Das Schwindelgefühl hatte nachgelassen. Außerdem hatte er in der Ferne etwas entdeckt, das nach den Ausläufern eines Gebirges aussah. Ob er bald am Ziel war?

Die Hoffnung gab ihm neue Kraft. Er bewegte sich schneller und drehte sich seltener nach der vierbeinigen Gestalt um, die ihm noch immer auf Schritt und Tritt folgte. Jetzt, wo er sich besser fühlte, hatte die Gegenwart des Aasfressers ohnehin ein wenig von ihrem Schrecken verloren. Er fing sogar an, den Kojoten als eine Art Gefährten zu sehen. Und manchmal, wenn ihm nicht nach Beten zumute war, sprach er auch mit ihm.

„Siehst du das?“, murmelte er jetzt. „Das da hinten könnte die Felswand sein, von der ich abgestürzt bin.“ Er beschleunigte seinen Schritt. Die Gegend kam ihm tatsächlich bekannt vor. Aufgeregt lief er zum Wasser und suchte mit den Augen das gegenüberliegende Flussufer ab. Tatsächlich! Er erkannte sie ganz deutlich, die Stelle, an der er sich mit Ellen verabredet hatte!

„Ellen?“, rief er laut. Dann noch einmal aus vollem Hals: „Ellen!?“

Sein Herz begann schneller zu klopfen. Tagelang hatte er auf diesen Moment hingearbeitet, tagelang von der Hoffnung gelebt, dass Ellen genau hier auf ihn warten würde. Aber was war, wenn seine Hoffnung trog? Wenn Ellen es gar nicht geschafft hatte?

Er lief noch ein Stück weiter und sog den Anblick des gegenüberliegenden Flussufers in sich auf. Aber da waren nur Büsche, Bäume und Gräser, keine Ellen.

„Der Regen hat das Feuer gelöscht“, sagte er zu dem Kojoten. „Dann muss sie es doch geschafft haben!“

Er sah sich fragend zu dem Tier um, so, als erwartete er von ihm eine Antwort. Aber der Kojote war nicht da. Verwirrt sah er sich um, aber er entdeckte nicht die geringste Spur von dem Tier. Es war verschwunden! Zum ersten Mal seit Tagen war es nicht mehr da!

Gedeon blieben noch wenige Sekunden, um sich darüber zu wundern, dann hörte er ein Geräusch, das irgendwie nicht zu seiner Umgebung passte. Wenn er es sich recht überlegte, klang es wie das Entsichern einer Schusswaffe!

Starr vor Überraschung drehte er sich ganz langsam um – und starrte in den Lauf einer Pistole. Erstaunt hob er den Blick und sah in das finstere, drohende Gesicht eines ihm unbekannten Mannes.

Gedeon schluckte und tat das Einzige, was ihm in dieser Situation vernünftig erschien: Er hob beide Hände über den Kopf.

Kapitel 19

Esther befand sich wieder einmal in dem kleinen Speisesaal, in dem sie nun schon seit heute Morgen regelmäßig ihre Mahlzeiten einnahm. Im Gegensatz zu Ellen jedoch, die seelenruhig ihren Kaffee schlürfte und ein Stück Erdbeerkuchen aß, hatte Esther nichts angerührt. Stattdessen wanderte sie nun schon seit geraumer Zeit unruhig im Zimmer auf und ab. Seit Ellen ihr erzählt hatte, dass das Feuer auf die andere Seite des Flusses übergesprungen war, fühlte sie sich wieder wie ein gefangenes Tier. Sie wünschte sich nichts mehr, als mit diesem Cole in einen Helikopter zu steigen und nach Gedeon zu suchen. Aber das hatte Ellen ihr verboten. Stattdessen hatte sie ihr hoch und heilig versprochen, dass Cole auch allein alles Menschenmögliche tun würde, um Gedeon zu finden.

„Du läufst meine Schuhe ja ganz ab", lächelte Ellen und deutete auf die schwarzen Slipper, die sie ihrer Schwester geliehen hatte. Ihr Lächeln verbreiterte sich. „Das wird ja zur Gewohnheit!"

Esther errötete. Die Schuhe, die sie auf ihrer Flucht getragen hatte, waren ebenfalls Ellens gewesen. „Ich werde sie dir ersetzen, okay?"

„Lass nur", grinste Ellen. „Ich hatte sie nicht mal mehr wiedererkannt."

Esther seufzte tief. Es war ihr unmöglich, auf Ellens freundliche Sticheleien einzugehen. Der Gedanke an die völlig ausgelatschten Schuhe, die sie noch bei ihrer Ankunft auf dem Schiff getragen hatte, erinnerte sie an die Zeit, die sie mit Gedeon verbracht hatte. So hart diese Wochen auch gewesen waren, so viel bedeuteten sie ihr inzwischen. „Gibt's denn immer noch nichts Neues?“, fragte sie verzweifelt.

Ellen schüttelte den Kopf. „Leider nicht.“

„Aber warum denn nicht?“, brach es aus Esther hervor. „Er muss doch längst dort sein!“

Ellen zuckte mit den Achseln. „Vielleicht hat er die Stelle nicht gefunden, die du uns beschrieben hast. Oder alles ist schon in Flammen aufgegangen.“

Esther stöhnte auf und vergrub ihr Gesicht in den Händen. Das hier war einfach zu furchtbar! In den vergangenen Tagen hatte sie alles getan, um sich einzureden, dass Gedeon den Sturz von der Klippe überlebt hatte. Und das hatte funktioniert! Sie hatte ja auch seine letzten Worte im Ohr gehabt, bei denen er so sicher, so stark, so zuversichtlich geklungen hatte. Aber jetzt? Was war mit dieser neuen, noch viel schrecklicheren Bedrohung?

Esther schauderte. In den letzten Wochen war Gedeon ihr Halt, ihr Anker geworden. Wie konnte sie je wieder ohne ihn leben?

Vor ihrem geistigen Auge sah sie Gedeon zum hundertsten, ach, zum tausendsten Mal an dieser Klippe hängen. Und ihr war, als würde das Bild mit jedem Mal intensiver, realer werden. Fast konnte sie den kräftigen Wind wieder spüren, der ihr entgegengeweht war. Fast war ihr, als würde sie Gedeon wieder rufen hören: *Ich werde dich niemals ausliefern.*

Der Gedanke an dieses Versprechen ließ sie aufschluchzen. Sie wusste genau, was ihn das gekostet hatte, welche Ideale er dafür aufgegeben hatte.

Außerdem fiel ihr mit einem Mal die Wette wieder ein. Das Versprechen, sie nicht auszuliefern, war Gedeons Wetteinsatz gewesen. Den hatte er eingelöst. Und das, obwohl er gar nicht dazu verpflichtet gewesen wäre, da er die Wette ja gar nicht verloren hatte! Ganz im Gegensatz zu ihr ...

Plötzlich kam ihr ein Gedanke. *Gott*, dachte sie flehend, *wenn du ihn mir heil wiederbringst, dann löse ich meinen Wetteinsatz ein. Dann werd ich die reinste Mutter Teresa. Ich schwöre es! Wirklich! Ich schwöre es!*

Im nächsten Augenblick spürte Esther eine Hand auf ihrer Schulter und zuckte zusammen. Sekundenbruchteile dachte sie wirklich, es wäre Gottes Hand, dann begriff sie, dass Ellen neben ihr stand.

„Du solltest dich in deine Gefühle für diesen Gedeon nicht so furchtbar hineinsteigern", riet Ellen sanft. „Es war eine Extremsituation, die du da erlebt hast. In solchen Fällen idealisiert man Menschen häufig. Und wir wissen doch, dass gerade du zu solchen Sachen tendierst. Glaub mir, unter gewöhnlichen Umständen würde eine solche Beziehung niemals gut gehen."

Schockiert sah Esther zu ihrer Schwester auf. „Du hast ... keine Ahnung", sagte sie heiser.

„Na klar hab ich die", wiegelte Ellen ab. „Du siehst Gerrit in ihm oder so was. Aber das vergeht wieder. Aus den Augen, aus dem Sinn, so läuft das doch – zum Glück."

Esther starrte ihre Schwester nur an. Ellens leichtfertige Worte verletzten sie. Aber sie hatte es nicht nötig, Ellen zu erklären, dass genau das Gegenteil der Fall war! Dass Gedeon sie von der Erinnerung an Gerrit befreit hatte! Und dass sie ihn ganz anders und noch viel tiefer liebte als damals Gerrit!

Ein paar weitere Sekunden lang standen sich die beiden Schwestern gegenüber und sahen einander an. Von außen waren sie nur durch Details zu unterscheiden, durch Ellens längere Fingernägel zum Beispiel oder durch die Tatsache, dass Ellen ihre Haare offen trug, während Esther sie in alter Gewohnheit mit einem Haarband zusammengebunden hatte. Innerlich hingegen hatten sie sich noch nie so sehr voneinander unterschieden wie in diesem Moment. Obwohl sich die Gedanken der beiden Schwestern um dieselbe Person drehten, waren sie so gegenteilig, wie das nur möglich war.

Und dann wurde dieser seltsame Moment durch das Klingeln eines Telefons durchbrochen.

Ellen griff in die Tasche ihres Blazers, holte ihr Handy daraus hervor und begann das Gespräch mit einem knappen: „Yeah?"

Während Esther unruhig von einem Fuß auf den anderen trippelte und forschend an Ellens Lippen hing, zeigte deren Gesicht vollkommene Ausdruckslosigkeit. Und auch ihre Kommentare blieben mehr als knapp. Außer „okay", „nope" und „good" sagte sie gar nichts.

Als sie auflegte, rief Esther sofort: „Und? Gibt's was Neues?"

Ellen wich ihrem Blick aus. „Nein, nein, das war nicht Cole. Er hat sich noch nicht gemeldet. Das war die Brücke. Sie brauchen mich da oben. Du entschuldigst mich?" Und damit stürmte sie auch schon aus der Tür.

Esther blieb ein wenig verwirrt zurück. Irgendwas stimmte nicht, das spürte sie ganz genau. Ellen war so schnell verschwunden. Außerdem hatte sie ihr nicht ins Gesicht sehen können. Sie grübelte. Ob vielleicht schlechte Nachrichten eingetroffen waren, mit denen Ellen sie hatte verschonen wollen? Ob Cole am Ende doch schon zurückgekehrt war? Mit leeren Händen oder gar ... mit Gedeons Leiche?

Die Angst legte sich wie ein Schraubstock um Esthers Brustkorb und weckte ein altbekanntes Gefühl von Panik. Ohne es steuern zu können, stürmte Esther hinter ihrer Schwester her, konnte sie aber nirgends mehr entdecken.

Stattdessen fand sie sich auf einem dieser langen, engen Flure wieder, die sie mit Ellen jetzt schon so oft durchquert hatte. Sie rannte einfach geradeaus und suchte dabei nach der Tür, hinter der sich das Treppenhaus befinden musste. Die meisten Türen waren jedoch abgeschlossen, und die anderen führten nur in gewöhnliche Kabinen, die den Eindruck machten, als wären sie schon seit Ewigkeiten nicht mehr benutzt worden.

Esther rannte weiter, bis sich der Flur gabelte, schlug irgendeine Richtung ein, rannte weiter, wechselte erneut die

Richtung und hatte schließlich völlig die Orientierung verloren. Jetzt wusste sie nicht einmal mehr, wie sie in den kleinen Speisesaal zurückkehren konnte. Außerdem machte sich wieder dieses Schwindelgefühl in ihr breit, mit dem sie seit ihrer Rauchvergiftung schon häufiger zu kämpfen gehabt hatte. Sie blieb stehen und sank erschöpft gegen die Wand.

Nur Sekunden später öffnete sich neben ihr eine Tür.

Esther hob erstaunt den Kopf. Erst sah sie nur das Türblatt, das sich aufgrund eines Schließmechanismus langsam wieder auf den Rahmen zubewegte, dann erblickte sie eine Frau mit dunklen, außergewöhnlich langen Haaren, die ihr den Rücken zugedreht hatte und sich zielstrebig in entgegengesetzter Richtung durch den Flur bewegte. Sie schien Esther nicht bemerkt zu haben, doch fiel Esther sofort wieder ein, dass sie diese auffälligen Haare schon einmal gesehen hatte ... in dem Raum nämlich, in dem sie mit Ellen am Computer gesessen hatte!

Esther traf diese Entscheidung so schnell wie kaum eine zuvor. Sie hechtete vorwärts, griff nach dem Türknauf und verhinderte im letzten Moment, dass die Tür ins Schloss fiel. Dann zog sie das Türblatt zu sich heran und betrat wie selbstverständlich zum zweiten Mal in ihrem Leben die „Zentrale“.

Dort herrschte ein noch größeres Gewusel als beim letzten Mal. Von den acht Plätzen waren sieben besetzt und alle sieben Personen – fünf Männer und zwei Frauen – murmelten auch jetzt wieder in verschiedenen Sprachen durcheinander. Der achte Arbeitsplatz befand sich ganz in der Nähe der Tür. Aus der Tatsache allerdings, dass auf dem Monitor ein Bildschirmschoner lief und neben der Computertastatur eine noch dampfende Kaffeetasse stand, schloss Esther, dass er wohl zu der Dame mit den langen dunklen Haaren gehörte.

Sie schluckte. Jetzt oder nie.

Sie tat ein paar zögerliche Schritte vorwärts und sah sich dabei unauffällig zu den anderen Mitarbeitern um. Die waren allerdings so beschäftigt, dass niemand Notiz von ihr nahm. Ermutigt, aber mit heftig klopfendem Herzen ging Esther weiter und nahm möglichst unauffällig auf dem Bürostuhl Platz. Jetzt saß sie nur wenige Meter neben einem jungen Mann. Ein paar Sekunden lang beobachtete sie ihn aus dem Augenwinkel. Aber er schien sie nicht einmal bemerkt zu haben!

Esther atmete tief durch, knabberte an ihrer Unterlippe herum und starrte den Bildschirm an. Das war ihre Chance! Mit zitternden Fingern nahm sie den Kopfhörer, der neben der Tastatur auf dem Tisch lag, und setzte ihn auf. Dann ruckelte sie einmal an der Maus. Sofort verschwand der Bildschirmschoner, und ein Textverarbeitungsprogramm erschien auf dem Bildschirm. Esther wusste, dass ihre Zeit knapp bemessen war, und so zügelte sie ihre Neugier und verzichtete darauf, den englischen Text zu lesen. Stattdessen bewegte sie den Cursor auf das kleine Kreuz in der rechten oberen Ecke des Bildschirms und beendete das Programm. Jetzt fand sie sich auf der Hauptseite wieder, die sie schon von ihrem Besuch mit Ellen her kannte. Und da unten entdeckte sie es auch schon, das Programm mit der Bezeichnung „*Supervising Unit*", das Ellen vor ein paar Tagen aufgerufen hatte.

Esthers Herz klopfte jetzt noch heftiger. Sie war dabei, etwas Verbotenes zu tun, etwas, das ihr erneut Ellens Zorn einbringen würde. Und sie hatte Angst vor Ellen, heute fast noch mehr als früher. Seltsamerweise spielte sie trotzdem keine Sekunde lang mit dem Gedanken, ihr Vorhaben abzubrechen. Stärker noch als ihre Angst vor Ellen war ihre Sorge um Gedeon. Die beherrschte sie so sehr, dass sie wohl jedes Risiko eingegangen wäre, um endlich zu erfahren, wie es um ihn stand.

Und so rief sie das Programm auf und hatte schon Sekunden später ein Geräusch im Ohr, das sie an ihren Flug im Helikopter erinnerte ...

Als das riesige Containerschiff in Sichtweite kam, blickte Gedeon nur gelangweilt daran vorbei. Statt es eingehender zu betrachten und dabei die farblich unauffällige, kreisrunde Plattform in der Nähe des Hecks zu bemerken, grübelte er weiter darüber nach, was das Ziel dieses Fluges war. Warum brachte man ihn nicht in das Lager, in dem man ihn früher schon gefangen gehalten hatte? Warum flog der Helikopter aufs offene Meer hinaus? Gab es denn vor Kanadas Küste irgendwelche Inseln, die diese Verbrecher als Niederlassung nutzen konnten?

Unauffällig zerrte er an den Stricken herum, mit deren Hilfe die beiden Männer seine Hände auf den Rücken gebunden hatten. Gab es vielleicht eine Möglichkeit, die Fesseln zu lösen und die beiden Männer im Zweikampf zu überwältigen?

Er wandte den Kopf nach rechts. Neben ihm saß ein Mann von Anfang oder Mitte 40, dessen untere Gesichtshälfte hinter einem dichten Vollbart verborgen lag. Seine Hände ruhten auf seinem Schoß, doch genügte ein kurzer Blick, um Gedeon davon zu überzeugen, dass sich einer seiner Finger noch immer am Abzug der Waffe befand, mit der er ihn schon vorhin bedroht hatte.

Gedeon seufzte tief und ließ alle tollkühnen Pläne fallen. Stattdessen fragte er: „Where are you taking me?“ Dabei benutzte er das Mikrofon, das zu dem Kopfhörer gehörte, den die beiden Männer ihm aufgesetzt hatten. Überhaupt hatten sie ihn erstaunlich gut behandelt. Angesichts seines Gesamtzustandes hatten sie ihm erst mal reichlich zu essen gegeben, und zwar richtiges Brot! Das war doch schmackhafter als rohe Fische und hatte seine Lebensgeister erheblich aufleben lassen. Wäre da nicht die Ungewissheit über Ellens Wohlergehen und auch seine eigene Zukunft gewesen, hätte er sich richtig gut gefühlt.

Obwohl sein Nachbar die ganze Zeit über recht redselig gewesen war, antwortete er dieses Mal nicht. Stattdessen lachte er nur trocken auf.

Beinahe im gleichen Moment spürte Gedeon, wie der Helikopter die Richtung änderte und die Höhe verringerte. Er sah wieder zum Fenster hinaus und stellte mit Erstaunen fest, dass sich der Helikopter der Oberfläche des Containerschiffes näherte! Was sollte das denn jetzt? Seine Gedanken wirbelten durcheinander. Hatte er irgendetwas nicht mitbekommen? War der Heli defekt und das hier eine Notlandung?

Jetzt konnte er die kreisrunde Plattform erkennen. Besaßen Containerschiffe normalerweise so etwas? Oder war es möglich, dass ... ?

Der Hubschrauber setzte jetzt mit einem sanften Ruck auf der Plattform auf. Gleich darauf spürte Gedeon, dass die Rotoren abgestellt wurden. Ein paar Minuten später zog ihm der Mann mit der Waffe den Kopfhörer vom Ohr. „End of the road", sagte er grinsend.

Aber Gedeon war viel zu verwirrt, um die Bedeutung dieser Worte zu erkennen. Erst als der Vollbärtige sagte: „Come on, let's get off!", begriff Gedeon, dass er aussteigen sollte. Er erhob sich. Sein Bewacher kontrollierte noch einmal kurz seine Fesseln, öffnete dann die Seitentür des Helikopters, packte ihn am Oberarm und half ihm hinauszuklettern.

Draußen wartete schon der Pilot auf sie. Auf ein kurzes Kopfnicken hin entfernte sich der Bärtige und der Pilot übernahm seinen Platz.

„This way", sagte er und schob Gedeon vor sich her.

Als er zum ersten Mal aufsah, meinte er aus dem Augenwinkel eine Frauengestalt gesehen zu haben. Er blieb abrupt stehen und riss ungläubig den Kopf herum. Und tatsächlich ... da stand sie ... ein bisschen ungewohnt mit perfekt sitzender Kleidung, aber genauso schön, wie er sie in Erinnerung hatte!

„Ellen!", rief er und wollte auf sie zulaufen. Aber sein Bewacher reagierte schnell, packte ihn und riss ihn so plötzlich zurück, dass er das Gleichgewicht verlor und zu Boden ging. Verwirrt rappelte er sich wieder hoch.

Als er aufsah, hatte Ellen sich ihm bis auf wenige Schritte genähert. Sie war es wirklich! Sie lebte! Und sie war offensichtlich unverletzt! Diese Erkenntnis und ihr vertrauter Anblick überfluteten sein Gesicht förmlich mit Liebe und Begeisterung. „Ellen!", sagte er noch einmal und wartete auf den Ausdruck zärtlicher Hingabe, den er so oft auf ihrem Gesicht gesehen hatte.

Aber Ellen reagierte überhaupt nicht. Sie war wie erstarrt. *Es ist wahr,* war alles, was sie denken konnte. *Es ist wahr!*

„Ellen?", sagte Cole verwundert.

Ellen schluckte und erwachte aus ihrer Starre. Gleichzeitig baute sich in ihrem Inneren etwas auf, das eine ungeheure Kraft besaß. Es war Hass, unbändiger, unkontrollierbarer Hass!

„Ellen!", sagte Gedeon noch einmal, dieses Mal unsicher, fast flehend.

Ellen presste ihre Lippen aufeinander. Sie wusste auf einmal, was zu tun war. „Was?", zischte sie kalt.

Gedeon wich unwillkürlich etwas zurück und sah sie erschrocken an. „Was ist mit dir?", flüsterte er. „Bist du ... wütend auf mich?"

Ellen antwortete nicht, aber die Eiseskälte in ihrem Blick sprach Bände.

„Ich ... ich konnte doch nicht anders", beschwor Gedeon sie. „Ich konnte mich nicht mehr halten! Ich musste dich allein lassen!"

Ellen lachte auf. „Als ob es das wäre!"

„Was dann?", rief Gedeon.

„Mach dir keine Sorgen", sagte Ellen leichthin, „es ist nichts Persönliches. Du bist halt der Bulle und ich die Verbrecherin. Da ist gegenseitige Abneigung doch ganz natürlich!"

Gedeon öffnete seinen Mund und schloss ihn dann wieder. Anstatt etwas zu sagen, schüttelte er nur fassungslos den Kopf.

„Was ist?“, lächelte Ellen von oben herab. „Hat es dir die Sprache verschlagen?“

Gedeons Stimme klang ungewohnt heiser, als er antwortete. „Ich habe dir versprochen, dich laufen zu lassen. Ich hab's versprochen! Hast du das vergessen?“

„Vergessen nicht, aber es bedeutet mir einen Scheißdreck! Glaubst du, ich traue einem Bullen, der mir dicht auf den Fersen ist?“

Das Entsetzen grub sich mit jedem dieser Worte tiefer auf Gedeons Gesichtszügen ein. Was war nur mit ihr los? „Was hab ich getan?“, fragte er hilflos. „Warum haben sich deine Gefühle so sehr verändert?“

„Verändert?“ Ellen lachte verächtlich. „Sie haben sich überhaupt nicht verändert. Aber danke für das Kompliment. Es freut mich natürlich, dass du mir die Rolle so hundertprozentig abgenommen hast.“

Gedeon schluckte. „Rolle?“

Von einer Sekunde auf die nächste veränderte sich Ellens Gesichtsausdruck. Sie senkte den Kopf, lächelte scheu und sah anschließend aus großen Rehaugen zu Gedeon auf. „Ich liebe dich, Gedeon“, hauchte sie so, wie sie es von Esther her kannte. „Bitte verlass mich nicht!“

Gedeon schloss die Augen. In diesem kurzen Moment fiel in seinem Inneren etwas zu Boden. Es war wie ein wunderschönes Gefäß, das schönste, das er jemals besessen hatte. Beim Aufprall zersplitterte es in tausend Teile und sein Inhalt ergoss sich über das schmutzige Schiffsdeck.

Als er die Augen wieder öffnete, waren Entsetzen, Traurigkeit und Verletzlichkeit aus seinem Blick verschwunden. Wut und Härte beherrschten nun seine Augen. „Du hast also alles nur gespielt“, zischte er durch kaum geöffnete Zähne hindurch. „Warum?“

„Warum wohl?“, amüsierte sich Ellen. „Du hattest mich in der Hand. Da erschien es mir am gesündesten, mich unentbehrlich zu machen. Und das war ich doch, nicht wahr?" Sie grinste. „Bis eben hast du gedacht, dass du ohne mich nicht mehr leben könntest, stimmt's?"

Gedeons Augen verengten sich zu bedrohlichen Schlitzen. Er wusste, dass sich der unbändige Hass in seinem Bauch demnächst in einer Explosion entladen würde, ja entladen musste. Aber vorher wollte er noch alles wissen, alle Fragen gestellt haben. „Auf dem Berg", presste er mühsam beherrscht hervor. „Da hast du mir das Leben gerettet. Außerdem bist du bei mir geblieben – und das, obwohl ich dir die Möglichkeit gegeben hatte, zu deinen Leuten zurückzukehren. Warum?"

Ellen zuckte mit den Achseln, um Zeit zu gewinnen. Gleichzeitig überlegte sie angestrengt. Sie kannte zwar nicht die genauen Umstände, konnte sich aber in etwa zusammenreimen, was vorgefallen war. Jetzt kam es darauf an, eine möglichst glaubhafte Erklärung für Esthers Verhalten zu finden. „Ich konnte dich auf gar keinen Fall entkommen lassen", sagte sie schließlich. „Du hattest genug in der Hand, um mich für Jahre in den Knast zu bringen. Da erschien es mir am vernünftigsten, bei dir zu bleiben. Ich hoffte, dich bei irgendeiner Gelegenheit überwältigen zu können. Alternativ wollte ich versuchen, meinen Leuten einen Hinweis auf unseren Aufenthaltsort zu geben."

„Was dir nicht gelungen ist."

„Nein, leider nicht", grinste Ellen. „Wie es aussieht, haben es die beiden vorgezogen, sich braten zu lassen."

Noch einmal huschte ein gequälter Ausdruck über Gedeons Gesicht. „Ich hätte Wort gehalten, weißt du?", sagte er leise. „Ich hätte dich niemals ausgeliefert."

„Tja, das tust du auch jetzt nicht", antwortete Ellen kalt. „Weil du nämlich sterben wirst."

Sie nickte Cole zu, der daraufhin Anstalten machte, Gedeon in eine bestimmte Richtung zu ziehen. Er hatte jedoch nicht mit Widerstand gerechnet, und so wurde er völlig davon überrascht, dass sich Gedeon mit einem Aufschrei losriss und trotz seiner gefesselten Hände auf Ellen stürzte. In Sekundenbruchteilen hatte er sie mit sich zu Boden gerissen und hämmerte mit seinem Kopf auf ihren ein. Als Cole die beiden erreichte und Gedeon von Ellen herunterreißen konnte, blutete diese bereits heftig aus der Nase.

„Er hat mir die Nase gebrochen!", schrie sie fassungslos. „Er hat mir die Nase gebrochen!"

Dann sprang sie auf, stürmte auf Gedeon zu, der immer noch von Cole festgehalten wurde, und begann, mit aller Kraft auf ihn einzutreten. Als Gedeon nach einem guten Dutzend Tritten schließlich zu Boden sank, rief Cole: „Stop it now! Stop it, Ellen! He's had enough!"

Ellen ließ tatsächlich von Gedeon ab, aber nur, um sich jetzt Cole zuzuwenden. „Mind your own business!", keifte sie. „If it hadn't been for you, he wouldn't have beaten me!" Dann atmete sie einmal tief durch und wischte sich das Blut vom Gesicht. „Come on now!" Mit diesen Worten stapfte sie auf die Schiffsreling zu.

Cole folgte ihr mühsam. Er musste Gedeon, der sich heftig wehrte, beinahe dorthintragen.

„Throw him down", befahl sie, als Cole endlich zu ihr aufgeschlossen hatte.

Cole schluckte. „I'm not a murderer", sagte er zögernd.

„I forgot", fauchte Ellen. „You're a coward!"

Cole seufzte. Dann bückte er sich, packte Gedeon an den Beinen und schob seinen sich windenden Körper über die Reling.

Kapitel 20

Als Ellen wenig später in den Speisesaal zurückkehrte, war Esther nicht mehr dort.

Nanu, dachte sie ein wenig verwundert, *ich hätte ja gar nicht gedacht, dass du dich hier schon so gut auskennst.*

Sie suchte Esther in ihrem Schlafraum, fand sie aber nicht. Sie begann sich gerade zu fragen, ob ihre Schwester sich wohl verlaufen hatte, als sie wieder einmal angepiepst wurde. Da es der Kontrollraum war, in den man sie rief, machte sie sich schleunigst auf den Weg dorthin. Als sie den Flur erreichte, von dem der Kontrollraum abging, merkte sie sofort, dass irgendetwas nicht stimmte. Entgegen den Anweisungen stand die Tür zum Kontrollraum sperrangelweit offen. Außerdem stürmte Cole gerade heraus.

Als er Ellen erblickte, rannte er aufgeregt auf sie zu. „Damn it, damn!", rief er schon von Weitem. „She saw it all!"

„What? Who?"

„She saw me killing him! Don't you understand? She witnessed it all!"

„Who? Who are you talking about?"

„Lasst mich los! Lasst mich los!!!" Obwohl diese Worte aus dem Kontrollraum kamen und total hysterisch klangen, erkannte Ellen sofort ihre Schwester. Ihr Herz setzte einen Schlag aus, dafür überschlugen sich ihre Gedanken. Es dauerte nicht lange, dann hatte sie die Situation erfasst. „The cameras!", flüsterte sie entsetzt. „Did she really manage to call them up?"

Cole nickte heftig.

Verdammt! Das hatte nicht zu ihrem Plan gehört! Wenn Esther alles gesehen hatte, gab es jetzt ein neues, noch viel größeres Problem!

„You've got to kill her, too", rief Cole mit deutlich hörbarer Panik in seiner Stimme. „You will, won't you?"

„Shut up", fuhr Ellen ihn an. „Do you really believe I'm gonna kill my own sister? My twin?"

„But you've got to! You've got to!", schrie Cole.

„Calm down!", befahl Ellen und meinte damit mehr sich selbst als Cole. „I'll find another solution. I always do!"

„Ellen", brüllte Esther. „Ellen!" Scheinbar hatte sie ihre Schwester gehört.

Ellen atmete einmal tief durch und ging in den Kontrollraum. Was sie sah, überraschte sie jetzt nicht mehr. Da saß Esther auf einem der Bürostühle, die zu den Bildschirmarbeitsplätzen gehörten. Jemand hatte sie mit Stricken fein säuberlich daran festgebunden. Sie konnte offensichtlich nichts mehr bewegen, weder ihre Hände noch ihre Füße. Das war schon mal gut. Auf diese Weise konnte sie ihr wenigstens nicht an die Gurgel gehen ...

„Kehr um! Kehr um!", schrie Esther, als sie ihre Schwester erblickte. Gleichzeitig kämpfte sie so wild gegen ihre Fesseln an, dass der Bürostuhl bedrohlich ins Wanken geriet. Ohne den schnellen Griff einer der anwesenden Männer wäre sie bestimmt damit umgefallen. „Kehr sofort um!", schrie sie außer sich.

Ellen sagte nichts. Sie schüttelte nur den Kopf.

„Bitte kehr um!", flehte Esther. „Bitte!" Von einer Sekunde auf die nächste brach ihre ganze Verzweiflung in Form einer Tränenflut aus ihr heraus. „Bitte, Ellen", schluchzte sie. „Es ist noch nicht zu spät. Noch kannst du ihn retten! Bitte versuch es wenigstens! Bitte!"

Wieder schüttelte Ellen nur den Kopf.

„Bitte!“, weinte Esther und stemmte sich noch einmal mit aller Kraft gegen ihre Fesseln. „Bitte! Bitte! Bitte!“

Jetzt endlich sprach Ellen mit ihr. „Ich kann nicht“, sagte sie leise. „Tut mir leid.“

„Es tut dir leid?“, wiederholte Esther fassungslos. „Es tut dir leid, dass du mir zum zweiten Mal den Mann wegnimmst, den ich liebe?“ Ihre Lippen begannen vor Zorn zu zittern. „Das – tut – dir – leid?“, brüllte sie in ohnmächtiger Wut.

Ellen hielt dem Blick ihrer Schwester stand. „Ja, es tut mir leid“, sagte sie leise. „Das tut es wirklich.“

Esthers Gesicht verzerrte sich zu einem Ausdruck, den Ellen in all den Jahren noch nie an ihr gesehen hatte. „Das wird dir leid tun“, sagte sie erstaunlich leise. „Wenn du nicht umkehrst, wird es dir sehr, sehr leid tun. Das verspreche ich, nein, das *schwöre* ich dir!“

„Ich kann nicht umkehren“, antwortete Ellen. „Dann bringt mich der Bulle hinter Gitter.“

„Und wenn *du* nicht umkehrst, bringe *ich* dich hinter Gitter.“ Esther sah ihrer Schwester voll ins Gesicht. Zum ersten Mal in ihrem Leben kam es ihr nicht im Traum in den Sinn, dem Blick ihrer Schwester auszuweichen. Alles in ihr war jetzt Gedeon gewidmet. Und der Hass, den sie in diesem Moment für ihre Schwester empfand, war mindestens ebenso groß wie ihre Liebe zu ihm. „So wahr ich hier sitze“, flüsterte sie mit zitternden Lippen, „werde ich nicht eher ruhen, bis du für alles gebüßt hast, was du getan hast. Für alles, hörst du?“

Als sich die beiden Schwestern das nächste Mal sahen, waren einige Tage vergangen. Ellen hatte Esther in den Raum sperren lassen, in dem sie sie schon zuvor festgehalten hatte. In diesem Fall hatte sie ihr jedoch weder das Licht abgedreht noch die Nahrung verweigert. Im Gegenteil, Ellen hatte sie fürstlich versorgen lassen und darauf gewartet, dass Esthers Zorn verrauchte.

Und das war ganz offensichtlich auch geschehen. Schon als Ellen den Raum betrat, nahm sie weitreichende Veränderungen an ihrer Schwester wahr. Sie sah überhaupt nicht mehr wütend aus, nur noch traurig – und vielleicht ein bisschen apathisch. Jedenfalls saß sie reglos auf ihrem Bett, fummelte nur an ihrer Halskette herum und starrte dabei in die Ferne. Ellens Hereinkommen schien sie nicht einmal zu bemerken.

„Hi", sagte Ellen, während sie sich vorsichtig dem Bett näherte und dann auf der Kante Platz nahm.

Esther antwortete nicht. Ihr Blick war leer.

„Wie geht's dir?", fragte Ellen sanft, erhielt aber auch jetzt keine Antwort. Allmählich regte sich Ärger in ihr. Sie hatte nicht vor, um Esthers Aufmerksamkeit zu betteln! „Antworte mir", zischte sie.

Und tatsächlich – Esther sprach. Allerdings machte sie sich nicht die Mühe, ihre Schwester anzusehen, sondern starrte weiterhin die Wand an. „Warum hast du das getan?", fragte sie leise.

„Du weißt doch, warum", entgegnete Ellen. „Er war eine Gefahr für mich."

Esther schüttelte den Kopf. „Das meine ich nicht", flüsterte sie kaum hörbar. „Warum hast du meine Rolle übernommen? Warum hast du ihn in dem Glauben sterben lassen, ich hätte ihn verraten?" Während sie die Frage aussprach, kullerten ein paar Tränen an ihren Wangen herunter. Sonst rührte sich nichts an ihr.

Ellen schluckte. Ja, warum hatte sie das gemacht? Sie wusste es selbst nicht. Sie hatte immer vorgehabt, den Bullen zu töten, aber Esthers Rolle einzunehmen, das hatte sie zu keinem Zeitpunkt geplant. Es war eine spontane Entscheidung gewesen. Sie zuckte mit den Achseln. „Ich weiß es nicht, Esther. Ich weiß es wirklich nicht."

„Aber *ich* weiß es", sagte Esther. „Anfangs hast du es getan, um herauszufinden, ob er mich wirklich liebt. Und dann, als sich das bewahrheitet hat, konntest du es nicht ertragen. Genau wie bei Gerrit. Du konntest es noch nie ertragen, wenn mich jemand liebt."

„Blödsinn!", entfuhr es Ellen. „Du reimst dir da was zusammen."

Aber Esther schüttelte nur ganz langsam den Kopf. „So war es schon immer", fuhr sie unbeirrt fort. „Du warst immer eifersüchtig auf mich. Schon, als wir noch Kinder waren. Du konntest es ja nicht mal ertragen, wenn Mama und Papa sich Sorgen um mich machten."

„*Sorgen* nennst du das?", brach es unerwartet heftig aus Ellen hervor. „Sorgen? Verwöhnt haben sie dich, und das nach Strich und Faden. Während du von vorne bis hinten verhätschelt wurdest, haben sie mich zu ihrem verlängerten Arm gemacht! *Ellen, pass besser auf deine Schwester auf. Ellen, räum dein Zimmer auf, Esther braucht ein bisschen mehr Platz. Ellen, ruf uns sofort an, wenn es Esther schlechter geht! Ellen, trag deiner Schwester die Taschen.* Glaubst du, so was macht auf Dauer Spaß? Glaubst du das?"

„Vielleicht nicht", sagte Esther und sah ihre Schwester zum ersten Mal an. „Aber war das meine Schuld?"

„Ist mir völlig egal, wessen Schuld das war", schrie Ellen. „Ich weiß nur, dass dir immer alles zugeflogen ist. Alle Liebe, alle Aufmerksamkeit!"

„Ja", sagte Esther trocken. „Auch die von Perversen."

„Ach, hör doch endlich auf, dich selbst zu bemitleiden", schnaubte Ellen. „Er hat dich ein bisschen befummelt, das war alles. Aber Mama und Papa mussten ja einen Staatsakt daraus machen. Estherchen hier, Estherchen da. Seit diesem Tag existierte *ich* überhaupt nicht mehr für sie!"

„Ich war *neun*", erinnerte Esther sie.

„Ich auch! Und weißt du was? Du hast keine Ahnung, wie

oft ich mir seitdem gewünscht habe, dass alles andersherum gelaufen wäre, dass dieser Typ *mich* missbraucht hätte."

„Doch", sagte Esther bitter. „Ich habe eine Ahnung, wie oft – tausendmal. So viele Männer hast du doch mittlerweile durch, nicht wahr?"

Klatsch! Die Ohrfeige, die Ellen ihrer Schwester verpasst hatte, hallte in dem kahlen Raum noch sekundenlang nach, ehe Esther wieder das Wort ergriff. „Schlag mich ruhig", sagte sie leise. „Aber das ändert nichts daran, dass ich endlich verstehe, was zwischen uns abläuft. Und dass du von nun deine Macht über mich verloren hast. Für immer."

„Hab ich das?", lachte Ellen. „Wenn du dich da mal nicht täuschst. Schließlich befindest *du* dich in *meinem* Gefängnis und nicht umgekehrt!"

„Dann stell sicher, dass das so bleibt. Oder töte mich. Ansonsten wirst *du* im Gefängnis landen." Esthers Worte klangen so selbstsicher und bestimmt, dass sie Ellen einen Kälteschauer über den Rücken jagten. Erstaunt fragte sie sich, wer auf einmal die Welt auf den Kopf gestellt hatte.

Dann aber riss sie sich zusammen und fuhr in versöhnlicherem Tonfall fort: „Hör doch auf zu bluffen. Wir sollten eine vernünftige Lösung für unser Problem finden. Wir sind doch *Schwestern ... Zwillinge.* Sollten wir die Vergangenheit nicht vergessen und noch einmal von vorne anfangen?"

„Die andere Seite des Flusses", murmelte Esther zusammenhanglos. „Hat die wirklich gebrannt?"

Ellen grinste verlegen und schüttelte dann leicht den Kopf.

„Was im Klartext bedeutet, dass *ich* Gedeons Todesurteil unterschrieben habe, nicht wahr?"

Ellen zuckte mit den Achseln. „Wenn du so willst ..."

„Du bist eine Lügnerin, Ellen", sagte Esther leise. „Du lügst, seit du sprechen kannst. Du lügst, wann immer du dir einen Vorteil davon versprichst. Und du lügst überzeugend, für meine Ohren jedenfalls. Früher – das weißt du – hab ich dir jedes Wort geglaubt. Obwohl ich dich unzählige Male beim Lügen ertappt habe, hab ich dir immer und immer wieder eine neue Chance gegeben. Weil du es warst, meine *Schwester*, mein *Zwilling*. Aber dieses Mal hast du den Bogen überspannt. Hör mir jetzt genau zu: *Was auch geschieht, ich werde nie mehr ein Wort glauben, das aus deinem Mund kommt. Und ich werde mich auch nie, nie wieder mit dir versöhnen!*"

„Du solltest dir gut überlegen, was du sagst", warf Ellen ein. „Man kann nur einmal –"

„*Basta*", unterbrach Esther sie.

„Ist das wirklich dein letztes Wort?", wollte Ellen wissen.

Esther nickte.

„Auch wenn es dich das Leben kostet?"

„Du bist skrupellos, Ellen. Das weiß ich wohl. Aber *mich* könntest du trotzdem niemals töten. Das bringst du einfach nicht."

„Vielleicht hast du recht", gab Ellen zu. „Aber zum Glück ist der Tod nicht die einzige Möglichkeit, um jemanden zum Schweigen zu bringen."

„Gib dir keine Mühe", sagte Esther ruhig. „Ich hab keine Angst mehr vor dir! Dank dir hab ich nichts mehr zu verlieren!"

„Es gibt immer etwas zu verlieren", widersprach Ellen. „*Immer*!" Und dann rief sie nach Cole.

Gleich darauf wurde die Tür geöffnet. Erst betrat Cole den Raum, dann der Mann mit dem Vollbart, den Esther zusammen mit Gedeon aus dem Helikopter hatte aussteigen sehen. Esther schluckte. Was hatte das denn jetzt zu bedeuten?

Auf ein bedeutungsvolles Nicken von Ellen ging Cole auf Esther zu. Ohne Vorwarnung packte er sie am Arm und zog sie vom Bett hinunter. „Hey", kreischte Esther, während sie sich heftig wehrte. „Lassen Sie mich los."

Aber Cole war deutlich kräftiger als sie. Er drehte ihr beide Arme auf den Rücken und drückte sie vor Ellen in die Knie.

„Sag deinem Bodyguard, er soll mich loslassen", keuchte Esther.

„Sag du mir, dass du mein Angebot annimmst und für mich arbeitest", antwortete Ellen.

„Ich denke nicht daran", brauste Esther auf. „Steck dir dein Angebot sonst wohin – aua ... aaah!" Obwohl er kein Deutsch verstand, schien Cole die Bedeutung ihrer Worte mitbekommen zu haben. Jedenfalls hatte er ihre Arme ruckartig noch weiter nach hinten gerissen und damit Tränen des Schmerzes in Esthers Augen getrieben. „Loslassen ... bitte", wimmerte sie verzweifelt.

„Sei vernünftig, Esther", sagte ihre Schwester ruhig. „Nimm mein Angebot an, dann bist du alle Sorgen los."

Esther biss im wahrsten Sinne des Wortes tapfer die Zähne zusammen. Gleichzeitig schüttelte sie entschieden den Kopf. Und auch als Cole den Druck noch einmal verstärkte, stöhnte sie zwar auf, sprach aber nicht die erlösenden Worte.

„Also gut", seufzte Ellen und ließ sich von dem Vollbärtigen eine kleine schwarze Damenhandtasche aushändigen. Daraus holte sie eine Spritze, die eine klare Flüssigkeit enthielt. Damit näherte sie sich langsam ihrer Schwester.

„Bringst du mich jetzt um?", fragte diese mit leiser Stimme.

„Willst du für mich arbeiten?", fragte Ellen noch einmal.

„Lieber sterbe ich", antwortete Esther trotzig.

„Keine Sorge", sagte Ellen kalt. „Ich hab was viel Besseres für dich."

Sie musste nicht lange nach einer geeigneten Ader suchen. Dank der verdrehten Haltung traten sämtliche Blutbahnen groß und blau an Esthers Handgelenken hervor. Ellen stach geschickt hinein und schickte die Flüssigkeit an ihren Bestimmungsort.

Kapitel 21

Esther träumte. Es waren schreckliche Albträume, in denen Gedeon Abgründe hinunterstürzte und über die Reling eines Schiffes geworfen wurde. Kindheitsträume, in denen Ellen sie piesackte. Wirre Träume, in denen sich das alles zu einem verrückten Durcheinander vermischte.

Aber das Schlimmste daran war, dass diese Träume endlos weiterzugehen schienen. Es gab kein Erwachen, kein Aufatmen, keinen Moment, in dem sich der Knoten löste.

Sicher, manchmal hatte sie das vage Gefühl, als würde sich die Wirklichkeit zumindest nähern. Dann hörte sie dumpfe Stimmen um sich herum, spürte, wie sie schwitzte, hatte brennenden Durst. Aber wenn sie dann versuchte, die Augen zu öffnen, drehte sich alles wie im Rio-Express. Und wenn sie wirre Worte murmelte, hatte das immer zur Folge, dass ein stechender Schmerz in ihren linken Arm fuhr ...

Es verging eine Ewigkeit.

Wieder einmal trat Esther in den Dämmerzustand zwischen Traum und Wirklichkeit ein. Wieder einmal verspürte sie Durst, doch war er dieses Mal noch brennender, noch drängender als sonst. Er beschränkte sich nicht auf ihren Mund, sondern schien sich von dort aus in jede Faser ihres Körpers, jede Pore ihrer Haut auszubreiten.

„Wasser“, hauchte sie unter Einsatz all ihrer Kräfte. „Bitte.“

Und dann geschah etwas, das nie zuvor geschehen war: Eine kühle, klare Flüssigkeit tropfte auf Esthers Lippen, in Esthers Mund. Und sie schluckte, schluckte, schluckte, bis aller Durst verschwunden war und nichts anders mehr zu tun war, als auf den nächsten stechenden Schmerz im Arm zu warten …

Einen Tag später begannen Esthers Augenlider zu flackern.

„Warum habt ihr mich nicht gestochen?", murmelte sie wirr. Und dann noch einmal lauter: „Warum habt ihr mich nicht gestochen?"

„Ist sie wach?", hörte Esther eine ihr unbekannte Männerstimme fragen. „Kann ich mit ihr sprechen?"

Esther schlug die Augen auf. Was sie sah, kam ihr bekannt vor. Es war eine weiße Fläche. Allerdings fiel ihr auf, dass irgendetwas fehlte …

„Es schaukelt nicht", nuschelte sie verwirrt.

„Was man in ihrem Zustand so unter wach versteht", sagte eine Frauenstimme. „Aber Sie können es trotzdem gern versuchen."

Esther hörte Schritte, woraufhin sie ihren Kopf zur Seite wandte. Neben ihr stand ein sympathisch aussehender Mann von vielleicht Ende 30. Er war nicht sehr groß und eher schmächtig, trug aber ein nicht unerhebliches Bäuchlein mit sich herum. Auffällig war zudem, dass er auf dem Kopf schon beinahe kahl war. Lediglich ein seitlicher Kranz dunkler Haare, der sich von einem Ohr zum anderen zog, war ihm noch geblieben.

„Können Sie mich hören, Frau Kieling?"

Esther nickte.

„Mein Name ist Janssen, ich bin Polizeibeamter."

Robert, dachte Esther. *Robert Janssen.* Gleichzeitig setzte ein furchtbar unangenehmes Gefühl in ihrer Magengegend ein. Irgendetwas war nicht in Ordnung!

Robert atmete einmal tief durch. „Hören Sie, Frau Kieling", sagte er seltsam eindringlich. „Ich brauche unbedingt Ihre Hilfe. Ich bin auf der Suche nach einem Mann namens Gedeon Wiesner. Kennen Sie ihn?"

Esther schloss die Augen. *Gedeon! Tot!* Die Schluchzer kamen so plötzlich, dass beide Anwesenden davon überrascht wurden. Und sie waren so heftig und unkontrolliert, dass die Frau sagte: „Sie sehen ja selbst. Wahrscheinlich ist sie noch gar nicht wieder richtig da. Am besten, wir verschieben die Befragung auf morgen."

Robert seufzte tief. „Also gut", sagte er niedergeschlagen und verließ den Raum.

Esther starrte die Decke an. In ihrem Kopf befand sich eine seltsame Leere. Gedeon war tot. Alles war sinnlos.

Ein paar Minuten später ging die Tür auf und Schwester Marianne stürmte in das Krankenzimmer. Esther schloss die Augen.

„Nichts da!", rief Schwester Marianne in ihrer etwas poltrigen und unerträglich fröhlichen Art. „Ich hab genau gesehen, dass Sie wach sind. Frühstück!"

Esther drehte den Kopf zur Seite. Sie wollte nicht essen. Sie wollte nicht trinken. Sie wollte nur eins: sterben. Wie Gedeon. Da sein, wo er war. Egal, welcher Ort das sein mochte.

„Aufstehen, junge Frau!", befahl Schwester Marianne. Sie war schon etwas älter, wohl Anfang 50, aber sie sprühte nur so vor Leben. Und damit bildete sie den heftigsten Gegensatz zu Esther, den man sich nur vorstellen konnte.

Esther rührte sich nicht. Konnte man sie nicht endlich in Ruhe lassen?

„Los, raus aus dem Bett! Das Badezimmer wartet. Husch, husch, nun gehen Sie schon!"

Aber Esther reagierte noch immer nicht. Sie hielt die Augen geschlossen und ließ alles an sich abprallen.

Schwester Marianne seufzte. Sie versuchte nun schon seit Tagen, ihrer Patientin diese entsetzliche Apathie auszutreiben. Aber die Dame hier war eine harte Nuss. Entweder sie stellte sich schlafend oder sie lag mit starrem Blick da und schien total in sich selbst versunken. Abgesehen von den Worten, die sie gesprochen hatte, als sie zum ersten Mal aufgewacht war, hatte sie nichts mehr gesagt. Nichts, gar nichts. Kein Wort!

„Jetzt reicht's mir aber", sagte Schwester Marianne kopfschüttelnd. Und dann schlug sie die Bettdecke zurück, packte Esther am Arm und zog sie einfach aus dem Bett. Esther ließ es geschehen, stellte sich widerwillig auf die Füße und schleppte sich ins Badezimmer. Dort benutzte sie die Toilette, wusch sich das Gesicht und trottete anschließend zum Bett zurück.

Schwester Marianne hatte das Bett schon aufgeschüttelt, verbarrikadierte es aber mit ihrem massigen Körper, als sie sah, dass Esther schon wieder darauf zusteuerte.

„Katzenwäsche, wie?", meckerte sie. „Heute wird geduscht! Ab, zurück ins Bad." Sie schob Esther ins Badezimmer zurück und sorgte eigenhändig dafür, dass sie sich gründlich duschte und die Haare wusch. Erst danach durfte sie in ihr Bett zurück.

Esther wollte gerade aufatmen, als sich erneut die Tür öffnete und Robert Janssen den Raum betrat. Er war wieder in Zivil gekleidet, trug Jeans und einen schlichten dunkelblauen Baumwollpullover.

Esther seufzte tief. Konnte man sie nicht endlich, endlich in Frieden lassen?

„Guten Morgen", sagte der Polizeibeamte freundlich.

Esther antwortete nicht. Robert Janssen kam jeden Tag und versuchte, etwas über Gedeon in Erfahrung zu bringen. Aber

Esther ignorierte ihn und schwieg beharrlich. Sie wollte nicht über Gedeon sprechen. Sie *konnte* nicht. Schon der Gedanke an ihn war unerträglich. Wie sollte sie dann auch noch über ihn reden?

Der Polizeibeamte rollte die Augen. Sollte das denn immer so weitergehen? Wollte diese Frau ihn immer nur anschweigen?

„Danke, gut", sagte er mit dem ihm eigenen Humor. „Nett, dass Sie fragen."

Schwester Marianne lachte trocken auf, Esther hingegen verzog keine Miene.

Angespornt von der Reaktion der Krankenschwester fuhr Robert Janssen fort: „Da wir uns gestern so angeregt über Herrn Wiesner unterhalten haben, würde ich das Gespräch gern noch ein bisschen fortsetzen. Haben Sie was dagegen?"

Esther antwortete nicht.

Der Polizeibeamte seufzte. Allmählich kam er zu dem Schluss, dass seine Methoden bei dieser Frau zum Scheitern verurteilt waren. Anfangs hatte er es mit rücksichtsvoller Freundlichkeit versucht, später war er dazu übergegangen, sie regelrecht anzubetteln. Mit Humor, das hatte man ja gerade gesehen, brauchte er ihr auch nicht zu kommen. Was also konnte er noch tun?

An Aufgeben war jedenfalls nicht zu denken. Gedeon war sein bester Freund, sein engster Kollege, sein Vertrauter. Er war fast wie ein Bruder für ihn. Und er war nun schon seit drei Monaten verschwunden – seit einem Vierteljahr! Diese Frau hier war seit Wochen die erste echte Möglichkeit, etwas über ihn in Erfahrung zu bringen. Und diese Chance würde er auf gar keinen Fall verpassen! Eher würde er über seinen Schatten springen und Methoden anwenden, die auch Gedeon in Notfällen angewandt hatte. Polizeimethoden eben, härtere Methoden. Ja, er war entschlossen, sich ein Beispiel an Gedeon zu nehmen und endlich ein tougher Polizist zu werden.

„Frau Kieling“, sagte er ernst. „Meine Geduld ist am Ende. Wenn Sie nicht kooperieren, werde ich Sie auf der Stelle in eine Zelle verlegen lassen.“

Esther sah erstaunt zu ihm auf. Zelle? Welche Zelle?

Robert Herz klopfte schneller. Zum ersten Mal hatte er so etwas wie Aufmerksamkeit bei der Frau erregt. „Außerdem“, fuhr er so drohend fort, wie seine ansonsten ausgesprochen sanftmütige Stimme das erlaubte, „werde ich dafür sorgen, dass Sie für den Rest Ihres Lebens hinter Gittern verschwinden.“

Zwischen Esthers Augenbrauen bildete sich eine Falte. Hatte der Mann nicht alle Tassen im Schrank? Wofür wollte er sie denn ins Gefängnis bringen?

„Ich weiß, was Sie denken“, knurrte Robert Janssen. „Sie denken, dass ich nichts gegen Sie in der Hand habe.“ Er spürte, wie sich ein unangenehmes Gefühl in seiner Magengegend aufbaute. Er hatte wirklich nicht viel in der Hand. Nach Gedeons Verschwinden hatte er bei seinem Vorgesetzten durchsetzen können, dass die Räumlichkeiten der *Sirius*-Beratungsstelle durchsucht wurden. Dabei waren einige nicht unerhebliche Steuerstrafangelegenheiten aufgedeckt worden. Die erhofften Beweise für die von Gedeon vermutete Zusammenarbeit mit einer internationalen Verbrecherorganisation waren aber nicht gefunden worden.

„... aber da täuschen Sie sich! Wir haben die Fingerabdrücke von Herrn Wiesner in Ihren Räumlichkeiten sicherstellen können. Daher wissen wir definitiv, dass er in der Nacht seines Verschwindens eine – zugegebenermaßen unautorisierte – Durchsuchung bei Ihnen durchgeführt hat. Gleich darauf ist er verschwunden. Und auch Sie haben zeitgleich das Land verlassen. Wo ist er, Frau Kieling? Was haben Sie mit ihm gemacht?“

Hinter Esthers Stirn rotierte es. Was bedeutete dieses Gerede ... beziehungsweise ... was stimmte damit nicht? Und dann schlug die Erkenntnis wie ein Blitz bei Esther ein. „Wie ... wie ist mein Name?“, flüsterte sie heiser.

„Häh?", machte der Polizist.

„Mein Name ... wie heiße ich?", wiederholte Esther zitternd.

Robert schüttelte den Kopf. Die Frau hatte gesprochen. Das war es, was er die ganze Zeit zu erreichen versucht hatte. Aber ihm blieb keine Zeit, sich darüber zu freuen, denn jetzt schien es ihm, als sei die Frau doch verrückt. Und damit schwanden all seine Hoffnungen, von ihr etwas über Gedeon zu erfahren.

Er stand auf und trottete mit hängenden Schultern auf die Tür zu. „Ich komme morgen wieder."

„Nein, warten Sie", rief Esther. „Ich muss es wissen. Wie ... ist ... mein ... *Name*?"

Kopfschüttelnd blieb Robert an der Tür noch einmal stehen. „Sie sind Ellen Kieling", antwortete er mitleidig. „Wer sollten Sie sonst sein?"

Esther saß auf dem kleinen Bett in der Zelle der JVA München, genauer gesagt der Frauenanstalt „Am Neudeck", und wippte unruhig hin und her. In ihrem Inneren herrschte ein unbeschreiblicher Kampf. Und das schon seit Tagen. Seit sie erfahren hatte, für wen man sie hielt. Seit sie begriffen hatte, welches Spiel Ellen dieses Mal mit ihr spielte.

Es hatte Tage gedauert, bis sie sich alles hatte zusammenreimen können. Immer und immer wieder hatte sie ihre Träume Revue passieren lassen, hatte die Einstichstellen an ihren Armen betrachtet, sich die Worte der Ärzte und Krankenschwestern ins Gedächtnis zurückgerufen. Bruchstücke wie „süchtig", „Heroin", „in ihrer Wohnung gefunden" waren hängen geblieben. Damals hatte sie ihnen keine Bedeutung beigemessen, aber seit sie wusste, dass Robert Janssen sie für Ellen hielt, war alles klar. Ellen hatte sie unter Drogen gesetzt. Und das mindestens ein paar Wochen lang. Dann hatte sie sie nach München in ihre alte Wohnung gebracht und anonym die Polizei gerufen. So einfach war das gewesen.

Sie seufzte tief. Jetzt wusste sie, was Ellen gemeint hatte. *Man hat immer etwas zu verlieren.* In diesem Fall war es wohl ihre Identität. Ihre Freiheit. Ihr ganzes Leben.

Sssssst. Ärgerlich verscheuchte Esther die Mücke, die nun schon seit gestern Abend Jagd auf sie machte. Sie war eine Plage, beinahe schlimmer als das Gefängnis an sich. Gestern Abend hatte sie wegen des Surrens stundenlang nicht einschlafen können, morgens gleich drei fette Stiche an Armen und Beinen gezählt. Und anstatt jetzt endlich mal zufrieden zu sein, kam sie wieder und wieder, und das schon den ganzen Vormittag lang. Obwohl Esther mehrfach versucht hatte, sie zu erschlagen, war es ihr einfach nicht gelungen. Sie konnte sie vielleicht verscheuchen, das aber immer nur für kurze Zeit. Spätestens nach einer halben Minute war sie wieder da, pünktlich wie ein Uhrwerk, ausdauernd und Blut saugend wie … ja, wie Ellen. Ihre Schwester, ihre Zwillingsschwester, ihr Fleisch und Blut Ellen.

Der Vergleich trieb eine neue Welle von Wut durch Esthers Gefühlswelt. Sie hasste Ellen. Sie hätte es schon viel früher tun können, als Kind schon, vielleicht sogar tun sollen. Aber jetzt war es endgültig soweit. Jetzt hasste sie Ellen. Zuerst für den Mord an Gedeon. Und dann für das hier.

Wieder keimte Wut in ihr auf. Sie hasste Ellen dafür, dass sie immer andere für ihr Tun büßen ließ! Und noch mehr hasste sie sie dafür, dass sie sie, Esther, am häufigsten zum Sündenbock machte!

Tränen der Wut traten in Esthers Augen. Was als Wut begann, verwandelte sich allerdings schnell in Trauer. Alles, was mit Ellen zu tun hatte, war jetzt in Esthers Wahrnehmung auch untrennbar mit Gedeon verknüpft. Esther sah ihn noch einmal über diese Reling fallen, erinnerte sich an die Zeit mit ihm, lächelte und weinte gleichzeitig darüber, wie er erfolglos versucht hatte, Fische für sie zu fangen, wie er sie getragen, getröstet und aufgemuntert hatte ...

Als der Tränenstrom allmählich versiegte, blieb Gedeons Bild zurück und verdrängte sogar das von Ellen.

Wieder einmal blieb die Frage, die sie nun schon seit Tagen zu beantworten versuchte: War ihr Hass auf Ellen stärker als ihre Trauer um Gedeon? War er stark genug, um die Leere in ihrem Inneren zu füllen? Um sie zum Kampf zu motivieren? Um ihr neue Kraft zu verleihen?

Zwei Wege lagen deutlich vor ihr. Sie konnte aufgeben oder kämpfen. Um sich selbst, für Gedeon, gegen Ellen. Aber sie hatte so wenig Kraft, so wenig Energie, so wenig Leben!

Andererseits – wollte sie wirklich zulassen, dass Ellen das letzte Wort behielt? Dass sie ungeschoren davonkam? War Esther es Gedeon nicht schuldig, dass seine Mörderin bestraft würde? War sie es nicht sich selbst schuldig, dass sie ihr Versprechen hielt? Dass sie Ellen ins Gefängnis bringen würde? Sie hasste Ellen doch!

Aber sie hasste auch sich selbst ... weil sie gefangen war ... hier, aber auch in sich selbst ... in ihren Niederlagen ... ihren Ängsten ... ihrer Schwäche.

Bumm, bumm, bumm, hämmerte es an Esthers Zellentür. „Besuch!“, rief eine Stimme. Dann klirrte ein Schlüssel und die Tür ihrer Zelle ging auf. „Sie haben Besuch!“, wiederholte die weibliche Justizvollzugsbeamtin, als Esther sich nicht rührte.

Esther hatte keine Lust, sich schon wieder von Robert Janssen befragen zu lassen. Sie hatte zu überhaupt nichts Lust. Sie wollte nur ihre Ruhe.

„Nun kommen Sie schon", sagte die junge Frau. Sie war klein und schlank, hatte aber ein äußerst resolutes Auftreten und eine feste, tiefe Stimme.

Wieder schüttelte Esther den Kopf. „Ich will nicht."

Die Beamtin legte die Hände in ihre Hüften und sah Esther zweifelnd an. „Jeder will doch Besuch haben!"

„Sagen Sie Herrn Janssen, dass er sich die Mühe sparen kann. Von mir wird er kein einziges Wort erfahren."

„Es ist aber nicht Herr Janssen, der Sie besuchen möchte."

Esther hob erstaunt den Kopf. „Nein?"

Jetzt war es die Beamtin, die den Kopf schüttelte. „Nein."

Einen Augenblick lang kämpfte Esther mit sich. Sollte sie nachfragen und sich damit einmal mehr der Hoffnung hingeben, dass es ihre Eltern waren, die sich endlich bei ihr sehen ließen? „Wer ist es dann?", fragte sie schließlich mit zitternder Stimme. Sie hatte mehrfach versucht, ihre Eltern anzurufen, war aber daran gescheitert, dass niemand ans Telefon gegangen war. Auch der Versuch, über Nachbarn und Bekannte an sie heranzukommen, war fehlgeschlagen. Esther musste der Tatsache ins Auge sehen, dass sie sich wohl absichtlich verleugnen ließen. Warum das allerdings so war, darüber konnte sie nur spekulieren. Aber selbstverständlich kam eine gewisse Frau namens Ellen in ihren Überlegungen vor.

„Es ist Ihre Schwester."

Esther spürte, wie ihr Herz einmal kräftig gegen ihren Brustkorb schlug und dann auf sehr viel schnellerem Niveau weiterklopfte. Wut, Hass und Empörung vermischten sich mit ihrer Trauer zu einem brodelnden, hochexplosiven Gebräu. Sie stand abrupt auf.

„Gehen wir", presste sie hervor. Mit zackigen Schritten folgte sie der Justizbeamtin durch die schmalen Gänge. Dabei malte sie sich aus, wie sie Ellen anfallen und ihr die Augen auskratzen würde. Diesen Besuch, das schwor sie sich, würde Ellen bitter bereuen!

Sie erreichten eine Tür, von der Esther wusste, dass es einer der Besucherräume war. Seltsamerweise zitterte sie jetzt am ganzen Körper. Ob das der Zorn war?

Die Tür wurde geöffnet, da stand sie – Ellen ... oder?

Esther musste schlucken. Die Frau, die da vor ihr stand, hätte genauso gut ihr eigenes Spiegelbild sein können. Sie trug Kleidung, die Esther gehörte und aus ihrer Wohnung stammen musste – eine weiße Schlagjeans und einen bunt gestreiften Pulli. Ihre dicken Locken waren zu einem strengen Zopf zusammengebunden. Auch dafür hatte sie eine Haarspange benutzt, die Esther gehörte!

Esther spürte, wie ein Gefühl der Beklemmung von ihr Besitz ergriff. Das war ihr Leben, das sie da vor sich sah!

Sie bekam gar nicht mit, wie die Tür hinter ihr wieder geschlossen wurde. Ihr Blick wanderte beinahe panisch an Ellen entlang und suchte nach Abweichungen, nach Fehlern in dieser perfekten Scharade. Aber sie fand keine! Ellens Fingernägel waren kurz geschnitten und von jedem Fitzelchen Nagellack befreit. Und ihre Augenbrauen waren so rot, wie es ihre eigenen einmal gewesen waren. Keine Spur mehr von der dunklen Farbe, die Esther jetzt jeden Morgen im Spiegel betrachten musste. Denn offensichtlich hatte Ellen ihrer bewusstlosen Schwester die Brauen braun gefärbt!

Am erschreckendsten aber war der Blick, mit dem Ellen sie ansah. Es war nicht länger Ellens Blick, es war Esthers. Mit leicht gesenktem Kopf stand sie da und sah scheu und ängstlich zu ihr auf.

Esther schloss die Augen. Hätte sie es nicht besser gewusst, dann hätte selbst sie diese Frau für sich selbst gehalten!

„Hallo, Ellen", sagte Ellen mit sanfter, schüchterner Stimme.

Esther öffnete den Mund. Sie hatte ihr alles Mögliche entgegenschleudern wollen. Aber jetzt reichte es nur noch für die zittrige Frage: „Warum kann ich Mama und Papa nicht erreichen?"

„Es tut mir wirklich leid, Ellen", hauchte Ellen. „Aber ich musste ihnen die Wahrheit sagen. Die *ganze* Wahrheit, verstehst du? Über diese ... diese Organisation, für die du gearbeitet hast. Dass ich dir nach Kanada gefolgt bin und so weiter. Ja, und auch, dass ich mit eigenen Augen beobachtet habe, wie du einen Polizeibeamten getötet hast!"

Esther nickte lahm. Wenn Ellen immer so gut war wie in diesem Moment, dann hatten ihre Eltern ihr jedes Wort geglaubt.

„Aber mach dir keine Sorgen", fuhr Ellen fort. „Sie haben mir versprochen, ihr Wissen für sich zu behalten." Ellen hielt inne, räusperte sich und fuhr dann in einem Tonfall fort, der eine drohende Nuance enthielt und dadurch sehr viel besser zu ihr passte. „Also hör zu: Wenn du brav bist, werde ich den Mord an Gedeon für mich behalten. Dann musst du nur die Steuerstraftaten absitzen. Ich hab mit einem Anwalt gesprochen. Fünf Jahre, mehr hast du dafür nicht zu erwarten. Wenn du allerdings versuchst, mich in Verruf zu bringen, werde ich alle Register ziehen und notfalls auch im Zeugenstand gegen dich auftreten. Dann wanderst du lebenslang hinter Gitter. Noch Fragen?"

„Unsere Eltern", hauchte Esther mit rauer Stimme. „Wollten sie nicht wenigstens mit mir sprechen?"

Ein bitterer Zug bildete sich um Ellens Lippen. Sie schüttelte den Kopf. „Nein. Sie haben mich abgeschrieben. Das passte ja auch hervorragend in ihr Bild. Die böse Ellen spielt ihrer armen kleinen Schwester so übel mit, also wirklich! Die ganze Geschichte war Wasser auf ihre Mühlen."

Esther senkte den Blick. In gewisser Weise konnte sie Ellen verstehen. Ihre Eltern hatten wirklich zwei Schubladen aufgemacht und jedes ihrer Kinder in einer davon verschwinden lassen. Ihre eigene war mit der Aufschrift „Lieb, schwach, schutzbedürftig" versehen. Aber war es nicht allmählich Zeit, aus dieser Schublade herauszukrabbeln?

„Du kannst dieses Spiel vielleicht eine Weile spielen", probierte sie mutig. „Aber lange wirst du es nicht durchhalten. Irgendjemand wird dich durchschauen."

Ellen zuckte gleichgültig mit den Achseln. „Ich werde dafür sorgen, dass unsere Eltern mich deutlich seltener zu sehen bekommen als früher."

„Barbara", sagte Esther hoffnungsvoll. „Sie ist meine Freundin. *Sie* wird es merken!"

Aber Ellen grinste nur. „Schon am ersten Tag im Büro hab ich einen handfesten Streit mit ihr vom Zaun gebrochen. Glaub mir, sie wird mich erst mal meiden."

„Das Büro", wiederholte Esther und wurde von einem neuen Schwall Hoffnung durchflutet. „Im Büro wird es ihnen auffallen. Du bist nicht eingearbeitet. Und ... und du kannst nicht einmal Schreibmaschine schreiben!"

„Und dennoch", säuselte Ellen, „ist dein Chef heute zufriedener mit dir als jemals zuvor. Er hat nämlich Fähigkeiten bei dir entdeckt, von denen er nie zu träumen gewagt hätte."

Esther stockte der Atem. „Schläfst du etwa mit ihm?", presste sie hervor.

„Schlafen?", antwortete Ellen mit einem selbstzufriedenen Grinsen. „Na, das geht ja wohl schlecht auf so einem unbequemen Chefsessel. Aber andere Sachen klappen ganz gut. Und er fährt voll drauf ab!"

Esther musste kurz die Augen schließen und hatte das Gefühl, als würde der Raum um sie schwanken.

„Und was ich dir sowieso schon immer mal sagen wollte ...", fuhr Ellen ungerührt fort.

Esther ließ die Augen geschlossen. „Ja?", krächzte sie mit letzter Kraft.

„Das ist nicht das erste Mal, dass ich erfolgreich deine Rolle übernehme."

Esther sagte nichts. Ihr Atem ging flach und abgehackt. Es gab einen Teil von ihr, der ganz genau wusste, dass Ellen noch etwas viel Furchtbareres zu sagen hatte.

„Gerrit hat's auch nicht gemerkt." Ellen lachte gehässig. „Du hättest ihn hören sollen: ‚Oh Esther, ja, ja, Esther, jaaaaaa!'" Sie ahmte stöhnend seine Stimme nach, und dabei funkelten ihre Augen wie Kristalle.

Esther presste beide Hände gegen die nackte, kalte Wand. Um sie herum drehte sich alles. Ihre ganze Welt geriet aus den Fugen. Das Fünkchen Zweifel, das tief in ihr verborgen gewesen war und sie doch all die Jahre so sehr gequält hatte, war zur Gewissheit geworden. Sie hatte Gerrit unrecht getan! Sie war mit verantwortlich für seinen Selbstmord! Ohne es zu merken, atmete sie immer schneller und schneller, bis sie schließlich in sich zusammensackte.

Wie durch tiefen Nebel bekam sie mit, dass jemand gegen die Tür hämmerte und aufgeregte Stimmen nach einer Plastiktüte riefen. An mehr konnte sie sich später nicht erinnern.

„Frau Kieling!", schrie Robert Janssen außer sich vor Wut. „Ihnen ist wohl nicht klar, in welcher Situation Sie sich befinden. Wenn Sie weiter die Stumme spielen, werde ich dafür sorgen, dass Sie den Rest Ihres Lebens hinter Gittern verbringen. Haben Sie das verstanden?"

Esther antwortete nicht. Sie hörte kaum, was der Mann sagte. All ihre Gedanken kreisten um Gerrit und Gedeon. Beide waren tot. Ihretwegen. Wegen Ellen. Das Leben war sinnlos.

„Reden Sie mit mir!", brüllte eine verzweifelte Stimme.

Zwei kräftige Arme packten Esther an der Schulter und schüttelten sie. Aber auch das drang kaum zu ihr durch. Sie wehrte sich nicht. Sie sah nicht mal hin.

Robert Janssen stöhnte auf und ließ von ihr ab. Dieser leere, unbeteiligte Ausdruck im Gesicht der Frau machte ihn schier wahnsinnig. Das konnte doch nicht ewig so weitergehen! Jeden Tag kam er hierher. Jeden Tag machte er sich Hoffnung. Jeden Tag wurde er enttäuscht!

Die Tage schlichen dahin. Esther zählte sie nicht. Sie wusste nicht, welcher Wochentag gerade war, hatte vergessen, in welchem Monat sie sich befand. Nicht einmal das Jahr war mehr wichtig. Nichts war mehr wichtig!

Sie vermied alle Gedanken, die mit der Wirklichkeit zu tun hatten, versuchte zu vergessen, dass sie sich in einem Gefängnis befand, versuchte, Ellen zu vergessen. Stattdessen flüchtete sie sich in ihre Erinnerungen, durchlebte die Zeit in Kanada noch einmal neu, versank in nicht mehr vorhandenen Armen und verlor sich in unsichtbaren, pechschwarzen Augen. Nachts stellte sie sich vor, wie Gedeon neben ihr atmete, und tagsüber schloss sie die Augen und versuchte sich an seinen Geruch und seine Wärme zu erinnern.

Mit der Zeit verlor sie immer mehr den Bezug zur Realität. Sie starrte entweder mit leerem Blick vor sich hin oder lag mit geschlossenen Augen auf ihrem Bett und träumte. Die Wut auf Ellen war verblasst, es gab nur noch die Erinnerung an Gedeon.

Alles, was ihre Illusionen störte, war ihr zuwider. Schon jeder Weg zur Toilette kostete sie unglaubliche Kraft. Noch unangenehmer war der tägliche Freigang im Hof. Wahrscheinlich war sie die einzige Insassin der JVA, die dazu gezwungen werden musste. Am allerschlimmsten aber war der Marsch in den Besucherraum, in dem sie fast jeden Tag von Robert Janssen erwartet und unermüdlich mit Fragen bombardiert wurde.

Und so drehte sich Esther wie immer auf die Seite und stellte sich schlafend, als es wieder einmal an ihre Zellentür klopfte und Besuch angekündigt wurde. Gleichzeitig aber störte, verwirrte sie irgendetwas. War es möglich, dass Robert längere Zeit nicht bei ihr gewesen war? Sie versuchte, den Zeitraum abzuschätzen, doch wollte es ihr nicht gelingen. Sie lebte einfach nicht mehr in der normalen Zeit.

„Es interessiert mich nicht, ob du schläfst, Süße", sagte die Vollzugsbeamtin, nachdem sie die Zellentür geöffnet hatte. „Soll ich dir einen Eimer Wasser über den Kopf gießen oder kommst du freiwillig mit?"

Esther seufzte und richtete sich widerwillig auf. Sie war tatsächlich schon einmal mit Wasser übergossen worden, und so zog sie es vor, sich dem Unvermeidlichen zu fügen. Sie erhob sich also und ging der Beamtin voraus. Mit schlurfenden Schritten schleppte sie sich in den Besuchertrakt.

Als sie dann jedoch in den Besucherraum geschoben wurde, stutzte sie. Irgendetwas war anders als sonst, das spürte sie ... roch sie sogar. Ein intensiver, frisch-männlicher Geruch erfüllte den Raum. Robert Janssen war nicht allein gekommen. Ein paar Schritte hinter ihm stand noch ein anderer Mann. Und der wirkte schon auf den ersten Blick streng und irgendwie Furcht einflößend. Seine feinen Gesichtszüge waren starr, fast als hätte man sie in Stein gemeißelt. Außerdem fiel sofort auf, dass seine schmalen Lippen eine gerade, beinahe wie mit dem Lineal gezogene Linie bildeten. Esther konnte sich beim besten Willen nicht vorstellen, dass es anatomisch möglich war, ihm ein Lächeln zu entlocken. Ihr Blick wanderte höher zu den dunklen Haaren des Mannes, die mit großen Mengen Gel oder Haarspray an seinen Kopf gekleistert waren. Passend dazu trug der Mann einen todschicken dunklen Anzug, der garantiert nicht von der Stange stammte. Darunter konnte man die Muskelpakete erkennen, die seine Schultern auf eine ungewöhnliche Breite hatten anschwellen lassen, während seine Hüften so schmal waren, dass so manche Frau vor Neid erblasst wäre.

Am irritierendsten an alledem war jedoch, dass diese Erscheinung so überhaupt nicht zu Robert passen wollte. Nicht nur, dass er auch heute wieder leger gekleidet war und sich sein Bäuchlein unübersehbar unter seinem grauen T-Shirt wölbte. Nein, da war noch etwas anderes. Esther überlegte wie schon lange nicht mehr. Es hatte mit seinem Gesichtsausdruck zu tun, seiner Stimmung. Ohne es zu wollen, hatte Esther Robert Janssen in den vergangenen Wochen ziemlich gut kennengelernt. Sie hatte seine Verzweiflung gespürt, seine Besorgnis. Aber heute sah er längst nicht so verbissen aus wie sonst. Er wirkte entspannt, fast fröhlich!

„Frau Kieling, darf ich Ihnen Hauptkommissar Bode vorstellen?", sagte er jetzt freundlich.

Esther antwortete nicht, war aber so aufmerksam wie noch nie zuvor. Zum ersten Mal seit Langem befanden sich ihre Sinne wieder in der Wirklichkeit. Irgendetwas Einschneidendes war geschehen, das wusste Esther. Sie wusste bloß nicht, was.

Bode, überlegte sie. Diesen Namen hatte sie schon einmal gehört. Aber in welchem Zusammenhang?

Als ihr Blick zu Herrn Bode herüberwanderte, schienen seine dunkelgrünen Augen sie beinahe zu verschlingen. Er hatte etwas von einem Drachen kurz vor dem Feuerspeien! Und als er jetzt zu reden begann, drang seine tiefe, irgendwie gepresst klingende Stimme wie Messer direkt in ihr Mark. „Wir haben die *Santa Anna* gefunden."

Esthers Blick wanderte wieder einmal in die Ferne ... zu Gedeon ... wie er über die Reling der *Santa Anna* stürzte ...

Noch während sie jedoch dieses Bild vor Augen hatte, wurde sie so grob am Arm gepackt, dass sie das Gleichgewicht verlor und hinzufallen drohte. Stählerne Hände verhinderten das, zogen sie hoch und schubsten sie so brutal auf einen Stuhl, dass sie aufstöhnte. Gleich darauf grub sich eine Hand in ihre Haare und riss ihren Kopf nach hinten, bis sie mitten in diese harten Augen sehen musste. „Sie werden mich gefälligst ansehen, wenn ich mit Ihnen rede", donnerte eine zornige Stimme.

Esther nickte verstört. Sie wusste kaum, wie ihr geschah. Gedeon war fort. Sie war allein in der Höhle des Drachen.

„Ich will Namen“, verlangte Hauptkommissar Bode, ohne Esthers Haare wieder freizugeben. „Wer sind die in der oberen Etage?“

Esther war kurz davor, sich zu übergeben. Dieser Mann flößte ihr entsetzliche Angst ein. Sie kam sich vor wie eine Maus in den Klauen eines Bussards. „Ich weiß es nicht“, piepste sie. „Ich weiß es wirklich nicht.“

Ihr Peiniger verstärkte seinen Griff, bis Esther vor Schmerzen aufstöhnte. „Sie reißen mir die Haare heraus“, wimmerte sie. Ihre Kopfhaut fühlte sich an, als würden tausend Nadeln darinstecken.

„Dann liefern Sie mir Namen!“, zischte Hauptkommissar Bode.

„Ich kenne aber keine“, winselte Esther.

Der Beamte schüttelte den Kopf und riss noch brutaler an Esthers Haaren. „Keine gute Antwort.“

Esther konnte nicht verhindern, dass die ersten Tränen aus ihren Augen liefen. „Ich bin nicht Ellen Kieling“, stieß sie hervor.

Bode lachte trocken auf und legte seine andere Hand um Esthers Kiefer. Sie war eiskalt. „Wer denn dann?“

Esthers Augen schielten ängstlich auf die stählerne Hand herunter. Gab es eine Chance, den Mann von ihrer wahren Identität zu überzeugen? Als sie aufsah und erneut in dieses harte, gefühllose Augenpaar blickte, brauchte sie nicht länger über die Antwort nachzudenken. Dieser Mann würde ihr nur das glauben, was er nachprüfen konnte. Aber was dann? Was konnte sie tun, was konnte sie sagen, damit dieser Albtraum aufhörte?

„Ich hab nie jemanden zu Gesicht bekommen“, flüsterte sie heiser. „Alle Gespräche liefen über Handy.“

„Nummern?“

„Die waren ... eingespeichert“, stammelte Esther.

„Das Handy?“

„Vernichtet“, sagte Esther.

Aber das war wohl schon wieder keine gute Antwort, denn Hauptkommissar Bode drückte zu, bis Esther den Eindruck hatte, als würde gleich ihr Kiefer brechen.

„In meiner Wohnung“, wimmerte Esther und hatte den Eindruck, dass ihr Kopf nur noch aus ihren Kieferknochen bestand.

„Wo?“

„Im Bad“, keuchte Esther. „Hinter den abnehmbaren Fliesen.“

Tatsächlich, der Griff lockerte sich. Esther atmete ein wenig auf. Es war egal, dass diese Antwort nicht der Wahrheit entsprach. Sie würde den Drachen vorübergehend besänftigen.

Frerk Bode ließ Esther los, richtete sich auf und sah zu seinem Kollegen hinüber. „Soso, die spricht mit niemandem, wie?“, sagte er und lächelte herablassend.

Robert Janssen presste ärgerlich seine Lippen aufeinander. Seine gute Laune war auf einmal wie weggeblasen. Er hatte sich schon früher sagen lassen müssen, dass er in Verhören viel zu nett agierte. Aber das war ihm egal. Er fand, dass er richtig gehandelt hatte. Diese Frau wirkte doch eher wie ein verschrecktes Küken als eine Verbrecherin. Und die Verhörmethoden dieses eingebildeten Lackaffen waren alles andere als legal. „Die Wohnung der Frau wurde durchsucht“, fauchte er. „Ich kann mir nicht vorstellen, dass die Kollegen der Spurensicherung etwas derart Wesentliches übersehen haben.“

„Wir machen alle Fehler“, lächelte Hauptkommissar Bode. „Das sieht man ja an dir.“

Robert Janssen holte Luft, um ihm eine passende Antwort entgegenzuschleudern, kam aber nicht dazu, weil sein Handy klingelte. Er kramte es aus seiner Hosentasche hervor.

„Janssen“, meldete er sich. „Ach, du bist's!“ Er klang hocherfreut. „Wo bist du? – Bist du verrückt? Du solltest im Bett liegen! – Also, dir ist wirklich nicht zu helfen. Na gut, ich komme.“ Er seufzte, warf noch einen Seitenblick auf das rothaarige Häufchen Elend auf dem Stuhl und verließ dann ohne ein Wort des Abschieds den Raum.

Kapitel 22

Er stand vor der Tür des Verhörzimmers und zögerte. Das flaue Gefühl in seiner Magengegend verunsicherte ihn.

War es noch zu früh?

Er wusste es nicht. Er wusste nur, dass er hier gebraucht wurde. Bode kam mit seiner Arbeit nicht wirklich voran. Vier volle Tage hatte er Ellen nun schon verhört. Und noch immer hatte er nichts Brauchbares aus ihr herausbekommen. Das angebliche Handy war in ihrer Wohnung nicht gefunden worden. Und auch sonst waren es nur vage, verschwommene Aussagen, die er ihr entlockt hatte. Wer, wenn nicht er selbst, konnte jetzt noch helfen?

Mutig streckte er die Hand nach der Türklinke aus ... zögerte erneut ... und ließ sie wieder sinken. Er seufzte tief. Warum fühlten sich seine Hände nur so entsetzlich feucht an?

Schluss jetzt, sagte er zu sich selbst. *Was sein muss, muss sein. Außerdem ist es Monate her. Du bist längst darüber hinweg. Du* musst *darüber hinweg sein!*

Um es sich nicht noch einmal anders überlegen zu können, warf er sich kurz entschlossen auf die Türklinke und stürmte förmlich in den Raum.

Direkt hinter der Tür standen Frerk Bode und Robert Janssen. Er hätte sie beinahe umgerannt. Als Erstes stieg ihm das intensive Aftershave in die Nase, das Frerks Markenzeichen war.

Und als Zweites bereute er die Entscheidung, hergekommen zu sein.

Zu seiner Rechten saß Ellen. Er hatte gehofft, dass sie ihm so stolz und herablassend begegnen würde wie damals auf dem Schiff. Das hätte ihm die Sache sicher erleichtert. Aber das Gegenteil war der Fall. Sie saß zusammengekauert auf dem Fußboden und hatte schutzsuchend die Hände über dem Kopf verschränkt, so als wollte sie sich vor Schlägen oder Misshandlungen schützen.

„Was willst du denn hier?", fragte Hauptkommissar Bode wenig erfreut.

„Das frag ich mich eigentlich auch", sagte Robert und schüttelte missbilligend den Kopf.

Esther blickte auf ... und lächelte verklärt. Vor ihr stand Gedeon. Genauso wie sie ihn in Erinnerung hatte – oder nein, nicht ganz. Er wirkte kräftiger, stabiler als früher, so als ob er zur Abwechslung mal was Vernünftiges zu essen bekommen hätte. Außerdem trug er ungewohnte Kleidung, eine schwarze, korrekt gebügelte Stoffhose und ein langärmeliges helles Karohemd. Sie schloss verzückt die Augen. Es war schon faszinierend, wie das menschliche Gehirn funktionierte. Tage- und nächtelang hatte sie nur an diesen Kommissar Bode denken müssen, an die Verkörperung all ihrer Albträume. Trotz all ihrer Bemühungen war es ihr nicht gelungen, sein Bild zu vertreiben und das von Gedeon in ihren Kopf zurückzuholen. Aber jetzt, wo es ihr schlechter ging als jemals zuvor, wo sie vor Hunger und Durst nicht mehr stehen konnte und ihr vor lauter Kopfschmerzen ganz schwindelig war, jetzt entstand sein Bild klarer und deutlicher in ihrem Kopf als jemals zuvor! Wahrscheinlich war sie jetzt mental einfach so am Ende, dass sie nur noch die Flucht in ihre Fantasiewelt vor dem totalen Absturz rettete.

Gedeon stand da und starrte sie ungläubig an. Ihr entrücktes Lächeln hatte ihn wie ein Messerstich getroffen. Wie konnte sie es wagen? Wie konnte sie es wagen, ihn so zu empfangen, als wäre nichts gewesen? Als hätte sie nicht versucht, ihn zu töten? Als hätte sie nicht sein Herz herausgerissen und im Pazifik ertränkt?

„Geht's dir gut?“, fragte Robert ein wenig besorgt.

Gedeon riss sich von Ellens Anblick los und wandte sich seinem besten Freund zu. „Ja, sicher“, gelang es ihm zu antworten. „Alles bestens.“

Esther zerfurchte die Stirn. Hörte sie Gedeon jetzt auch schon sprechen? Das war neu …

„Warum sorgst du dann nicht dafür, dass das auch so bleibt, und gehst wieder nach Hause?“, schlug Frerk Bode vor.

Gedeon wandte in Zeitlupentempo den Kopf. Als er den Blick seines Kollegen gefunden hatte, verengten sich seine Augen zu drohenden Schlitzen, doch sagte er kein Wort. Sekunden-, ja beinahe minutenlang standen sich die beiden wie zwei Kämpfer gegenüber, die jeden Moment losschlagen würden. Dann räusperte sich Hauptkommissar Bode und wandte seine Aufmerksamkeit wieder Esther zu. „Wo waren wir stehen ge-“

Er hielt mitten im Satz inne. Die Frau saß nicht mehr an ihrem Platz. Und sie machte auch keinen schwächlichen, unbeteiligten Eindruck mehr. Vielmehr schienen all ihre Sinne zum Zerreißen gespannt. Gleichzeitig guckte sie, als hätte sie ein Gespenst gesehen. Ungläubig, wenn nicht gar entsetzt, starrte sie Gedeon Wiesner an.

Jetzt bemerkte auch Gedeon, was vor sich ging. Misstrauisch musterte er Ellen von oben bis unten. Erst Freude, dann totale Überraschung? Was in aller Welt sollte das? Welches Spiel spielte sie heute mit ihm?

Esther setzte jetzt einen ihrer zitternden Füße vor den anderen und kam auf Gedeon zu. Direkt vor ihm blieb sie stehen, streckte unendlich langsam ihre Hand aus und berührte vorsichtig, fast ängstlich seine Schulter.

Fast im gleichen Moment aber schnellte Gedeons Hand in die Höhe, packte ihr Handgelenk und schob es mit einer heftigen Bewegung von sich weg. „*Fass – mich – nicht – an!*“, fauchte er bedrohlich leise.

Esther starrte ihn noch immer an, doch verwandelte sich das Entsetzen in ihrem Blick in eine seltsame Mischung aus unbändiger Freude und noch tieferem Schmerz. Tränen strömten ihre Wangen hinunter und wuschen alles fort, was bis eben noch ihr Leben ausgemacht hatte. Von einem Augenblick auf den anderen waren die Würfel neu gefallen.

Gedeon interpretierte ihre Reaktion auf seine Weise. „Dumm gelaufen, wie?“, zischte er durch kaum geöffnete Zähne hindurch. „Meine Zeit war wohl einfach noch nicht gekommen.“

„Aber … wie?“, stieß Esther hervor. All die Wochen hatte sie keine Sekunde daran gezweifelt, dass er ertrunken war. Und jetzt war geschehen, was sie sich mehr als alles andere auf der Welt gewünscht hatte. Er lebte!

Gedeon griff in seine Hosentasche und holte ein kleines Klappmesser daraus hervor. Das hielt er Esther direkt unter die Nase. „Hättest du mich nur einmal gründlich durchsucht, dann stünde ich heute nicht vor dir. Und auch die vielen Lügen wären dir erspart geblieben.“ So sehr er sich auch bemüht hatte, seine Worte kalt und herablassend klingen zu lassen, so viel Bitterkeit und Traurigkeit waren darin mitgeschwungen.

Esther starrte das Messer an. Aber natürlich! Er hatte es in der Wildnis oft benutzt! Zum Beispiel, um den Fisch auszunehmen. Sie hatte nur nie mitbekommen, wo er es aufbewahrte.

„Krieg ich sie jetzt wieder?“, erkundigte sich Hauptkommissar Bode mit einem süffisanten Grinsen. „Ich hab nämlich ein Verhör durchzuführen!“

Gedeon sah auf seine Hand, die noch immer Esthers Handgelenk festhielt. Sekundenlang zögerte er, dann ließ er es ruckartig los und wandte sich ab.

„Also gut“, lächelte Frerk Bode, packte nun seinerseits Esthers Handgelenk und schubste sie so schwungvoll auf ihren Stuhl zurück, dass dieser umfiel und Esther polternd auf dem

Fußboden landete. Als sie aufschrie, fuhr Gedeon herum. Einen Moment lang schien es, als würde er sich wutentbrannt auf seinen Kollegen stürzen, dann erlangte er seine Fassung zurück, atmete einmal tief durch und zwang sich, in eine andere Richtung zu sehen.

„Bist du zu blöd, um dich hinzusetzen?", schrie Frerk Bode. „Los jetzt, krieg den Hintern hoch und transportier ihn auf diesen Stuhl! Aber dalli!"

Esther unterdrückte ein Schluchzen, rappelte sich hoch, stellte umständlich den Stuhl wieder auf und nahm sichtbar eingeschüchtert darauf Platz.

„Also gut", fuhr Hauptkommissar Bode gefährlich sanft fort, „wo genau zwischen ‚Ich weiß nicht', ‚Ich hab keine Ahnung' und ‚Ich kann mich nicht erinnern' waren wir stehen geblieben?"

Esthers Blick wanderte zu Gedeon herüber. Es war unbeschreiblich, wie beglückend allein seine Gegenwart war. „Ich habe Durst", wagte sie darum auch zu sagen. Und das war die Untertreibung des Jahres! Dieser furchtbare Mensch hielt sie jetzt seit 16 Stunden in diesem Raum fest. Und sie hatte in der ganzen Zeit keinen einzigen Schluck zu trinken bekommen!

„Aha", säuselte Herr Bode. „Die Lady wünscht einen Drink. Dann wollen wir doch mal sehen, was sich machen lässt." Er schlenderte zu dem kleinen Tisch, der sich in der Mitte des Raumes befand, nahm das Glas Wasser, das eigentlich ihm gehörte, und spazierte damit zu Esther zurück. Dann hielt er es ihr hin. Doch als sie es ergreifen wollte, machte er eine ruckartige Handbewegung und der Inhalt des Glases spritzte ihr ins Gesicht.

„Hoppla", sagte er gespielt erschrocken. „Das tut mir aber leid!"

Gedeons Hände hatten sich zu Fäusten geballt. Es war wirklich noch zu früh gewesen, das wusste er jetzt sicher. Viel zu früh! Nur mühsam beherrscht wandte er sich zu seinem Kollegen um. „Das reicht, Frerk", presste er hervor. „Wir werden uns hier an die Gesetze halten."

„Ach, Scheiße, Gedeon", antwortete Bode und grinste. „Du bist doch nur sauer, weil deine Frauen in meiner Gegenwart alle die Beherrschung verlieren."

Das reichte nun wirklich! Ohne lange zu überlegen, holte Gedeon aus und verpasste seinem Kollegen einen Fausthieb, der ihn einmal quer durch den Raum beförderte. Als er direkt vor Ellens Füßen landete, ging es Gedeon besser.

Kapitel 23

Esther saß in dem Verhörraum, der ihr allmählich schon wie ein zweites Zuhause vorkam, und wartete auf Kommissar Bode. Seit ihrer überraschenden und bisher einzigen Begegnung mit Gedeon war eine knappe Woche vergangen. Trotzdem war es immer noch da, dieses unbeschreibliche Glücksgefühl, das sie ergriffen hatte, nachdem ihr bewusst geworden war, dass Gedeon wirklich noch am Leben war. Diese Tatsache war es, die alles verändert hatte. Gedeons Rückkehr war alles, was nötig war, um Esther aus ihrer Apathie zu reißen und ihr neuen Lebensmut zu geben.

Und das sah man ihr auch an! Der starre, gleichgültige Blick war aus Esthers Gesicht verschwunden. Stattdessen umspielte ein sanftes, aber deutlich erkennbares Lächeln ihre Lippen. Es war egal, wie düster es für sie aussah. Es war egal, dass Kommissar Bode sie auch heute wieder quälen und erniedrigen würde. Sie würde nicht noch einmal aufgeben! Dieses Mal nicht. Dieses Mal würde sie weder aufhören zu kämpfen ... noch zu hoffen ... noch zu beten.

Ja, auch Letzteres war eine der Veränderungen, die Gedeons Rückkehr hervorgerufen hatte.

In ihrer tiefen Freude und Dankbarkeit hatte sich Esther geschworen, nun endlich ihre Schulden zu begleichen. Sie hatte ja gleich eine doppelte Wettschuld einzulösen: die aus ihrer Wette mit Gedeon und die aus ihrem Handel mit Gott.

Wenn du mir Gedeon zurückbringst, tu ich alles, was du willst, hatte sie Gott versprochen. So weit, so gut. Das kleine Problem an der Sache war nur, das sie keine Ahnung hatte, was Gott für gewöhnlich so wollte. Sie war nicht religiös erzogen worden und hatte sich auch sonst nie für Glaubensdinge interessiert. Alles, woran sie sich aus den Geschichten ihrer Kindheit erinnern konnte, war die Weihnachtsgeschichte ... eine einfache, dreckige Futterkrippe und ein blond gelocktes Baby. Die Dinge hingegen, die Gedeon ihr erzählt hatte, waren gar nicht so recht zu ihr vorgedrungen. Jesus war darin vorgekommen, das Kind in der Krippe. Aber was genau war damals noch passiert? Jesus hatte alle möglichen Wunder vollbracht und war später gekreuzigt worden, aber Esther hatte nie genau verstanden, warum eigentlich.

Eines war ihr aus den Gesprächen mit Gedeon allerdings hängen geblieben: dass es scheinbar nicht schaden konnte, mit diesem Gott zu sprechen. Und so hatte sich Esther hingesetzt und folgenden Satz gesagt:

„Gedeons Gott, ich kenne dich eigentlich nicht. Aber du hast Gedeon gerettet, und darum werde ich zu meinem Wort stehen und von nun an das tun, was du willst. Ich hab nur keine Ahnung, wie das aussieht. Schick mir doch Gedeon vorbei, damit er mir sagt, was dein Wille sein könnte."

Dieser letzte Satz hatte Esther so gut gefallen, dass sie ihn seitdem an die hundert Male wiederholt hatte. Erstens ersehnte sie sowieso nichts mehr, als Gedeon wiederzusehen. Zweitens brauchte sie wirklich Gedeons Rat, um etwas über seinen Gott zu erfahren. Und drittens war Gedeons Mitwirkung nötig, um etwas gegen ihre jetzige Situation zu unternehmen. Sie musste noch einmal versuchen, ihm die Wahrheit über ihre Identität zu sagen. Vielleicht gab es ja doch eine Chance, ihn davon zu überzeugen!

Gedeons Gott hatte Esthers Geduld allerdings auf eine harte Probe gestellt. Sieben Tage waren vergangen ... hundert Gebete ... und noch immer kein Gedeon in Sicht. Stattdessen Verhör über Verhör ... und ein immer zornigerer Kommissar Bode.

Seltsamerweise hatte der ein wenig von seinem Schrecken verloren, seit ihn Esther in hohem Bogen vor ihre Füße hatte fliegen sehen. Er war eben doch nur ein Mensch, verletzlich und vor allem ... schwächer als ihr edler Ritter und Drachentöter ... Gedeon!

In Wirklichkeit sah der edle Ritter in diesem Moment allerdings wenig edel aus. Er lief mit einem lauwarmen Automatenkaffee in der Hand hinter seinem Kollegen Robert her und redete verzweifelt auf ihn ein.

„*Bitte*, Robert“, sagte er gerade zum achten Mal.

„*Nein*, zum Donnerwetter“, entgegnete Robert und beschleunigte seinen Schritt. „Ich *kann* das nicht, ich *darf* das nicht, ich will meinen Job noch ein bisschen behalten!“

„Und ich werde durchdrehen, wenn du mir diesen Gefallen nicht tust!“, beschwor Gedeon seinen Freund.

„Du wirst auch durchdrehen, *wenn* ich ihn dir tue!“, antwortete Robert trocken.

„Mag sein“, rief Gedeon, „aber dann bist du wenigstens nicht schuld daran, wenn ich das Gebäude hier mit einem Maschinengewehr stürme und alles plattmache, was mir in die Quere kommt!“

Zwei junge Frauen, die vor den beiden durch den Flur gegangen waren, blieben stehen und drehten sich erschrocken um.

Robert bemerkte es, blieb ebenfalls stehen und errötete. „Er macht nur *Witze*“, stammelte er.

„Na, hoffentlich“, sagte eine der beiden Frauen und warf einen skeptischen Seitenblick auf Gedeon.

Robert folgte ihrem Blick ... und seufzte. Objektiv betrachtet sah Gedeon im Moment nicht besonders vertrauenerweckend aus. Die tiefen Ringe unter seinen Augen sprachen von

Übermüdung, und die Bartstoppeln in seinem Gesicht verrieten, dass er sich schon lange nicht mehr rasiert hatte.

„Das *war* doch ein Witz, oder?“, flüsterte er, nachdem die beiden Frauen ihren Weg fortgesetzt hatten.

Gedeon setzte sein Pokerface auf und zuckte mit den Achseln. „Wer weiß ...“

Robert seufzte abgrundtief. „Ich verstehe dich nicht, Gedeon“, sagte er ernst. „Guck doch mal in den Spiegel. Diese Frau bringt dich völlig durcheinander.“

„Nur *einmal*, Robert. Ich versprech's dir. Wenn ... wenn ich mit ihr allein bin, zeigt sie mir ihr wahres Gesicht. Und ich brauche das, um mit dieser Geschichte abschließen zu können.“

„Das hat sie doch schon getan!“, regte sich Robert auf. „Lies mal nach, was du über den Mordversuch zu Protokoll gegeben hast. Sie hat dir doch schon gezeigt, was sie von dir hält, oder nicht?“

Gedeon raufte sich verzweifelt die Haare. „Ja, schon ... es ist nur ... du hast sie doch gesehen, oder nicht?“

Robert seufzte wieder. Im Grunde konnte er Gedeon verstehen. Die Frau war ihm ja selbst ein Rätsel. Bevor Gedeon wieder aufgetaucht war und ihm berichtet hatte, dass ihn Ellen Kieling gefesselt über die Reling eines Frachtschiffes hatte werfen lassen, hatte er die Frau auch für ein niedliches Ding gehalten, das keiner Fliege etwas zuleide tun könnte! „Du hast es dir selbst zuzuschreiben, dass du den Fall los bist“, erinnerte er Gedeon.

„Ich muss sie allein sehen, Robert“, beschwor Gedeon seinen Freund. „Sonst drehe ich wirklich noch durch.“

Robert zögerte immer noch.

„*Bitte*“, flehte Gedeon zum neunten Mal.

„*Einmal*“, gab Robert nach. „Aber wirklich nur ein einziges Mal.“

„Ich will einen Anwalt sprechen", sagte Esther.

Kommissar Bode sah erstaunt zu ihr auf. „Wie bitte?"

„Ich will einen Anwalt sprechen", wiederholte Esther mit fester Stimme. Noch vor einer Woche war ihr alles egal gewesen. Sie hatte sich sogar geweigert, ihren Pflichtverteidiger zu empfangen. Aber jetzt griff sie nach jedem Strohhalm.

„Ich werd's ihm sagen", fauchte Frerk Bode. *„Nachher!"*

„Nein, *jetzt*", widersprach Esther. „Ich will telefonieren. Aber nicht mit meinem Pflichtverteidiger. Ich will einen anderen Anwalt, einen *guten* Anwalt. Ich will mit Herrn Bossi aus München telefonieren." Esther kannte Herrn Bossi nicht. Aber er war der einzige Anwalt, von dem sie schon mal gehört hatte.

Kommissar Bode fing innerlich an zu kochen. Seit Gedeon ihn niedergeschlagen hatte, hatte sich das Verhalten der Frau verändert. Sie verhielt sich wesentlich selbstbewusster und fordernder. Irgendwie schienen seine Einschüchterungsversuche nicht mehr richtig zu wirken!

Er holte Luft, um ihr eine passende Antwort entgegenzuschleudern, kam aber nicht dazu, weil in diesem Moment die Tür geöffnet wurde und Robert Janssen den Kopf hindurchsteckte. „Kann ich dich mal kurz sprechen, Frerk?"

„Nicht jetzt!"

„Es ist aber dringend", beharrte Robert. Dann warf er einen vielsagenden Blick auf die Frau. „Neue Erkenntnisse!"

„Ach, wirklich?" Kommissar Bode klang auf einmal interessiert. Er kam mit der Frau nicht weiter. Wenn es etwas gab, das er dringend brauchte, dann waren das neue Erkenntnisse. Er stand auf und verließ eifrig den Raum.

Als sich die Tür hinter ihm geschlossen hatte, sackte Esther auf ihrem Stuhl zusammen und murmelte: „Danke, danke, danke, danke, danke!" Jede Verschnaufpause war wie ein riesengroßes, mit einer roten Schleife versehenes Geschenk für sie. Es fiel ihr doch so furchtbar, so entsetzlich schwer, stark und tapfer zu sein!

Die Freude währte allerdings nicht lange, denn schon Sekunden später wurde die Tür wieder aufgerissen. Esther fuhr erschrocken zusammen, hob den Kopf ... und erlitt beinahe einen Herzinfarkt, als sie nunmehr Gedeon eintreten sah. Mit allem ... jedem hatte sie gerechnet, aber mit ihm ... *jetzt*?

Ungläubig und schockiert starrte sie ihn an.

Verwirrt und unentschlossen starrte Gedeon zurück ... zögerte ... zögerte immer noch ... und räusperte sich schließlich. „Ich ... ähm ...", seine Stimme versagte und er räusperte sich ein zweites Mal, „bin hier, um ... um mein Verhalten zu erklären. Ich meine ... ich will nicht, dass du denkst, ich hätte ihn ... deinetwegen ... geschlagen. Es hat nichts mit dir zu tun, *gar nichts.* Es ist eine persönliche Geschichte zwischen Frerk und mir, nichts weiter."

Esther starrte ... und räusperte sich dann ihrerseits. „Hat es etwas ... mit Britta zu tun?", fragte sie leise.

Gedeon schluckte. Die Erinnerung an all die Gespräche, die *intimen* Gespräche, die er mit Ellen geführt hatte, verursachten ein Schwindelgefühl in seinem Kopf. „*Britta Bode*", stieß Gedeon entgegen all seiner Absicht hervor und ballte ein weiteres Mal die Fäuste. „Klingt doch gut, oder?"

Esther schüttelte sanft den Kopf. „Nein. Wiesner klingt hundertmal schöner."

Doch diese unbedachte Äußerung rief einen heftigen Effekt hervor. „Hör doch auf mit dem falschen Gesäusel!", brüllte Gedeon und lenkte seine Wut ganz abrupt von Frerk Bode zurück auf Ellen. „Meinst du nicht, dass wir über dieses Stadium allmählich hinweg sind?"

Esther schaute weg und begann, auf ihrer Unterlippe herumzukauen. Wie nur, wie sollte sie Gedeon die Wahrheit klarmachen?

„Hast du mich geliebt?", fragte sie einer plötzlichen Eingebung folgend.

Gedeon sah überrascht zu ihr auf.

„Hast du mich geliebt?", fragte Esther noch einmal.

Gedeon schluckte. Es fiel ihm nicht leicht, sich ein weiteres Mal vor dieser Frau zu erniedrigen und zuzugeben, dass er ihrer Schauspielerei von vorne bis hinten auf den Leim gegangen war. Andererseits würde das aller Wahrscheinlichkeit nach dazu führen, dass sie sich erneut über seine Dummheit und Naivität lustig machen würde. Und deswegen war er hier. Das, genau das war es, was er im Moment so dringend brauchte. „Ja!", stieß er heiser hervor.

„Und hast du mir vertraut?"

„Ja, zum Donnerwetter!", brach es aus Gedeon hervor.

„Dann tu es noch einmal", bat Esther und sah ihm in die Augen. „Noch ein einziges Mal!"

Gedeon schüttelte verständnislos den Kopf. „Was soll das?", zischte er. „Was willst du?"

„Ich will *zehn Minuten*. Zehn Minuten, in denen du mir zuhörst, ohne mich zu unterbrechen, zehn Minuten, in denen du mich erklären lässt und einfach so tust, als ob es möglich wäre, nur *möglich*, dass ich die Wahrheit sage."

Gedeon lachte bitter auf. „Was ist dein Problem, Ellen? War der Auftritt, den du mir auf dem Schiff geboten hast, noch nicht genug? Oder hat dich meine Rückkehr so sehr frustriert, dass du noch mehr Gelegenheiten brauchst, um mich mit Füßen zu treten? Hm?"

Aber Esther ging überhaupt nicht auf ihn ein. Stattdessen erhob sie sich, trat ein paar Schritte zur Seite und bedeutete Gedeon mit einer Handbewegung, sich auf ihren Platz zu setzen. „Zehn Minuten", wiederholte sie eindringlich. „Das ist alles."

Gedeon schnaubte verächtlich, ging aber trotzdem auf Esthers Stuhl zu, ließ sich betont lässig darauf nieder, streckte seine Beine aus und verschränkte demonstrativ die Arme. Anschließend sah er bedeutungsvoll auf seine Uhr.

Esther ließ keine Sekunde verstreichen, sondern begann umgehend mit ihrem Vortrag. Dabei sprach sie so, als befände sie sich bei der Arbeit und würde einen Lebenslauf diktieren.

„Mein Name ist Esther Kieling. Ich bin Sekretärin in einer kleinen Firma in Gießen, die Kinderspielzeug herstellt. Ich habe eine eineiige Zwillingsschwester. Sie heißt Ellen und wohnt in München. Als ich neunzehn Jahre alt war, lernte ich einen Mann kennen, der in Gießen Maschinenbau studierte. Sein Name war Gerrit Wiesner." Sie mied Gedeons Blick und sprach noch ein bisschen schneller. Er durfte sie jetzt nicht unterbrechen. Diese einzige, klitzekleine Chance wollte sie wahrnehmen. „Ich verliebte mich in ihn – und er sich in mich. Wir waren glücklich miteinander, zwei Jahre lang, bis zu dem Tag, an dem ich erfuhr, dass Gerrit mich mit meiner eigenen Schwester betrogen hatte. Ich trennte mich sofort von ihm, war taub für all seine Entschuldigungen und Liebesbeteuerungen. Zwei Monate später beging er Selbstmord. Erst seit anderthalb Wochen weiß ich, dass Gerrit mich eigentlich gar nicht betrogen hatte, sondern ... " Ihre Stimme kippte, fing sich dann aber wieder. „... sondern dass Ellen sich für mich ausgegeben hatte. Sie tut das schon seit unserer Kindheit. Ich hingegen habe den Spieß zum allerersten Mal umgedreht, als ich dieses Lager in Kanada fand und dich gefesselt an einem Baum hängen sah. Ich sah, wie Ellen das Lager verließ, und folgte ihr in den angrenzenden Wald. Durch einen Zufall stürzte Ellen und schlug sich den Kopf an. Sie blieb bewusstlos liegen. Ich zog ihre Kleidung an. In der Absicht, dich zu befreien, kehrte ich ins Lager zurück. Aber dann kam alles anders. Du hattest plötzlich ein Messer in der Hand und hast mich gekidnappt. Alles andere weißt du. Ich hab schon damals versucht, dir die Wahrheit über meine Identität zu sagen, aber du wurdest immer wütend, wenn ich es versuchte. Irgendwann gab ich einfach auf." Sie sah zu Gedeon herüber.

„Netter Versuch", lächelte der von oben herab. „Jetzt bin ich allerdings gespannt, wie du deinen Aufenthalt in Kanada erklären willst."

„Das ist eine längere Geschichte", krächzte Esther.

„Nur zu", sagte Gedeon und blickte auf seine Uhr. „Du hast immer noch sieben Minuten."

„Ein paar Wochen zuvor hatte ich meine Schwester in München besucht." Esther blickte in die Ferne und versuchte, sich an diese scheinbar unendlich lang zurückliegende Zeit zu erinnern.

„Es war kein gewöhnlicher Besuch", fuhr sie fort, „eher so etwas wie ein Hilfeschrei. Es ging mir nicht gut. Ich war labil. Aber bei Ellen kam ich erst recht vom Regen in die Traufe. Immer, wenn ich ihre Wohnung verließ, hatte ich das Gefühl, verfolgt zu werden. Anfangs zweifelte ich an meinem Verstand, und Ellen bestärkte mich in dieser Annahme. Aber ich entdeckte immer wieder dasselbe Gesicht in der Menge, *dein* Gesicht. Ich beschloss, nach Hause zurückzukehren. Aber als ich den Bahnhof betrat, warst du schon wieder dort. Ich geriet in Panik und versuchte, vor dir zu flüchten. Wie du weißt, gelang mir das auch. Aber als ich zurückblickte, geschah etwas Unerwartetes. Du hast gelächelt. Weißt du das noch? Es traf mich wie ein Schlag. Und von da an wusste ich, dass du etwas mit Gerrit zu tun haben musstest. Er hatte nie etwas von dir erzählt. Trotzdem war ich wie besessen. Ich besuchte eure Mutter in Oldenburg. Dort erfuhr ich alles über deine Vergangenheit und auch, dass du Polizist bist. Ich konnte mir zusammenreimen, dass es Ellen war, hinter der du her warst. Ich hinterließ meine Telefonnummer. Später rief deine Mutter mich an und teilte mir mit, dass du verschwunden seist. Irgendwie wusste ich, dass Ellen etwas damit zu tun hatte. Bei einem Familientreffen beobachtete ich sie, belauschte ihre Telefonate. Als sie eine Notiz auf einem Block aufschrieb, hab ich in James-Bond-Manier den darunterliegenden Zettel mit Bleistift geschwärzt. Es war eine Adresse in Kanada. Ich nahm Ellens Telefon, betätigte die Wahlwiederholung und hatte einen Mann am Apparat, der mich natürlich für Ellen hielt. Er erwähnte einen Cop. Ich hatte Angst um dich. Schließlich warst du Gerrits Bruder. Ich konnte nicht anders ... ich flog nach Kanada, fuhr zu der Adresse. Wieder wurde ich für Ellen gehalten. Der Mann, der dort wohnte, fragte gar nicht lange nach. Er brachte mich in einem Helikopter mitten in die Wildnis. Dort entdeckte ich das Lager."

Wieder sah sie hoffend und bangend zugleich zu Gedeon hinüber. Gab es den Hauch einer Chance, dass er ihr dieses Mal Glauben schenken würde?

Gedeon hob seine Hände, sah Esther herausfordernd in die Augen und begann ganz langsam zu klatschen. „Ganz hervorragend", sagte er schließlich. „Wie lange hast du gebraucht, um dir diese Story auszudenken?"

Für Esther waren diese Worte wie ein Schlag ins Gesicht. Sie drehte sich weg, damit er die Tränen nicht sah, die ihr in die Augen schossen. „Es ist die Wahrheit", presste sie hervor.

„Na klar."

„Es ist die Wahrheit", wiederholte Esther. „Und du hast versprochen, diese Möglichkeit wenigstens in Betracht zu ziehen."

„Oh, ich ziehe sie ja in Betracht", lachte Gedeon herablassend. „Wirklich, das tue ich. Leg mir nur einen Beweis vor und ich glaube dir jedes Wort."

„Die Drogen", antwortete Esther und drehte sich wieder zu Gedeon um. „Wir waren wochenlang Tag und Nacht zusammen. Ich hatte nie Entzugserscheinungen, erinnerst du dich? Und ich hatte auch keine Einstiche an den Armen. Die hat Ellen mir verpasst. Und das erst, nachdem sie versucht hat, dich zu töten. Glaub mir, Gedeon, bitte! Sag mir einen vernünftigen Grund, warum ich so plötzlich dem Heroin verfallen sein sollte!"

Gedeon zuckte gleichgültig mit den Achseln. „Vielleicht bist du mit deinen Schuldgefühlen nicht fertig geworden."

„Schuldgefühle?", wiederholte Esther fassungslos. „So, wie du mich ansiehst, hältst du mich doch für eine skrupellose

Mörderin. Wo, bitte schön, ist da noch Platz für Schuldgefühle?“

„Menschen verhalten sich manchmal inkonsequent und unberechenbar“, entgegnete Gedeon kalt. „Vor allem Frauen. Ich hab den Versuch, sie zu durchschauen und zu verstehen, schon lange aufgegeben.“

Esther ließ niedergeschlagen Kopf und Schultern sinken. Was konnte sie bloß tun, um ihn zu überzeugen? „Geh zu ihr“, flüsterte sie mit belegter Stimme. „Nur *ein* Mal. Du verlierst nichts dabei. Vielleicht geschieht ein Wunder und sie verrät sich.“

„Seit wann glaubst *du* an Wunder?“, fauchte Gedeon. Er hatte gegen seinen Willen an ihre Wette zurückdenken müssen.

Esther riss sich zusammen, hob den Kopf und antwortete trotzig: „Seit ich beschlossen habe, meinen Wetteinsatz einzulösen.“

„Ach tatsächlich?“ Gedeons Stimme entgleiste fast vor Wut. „Du machst wohl vor gar nichts halt, um mich zu manipulieren, wie? Nicht mal vor meinem Glauben!“

„Es ist jetzt auch mein Glaube“, beharrte Esther. „Und darum hätte ich auch gerne eine Bibel. Ich will, dass du mir eine gibst.“

Gedeon sprang auf. „Ich soll was?“, schrie er und machte einen Schritt auf Esther zu.

Die wich gleich zwei Schritte vor ihm zurück. „Ich will, dass du mir eine Bibel gibst“, wiederholte sie kaum hörbar.

„Ich ... ich denke ja nicht daran!“, brüllte Gedeon und wäre vielleicht auf Esther losgegangen, wenn in diesem Moment nicht die Tür aufgerissen worden wäre.

„Er kommt!“, zischte die Stimme von Robert Janssen. „Du hast fünfzehn Sekunden, um unseren Arsch zu retten.“

Gedeon reagierte sofort, wirbelte herum und war bereits Sekunden später aus dem Raum gestürmt.

„Das war knapp“, keuchte Robert, als er eine Viertelstunde später mit Gedeon sein provisorisches Büro betrat. „Was hast du dir eigentlich dabei gedacht, die abgesprochenen fünf Minuten zu überschreiten?“

Gedeon antwortete nicht. Stattdessen ging er mit starrem Blick auf einen Stuhl zu, plumpste auf die Sitzfläche und ließ den Kopf in die Hände sinken.

„Na, das war ja wohl ein voller Erfolg“, kommentierte Robert mit einem Seufzer. „Hat sie wieder versucht, dich zu bezirzen?“

„Von mir bekommt sie keine“, murmelte Gedeon zu sich selbst. „Auf keinen Fall.“

„Nun sag schon: Welche Taktik hat sie eingeschlagen?“

„Und ich werde auch auf gar keinen Fall diese Schwester besuchen!“

„Was für eine Schwester?“, wollte Robert wissen, während er auf dem Bürostuhl Platz nahm und auf seiner Tastatur herumzutippen begann.

„So eine blödsinnige Geschichte“, murmelte Gedeon.

„Esther Kieling“, las Robert, „wohnhaft in Gießen, von Beruf Sekretärin –“

„– in einer Firma, die Kinderspielzeug herstellt“, ergänzte Gedeon abwesend.

Robert blickte auf. „Was soll das? Was hat es mit dieser Schwester auf sich?“

Gedeon seufzte abgrundtief. „Ich werde sie auf gar keinen Fall besuchen. Nur über meine Leiche!“

Kapitel 24

Gedeon stand im Treppenhaus und starrte auf den unscheinbaren Klingelknopf. Sollte er?

Unentschlossen streckte er den Kopf vor und näherte sich mit dem rechten Ohr dem Türblatt. Nichts – kein Geräusch. Wahrscheinlich war sie gar nicht zu Hause!

Er seufzte tief, hob den Zeigefinger in Richtung Klingelknopf … und ließ ihn wieder sinken.

Was tat er überhaupt hier? Verlor er jetzt vollends den Verstand?

Unruhig trat er von einem Bein aufs andere. Das hier war verrückt! Und doch hatte ihn eine unsichtbare Macht so lange gepiesackt, bis er ihr nachgegeben hatte und nach Gießen gefahren war, zu Esther Kieling.

Er schüttelte den Kopf. Gut, dass Ellen ihn jetzt nicht sehen konnte. Gut, dass sie nicht wusste, wie sehr ihn ihre völlig unglaubwürdige Geschichte aufgewühlt hatte!

In den vergangenen Tagen hatte sich sein Leben um nichts anderes gedreht. Er hatte sich alle möglichen Gedanken gemacht. Er hatte sogar in Betracht gezogen, dass Ellen krank war … schizophren vielleicht. Man hatte doch schon die seltsamsten Geschichten über multiple Persönlichkeiten gehört. Vielleicht traf das ja auch auf Ellen zu und er konnte hier etwas darüber erfahren! Vielleicht, ganz vielleicht gab es sogar einen Teil von Ellen, der ihn trotz allem geliebt hatte …

„Scheiße“, zischte er. „Jetzt drehst du wirklich durch!“

Und mit diesen Worten machte er auf dem Absatz kehrt und wollte die Treppe wieder hinunterstürmen. Als er jedoch ein Geräusch hinter sich vernahm, blieb er abrupt stehen und drehte sich ein weiteres Mal um. Wie hypnotisiert starrte er auf die Wohnungstür, die jetzt geöffnet wurde.

„Und meld dich mal wieder, Liebes", hörte er eine Stimme sagen. Sie gehörte einem Mann, der fast so groß war wie er selbst und jetzt durch die Tür nach draußen trat. Der Mann war schlank und schon etwas älter, ungefähr Ende 50.

„Tja, tu das wirklich", fügte eine sympatische Frauenstimme hinzu. „Wenn du uns wieder so lange warten lässt wie beim letzten Mal, drehen wir noch durch!"

„Wir müssen einfach wissen, wie's dir geht", nickte der Mann. „Das weißt du doch!"

Jetzt trat auch die Frau in den Hausflur hinaus. Sie war groß und schlank und hatte kurze feuerrote Haare. Als sie Gedeon erblickte, zog sie überrascht die Augenbrauen hoch. „Erwartest du Besuch, Schatz?", fragte sie in den dunklen Wohnungsflur hinein.

Gedeon hielt die Luft an und folgte ihrem Blick. Sekunden später trat Esther Kieling in sein Blickfeld. Sie war tatsächlich Ellens Ebenbild! Eine natürliche Schönheit wie ihre Schwester, mit lustigen Sommersprossen und wilden Locken, die sie im Nacken zusammengebunden hatte.

Als sie Gedeon erblickte, huschte ein Ausdruck über ihr Gesicht, der wie eine Mischung aus Erschrecken und Ärger wirkte. Aber dieser wich so schnell einem freundlich-fragenden Gesichtsausdruck, dass Gedeon ihm keine Bedeutung beimaß.

„Wollen Sie zu mir?", fragte sie höflich.

Gedeon schluckte. Er konnte seinen Blick noch immer nicht von ihr losreißen. Sie verwirrte ihn genauso wie Ellen.

„Mein Name ist Gedeon Wiesner", antwortete er ein wenig mühsam. „Ich bin Polizeibeamter."

„Oh", machte die unbekannte Frau erschrocken.

Und auch der ältere Mann fuhr sichtlich zusammen. „Dann sind Sie also der Mann, den Ellen zu töten versucht hat?"

Gedeon schluckte. „Sieht ganz danach aus."

Einen Moment lang herrschte betretenes Schweigen. Dann streckte die kurzhaarige Frau, in der Gedeon mittlerweile Ellens Mutter vermutete, die Hände aus, ergriff Gedeons Hände und drückte sie. „Es tut mir so leid. Das müssen Sie mir glauben. Ellen war schon immer ... ", sie sah Hilfe suchend zu ihrem Mann herüber, „... etwas schwierig."

„Nur schwierig", fragte Gedeon, „oder vielleicht sogar auffällig?"

„Auffällig – ich weiß nicht", überlegte Reinhard Kieling. „Sie war vielleicht auffällig eifersüchtig, aber mehr ... ? Was meinst du, Anita?"

Frau Kieling holte Luft, um die Frage ihres Mannes zu beantworten, wurde aber von ihrer Tochter unterbrochen: „Müssen wir das wirklich im Hausflur diskutieren?", fragte Esther-Ellen gereizt.

Herr Kieling sah überrascht zu seiner Tochter. Dann fragte er sanft: „Geht's dir auch wirklich gut, Kind? Du bist in letzter Zeit so anders ..."

Ellen seufzte. Fast zeitgleich wich der verärgerte Ausdruck auf ihrem Gesicht einem schüchternen, entschuldigenden Lächeln. „Ist schon gut, Papa", sagte sie so sanft, dass es Gedeon einen Schauer der Erinnerung über den Rücken jagte. „Alles, was Ellen betrifft, geht mir nur so furchtbar nah."

„Sollen wir nochmal mit reingehen?", fragte Reinhard Kieling mitfühlend.

Ellen schüttelte den Kopf. „*Ich* werde reingehen. *Ihr* nehmt den Bus. Sonst verpasst ihr noch euren Zug!"

„Aber das macht doch nichts!", rief ihr Vater. „Nach allem, was du durchgemacht hast, können wir dich unmöglich allein einer Polizeibefragung aussetzen!"

„Es ist ja keine Befragung", gab Gedeon zu bedenken. „Nur eine Unterhaltung. Damit ich verstehe ..."

„Seht ihr", freute sich Ellen. „Nur eine Unterhaltung. Ihr könnt also ganz unbesorgt nach Hause fahren."

„Ich weiß nicht", murmelte Reinhard Kieling.

„Nun mach schon, Papa", drängelte Ellen. „Ich werde euch auch pünktlich um acht Uhr anrufen!"

„Versprochen?", fragte ihre Mutter.

„Versprochen!", lächelte Ellen, obwohl dieses Lächeln für Gedeons Begriffe etwas angestrengt wirkte. Es überdauerte die nun folgende Abschiedsszene und war auch noch da, als sie wenige Minuten später mit Gedeon im Wohnzimmer Platz nahm.

„Sind Ihre Eltern immer so fürsorglich?", wollte Gedeon wissen.

„Ja, immer. Das ist manchmal ganz schön anstrengend."

„Kann ich mir vorstellen. Benehmen sie sich grundsätzlich so? Ich meine, auch gegenüber Ellen?"

Ellen schluckte. „Nein, nicht wirklich."

„Sondern?"

„Nun", seufzte Ellen. „Ihr Verhalten gegenüber Ellen ist ... eher ... das Gegenteil. Sie ... kritisieren sie ständig."

„Warum?"

„Na ja", druckste Ellen herum. Das Thema war ihr sichtlich unangenehm. „Sie lebt halt ein ganz anderes Leben als ich. Sie ... hat zum Beispiel ihre Ausbildung geschmissen, so was sehen Eltern nicht gern. Außerdem ... nun ja ... wechselt sie ihre Männer wie die Unterwäsche."

Gedeon schluckte. „Und die Männer", fragte er rau, „fallen die alle auf sie herein?"

Ellen nickte scheu. „Sieht ganz danach aus."

Gedeon konnte nicht umhin, sich zu fragen, der wievielte er wohl gewesen sein mochte. *Tadaaa – herzlichen Glückwunsch, Sie waren der hundertste Kandidat?* „Das Verhalten Ihrer Eltern", sagte er, um so schnell wie möglich das Thema zu wechseln, „ist das der Grund für die Eifersucht, von der die beiden sprachen?"

„Eifersucht?", lachte Ellen. „Was für eine Eifersucht! Glauben Sie wirklich, dass eine Frau wie Ellen auf *mich* eifersüchtig sein könnte? Das wäre ja vollkommen albern!" Ihre Reaktion war so heftig, dass Gedeon überrascht zu ihr schaute. Als Ellen das bemerkte, ruderte sie schnell zurück. „Was ich damit sagen will, ist, dass Ellen immer die Stärkere von uns beiden war. Sie hat immer gemacht, was sie wollte. Sie war unabhängig. Wenn überhaupt, dann war *ich* eifersüchtig auf *sie*." Sie sah forschend in Gedeons Gesicht.

„Aha", sagte der und überlegte, ob überhaupt eine der beiden Schwestern normal war. „Dann halten Sie es also für ausgeschlossen, dass Ellen ... irgendwie ... schizophren ist oder so etwas?"

Ellen schnappte nach Luft. „Wie bitte?"

Gedeon seufzte. Wenn er schon mal hier war, musste er wohl die Karten auf den Tisch legen. „Frau Kieling", begann er, „Ihre Schwester hat mir gegenüber behauptet, sie sei gar nicht Ellen Kieling. Ihr Name sei in Wirklichkeit Esther und Sie, in diesem Fall Ellen, hätten die Rollen mit ihr getauscht."

Ellen legte erschrocken die Hand vor den Mund und blickte in die Ferne.

„Frau Kieling?"

„Ähm ... ja?", machte diese geistesabwesend. Gleichzeitig wirbelten ihre Gedanken wie wild durcheinander. Wie konnte das sein? Seit wann, zum Donnerwetter, tat Esther Dinge, die sie ihr verboten hatte? Seit wann tat Esther, was *sie* wollte?

„Frau Kieling!", wiederholte Gedeon.

„Tut ... tut mir leid", antwortete diese. „Was Sie mir mitgeteilt haben, ist nur so furchtbar erschreckend. Ich hätte niemals gedacht ... ich meine ... ich wusste ja nicht ... " Und dann brach es förmlich aus ihr hervor. „Sie muss verrückt sein!"

Gedeon nickte verwirrt. „Ja, das muss sie wohl." Gleichzeitig zweifelte er an seinem *eigenen* Verstand. Dieser Besuch bei Esther Kieling half ihm kein Stück weiter. Im Gegenteil. Im Moment durchschaute er überhaupt nichts mehr. Eher hatte sich der Knoten in seinem Kopf noch enger zusammengezogen.

Niedergeschlagen erhob er sich. „Ich muss jetzt gehen."

Ellen nickte erfreut. Sie konnte ihren unliebsamen Gast gar nicht schnell genug loswerden. Sie musste nachdenken ... und telefonieren. Es war an der Zeit, ihre Beziehungen spielen zu lassen!

Esther saß im Besucherraum und ließ niedergeschlagen den Kopf hängen. Ihre Stimmung passte genau zur Wetterlage. Hinter dem vergitterten Fenster zeigte sich der Himmel grau in grau. Alles, aber auch alles sah heute hoffnungslos aus.

Gleich würde Kommissar Bode kommen und sie wieder befragen. Kommissar Bode, nicht Gedeon.

Esther ließ zum hundertsten, wenn nicht gar tausendsten Mal das Gespräch mit Gedeon Revue passieren. Es war wirklich alles andere als positiv verlaufen. Genau genommen war es eine einzige Katastrophe gewesen! Kein Wort hatte er ihr geglaubt, nicht ein einziges. Und dabei war diese Begegnung doch ihre einzige Hoffnung, ihr letzter Strohhalm gewesen! Was konnte sie denn jetzt noch tun? Was blieb ihr noch?

Als Esther Schritte vernahm, verfinsterte sich ihr Gesichtsausdruck noch mehr. Und als das charakteristische Geklirr der Schlüssel erklang, zuckte sie wie unter Peitschenhieben zusammen und drehte sich mit dem Rücken zur Tür. Sie wollte das alles nicht. Sie wollte ... *brauchte* ihre Ruhe!

Esther hörte, wie die Tür geöffnet wurde und jemand den Raum betrat. Unwillkürlich versteifte sie sich und verschränkte die Arme vor der Brust. Gleich würde alles von vorne losgehen. Die gleichen Fragen ...

Die Tür wurde wieder abgeschlossen. Esther genoss jede Sekunde, die ihr Aufschub verschaffte.

„Entschuldigung", sagte eine etwas piepsig klingende Frauenstimme.

Völlig überrascht drehte Esther sich um. Vor ihr stand eine zierliche junge Frau von kaum mehr als 20 Jahren. Sie hatte eher unscheinbare Gesichtszüge, aber ausdrucksvolle, kugelrunde Augen, deren dunkelbraune Farbe exakt zu ihren kurzen Haaren passte. Esther starrte sie an, als wäre sie eine Erscheinung.

Die junge Frau trat nervös von einem Fuß auf den anderen. Das hier war noch furchtbarer, als sie es sich vorgestellt hatte. Ihr erster Besuch und dann so eine Reaktion ...

Allmählich begannen Esthers Gehirnwindungen wieder zu arbeiten. Die Frau sah nicht aus, als wäre sie eine Polizeibeamtin, und Esther konnte sich auch beim besten Willen nicht vorstellen, dass Kommissar Bode seine Lieblingsbeschäftigung an eine Kollegin abtreten würde. Wer also war diese Frau? Esther hatte nicht nachgefragt, wer sie sehen wollte. Das hatte sie nicht für nötig gehalten. Schließlich war es sonst um diese Tageszeit immer Kommissar Bode gewesen, der sie in den Besucherraum zitiert hatte!

Die junge Frau sah verlegen zu Boden und sagte dann etwas mechanisch ihren Text auf: „Entschuldigen Sie bitte die Störung. Ich ... ähm ... bin Mitglied des Schwarzen Kreuzes. Diese ... ähm ... Organisation hat es sich zum Ziel gesetzt, Inhaftierte zu besuchen, um ihnen vom Glauben an Jesus Christus zu erzählen."

Esthers Augenbrauen schossen in die Höhe. Hatte sie gerade richtig gehört?

Die junge Frau sah einmal kurz zu Esther auf, konnte ihrem fragenden Blick aber nicht standhalten und ging nervös dazu über, in dem kleinen Buch zu blättern, das sie in Händen hielt. Dann begann sie zu lesen. „*Denn also hat Gott die Welt geliebt, dass er seinen einzigen Sohn gab, damit alle, die an ihn glauben, nicht verloren werden, sondern das ewige Leben haben. Denn Gott hat seinen Sohn nicht in die Welt gesandt, dass er die Welt richte, sondern dass die Welt durch ihn gerettet werde.*“

Esthers Kinnlade klappte einen Zentimeter nach unten.

Die junge Frau strich mit einer verlegenen Geste eine Haarsträhne aus dem Gesicht und wandte sich zum Gehen. „Bitte entschuldigen Sie. Ich ... das ... ist jetzt wohl nicht der richtige Zeitpunkt ... oder so.“

Esther erwachte aus ihrer Starre, hechtete auf die junge Frau zu und bekam ihren Arm zu fassen, bevor sie an die Tür klopfen konnte. „Nein, halt, warten Sie!“, rief sie atemlos.

Dieses Mal war es die junge Frau, die ihr Gegenüber erstaunt anstarrte.

„Ist ... ist das eine Bibel?“, fragte Esther und deutete auf das kleine Buch, das die junge Frau fest umklammert hielt.

Die Frau nickte und blickte mit angstvoll geweiteten Augen in Esthers Gesicht.

Esther bemerkte, wie ihr Arm zu zittern begann und ließ ihn sofort los. „Tut mir leid“, sagte sie schnell. „Sie müssen keine Angst vor mir haben. Ich ... also ... möchte nur so gerne eine Bibel haben. Könnten ... könnten Sie mir die da leihen?“

Die Augen der jungen Frau vergrößerten sich zu Tischtennisbällen.

Gleichzeitig hörte Esther Geräusche an der Tür, dann ging diese auf und die Justizvollzugsbeamtin stürzte herein. Dabei hätte sie Esther und die junge Frau beinahe umgerannt. „Ist hier alles in Ordnung?“, fragte sie mit vor Argwohn schneidender Stimme.

Die junge Frau nickte nur, drückte Esther die Bibel in die Hand und eilte auch schon zur Tür hinaus.

„Danke!“, rief Esther ihr nach. „Vielen, vielen, *vielen* Dank!“

Kapitel 25

Als Robert morgens um halb sieben sein provisorisches Büro betrat, war Gedeon bereits dort. Er stand mit dem Rücken zu ihm am Fenster und starrte hinaus.

„Guten Morgen“, sagte Robert überrascht. „Bist du irgendwie aus dem Bett gefallen?“

Gedeon antwortete nicht. Er rührte sich nicht einmal. Und da es draußen noch beinahe dunkel war, wirkte seine Silhouette wie ein Denkmal.

Robert seufzte, verzichtete darauf, das große Licht anzumachen, und tastete sich stattdessen zu seinem Schreibtisch vor. Dort schaltete er die Schreibtischlampe ein.

Als der Lichtschein auf Gedeon fiel, wandte der gequält den Kopf zur Seite. Robert hatte trotzdem genug gesehen. Sein Kollege sah hohläugig und regelrecht krank aus.

„Ist alles in Ordnung mit dir?“, fragte Robert vorsichtig.

„Ja, alles bestens“, antwortete Gedeon mit heiserer, kratziger Stimme. „Ich hab die Nacht hier verbracht ... und nachgedacht.“

„Und worüber?“, seufzte Robert, obwohl er die Antwort längst kannte.

„Ich bin durch mit der Geschichte“, fuhr Gedeon fort. „Völlig durch. Mir ist egal, ob sie verrückt ist oder einfach nur verlogen. Ich werde keinen weiteren Gedanken an diese Frau verschwenden.“

„Ja, das sieht man“, kommentierte Robert trocken.

„Gib mir Arbeit“, bat Gedeon. „Irgendeinen neuen Fall. Ich brauche Ablenkung.“

„Du brauchst ein Bett!“, widersprach sein Freund. „Ehrlich, du solltest dich mal im Spiegel betrachten.“

„Ich kann aber nicht mehr schlafen“, brach es aus Gedeon hervor. „Wenn ich die Augen zumache –“ Er brach seinen Satz ab, weil sein Tonfall schwankend geworden war. „Ich klinge wie ein Waschweib“, sagte er wütend.

„Na und? Sie ist eine bildschöne Frau. Kein Wunder, dass du dich in sie verguckt hast.“

„Ich will es ja nur verstehen“, klagte Gedeon. „Ist das zu viel verlangt?“

„Nein“, antwortete Robert niedergeschlagen. „Aber hoffnungslos. Denk an all die Mörder, die wir schon zusammen eingebuchtet haben. Hast du die verstanden?“

Gedeon schüttelte verzweifelt den Kopf. „Nein.“

„Dann versuch, sie zu vergessen“, riet Robert. „Geh nach Hause und schlaf dich aus. Ich spreche mit dem Boss. Vielleicht hat er ein Einsehen mit uns.“

Als Gedeon ein paar Tage später mit Robert den Münchener Bahnhof betrat, sah er auch nicht viel besser aus als vorher. Er wirkte immer noch müde und heruntergekommen. Rasiert hatte er sich jedenfalls nicht. Und während er mit einem Trolley in der Hand lustlos hinter seinem Freund hertrottete, schien es, als wäre sein Humpeln viel stärker und auffälliger geworden als sonst.

„Beeil dich“, mahnte Robert, „wir verpassen den Zug.“

„Zug, Zug, Zug“, maulte Gedeon. „Nach allem, was ich durchgemacht habe, hätte uns der Alte ruhig mal ein Flugticket genehmigen können.“

Robert zuckte nur mit den Achseln. „Du kennst doch die Vorschriften.“

„Scheißvorschriften“, fluchte Gedeon. „Die Verbrecher, die wir jagen, fliegen erster Klasse. Wir nehmen den Zug, *zweite*

Klasse, versteht sich. Und dann soll man auch noch unbestechlich bleiben."

Robert seufzte. Gedeons schlechte Laune ging ihm allmählich auf die Nerven. Keine Frau der Welt war es wert, dass man sich ihretwegen so gehen ließ! „Warum befreist du sie dann nicht aus dem Gefängnis, wirfst dich ihr zu Füßen und bittest sie um einen Job?"

„Drüber nachgedacht hab ich schon", antwortete Gedeon.

Robert blieb abrupt stehen und drehte sich zu Gedeon um. Entsetzt und fragend zugleich sah er ihn an.

Der zuckte nur niedergeschlagen die Achseln.

„So schlimm?", fragte Robert.

Gedeon nickte nur.

„Schlimmer als bei Britta?"

Gedeon seufzte, als ruhe die Last der ganzen Welt auf seinen Schultern.

„Und warum ... ", begann Robert, „... ich meine ... jetzt mal ernsthaft ... was hält dich davon ab?"

„Drei Wochen sind es nicht wert", entgegnete Gedeon deprimiert.

„Drei Wochen?"

„So lange halten für gewöhnlich ihre Beziehungen", klärte Gedeon ihn auf. Gleichzeitig bildete sich ein bitterer Zug um seinen Mund. „Diese Frau schläft sich durch ganz Deutschland!"

„Wer sagt das?"

„Die Schwester. Und die Eltern. Ich war gestern bei ihnen."

„Du warst schon wieder in Gießen?"

„Diesmal in Asslar", nickte Gedeon. Aber als er in Roberts Gesicht sah, entdeckte er nur Verständnislosigkeit darin. „Ich will es ja nur verstehen", rechtfertigte er sich mit den Worten, die neuerdings zu seinem Lieblingssatz geworden waren.

Robert schüttelte den Kopf. „Mann, dir ist wirklich nicht zu helfen!" Dann aber blickte er auf seine Uhr. „Noch vier

Minuten. Komm jetzt. Abstand ist deine einzige Heilungschance.“ Er packte Gedeon am Arm und zog ihn hinter sich her. Sein Schritt verlangsamte sich erst wieder, als sie das richtige Gleis erreicht hatten und feststellten, dass der Zug noch nicht mal eingefahren war.

„Verspätung, na super“, meckerte Robert.

Gedeon sagte gar nichts. Der Bahnsteig des Münchener Hauptbahnhofs rief Erinnerungen in ihm wach ... Er sah wieder die beiden Züge vor sich, sah, wie Ellen aus dem einen flüchtete, in den anderen sprang und ihm dann einfach davonfuhr. Das war eine Meisterleistung gewesen, die Leistung eines Profis. Oder doch nur Zufall?

„Sag mir, dass ihre Geschichte von vorne bis hinten erlogen ist“, bat er heiser.

„Das haben wir doch schon hundertmal besprochen“, fauchte Robert. „Die Geschichte von der vertauschten Zwillingsschwester ist das Abgefahrenste, was mir jemals untergekommen ist.“

„Aber sie ist in sich logisch.“

„Das ist *Das doppelte Lottchen* auch“, antwortete Robert trocken.

Gedeon seufzte. „Du hast recht.“ Gleichzeitig fing er an zu beten: *Lass endlich den Zug kommen, Herr. Ich muss hier weg!*

Und tatsächlich, fast in demselben Moment rollte der Zug in den Bahnhof ein. Gedeon und Robert erklommen ihn als Erste. Sie hatten sich gerade ein leeres Abteil gesucht, als Roberts Handy klingelte. Umständlich kramte er es aus der Innentasche seines Blousons.

„Ja? Ach, hallo. – Aha.“ Er warf einen Seitenblick auf Gedeon. Dann sah er angestrengt zum Fenster hinaus, lauschte und sagte schließlich betont munter: „Alles klar!“ Er schaltete das Telefon aus und ließ es wieder in seinem Blouson verschwinden.

Aber Gedeon hatte schon Verdacht geschöpft. „Wer war das?“, fragte er misstrauisch.

Robert schluckte. „Meine … äh, Mutter."

„Du warst schon immer ein katastrophaler Lügner", kommentierte Gedeon.

Robert schluckte erneut. „Es war nichts Wichtiges, wirklich nicht."

„Wer – war – es?", wiederholte Gedeon streng.

Robert seufzte. „Frerk."

„Und?", fragte Gedeon ein wenig zu interessiert. „Gibt's was Neues?"

Robert schüttelte den Kopf. „Er hat uns nur eine gute Reise gewünscht." Dann lachte er gekünstelt. „Wahrscheinlich ist er froh, dass wir endlich weg sind."

Gedeon sagte nichts, starrte aber so lange und so durchdringend in Roberts Gesicht, dass der sich unter diesem Röntgenblick zu winden begann. Schließlich stammelte er: „Wenn … wenn es etwas Neues gäbe, würde er *mich* doch nicht anrufen!"

Aber Gedeon starrte weiter, mit harten, pechschwarzen Augen. Nach zwei Minuten hielt Robert es nicht mehr aus. „Sie liegt im Krankenhaus", seufzte er.

Gedeon sprang auf. „Wer … Ellen?"

Robert nickte. „Sie ist zusammengeschlagen worden, im Gefängnis." Als er Gedeons total entsetzten Gesichtsausdruck sah, fügte er hinzu: „Jetzt reg dich bloß nicht auf. Du weißt doch, wie häufig so etwas vorkommt. Ein kleiner Streit unter Zellengenossen und schon wird eine Prügelei daraus."

„Wie schlimm ist es?", presste Gedeon hervor.

„Sie wird's überleben."

Gedeon atmete sichtbar auf. Trotzdem drehte er sich um und machte Anstalten, seinen Trolley aus der Gepäckablage zu fischen.

„Was … was tust du denn da?"

Dank seiner Größe holte Gedeon den Trolley mühelos herunter. „Ich bleibe hier!"

„Bist du wahnsinnig?" Jetzt sprang auch Robert auf. „Sie hat es doch nicht anders verdient! Sie hat versucht, dich umzubringen!"

Aber Gedeon steuerte bereits auf die Tür des Abteils zu.

„Der Chef hat uns zurückbeordert!", rief Robert. „Du *darfst* gar nicht hierbleiben!"

Gedeon riss die Tür des Abteils auf.

„Sie macht dich kaputt, Gedeon! Du wirst an ihr zugrunde gehen!"

Gedeon stürmte auf den Flur hinaus.

„Gedeon! *War-te*!", rief Robert hinter ihm her.

Aber Gedeon wartete nicht. Wie von einem unsichtbaren Magneten gezogen, stürmte er aus dem Zug, eilte den Bahnsteig entlang und entschwand aus Roberts Blickfeld.

„Scheiße!", fluchte der. Aber dann hörte er das Signal des Zugbegleiters. Ohne weiter zu überlegen, wirbelte er herum und kramte mühsam nunmehr *seinen* Koffer aus der Gepäckablage.

„Ich werde meinen Job verlieren", seufzte er und stürmte ebenfalls aus dem Zug.

Kapitel 26

Esther lag in dem weiß bezogenen Bett und weinte bitterlich. Alles, aber auch *alles* an ihrem Körper schmerzte. Sie fühlte sich beinahe so, als hätte sie einen Schleudergang in der Waschmaschine hinter sich. Und so sah sie auch aus! Blaue Flecken übersäten ihren Körper, ihr linker Arm war mit einem Verband umwickelt. Außerdem war ihre Oberlippe dick angeschwollen. Sie war ein Wrack!

Aber ihr körperlicher Zustand war nicht einmal das Schlimmste. Richtig dreckig ging es ihrer Seele! Sie verstand die Welt nicht mehr! Erst vor ein paar Tagen hatte sie zum ersten Mal in ihrem Leben so etwas wie Kampfgeist in sich entdeckt und beschlossen zu kämpfen, durchzuhalten, sich nicht unterkriegen zu lassen! Und jetzt? Jetzt war alles dahin! Jetzt fühlte sie sich wieder hilflos, ausgeliefert und allein. Mutterseelenallein.

Das Gefühl der Einsamkeit trieb einen neuen Schwall Tränen über ihr geschundenes Gesicht. Was hatte es ihr jetzt gebracht, dass sie angefangen hatte, sich auf Gott einzulassen? Wo war der Gott, der die Menschen angeblich beschützte? Wo war der Gott, der ihr beim Bibellesen so wirklich, so real vorgekommen war? Wo?

Sie horchte in sich hinein, aber da war nichts – kein Trost, kein Zuspruch, rein gar nichts!

Und so verdunsteten all ihre Entschlossenheit, ihr Mut und ihre Kraft wie Wasser in der Wüste. Was blieb, war die Angst vor einer ungewissen Zukunft, vor dem Gefängnis, vor weiteren Schlägen, vor Kommissar Bode. Gedeon war weit weg. Gott war weit weg. Esther war allein.

Die Verzweiflung wuchs, ein altbekanntes Gefühl von Panik erfasste sie, beschleunigte ihren Herzschlag, setzte ihre Vernunft außer Kraft.

Mit einem hysterischen Schluchzer riss sich Esther den Schlauch aus dem Arm, sprang aus dem Bett und humpelte auf die Tür zu.

Noch bevor sie sie jedoch erreichte, öffnete sie sich von selbst und – ein Engel betrat den Raum.

Esther hielt mitten in der Bewegung inne und starrte die Erscheinung ungläubig an. Sie hatte erst gestern in der Bibel eine Passage über einen Engel gelesen, der einem Menschen erschien, und genauso hatte sie ihn sich vorgestellt. Äußerlich eine Frau, ganz in Weiß gekleidet, mit blonden, lockigen Haaren und einem bildhübschen, freundlichen Gesicht!

„Nanu!“, rief die Engelfrau erstaunt. Sie hatte eine warme, sanfte Stimme. „Was machen Sie denn da?“

Esther antwortete nicht. Sie fühlte sich wie im Traum. Gott war *doch* gekommen, um ihr zu helfen!

„Sie sind krank!“, sagte der Engel und kam auf Esther zu. „Sie müssen in Ihr Bett zurück.“ Und mit diesen Worten legte das Himmelswesen sanft seine Arme um Esther, schob sie zurück zu ihrem Bett und half ihr, wieder hineinzusteigen. Dann setzte es sich neben sie.

„Hat Gott Sie geschickt?“, fragte Esther, kaum, dass die Kanüle wieder an ihrem Arm befestigt worden war.

Der Engel riss erstaunt die Augen auf. „Ob … *was* … ich meine, *wie*?“

„Ob Gott Sie geschickt hat“, wiederholte Esther geduldig und verlor sich in den klaren blauen Augen ihres Gegenübers.

„Ich … ähm … ja, das hat er wohl“, stammelte der Engel und schüttelte dabei ein wenig den Kopf.

„Und was sollen Sie mir sagen?“, erkundigte sich Esther.

Der Engel räusperte sich und hörte gar nicht wieder auf, den Kopf zu schütteln. „Was ist denn Ihr Problem?", fragte er schließlich.

„Ich habe Angst", entgegnete Esther. „Ich habe furchtbare Angst."

„Also gut", nickte der Engel und atmete einmal tief durch. „Dann soll ich Ihnen sagen: ‚*Fürchte dich nicht, ich bin mit dir; weiche nicht, denn ich bin dein Gott. Ich stärke dich, ich helfe dir auch, ich halte dich durch die rechte Hand meiner Gerechtigkeit.*'"

Esther schluckte und kämpfte mit Tränen der Rührung. War sie Gott wirklich so wichtig, dass er einen Engel schickte, um ihr das zu sagen? „Danke", brachte sie hervor.

Die Engelfrau nickte und sah Esther eine Weile nur schweigend an. „Darf ich mir jetzt Ihre Verletzungen ansehen?", fragte sie schließlich.

Esther nickte verwundert. Gehörte das auch zu den Aufgaben eines Engels?

Das Himmelswesen holte einen Stift und einen Notizblock aus der Tasche seines Kittels hervor, legte ihn auf Esthers Nachttisch und begann, sie eingehend zu untersuchen. Zwischendurch schrieb es immer wieder etwas auf.

„Ich muss auch Ihren Schambereich untersuchen", sagte der Engel schließlich.

„Ich bin nicht vergewaltigt worden", sagte Esther schon ein wenig lallend. Sie war auf einmal todmüde. „Das waren alles Frauen, die das getan haben."

„Darf ich trotzdem?", fragte der Engel.

Esther nickte. Obwohl ihr allmählich dämmerte, dass der Engel nicht nur ein Engel, sondern nebenbei auch noch so was wie eine Ärztin war, hatte sie nicht mehr die Kraft nachzufragen. Sie schlief noch während der Untersuchung ein.

Als Robert am frühen Nachmittag dem Aufzug entstieg, beantwortete sich die Frage, ob Gedeon ebenfalls dort war, schon von selbst. Die Tür zu seinem vorübergehenden – und genau genommen bereits geräumten – Büro stand sperrangelweit offen und Gedeons Stimme erfüllte die ganze Etage.

„Ein simpler Untersuchungsbericht!", donnerte er in seinem kräftigen Bariton.

„Blödsinn!", war das nächste Wort, das die Fensterscheiben in Vibration versetzte. „Sie tun ja gerade so, als handele es sich um eine geheime Staatsaffäre!"

Robert seufzte und schlenderte gemächlich auf die geöffnete Tür zu. Der Ruf, den Gedeon in München genoss, war seit seinem tätlichen Angriff auf Hauptkommissar Bode ohnehin ruiniert. Warum sich also aufregen?

„Dann wischen Sie sich doch den Hintern damit ab!", brüllte Gedeon. Gleich anschließend ertönte ein Geräusch, das Robert unschwer mit einem Telefonhörer und seiner ungebremsten Rückkehr auf die Station in Verbindung brachte.

„Scheiße", fluchte Gedeon. „Scheiße, Scheiße, Scheiße!"

„Wo?", fragte Robert und lehnte sich lässig gegen den Türrahmen.

Überrascht blickte Gedeon auf. „Was machst du denn hier? Ich dachte, du wärst nach Wiesbaden zurückgefahren."

Robert zuckte die Achseln. „Ich hatte wohl irgendwie das Gefühl, dich nicht allein lassen zu können. Aber das täuscht, wie man sieht." Mit diesen Worten deutete er auf das Chaos von Papier und Zetteln, das nicht nur auf Gedeons Schreibtisch, sondern auch auf dem Fußboden verteilt war. „In Wirklichkeit kommst du ja hervorragend zurecht."

„Grmpf", knurrte Gedeon. „Ich hab jemanden gesucht, der mir einen klitzekleinen Gefallen tut. Aber in München ticken die Uhren irgendwie anders als zu Hause."

Robert sah ihn mitleidig an. „Oder könnte es sein, dass du dich ein klein wenig im Tonfall vergriffen hast?"

„Nein!“, bellte Gedeon. „Es könnte höchstens sein, dass Frerk mir zuvorgekommen ist!“

Robert näherte sich nun seinerseits dem Telefon. „Den Untersuchungsbericht, ja?“

Gedeon nickte verblüfft.

Robert nahm den Hörer ab, wählte eine Nummer und sagte dann: „Hallo, Karin, wie geht's?“ Es folgten ein paar private Floskeln, dann sagte er: „Hast du schon gehört, dass Gedeon jetzt völlig ausgetickt ist?“

Gedeon holte Luft, um sich zu beschweren, doch Robert hob die Hand, womit er ihn gerade noch rechtzeitig zum Schweigen brachte.

„Ach so, das weißt du schon. Aber weißt du auch, dass Frerk angeordnet hat, ihm auf keinen Fall mehr Akteneinsicht zu gewähren?“ Es folgte eine Pause. „Du meinst, er tut alles, um an diesen Untersuchungsbericht heranzukommen?“ Wieder lauschte er eine Zeit lang seiner Gesprächspartnerin. Dann sagte er: „Weißt du was? Ich komme sofort rüber und hol mir die Akte. Dann können wir sicher sein, dass sie nicht in falsche Hände gerät. Einverstanden?“ Er legte auf und grinste Gedeon triumphierend an.

„Das tust du für mich?“, wunderte sich Gedeon. „Und ich hatte angenommen, du würdest alles versuchen, um mich doch noch nach Wiesbaden zurückzubefördern.“

„Tja“, seufzte Robert. „Dass das aussichtslos ist, hab selbst ich begriffen. Und bevor du es dir mit der ganzen Welt verdirbst ...“

„Danke!“, sagte Gedeon ernst und schlug Robert freundschaftlich auf die Schulter. „Danke, Robert.“

Als Gedeon wenig später sein Hotelzimmer betrat, atmete er auf. Er hatte es tatsächlich unbehelligt bis hierher geschafft! Um sich noch einmal des vollen Erfolges seiner Aktion zu vergewissern, tastete er von außen nach der mehrfach gefalteten Kopie des Untersuchungsberichtes, der sich in der Innentasche seiner Jacke befand. Und tatsächlich, er war noch da!

Er lächelte. Als er auf dem Revier mit seiner Beute in der Tasche Hauptkommissar Bode über den Weg gelaufen war, war ihm der Arsch doch ordentlich auf Grundeis gegangen. Wie gut, dass Frerk seine Schweigsamkeit mit seiner Abneigung ihm gegenüber und nicht mit dem wahren Grund in Verbindung gebracht hatte!

Er streifte seine Schuhe von den Füßen, zog die Jacke aus, kramte den Zettelwust daraus hervor und ließ sich erst einmal auf sein Bett fallen. Dann faltete er den Bericht sorgfältig auseinander, atmete noch einmal tief durch und begann zu lesen.

Schon nach den ersten Zeilen reagierte er stärker, als er es vorgehabt hatte. Er hatte sich den Untersuchungsbericht geholt, um sich davon zu überzeugen, dass es – wie Robert ihm versichert hatte – tatsächlich nur leichte Verletzungen waren, die Ellen davongetragen hatte.

Aber jetzt krampfte sich sein Magen zusammen. Jetzt konnte er nicht umhin, sich Ellen im Krankenzimmer vorzustellen, geschwächt und niedergeschlagen, übersät mit Prellungen, hilflos wie damals …

„Herr“, flüsterte er, „warum tust du mir das an? Warum komme ich nicht von ihr los?“

Er erhielt keine Antwort und so seufzte er nur, richtete sich auf und verwandelte die drei aneinandergetackerten Blätter des Berichtes mit ein paar Griffen in einen ansehnlichen Papierflieger. Den schickte er dann kurzerhand auf eine Reise durch das Hotelzimmer. Der Flieger war allerdings viel zu schwer und landete nach einem erbärmlichen Gleitflug nur Zentimeter hinter dem Hotelbett.

„Super“, maulte Gedeon. „Nicht mal den kann ich loswerden.“

Dann erhob er sich von seinem Bett, steuerte auf die alte Kaffeemaschine zu, die einen provisorischen Platz auf dem Fußboden gefunden hatte, und kochte sich mit Wasser aus dem Badezimmer einen richtig starken Kaffee. Bewaffnet mit der einzigen Tasse, die ihm hier in München zur Verfügung stand, sank er anschließend auf einen Sessel und genoss das ungesüßte, pechschwarze Gebräu. Unglücklicherweise befand er sich jetzt in einer Position, in der sein Blick unentwegt auf den Papierflieger fiel. Noch während er den ersten Schluck in sich hineinschlürfte, musste er sich sechsmal entscheiden, ihn *nicht* wieder zur Hand zu nehmen. Der unerbittliche Kampf ging weiter, bis die Tasse nach einigen Minuten halb geleert war.

„Ich werde dich verbrennen!“, drohte er schließlich. Dann bückte er sich aber doch, hob den Flieger auf und faltete ihn mit zusammengekniffenen Lippen ein weiteres Mal auseinander, um die zweite Seite des Berichtes zu lesen.

Während sein Blick über die Zeilen hastete, murmelte er immer wieder: „Du hast es nicht anders verdient. Nein, das hast du wirklich nicht.“ Auf diese Weise drang er schnell zur letzten Seite vor und überflog auch diese im Eiltempo.

Als er zum Schluss gelangt war, knüllte er die Blätter zusammen und warf sie im hohen Bogen in Richtung Mülleimer. Erstaunlicherweise traf er ihn auf Anhieb.

„Na, also“, lächelte er erleichtert, „geht doch!“

Aber dann geschah etwas Seltsames.

Von einer Sekunde auf die nächste gefror das Lächeln auf Gedeons Lippen. Ein Ausdruck von maßlosem Erstaunen und totaler Überraschung überzog sein Gesicht. Er hechtete zum Papierkorb hinüber, riss das Papierknäuel wieder daraus hervor, entfaltete es zum dritten Mal und blätterte auf die letzte Seite.

„Das kann nicht sein“, flüsterte er fassungslos.

Wieder und wieder durchkämmten seine Augen den letzten Absatz, sogen den Inhalt regelrecht in sich hinein. Dabei schüttelte er fast ununterbrochen den Kopf und begann schließlich sogar, unruhig durchs Zimmer zu wandern.

„Das ist unmöglich!", rief er schließlich. „Das muss ein Irrtum sein!"

Mit diesen Worten blieb er stehen, blätterte auf die erste Seite des Berichtes zurück und holte dann sein Handy, um die Ärztin anzurufen, deren Nummer dort vermerkt war.

Gedeon stand vor der Haustür eines kleinen Einfamilienhauses im Randbereich von München und verglich zum fünften Mal die Adresse, die er sich auf einem kleinen Zettel notiert hatte. Sie war richtig! Und dennoch stand der Name „Habermann" auf dem Türklingelschild. Und das war nicht der Name der Person, mit der er verabredet war.

Achselzuckend klingelte er schließlich trotzdem.

Es dauerte einen Moment, dann öffnete sich die Tür und eine hübsche blonde Frau kam zum Vorschein. Sie trug ein kleines blond gelocktes Mädchen auf der Hüfte, das sein Gesicht schüchtern in ihrem Pullover vergrub. Im Hintergrund steckte ein zweites, vielleicht fünf Jahre altes Mädchen neugierig den Kopf in den Flur.

„Tut mir leid, dass ich störe", seufzte Gedeon und ärgerte sich darüber, dass er jetzt auch noch Hausfrauen belästigte. „Ich muss mir die falsche Hausnummer aufgeschrieben haben. Wohnt in dieser Straße vielleicht eine Dr. Spließgard?"

Die Frau lächelte freundlich. „Ja, das bin ich – Madita Spließgard. Sie müssen Oberkommissar Wiesner sein. Wie es scheint, hab ich wohl vergessen, Ihnen zu sagen, dass ich für ein paar Wochen in der Wohnung meiner Freundin lebe. Sie befindet sich auf ihrer Hochzeitsreise. Sechs Wochen Indischer Ozean, Thailand, Borneo, Sri Lanka. Ist das nicht beneidenswert?"

Gedeon nickte verwirrt. Er begriff die Zusammenhänge nicht ganz. „Und was ist Ihre Freundin von Beruf?"

„Na, Ärztin. Darum bin ich doch hier. Ich vertrete sie in ihrer Abwesenheit."

„Praktizieren Sie denn?", fragte Gedeon und blickte zweifelnd auf die beiden Kinder.

Madita lachte und setzte das kleinere der beiden Mädchen auf den Fußboden. Dann wandte sie sich an die Größere. „Charlotte, mein Schatz, nimmst du Theresa an die Hand und gehst mit ihr zu Papa?"

„Aber Papa schreibt an seinem Artikel", maulte Charlotte. „Außerdem will ich auch Kekse haben."

Madita grinste und wandte sich an Gedeon. „Möchten Sie einen Kaffee? Wie Sie hören, gibt es Kekse dazu."

Gedeon nickte und zog seine Jacke aus. Dann folgte er der Frau und ihren beiden Kindern ins Wohnzimmer. Es war ein recht gewöhnlicher Raum, nicht allzu groß, mit modernen, hellen Möbeln und einer Couchgarnitur aus blauem Leder.

„Ist Ihr Mann auch Arzt?", fragte er, während er auf der Rundecke Platz nahm.

Madita schüttelte amüsiert den Kopf und wollte etwas dazu sagen. Doch eine Männerstimme kam ihr zuvor: „Na, das würde was geben!"

Gedeon drehte sich um und sah einen dunkelhaarigen Mann im Türrahmen stehen. Er schätzte ihn auf Mitte bis Ende 30 und befand ihn für äußerst sympathisch. Aber dann stutzte er plötzlich, betrachtete ihn intensiver und blieb schließlich an seinen Augen hängen. Irgendetwas war anders an ihnen. Täuschte er sich oder blickten sie ungewöhnlich starr geradeaus?

„Mein Mann Samuel", stellte Madita vor und lächelte so liebevoll zu ihm herüber, dass sich mit einem Mal ein trockener Kloß in Gedeons Kehle bildete. Genauso hatte er sich sein eigenes Leben vorgestellt, mit einer Frau an seiner Seite, die ihn noch nach Jahren anhimmelte! „Er ist Mitherausgeber einer Blindenzeitschrift.“

Gedeon nickte. Dann hatte er sich also nicht getäuscht!

„Freut mich, Sie kennenzulernen“, sagte Samuel Spließgard.

„Ebenfalls“, antwortete Gedeon.

Währenddessen waren die beiden Mädchen auf ihren Vater zugestürmt und zerrten jetzt an ihm herum. „Papa, I-I? I-I?“, rief die Kleinere.

„Papa, liest du mir ein Buch vor?“, drängelte die Große.

„I-I! I-I!“, kreischte die Kleine.

„Nein, ich will ein Buch“, beharrte Charlotte.

Der Mann lächelte fröhlich, hob Theresa hoch und setzte sie auf seine Schultern. Dann legte er seine Hand auf Charlottes Kopf. „Wir galoppieren jetzt in die Küche und kochen Mama und unserem Besuch einen Kaffee. Dann zischen wir in dein Zimmer und lesen ein Buch. Einverstanden?“

Charlotte schüttelte heftig den Kopf. „Nein!“

Samuel Spließgard zog verwirrt die Stirn in Falten.

„Die *Kekse*“, half Madita ihm.

Ihr Mann begann zu grinsen. „Blond und heißhungrig“, schmunzelte er. „Ob sie auch was von mir hat?“

„Du wolltest zehn kleine Maditas. Schon vergessen?“, schalt ihn seine Frau mit gespielter Entrüstung.

„Wie könnte ich“, antwortete Samuel und lächelte zu ihr herüber. Allerdings hielt dieser Gesichtsausdruck nicht sehr lange an. Schon im nächsten Moment bohrte Theresa ihre Hacken so schwungvoll in seine Brust, dass selbst ein Pferd reagiert hätte. „Iiiiiii“, wieherte ihr Vater leidend und trabte mit Charlotte im Schlepptau davon.

„Süße Kinder“, bemerkte Gedeon.

„Ja, finde ich auch“, lächelte Madita. „Haben Sie auch welche?“

Gedeon schluckte. „Nein, ich ... meine Frau ... sie ... sie wollte keine.“ Er brach ab. Britta war nun wirklich nicht der

Grund, aus dem er hier war! „Der Untersuchungsbericht", begann er von Neuem.

Dr. Spließgard nickte. „Ja. Sie sind wegen Ellen Kieling hier. Was möchten Sie wissen?"

„Haben Sie sie untersucht?"

Madita nickte erneut. „Eine ungewöhnliche junge Frau. Was hat sie verbrochen?"

Aber Gedeon hatte ihr gar nicht zugehört. „Der Bericht! Er kann nicht stimmen!", brach es aus ihm hervor. „Sie müssen da was verwechselt haben!"

Madita nahm instinktiv eine Verteidigungsposition ein und richtete sich auf ihrem Sessel zu ihrer vollen Größe auf. „Verwechselt?", wiederholte sie kühl. „Das habe ich ganz bestimmt nicht!"

An die Untersuchung dieser Ellen Kieling konnte sie sich besser erinnern als an irgendetwas sonst. Schließlich wurde man nicht jeden Tag für einen Engel gehalten! Und so konnte sie Gedeon Wiesner all ihre Feststellungen bis ins Detail erläutern. Und auch das, was er so heftig infrage stellte, konnte sie glaubhaft untermauern.

Kapitel 27

In der kleinen Wohnung von Esther Kieling lief das Handy allmählich heiß.

„Bei wem?", fragte Ellen entnervt.

„Dr. Madita Spließgard", wiederholte ihr Gesprächspartner geduldig. „Wie ich höre, sitzt er nun schon seit dreieinhalb Stunden in ihrem Wohnzimmer und redet mit ihr."

„Und wer ist diese ... diese Namenskatastrophe?"

„Ich musste lange recherchieren, um das herauszubekommen", brüstete sich ihr Gesprächspartner. „Wirklich, ich hab all meine Beziehungen –"

„Wer?", fiel Ellen ihm donnernd ins Wort.

„Die Ärztin, die Ihre Schwester untersucht hat", antwortete der Mann hastig. „Sie wissen schon, wegen unseres kleinen Arrangements!"

„Und?", bellte Ellen. „Wir haben doch dafür gesorgt, dass sie nur leicht verletzt wird. Was ist dann so bemerkenswert an der Untersuchung, dass der Bulle der Ärztin hinterherrennt?"

„Vielleicht ist er einfach nur besorgt", mutmaßte ihr Gesprächspartner. Dann wurde sein Tonfall abfällig. „Auf mich hat er jedenfalls den Eindruck eines verliebten Idioten gemacht."

„Quatsch", zischte Ellen. „Er denkt, dass sie versucht hat, ihn zu ermorden. Es muss mehr dahinter stecken. Aber was?"

„Ich hab nicht den blassesten Schimmer", entgegnete der Mann ehrlich.

„Dann faxen Sie mir den Bericht", befahl Ellen. „Aber dalli!"

Ellen hatte kaum aufgelegt, als auch schon das Faxgerät ansprang. Es war der einzige Gegenstand, den sie Esthers Wohnungseinrichtung hinzugefügt hatte. Ansonsten lebte sie nun schon seit Wochen in Esthers Möbeln, ihrer Kleidung und nach ihren Prinzipien. Und das trug nicht gerade zu ihrem Wohlbefinden bei. Mittlerweile konnte sie es kaum noch ertragen, Tag für Tag ins Büro zu marschieren und langweilige Sekretärinnentätigkeiten zu erledigen.

Schlimmer noch waren die Abende. Sie war es gewohnt, Clubs und Bars unsicher zu machen. Und jetzt saß sie in Esthers langweiliger Wohnung und erwartete den täglichen Kontrollanruf ihrer Eltern. Aber sie war nun mal ein Profi. Und das bedeutete, dass sie dieses Leben aufrechterhalten musste, bis Esther verurteilt war. Danach, so tröstete sie sich, würde Esther-Ellen ein interessantes berufliches Angebot bekommen und nach Kanada auswandern. Dann war sie auch endlich ihre Eltern los!

Das erste Blatt war jetzt fertig ausgedruckt. Ellen riss es aus dem Gerät und stürzte sich auf seinen Inhalt.

„Und was soll daran so besonders sein?“, murmelte sie, noch während sie mit Lesen beschäftigt war.

Mit einem lang gezogenen Piepsgeräusch machte das Faxgerät kurz darauf deutlich, dass jetzt das zweite Blatt fertig ausgedruckt war. Ellen warf das erste achtlos auf den Boden und stürzte sich auf das nächste. Aber auch hier gab es nichts, was ihre Aufmerksamkeit erregte. Gar nichts. Ärgerlich knüllte sie das Blatt zusammen und warf es über ihre Schulter nach hinten.

„Wenn es nicht der Untersuchungsbericht ist, was ist es dann?“, murmelte sie nachdenklich.

Jetzt war das dritte Blatt fertig. Unkonzentriert und ein wenig gelangweilt nahm Ellen es aus dem Faxgerät und überflog die Zeilen.

„Vielleicht ist es Zufall“, überlegte sie nebenbei laut. „Vielleicht kennt er die Ärztin von früher und ist zu ihr gefahren, um alte Erinnerungen aufzufrischen.“

Plötzlich fuhr sie zusammen. Im Bruchteil einer Sekunde verwandelte sich ihre lässige, gelangweilte Haltung in totale Anspannung. Jetzt gehörte ihre gesamte Aufmerksamkeit dem Stück Papier in ihren Händen. Weit aufgerissene Augen suchten erneut den letzten Absatz und schienen jedes Wort wie ein Schwamm in sich hineinzusaugen.

„Ach du ahnst es nicht!", entfuhr es ihr.

Als sie den Blick schließlich wieder hob, war ihr Gesicht von Fassungslosigkeit gekennzeichnet. „Ich hätte es wissen müssen", flüsterte sie und ließ das Blatt los. Während es unbeachtet gen Fußboden segelte, stand Ellen bewegungslos daneben. Sie brauchte ungewöhnlich lange, um den Schock zu verdauen. Dann aber ging ein Ruck durch ihren Körper. Sie griff nach dem Handy und drückte die Taste der Wahlwiederholung. Noch gab es eine Chance, den Fehler wieder gutzumachen!

Als Gedeon die Familie Sprießgard verließ, war er völlig durcheinander.

Im Grunde genommen war er hierhergekommen, um sich bestätigen zu lassen, dass diese Ärztin entweder unfähig war oder einen Fehler gemacht hatte.

Beides schien jedoch nicht zuzutreffen. Dr. Sprießgard hatte einen sehr kompetenten Eindruck auf ihn gemacht. Außerdem hatte sie die Untersuchung noch genau vor Augen gehabt und bereitwillig über viele Details Auskunft gegeben. Da war es beinahe ausgeschlossen, dass ihr so ein Fehler unterlaufen sein sollte.

Aber was bedeutete das?

Gedeon kämpfte um die Aufrechterhaltung seines ernsten, nachdenklichen Gesichtsausdruckes. Auf diese Weise versuchte er, den Vulkan der Begeisterung zu unterdrücken, der in seinem Inneren auszubrechen drohte. Ihm war, als spürte er schon, wie die ersten Felsen zerbarsten, um den Lavastrom in die Freiheit zu entlassen. Aber noch konnte er es nicht zulassen. Noch traute er der Sache nicht. War der Gedanke nicht einfach zu schön, um wahr zu sein? Zu unglaublich?

„Herr", flüsterte er. „Bitte sag es mir: Ist es Wunschdenken? Oder ist es wahr?"

Die Antwort kam schneller, als er es jemals für möglich gehalten hätte. Sie schlug wie ein Blitz neben ihm ein. Und sie hörte sich an wie: *Esther. Der Name. Was bedeutet er?*

„Woher soll ich das wissen?", entfuhr es Gedeon.

Aber dann besann er sich, startete seinen Leihwagen und fuhr wie ein Wahnsinniger in Richtung Innenstadt.

Als Esther später erwachte, erinnerte sie sich sofort an ihr Erlebnis.

„Fürchte dich nicht, ich bin mit dir; weiche nicht, denn ich bin dein Gott. Ich stärke dich, ich helfe dir auch, ich halte dich durch die rechte Hand meiner Gerechtigkeit", wiederholte sie im Flüsterton. Erstaunlicherweise stockte sie kein einziges Mal, musste sie weder grübeln noch nachdenken, um den genauen Wortlaut zusammenzubekommen.

Sie atmete tief durch und ließ das Wort „*Gerechtigkeit*" in dem kahlen Raum nachklingen. Gerechtigkeit war das, was sie jetzt brauchte, worum sie gebetet hatte. Gerechtigkeit für ihren Namen. Und der war *Esther,* nicht Ellen.

„Ich heiße Esther, Herr", flüsterte sie. „Esther Kieling."

Und dann musste sie lächeln. Aus lauter Freude. Gott war bei ihr. Er kannte ihren Namen, ihren *richtigen* Namen! Und er hörte jedes Wort, das sie sagte! Er antwortete sogar! Nein, mehr noch als das! Er schickte Botschaften, die mitten in ihr

Herz trafen und die sie auf eine nie gekannte, tief greifende Weise zu trösten und ermutigen vermochten!

Gott war da. Alles würde gut werden.

Obwohl Gedeon in eine Parklücke raste, die auch für einen LKW ausgereicht hätte, parkte er so schlecht, dass sein Wagen halb auf der Straße und halb auf dem Gehweg stand. Aber das spielte heute keine Rolle. Er vergaß sogar, den Schlüssel abzuziehen, so eilig hatte er es, die Straße zu überqueren und auf die kleine Buchhandlung zuzustürmen, die ihm schon bei seinem ersten Besuch in München vor ein paar Monaten aufgefallen war.

Dass er es unverletzt auf die andere Seite der viel befahrenen Straße schaffte, grenzte an ein Wunder. Dass die Glastür der Buchhandlung seinem Ansturm standhielt, an ein zweites. Die Klingel über der Tür jedenfalls wollte sich überhaupt nicht wieder beruhigen. Und auch der Ladeninhaber, ein älterer Herr mit Brille, schrak sichtlich zusammen und unterbrach das Gespräch, das er gerade mit einer jungen Frau führte.

In seiner Aufregung kümmerte sich Gedeon nicht darum, dass jemand vor ihm da gewesen war. Er rief atemlos: „Ich brauche sofort ein Bibellexikon!"

Der Blick des Mannes sprach Bände. „In meinem Laden werden die Kunden in der Reihenfolge ihres Erscheinens bedient. Sie müssen schon warten, bis Sie dran sind." Und mit diesen Worten wandte er sich wieder der jungen Frau zu und setzte mit unterdrückter Stimme das Gespräch fort.

Gedeon sah sich das einen Moment an und schritt dann selbst zur Tat. Hektisch suchend ging er ein Regal nach dem anderen ab. Aber so sehr er sich auch bemühte, er fand einfach kein Bibellexikon! Das Sortiment des Ladens schien nur aus Romanen und Sachbüchern zu bestehen!

Verzweifelt ging er wieder auf den Ladenbesitzer zu. Er musste *jetzt* wissen, was es mit diesem himmlischen Hinweis auf sich hatte. „Können Sie mir nicht wenigstens sagen, wo ich suchen muss?“, fragte er so höflich, wie es ihm angesichts seines Gemütszustandes möglich war.

Aber das war offensichtlich nicht höflich genug. Denn der ältere Herr ignorierte ihn einfach.

Einen Moment lang zögerte Gedeon. Dann zog er kurzerhand seinen Dienstausweis hervor und hielt ihn dem Ladenbesitzer unter die Nase. „Dies ist ein Polizeieinsatz! Ich verlange, dass Sie mir auf der Stelle ein Bibellexikon zur Verfügung stellen!“

„Was? Wie? Na, warum sagen Sie das denn nicht gleich?“, stammelte der ältere Herr und eilte in den hinteren Teil des Ladens. Dabei entwickelte er ein Tempo, das man ihm gar nicht zugetraut hätte. Als er wieder zurückkehrte, hatte er einen dicken Wälzer in der Hand. „B-bitte schön“, stotterte er und übergab das Buch an Gedeon. Dann beobachtete er interessiert, wie dieser darin herumblätterte, schließlich innehielt, erst kalkweiß und dann hochrot wurde und schließlich sein Handy zückte.

„Frerk?“, raunte er aufgeregt ins Telefon. „Ich bin's, Gedeon.“

Eigentlich wollte er gleich weitersprechen, aber das gelang ihm nicht, weil Frerk Bode eine Kanonade wüster Beschimpfungen losließ und ihm schließlich sogar vorwarf, den Untersuchungsbericht gestohlen zu haben. Gedeon hörte sich das eine Weile mit an. Irgendwann aber wurde es ihm zu bunt, und er verschaffte sich Gehör, indem er laut ins Telefon brüllte: „Darf ich jetzt auch mal was sagen?“

Er deutete das plötzliche Schweigen am anderen Ende der Leitung als Zustimmung. „Könnten wir unsere persönlichen Differenzen nicht mal für einen Moment vergessen? Ich hab dich nur angerufen, weil du nun mal den Fall Kieling leitest.

Ich hab neue Informationen! Informationen, die alles in einem anderen Licht erscheinen lassen! Können wir uns treffen?"

„Du bist raus, Gedeon", zischte Frerk. „Eigentlich solltest du längst wieder in Wiesbaden sein. Hast du das vergessen?"

„Möchtest du, dass ich dich übergehe und mit meinem Wissen gleich eine Etage höher gehe?"

Wieder herrschte Schweigen. Dann stieß Frerk Bode einen frustrierten Grunzlaut aus. „Wo bist du?"

Gedeon nannte ihm die Straße.

„Kennst du das leer stehende Fabrikgebäude am anderen Ende des Blocks?"

„Ähm, ja."

„Wir treffen uns dort in anderthalb Stunden."

Gedeon runzelte die Stirn. „Findest du nicht, dass das ein etwas seltsamer Ort –"

Das Klicken in der Leitung machte deutlich, dass Frerk bereits aufgelegt hatte. Gedeon seufzte. Aber dann tat er seine Bedenken mit einem Kopfschütteln ab. Vielleicht hatte Frerk nur Angst, mit ihm gesehen zu werden. Und das konnte er ihm nicht einmal verübeln …

Esther erwachte aus ihrem Halbschlaf, als die Tür ihres Krankenzimmers geöffnet wurde und eine junge Frau mit einem Tablett den Raum betrat. Sie war klein und zierlich, hatte dunkle kurze Haare und trug das typische Kittel-Outfit der Krankenschwestern.

„Wo ist denn Schwester Claudia?", fragte Esther ein wenig benommen.

Die Krankenschwester antwortete nicht. Stattdessen schloss sie sorgsam die Tür hinter sich, eilte dann auf das Bett zu, das unbenutzt neben Esthers stand, und stellte das Tablett darauf ab.

Esther sah auf ihre Uhr. „Ist es nicht noch ein bisschen zu früh fürs Kaffeetrinken?"

Die junge Frau reagierte noch immer nicht. Stattdessen zog sie das Bett ein wenig vor und tastete mit den Händen an der dahinterliegenden Wand entlang.

Esther sah sich das eine Weile voller Verwunderung mit an. Dann wanderte ihr Blick zu dem Tablett zurück. Sie konnte nicht erkennen, was sich darauf befand, denn es war mit einer weißen Stoffserviette abgedeckt. Das Ganze kam ihr reichlich seltsam vor! Nachmittags gab es gewöhnlich Kaffee und ein kleines Stück Kuchen oder Kekse dazu. Wie kam es dann, dass das Tablett auf der Bettdecke in eine bedrohliche Schräglage geraten war und doch nichts davon herunterkleckerte?

„Sind Sie überhaupt Krankenschwester?", fragte Esther ganz direkt.

„Ihre Schwester schickt mich", antwortete die junge Frau und zog an der Stoffserviette. Als Esther sah, dass ein Telefon darunter zum Vorschein kam, schnappte sie erstaunt nach Luft.

Die junge Frau nahm das Telefon in die Hand, verstaute es sorgsam unter dem Kopfkissen des Nachbarbetts, führte das Kabel unsichtbar am Gestell entlang in Richtung Wand und befestigte den Stecker in der entsprechenden Dose. Dann schob sie das Bett in seine Ursprungsposition zurück, griff wieder nach dem Tablett und eilte damit auf die Tür zu. Bevor sie diese allerdings öffnete, drehte sie sich noch einmal um und sagte: „Sie werden niemandem sagen, dass ich hier war. Und Sie werden das Telefon nur anrühren, wenn es klingelt. Haben Sie das verstanden?"

Esther starrte sie nur mit offenem Mund an. Bevor sie irgendwelche Fragen stellen konnte, war die Frau schon wieder hinausgeeilt.

Gedeon betrat das heruntergekommene Fabrikgebäude durch eine unverschlossene Hintertür. Dabei kämpfte er vom ersten Moment an mit einem unguten Gefühl. Erstens war es illegal, einfach fremde Gebäude zu betreten. So etwas nannte man Hausfriedensbruch. Zweitens stank es bestialisch nach einer Mischung aus Öl, Rost und altem Gemäuer, und drittens fragte er sich allmählich, ob Frerk ihn nicht lediglich verarschte. War es nicht möglich, dass er gemütlich zu Hause saß und sich mit Britta darüber amüsierte, dass ihr Exmann in diesem stinkenden Kasten herumhing?

Er seufzte. Im Grunde genommen hatte er keine Wahl. Wenn er Frerk überging und sich mit seinen Informationen direkt an seine Vorgesetzten wandte, hatte er bei der Polizei für immer verloren. Es gab Dinge, die tat man einfach nicht. Und dazu gehörte es nun mal, Kollegen auszubooten.

„Frerk?", rief er halblaut in die große Halle hinein, die er jetzt durch eine weitere Tür betrat. Gleich darauf registrierte er überrascht, dass sein Ruf in dem gut 20 Meter hohen Raum noch mehrfach nachhallte. Das hing wohl damit zusammen, dass die Halle so gar nicht den Vorstellungen entsprach, die er davon gehabt hatte. Der verkommene Gesamteindruck des Gebäudes, das schadhafte Dach, die alte Backsteinfassade und die teilweise kaputten Fenster hatten bei ihm die Erwartung geweckt, dass die Halle mit Gerümpel voll gestellt sein würde. Das Gegenteil war der Fall. Sie war vollkommen leer. Sicher, auf dem Boden lag eine anständige Staubschicht, aber das war auch schon alles.

Die Tatsache, dass Gedeon auf seinen Ruf keine Antwort erhielt, ließ ihn einmal kurz aufseufzen. Am liebsten wäre es ihm gewesen, wenn Frerk ihn bereits an der Tür erwartet hätte. Die Vorstellung, ihn in einem fremden Gebäudekomplex zu suchen, behagte ihm überhaupt nicht. Inzwischen ging er nämlich davon aus, dass sich Frerk irgendwo versteckt hatte und sich über ihn scheckig lachte.

„Jetzt komm schon, Frerk“, rief er ein wenig lauter. „Für Versteckspiele sind wir doch wohl zu alt.“

Immer noch keine Antwort.

Gedeon seufzte ein weiteres Mal. Es blieb ihm wohl nichts anderes übrig, als sich auf die Suche zu machen.

Am anderen Ende der Halle sah er einige Türen. Er durchquerte die Halle, entschied sich für eine von ihnen und drehte am Türknauf. Sie war verschlossen. Er probierte es mit der nächsten. Auch die war zu. Erst beim dritten Versuch war ihm Erfolg beschert. Die Tür ließ sich öffnen und gab den Weg in ein Treppenhaus frei.

Gedeon trat ein – und prallte entsetzt zurück. Der Gestank, der ihm hier entgegenschlug, war noch schlimmer als der in der Halle. Die Luft war unglaublich warm und zum Schneiden dick. Gedeon musste sich regelrecht zwingen, sie einzuatmen. Hustend und mit einem deutlich spürbaren Würgereiz im Hals hastete er die Treppe hinauf und gelangte in einen dunklen, lang gezogenen Flur.

„Frerk?“, fragte er in die Dunkelheit hinein.

Er erhielt keine Antwort. Doch als sich seine Augen an die Umgebung gewöhnt hatten, konnte er erkennen, dass sich am Ende des Flurs eine Tür befand. Es sah so aus, als würde sie sperrangelweit offen stehen.

Langsam ging er darauf zu. Das Innere des Raumes lag genauso im Dunkeln wie der Flur selbst. Gedeon blieb daher nichts anderes übrig, als erst einmal über die Schwelle zu treten und hinter der Tür nach einem Lichtschalter zu tasten.

Aber dann hielt er plötzlich inne. Gerade war ihm eine Duftwolke entgegengeweht, die ihm äußerst bekannt vorkam.

„Wenn du Verstecken spielen willst, Frerk, solltest du mal dein Rasierwasser wechseln.“ Obwohl dieser Satz locker und souverän geklungen hatte, hatte er Gedeon seine ganze Selbstbeherrschung gekostet. Der Duft des Rasierwassers hatte ihn an eine äußerst ungute Zeit erinnert.

„Geht nicht, meine Frau liebt ihn so an mir", antwortete eine Stimme aus dem Dunkeln.

Gedeon schluckte. Die Erinnerung an Brittas Vertrauensbruch tat immer noch weh. „Ich hoffe, das ist nicht das Einzige, was sie an dir liebt", gab er mit flacher Stimme zurück.

„Nein", antwortete Frerk erstaunlich ernst, aber mit deutlich hörbarer Bitterkeit in der Stimme. „Sie liebt auch das Luxusleben, das ich ihr ermögliche."

Bevor sich Gedeon verwundert dazu äußern konnte, dass ein braver Polizist seiner Frau ein Luxusleben ermöglichte, spürte er, wie sich der kalte, harte Lauf einer Waffe in seinen Rücken bohrte. Sekundenbruchteile später hörte er das charakteristische Klicken, das eine Waffe von sich gab, wenn sie entsichert wurde. Er hob instinktiv die Arme.

Gleich darauf ging das Licht an.

Gedeon blinzelte geraume Zeit gegen die gleißende Helligkeit an, erst dann erkannte er die Gestalt des Mannes, der für ihn der Inbegriff eines Nebenbuhlers war. Frerk stand nur wenige Meter vor ihm. „Tut mir leid, alter Junge", sagte er fast ein wenig bedauernd. „Du bist nun mal der ewige Verlierer von uns beiden."

Gedeon wandte den Kopf. Im Moment interessierte ihn am meisten, wer hinter ihm stand.

„Und von *uns* beiden", fügte eine wohlbekannte Frauenstimme hinzu.

„Ellen!", flüsterte Gedeon ungläubig. Dann sah er Frerk an. „Du machst mit Verbrechern gemeinsame Sache?"

Frerk zuckte die Achseln. „Wie ich schon sagte, du hast mir eine sehr verwöhnte Frau untergejubelt."

„Ich hab sie dir nicht *untergejubelt*", zischte Gedeon durch zusammengebissene Zähne hindurch. „Du hast sie mir weggenommen."

„Ich hab sie einem Scheintoten weggenommen!"

„Jetzt lebe ich wieder, oder?", schnaubte Gedeon.

„Kurzzeitig“, säuselte Ellen hinter ihm.

Gedeon schluckte. „Stimmt ja. Jetzt, wo ich weiß, dass du mit ihr unter einer Decke steckst, kannst du mich nicht leben lassen, nicht wahr?“

Frerk senkte ein wenig betreten den Blick. „Wie ich schon sagte, im Grunde genommen tut es mir leid.“

„Aber warum die Mühe?“, wunderte sich Gedeon. „Man hat mich von dem Fall abgezogen. Welche Gefahr könnte ich jetzt noch darstellen?“

„Du glaubst, wir wüssten nicht, warum du die Ärztin besucht hast?“, lachte Ellen hinter ihm. „Wir wissen alles. Du hast unseren kleinen Rollentausch durchschaut. Und das kann ich leider nicht hinnehmen.“

Gedeon hielt den Atem an. Dann war also alles wahr! Alles! Er schloss für einen Moment die Augen, verkroch sich in sein Innerstes und ließ den Strom von Liebe und Freude durch seine Seele fließen, den er so lange zurückgehalten hatte. Ihr Name war Esther. Und Esther liebte ihn! Nichts anderes war jetzt noch von Bedeutung!

Unter dem Eindruck dieser Gefühle bekam er kaum mit, dass ihm Frerk die Hände auf den Rücken drehte und ihm Handschellen anlegte. Und auch als ihn jemand unsanft auf die Knie schubste, realisierte er es kaum. Erst als der Name fiel, der ihm noch fremd, aber doch unvorstellbar wertvoll war, kehrte seine Aufmerksamkeit abrupt in die Wirklichkeit zurück.

„Bist du's, Esther?“, hörte er Ellen sagen.

Gedeon begriff, dass Ellen mit ihrer Schwester telefonierte, und wurde vor Schreck ganz bleich.

„Hör mir jetzt genau zu“, fuhr Ellen fort. „Ich habe vor, dich aus dem Gefängnis zu befreien. Es ist alles vorbereitet, ein todsicherer Plan. In wenigen Minuten wird eine Frau in dein Zimmer kommen. Du kennst sie bereits, sie hat das Telefon installiert. Sie wird erneut als Krankenschwester auftreten. Tu alles, was sie von dir verlangt. Sie wird dich zu mir bringen.“

Ellen hielt das Handy ein Stück von ihrem Ohr weg, weil ihre Schwester scheinbar nicht sehr begeistert reagierte. Als der Redefluss endlich verstummte, ergriff Ellen wieder das Wort: „Estherchen, mein Schwesterchen, glaubst du wirklich, ich hätte nicht damit gerechnet, dass du dich schlichtweg weigern würdest? Und darum hab ich mir auch ein stichhaltiges Argument besorgt." Sie ging um Gedeon herum, hielt Gedeon das Handy ans Ohr und sagte: „Gedeon, mein Süßer, sag deiner kleinen Freundin Hallo."

Gedeon presste die Lippen so fest aufeinander, dass sämtliches Blut aus ihnen wich. Gleichzeitig schwor er sich, keinen noch so kleinen Laut von sich zu geben. Er wusste nicht, was Ellen vorhatte. Fest stand aber, dass Esther im Krankenhaus sehr viel besser aufgehoben war als bei irgendwelchen Ausbruchsversuchen.

„Ts, ts, ts", schnalzte Ellen missbilligend und führte das Handy an ihr eigenes Ohr zurück. „Sieht aus, als wäre der Kleine bockig. Wirst du tun, was ich sage, oder muss ich ihn erst misshandeln, damit er ein paar Geräusche von sich gibt?"

Es entstand eine Pause, dann sagte Ellen: „Ich kann wirklich nicht glauben, Esther, dass du den Worten deiner eigenen Schwester misstraust. Wenn ich sag, ich habe ihn, dann ist das auch so. Hör genau hin." Sie nickte Frerk zu und hielt das Handy erneut in Gedeons Richtung. Bode ging langsam auf Gedeon zu und rammte ihm dann brutal seinen Fuß in den Magen. Gedeon aber hatte so etwas geahnt, biss die Zähne zusammen und gab nur ein dumpfes Geräusch von sich.

Ellen hielt das Handy wieder an ihr Ohr und seufzte theatralisch. „Ein tougher Junge, dein Freund. Aber ich hab leider nicht den ganzen Tag Zeit. Wir werden das Ganze ein wenig beschleunigen müssen. Hör genau zu!"

Sie ging auf Frerk zu, griff wortlos nach seinem Pistolenhalfter und nahm Frerks Dienstwaffe heraus. Als hätte sie nie etwas anderes getan, entsicherte sie diese, drehte sich um und hielt Gedeon das Handy ans Ohr und ... die Waffe an die Stirn.

Gedeon schluckte und fing lautlos an zu beten. Er war so verliebt wie noch nie in seinem Leben. Gott musste doch einsehen, dass das kein guter Zeitpunkt war, um zu sterben!

„Entscheide dich“, sagte Ellen. „Willst du reden oder sterben?“

Gedeon schwieg, schloss die Augen und drückte seine Stirn demonstrativ noch ein bisschen stärker an die Waffe.

Ellen veränderte die Richtung der Waffe – und drückte ab.

Die Wucht der Kugel warf Gedeon nach hinten. Er landete unsanft auf dem Rücken und war sich im ersten Moment sicher, mitten in die Stirn getroffen worden zu sein. Im zweiten jedoch spürte er entsetzliche Schmerzen in seiner linken Schulter, nicht im Kopf! Er hustete, öffnete mühsam die Augen und richtete seinen Blick nach links. Obwohl Sternchen vor seinen Augen tanzten, sah er, dass sein ganzer Arm voller Blut war!

„Gedeon?“, hörte er eine Stimme rufen. Gleichzeitig merkte er, dass Ellen ihm erneut das Telefon ans Ohr hielt.

„Los, sag was“, fauchte Ellen. „Sag ihr, dass du noch am Leben bist!“

„Gedeon?“, rief Esther erneut. Ihre Stimme klang aufs Äußerste besorgt.

Aber Gedeon biss erneut die Zähne zusammen und antwortete nicht.

„Jetzt reicht's mir aber“, keifte Ellen, griff nach Gedeons linkem Arm und riss ihn brutal nach hinten.

Der Schmerz kam so plötzlich und war so unerträglich, dass Gedeon aufschrie.

„Gedeon!“, schluchzte Esther.

An ihrem völlig verzweifelten Tonfall konnte Gedeon ablesen, dass sie ihn erkannt hatte. „Esther!“, keuchte er.

„Es tut mir leid“, schluchzte Esther, „ich wollte das nicht. Ich konnte d-doch nicht wissen, dass sie dich w-wirklich in ihrer Gewalt hat. Sie hat ... immer nur gelogen!“

„Komm nicht her!", presste Gedeon hervor. „Bitte komm nicht –"

Das letzte Wort ging unter, weil Ellen ihm das Telefon schon wieder entrissen hatte.

„Es klafft ein ziemlich großes Loch in seiner Schulter, Esther. Es wäre sicher klug, das zu versorgen. Weigerst du dich immer noch zu kommen?"

Während Esther sprach, betete Gedeon Sturm: *Lass sie vernünftig sein und wegbleiben, Herr. Bitte!*

Aber da hörte er auch schon die Genugtuung in Ellens Stimme: „Dann ist es ja gut. Ich schicke dir jetzt die Frau. Und vergiss nicht, Esther: Wenn irgendetwas schiefgeht, dann bringe ich zu Ende, was ich angefangen habe."

Dann legte sie auf.

Kapitel 28

Als die Frau zum zweiten Mal Esthers Krankenzimmer betrat, war diese ein nervöses Wrack. Sie trug noch immer ihr Krankenhaushemd und lief völlig kopflos im Zimmer umher. Dabei murmelte sie unverständliche Worte und reagierte nicht einmal auf die Ankunft der ihr angekündigten Person.

„Los, Beeilung!", fauchte die Frau, die auch jetzt wieder als Krankenschwester verkleidet war, und warf einen Stapel Bettwäsche auf Esthers Nachbarbett.

Esther fuhr herum und starrte die Frau mit wirrem Blick an.

Währenddessen machte sich diese an der Bettwäsche zu schaffen und zauberte eine graue Hose und ein grau-schwarz gestreiftes T-Shirt aus dem Inneren des Stapels hervor.

„Anziehen", befahl sie und hielt Esther die Sachen hin.

Aber Esther bewegte sich nicht. Sie fixierte nur die Sachen, erkannte sie als Kleidungsstücke ihrer Schwester und fragte sich, was Ellen wohl trug, während sie Gedeon quälte.

„*Anziehen*", wiederholte die Frau drohender und warf Esther die Sachen schwungvoll zu.

Aus einem Reflex heraus fing Esther sie auf, doch wehte mit der Kleidung auch eine Brise Parfüm zu ihr herüber. Es war ein süßer, schwerer Geruch, den sie auf Anhieb mit Ellen in Verbindung bringen konnte. Und es schien ihr wahrscheinlich, dass Gedeon in diesem Moment genau das Gleiche riechen musste …

„Bist du nicht ganz bei Trost?“, fuhr die Frau sie mit unterdrückter Stimme an. „Wir haben nicht mehr als eine Stunde! Wenn wir dann nicht bei deiner Schwester sind, ist dein Freund tot!“

Tot! Dieses Wort reichte aus, um Esther aus ihrer Apathie zu reißen. Gedeons Leben hing von ihr ab! Sie musste alles tun, was Ellen von ihr verlangte! Von einer Sekunde auf die nächste verfiel sie in hektische Betriebsamkeit, riss sich das Krankenhausgewand vom Leib und nestelte so fieberhaft an den Kleidungsstücken herum, dass es umso länger dauerte, sie anzuziehen.

Die Frau mit den kurzen Haaren schüttelte den Kopf, wandte sich dann aber eilig ihrer Bettwäsche zu und zog sie auf das zweite, bisher unbenutzte Krankenhausbett. Dabei kam noch eine Perücke zum Vorschein, die aus roten Locken bestand und Esthers Haaren durchaus ähnelte. Mit dieser Perücke wandte sich die Frau Esthers Bett zu. Sie holte noch zwei zusätzliche Kissen aus einem der Schränke hervor, steckte sie unter die Bettdecke und drapierte sie so, dass die Umrisse einem menschlichen Körper ähnelten. Dann legte sie die Perücke so geschickt auf das Kopfkissen, dass es von der Tür her so aussehen musste, als ob Esther in dem Bett schliefe.

Sie lächelte zufrieden und drehte sich wieder zu Esther um. Diese hatte es in der Zwischenzeit tatsächlich geschafft, Ellens Kleidung überzuziehen.

„Komm her“, befahl die Frau und kniete sich neben dem Nachbarbett auf den Boden.

Esther zog fragend die Augenbrauen hoch, leistete dem Befehl aber Folge und kniete sich neben die Frau. „Siehst du die Querstangen?“ Mit diesen Worten deutete die Frau auf die Metallverstrebungen, die sich ungefähr einen halben Meter unterhalb der Bettunterlage befanden und der Gesamtkonstruktion zusätzliche Stabilität verliehen. Jeweils eine der etwa fingerdicken Stangen verlief seitlich am Bett entlang von Fuß zu Fuß, zwei verbanden die gegenüberliegenden Ecken und kreuzten einander in der Mitte.

Esther nickte, hatte aber keine Ahnung, wozu sie sich das Ganze ansah.

„Dann quetsch dich mal dazwischen."

Esthers Augenbrauen schossen in die Höhe. „W-was?"

Die junge, zierliche Frau rollte mit den Augen und sah demonstrativ auf ihre Uhr. „Glaubst du, das hier ist ein Kaffeekränzchen? Hier platzt jeden Moment eine richtige Krankenschwester rein! Also los, leg dich auf die Metallstangen! Ich werde den Jungs da draußen verklickern, dass das Bett anderweitig gebraucht wird."

Sie hielt inne, sah an sich herunter und knöpfte dann ihren Kittel so weit auf, dass ihr üppiges Dekolleté zum Vorschein kam. Dann erst sprach sie weiter: „Anschließend schieben wir dich bequem hier raus. Noch Fragen?"

Esther schüttelte sprachlos den Kopf. Dann machte sie Anstalten, in den Zwischenraum zu krabbeln.

„Nicht so!", schalt die junge Frau. „Du musst dich bäuchlings auf die Stangen legen. Sonst hast du keine Möglichkeit, dich festzuhalten."

Esther seufzte, krabbelte wieder heraus und probierte es andersherum. Es war gar nicht so schwierig, auf die Metallstangen zu gelangen. Außerdem hatte die junge Frau recht gehabt. Bäuchlings konnte man sich gut festhalten. Das Problem war nur, dass sich ihr Gewicht jetzt auf die wenigen Zentimeter Fläche verteilte, die die Verstrebung zu bieten hatte. Und das war schon nach ein paar Sekunden nicht mehr angenehm!

„Du musst die Beine ein bisschen mehr anwinkeln", befahl die Frau. „Sonst sieht man von oben deine Füße!"

Esther gehorchte, aber jetzt lastete ihr gesamtes Gewicht auf Oberkörper und Oberschenkeln. Und dadurch schmerzte die Position noch mehr!

„Beeil dich", presste sie hervor. „Ich glaub, ich halt die Sache nicht sehr lange aus."

„Also gut, auf in den Kampf."

Die Frau ging zur Tür, atmete noch einmal tief durch und öffnete sie dann sperrangelweit. Dann trat sie auf den Flur hinaus, schenkte den beiden Polizeibeamten, die neben der Tür auf zwei Stühlen Wache hielten, einen aufreizenden Augenaufschlag und flüsterte: „Die Patientin schläft. Ich muss nur mal kurz das zweite Bett abtransportieren. Sie wissen schon, akuter Notstand."

Einer der beiden Beamten beugte sich schwerfällig zur Seite und warf einen kurzen Blick in das Krankenzimmer. Ganz kurz streifte sein Blick die roten Haare und den Umriss unter der Bettdecke, dann nickte er zustimmend. „Kein Problem."

Die unechte Krankenschwester lächelte ihm dankbar zu, verschwand dann wieder im Krankenzimmer und schob gleich darauf das Bett erst zur Tür hinaus und dann forschen Schrittes den Flur entlang.

Währenddessen musste Esther ihre Zähne fest zusammenbeißen. Jetzt, wo ein paar Minuten vergangen waren und sich das Bett auch noch bewegte, wurden die Schmerzen langsam wirklich unangenehm. Hinzu kam, dass ihr auf einmal schwindelig wurde. Ihre Verfassung war ja sowieso nicht die beste. Und der Druck der Stangen auf den Magen war auch nicht gerade schön. Außerdem musste sie auf den türkisfarbenen Linoleumfußboden starren, der erstaunlich schnell an ihren Augen vorbeizog. Hoffentlich, *hoffentlich,* hatte das Ganze gleich ein Ende!

Aber da hörte sie, wie in ihrer näheren Umgebung eine Tür aufgerissen wurde und eine forsche Frauenstimme rief: „Schwester!"

Der Fußboden bewegte sich mit gleichbleibender Geschwindigkeit unter Esther fort.

„Schwester!“, brüllte die gleiche Stimme. „Sind Sie schwerhörig?“

Esthers Gefährt vollzog eine Vollbremsung, die Esther beinahe aus ihrer labilen Position katapultierte. Dann hörte sie die junge Frau antworten: „Meinen Sie mich?“

Esthers Herz raste. Ihr Halt hing am seidenen Faden, und sie versuchte verzweifelt, ihre Ursprungsposition zurückzuerobern, ohne dabei irgendwelche Geräusche zu verursachen oder gar das Bett in Schwingungen zu versetzen.

„Ja, wen denn sonst?“, röhrte die Stimme.

Esther hatte jetzt eine einigermaßen stabile Lage erreicht, doch war an Aufatmen noch lange nicht zu denken. Hatte die fremde Frau irgendetwas gemerkt? Gehörte sie gar zur Polizei? War sie kurz davor, einen Ausbruchsversuch zu vereiteln?

Ängstlich wandte Esther den Kopf. Aus ihrer Sicht gehörte die Stimme zu zwei schneeweißen Schuhen und zwei äußerst stabilen Waden, über denen der Saum einer Schwesternkluft begann. Noch eine Krankenschwester?

„Nun kommen Sie schon“, donnerte die Stimme über den Flur. „Ich hab hier einen Notfall.“

„Aber ... das Bett“, stammelte die junge Frau.

„Ein Notfall!“, wiederholte die Stimme mit einem leicht panischen Unterton. „Und der Arzt kommt einfach nicht! Los, helfen Sie mir! Sofort!“

Mit diesen Worten stürzten die stabilen Waden vorwärts und zogen die anderen, zarteren mit sich fort. Die Tür, die eben noch offen gestanden hatte, schloss sich, und es entstand eine gespenstische Stille. Esther war allein mit ihren immer stärker werdenden Schmerzen und immer größer werdender Sorge. Sie warf einen Blick auf ihre Uhr und stellte fest, dass von der Stunde, die ihr zur Verfügung stand, bereits zehn Minuten verstrichen waren. Sie musste irgendetwas tun!

Mühsam wandte sie den Kopf und sah den Flur hinunter. Da waren sie, die acht Stuhlbeine und vier Füße, die zu den beiden

Polizeibeamten gehörten! Wenn *sie* sie sehen konnte, galt das auch umgekehrt. Das Bett befand sich in Sichtweite der beiden Männer. Es war also ausgeschlossen, einfach herunterzukrabbeln und sich davonzustehlen. Aber was dann? *Was dann?*

In ihrer Not fiel Esther nichts anderes ein als zu beten. Ihre Lippen blieben geschlossen, aber ihre Gedanken schleuderten die eindringlichsten Worte gen Himmel: *Bitte, Gott – tu irgendetwas! Hol mich hier raus! Rette Gedeon!*

Minutenlang war Esther allein mit ihren Gedanken, dann hörte sie, wie jemand im Laufschritt immer näher kam. Die Hoffnung jedoch, dass dieser Jemand von Gott geschickt war und zu ihrer Rettung herbeieilte, trog. Es wurde nur die Tür aufgerissen, aus der eben bereits die resolute Krankenschwester gekommen war.

„Und Sie wollen Krankenschwester sein?", hörte sie in diesem Moment die resolute Stimme schimpfen. „Sie benehmen sich ja wie eine absolute Anfängerin! Aber das wird Folgen haben. Ich garantiere Ihnen –" Die Stimme verstummte plötzlich und fuhr dann in völlig verändertem Tonfall fort: „Doktor Grohne! Endlich –"

Den Rest bekam Esther nicht mit, weil die Tür schon wieder zugefallen war. Dafür hörte sie jetzt Stimmen aus der entgegengesetzten Richtung.

„Also was ist nun?", sagte eine helle, weibliche Stimme. „Tauschen wir die Nachtschicht oder nicht?"

„Aber nur die eine", entgegnete die andere, etwas tiefere, aber ebenfalls weibliche Stimme. „Ich hab keine Lust, andauernd einzuspringen, nur weil du durch das Münchener Nachtleben ziehst."

Beide Stimmen gehörten, wie Esther schnell ermittelte, zu jugendlichen Waden, über denen – wieder einmal – eine Krankenschwesternkluft begann.

„Was soll das denn schon wieder?", wunderte sich die helle Stimme. „Seit wann parken die Betten mitten auf dem Flur?"

„Na, seit die neuen Schwesternschülerinnen angefangen haben“, meckerte die andere. „Seitdem befindet sich *nichts* mehr an seinem Platz.“ Sie seufzte theatralisch. „Geh doch schon vor. Ich bring's eben weg.“

Esther erfasste den Sinn dieser Worte erst, als sich das Bett in Bewegung setzte und in forschem Tempo in die Richtung zurückfuhr, aus der es gekommen war. Esther fuhr jetzt rückwärts, konnte also nicht sehr viel erkennen. Trotzdem war ihr eines klar: Mit jedem Meter, den sie zurücklegten, kamen die Polizeibeamten wieder näher!

„Na, das ist ja ein Hin und Her“, bemerkte der eine der beiden Beamten, als das Bett näher kam.

Die Krankenschwester stoppte. „Wieso?“

„Na, weil Ihre Kollegin das Bett gerade erst aus diesem Zimmer geholt hat.“

„*Welche* Kollegin?“

„Keine Ahnung, so eine kleine, zierliche.“

„Und wo ist die jetzt?“

Der Polizeibeamte erhob sich. Esther konnte sich denken, dass er in die Richtung deutete, aus der sie gerade gekommen waren. „In irgendeinem der Zimmer dahinten verschwunden.“

Die Krankenschwester seufzte. „Und jetzt?“

„Schieben Sie's doch einfach an seinen Ursprungsplatz zurück“, meldete sich nun der andere Beamte zu Wort.

Esther schloss die Augen und schickte eine Flut von Stoßgebeten gen Himmel.

„Aber es wurde doch extra bezogen“, sagte die Krankenschwester hilflos.

„Na und?“, sagte der gleiche Beamte. „Wenn Ihre Kollegin wiederkommt, werden wir ihr halt Bescheid sagen.“

Esther betete noch heftiger.

„Ach“, sagte die junge Krankenschwester auf einmal. „Ich weiß ein Zimmer, das heute garantiert noch ein Bett braucht." Und mit diesen Worten setzte sie sich wieder in Bewegung. Das Bett fuhr mit forschem Tempo den Flur entlang und kam schließlich vor einem der Lastenaufzüge zum Stehen. Als die Krankenschwester den Knopf drückte, ertönte ein helles Klingelzeichen. Ein paar Sekunden vergingen, dann öffnete sich die Tür und das Bett wurde in den Aufzug geschoben. Wenig später begann der Boden zu ruckeln, und Esther spürte, wie es abwärts ging. Mittlerweile musste sie ihre Lippen fest aufeinander pressen, um vor Schmerzen nicht laut aufzustöhnen.

Als der Aufzug stehen blieb, hatte Esther keine Ahnung, in welchem Stockwerk sie gelandet war. Aber das spielte ohnehin keine Rolle. Wichtig war nur, dass sie eine gute Strecke zwischen sich und die beiden Polizeibeamten gebracht hatte …

Ihr Bett verließ jetzt wieder den Aufzug, wurde erneut einen langen Flur entlanggeschoben, wechselte mehrfach die Richtung und stoppte schließlich. Direkt neben Esther wurde jetzt eine Tür geöffnet, dann rollte das Bett in ein helles, freundliches Krankenzimmer und kam schließlich neben einem anderen Bett zum Stehen.

„Na, Frau Dünnbier, wie geht's Ihnen heute?" Während die junge Krankenschwester diese Frage stellte, beugte sie sich tief hinunter und betätigte nebenbei eine Vorrichtung, die sich ganz unten am rechten, vorderen Bein des Bettes befand. Dabei hätte sie fast Esthers linke Hand gestreift, die noch immer verzweifelt die eine Querstange umklammerte.

„Gut – sehr gut", sagte eine Stimme, die dem Klang nach zu urteilen zu einer alten Dame gehörte.

Esther hielt entsetzt den Atem an. Sie hatte mittlerweile begriffen, dass die Vorrichtung dem Zweck diente, die Rolle festzustellen. Und dieses Bett besaß vier Rollen …

„Heißt das, dass Sie heute schon herumgelaufen sind?", fragte die Krankenschwester.

Mit vor Schreck geweiteten Augen folgte Esthers Blick den jugendlichen Waden. Und tatsächlich, schon näherten sie sich dem nächsten Bein des Bettes, dieses Mal einem der beiden hinteren. Wenn die Frau nur einmal in die falsche Richtung sah, war alles vorbei!

„Na ja", druckste die Ältere herum. „Nicht direkt."

„Aber zur Toilette haben Sie es doch geschafft, nicht wahr?" Den Blick zum anderen Bett gerichtet, beugte sich die Krankenschwester herunter und stellte die zweite Rolle fest.

Ein Schweißtropfen kullerte an Esthers Stirn herunter und fiel lautlos auf den Fußboden.

Die Ältere räusperte sich. „Also ... na ja ... um ehrlich zu sein, hat Ihre Kollegin mir eine Bettpfanne zur Verfügung gestellt."

„Wie bitte?" Die junge Krankenschwester hielt inne, obwohl sie sich bereits hinten am Bett vorbeigezwängt und damit das dritte Bein erreicht hatte. „Das darf doch wohl nicht wahr sein! Hatten wir nicht abgemacht, dass Sie ab heute selbständig zur Toilette gehen?"

„Schon ... ja", stammelte die alte Dame. „Ich hab's ja auch versucht. Aber es tat so furchtbar weh!"

„Frau Dünnbier", tadelte die Krankenschwester und beugte sich geistesabwesend in die Tiefe. „Ein Oberschenkelhalsbruch ist zwar äußerst schmerzhaft –", es klackte, was ein sicheres Zeichen dafür war, dass auch die dritte Rolle eingerastet war, „aber er ist inzwischen gut verheilt. Und deswegen ist es wichtig, dass Sie das Bein schnell wieder belasten. Sie möchten doch wieder laufen können, oder etwa nicht?"

„Natürlich!", versicherte die alte Frau. „Wer soll meinem Mann denn sonst das Essen machen?"

„Sehen Sie", lachte die Krankenschwester und ging nun seitlich am Bett vorbei in Richtung der vorderen linken Rolle. Unter Esthers Kopf hatte sich mittlerweile so etwas wie eine kleine Pfütze gebildet. Vorsichtig zog sie ihre rechte, stark zitternde Hand näher zu sich heran. Fast gleichzeitig beugte sich die Krankenschwester herunter. Esther konnte jetzt deutlich ihr Gesicht sehen. Es war überaus hübsch und von dichten, hellblonden Löckchen umrahmt. „Und darum werden wir gleich auch eifrig üben. Erst bringe ich Ihnen einen Kaffee und dann geht's los. Einverstanden?"

Als das charakteristische Klacken ertönte und der Lockenkopf aus Esthers Blickfeld verschwand, konnte sie es kaum glauben. Die Frau musste sie doch einfach gesehen haben! Zumindest aus dem Augenwinkel heraus! Und doch geschah rein gar nichts, es erfolgte keine Reaktion!

„Einverstanden", seufzte die alte Dame.

„Dann also bis gleich", flötete die Krankenschwester und ging in Richtung Tür. Sekunden später fiel diese hinter ihr ins Schloss.

Esther war im ersten Moment sprachlos. Dann aber fasste sie sich ein Herz und krabbelte mühsam unter dem Gestänge hervor. Als sie sich aufrichtete, blickte sie in ein fassungsloses und faltiges Gesicht.

„Hallo", sagte Esther und lächelte verlegen.

„Hal-lo", stammelte die alte Frau, während ihr Blick zwischen Esther und dem Bett hin- und herwanderte.

Esthers sah sich hektisch im Zimmer um. Sie ging davon aus, dass die junge Krankenschwester jede Sekunde zurückkehren würde. Wo also konnte sie sich verstecken? Da fiel ihr Blick auf den Nachttisch der alten Frau. „Sie ... Sie haben ein Handy!", brach es aus ihr hervor.

„Mein Sohn hat es gestern hier vergessen", antwortete die alte Dame mechanisch.

Esthers Gedanken überschlugen sich. Sie kannte Ellens Handynummer! Dann war die Situation vielleicht doch noch zu retten! „Kann ich es kurz mal haben?"

„Aber ... wieso denn?", stotterte die Frau. „Soweit ich weiß, darf man es im Krankenhaus gar nicht benutzen!"

„Hören Sie“, beschwor Esther die Frau. „Ich stecke mitten in einer Situation, die ich Ihnen nicht im Einzelnen erklären kann. Aber mein Freund befindet sich in Lebensgefahr. Er wird als Geisel festgehalten. Wenn ich nicht telefonieren kann, wird er sterben!“

Die Frau runzelte skeptisch die Stirn. „Und was haben Sie unter dem Bett gemacht?“

„Ich ... “, Esther zuckte hilflos die Achseln. Wie sollte sie das der alten Dame erklären, ohne Hilferufe auszulösen? Mit einem Mal brach die ganze Hoffnungslosigkeit ihrer Situation über sie herein und ließ sie aufschluchzen. Verzweifelt ließ sie sich auf den Stuhl fallen, der direkt neben dem Bett der alten Dame stand, und begann hemmungslos zu weinen.

„Aber Kindchen!“, flüsterte die alte Frau entsetzt. Dabei wurde ihr Gesicht von Mitleid regelrecht überflutet.

Beinahe im gleichen Moment öffnete sich die Tür und die Krankenschwester kehrte mit einem Tablett in das Krankenzimmer zurück. Esther hörte abrupt auf zu weinen, wischte sich eilig die Tränen aus dem Gesicht und warf der alten Dame einen letzten, verzweifelten Blick zu.

„Nanu?“, wunderte sich die blond gelockte Schwester. „Ich hab gar nicht mitgekriegt, dass jemand gekommen ist.“

Esther sagte gar nichts. Sie kaute nur nervös auf ihrer Unterlippe herum und erwartete schicksalsergeben die Katastrophe.

„Das ist ... äh ... meine ... Enkeltochter“, sagte die alte Frau. Esther sah verblüfft zu ihr auf. „Aber sie wollte sowieso grad wieder gehen. Stimmt doch, mein Schatz?“

Esther nickte mechanisch.

„Hier.“ Die Alte nahm das Handy vom Nachttisch und hielt es Esther hin. „Vergiss das Handy nicht. Deswegen bist du doch gekommen, nicht wahr?“

Esther nickte wieder, griff nach dem Handy und stellte sich auf ihre zitternden Beine. Dann ging sie unsicher auf die Tür zu.

„Ach, Schatz?“, rief die alte Dame hinter ihr her.

Obwohl Esther die rettende Tür bereits erreicht hatte, drehte sie sich noch einmal um.

„Denk dran, die PIN-Nummer ist dreizehn-null-acht.“ Die Alte lächelte ein wenig verlegen. „Bernhard nimmt nämlich immer mein Geburtsdatum.“

Esther nickte und warf der alten Frau einen Blick zu, der ewige Dankbarkeit versprach. Dann verließ sie eilig das Krankenzimmer. Obwohl sie jetzt das starke Bedürfnis verspürte, einfach nur wegzurennen, zwang sie sich, betont langsam zu gehen. Endlich erreichte sie den Fahrstuhl, fuhr nach unten, durchquerte mühsam beherrscht die Eingangshalle und gelangte schließlich unbehelligt auf die Straße.

Dort wurde sie von überraschender Kälte und einem feinen Sprühregen empfangen. Ihre Aufmerksamkeit war jedoch allein auf die Frage gerichtet, wohin sie sich wenden konnte, um der Polizei zu entgehen und endlich telefonieren zu können. Da sie die Gegend nicht kannte, lief sie einfach drauflos, rannte ein paar Straßen entlang und war schließlich so aus der Puste, dass sie anhalten musste. Um eventuellen neugierigen Blicken zu entgehen, drückte sie sich in einen Hauseingang, aktivierte das Handy und wählte mit zitternden Fingern die Nummer ihrer Schwester. Sie war allerdings so angespannt, dass sie sich dabei mehrfach vertippte. Was würde Ellen sagen? Wusste sie bereits, was geschehen war? Sie war doch wohl nicht wütend geworden und hatte Gedeon etwas angetan? Sie atmete mühsamer und kämpfte gegen das Gefühl der Beklemmung an, das ihr die Luft zum Atmen nehmen wollte.

„Ja?“

Esther zuckte erschrocken zusammen. Sie hatte nicht einmal bemerkt, dass es durchgeklingelt hatte. „Ellen?“, rief sie.

„Esther?“, erklang es ungläubig.

„Es ist alles schiefgegangen!“, brach es aus Esther hervor.

„Die … die, die, die Krankenschwester, sie hat einfach keine Ruhe gegeben. Und dann hat mich die andere mitgenommen. Die alte Frau hat mir das Handy gegeben. Sie hat gesagt, ich sei ihre Enkeltochter. Was soll ich denn jetzt tun? Wie geht es Gedeon? Ich kann nichts dafür, Ellen! Das musst du mir glauben!"

„Ruhe!", befahl Ellen und brachte ihre Schwester damit umgehend zum Schweigen. „Was redest du denn für ein wirres Zeug! Wo ist die Frau, die ich dir geschickt habe?"

„Da … da war ein Notfall", stotterte Esther. „Und die andere Krankenschwester … sie … sie hat einfach keine Ruhe gegeben. Sie hat sie mitgenommen. Und dann ist die andere Schwester gekommen. Sie hat das Bett weggebracht. Was hätte ich denn tun sollen? Die Polizeibeamten waren doch da. Ich –"

„Schluss jetzt!", fauchte Ellen. „Du wirst mir in zusammenhängenden Sätzen erzählen, was passiert ist. Los, atme dreimal tief durch. Eins …" Sie wartete auf das entsprechende Geräusch. „… zwei … drei."

Das half tatsächlich ein wenig. Immer noch stammelnd, aber ein bisschen klarer berichtete Esther, was geschehen war. Es dauerte einige Zeit und Ellen musste mehrfach nachfragen, aber irgendwann konnte sie sich den Hergang in etwa zusammenreimen.

„Das ist alles nicht schlimm", sagte Ellen schließlich. „Hörst du mich, Esther? Es ist nicht schlimm! Wenn du tust, was ich dir sage, kannst du Gedeon noch retten!"

„Wie geht es ihm?", fragte Esther.

„Wie geht es dir, Cowboy?" Es entstand eine Pause, dann hörte Esther jemanden husten. Es war ein heiseres Husten, das alles andere als erfreulich klang. Aber es war immer noch besser als gar nichts. Er lebte. Es gab Hoffnung.

„Was soll ich tun?", keuchte sie, während ein Schwall von Tränen ungehindert an ihren Wangen hinunterlief.

„Wo bist du?"

„Ich weiß nicht", jammerte Esther. „Ein paar Straßen vom Krankenhaus entfernt."

„Du musst hierherkommen!", antwortete Ellen. „Sprich mit niemandem und lass dich auf keinen Fall aufhalten. Wir sind in einer alten Fabrikhalle." Sie beschrieb Esther, wo sich die Halle befand. „Versuch, die Straßenbahn zu nehmen. Du hast eine Stunde. Hast du das verstanden? Eine Stunde, keine Minute länger. Sonst ist er tot."

„Eine Stunde! Das schaffe ich niemals!", kreischte Esther. „Ich weiß noch nicht mal, wo ich bin. Ich –"

„Eine Stunde", unterbrach Ellen sie scharf, „sonst töte ich ihn!" Gleich darauf war das Gespräch unterbrochen.

Ein Gefühl von Panik überkam Esther. Sie rannte weiter die Straße entlang und suchte verzweifelt nach Hinweisschildern für die Straßenbahn.

Nach kurzer Zeit begegnete ihr der erste Passant. Es war ein Mann mittleren Alters, der mit einem riesigen Regenschirm unterwegs war. Esther hastete auf ihn zu, fragte ihn atemlos nach der nächsten Straßenbahnhaltestelle und lief dann in die Richtung, die er ihr angezeigt hatte.

Allmählich ging ihr immer mehr die Puste aus. Sie lehnte sich kurz gegen eine Hauswand, um zu verschnaufen. Als sie gerade wieder loshasten wollte, hörte sie so etwas wie eine Stimme. *Warte!*

Erstaunt drehte sie sich um. Noch erstaunter stellte sie fest, dass niemand in ihrer Nähe war. Sie schüttelte verwirrt den Kopf und wollte gerade wieder loseilen, als sich das Phänomen wiederholte: *Warte!*

„Gott? Bist du das?", flüsterte Esther unsicher. In letzter Zeit redete sie ja häufig mit ihm. Aber sie hatte noch nie erlebt, dass er mit ihr sprach.

Und dann schoss plötzlich ein klarer Gedanke in ihren Kopf. *Beruhige dich! Ich bin doch bei dir!* Gleichzeitig erinnerte sie sich an den Bibelvers, den die blonde Ärztin ihr zugesprochen hatte. *Fürchte dich nicht, ich bin mit dir; weiche nicht, denn ich bin dein Gott. Ich stärke dich, ich helfe dir auch, ich halte dich durch die rechte Hand meiner Gerechtigkeit.*

Von einer Sekunde auf die andere senkte sich eine unglaubliche Ruhe auf Esther. Es stimmte! Sie hatte nicht allein die Verantwortung für Gedeons Leben. Gott war auf ihrer Seite!

„Was soll ich tun?", flüsterte sie in die kalte, feuchte Luft.

Denk nach! Benutze deinen Verstand!

Als Esther anderthalb Stunden später das Fabrikgebäude betrat, verspürte sie eine seltsame Zuversicht. Die Stunde, die Ellen ihr gegeben hatte, war längst überschritten. Aber das war nicht wirklich wichtig. Gedeon war noch am Leben, da war sie sich ganz sicher. Erstens spürte sie es. Und zweitens hatte Ellen ihn als Geisel genommen, um sie, Esther, zu sich zu locken. Esther wusste zwar noch nicht, warum. Aber darauf kam es auch nicht an. Wenn Gedeon dem Zweck diente, sie herzulocken, würde Ellen ihn nicht töten, bevor sie nicht da war. Und das war das Einzige, worauf es im Moment ankam.

Erstaunlich ruhigen Schrittes gelangte sie in die riesige Halle, die auch Gedeon ein paar Stunden vorher betreten hatte.

„Ellen?" Die Frage hallte in dem großen Raum gespenstisch nach. Noch gespenstischer war allerdings die Stille, die darauf folgte.

Esther atmete einmal tief durch. *Jetzt nur nicht nervös werden*, ermahnte sie sich.

„Ellen?", wiederholte sie und ging langsam auf die drei Türen zu, die am Ende der Halle zu sehen waren. Als sie sie erreicht hatte, stellte sie fest, dass sich nur eine davon öffnen ließ.

Du weißt mal wieder genau, wohin du mich haben willst, nicht wahr?, dachte sie grimmig. Trotzdem folgte sie brav dem vorgegebenen Weg. Sie gelangte in ein Treppenhaus, in dem die Luft so schlecht und drückend war, dass es sie ihre gesamte Überwindung kostete, die Stufen hinaufzusteigen. Oben angelangt, fand sie sich am Anfang eines langen, dunklen Flures wieder.

Die sauerstoffarme Luft, der Gestank und die Anstrengung des Treppensteigens hatten ihr Herz zum Rasen gebracht. Dass es sich jetzt nicht wieder beruhigte, hatte allerdings andere Gründe. Vor ihr lagen tiefe Finsternis und lähmende Ungewissheit. Was wartete am anderen Ende des Flures?

Gott, du bist doch da, oder?, flehte sie innerlich.

Und es funktionierte. Die Angst legte sich ein wenig. Sie atmete ruhiger. Was konnte schon schiefgehen, wenn Gott auf ihrer Seite war?

„Ellen?“, rief sie ein weiteres Mal.

Stille. Drückende, bedrohliche Stille.

Wieder atmete Esther tief durch. Dann zwang sie sich, langsam, fast bedächtig einen Fuß vor den anderen zu setzen. Dabei flüsterte sie tonlos die Worte, die ihr inzwischen mehr bedeuteten als alle anderen auf der Welt: *Fürchte dich nicht, ich bin mit dir; weiche nicht, denn ich bin dein Gott. Ich stärke dich, ich helfe dir auch, ich halte dich durch die rechte Hand meiner Gerechtigkeit.*

Auf diese Weise gelangte sie tiefer und tiefer in den Flur hinein. Als sich ihre Augen an die Dunkelheit gewöhnt hatten, konnte sie erkennen, dass die Tür, die sich am Ende des Flures befand, offen stand. Drinnen war allerdings alles dunkel und so konnte sie nicht hineinsehen. Sie gelangte bis an die Schwelle. „Ellen?“

„Lauf weg!“ Es waren gepresst klingende Worte, die einen gegenteiligeren Effekt nicht hätten auslösen können.

„Gedeon!“, schluchzte Esther und tastete verzweifelt nach einem Lichtschalter. Als sie ihn gefunden hatte, wurde sie von der plötzlichen Helligkeit so geblendet, dass sie zunächst gar nichts sah. Trotzdem taumelte sie in den Raum hinein, erkannte schließlich Gedeons halb sitzende, halb liegende Gestalt und stürzte auf ihn zu. „Bist du in Ordnung?", rief sie und beugte sich zu ihm hinunter.

„Es ist … eine Falle", presste er hervor. „Du musst hier weg!"

„Wie viel Blut hast du verloren?", fragte Esther, ohne auf seine Worte einzugehen. Mittlerweile hatten sich ihre Augen an das Licht gewöhnt, und sie konnte erkennen, dass Gedeons rechte Schulter zwar notdürftig verbunden, aber bereits durchgeblutet war. Und auch der Boden um ihn herum war voller Blut.

„Meist sieht es ja schlimmer aus, als es ist", sagte Ellen leutselig.

Esther fuhr herum und sah ihre Schwester im Türrahmen stehen. Sie hatte eine Zigarette in der Hand und war im Begriff, sie in aller Seelenruhe anzuzünden.

„Warum hast du das getan?", fauchte Esther wütend.

„Frag ihn", antwortete Ellen und deutete lächelnd auf Gedeon. „*Er* ist an allem schuld! Er hat seine Nase zu tief in fremder Leute Angelegenheiten gesteckt."

Esther runzelte die Stirn. „Ich verstehe kein Wort!"

Ellen inhalierte den Rauch ihrer Zigarette mit einem tiefen, genießerischen Atemzug. „Er hat herausgefunden, wer du bist."

Esther fuhr herum und sah Gedeon an. „Weißt du das wirklich?", fragte sie.

Gedeons Gesicht wurde weich. „Du bist … *Esther*", sagte er mühsam. „Du bist die, in die …" Ein kurzer, trockener Husten unterbrach seine Worte. „Du bist die", fuhr er fort, „in die ich mich … verliebt habe."

Esther starrte ihn an und spürte, wie ein Zittern von ganz tief drinnen nach außen drang. „Aber ich bin nicht die, die versucht hat, dich zu töten!", brach es aus ihr hervor.

Gedeon nickte und sagte mühsam: „Ich weiß! Sie hat … deinen Platz … eingenommen!"

„Ich war unter Deck!", sagte Esther und ließ zu, dass das Zittern zu einem Schluchzen wurde. „Ich hab alles mit angesehen! Über die Überwachungskameras! Ich konnte nichts tun!"

Gedeon griff nach Esthers Händen. Man hatte ihm seine immerhin nach vorne gefesselt. „Ist schon gut!"

Aber nichts war gut! Esther erschauderte förmlich unter Gedeons Berührung. Seine Hände waren eiskalt. Sie fühlten sich mehr tot an als lebendig! Ängstlich forschte sie in Gedeons Gesicht. Aber was sie sah, beruhigte sie genauso wenig. Er war kalkweiß, selbst seine Lippen hatten eine ungesunde Farbe. „Du darfst jetzt nicht sterben!", schluchzte sie entsetzt. „Nicht jetzt, wo alles gut wird!"

„Nichts wird gut, Esther!", presste Gedeon hervor. „Dieses Mal nicht!" Sein Blick wanderte an Esther vorbei in Ellens Richtung und blieb an irgendetwas haften, das einen seltsamen Ausdruck auf sein Gesicht meißelte. Esther hatte ihn noch nie an Gedeon gesehen, meinte aber, so etwas wie unbändige Wut und Hilflosigkeit darin zu erkennen. Sie ahnte Böses und wandte in Zeitlupentempo ihren Kopf. Neben Ellen stand dieser Bode!

„Sie auch?", fragte sie fassungslos. „Sie stecken auch mit ihr unter einer Decke?"

Kommissar Bode zuckte gleichgültig die Achseln.

„Aber seit wann", stotterte Esther und wandte sich an Ellen, „ich meine ... die Befragungen ... seine Brutalität ... hattest *du* das alles arrangiert?"

„Nicht doch", antwortete Ellen und schüttelte den Kopf. „Unsere Geschäftsbeziehung ist ein ganz frisches Arrangement. Und es hat die Organisation ein kleines Vermögen gekostet."

„Aber warum?", brach es aus Esther hervor. Sie sah Frerk Bode fassungslos an. „Warum tun Sie das?"

Frerk Bode seufzte. „Der Staat zahlt ziemlich schlecht."

„Wenn Sie erst im Gefängnis sitzen, zahlt er überhaupt nichts mehr!", fauchte Esther.

„Dazu wird es nicht kommen", meldete sich nun Ellen zu Wort. „Dafür wird Herr Bode sorgen, nicht wahr?"

„Mit Vergnügen", grinste er und ging auf Esther zu. Dann reichte er ihr galant die Hand. „Darf ich bitten?"

Esther begriff überhaupt nichts. Fragend sah sie sich zu Gedeon um.

Dem stand die Besorgnis deutlich ins Gesicht geschrieben. „Ich liebe dich, Esther. Bitte vergiss das nie. Und gib niemals auf. Mit Gottes Hilfe kann man alles überwinden." Esther schluckte. Das klang gefährlich nach Abschied. „Du musst durchhalten!"

Aber Gedeon schüttelte den Kopf. „Sie kann mich nicht leben lassen. Aber du wirst leben. Und das ist das Wichtigste!"

Esther begriff noch immer nicht. Fragend sah sie nunmehr zu ihrer Schwester herüber.

„Du bist so blöd, wie du lang bist, Esther!", sagte diese abfällig. „Und so unschuldig! Ich hätte mir denken können, dass du noch Jungfrau bist."

„Jungfrau", wiederholte Esther und verstand auf einmal, was Ellens Problem war. „Das ist es also! *Das* unterscheidet uns!" Dann drehte sie sich einmal mehr zu Gedeon um. „Aber woher wusstest *du* es?"

„Die Ärztin hat es in den Untersuchungsbericht geschrieben", keuchte er.

„Und du hast ihn gelesen?", wunderte sich Esther.

Gedeon nickte und lächelte auf einmal trotz seiner Schmerzen. „Ich konnte wohl nicht anders. Ich muss es … irgendwie … geahnt haben."

Aber dann fiel sein Blick auf Frerk Bode, und das Lächeln erstarb genauso schnell, wie es gekommen war. Der gequälte Ausdruck auf seinem Gesicht zog auch Esthers Aufmerksamkeit auf Kommissar Bode. Ein paar Sekunden lang starrte sie ihn an, dann wurde sie plötzlich kalkweiß, fuhr herum und sah erschrocken zu Ellen herüber.

„Das ... das kann nicht dein Ernst sein!“, stammelte sie ungläubig. „Das ... kannst du mir unmöglich antun wollen!“

Ellen wich ihrem Blick aus, zuckte aber gleichzeitig mit den Achseln. „Ich hab keine andere Wahl.“

„Du hast keine andere Wahl, als mich vergewaltigen zu lassen?!?“, krächzte Esther fassungslos.

„Nun reg dich wieder ab!“, fuhr Ellen sie an. „Es wird doch schon lange Zeit, dass dir mal jemand zeigt, wo's langgeht. Im Grunde genommen tu ich dir einen Gefallen.“

Aber Esther schüttelte nur ungläubig den Kopf. „Und ich ... ich Dummkopf“, stammelte sie, „ich hatte auch noch ein schlechtes Gewissen!“

„Schlechtes Gewissen?“, wunderte sich Ellen. „Wieso?“

„Die Polizei“, antwortete Esther, während sie geistesabwesend ins Leere starrte. „Ich hab sie belogen.“

„Polizei?“, fragte Frerk Bode halb interessiert, halb misstrauisch.

„Belogen?“, erkundigte sich jetzt auch Ellen.

„Ich schätze, sie haben halb München aktiviert“, flüsterte Esther. Dabei kullerte eine Träne an ihrer Wange hinunter. „Um Ellen Kieling zu fassen, die Frau, die ihre eigene Schwester vergewaltigen lassen will.“

Auf einmal kam Leben in Frerk Bode. Er zog seine Waffe, ging zur Tür, trat auf den Flur hinaus – und wurde im nächsten Moment auf den Boden geworfen und von zwei dunkel gekleideten Männern niedergedrückt. Danach ging alles furchtbar schnell. Ellen hatte nicht mal Zeit, sich umzudrehen. Im Bruchteil von Sekunden stürmten mehrere schwer bewaffnete Männer in den Raum. Zwei davon rissen Ellen zu Boden und legten ihr Handschellen an. Drei weitere sicherten den Raum. Ein vierter stürzte umgehend zu Gedeon.

„Sanitäter!", brüllte er nach draußen. Dann zog er eilig seine Jacke aus und stopfte sie Gedeon in den Rücken. „Mensch, Gedeon", seufzte er, „kann man dich denn keine Minute aus den Augen lassen?"

„Robert!", ächzte Gedeon erfreut.

Gleich darauf stürmten zwei weiß gekleidete Männer in den Raum. Sie ließen sich neben Gedeon nieder und leisteten erste Hilfe.

„Glaubst du es jetzt endlich?", fragte Robert.

„Was denn?", konnte Gedeon noch fragen, bevor ihm die Sauerstoffmaske über den Mund gelegt wurde.

„Na, dass sie ein skrupelloses Weibsstück ist."

Gedeon begriff überhaupt nicht, was sein Freund von ihm wollte.

Mittlerweile hatte Ellen den Schock überwunden und ihre Stimme wieder gefunden. „Sie machen einen Fehler", kreischte sie. „Ich bin nicht Ellen Kieling. Ich bin Esther Kieling!"

Robert stand auf und ging zu ihr herüber. „Ha, ha", machte er nur. Dann wandte er sich Esther zu, die vollkommen verloren dastand. Ihr gesamtes Wahrnehmungsvermögen war wie in tiefen, weißen Nebel gehüllt. Sie hatte gerade endgültig ihre Zwillingsschwester verloren!

„Es war richtig, uns zu benachrichtigen", sagte Robert sanft. „Sie haben Kommissar Wiesner das Leben gerettet."

Esther nickte apathisch. Dabei kullerten weitere Tränen aus ihren Augen.

„Es war wirklich richtig", wiederholte Robert mitleidig. „Ihre Schwester ist aus dem Gefängnis geflüchtet und hat einen Polizeibeamten als Geisel genommen. Loyalität ist gut. Aber sie hat ihre Grenzen dort, wo Menschen in Gefahr geraten."

„Du ... du Miststück!", entfuhr es Ellen. Sie hatte erst in diesem Moment begriffen, was für ein Spiel Esther mit ihr gespielt hatte. „Du hast die Polizei angerufen und ihnen Märchen erzählt!"

Esther zuckte mit den Achseln und blickte zum ersten Mal auf. Sie sah ihrer Schwester in die Augen. Dann griff sie wie in Zeitlupentempo nach ihrem Ausschnitt, packte das halbe silberne Herz, das noch immer an ihrer Kette hing, riss es mit einer heftigen Bewegung herunter und warf es Ellen vor die Füße.

„Ich schätze, du hast mir keine Wahl gelassen!“

Kapitel 29

Es war ein gewöhnlicher Montagmorgen. Aus der Sicht ihres Arbeitgebers hatte Esther nur ein paar Tage gefehlt. Aus ihrer eigenen Sicht war es ihr erster Arbeitstag seit Monaten. Dementsprechend schwer war das Gewicht, das auf ihren Schultern zu lasten schien. Sie wusste nichts. Vor allem wusste sie nicht, was Ellen in der Zwischenzeit angerichtet hatte!

Als sie mit zögernden Schritten das Gebäude betrat, begegnete sie nach und nach mehreren ihrer Kollegen. Und schon jetzt kam ihr irgendetwas anders vor als sonst. Früher hatte man sie meistens übersehen, aber jetzt wurde sie von allen gegrüßt. Sogar von denen aus der Chefetage! Was hatte das zu bedeuten?

Lieber Gott, betete Esther, *wenn sie wirklich mit meinem Chef geschlafen hat, dann musst du mir irgendwie helfen, das wieder geradezubiegen!*

Nachdenklich fuhr Esther mit dem Fahrstuhl nach oben und stieg wie gewohnt im dritten Stock aus. Als sie den dunklen Gang zu ihrem Büro entlangging, kam ihr eine Gestalt entgegen, die ihr bekannt vorkam. Barbara! Sie trug einen langen, schmal geschnittenen Jeansrock und einen leuchtend roten Pullover. Ihre kurzen braunen Haare waren frisch geschnitten und standen wie immer lustig nach allen Seiten ab.

Esthers Gesicht begann vor Begeisterung zu leuchten. Endlich traf sie jemanden, der auf ihrer Seite war. Aber als sie stehen blieb, um Barbara zu begrüßen, musste sie feststellen, dass

Barbara nicht einmal in ihre Richtung sah. Sie schaute einfach weg, ignorierte Esther völlig und spazierte wortlos an ihr vorbei.

Esthers Gesichtszüge entgleisten. War Barbara etwa immer noch sauer auf sie? Wegen Thomas Martens? Oder wegen des Streits, von dem Ellen ihr erzählt hatte?

Sie seufzte tief und legte die restlichen Meter bis zu ihrem Büro noch langsamer und stockender zurück. Was erwartete sie hier? Welchen Ruf hatte Ellen ihr verschafft?

Vor ihrer Bürotür blieb sie stehen und atmete noch einmal tief durch. Es war kein Zuckerschlecken für sie, nach Monaten an ihren Arbeitsplatz zurückzukehren. Aber zum Glück hatte sie eines gelernt: Wenn Gott bei ihr war, konnte sie alles schaffen. Auch das hier!

Sie öffnete beherzt die Tür und trat ein.

Unglücklicherweise ließ der nächste Schock nicht lange auf sich warten. Hinter ihrem Schreibtisch saß bereits jemand und arbeitete! Es war eine Frau mit hellblonden Wuschelhaaren und einer auffälligen roten Hornbrille, die eifrig auf ihrer Computertastatur herumtippte und nebenbei auf ihren Bildschirm starrte. Der Anschlaggeschwindigkeit nach zu urteilen, handelte es sich hier um einen absoluten Profi!

Esther blieb unentschlossen im Türrahmen stehen und wartete darauf, dass die Frau mit ihrer Arbeit innehielt und zu ihr aufsah. Es dauerte allerdings recht lange, bis das geschah. Und dann erntete Esther auch nur ein gelangweiltes: „Ja?"

Esther schluckte. Wenn diese Frau ihre Vertretung war, musste sie doch wissen, was sie hier wollte! „Ich bin Esther Kieling."

Die Frau zog amüsiert die Augenbrauen hoch. „Na, das will ich doch hoffen!"

Irritiert trat Esther von einem Bein auf das andere. „Was … ähm … was tun Sie hier?"

Die Augenbrauen verschwanden fast in ihrem Haaransatz. „Ich *arbeite* hier!", antwortete sie fast ein wenig entrüstet.

„Seit wann?“, wagte Esther zu fragen.

„Na, seit Sie mich eingearbeitet haben!“, lautete die Antwort.

Esther begann, auf ihrer Unterlippe herumzukauen. Wenn Ellen diese Frau eingearbeitet hatte, hieß das wohl, dass sie versetzt worden war. Die Frage war nur, *warum* und *wohin*? Hinter ihrer Stirn begann es zu rotieren. Sie konnte sich lebhaft vorstellen, was in den letzten Wochen abgelaufen war. Ellen konnte weder Steno noch Schreibmaschine schreiben. Da war es mehr als wahrscheinlich, dass sie grottenschlechte Arbeit abgeliefert hatte und aufgrund dessen strafversetzt worden war. Sie schauderte und sah sich gedanklich schon in der Kantine Teller abwaschen. Was hatte Ellen mit ihrem Job angestellt?

„Und wo arbeite *ich* jetzt?“, brach es aus ihr hervor. Gleichzeitig begann sie zu *hoffen*, dass es die Kantine war. Die Büroräume zu putzen, war nun wirklich nicht ihr Ding!

Ihre Nachfolgerin antwortete nicht gleich. Stattdessen verstärkte sich der durchdringende Blick, mit dem sie Esther musterte. „Geht es Ihnen nicht gut?“

Esther fühlte sich unter diesem Blick immer unwohler. Irgendwann hielt sie es nicht mehr aus. „Ach, vergessen Sie's“, murmelte sie noch, dann wirbelte sie herum und stürmte fluchtartig aus ihrem ehemaligen Büro. In ihrer Verzweiflung eilte sie den Flur entlang, bestieg den Fahrstuhl, fuhr zwei Stockwerke nach oben und steuerte nunmehr auf Barbaras Bürotür zu. Obwohl sie keine Ahnung hatte, wie sie Barbara ihr kleines „Problem“ erklären sollte, stürmte sie, ohne zu klopfen, durch die Tür …

Der blumige Duft von Barbaras Lieblingsparfum hing in der Luft. Trotzdem befand sich keine Menschenseele in dem Raum.

Esther blieb wie angewurzelt stehen. Und jetzt?

Sie ging ein paar Schritte weiter und warf einen zaghaften Blick auf den Schreibtisch. Er war mit Stiften, Büromaterialien und Papieren bedeckt. Trotzdem fiel Esther ein bestimmtes

Schriftstück sofort ins Auge. Es war tabellenartig aufgebaut und erinnerte sie an früher. Einer Eingebung folgend nahm sie es zur Hand und drehte es um. Es war die aktuelle Telefonliste!

Als sie begriff, was für ein Juwel sie da in Händen hielt, setzte Esthers Herz einmal aus und schlug dann auf sehr viel schnellerem Niveau weiter. Das war die Lösung für ihr Problem!

Hektisch blickte sie auf den Buchstaben „K“ und suchte nach ihrem Namen. Und tatsächlich, er war verzeichnet, und zwar zusammen mit ihrer Telefon- und Zimmernummer!

„716“, las Esther verwundert. Das war im siebten Stock. *Komisch*, dachte sie, *im siebten Stock sitzt die Geschäftsleitung, die Kantine ist im achten.*

„Was willst du denn hier?“, fauchte von hinten eine Stimme, die sonst eigentlich fast immer freundlich geklungen hatte.

Esther ließ vor Schreck ihren Zettel fallen und fuhr herum. „Ich ... ähm ... hab dich gesucht“, stammelte sie. Ihr Blick fiel auf Barbaras Bauch. Wenn man Bescheid wusste, konnte man die Wölbung bereits erahnen.

„Ach, tatsächlich?“ Barbara klang regelrecht feindselig. „Ich wusste gar nicht, dass du dich noch erinnerst, wo sich mein Büro befindet.“

Esther schluckte. Sie wusste nicht so recht, was sie darauf sagen sollte. Sie wusste ja nicht einmal, was vorgefallen war. „Ich ... dachte, dass wir ... na ja ... mal wieder zusammen essen gehen könnten.“ Sie schluckte. „Oder ... so“, fügte sie stammelnd hinzu. Barbaras Augen hatten sich gerade so bedrohlich verengt, dass sie jetzt völlig verunsichert war.

„Du willst also spionieren“, sagte Barbara kalt.

„Was? Nein!“, rief Esther. „Wie kommst du denn darauf?“

„Ich kenne dich“, zischte Barbara und rückte ihre dunkle Brille zurecht. „Und darum würde ich es vorziehen, wenn du meine Bürotür von außen schließen könntest.“

Esther sah ihre Freundin aus großen Augen an und reagierte nicht.

„*Raus*", knurrte Barbara und funkelte ihre – wohl ehemalige – Freundin böse an.

„Aber –"

„*Sofort*", fügte Barbara hinzu und machte einen Schritt auf Esther zu. Die wich erschrocken zurück, stolperte in einem großen Bogen um Barbara herum und hatte Sekunden später auch dieses Büro verlassen. Erneut rannte sie den Gang entlang und rettete sich in den Fahrstuhl.

716, wiederholte Esther in Gedanken und tröstete sich damit, dass ihre Begegnung mit Barbara wenigstens in dieser Hinsicht erfolgreich gewesen war.

„Pling", machte der Fahrstuhl und schloss seine Tür. Anstatt allerdings loszufahren, rührte er sich nicht. Es geschah überhaupt nichts.

Esther seufzte, hob ihre Hand und näherte sich den Knöpfen, mit denen man das Stockwerk auswählen konnte. Eigentlich war ihr ja nach „E" wie Erdgeschoss, also Ausgang, zumute ... andererseits war es nun mal an der Zeit, ihr Leben zurückzuerobern! Sie gab sich einen Ruck und drückte tapfer den Knopf mit der „7".

Der Fahrstuhl gehorchte und setzte sich in Bewegung. Während er sanft nach oben glitt, fuhr Esthers Magen allerdings Achterbahn. Niemals zuvor hatte die Fahrt in einem Fahrstuhl ein derart flaues Gefühl bei ihr verursacht. Ob das allein an der Aufwärtsbewegung lag? Oder daran, dass sie heute so hoch hinauswollte?

Als der Fahrstuhl sein Ziel erreicht hatte, war Esther einer Ohnmacht nahe. Was tat sie nur hier? Früher hätte sie niemals gewagt, ohne ausdrückliche Anweisung in den siebten Stock zu fahren. Niemals!

Mehr als zaghaft stieg sie aus und schlich den Gang entlang, vorbei an Zimmer 701, 702, 703 ... Hinter 706 beschrieb der Gang eine Rechtskurve. Weiter ging es mit 707, 708 ... Je höher die Zahlen wurden, desto heftiger wurde auch Esthers Pulsschlag. Schließlich wechselten die Zahlen in den Zehnerbereich. 710, 711, 712 ... Esthers Herz bummerte wie im Anschluss an einen Marathonlauf ... 713, 714, 715 ... das nächste Zimmer musste es sein! Esther blieb stehen und starrte die entsprechende Tür an. Sie befand sich links vom Flur und war als einzige auf dem Gang noch ohne Beschriftung. Sollte sie ... ?

Eine ganze Zeit lang trat Esther unentschlossen von einem Bein aufs andere. Dann fasste sie sich ein Herz, streckte ihre rechte Hand aus und klopfte.

Das Geräusch hallte in dem langen Flur noch hörbar nach. Eine Antwort erhielt Esther allerdings nicht. Sie klopfte erneut – wieder nichts.

Also gut, dachte Esther und drückte vorsichtig die Türklinke hinunter. Die Tür war nicht verschlossen und gab umgehend den Blick auf das dahinterliegende Zimmer frei. Esthers Augen fegten durch den Raum, registrierten und ... kombinierten.

Das hier war nicht Ellens oder besser gesagt ihr eigenes Zimmer. Niemals!

Bemerkenswert war zunächst die Größe des Raumes. Während ihr eigenes, ehemaliges Büro kaum 12 Quadratmeter gemessen hatte, stand diesem Raum mindestens die doppelte Grundfläche zur Verfügung. Auch die Büroeinrichtung ging weit über das hinaus, was im ersten Stock Standard war. Der Schreibtisch war wuchtiger und bestand – ebenso wie die Aktenschränke – aus edlem dunklem Holz.

Staunend trat Esther ein. Im vorderen Bereich des Raumes, gleich links neben der Tür, befand sich eine kleine Sitzecke. Die gebogenen, mattierten Metallfüße von Tisch und Stühlen ließen darauf schließen, dass man es hier mit teuren Designerstücken zu tun hatte.

Der Hauptfaktor jedoch, der Esther davon überzeugte, nicht in Ellens Zimmer gelandet zu sein, war die Abwesenheit jeglichen Durcheinanders. Auf dem Boden, in den sichtbaren Ablagefächern und auf dem Schreibtisch befand sich kein einziges Schriftstück, alles war picobello auf- und weggeräumt. Die Aktenordner in den offenen Schränken waren sauber beschriftet und ordentlich aufgestellt. Alles schien sich an seinem Platz zu befinden. Wer hier arbeitete, der musste sein Handwerk verstehen!

Esther seufzte tief. Im Grunde genommen war sie genauso schlau wie vorher! Sie beschloss, das fremde Revier wieder zu verlassen, und ging zur Tür zurück. Sie hatte die Türklinke schon in der Hand, als sie hinter sich ein Geräusch vernahm und erschrocken herumwirbelte.

„Da sind Sie ja endlich!“, sagte ein älterer Herr, der Esther seltsam bekannt vorkam. Er war weit über siebzig, hatte ein faltiges Gesicht, aber umso wachere, durchdringende Augen. Er stand in der Tür, die Esther zuvor gar nicht aufgefallen war. Sie befand sich in der rechten Wand des Raumes und führte scheinbar ins Nebenzimmer. Der Mann sah auf seine Uhr. „Sie sind wie immer zu spät. Was haben Sie zu Ihrer Entschuldigung vorzubringen?“

Esther bearbeitete ihre Unterlippe. Sie hatte gerade komplett ihre Sprache verloren. Wer war dieser Mann? Woher kannte sie ihn? Und wieso hatte er auf sie gewartet?

Der alte Mann seufzte tief. „Das geht alles nicht so weiter, Frau Kieling, das muss selbst Ihnen klar sein!“

Esther starrte ihn entgeistert an. *Was* ging nicht *wie* weiter?

„Frau Kieling? *Hallo*, jemand zu Hause?“ Der ältere Herr klang jetzt ziemlich ärgerlich. „Es ist jetzt halb zehn und ich weiß noch immer nicht, welche Termine heute anstehen. Könnten Sie das vielleicht für mich herausfinden?“

Esther fuhr zusammen, dann ging sie mit zaghaften Schritten auf den Schreibtisch zu. Wenn der Mann von ihr wissen wollte, welche Termine anstanden, musste sie wohl seine Sekretärin sein. Die Frage war nur, wo Ellen den Terminkalender aufbewahrte! Sie nahm eilig auf dem Bürostuhl Platz und öffnete aufs Geratewohl eine Schublade – Locher, Tacker, Stifte, Stempel. Sie probierte es mit der nächsten – Briefumschläge in allen Größen, mit der übernächsten – ah, ein Terminkalender!

Esthers Gesicht erhellte sich. Schnell nahm sie das längliche Ringbuch heraus und öffnete die Seite mit dem Datum von heute.

„Neun Uhr dreißig", las sie erfreut, „Frühstück mit Frau Nolting und Herrn Moser im Café Kari-" Das letzte Wort blieb ihr im Halse stecken. Hatte der Herr nicht gerade irgendetwas von halb zehn gesagt? Sie sah erschrocken zu ihm auf und fand ihre Befürchtungen bestätigt. Der ältere Herr war puterrot geworden und funkelte Esther wütend an.

„Sie sind eine wandelnde Katastrophe, Frau Kieling", fauchte er. „Haben Sie wirklich geglaubt, ich würde auf Dauer eine Sekretärin beschäftigen, die so unzuverlässig ist wie Sie?"

„Tut ... tut mir leid", stammelte Esther. „So etwas wird nicht wieder vorkommen!"

„Wird es nicht, nein?", donnerte ihr der Mann entgegen. „Dass ich nicht lache!" Mit diesen Worten eilte er auf einen der Aktenschränke zu, wischte einmal durch das Regal und ließ eine Flut von losen Blättern auf den Boden segeln. „Diese nette Ablage hier hab ich am Freitag gefunden!", schnaubte er. „Das ist so ziemlich alles, was seit Aufnahme Ihrer Tätigkeit über Ihren Schreibtisch gelaufen ist. Ich hab das ganze Wochenende damit zugebracht, dieses Chaos zu sichten. Und dabei habe ich festgestellt, dass nicht eines ... ich wiederhole ... nicht *eines* dieser Papiere bearbeitet wurde!"

„Ich ... war in letzter Zeit irgendwie nicht ... nicht ich selbst", stammelte Esther. „Aber ... das wird jetzt alles anders! Ich verspreche es!"

„Allerdings wird es das!", schnaubte der Mann. „Weil Sie nämlich entlassen sind, darum!"

„Oh, nein, bitte!“, jammerte Esther. „Das dürfen Sie mir nicht antun! Ich ... ich habe schon so lange in diesem Haus gearbeitet!“

„*Gearbeitet* ist gut“, lachte der ältere Herr abfällig. „Ich bin nicht blöd, wissen Sie. Ich kenne die Gerüchte so gut wie jeder andere. Sie haben sich systematisch nach oben geschlafen. Das ist natürlich auch eine Form von Arbeit!“

Esther schlug die Hand vor den Mund und entwickelte eine Gesichtsfarbe, die jede Tomate in den Schatten stellte. Alles war noch viel schlimmer, als sie befürchtet hatte! Ellen hatte alles kaputt gemacht, ihren Ruf, ihren Job, ihr Leben! Sie schüttelte verzweifelt den Kopf, warf dem älteren Mann einen letzten fassungslosen Blick zu und rannte aus dem Zimmer.

Als Esther am späten Nachmittag wieder in München angekommen war und das Krankenhaus betrat, hatte sie sich einigermaßen gefangen. Sicher, sie hatte ihren Job verloren. Aber es gab Schlimmeres, oder? In den vergangenen Wochen hatte sie mehrfach dem Tod ins Auge gesehen. Aber sie war am Leben. Und was noch wichtiger war: Gedeon lebte ebenfalls und wusste, wer sie war. Die Liebe ihres Lebens wartete auf sie!

Während sie den Flur entlangeilte, breitete sich ein glückliches Lächeln auf ihrem Gesicht aus. Am Telefon hatte man ihr gesagt, dass Gedeon über den Berg war und Besuch empfangen durfte. Endlich, *endlich* durfte sie ihn sehen!

An den vergangenen beiden Tagen hatte sie im Stundentakt auf der Station angerufen und sich nach Gedeons Gesundheitszustand erkundigt. Einen Besuch hatte man ihr allerdings verweigert. Wegen der Schwere der Verletzung und des hohen Blutverlusts hatte er auf der Intensivstation gelegen, wo nur Angehörige Zutritt erhielten. Esther hatte das zähneknirschend akzeptiert. Obwohl sie sich natürlich wie eine Angehörige fühlte, hatte sie sich damit getröstet, dass sie schon so lange auf Gedeon gewartet hatte. Was machten da schon ein paar weitere Tage? Und was bedeuteten sie, wenn die Aussicht bestand, den Rest des Lebens mit ihm verbringen zu dürfen!

Als Esther die Innere Abteilung betrat, begann ihr Herz schneller zu klopfen. Vorfreude und Aufregung vermischten sich, zauberten eine hübsche Röte auf ihre Wangen und trieben ein Prickeln über ihre Haut. Je mehr sich der Abstand zu Gedeon verringerte, umso schneller und beschwingter wurde Esthers Gang. Als sie schließlich in den Flur einbog, auf dem sich Gedeons Zimmer befinden musste, rannte sie schon fast.

Sie wollte gerade anfangen, die Zimmernummern mit der Nummer zu vergleichen, die ihr am Telefon mitgeteilt worden war, als sie sah, wie sich ein paar Meter weiter eine Tür öffnete. Die Gestalt, die jetzt auf den Flur hinaustrat, kam Esther auf Anhieb bekannt vor. Es war Robert!

Esthers Herz schlug heftig. Das war also Gedeons Krankenzimmer! Sie war nur noch wenige Meter von ihm entfernt!

Robert hatte Esther nicht gleich bemerkt. Er sah sie erst, als er sich umdrehte und in ihre Richtung marschierte. Umso heftiger fiel seine erste Reaktion aus. Er zuckte zusammen, griff blitzschnell hinter seinen Rücken und zielte im nächsten Moment mit einer Waffe auf sie.

Esther erschrak, blieb ganz abrupt stehen und starrte Gedeons Freund bestürzt an.

„Ellen Kieling?", rief Robert.

Esther schüttelte nur den Kopf.

„Esther?", fragte Robert verwundert.

Esther nickte, noch immer unfähig, etwas zu sagen.

„Oh, tut mir leid", sagte Robert und ließ die Waffe sinken. „Ich weiß nicht, was in mich gefahren ist. Schließlich sitzt Ihre

Schwester in U-Haft. Es ist nur … dass ich mich wohl nie an diese unglaubliche Ähnlichkeit gewöhnen werde."

Esther lächelte zaghaft. „Ich hab mich auch nie dran gewöhnt."

„Na, dann", lachte Robert. „Aber sagen Sie mal: Was tun Sie hier?"

„Ich möchte Herrn Wiesner besuchen."

„Oh", wunderte sich Robert Janssen, „das ist aber nett von Ihnen. Und dabei kennen Sie ihn doch kaum!"

„Kaum", lächelte Esther und beschloss, ihn auch in diesem Glauben zu lassen. Wenn Gedeon darauf verzichtet hatte, ihm die ganze Wahrheit zu erklären, hatte er bestimmt Gründe dafür. Der Gedanke an Gedeon ließ Esther unruhig werden. Sie war hier, um ihn zu sehen. Und sie wollte ihn *jetzt* sehen. „Er liegt da, nicht wahr?", fragte sie und deutete auf die Tür, aus der Robert gekommen war.

„Schon", nickte Robert. „Es ist nur so … na ja, dass es im Moment grad etwas schlecht ist. Er hat schon Besuch, müssen Sie wissen."

„Ach, wirklich?", flüsterte Esther enttäuscht. Sie hätte Gedeon gern ganz für sich allein gehabt. „Dann werde ich hier auf dem Flur warten, bis der Besuch nach Hause geht."

„Das kann aber länger dauern", murmelte Robert.

Esther sah erstaunt zu ihm herüber. „Wieso denn das? Ich meine … wer ist denn bei ihm? Ist es seine Mutter?"

Robert schüttelte den Kopf. „Nein, seine Frau."

Esthers Kopf fuhr herum. „Seine … *was*?"

„Seine Frau", wiederholte Robert, als sei es das Normalste von der Welt.

„Aber das … das geht doch nicht!", stammelte Esther. „Ich meine … ich wusste gar nicht, dass … dass er verheiratet ist!"

„Das ist 'ne längere Geschichte", entgegnete Robert ausweichend. Als er jedoch feststellte, dass Esther ihn ununterbrochen weiter anstarrte, seufzte er schließlich und fuhr fort: „Eigentlich ist er ja von ihr geschieden. Aber Sie wissen ja: Alte Liebe rostet nicht. Gedeon ist nie darüber hinweggekommen, dass Britta ihn verlassen hat."

„Britta", wiederholte Esther entsetzt und dachte an die Gespräche, die sie mit Gedeon über Britta geführt hatte. Und dabei erinnerte sie sich vor allem an eines: an die tiefe Traurigkeit, die allein der Name bei ihm hervorgerufen hatte. Keine Frage, Robert hatte recht. Gedeon hatte die Trennung nie wirklich verwunden.

„Ist 'ne wirklich traurige Geschichte", seufzte Robert. „Aber vielleicht gibt's ja ein spätes Happy End. Jetzt, wo sie sich ihm wieder an den Hals wirft, hab ich Hoffnung, dass sich in Gedeons Leben doch noch alles zum Guten wendet. Gedeon braucht einfach eine Frau, sonst ist er nicht ganz zurechnungsfähig. Aber was die Auswahl angeht, ist er auch nicht wirklich auf der Höhe. Ihre Schwester ist dafür ja das jüngste Beispiel!"

„Aber ich ... ich dachte, Britta hätte wieder geheiratet!", flüsterte Esther.

„Britta? Das hat sie auch. Aber ihr Ehemann ist Frerk Bode. Und seitdem der im Gefängnis schmort, ist Gedeon auf einmal wieder hochinteressant."

„Aber das ... das ist doch total berechnend!"

„Stimmt", pflichtete Robert ihr bei. „Auf der anderen Seite ist Gedeon ja ein sehr gläubiger Mann. Er war immer der Meinung, dass Ehen fürs Leben geschlossen werden. Und damit Punkt. Sie hätten ihn mal erleben sollen, als Britta ihn verließ. Er war nur noch ein Schatten seiner selbst. Ich jedenfalls gönne ihm die neuen Entwicklungen. Und Britta ist eine schöne Frau. Man *muss* sie einfach zurücknehmen!"

„Man *muss* sie einfach zurücknehmen", wiederholte Esther und drehte sich in die Richtung, aus der sie gekommen war. Sie musste weg. Ganz offensichtlich war sie hier fehl am Platze.

In dieser Nacht schlief Esther nicht. Sie fuhr nicht einmal nach Hause.

Stattdessen lief sie ziellos in München umher und grübelte ... grübelte ... grübelte.

Anfangs bestand sie nur aus Verzweiflung, steigerte sie sich immer mehr in die Vorstellung hinein, dass ihr Leben jetzt sinnlos war, dass sie alles, aber auch wirklich alles verloren hatte, was ihr Leben ausmachte. Jede Brücke, jedes Gewässer übte auf einmal eine magische Anziehungskraft auf sie aus und schien ihr zuzuflüstern: *Komm, hier ist die Lösung deiner Probleme, hier findest du Ruhe.*

Aber dann war da noch eine andere Stimme, die geduldig wiederholte: *Fürchte dich nicht, ich bin mit dir; weiche nicht, denn ich bin dein Gott. Ich stärke dich, ich helfe dir auch, ich halte dich durch die rechte Hand meiner Gerechtigkeit.*

Aber galt das auch, wenn alles am Boden lag? Galt das auch, wenn gerade dieser Gott den Zusammenbruch ihres ganzen Lebens herbeigeführt oder zumindest zugelassen hatte?

„Was hast du dir nur dabei gedacht?", rief Esther ärgerlich und kümmerte sich nicht darum, dass hinter ihr ein paar Passanten aufsahen und zu tuscheln begannen.

Vertrau mir trotzdem, lautete die Antwort, die deutlich wahrnehmbar in Esthers Gedanken floss.

Esther seufzte tief. Was blieb ihr schon übrig? „Und was soll ich jetzt tun?", fragte sie klagend.

Was hast du beim letzten Mal getan?

Esther zog die Stirn in tiefe Falten. Musste dieser Gott immer in Rätseln sprechen? Aber dann dachte sie trotzdem über diese Antwort nach. Was hatte sie beim letzten Mal getan? Was hatte sie getan, als schon einmal alles den Bach runterzugehen drohte? Was hatte sie getan, als Gedeon in Lebensgefahr schwebte?

Sie hatte ... *gekämpft*!

Der Gedanke ließ Esther aus ihrer niedergedrückten Haltung hochschrecken. Alle weiteren Überlegungen folgten

Schlag auf Schlag: Als sich Gedeon in Ellens Gewalt befunden hatte, als er auch noch angeschossen worden war, da hatte die Situation auch mehr als aussichtslos ausgesehen. Ja, wirklich! Wenn sie es aus heutiger Sicht betrachtete, hätte sie sofort verzweifeln und aufgeben müssen. Aber das hatte sie nicht getan! Mit Gottes Hilfe hatte sie es geschafft, Kräfte zu mobilisieren, die sie sich früher nicht mal im Traum zugetraut hätte!

Sie blieb stehen. Wenn so etwas *einmal* geklappt hatte, dann konnte es *wieder* klappen! Wenn Gott auf ihrer Seite stand, war *alles* möglich! Außerdem ... befand sie sich in einer Situation, die in gewisser Weise positiv war: Sie hatte nichts mehr zu verlieren!

Als Esther am nächsten Morgen das Gießener Firmengebäude betrat, war ihre Haltung aufrecht und ihr Gang forsch. Außerdem war sie auffälliger gekleidet als sonst. Sie trug einen knallroten Pullover mit Carmen-Kragen, einen rot-schwarz karierten Rock und hochhackige schwarze Lederstiefel. Es war, als wollte sie einen Stier zum Kampf herausfordern ... oder ihn zumindest an den Hörnern packen.

„Guten Morgen, Herr Schierker", antwortete sie besonders laut und deutlich auf das grüßende Nicken eines ihrer Kollegen. „Guten Morgen, Frau Badenhop."

Obwohl sie mindestens zehn Kollegen begrüßte, verlangsamte Esther ihren Schritt kein einziges Mal. Auch Umwege standen heute nicht auf dem Programm. Esther stieg ohne zu zögern in den Fahrstuhl, fuhr in den 7. Stock und ging dann zackigen Schrittes auf das Zimmer mit der Nummer 716 zu.

Als sie es erreicht hatte, gab es dann allerdings doch Grund für eine kleine Verzögerung. Esther hatte sich seit gestern permanent die Frage gestellt, für wen sie da eigentlich arbeitete. Und obwohl sie den älteren Herrn schon mal gesehen hatte, fiel ihr einfach nicht ein, um wen es sich handelte. Aus diesem Grund ließ sie ihr Büro erst einmal links liegen und wandte sich der nächstfolgenden Zimmertür zu.

„Schliephake" stand dort geschrieben.

Esther stutzte und starrte unentwegt weiter auf das Schild. Schliephake? Die Firma, für die sie arbeitete, hieß „Schliephake & Partner". War es möglich, dass ... ?

Aber ja! Der ältere Herr war der Seniorchef der Firma! Jetzt fiel es ihr wieder ein! Sie hatte ihn kennengelernt, als die Firma vor zwei Jahren ihr 50-jähriges Jubiläum gefeiert hatte! Damals hatte Herr Schliephake senior die Rede gehalten.

Esther schluckte. Sie war die Sekretärin des Firmengründers! *Die Exsekretärin,* flüsterte ihr Unterbewusstsein und rief sie damit auf den Boden der Tatsachen zurück.

Gleichzeitig schien sich eine eiskalte Hand würgend um ihren Hals zu legen. Sekretärin des Seniorchefs! Das war doch wirklich eine Nummer zu groß für sie!

Esther ging unwillkürlich ein paar Schritte rückwärts und suchte nach dem rettenden Ausweg. Sie hatte sich schon umgedreht, um zum Fahrstuhl zurückzueilen, als sie plötzlich innehielt. War sie nicht hier, um für ihren Job zu kämpfen?

Aber doch nicht für so einen!, flüsterte ein anderer Teil ihrer selbst. *Einem solchen Job bin ich nicht gewachsen!* Oder? Sie seufzte tief. Ihre eigenen Worte zeigten nur allzu deutlich, dass sich all ihr Selbstbewusstsein, all ihre Entschlossenheit gerade in nichts aufgelöst hatten.

„Hey, Gott", stöhnte sie. „Was soll ich denn jetzt tun?"

Was hast du beim letzten Mal getan?

Als Esther die Bedeutung dieses Gedankens erfasste, musste sie plötzlich schmunzeln. War es wirklich nötig, dass man ihr andauernd das Gleiche sagte?

Sie atmete einmal tief durch und richtete sich wieder zu ihrer vollen Größe auf. Sie war hier, um für ihren Job zu kämpfen. Und wenn es nun einmal der Job einer Chefsekretärin war, der zur Disposition stand, dann war das doch umso besser! Sie hatte nichts zu verlieren! Und seit eben umso mehr zu gewinnen!

Esther hatte bereits Stunden hinter ihrem Schreibtisch verbracht und sich schon durch einen großen Teil der unbearbeiteten Papiere gewühlt, als sich die seitliche Tür zu ihrem Büro öffnete und Herr Schliephake senior den Raum betrat. Esther war allerdings so in ihre Arbeit vertieft, dass sie ihn erst bemerkte, als er zu sprechen begann.

„Können Sie mir verraten, was das hier zu bedeuten hat?", fragte er mit deutlich wahrnehmbarer Verärgerung in der Stimme.

Esther erschrak und blickte auf. „Ich ... ähm ... versuche, die Rückstände aufzuarbeiten."

„Haben Sie nicht verstanden, was ich gestern zu Ihnen gesagt habe?"

Esther versuchte, sich zu sammeln. Sie hatte die ganze Nacht gebraucht, um sich eine passende Antwort auf diese – durchaus vorhersehbare – Entwicklung des Gesprächs zurechtzubasteln. Jetzt kam es darauf an, dass sie sie überzeugend rüberbrachte.

„Doch", antwortete sie, „das habe ich sehr gut verstanden. Sie haben mir fristlos gekündigt, und das zu Recht. Es ist nur so, dass ... mir ... nun ja ... in den vergangenen Wochen ein überaus großzügiges Gehalt gezahlt wurde. Mir ist aber durchaus bewusst, dass ich aufgrund einer ... also ... persönlichen Krise nicht in der Lage war, diesem Gehalt entsprechend zu arbeiten. Deshalb habe ich mir vorgenommen, in den kommenden Tagen alles aufzuarbeiten, was ich unglücklicherweise versäumt habe."

Ihr Exchef holte Luft, um etwas dazu zu sagen, doch kam Esther ihm zuvor, indem sie eilig hinzufügte: „Sie müssen mir keinen Cent dafür bezahlen! Ich bin gekündigt, das weiß ich und das akzeptiere ich. Aber bitte, *bitte* geben Sie mir die Gelegenheit, den Schaden wiedergutzumachen! Ich könnte sonst nie mehr in den Spiegel schauen!"

Herr Schliephake ließ die eingeatmete Luft in Form eines Seufzers wieder entweichen. Gleichzeitig entspannten sich auch seine Gesichtszüge ein wenig. „Wenn Sie sich erhoffen, dass ich die Kündigung zurückziehe …" Er hielt inne, weil Esther heftig den Kopf schüttelte. „Also gut", murmelte er, „ich gebe Ihnen drei Tage. Drei Tage, nicht mehr!"

„Danke", hauchte Esther und wandte sich auch schon wieder ihrer Computertastatur zu.

Als sich der Drei-Tages-Zeitraum seinem Ende zuneigte, war Esther fit auf ihrem Gebiet. Sie hatte alles bearbeitet, was sie an Schriftverkehr in der Zettelablage gefunden hatte. Sie hatte das Büro vollständig eingerichtet und mit allen Materialien versehen, die vorher gefehlt hatten. Es sah jetzt richtig nach Arbeit aus und war längst nicht mehr so steril wie früher. Auch den Terminkalender ihres Chefs hatte sie voll im Griff. Sie wusste, welche Art von Terminen sie ungefragt legen durfte, welche Zeiten er dafür bevorzugte und wann und wie oft sie ihn an diese Termine erinnern musste.

Auch jetzt drückte sie den grünen Knopf am Telefon. „Zehn vor fünf", sagte sie und erinnerte Herrn Schliephake damit an den internen Besprechungstermin um 17:00 Uhr.

Sekunden später öffnete sich die Tür, die die beiden Büroräume miteinander verband. Herr Schliephake nahm in den letzten Tagen immer häufiger diesen Weg. Scheinbar gefiel ihm der Umweg über das Zimmer seiner Sekretärin auf einmal deutlich besser als der direkte Weg zum Flur. „Wie sehe ich aus?", fragte er denn auch.

Esther erhob sich. „Ihre Krawatte ist schon wieder viel zu kurz gebunden!"

„Kein Wunder", seufzte er. „Nur Sie und meine Frau können sie vernünftig binden."

Esther lächelte. „Wenn Sie das Ding nicht dauernd abnehmen würden, gäbe es das Problem nicht."

„Frauen!", lamentierte Esthers Chef. „Sie haben keine Ahnung, wie es ist, wenn man stundenlang so ein Ding tragen muss. Es nimmt einem die Luft zum Atmen!"

Esther Lächeln verbreiterte sich. Gleichzeitig trat sie näher an ihren Chef heran und begann, die Krawatte zu richten. „Ihre Frau hat nicht ganz unrecht", sagte sie. „Sie sind wirklich ein schwieriger Fall."

„Hat sie das gesagt?", grinste Herr Schliephake. „Sie meint das nicht so. In Wirklichkeit liebt sie mich so, wie ich bin."

„Ja", entgegnete Esther ernst, „das Gefühl habe ich auch." Es stimmte wirklich. Esther hatte selten ein Ehepaar erlebt, das nach so vielen Jahren Ehe noch so freundlich miteinander umging und so interessiert aneinander war. Eins wusste sie sicher: Wenn es ihr gelang, diesen Job zu behalten, brauchte sie sich keine Sorgen zu machen, unanständige Angebote von ihrem Chef zu bekommen. „So, jetzt kann man Sie losschicken", sagte sie, als die Krawatte wieder richtig saß.

„Also gut", seufzte Herr Schliephake und ging auf die Tür zu. „Dann auf in den Kampf!"

„Wieso?", wunderte sich Esther. „Es ist doch ein internes Treffen. Was gibt es denn da zu kämpfen?"

„Um ehrlich zu sein", antwortete Herr Schliephake auskunftsfreudig, „sind das die schlimmsten. Arno – also mein Sohn – hat selbst keine Kinder. Und die anderen Ressortchefs kümmern sich nicht um ihre Kinder. Glauben Sie mir, das merkt man! Heute muss ich verhindern, dass unsere Firma in Zukunft Luftballons herstellt. Ist das nicht furchtbar?"

„Mit Luftballons kann man kein Geld verdienen", nickte Esther.

Herr Schliephake sah auf einmal interessiert zu ihr herüber. „Woher wissen Sie das?"

„Ist doch logisch", antwortete Esther. „Luftballons werden einfach zu günstig angeboten. Außerdem ist die Konkurrenz viel zu groß. Nein, man müsste etwas anbieten, was es noch nicht gibt. Etwas ganz Revolutionäres!"

„Genau das ist es. Das Problem ist nur, dass mir niemand eine vernünftige Idee liefert. Niemand!"

„Auslaufsichere Seifenblasenbehälter", schlug Esther mutig vor. „Und zwar in einem ausgefallenen Design. Ich denke da an bunt gekleidete Figürchen mit Hut. Der Hut ist der Deckel, in dem sich der Stab befindet. Der Rest des Körpers ist das Behältnis. Um das Ganze auslaufsicher zu gestalten – und das wird der Renner sein –, brauchen wir allerdings ein ausgeklügeltes System."

Herr Schliephake sah Esther sprachlos an. Als sie das bemerkte, errötete sie. „Nur so eine Idee", hauchte sie schüchtern.

„Nur so eine Idee", wiederholte Herr Schliephake und ging nachdenklich auf die Tür zu. „Nur so eine Idee." Dann verschwand er einfach auf den Flur.

Esther zuckte mit den Achseln und wandte sich wieder ihrer Arbeit zu. Erst führte sie das zu Ende, womit sie sich gerade beschäftigt hatte. Dann nahm sie sich ein Blatt Papier und schrieb eine Übergabenotiz für ihre Nachfolgerin.

Es wurde eine dreiseitige Abhandlung, die zwei Stunden in Anspruch nahm. Als sie endlich damit fertig war, schrieb sie noch einen Abschiedsgruß für Herrn Schliephake, legte beides gut sichtbar auf den Schreibtisch, räumte dann ihre Sachen zusammen und ging auf die Tür zu. In den vergangenen drei Tagen hatte sie alles getan, um sich unentbehrlich zu machen. Jetzt war es an der Zeit, das Feld zu räumen. Wenn ihrem Chef etwas an ihr lag, würde er sie zurückholen. Und wenn nicht, dann hatte sie zumindest einen würdevollen Abschied hingelegt.

Gerade in dem Moment jedoch, in dem Esther ihr Zimmer verlassen wollte, vernahm sie Schritte auf dem Flur. Dann hörte sie, wie die Tür des Nebenzimmers geöffnet wurde. Offensichtlich war die Besprechung bereits zu Ende und Herr Schliephake in sein Büro zurückgekehrt.

Da Esther ihm jetzt auf keinen Fall begegnen wollte, schloss sie ihre Bürotür so geräuschlos wie möglich und schlich dann ebenso leise den Flur entlang. Um nicht länger als nötig im 7. Stock bleiben zu müssen, nahm sie anschließend sogar die Treppe, anstatt noch lange auf den Fahrstuhl zu warten.

Auf diese Weise dauerte es eine halbe Ewigkeit, bis sie die sieben Stockwerke hinter sich gelassen hatte und schließlich im Erdgeschoss ankam. Als sie in die Eingangshalle trat, war ihr klar, dass der Haupteingang bereits verschlossen sein musste. Sie ging daher zum Pförtner, der wie immer in dem kleinen Informationsschalter in der Mitte der großen Halle saß, und nickte ihm freundlich zu.

„'n Abend", sagte sie und musste auf einmal gähnen. „Können Sie mich bitte rauslassen?"

Der Pförtner zog die Augenbrauen hoch und musterte Esther erst einmal von oben bis unten. Er war ein kleiner, korpulenter Mann, der normalerweise immer ein wenig schelmisch aus der Wäsche guckte. Irgendwie erinnerte er Esther an den Komiker Dirk Bach.

„Nö", sagte er schließlich.

„Nö?", wiederholte Esther und grinste. Sie hielt die Reaktion für einen Scherz. „Aber ich bin müde. Ich kann wohl schlecht hier übernachten!"

„Tut mir leid", entgegnete der Mann ernst. „Ich habe meine Anweisungen."

„Sie haben *was*?" Esther konnte nicht glauben, was sie da hörte.

„Sie sind doch Frau Kieling, oder?"

Esther nickte ratlos.

„Dann müssen Sie hierbleiben.“

Esther öffnete ihren Mund und schloss ihn dann wieder. So was war ihr noch nie passiert. Auch gestern und vorgestern nicht, und das, obwohl sie auch an diesen beiden Tagen bis lange nach sieben gearbeitet hatte! Es vergingen ein paar Sekunden, in denen Esther nicht wusste, ob sie sich aufregen oder doch lieber anfangen sollte zu betteln. Dann hörte sie, wie sich hinter ihr der Fahrstuhl öffnete.

„So schnell entkommen Sie mir nicht“, sagte die Stimme ihres Chefs.

Esther drehte sich um und sah Herrn Schliephake auf sich zukommen.

„Danke“, sagte er in Richtung des Pförtners. Dann strahlte er Esther an. „Alle sind einverstanden!“

Esthers Gesicht war ein einziges Fragezeichen. „Einverstanden? Womit?“

„Na, mit Ihrem Vorschlag!“

„Mit meinem *was*?“

„Auslaufsichere Seifenblasenbehälter – Sie müssen sich doch daran erinnern!“

„Das ... das ... das war doch kein Vorschlag, sondern nur so eine Idee!“, stammelte Esther.

„Es sind trotzdem alle einverstanden“, lächelte Herr Schliephake. „Aber nicht, dass Sie jetzt glauben, ich würde Sie ohne Weiteres hergeben. Sie werden geteilt! Zu fünfzig Prozent werden Sie weiter als meine Sekretärin arbeiten. Die anderen fünfzig Prozent Ihrer Arbeitszeit werden Sie damit verbringen, das Projekt unterstützend zu beraten. Ihr Gehalt wird natürlich entsprechend erhöht.“

Esther schluckte und begriff noch nicht so recht, was das bedeutete.

„Freuen Sie sich denn gar nicht?“, erkundigte sich Herr Schliephake enthusiastisch.

„Bin ich jetzt entlassen oder nicht?“, fragte Esther verwirrt.

„*Nicht*“, antwortete Herr Schliephake und lächelte. Dann holte er ein paar zusammengefaltete Papiere aus der Innentasche seines Jacketts hervor und reichte sie Esther. „Hier, das können Sie behalten.“

Esther nahm die Blätter in Empfang und erkannte in ihnen sofort die Notiz, die sie für ihre Nachfolgerin hinterlassen hatte. Das genügte endlich! Sie sprang in die Höhe und stieß einen Jubelschrei aus. Dann ergriff sie die Hand ihres Chefs und schüttelte sie. „Danke!“, rief sie glücklich. „Danke!“

Als Esther das Mehrfamilienhaus betrat, in dem sich ihre Wohnung befand, war es bereits kurz vor zehn. Herr Schliephake hatte sie genötigt, noch mit ihm nach Hause zu kommen, wo sie mit ihm und seiner Frau auf die neuen Entwicklungen angestoßen hatte. Es war ein netter und lustiger Abend geworden. Esther hatte Frau Schliephake zum ersten Mal persönlich kennengelernt und umgehend in ihr Herz geschlossen. Sie war einfach eine sympathische alte Dame mit viel Humor. Daher war Esther sicher, dass sie den besten Job bekommen – nein, erkämpft! – hatte, den man sich nur vorstellen konnte. Erfolg auf der ganzen Linie – oder?

Trotzdem hatte der Sekt, den Esther getrunken hatte, einen faden Nachgeschmack auf ihrer Zunge hinterlassen. Oder lag es daran, dass der Alkohol sie melancholisch stimmte?

Auf jeden Fall vermisste Esther das Triumphgefühl, das sie eigentlich hätte empfinden müssen. Ja, sie hatte es geschafft. Sie hatte ihren Job zurück, nein, sogar einen tausendmal besseren Job als vorher. Das Problem war nur, dass ihr der Job sehr viel weniger bedeutete als Gedeon. Und dass in dieser Hinsicht so gar keine Hoffnung mehr bestand. Erst letzte Nacht hatte sie in der Bibel alles zum Thema Ehe nachgelesen. Zum

Glück waren ja bei den meisten Versen noch Parallelstellen angegeben, sodass sie eine Menge Stoff fand. Dabei war sie zu dem Schluss gekommen, dass Gott der Institution der Ehe eine sehr große Bedeutung beimaß. *Was Gott zusammengefügt hat, soll der Mensch nicht scheiden*, hieß es da zum Beispiel. Wenn Gott die Ehe als unauflösbar ansah, wie konnte sie dann auch nur im Traum in Erwägung ziehen, Gedeon darum zu bitten, sich nicht für Britta, sondern für sie selbst zu entscheiden?

Esther seufzte tief und schleppte sich weiter die Treppe hinauf.

Als sie auf den Treppenabschnitt einbog, der zu ihrer Wohnungstür führte, blieb sie plötzlich wie angewurzelt stehen und hielt vor Schreck den Atem an. Nur wenige Stufen über ihr saß der, an den sie gerade gedacht hatte!

„Ich dachte schon, du würdest überhaupt nicht mehr nach Hause kommen", sagte Gedeon leise.

„Du siehst furchtbar aus", hörte Esther sich sagen.

Gleichzeitig hätte sie sich am liebsten auf die Zunge gebissen. Das war ja nicht sehr charmant. Aber es stimmte. Gedeon war leichenblass und unrasiert und sein rechter Arm steckte in einer Schlinge – wieder einmal. „Ich kann nicht glauben, dass sie dich entlassen haben!"

Gedeon lächelte ein wenig mühsam. „Das haben sie auch nicht. Ich hab mich selbst entlassen."

Esther war schockiert. „Seit wann sitzt du hier?"

„Seit heute Mittag", gab er zur Antwort.

„Ach, du meine Güte", brach es aus Esther hervor. „Ich werde ... ich muss ... ich ruf einen Arzt!"

Mit diesen Worten wollte sie an Gedeon vorbeistürmen, doch hielt dieser sie mit seinem gesunden Arm fest. „Nein, bitte", stieß er hervor. „Ich hab den ganzen Tag auf dich gewartet!"

„Das ist es ja!", rief Esther. „Du brichst mir jeden Moment zusammen! Hast du heute überhaupt schon was getrunken und gegessen?"

„Das ist es nicht, was mir fehlt!“, sagte Gedeon schärfer, als Esther es von ihm erwartet hätte.

„Was denn?“, fragte sie verwundert.

„*Du*!“, entgegnete er aufgebracht. „Was denn sonst? Und ich verstehe es einfach nicht. Warum besuchst du mich nicht? Warum tust du so, als wäre nichts zwischen uns gewesen? Ich denke seit Tagen über nichts anderes nach. Und ich male mir die verrücktesten Sachen aus. Bis eben war ich mir sicher, dass dir irgendwas passiert sein muss.“ Er hielt inne und sah sie an. Dann wurde sein Ton bitter. „Aber das ist es nicht. Du siehst gesund und munter aus.“

Esther schwieg.

Aufgrund dessen wurde Gedeons Blick prüfend ... forschend ... misstrauisch? Seine Stimme klang heiser, als er jetzt fragte: „Oder hab ich was nicht mitbekommen? Habt ihr ein weiteres Mal die Rollen getauscht? Bist du ... Ellen?“

Esther seufzte, setzte sich neben ihn auf die Stufe und sah ihm in die Augen. „Ich bin Esther“, antwortete sie sanft.

Obwohl das alles andere als beabsichtigt war, löste diese Antwort sichtbare Verzweiflung bei Gedeon aus. „Aber warum liebst du mich nicht mehr?“, brach es aus ihm hervor. „Was ist passiert?“

„Ich liebe dich doch!“, antwortete Esther und begann zu weinen. „Und wie ich dich liebe!“

Gedeons Gesicht spiegelte Überraschung wider. „Aber warum besuchst mich dann nicht?“

„Weil ich nur gestört hätte, wenn ich gekommen wäre“, schluchzte Esther. „Darum!“

„Gestört? Bist du nicht ganz bei Trost? Ich dachte, jetzt wo ich weiß, wer du bist ... *warst* ... wäre alles im Lot! Ich dachte, alles wäre einfach ... wir hätten eine gemeinsame Zukunft ... würden vielleicht heiraten!“

„Du *bist* aber schon verheiratet!“, schrie Esther ihm entgegen.

„Was?“ Man sah Gedeon deutlich an, dass er überhaupt nichts begriff.

„Jetzt sieh mich doch nicht so an“, schluchzte Esther. „Du bist mit Britta verheiratet!“

„Britta?“, wiederholte Gedeon fassungslos. „Britta hat sich von mir scheiden lassen und diesen Bode geheiratet! Das weißt du doch!“

„Aber die Ehe ist heilig“, schleuderte Esther ihm entgegen. „In der Bibel steht, dass man sich nicht scheiden lassen darf!“

„Seit ... seit wann liest du denn in der Bibel?“, staunte Gedeon.

„Na, seit du mir keine gegeben hast!“, antwortete Esther.

„Hä?“, machte Gedeon verständnislos.

„Ist ja auch egal“, fuhr Esther ihn an. „Steht es nun drin oder nicht?“

„Ja ... ich meine, *nein*!“ Er schüttelte den Kopf, um seine eigene Verwirrung loszuwerden. „Natürlich will Gott, dass eine Ehe auf Lebenszeit geschlossen wird. Aber es gibt doch für alles eine Grenze. Britta hat mich betrogen! Außerdem ist sie mit Frerk verheiratet. Wenn es stimmen würde, was du sagst, wären wir ja ein munteres Vierergespann!“

„Nicht unbedingt!“, hielt Esther ihm entgegen. „Britta hat ihre Meinung doch wohl geändert. Sie will zu dir zurück. Stimmt doch, oder?“

Gedeon schüttelte vor Überraschung den Kopf. „Wie kommst du denn darauf?“

Esther seufzte tief und kramte ein Taschentuch aus ihrer Jacke hervor. „Das weiß ich von Robert“, antwortete sie und schnaubte lautstark. „Er hat mir geraten, dich in Ruhe zu lassen ... um das Happy End in Sachen Britta nicht zu vermasseln!“

„Aber ... Robert ... weiß doch gar nichts von ... von *uns*.“

„Na und? Dafür weiß er andere wirklich wichtige Dinge. Er weiß, dass du die Trennung von Britta nie wirklich verwunden hast. Und *ich* weiß das auch! Wir haben in Kanada darüber gesprochen. Erinnerst du dich?"

„Schon ... ja", stammelte Gedeon. „Und es stimmt ja auch. Ich habe ihr lange nachgetrauert. Am Ende warst *du* es wahrscheinlich, die mich von der Vergangenheit befreit hat!"

Esthers Gesichtsausdruck verhärtete sich. „Wie kannst du dir da so sicher sein? Du warst Jahre mit Britta zusammen. Du kennst sie viel besser und länger als mich! Vielleicht ist es nur der Reiz des Neuen, der dich zu mir treibt."

Gedeon schluckte. „Hast du diesen Eindruck von mir?", fragte er mit wackliger Stimme. „Hast du mich so erlebt, dass ich mich mit dem Wind drehe? Heute hierhin und morgen dahin?"

Esther senkte beschämt den Blick. „Nein", antwortete sie heiser. „Im Gegenteil. Aber ich möchte nicht noch einmal enttäuscht werden." Sie räusperte sich und hob ihren Blick wieder zu Gedeon auf. „Und darum frage ich dich noch einmal: Was macht dich so sicher, dass du mich willst und nicht Britta?"

„Britta war bei mir, Esther", antwortete Gedeon ernst. „Sie hat sich bei mir entschuldigt. Sie hat mich beschworen, dass wir es noch einmal miteinander probieren. Sie hat sogar das Kind mit in die Waagschale geworfen. Aber ich, ich hab höchstens die Hälfte mitbekommen. Weil ich ununterbrochen auf die Tür gestarrt und nur darauf gewartet habe, dass eine rote Haarpracht durch die Tür schwebt. ... Ich liebe dich, Esther, nur dich! Und ich will –", er stockte, streckte die Hand aus und berührte ihre Locken, „dabei sein, wenn sich graue Strähnen in die rote Farbe schummeln ..." Seine Hand wanderte in ihr Gesicht und seine Finger streichelten ihren Wangenknochen. „... und Falten um deine Augen."

Vorerst waren es jedoch keine Falten, die er spürte, sondern warme Tränen, die sich über seine Finger ergossen und von dort hörbar auf die Treppenstufen tropften. Und diese Tränen waren Ausdruck einer Freude, die jeglichen Widerstand brach und Esthers Herz beinahe zu zersprengen drohte.

„Wer so was sagt“, schniefte sie, „wird mich nie wieder los.“

„Das hoffe ich doch“, murmelte Gedeon und zog ihren Kopf zu sich heran. „Schließlich ist die Ehe unauflöslich.“

Und dann küssten sie sich so innig, dass sie nicht einmal bemerkten, wie sich eine vierköpfige Familie mit Hund an ihnen vorbeidrängelte ...

Epilog

Gedeon fand, dass Esther nie so bezaubernd ausgesehen hatte wie in diesem Moment.

Sie trug eine weiße Spitzenbluse, auf die sich ihre langen, offenen Haare wie Seide ergossen. Die Abendsonne tauchte das Bild in rotes Gold. Esthers Haare schimmerten wie die Oberfläche eines Gewässers.

Was Gedeon jedoch am meisten berührte, war dieser sanfte, beinahe verklärte Gesichtsausdruck, mit dem Esther das kleine Bündel in ihrem Arm betrachtete. Es schlief gerade. Es hatte pechschwarze Haare, dafür aber noch überhaupt keine Wimpern. Seine Atemzüge waren tief und regelmäßig, doch konnte man an seinen Lidern erkennen, dass es heftig träumte. Dabei nuckelte es wie verrückt an Esthers kleinem Finger herum.

„Ich fühle das bis in meine Zehenspitzen", kicherte Esther und warf Gedeon einen begeisterten Blick zu.

„Was meinst du, bis wohin *ich* das für gewöhnlich fühle", seufzte Barbara und verschloss umständlich ihren Still-BH. „Ich hätte nie gedacht, dass *ein* Kind *zwei* Brustwarzen ruinieren kann! Und so schnell!"

„Das würde mich überhaupt nicht stören", flüsterte Esther und schien die kleine Vera mit ihren Blicken nur so zu verschlingen.

„Hey, das ist *mein* Kind", stellte Barbara sicherheitshalber klar.

„Meins etwa nicht?", protestierte Thomas, der neben Gedeon auf der Couch saß. Die beiden Männer waren ungefähr gleich groß, doch war Thomas ein sehr heller Typ mit wasserblauen Augen und strohblonden Haaren. Im Gegensatz zu sonst war es dieses Mal allerdings Thomas, der unrasiert und ein wenig müde wirkte. Gedeon hingegen sah aus wie das blühende Leben.

„Deins natürlich auch", beschwichtigte Barbara und lächelte ihrem Mann liebevoll zu. „Schließlich stehst du nachts andauernd für sie auf. Ich wollte auch nur sicherstellen, dass Esther sie wieder hergibt. Sie wirkt heute so vereinnahmend."

„Das gilt Gedeon", behauptete Thomas und schenkte sich die fünfte Tasse Kaffee ein. „*Mach mir auch so eins*", flötete er in Gedeons Richtung.

„Nix da", grinste Gedeon. „Wir haben noch ein bisschen Zeit. Lass uns doch erst mal heiraten!"

„Apropos heiraten", sagte Barbara, „ist das Kleid schon fertig?"

Esther nickte eifrig. „Passt wie angegossen."

Anstatt sich jedoch für ihre Freundin zu freuen, seufzte Barbara tief. „Deins passt wie angegossen und meins platzt aus allen Nähten. Die Trauung ist in einer Woche. Wie, bitte schön, soll ich bis dahin acht Kilo abnehmen?"

„Wir kaufen dir einfach was Neues", schlug Thomas vor und musste gleich darauf herzhaft gähnen.

„Meinst du das im Ernst?", wunderte sich Barbara. „Ich dachte, wir wären blank. Die neue Wohnung ... die neuen Möbel ..."

Thomas zuckte gleichgültig mit den Achseln. „Jetzt, wo ich einen neuen Job habe, spielt auch die Bank wieder mit." Er lächelte versonnen. Nach dem Fiasko bei Schliephake & Partner hatte er in beruflicher Hinsicht all seine Felle wegschwimmen sehen. Aber nachdem Reinhard Kieling seine beruflichen Verbindungen hatte spielen lassen, war alles wieder im Lot. „Tausend Euro Dispo ... was will man mehr?"

„Zum Beispiel eine Freundin, die auf einen Rücksicht nimmt", schmollte Barbara. „Ein paar Wochen und ich hab meine alte Figur wieder. So lange hättet ihr wirklich noch warten können!"

„Nein!", riefen Gedeon und Esther so erschrocken und vor allem so hundertprozentig gleichzeitig, dass Barbara in schallendes Gelächter ausbrach.

„Schon gut, schon gut", kicherte sie. „Ich werde nicht wagen, mich zwischen euch zu stellen. Ihr seid ja wie Pech und Schwefel, fast so wie –" Sie erschrak und brach mitten im Satz ab.

„Wie?", hakte Esther nach.

Barbara räusperte sich. „Na ja ... ich meine ... ich wollte sagen ... wie eineiige Zwillinge ... wie du und Ellen. Jedenfalls hab ich immer gedacht, ihr wärt ein Herz und eine Seele."

Esther seufzte nur vielsagend.

„Weißt du schon, wie lange sie im Gefängnis bleiben wird?", erkundigte sich Thomas.

Als Gedeon merkte, dass Esther mit den Tränen kämpfte, antwortete er für sie: „Der Prozess beginnt erst in einem Monat. Und er wird sich bestimmt ziemlich lange hinziehen."

„Werden Reinhard und Anita auch daran teilnehmen?", fragte Barbara.

Gedeon zuckte die Achseln. „Wir haben versucht, ihnen klarzumachen, dass sie an der Entwicklung auch nicht ganz unschuldig sind. Ich glaube, sie kämpfen noch mit sich."

„Kennen sie denn die ganze Geschichte? Ich meine ... alle Details?"

Gedeon schüttelte den Kopf. „Wir wollten die Sache nicht unnötig verkomplizieren. Ellen hatte ja auch alles ganz hervorragend eingefädelt. Esther ist wieder in ihre Rolle geschlüpft und fertig."

Barbara nickte. „Ist bestimmt besser so. Wenn ich noch daran denke, wie *ich* auf Esthers Geschichte reagiert habe ..." Sie fing an zu kichern und sah zu Esther herüber. „Ich hab dich geschlagen, oder?"

„Du hast mich geohrfeigt“, nickte Esther und wandte sich dann wieder Klein-Vera zu. „Deine Mami ist eine Furie, mein Schatz. Wenn sie wieder austickt, kommst du einfach zu uns. Dann gewähren wir dir Asyl.“

„Du glaubst wohl, du kannst dir alles erlauben, wie?“, protestierte Barbara. „Und das nur, weil du demnächst einen Bullen heiratest.“

„Hätte ich Gedeon nicht gehabt“, antwortete Esther, „dann würdest du mich heute noch hassen. Du hast mir erst geglaubt, nachdem Gedeon die ganze Sache bestätigt hatte.“

„Und nachdem sich bewahrheitet hatte, dass er wirklich ist, was er vorgibt“, ergänzte Thomas.

Gedeon sah erstaunt zu ihm herüber. „Was soll das heißen?“

Thomas zuckte mit den Achseln. „Ich hab einen Freund bei der Polizei. Der hat deine Identität überprüft und mir bestätigt, dass du beim BKA bist. Ihr glaubt doch nicht wirklich, dass wir euch diese haarsträubende Geschichte sonst abgekauft hätten. Wir haben ernsthaft mit dem Gedanken gespielt, Esther einweisen zu lassen.“

„Das kann ich verstehen“, schmunzelte Gedeon. „Ich war auch schon kurz davor.“

„Dann hab ich ja noch mal Glück gehabt“, lächelte Esther.

„Das hast du wirklich“, sinnierte Barbara. „Sehr viel Glück. Hättest du vor ein paar Monaten gedacht, dass sich dein Leben so entwickeln wird? Du hast jetzt alles, was du dir jemals gewünscht hast ... einen tollen Job, einen tollen Mann ...“

„Ja“, beendete Esther Barbaras Satz, „und einen tollen Gott!“

Herrlich erfrischend!

Ausgewählte Roman-Bestseller

Karen Kingsbury:
Tausend Morgen mit dir
Roman.

Taschenbuch · 288 Seiten
ISBN 978-3-86591-683-9

Angela E. Hunt:
Tag des Erwachens
Roman.

Taschenbuch · 384 Seiten
ISBN 978-3-86591-679-2

Frank E. Peretti:
Die Finsternis dieser Welt
Roman.

Taschenbuch · 448 Seiten
ISBN 978-3-86591-682-2